无处安放的

青春

qing chun

周祥先 ○ 著

重庆出版集团 重庆出版社

图书在版编目(CIP)数据

无处安放的青春/周祥先著. —重庆:重庆出版社,
2010.7
ISBN 978-7-229-02157-3

Ⅰ.①无… Ⅱ.①周… Ⅲ.①长篇小说—中国—当代
Ⅳ.①I247.5

中国版本图书馆 CIP 数据核字(2010)第 084708 号

无处安放的青春
WUCHU ANFANG DE QINGCHUN
周祥先 著

出 版 人:罗小卫
责任编辑:罗玉平
责任校对:杨 婧
版式设计:重庆出版集团艺术设计有限公司·王芳甜 吴庆渝

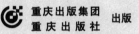 重庆出版集团
重庆出版社 出版

重庆长江二路 205 号 邮政编码:400016 http://www.cqph.com
重庆出版集团艺术设计有限公司制版
重庆市鹏程印务有限公司印刷
重庆出版集团图书发行有限公司发行
E-MAIL:fxchu@cqph.com 邮购电话:023-68809452

全国新华书店经销

开本:787mm×1 092mm 1/16 印张:22 字数:390 千
2010 年 7 月第 1 版 2010 年 7 月第 1 次印刷
ISBN 978-7-229-02157-3
定价:32.00 元

如有印装质量问题,请向本集团图书发行有限公司调换:023-68706683

目 录
CONTENTS

第一章:践踏誓言 ···················· 1

第二章:魅惑众生 ···················· 18

第三章:缥缈爱情 ···················· 35

第四章:怦然心动 ···················· 59

第五章:偷情滋味 ···················· 82

第六章:飙车之祸 ···················· 96

第七章:残酷报复 ···················· 110

第八章:春宵帐暖 ···················· 125

第九章:情窦初开 ···················· 140

第十章:弥补歉疚 ···················· 155

第十一章:豪门盛宴 ·················· 175

第十二章:为爱放手 ·················· 188

第十三章:武学天才 ·················· 208

第十四章:自食其果 ·················· 226

第十五章:隐患重重 ·················· 242

第十六章:啼笑姻缘 ·················· 261

第十七章:痛苦醒悟 ·················· 284

第十八章:天堂地狱 ·················· 298

第十九章:恩怨难了 ·················· 318

第二十章:尾声 ···················· 339

目录
CONTENTS

第一章:…………………………………………………………………………… 1

第二章:…………………………………………………………………………… 18

第三章:…………………………………………………………………………… 35

第四章:…………………………………………………………………………… 50

第五章:…………………………………………………………………………… 82

第六章:…………………………………………………………………………… 96

第七章:…………………………………………………………………………… 110

第八章:…………………………………………………………………………… 128

第九章:…………………………………………………………………………… 140

第十章:…………………………………………………………………………… 153

第十一章:………………………………………………………………………… 175

第十二章:………………………………………………………………………… 189

第十三章:………………………………………………………………………… 208

第十四章:………………………………………………………………………… 230

第十五章:………………………………………………………………………… 242

第十六章:………………………………………………………………………… 261

第十七章:………………………………………………………………………… 284

第十八章:………………………………………………………………………… 298

第十九章:………………………………………………………………………… 314

第二十章:………………………………………………………………………… 330

第一章：践踏誓言

★ 1 ★

一辆崭新的黑色奥迪 A6 在兰宁市区一家名叫"尘缘"的小花店前以一个漂亮的甩尾停下，"吱"的一声刹车，车头立即自动掉转过来。

车门打开，从车上下来一个非常英俊帅气的青年，一身裁剪得体的白色西服，配上黑色的领结，黑色的皮鞋，显得十分帅气清爽、俊逸不凡。这个年轻人英俊挺拔，身高约一米八二，身材很伟岸，但却一点也不臃肿，他有一头油黑锃亮的头发，相当帅气的脸庞，亮若星辰的眼眸，更迷人的是他嘴角边微微挑起的那抹微笑，如钩月般灿烂迷人。这是一个魅力非凡的帅哥，从他举手投足间的气度便可以看出他是个相当有学识和涵养的公子哥儿。

他叫秦宇，今年 24 岁，刚从国外学成归来，是一位被国内外教育界誉为超级天才的家伙。秦宇读书跳级，14 岁便考入美国哈佛大学，轰动一时，其英语口语令哈佛大学那些导师和教授十分叫绝。他在哈佛大学读书十年，4 年本科，2 年硕士，4 年博士。而且是工商管理和经济学双学士、双硕士、双博士学位一路拿下来。哈佛大学校长劳伦斯·萨默斯对他予以了极高的评价："他是21 世纪的全能型天才！是哈佛大学的传奇！他多才多艺，气质非凡。无论走到哪里，他都是鲜花与掌声中的焦点。他相当孤傲而有个性，是所有美女追求的对象。对于好学生和叛逆的学生来说，他都是典范，恐怕哈佛大学以后很难有这样有个性的学生了！"

秦宇不仅学识渊博，而且在钢琴、围棋、网球、国际交谊舞、飙车、武术等各方面的造诣也是相当深厚，几乎达到了大师级的水准。他的钢琴技巧在哈佛大学无人与之匹敌,并多次得到世界顶级钢琴大师的赞誉。他酷爱飙车,悟性超绝,曾经两次参加地下飙车比赛获得冠军。

尘缘花店是一家精致小巧的花店,扑面的各种花香让人心旷神怡,不到四十平方米略显狭窄的屋子井然有序地摆放着各种鲜花,充满宁静祥和的恬淡气氛,与世无争,淡然避世。

花店里,有妩媚带刺的玫瑰,有清秀水嫩的水仙,有雍容华贵的郁金香,有纯洁如雪的百合等近百种或圣洁或妩媚的花类品种在尽情地绽放,各种香味沁人心脾。

秦宇优雅地缓步走进花店,一位非常清秀典雅的女子迎上前,望着这位帅得令女孩窒息的公子哥儿微笑着道:"先生,您要买花吗?"轻柔的嗓音有种温馨的感觉。

秦宇见花店中有好几种郁金香,好奇地走上前仔细端详着那些被誉为"上帝赐给人间的一位绝色神秘女子"的郁金香,专注而痴迷,四百年来,无数的追求者前仆后继地沦陷在这种鲜花的诱惑之中。

"郁金香象征着勇敢、神秘和洒脱,代表爱情、幻想和浪漫。目前全世界有八千多种郁金香,这种在花瓣上洒有红点的叫'国王的血'。"花店女孩在秦宇身边吐气若兰,清淡怡人,让人感觉很舒服。

"很多人以为郁金香原产自荷兰,事实上来自土耳其和中亚西亚一带,原名是'美丽头巾'的意思。这个花瓣互相抱卷的有一个很浪漫的名字,叫'情人的热吻'。而这种在花瓣上有条纹分布的红花,叫'奥林匹克火炬'……"女孩子热心地为秦宇讲解,脸上的微笑和眼中的真诚让人感动。

因为夏飞燕最喜欢被大仲马赞美为"艳丽得叫人睁不开眼睛,完美得让人透不过气"的"黑寡妇",秦宇已经开车跑遍了兰宁城中四十多家比较有名气的花店,可遗憾的是都没有找到极品郁金香品种"黑寡妇"。

突然,秦宇眼前一亮,竟然被他看到一束夏飞燕钟情的绚烂"黑寡妇",他微笑说:"终于让我找到了!我就要这束'黑寡妇'!"

花店女孩灿烂地微笑道:"先生好眼力,名贵的'黑寡妇'代表艳丽的爱情,先生一定是送给女朋友吧?"

秦宇微笑道:"嗯,她是我的女朋友,也是我一生一世的情人!"

正当秦宇欣喜万分时,花店女孩却为难地告诉他:"不过很抱歉,这束花已经被一位先生预订了。而且我们店里仅仅只剩下这一束。"

秦宇诚恳地说:"能不能变通一下?将这束'黑寡妇'让给我,我出十倍的价钱。为了能买到这束我女朋友最钟情的'黑寡妇',我开车跑遍了兰宁大大小小的花店,好不容易在这里找到了一束。我从来没有送过鲜花给她,我们已经有十年没见面了。我希望给她一个惊喜。"

花店女孩睁大好看的眼睛，迷惑地问："你们已经十年没见面了？你看起来也就二十三四岁的样子，这么说你们十四五岁就恋爱了？"

秦宇迷死人地微笑道："是啊，有什么稀奇吗？现在的年轻人不是十二三岁便早恋吗？她是我的邻家小妹，我们属于两小无猜、青梅竹马的那种。十四岁那年我到国外念书，至今一别就是整整十年。我还记得她小时候那天真烂漫的可爱样子。不过现在她已经是个大美人了，而且是闻名天下的影视歌三栖明星，她是我们兰宁的骄傲，她叫夏飞燕！"

花店女孩欣喜若狂："你的女朋友是夏飞燕？天哪！我可是她最忠实的粉丝呢！这样吧，我打个电话给那位订花的先生，看他能不能通融通融。"

花店女孩随即拨打了一个电话，在电话里女孩很委婉地说明了意图，并简单陈述了秦宇与夏飞燕的爱情故事。那位先生很善解人意地表示可以将这束鲜花让给秦宇。他另外预订了一束红玫瑰。

花店女孩放下电话，欣喜地说："成了。那位先生是我们花店的老主顾，很通情达理的。这束'黑寡妇'送给你了，不收费，不过我有一个愿望，你能不能在见了夏飞燕之后请她送一张亲笔签名的照片给我？"

秦宇微笑道："没问题！到时我一定将她的签名照片送到你手中。"

花店女孩将鲜花包好，送到他手中，羡慕地说："真的很羡慕你和夏飞燕那令人迷醉的爱情！祝你们有情人终成眷属！"

秦宇真诚地对女孩说了声谢谢，捧着鲜花上了车，看了看腕上的瑞士金表，离夏飞燕下机时间还有三十分钟。他一踩油门，将车开得飞快，以漂移的姿态直奔 B 城机场，惊起一路羡慕的目光。当然人们羡慕的不是这辆崭新的奥迪 A6，而是秦宇漂亮而精湛的车技，不说别的，仅凭他在车海中穿梭疾驰游刃有余神乎其神的车技，就可以与国内顶尖的赛车手相匹敌。

B 城机场位于兰宁市南面的 B 城吴圩乡境内，距市区 32 公里，航线直达香港及国内主要城市。今天下午从香港演出归来的夏飞燕将从 B 城机场下机，回到她美丽的故乡——兰宁。

奥迪 A6 一路疾驰到 B 城机场，"吱"的一声又是一个漂亮的甩尾，车子掉头甩进了停车场的一个狭窄车位中，惊起一片赞叹。如此霸道的车技除了在电影电视的特技中看到过，在现实生活中人们还不曾多见。

停车场停着一长溜进口豪华轿车，有奔驰、宝马、卡迪拉克、宾利，甚至还有一辆限量版的定制手工轿车劳斯莱斯银魅。秦宇的奥迪 A6 在这样的车群里根本算不上档次，不过只要是细心的人便会发现秦宇驾驶的这辆奥迪 A6 挂的可是兰宁市政府的车牌，是兰宁市政府一位主要领导的专车。

机场,人山人海,拥挤的人群让整个世界都领略到中国的人丁旺盛。无数的记者和接待人员焦急等待,近万的人流蔚为壮观,这还不包括机场外围的人员。

秦宇捧着鲜花下了车,气宇轩昂地走进候机大厅。大厅内外人潮拥挤,大批媒体记者和年轻的追星族们早早地守候在此,争相一睹夏飞燕的芳容,机场保安如临大敌地维持着秩序。

几分钟后,香港到兰宁的航班徐徐降落在B城机场。飞机的舷梯打开,"修眉联娟,皓齿内鲜,明眸善睐,瑰姿艳逸,仪态静娴,媚于语言",犹如曹子建《洛神赋》中的"斯水之神"的夏飞燕漫步走下舷梯。

夏飞燕踏出机舱的一刹那,整个机场悄无声响,安静感染了每一个人。因为他们看见了一个清澈典雅"仿佛兮若轻云之蔽月,飘飘兮若流风之回雪"那样"飘忽若神,凌波微步,罗袜生尘"的女神。

这个世界上难道真的会有不食人间烟火、灵慧玉润的仙子?

所有人都痴呆地望着那个仿佛从古代仕女图里姗姗走出的女孩,目不转睛,那些早早地就在机场守候的媒体记者们和粉丝们都把照相机对向她。

无数的镁光灯和摄像头对向这位红遍中国的歌坛、影坛新秀,无数的崇拜者争相拥挤向前,似乎有难以控制的态势,幸好机场的保安力量还够强大,而且当地政府事先得知夏飞燕今天要在B城机场下飞机,早就从各个岗位上紧急调来数十名警察和治安人员,这才勉强维持住局面。

有十几位拼死往前挤想要接触夏飞燕的男人被强行带走,那些高声呼喊"夏飞燕"的崇拜者更是无法计数,整个机场一片沸腾,不知是因为过度拥挤还是极度兴奋,有十来个娇弱的女孩子晕厥过去,幸好外围早就有救护车等候,不少的人被抬了出去。

夏飞燕在四个贴身保镖和保安、警察的重重护卫之下从容地从候机大厅穿过,秦宇捧着那束"黑寡妇"迎上前去。他张开双手,想要拥抱整个世界——她就是他的整个世界!

"飞燕!燕子!"秦宇张开双臂,同时一手挥舞着手中的"黑寡妇"朝夏飞燕喊了起来!试图引起她的注意。

夏飞燕任其眼角的泪水轻轻滑落,在茫茫人海中,她一眼就认出了那个修长挺拔、卓尔不凡的身影,她发觉秦宇如今更加俊美了,那种无法掩饰的洒脱而略带忧郁的气质让他显得与世隔离。他一直是她心目中的白马王子,是她刻骨铭心的初恋,是她心中最深爱的男人。

硕士毕业那年,秦宇从美国哈佛大学给夏飞燕写了封信。他伤感而深情地在信中倾诉道:故乡是每个人生命开始的地方,又是每个人最后的精神归宿。而我现在却是一个离家已很久、离家已很远的游子。怀着深深的对故乡的眷恋跟许许多多的留学生一样在异国他乡的天空下求学、生活。我内心有着太多的迷茫和感动。我想念得最多的除了父母、亲人外，便是飞燕你了。常常，我会对着异国的灯光默默地忆想起多年前那份朦胧的爱意。你是我隔着遥远的空间执著地相爱相思着的初恋女孩。说实在的，我不知我们最终的结果究竟会是什么？

恐怕距离是对我们爱情最残酷的考验吧。面对未来的种种变数，我无法预料，既然无法预料，也就没有答案。每个人的故事都有不同的答案，因为每个人在自己的故事里都会看到不同的景致，体会到不同的心情，而这些都是冷暖自知的。心与心的距离有多远，对于我来说，应该是故乡的距离吧？

飞燕，你知道吗，我真的很想念你，我从不曾也不敢把你忘怀。我永远记得你扎的两根漂亮的小辫子，我还记得你痴痴地望着我的眼神，我还记得你受了委屈总会找我倾诉，我还记得十岁那年春天我要转学到兰宁读书，你伤心地躲到巷子里哭泣，然后我找到你，带你到一片桃园，为你摇了一园子的桃花。我还记得你脱掉鞋子和袜子赤脚踩在花瓣上，欢笑着来回奔跑的情景，就像一个步步生莲凌波微步的仙子。你笑得那么灿烂，灿若星辰，艳若桃花。回家时我一路背，你趴在我背上听我给你背《诗经》，你说秦宇我爱你我好爱你我要一辈子爱你。你那羞美而灿烂的笑容，你那幸福甜蜜的样子，我至今记忆犹新。

飞燕，你还记得我到国外留学前夕，我们临别的爱情誓言吗？死生契阔，与子成说。执子之手，与子偕老！你叫我在国外不要爱上别的女人，你要我记着你在家乡等我，你说你今生非我不嫁；我说我今生非你不娶，以后一定会在最漂亮的教堂迎娶你，让你做我幸福的新娘。

飞燕，现在你已经成为炙手可热的影视歌三栖明星，我除了衷心地替你感到高兴自豪外，同时心里也有隐隐的失落。如今的你头上有着太多美丽的光环，你说我还可以像当初那样喜欢你，爱你吗？

随后，秦宇将自己的 QQ 号和电邮附在了信中。十天后，秦宇收到夏飞燕回给他的电邮，夏飞燕告诉他他可以永远像以前那样喜欢她爱她！她说这也是她一直等待和渴望的！然后她告诉了她的手机号和 QQ 号。

随后的某一天秦宇给夏飞燕打了个国际长途，约她上网聊天。在视频聊天时，夏飞燕看到了久违的秦宇，他长高了、长帅了，帅得令女孩子一见便会怦然心动，他举手投足间的优雅气质以及他的一皱眉一微笑都足以倾倒万千佳丽。同时夏飞燕从秦宇的博客中了解到他在哈佛大学的学习与生活情况。她太爱这个优秀的男子了，她曾经无数次在梦中呼唤过秦宇的名字。

秦宇和夏飞燕在网络上保持了一年的联络,同时每隔一周他们会例行一次长途通话。但是,两年后不知出了什么变故,秦宇再也联系不上夏飞燕。QQ留言没有回复,夏飞燕的QQ头像永远是灰色的,处于不在线状态。发电邮夏飞燕再也没有回复过。打手机得到的讯息是对方已停机。当然秦宇可以猜测到夏飞燕是更改了手机号码。秦宇再也联系不上她,一向冷静的他急得近乎疯狂。他差点要中止自己的博士深造回国探明真相。是他的导师百般劝解开导他才没有做出冲动之举。

好不容易熬到拿到双博士文凭,归心似箭的秦宇谢绝了哈佛大学留校担任要职及美国数十家大财团的高薪聘请,飞回了家乡故土。当他回到兰宁时,得知夏飞燕已经去了日本、新加坡、泰国、香港、澳门、台湾等地进行巡回演出,只好耐着性子等待她的归期。

在漫长的等待中,秦宇在网络和报纸上时刻关注夏飞燕的近况,夏飞燕目前签约的是兰宁绿城集团旗下的绿城天娱公司。不过她在兰宁的时间很少,通常是在港澳台及北京深圳上海等大城市拍戏或进行商业演唱。当秦宇从报纸上得知夏飞燕近日将从香港演出归来的消息后,便作好了一切跟她见面的准备。然而昔日青梅竹马的女友却将他当成了陌生人,将他的呼喊置若罔闻。

泪流满面的夏飞燕真想不顾旁人的惊骇和震撼跑向那个每天都会梦到的男子,冲入他那久违的温暖怀抱,呼唤着他那令她一直心痛的名字。那个曾经为她摇过一园子桃花的男孩子如今已经长成个迷死无数少女的大帅哥了。可是她不敢,她已经丧失了公开爱他的勇气了。

这不仅因为她是一位红得发紫的影视歌三栖明星,害怕绯闻缠身,更重要的因素是她背后的那个男人。她清楚地记得那个男人不怒而威的表情和冷酷的警告:"我这人有个毛病,那就是容不得任何形式的背叛!你现在是我的女人,如果一旦我发现你跟别的男人卿卿我我,那么你可以想象一下你的可悲下场!以我的财势,我既可以将你捧上天,也就可以随时将你打入十八层地狱!"

"阿宇,对不起了!"夏飞燕在内心低低地悲喃。

夏飞燕清楚地记得秦宇十岁时在她耳边温柔地起誓:"飞燕,等我长大后,我一定会在世界上最美丽的教堂迎娶你,让你做我幸福的新娘!"那时,她眼里幸福而感动的泪水流到微微翘起悬挂着快乐的嘴角,整个人温暖而柔情。

而今,那一切都遥远了。不是他变了,而是她自己无可奈何地变了。夏飞燕隐忍着将要奔流而出的泪水,默默地别过头去。她不敢迎视秦宇深情的目光。秦宇捧着那束夏飞燕最喜欢的"黑寡妇"迎上拥挤的人流,依旧欣喜地叫喊:"飞燕!飞燕!我是秦宇!我回来了!我回来看你了!"

夏飞燕依旧假装不认识,假装没有听到秦宇深情的呼唤。其实从刚才的第一眼她便认出了秦宇，并且认出了他手中捧着的是她最喜欢的"黑寡妇"。两年前，她在网上和秦宇聊天时告诉过他，她最喜欢的鲜花是被大仲马赞美为"艳丽得叫人睁不开眼睛，完美得让人透不过气的极品郁金香——黑寡妇"。当时秦宇便对她许诺，回国后，第一次跟她见面，一定会送一束雍容华贵艳若皇妃的"黑寡妇"给她！

现在秦宇真的做到了，夏飞燕甚至可以想象得到秦宇为了买到这样一束鲜花一定跑遍了兰宁所有花店，因为这样高贵而昂贵的鲜花并不是每一家花店会有进货的。夏飞燕内心悲喃："秦宇，对不起！是我辜负了你！"

"燕子！我是秦宇！"秦宇大声叫唤，叫起了夏飞燕的乳名，他举着鲜花试图挤到夏飞燕身边，然而却被夏飞燕的贴身保镖和大批的保安和警察挡在外围，一个保镖还粗暴地挥手将他的鲜花挡落在地。

鲜花落地的瞬间，随即被拥挤的人潮踩得面目全非，秦宇感觉自己的心都被踩痛了，一阵阵地难受。他无比哀伤地望着在保镖护送下远去的夏飞燕，她头也不回，甚至连一个温柔的眼神也不曾赐予他。

秦宇内心无比的悲凉。他把夏飞燕当做自己的整个世界，他一直沉醉于对她的苦苦相思和眷念之中。在国外，他拒绝了无数才艺双绝的各国女子的深情和痴情的诱惑，一直守身如玉，苦苦地守望着这份他自以为能把握得住的爱情。他无数次幻想过今天的重逢，有欣喜的拥抱，有热情的亲吻，有幸福的泪水，有甜蜜的微笑。甚至会有……

然而，现在他忽然间发现他的世界已经支离破碎了，那个梦中呼唤过千万遍的女孩看都没有看他一眼，便在几个高大威猛的贴身保镖的护送下，挤开重重包围，走到了那辆劳斯莱斯银魅身边，钻进轿车，随即在一辆黑色顶级宾利轿车的护驾下，绝尘而去。

那束鲜花，那束夏飞燕最喜欢的"黑寡妇"，静静地哀伤地躺在机场冰冷的水泥地面上，肢体伤残，容颜破碎。就连它的暗香也沾染了尘埃。

秦宇忽然有种欲哭的冲动。他静默了许久，如一个呆子。随后，他残酷地笑了笑，嘴角挂起一抹黑色的邪魅之色。他对自己说："好，很好！世事无常，人心善变，多情总被无情恼。谁叫我多情呢？人家现在已经是红得发紫的影视歌三栖明星了，有多少公子王孙达官贵人宠爱着她，她哪里还会爱我这么个无权势无钱财无地位的书呆子？"

秦宇在心底悲伤地说：飞燕，感谢你给我上了人生最重要的一课！我用十年的时间来坚守这份幼稚而刻骨铭心的爱情，最终还是遍体鳞伤地沦陷！我注定成不了绝情绝欲的人，既然这个世界已经没有爱情，那就让我纵情放荡吧！从此，我会纵情地爱每一个高贵高傲高雅的女人！随心所欲，无牵无挂！

就在那一刻,秦宇立志做一个"万花丛中过,片叶不沾身"的情圣。玩尽天下美女。游戏人间!纵情情场。

随即,秦宇决然地转身,驾车离开了机场。

★ 2 ★

秦宇心情坏透了,他将车开回叔叔秦天明的公寓楼下,秦天明是兰宁市副市长,大权在握,不过他为官一向低调,从不树敌,所以在官场名声不错,左右逢源,有兰宁政界的不倒翁之美称。

秦天明非常宠爱秦宇,这其中有两个原因,一是因为秦宇这孩子聪明绝伦,多才多艺,而且非常孝顺懂事。二是因为秦天明只生了个野丫头,膝下无儿。而秦宇家里还有一个哥哥,所以从小秦宇便过继给了秦天明做儿子,秦天明一直是把秦宇当儿子培养的。

秦宇的父亲秦天元是一位小有名气的作家,母亲谢芳是歌舞团的副团长,能歌善舞。秦宇从小便吸取了父母的长处,既能出口成章七步作诗,更是精通音律,钢琴、小提琴样样拿手。小时候便有一大堆漂亮小女孩围着他转,看他的眼神都痴痴的,其中当然包括邻居家的小丫头夏飞燕。更好气好笑的是秦天明的宝贝丫头秦韵,更是抱着一副近水楼台先得月的姿态,傲然地对一大堆喜欢秦宇的小女孩说:"阿宇哥哥是我亲哥哥,长大后我要嫁给阿宇哥哥,你们休想跟我争阿宇哥哥!"

每每此时秦宇的母亲谢芳总是疼爱地抚摸着秦韵的小脑袋说:"小韵韵,你长大后是不可以嫁给阿宇哥哥的,因为你们是兄妹,是有血缘关系的,是不可以成亲的!"每每此时,秦韵便会大哭大闹:"我不管,我就是要嫁给阿宇哥哥!"

秦宇的家庭条件非常优越,但他的童年却过得非常凄苦,几乎没有快乐可言,他两岁多便被当作家的父亲秦天元逼着背唐诗宋词,三岁时便被从小梦想要当音乐家最终时运不济只做了名二流歌舞演员的母亲谢芳逼着学钢琴,四岁时便又开始学小提琴。四岁半时开始接触围棋,跟文化馆一位名叫傅天成的白眉老头学围棋,那位神秘的白眉老头不但有着超越国手的水准,棋艺出神入化、鬼神俱惊,而且还是位武术高手,太极和长拳都达到宗师境界,算得上是位隐士高人,秦宇在跟他学围棋象棋之余还跟他学习太极和长拳。所以,秦宇的童年每天都是安排得满满当当的，否则以秦宇的天资聪明和父母的刻意培养，他只需要用两年的时间便可轻松地学完小学六年的课程。

因为处于繁重的巩固琴棋书画诗词歌赋的基础阶段，秦宇读小学只跳了两个年级。十岁那年以优异成绩考上邕宁一中。这时秦宇的琴棋书画、诗词歌赋已经小有所成，同龄中人无一可望其项背。

初一下学期，秦宇应叔叔秦天明的安排转学到兰宁一中读书，然后开始跳级，天资聪颖的他用两年时间十分轻松地完成了初中三年的学业，并且以全市第一的成绩考入兰宁一中高中部，接着又以两年的时间完成了高中三年的学业，十四岁便以优异得近乎恐怖的成绩考入美国哈佛大学。这位能够用英语即兴作文的天才学生的英语口语水准及各方面的实力令哈佛大学的导师们惊为天人。

接着，这位天才连连在哈佛大学制造震撼性新闻，他用四年时间修完了哈佛大学工商管理和经济学本科课程，取得了双学士学位，接着用两年时间完成了工商管理和经济学双硕士学位，继而又利用四年的时间拿到了工商管理和经济学双博士学位。而且他的钢琴演奏技巧在校内也是出尽了风头，他对许多世界钢琴名曲的领悟把握和熟练程度就连一些世界级钢琴大师也不得不佩服。

秦宇跟秦天明的感情很深厚，从初中开始到国外求学期间，一直是秦天明负担他的全部学杂费和生活费。秦宇考上哈佛大学时，官运亨通的秦天明也当上了兰宁市副市长。在国外求学十年，秦天明每月都会给他秦宇汇去300美元。秦宇每次收到钱都会给秦天明打国际长途劝告秦天明不要再给他汇款了。他说："叔，我在哈佛不需要用什么钱的。学校不但免除了我的所有学费，还每年都会给我大笔的奖学金。您不必为我的学费和生活费操心。以后别再给我寄钱了。"

而秦天明总是笑着说："行。叔知道小宇有本事。我下次就不寄钱了。"但说归说，钱还是照样寄。秦天明每次寄钱时都会幸福地感慨："这孩子，一个人孤身在国外多不容易啊。买个吃的买个穿的，打个车，坐个地铁，听个音乐会，谈个女朋友什么的，不都需要钱吗？"

秦宇将叔叔汇去的钱积攒下来买了一辆赛车。他疯狂地迷上了飙车，在求学之余便跟哈佛大学的飙车一族玩飙车，没多久他便青出于蓝甩开了那些教他飙车的前辈，最后成为哈佛大学一带的地下飙车王子。

那些飙车高手对秦宇的评价是："一个完美得近乎恐怖的家伙，这家伙身上有一种王者气息，也许死神也会害怕他这种气息。所以他能够屡屡创造有惊无险的飙车奇迹！"

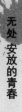

秦天明的女儿秦韵比秦宇小一岁，从 A 省大学政治学院本科毕业后在秀山区公务员公开招聘中考了个文化局副局长的职位，干得有声有色的。许多长辈预言她以后极可能成为兰宁的政治明星。

秦韵大美女在秦宇回来的第一天便当着父母的面和秦宇来了个贴贴实实的拥抱，弄得秦宇满脸通红。她却哈哈大笑："哥，你在国外都接受了些什么教育啊？居然一个拥抱还把你弄得满脸通红的？你不会在国外这几年连女人都没碰过吧？"

秦天明训斥道："韵韵，你看你胡说八道些什么啊？你看你阿宇哥多高贵多文雅，而你，永远是一副野丫头形象！看你以后怎么嫁得出去！"

秦韵无所谓地耸耸肩膀说："爸，我这辈子根本就没打算嫁人！因为这世上再也找不到阿宇哥这样优秀的男人了。而我又不可能嫁给阿宇哥。唉。自从我的生命里有了一个阿宇哥，这世间的男人啊在我心目中便都犹如粪土了！人生最不如意的事情莫过于此啊！这就是我身为阿宇哥妹妹的悲哀啊！"

随即，秦韵又蛾眉深蹙地感叹道："唉，上天对我不公啊！每个女孩都可以追求阿宇哥，而我却不能！爸，你不觉得我很痛苦很可怜吗？你应该同情我才对啊！"

秦天明彻底拿这宝贝女儿没了办法。此后，秦韵常常跑进秦宇房间，缠着他问这问那的，比如国外校园的浪漫爱情啊，趣闻轶事啊，害得秦宇疲于应付。

秦天明见秦宇机场回来后情绪很低落，便关心地询问他是不是没有接到夏飞燕。秦天明是认识夏飞燕的，也知道秦宇对夏飞燕的感情。这位如今在中国娱乐圈炙手可热的影视歌三栖明星的确是风情万种，有足够令男人迷恋的实力。

秦宇伤感地笑了笑，如实说："人倒是见到了，不过她装作不认识我，上了一辆劳斯莱斯银魅。"

秦天明诧异地说："劳斯莱斯银魅？整个 A 省只有燕涛有一辆，如此说来这夏飞燕很有可能是燕涛的地下情人。"

秦宇疑惑地问："燕涛？什么来头？"

秦天明说："A 省首富，A 省最大的民营企业家，绿城集团的总裁，总资产超过六十五亿。在兰丹有一家 A 省最大的绿城矿业公司，名下有七家锡矿和锌矿，另外，他还开了一家娱乐公司，拥有一家五星级酒店和一家高档俱乐部，还有一家绿城房地产开发公司。这个人可不简单，他在 A 省跺一跺脚，都会产生六七级地震。他是个在黑道、白道和红道都吃得开的大人物，不过，我跟他交情还不错！他向来会给我几分薄面。"

说到这，秦天明若有所思地说："哦，我想起来了，夏飞燕从艺术学院毕业后就在燕涛的绿城俱乐部当歌手,因为年轻貌美能歌善舞很快成为俱乐部的台柱。后来夏飞燕又签约燕涛的绿城天娱公司,燕涛在不到两年的时间内便将她捧红,找国内最好的唱片公司为她量身定制了两个专辑,另外投资一个多亿与国内最著名的导演合作拍摄了一部电影和一部电视连续剧,都指定由夏飞燕担纲主演。从这些现象看来夏飞燕肯定是燕涛的地下情人。因为我太了解燕涛了,这家伙有钱也大方,但极好美色,如果他从夏飞燕身上得不到相应的好处,他是不会这么力捧她的!小宇,我看你还是对夏飞燕死心吧!凭你超凡脱俗的才华和各方面的条件,你要什么样的女人没有啊?随便一抓都有一大把啊!"

秦宇未置可否地笑了笑,笑得有些伤感。他不是傻瓜,他当然清楚夏飞燕两年前不会无缘无故地突然与他中断了联系,手机换号,QQ和电邮全部作废。当时他便隐隐感觉他与她之间的这份刻骨铭心的感情出现了某种危机。加上今天在机场夏飞燕对他视而不见,他当时便肯定她跟那辆劳斯莱斯的主人有着某种暧昧的关系。而现在得知这辆劳斯莱斯的主人便是拥资数十亿的兰宁首富燕涛,秦宇的心便更加悲凉了。在绝对的权势地位面前,那些倾城倾国的尤物注定只会成为权贵高层者的玩物!

秦宇内心隐隐作痛,他真不想看到今天这种结果。他并不是一个轻言放弃的男子,可是此时此刻他便是再怎么坚持也是枉然。

秦宇在秦天明对面的沙发上坐下,端起秦韵给他泡好的碧螺春,慢慢地品了一口。然后仰靠在沙发上闭目养神。

秦天明放下手中茶杯,点起根香烟,问秦宇:"小宇,接下来你有什么打算?你放弃在美国的前程,专程为夏飞燕回国,现在看来这份付出是没有回报的了。你有没有考虑再回美国发展?"

秦宇黯然地说:"我不会再回去了。我一向疯狂地压榨自己的潜能,但拿再多的学位拿再高的学位,又有什么用呢?我连一份青梅竹马的感情都守不住。我要留在兰宁,我一定要见到夏飞燕,我要她亲口告诉我她跟燕涛之间到底是怎么回事!"

秦天明略带欣喜地说:"你不走也好。其实我倒是很希望你留在我身边。以你目前的学术成就莫说在兰宁,就是在整个中国都已经算得上是明星级人物了。我敢担保不管你是从政还是从商,都会大有前途的!如果你想在政界方面发展,我可以公开举荐你,所谓举贤不避亲嘛。现在兰宁市正在向全社会招聘副厅级副局级干部,以你哈佛大学双博士的身份去公开应聘,一定会旗开得胜、马到成功的!"

秦宇深思良久,突然睁开眼睛对秦天明说:"叔,我不想从政。以我的专长,更适合从商。你不是跟燕涛很熟吗?你能不能给我安排一下,我想面见燕涛,只要能在绿城集团谋到一个高层职位,我就能施展我的商业才能和抱负!"

秦天明呵呵笑道:"这个好办。只要你愿意进绿城集团,燕涛一定会给我这个面子的。"

秦天明随即拨打了一个电话,很快手机的扬声器里便传出一个男子浑厚的声音:"秦市长,您好,怎么想起给我打电话啊?我正想约你这个周末去打高尔夫球呢!有空吗?"

秦天明笑道:"打球嘛有的是机会。现在我打电话给你是有点儿私事。我侄子秦宇刚从美国回来,他在哈佛大学获得了工商管理和经济学双博士学位,是个不可多得的人才。本来我想让他从政,但他说他所学的专业更适合经商,于是我就想到了你。你是 A 省首富,我侄儿可是在美国放弃了好几家跨国大财团的高薪高职聘请,专程回国为家乡尽一份心力。我清楚在 A 省,只有你的绿城集团才能给他提供最大的施展抱负的平台和空间!"

电话那边的燕涛显然很欣喜:"秦宇?哈佛大学工商管理和经济学双博士,是不是报纸上登载的那个读书跳级,在哈佛大学有着学术天才之称的秦宇?"

秦天明自豪地说:"对。就是他。他今年才 24 岁!"

燕涛兴奋地说:"那真是天大的喜讯,这样的人才可是宝啊!什么时候您带秦宇来我家小屋,我们见面谈,如何?"

秦天明说:"选日不如撞日,就今晚吧,你看如何?"

燕涛爽快地说:"好!您带秦宇来用晚餐,正好菲儿也刚刚从北大毕业,我正在家里准备晚宴为她接风呢。"

秦天明笑道:"好啊,菲儿那宝贝丫头也大学毕业了?时间过得真快啊!唉,年轻人都长大了,我们也就都老了。就这样说定了,晚上六点钟,我带秦宇准时到。"

秦天明合上手机,对秦宇说:"燕涛有一宝贝女儿,叫燕菲儿,是北大的才女,燕涛一向视若掌上明珠,去年春节我在燕涛家里见过她一面。这女孩知书达理,温柔大方,不但人长得漂亮,而且琴棋书画无所不通。跟你很般配,说真的,我倒是有心撮合你们。以燕菲儿的才貌和家庭背景,很适合你。"

秦宇倒也不含糊,轻淡一笑:"见面再说。也许我看得上人家,人家看不上我呢。感情这东西强求不得,还是一切随缘吧!"

晚上六点，秦宇驾驶着秦天明的专车，准时来到燕涛建于南湖山顶最高处的听风阁。

这是一座占地一百二十多亩的大庄园，外围整体由红砖砌成的一米二高的围墙加一米二的铁栅栏围绕，铁栅栏上绕满了蔷薇花，甚是优雅漂亮，并散发着阵阵清香。人站在外面隐隐约约大致可看清庄园内的景致，大庄园里面有网球场、高尔夫球场、人工湖，还有假山和园林，而建筑只有三幢别墅，最大最豪华的一幢由燕涛和女儿燕菲儿居住。次之的一幢别墅是一个豪华会所，是Ａ省境内的富豪们闲暇时经常聚会的地方，还有一幢别墅则纯粹供燕涛的保镖亲信及仆人们居住。

秦宇的轿车开到庄园大院门前，电子门自动徐徐打开，对于秦天明的专车车牌号，庄园的护院保镖自然是熟记于心的。车子开进庄园，秦宇将车速放得很慢，慢慢地欣赏沿途的景色。

庄园内有一个巨大的人工湖，占地约五十亩，湖边绿柳成荫，湖面上还有一艘豪华游艇。湖中间有一个漂亮考究的亭子，一切尽显奢侈。除此之外，庄园内还有一个占地约三十亩的小型高尔夫球场以及一个网球场。

秦宇将车直接开到燕涛的大别墅门外停下，这幢独体大别墅占地约十五亩，院子里有四季如春花香扑鼻彩蝶飞扬带喷泉和假山的大花园，还有一个水清见底的非常豪华气派的室外游泳池。秦宇暗自感慨：这一切太过奢侈了，看来这燕涛还真是一个非常懂得享受的家伙！

管家范僧听到车声从别墅里出来，打开别墅大铁门，恭敬地对秦天明说："秦市长，您来了？"说话间，范僧有意无意地朝秦宇多看了两眼。秦宇微笑着朝范僧点了点头，算是打了个招呼。

这个范僧五十多岁、一米七的个子，其貌不扬，但秦宇看得出这位范老管家有一身干练的功夫。他的手很稳，拉开大铁门时轻松得好像是拉一扇木栅栏一样，显示出了强大的手劲，秦宇估计等闲的十几二十个大汉肯定近不了他的身。

秦宇和秦天明走进别墅，别墅一楼大客厅的装潢极尽奢华，所有装修及家具全采用进口名牌，金银箔墙身、百年榆木地板、整张马驹皮缝制而成的茶几，奢华程度令人叹为观止，如置身梦境之中。

看到这些，秦宇心中止不住感慨：这个世界永远是不公平的，有人每顿山珍海味鱼翅燕窝，而有人却不得不靠出卖肉体换取面包；有人住着常人几辈子都买不起的豪宅，而有人却像狗一样被城管人员驱逐，连个立足之地都没有；有人开着上千万的极品跑车，而有人却不得不为节约两元钱车费在烈日下踽踽独行；这就是这个世界的写照，如今的贫富不均已经到了令人难以置信令人发指令人不安的地步。

燕涛从楼上书房下来，笑呵呵地对秦天明拱手客套："哎呀！秦市长亲自光临，燕某有失远迎，还望恕罪，还望恕罪啊！"

秦天明笑道："你我是多年的朋友了，就不必过于客套了吧。"

秦宇默默地打量了燕涛一番，这位A省首富四十四五岁的样子，身高不会超过一米七，显得有些壮实和富态，皮肤比较白，眼睛有点偏小，笑起来像根线，眯起来像把刀。有点啤酒肚，身上的穿着看似普通随意，但秦宇是识货的，那全是世界级服装设计大师的手工定制服，随随便便一套都是十几万。

燕涛也满心欢喜地打量着秦宇，见秦宇身材挺拔、相貌英俊、一表人才，高兴地说："想必这位便是秦公子吧？果然一表人才，超凡脱俗啊！"

秦宇恭敬地叫了声："燕叔。今后请多关照。"

"好说好说！"燕涛满脸笑容，将秦天明和秦宇请到大厅的真皮沙发上坐下。

大厅里灯火辉煌，一派繁华而繁忙的景象。佣人正在餐桌上布置碗筷，秦天明没有看到燕菲儿的身影，便问燕涛："你那宝贝丫头呢？"

燕涛说："在楼上闺房看书呢。"随即吩咐范僧，"范管家，去叫小姐下来吃晚饭吧，就说秦市长和秦公子两位贵客已经到了。"

当燕菲儿苗条的身姿款步姗姗地走下楼阶时，秦宇的目光一下子就落在了她的身上。长发飘飘、螓首蛾眉，妩媚纤弱，肌理细腻，骨肉均匀，水灵灵的剪水秋瞳，白皙如同天鹅一般的颈项下露出一小片光滑如玉的肌肤，让秦宇心中唯有"惊艳"二字。

燕菲儿与秦宇的目光交汇的那一刹那，脸上顿时浮现了一丝羞涩的微笑，脸蛋儿有些微红，然后装作不经意地又瞟了秦宇一眼，一颗芳心扑通扑通地直跳。秦宇给她的第一感觉便是这家伙太帅了，还有嘴角那抹淡淡的笑意非常的魅惑人，让人情不自禁地心慌，心跳加快。

本来燕菲儿今晚约好了一些朋友到家里来聚会，但燕涛告诉他今晚秦副市长要来家里做客，还会带来一位非常尊贵的客人，不适合有外人在场，改天再邀请朋友们聚会就是了。当燕菲儿从父亲口中得知那位尊贵的客人是秦副市长刚从美国哈佛大学学成归来的侄子秦宇时，原来打算抗议的她安静下来了，打电话给朋友们一一推掉今晚的聚会，然后充满欢喜和期待等待着秦宇的到来。

据说秦宇那家伙从小便有神童之称，读书跳级，双学士双硕士双博士一路文凭拿下来，在美国哈佛大学可谓是出尽了风头。燕菲儿在报纸和网络上看到过一些介绍秦宇的文章，真心期盼见到这位传说中的学术天才。她想：但愿他不会是那种只懂做学问，在生活方面毫无情趣的书呆子。

现在看来应该不会是书呆子了，这样一位大帅哥，不知迷倒过多少痴情少女。唉，他一定有女朋友了吧？或许还会有许多女朋友呢。燕菲儿神情黯然地想。

酒菜很快就摆上了巨大的纯天然大理石餐桌，菜肴非常丰盛，要说以前的宫廷盛宴也不过如此，极尽奢侈，天上飞的地上跑的水中游的树上生的土里长的，山珍海味、珍禽异兽，应有尽有。但餐桌旁吃饭的只有四个人。

燕涛先将燕菲儿介绍给了秦宇，秦宇友好地冲燕菲儿点头微笑："燕小姐好！"燕菲则默默地对秦宇点了点头，表示认识了。

佣人早在旁边给四人的杯子里倒满了酒，燕涛端起酒杯，对秦天明说："来，秦市长，感谢你这么多年一直对我关照有加，我先敬您一杯！"

秦天明举杯笑道："今天不搞这一套，今天我可是沾了菲儿的光。今天是你为菲儿大学毕业举办的接风宴，也是庆贺宴。我提议我们和两个孩子一起干一杯！"

燕涛满脸欢喜地说："好！我们一起来。干杯！"

秦宇随和地举起酒杯，燕菲儿也举起了酒杯。四人轻轻碰杯，相继饮尽了杯中酒。

燕菲儿喝酒的动作很缓慢很优雅，喝完酒，她悄悄地瞟了秦宇一眼，然后轻轻地放下了酒杯。

酒入香腮红一抹，旁有两颊生梨涡。世间最动人的风情莫过于此。

秦宇脉脉地看了燕菲儿一眼，内心有一种温柔的东西在溢动。他觉得燕菲儿真的是个温柔可爱的女孩，像大家闺秀般优雅动人。

秦天明默默地将燕菲儿的表情看在了眼里，他相信秦宇对少女的杀伤力。没有哪个接触过秦宇的女孩子不会对他暗生情愫。他相信燕菲儿对秦宇是有着十分的好感的。于是他笑着对秦宇说："小宇，你可以陪菲儿说说话，你们都是年轻人，应该会有许多共同语言的。"

燕涛也说："对。你们可以边吃边聊嘛。"

秦宇微微笑了笑。没有吭声。燕菲儿更是抿着嘴，俏脸绯红，埋头不语。

酒过三巡，燕涛对秦宇说："秦公子，我跟秦市长是多年的朋友了。我的事业能够做大做强，秦市长帮了不少忙。撇开你自身的实力不说，就凭秦市长的举荐，我也会给你在集团安排一个重要职位。如果你愿意的话，明天就到集团来上班吧，做我的特别助理，跟在我身边随时为我出谋划策，指点迷津，同时，我会给予你最大的用武之地，让你施展你的抱负和才能！你看如何？"

秦宇笑道："行。我就先试试看，如果到时燕总裁觉得我是个绣花枕头，随时可以把我开了！"

燕涛哈哈大笑："秦公子说笑了。像你这样的旷世奇才岂会是绣花枕头？"

晚宴结束后，秦天明和燕涛小聊了一会儿，燕菲儿和秦宇也聊说了几句话。她问秦宇是不是曾经就读于兰宁一中，秦宇说是，他在邕宁老家念了半年初一便转学到兰宁一中初中部，一直念到高中。燕菲儿高兴地说："我也是在兰宁一中念的初中和高中，不过比你后了好几届。你知道吗？在兰宁一中你一直是同学们的精神偶像！你用四年时间修完了初中和高中六年的课程，而且几乎每科成绩都是满分，英语更是让老师都自叹不如。"

秦宇平淡地笑了笑，谦虚地说："这只不过是老师的'造神运动'而已。其实我能做到的事情许多人都可以做到。"

燕菲儿睁着一双大眼睛，笑道："那么恐怖的成绩，全国十几亿人中也没有几个人可以做到。你有点谦虚过头了。"

秦宇依旧平淡平静地说："我说的是实话，只要合理地利用时间，别说四年修完初中高中六年的课程，就是两年修完初中高中六年的课程也不是什么难事。其实我们念书有许多时间是花费在玩耍上了。平时那些周末不说，仅仅寒假暑假就足可以修完两个学期的课程了。读书其实并不难，只要有心，往往是可以做到一通百通、触类旁通的。"

燕菲儿笑道："说起来简单，做起来就困难了。现在都提倡给学生减负呢，像你这样读书还不活活把人累死啊？"

秦宇说："读书靠的是兴趣，没有兴趣切不可强求。还有一点读书切不可死读书，死读书是见不到成效的。如果单单指一本课本的话，老师一天天地教得教半个学期，如果我自学的话最多只需要一个星期。所以通常我是自己安排读书时间，老师也乐得轻松。只要你能交出好成绩，老师才不管你呢。所以我一直在跳级。这样读书是种乐趣，有一种永无止境向上攀登的欲望和激情。"

燕菲儿说："我有个想法，我想发起一次规模宏大的同学会，邀请历届兰宁高三毕业生聚集在一起。我跟我父亲提过这个想法，他说他绝对支持我。我想邀请你也参加，你看行吗？"

秦宇微笑道："这是件好事。可以见到许多多年未见的朋友。我当然乐意参加！需要我帮什么忙吗？"

燕菲儿狡黠地笑道："我想在报纸上为这次同学会做个广告，这样可以邀请到更多的同学参加。同时我想在广告中特别声明你到时也会到场。"

秦宇一点也不正经地说："你可千万别拿我做广告。这样不好。到时造成交通堵塞那我的罪过可就大了。你也知道我在兰宁一中的影响力和杀伤力可不是一般的大，是超级的大！"

燕菲儿开心地笑了，她听得出秦宇的言下之意是："随便你怎么操作，我没有意见。"看来秦宇这人还很好接近的。英俊帅气、风趣幽默、多才多艺，这样的男人正是燕菲儿所钟情的。

秦天明和秦宇向燕涛辞别，燕涛将他们送出别墅，目送他们上了轿车。

秦宇钻进驾驶室，发动车子一踩油门，在燕涛和燕菲儿的瞠目结舌中狂飙而去，在庄园门口拐弯处居然没有丝毫减速反而直接加速以 S 字形漂移绝技狂飙而去。

燕涛望着车尾消逝的白烟，对燕菲儿笑道："这小子，简直不比一般！总会带给人惊喜！可能他还有许多狂傲的本钱，我们还没发现呢！"

第二章: 魅惑众生

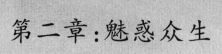

1

　　燕菲儿将举办同学会的想法跟兰宁一中校长说了,校长非常支持,一来校长觉得这位从兰宁一中毕业的北大才女很有号召力,二来作为A省首富千金的她有这个组织能力和财力。当校长听说在哈佛大学获得工商管理和经济学双博士学位归来的秦宇届时也会参加时,更是激动得满面红光,连说:"好,好,好!这是件大好事!需要校方做点什么吗?"

　　燕菲儿说:"我想您以学校的名义在报纸上登个广告。就说兰宁一中将举办有史以来规模最大的一次同学会。欢迎历届兰宁高三毕业生参加,有意参加的请提前一周向学校报名,学校可在报纸上公布一个报名热线电话。并请愿意展示个人才艺的同学报上自己的节目。到时我要编排一台精彩的晚会,并把届时秦宇会到场助兴的消息也发布上去。我相信这样一来,这次同学会的规模一定会是非常庞大的。至于产生的有关费用,我跟我父亲已经说好了。由绿城集团全部负责。"

　　校长兴奋不已,举办一场规模庞大的同学会并邀请诸如秦宇这样的天才学生到场助兴,这样的举措对校方来说可是千载难逢的好事,起码对鼓励学生的上进心,以及在激烈的竞争中吸收优秀学生会起到不可估量的积极作用。

　　燕菲儿还颇有兴致地说:"到时我看同学们的报名节目单,如果节目丰富多彩并且富有艺术性和娱乐性,我会考虑跟A省电视台合作,请来电视台最出色的主持人,并搞一次现场直播,这样可以大大提升学校的知名度,您看如何?"

校长激动地说:"好,好啊!这想法大胆,有创意!我们兰宁一中毕业的才子佳人可真不少,就是开一场盛大的文艺晚会也不会缺乏人才。这个我是很有信心的。夏飞燕也是从我们兰宁一中高中部毕业的。如果到时能够请她到场助兴,我看电视台一定会非常愿意跟我们合作的。"

燕菲儿自信地说:"放心吧,我可以请动她。她是我父亲一手捧红的,我跟我父亲说一说,她不会不给我这个面子的。再说了,她也是兰宁一中的一员嘛!"

燕菲儿跟校长商定之后,校长第二天便在报纸上登载了兰宁一中将举办有史以来规模最盛大的同学会的消息。并公布了年仅24岁便在美国哈佛大学获得工商管理和经济学双博士的天才帅哥秦宇及影视歌三栖明星夏飞燕届时将会到场助兴的消息。

这消息公布之后,兰宁一中的同学会报名专线电话便整天响个不停,历届兰宁高三毕业生有70%报名要求参加同学会,其中不少同学还纷纷报上了自己的拿手节目,说到时一定要在晚会上好好露一手。当然这其中还是以年龄在三十岁以下的年轻人居多。毕竟这是一场年轻人的聚会,那些早年从兰宁一中毕业的中老年人自觉不便与年轻人搅和在一起,多数已成为下岗工人的他们也没有这份激情,许多人过日子都过麻木了,哪还有心情凑这份热闹?

在规定期限内报名的同学共有一千多人,上报的精彩节目有近两百个,经过仔细筛选,保留了二十个节目,其中包括影视歌三栖明星夏飞燕的独唱《那时桃花》,北大才女燕菲儿的芭蕾舞《天鹅湖》,哈佛双博士秦宇的钢琴独奏《命运交响曲》,兰宁第一美女——超级名模方芸的小提琴独奏《爱之喜悦》,A省鼎盛房地产开发公司副总经理陈爱莲的独唱《月亮代表我的心》,另外还有一些帅哥靓女的街舞表演等等。

不出燕菲儿所料,当报纸上登载秦宇和夏飞燕两位名人也将参加同学会的消息后,电视台主动跟校方联系,说到时将全程关注同学会的进程,并对节目进行现场直播。

当校长将这个消息告诉燕菲儿时,燕菲儿正在跟父亲撒娇,要燕涛将绿城俱乐部停业一天,交给她作为举办同学会的场地。开始燕涛还不太乐意,毕竟停业一天要损失数十万。后来听说电视台将全程关注并对同学会的节目进行现场直播,觉得这也是免费给俱乐部做广告的大好时机,立即便答应了下来。

接下来,作为同学会的发起人,燕菲儿跟电视台进行了接洽,她要求A省电视台派出一位资深节目主持人到现场主持节目,同时派出一位艺术编导对参选节目进行筛选和彩排,力争在直播时不出任何纰漏。电视台答应了这个合理要求,事实上燕菲儿所想的也正是电视台认为必须要做到的。如果节目弄砸了受损失和非议的只会是电视台,对那些参加同学会的人倒是没有什么损失。

同学会的日期定在8月26日。在此之前,节目已经经过数次彩排。只不过秦宇和夏飞燕没有参加彩排。燕菲儿本来也要求秦宇去参加彩排的。秦宇坏坏地笑道:"对不起,我不习惯参加什么彩排,彩排来彩排去的,本来有激情的节目也变得麻木不仁没有感觉了。如果你相信我就别再跟我提彩排的事情。我到时一定会给大家带来惊喜就是了。"

而夏飞燕这样的大明星就更不用说了,她笑着对燕菲儿说:"到时我到场就是了,上台唱一两首我最拿手的歌,哪里还用搞什么彩排?这点信心我还是有的。你就放心吧,不会弄砸你的节目。"

8月26日在人们的期待中终于姗姗到来,当晚七点,绿城俱乐部霓虹闪烁、张灯结彩、灯火辉煌。一排排漂亮的小轿车停靠在绿城俱乐部的大门两侧。别小看这次同学会,这可是A省首富燕涛的独生女燕菲儿以酒会的规格操办的一次同学之间的盛宴。先且不说每个到场的同学都会获赠一杯价值四百元的红酒。单单绿城俱乐部一晚的包场费也是数十万之巨。除了燕菲儿,在兰宁谁又能有这个财力和号召力?

前来参加同学会的男男女女也多半不是庸人,他们一个个非富即贵,有些出身于官宦之家,是高干子弟,有些出身于富豪之家,是大老板的公子小姐,有些自己已经有了一定的身份地位。所以他们几乎都是乘坐家族的专车或者驾着自己的私车来的,一个个脸上都洋溢着自信的微笑。

电视台的车子早早的就到了,主持人和摄影师各就各位。那些即将上台表演节目的同学更是早早地到场,有些还在悄悄地酝酿感情,进行上台前的最后演练。今天晚上将会给他们的人生增添精彩亮丽的一笔。

在燕菲儿盛情邀请下,夏飞燕也早早地就和燕菲儿一起乘坐燕涛的那辆劳斯莱斯银魅专车来到了绿城俱乐部,开车的是燕涛的司机兼贴身保镖方斌。劳斯莱斯银魅一在绿城俱乐部门口停下,立即引起无数花花公子和富家小姐的惊羡之声。当他们看到从车上下来的两个超级大美女一个是燕涛的掌上明珠北大才女燕菲儿,一个是名震天下倾城倾国的影视歌三栖明星夏飞燕时,更是惊讶得嘴巴张成了O形。这份视觉冲击给他们原本还有些自傲的心灵造成了强大的震撼。

跟这两个女人比起来。他们和她们又算得了什么呢?

许多男男女女在夏飞燕下车后便拥上前去将她团团围住,向这位平时难以攀交得上的同学问好并索求签名。夏飞燕一一满足他们的要求。因为她清楚这个时候她是不能拿架子的,任何一个歌手也好,演员也罢,歌迷和影迷永远是他们的衣食父母，得罪不得。尤其是这帮粉丝还是她的同学，得罪任何一个都可能被人家大做文章。

在夏飞燕忙得不亦乐乎地签名时，燕菲儿进俱乐部四处寻找了一遍，没有见到秦宇。于是又跑到俱乐部门外，她要等秦宇到来，如果秦宇今晚不来，这个同学会对她来说将会失去应有的意义。

就在夏飞燕忙着给同学们签名的时候，一辆奥迪A6风驰电掣而来，在人群前以一个漂亮的甩尾直接将车停在俱乐部门前的一个停车空位。有几个车迷用目光测量了一番，那个车位如果是普通人倒车，就算花费一番工夫也不一定能倒得进去，而这家伙却直接甩尾倒进那个并不怎么宽敞的停车空位。这份车技简直比夏飞燕给他们带来的震撼还要强大百倍。

这家伙是谁？许多同学暗自在心里发问。对于强者，人们总是好奇的。

燕菲儿的脸上悄悄地现出一抹欣喜神色。她知道秦宇来了。

奥迪轿车的车门打开，从车上走下一个神色冷傲俊逸不凡的青年男子。那挺拔的身躯，那不胖不瘦恰到好处的身材，那明亮有神而略带忧郁的双眸，那抹嘴角微微翘起的微笑，给现场的女孩子带来的震撼可不是一点点，她们一时之间想不起这位帅哥究竟是谁？好像她们的同学中没有这样一个角色吧？这会不会是燕菲儿或电视台请来助阵的某位明星？

在人们的猜疑中，燕菲儿欣喜地迎上前去："秦宇。你来了！"

秦宇对燕菲儿微微一笑："我说过我会按时到的。我向来一言九鼎，对任何人，我的承诺都有效！"

夏飞燕签名的手微微地颤抖了一下，同时她的身子和心灵也微微颤抖了一下。她看到了那个似乎永远嘴角都挂着微笑的男子，那个无数次出现在自己梦中的身影如今实实在在地出现在自己面前，可是自己内心除了欣喜之外，更多的是恐慌和无法面对的尴尬。

秦宇朝被同学们众星捧月般围在核心的夏飞燕瞟了一眼，对燕菲儿说："那个·就是大明星夏飞燕吧？"

燕菲儿微笑着说："是啊。你十四岁从兰宁一中考上哈佛大学时，她刚好考入兰宁一中高中部。所以你们虽然是同一个母校的同学，但是应该认识的几率不大，你怎么会认识她？不会仅仅是从网上了解了一点她的情况吧？"

秦宇冷笑道："我怎么会不认识她。我从小跟她一起长大，她是我的邻家小妹。不过现在就怕我认识她她也不认识我了。"

秦宇沉稳的步调在经过被追星族包围的夏飞燕身边出现微小的停顿，但是须臾间便继续向前走，那对黑色眸子有着浓重的不屑和蔑视。

燕菲儿听到秦宇鼻孔中发出的那声低低的冷哼声。她隐隐觉得秦宇跟夏飞燕并非只是邻居关系这么简单。她似乎感觉得到秦宇对夏飞燕有着深深的怨怼之情。如果真如他所说他们是邻居,此时见面应该亲切地上前问候才对啊。可为什么他却对她视若无睹,她也对他置若罔闻呢?

这情况太反常了,她幽幽地想:这样一对才貌双全的男女,他们碰撞在一起,会没有故事发生吗?

夏飞燕看见秦宇从自己身边漠然走过,心里一阵刺痛,看来秦宇真的是被自己伤透心了。可是她那么做并非她的本意,更非出自她的真心。她是被迫更换手机号码,被迫废弃原来的电子邮箱和QQ号码。她是被迫在机场装作跟他不认识。因为她的身边随时跟着燕涛特意安排好的眼线,那些保镖美其名曰是保护她,其实就是时刻监视着她的一举一动。

燕涛公然威胁她说他可以将她捧上天,也随时可以将她打入十八层地狱。她付出了太多,她牺牲了太多。她不想被打回原形。

夏飞燕的心在流泪在滴血。她目送秦宇和燕菲儿亲密地走进俱乐部。

2

秦宇跟随燕菲儿进了俱乐部,在最前排的位子上见到十年未见的于校长,他正跟A省电视台漂亮的著名节目主持人杨俐聊天,杨俐是今晚晚会的主持人。于校长一眼便认出了秦宇,激动地站起身来紧紧地握住秦宇的双手:"秦宇!见到你真是太高兴了。"

秦宇充满敬意地说:"校长您身体还好吧?我可是从来没有忘记过您啊!以前在一中您给过我许多帮助。我跳级还是您特批的呢!"

于校长说:"老了,身子骨没有以前硬朗了。不过见到你我就精神抖擞了,因为有你作榜样,现在一中的学习氛围越来越好了,成绩也越来越突出了。"

作为A省电视台著名节目主持人,杨俐自然早就听说过秦宇这位大才子的一些事迹,她打算抽空对秦宇作个人物专访,她如崇拜明星般掏出自己的名片,问秦宇能不能抽个时间接受她的"人物专访"。秦宇说现在还没有这方面的打算,以后有这个打算时会主动跟她联系。

杨俐心里微微有些失落,知道秦宇这是委婉地拒绝了她。看来这小子还真有些孤傲。就是那些大明星和政府要员也极少有人拒绝她的专访。

离晚会节目开始的时间差不多了。夏飞燕终于给那些崇拜自己的认识或不认识的同学一一签完了名,然后疲惫不堪地进了俱乐部,那些获得夏飞燕签名的同学也带着心满意足的微笑陆续进了俱乐部。

二十多个俱乐部的侍者端着巨大的托盘,在俱乐部里来回穿梭,一一给到场人员分倒了一杯价值四百元的红酒。

这场同学会其实是一场精英的聚会,也是一场帅哥靓女的聚会。那些男生们一个个打扮得英俊帅气,女生们一个个打扮得花枝招展分外妖娆。他们端着红酒或风度翩翩或仪态万方地穿梭于学友们之间,相互找寻着自己的知己。或真诚地交谈,或刻意地攀交。

在一片嘈杂声中,晚会拉开了序幕。当兰宁著名节目主持人杨俐迈着轻盈的脚步走上台时,所有的声音都安静了下来。这些社会精英们开始选择位子坐了下来,静静地品着杯中的红酒,充满期待地欣赏着接下来的节目。

首先上场的是兰宁一中的于校长,他代表学校发表讲话:"非常高兴能和大家一起共度一个美好的夜晚!今晚是兰宁一中高三历届毕业生相聚一堂的大好日子。这次同学会的发起人是我们的北大才女燕菲儿同学,所有的费用则是燕菲儿的父亲燕涛先生一人赞助。在此,我代表兰宁一中和广大同学对燕涛先生表示真诚的谢意!时间过得不是一般的快啊,转眼之间大家都大学毕业了,许多同学都有了自己的事业和光辉灿烂的前程。比如夏飞燕同学,她现在已经是名震天下的影视歌三栖明星,是我们兰宁的形象大使。比如秦宇同学,今年24岁的他获得了哈佛大学工商管理和经济学双博士。秦宇同学的才华莫说在我们兰宁,就是放眼整个中国也是凤毛麟角,无几人可与之相提并论!当然在座之中还有许多出类拔萃的人才,比如方芸同学,她享有'兰宁第一美女'的美誉,是名震全国的超级模特。可以说我们兰宁一中培养出来的人才是不胜枚举啊!所以,作为兰宁一中的校长我觉得非常骄傲非常自豪!所以,今天能看到这么多的社会精英相聚一堂,我真的是发自内心的高兴!"

于校长在热烈的掌声中退下台后,主持人杨俐开始报出第一个节目,是一个集体舞蹈,领舞的是燕菲儿。 群美女翩翩起舞,惊艳四起。

接下来的节目有小品、相声、独唱、独舞、萨克斯独奏、笛子独奏,可谓是丰富多彩应有尽有。这些节目经过多日的排练,成效显著。不过还不能达到震撼性的效果,演出进行到高潮部分时,主持人宣布秦宇上场。

杨俐极度煽情地说:"接下来上场的是秦宇同学,秦宇同学刚从美国学成归来,获得了哈佛大学工商管理和经济学双博士学位。哈佛大学校长劳伦斯·萨默斯曾经这样评价秦宇:'他是21世纪的全能型天才!是哈佛大学的传奇!他多才多艺,气质非凡。无论走到哪里,他都是鲜花与掌声中的焦点。他相当孤傲而有个性,是所有美女追求的对象。对于好学生和叛逆的学生来说,他都是典范,恐怕哈佛大学以后很难有这样有个性的学生了!'能获得哈佛大学校长如此赞赏的学生可以说前无古人后无来者!我相信大家一定是充满期待吧?那么接下来就请秦宇同学为我们展示他的非凡实力。他将为我们献上的节目是:钢琴独奏,贝多芬的《命运交响曲》。"

秦宇在音乐方面有着极高的天赋,几乎可以誉为难得一遇的音乐天才,他从小就在父母的要求下苦练钢琴,加上自身的天赋,他的钢琴水准相对于一般的钢琴家来说,足以让他们自惭形秽,无地自容。

台上摆满了伴奏乐器,除了吉他、电子琴、电贝司、架子鼓等等一应俱全之外,还摆放着一台昂贵的德国进口钢琴。此时,灯光正打在那架钢琴上,宽敞的演出大厅安静异常,所有人都注视着台上的那台钢琴。

秦宇在众人的期待中缓缓地从幕后走上台,一束舞台灯光从高处激射下来,笼罩着他追随着他走到那架流光溢彩的钢琴前。秦宇修长的身影优雅地在那台钢琴面前坐下,这个俊逸非凡的帅哥此时是那么的高贵优雅,如同童话小说里高不可攀的白马王子。

优美丰富意境深远时而悲怆时而激昂时而婉转时而凄迷的贝多芬《命运交响曲》从秦宇的指尖倾泻而出,不仅仅诗人可以用华丽的词汇将或宁静悠远或悲欢离合的人生意境描绘出来,秦宇用自己超凡的实力证明用音符依然可以将这份惆怅这份忧思这份激奋演奏出众人对命运的无限遐想和沉思。

坐在台前第一排位子的气质儒雅的于校长对身边的副校长感叹道:"拥有如此娴熟的指法完全是世界顶级水准中的佼佼者,而且充沛的感情赋予音乐灵动的生命,这就不是光靠刻苦训练能够达到的境界了,靠的全是悟性和天赋!秦宇不愧是天才啊,他各方面的成就足以令人仰慕三生!中国终于有真正傲视世界的人才了!"

秦宇的钢琴才华震撼了现场每一个人,而燕菲儿更是瞬间陷入痴迷之中,从三岁便开始练习钢琴,至今浸淫钢琴十九年的她最清楚秦宇的这份从容而优雅的实力,贝多芬的《命运交响曲》能够弹到秦宇这种境界的除了那些世界级钢琴大师,就是音乐学院那些教师和教授也不一定会有这份功底。难怪网络上评议秦宇是个超级天才、怪才、全才。难怪有人说他的钢琴技艺已经达到大师级别。燕菲儿那平时还颇为自得的钢琴技艺跟他比较起来,简直就是小巫见大巫,相差何止一个境界?!

这个家伙还会有多少令人震撼的秘密呢?燕菲儿默默地想。

夏飞燕在台下默默地注视着秦宇,内心充满了甜蜜和痛苦。能见到自己心爱的男人无疑是件幸福快乐的事情,可是她的内心却又是无比沉痛的。因为她不敢爱他,甚至不敢跟他像普通朋友那样亲近。人世间最痛苦的爱,莫过于你爱你的人近在身旁,却犹如远在天边。

曲毕,不等灯光亮起,秦宇就已经走下台回到那个角落,与杨俐擦肩而过时,他看到这个美女主持一脸的狂热崇拜。

接下来主持人杨俐报出的节目是兰宁第一美女方芸的小提琴独奏《爱之喜悦》。

方芸优雅地一躬身,当她拿起小提琴的那一刻,身上的古典气息更加明显,原本就绝美的容颜愈发动人,灵动的《爱之喜悦》如水银般从她的指尖倾泻而出,《爱之喜悦》是20世纪最富盛名的小提琴大师克莱斯勒(Fritz Kreisler)的成名曲,全曲为三段式,充满喜悦欢乐浪漫的情调,极富沙龙风味。中段十分温厚亲切。本曲在运用三度双音上独具一格,把小提琴的华丽、灵秀表现得韵味深长。

秦宇眯着眼睛,默默欣赏着感受着这位兰宁第一美女的绝世风韵。

台上的方芸时尚而典雅,艳光四射,媚而不俗,不愧是超级名模,懂得修饰打扮,懂得恰到好处地魅惑众生。粉色荷叶边无袖上衣搭配绸缎半身鱼尾裙,绑带高跟凉鞋和那双露出的圆润小腿,衬托出一种修长芳郁如兰的气质,她的打扮在今晚这种场合虽然并不显得太过庄重,但是那种休闲意味的典雅在所有参加晚会的女性中显得鹤立鸡群。蕾丝和荷叶边是女人传达性感的制胜法宝,在细节中体现优雅和女人味也正是这个女人的精致之处。不施脂粉,清水出芙蓉的容貌,微卷而蓬松的秀发梳成一个小发髻更为她增添了几分冷艳气质。更具画龙点睛韵味的是她胸前那颗极为耀眼的黑色珍珠坠子,它把她衬托得更是艳冠群芳,漆黑的珍珠与她胸前的那片雪白肌肤构成最强烈的对比,给人以清逸冷傲超凡离群的感觉。

秦宇暗自想:兰宁第一美女,她的确当之无愧!如果有机会,我一定会主动追求这个女人!

晚会中所有的男人女人都屏气凝神地观看台上的方芸表演。他们惊诧于这位苗族女孩高贵典雅的气质,更惊诧于她那灵动的手指。都说会拉小提琴的女人是高雅的女人。

方芸演奏完毕,优雅地一躬身,带着小提琴从幕后下台。然后坐到台前观看节目。不知是有意还是无意,她正好坐在秦宇身边的位子。秦宇微笑着注视着她:"方小姐的小提琴拉得真是出神入化!"

方芸脉脉地笑道:"哪里,我这点小本事跟你的大师级风范比起来,又算得了什么? 如果我猜得不错,你一定会拉小提琴吧?"

秦宇含笑不语,一副高深莫测的样子。但他嘴角边的那抹浅笑却令方芸这位兰宁第一美女瞬间有种恍然若梦的感觉,这家伙笑起来太迷人了,有种令人不知不觉中毒般的快感。

秦宇从服务生手中接过两杯红酒,递给方芸一杯。秦宇先将酒放在鼻子边吸口气闻了闻,闭目两秒陶醉于酒香之中,然后睁开眼睛对方芸说:"这酒不错!是法国进口原装红酒。难怪要四百元一杯了。燕菲儿发起这次同学会可是让她那 A 省首富的老头子破费不少哦!"

方芸笑道:"你能闻出这酒的产地?"

秦宇点头微笑:"对美酒我好像有某种特异功能,不但能凭酒的香味闻得出酒的产地,甚至我能判断出酒的年份!"

方芸惊诧地望着这位帅得让人心动的男子:"秦宇,你这人究竟有多少秘密?我感觉你太神秘了,你的才华到了令人恐怖的地步。十四岁便考上哈佛大学,一路双学士双硕士双博士拿下来,你说你这样的人还是人吗?"

秦宇撑着下巴优雅地定定地注视着方芸,诡秘地笑道:"我的方大美女,有人说女人是天下最好奇的动物。你该不会是对我产生好奇了吧?我劝你还是早早放下你的好奇心,因为我怕你这样好奇下去,会不知不觉地陷入感情的沼泽之中不能自拔。"

顿了顿,秦宇轻轻地在她耳边说:"我怕你会爱上我!"

方芸脸色一红,半开玩笑半认真地说:"如果真有那么一天,你会不会看着我在沼泽之中慢慢沉沦下去,而不伸出你绅士般高贵的手拉我一把?"

秦宇微笑道:"你说呢?"

方芸抿了口酒:"我不知道。"

秦宇脸上永远挂着那种迷死人的淡淡的不经意的微笑:"你相信自己的魅力吗?"

方芸自谦地说:"我哪有什么魅力。一个普通女人,一个在台上走秀的女人,除了卑微和羞怯,几乎没有任何值得骄傲的资本。"

秦宇以一种充满爱怜的目光投注在方芸的俏脸上,摇头叹道:"错!大错特错了!你是一个非常美貌的女子。知道别人怎么评价你吗?兰宁第一美女。这是别人对你的评价,而我并不仅仅把你看成兰宁第一美女,在我眼中你还是一个超级才女。你是一个很有才华很有气质和品位的女人。你不会告诉我从来没有男人追求你吧?如果真是这样那也只能说明你太高贵了,高贵得令男同胞们自惭形秽不敢靠近你。"

方芸高兴地轻轻一笑:"本来我还以为你是个只懂得读书做学问的书呆子,没想到你的嘴巴这么甜,你一定哄骗了许多女孩子的芳心和眼泪吧?"

秦宇作出一副无辜的样子说:"天啊,难道我看起来像一个大色狼?我可是纯洁得一尘不染啊。如果我告诉你我至今为止还从来没有跟女孩子接过吻,你会不会看不起我?"

方芸突然不笑了。她定定地望着秦宇,脑子像短了路似的。打死她也不敢相信这样一个出色的男子会从来没有跟女人接过吻,当然她清楚秦宇的更深一层意思:他还是童男!

但看起来秦宇并不是在开玩笑。于是方芸便纳闷了,秦宇在哈佛大学求学达十年之久,若说他在开放程度令人咋舌诱惑无所不在的美国还能做到坐怀不乱,那就一定不是什么毅力超人所能解释的了,一定是有一股什么信念在支持他。

于是,方芸含情脉脉地问:"为什么?我想这一定是有原因的。你不会告诉我从来没有女孩追求你吧?因为我从网上看到哈佛大学校长劳伦斯·萨默斯对你的评价,他说你相当孤傲而有个性,他说你是所有美女追求的对象!是不是因为你太孤傲了,看不上那些追求你的女孩?"

秦宇痛苦地摇头道:"是因为曾经我的心里只装着一个女孩。那种宿命的情感令我封闭了自己,拒绝了一切的情感诱惑。"

秦宇慢慢地品了一口红酒,目光飘向了台上,台上美丽得不可方物、高贵得令人仰视的夏飞燕正在倾情演唱她的专辑主打歌《那时桃花》——

还记得那一年的那一天,年少的你我把手牵,正值桃花烂漫好时节,你摇落一园桃花捧起我的脸,对着漫天飞舞的桃花许下誓言,你说长大后要娶我做你的新娘,今生今世永相恋,我说这辈子只做你的女人,海枯石烂情不变。

如今世事已变迁,桃花依旧笑春风,人面却已非昨天,滚滚红尘万丈情缘已沦陷。如今又是桃花盛开的季节,回忆往事心痛难免,多想再回到昨天,看那漫天桃花飞舞,多想青春可以重来,让我回到你的身边……

秦宇沉痛地闭上眼睛,方芸发现这个优秀的男子眼睛隐隐有湿湿的闪烁的泪光。

"那个为你摇桃花的男孩的心已经死了,漫天桃花飞舞的季节也过去了,永远不会再来了!"秦宇低低地呢喃。

"桃花依旧,人面全非。多么感人的爱情故事。"方芸感慨,"夏飞燕唱歌真的很动听,她是用心在唱歌,一点也不矫情。难怪她会那么红!"

秦宇低低地冷笑一声:"方小姐,如果一个女人为了走红,是不是就可以不惜一切,甚至不惜背叛自己的爱情誓言?"

方芸诧异地望着秦宇,再看了看台上的夏飞燕。她看到夏飞燕唱到最后已是泪流满面,一副痛彻心扉的模样。天资聪颖冰雪聪明的她似乎从中抓住了某种信息,她轻轻地含蓄地问:"也许,你就是夏飞燕歌中唱的那个为她摇桃花的少年吧?"

秦宇埋头喝了一小口红酒,然后答非所问地说:"我曾经对自己发过誓,这辈子我要么做一个最专情的男人,一生一世只爱一个女人;要么我就做一个最花心的男人,游戏人间,纵情地爱慕这世间每一个让我动心的女人。看来我注定是要做后一种选择了。"

方芸已经知道了答案,她充满爱怜地望着这个令女人无法不痴迷的男人,她知道此时此刻他的心一定很痛。她很想安慰他,但又不知道该如何安慰。最后她将自己的名片放到他面前的台子上,淡雅而从容地说:"秦宇,交个朋友吧。你可别笑我攀交哦。"

秦宇将方芸的名片拿起,认真地看了一遍,然后放进口袋,对方芸灿烂地笑了笑:"谢谢你。你是一个善解人意的女人,冰雪聪明,知道点到为止。"

方芸风情万种地微笑着:"秦宇,你知道吗,每个人一生都会错过许多美丽的风景,有时错过了就是错过了,不必追悔和痛惜。也许今后会有别的女子走进你的心中。"

秦宇微笑道:"对此,我从不曾怀疑!"

这时,燕菲儿来到秦宇身边,轻轻地拍了一下他的肩膀,温柔地说:"我到处找你呢。原来你在这里跟我们的兰宁第一美女聊天啊。"

秦宇淡淡地说:"有事吗?"

燕菲儿说:"是这样的,杨俐刚才接到电视台台长的电话,台长说节目同步直播时电视台接到许多观众电话,说希望你这位天才大帅哥能多表演几个节目。所以台长希望你能再上台表演一个节目,她叫我来征求你的意见。"

秦宇怔怔地看着燕菲儿,没有说话。燕菲儿无辜地说:"你可别用这种眼神看我。这不怪我啊,是台长说你的诱惑力太大了,许多人想更大程度地了解你。想知道你这个天才到底强悍到什么程度。你不会告诉我你只会弹钢琴吧?"

秦宇轻笑,然后浑身散发出一种绝世的狂傲气息:"你还真找对了人,好吧。我就再上台表演一个节目,秀一场个人才艺吧。节目名称就叫《秦宇个人才艺串烧》,现在那些歌星唱歌不是流行什么串烧吗? 其实那只不过是小儿科,我给大家来场才艺串烧吧,保证惊起四座!"

"好。我这就去告诉杨俐。"燕菲儿满心欢喜地走了。不一会又回来了,告诉秦宇杨俐说让秦宇的这个节目做压轴节目。

秦宇淡淡地笑了笑:"我们的美女主持还真是看得起我啊!但愿我不至于辜负她的期望吧!"

燕菲儿在秦宇旁边坐下，说："你不知道我们的美女主持有多崇拜你，简直对你崇拜得到了五体投地的地步了。她还悄悄地问我你有没有女朋友呢，我说我哪里知道。我跟你才刚刚认识呢。"

秦宇默默地喝了口酒，没有说话。燕菲儿和方芸不知道秦宇此时在想什么。

夏飞燕的节目结束后，秦宇感慨道："燕菲儿，你这台节目安排得欠妥，有阴盛阳衰之嫌。你看大部分是美女节目，而且一个个那么厉害，把这世间的男子都比下去了。"

燕菲儿笑道："我不这样认为啊。有你秦宇一个，就把这世间所有女子都比下去了。本来我还想上台弹首世界钢琴名曲呢，但听了你的演奏，我彻底地死心了，哪里还敢班门弄斧啊。所以我只好跳芭蕾舞算了，对了，秦宇，你喜欢芭蕾吗？"

秦宇一点也不给美女面子，当即说："不喜欢，太高雅了，不食人间烟火的艺术。"

燕菲儿伤感地说："早知道这样我就另选个节目了。"

秦宇笑道："我不喜欢并不等于我不懂欣赏啊，再说了还有那么多的人喜欢呢。所以你不必泄气啊。"

燕菲儿自怨自艾地说："你知道吗？我学了十几年的芭蕾舞，小时候最大的梦想就是长大后当一名芭蕾舞演员。一袭白纱，一双舞鞋，是多少女孩儿时的梦想，如果能够跳给自己最喜欢的人看，那是怎样的一番浪漫场景？"

秦宇见燕菲儿有些神情黯然，便安慰道："其实我还是蛮喜欢浪漫派的'白色芭蕾'。女舞者身着白色钟罩形纱裙，就像著称亚当的'吉赛尔'就很唯美；不过我更喜欢女舞者穿着华丽的短裙、和男舞者以古典舞蹈特有的形式舞出的古典派，柴可夫斯基的天鹅湖就是我最喜欢的了。你今晚跳的不会就是天鹅湖吧？"

燕菲儿兴奋地说："刘啊，我今晚表演的就是天鹅湖啊。"

秦宇微笑道："那我可得好好欣赏了。你可一定要拿出你最好的水平哦。不过不要紧张，在台上摔跤什么的可不好。"

燕菲儿小脸红彤彤地说："你放心吧。我才不会摔跤呢。"

方芸在旁边悄悄直乐，她还从没见过秦宇这么会哄女孩子开心的男子，三言两语就将燕菲儿从患得患失中哄得心花怒放。这样的男子哪有不讨女孩子欢心的？

燕菲儿见方芸在旁边默默地发笑，便将目光投注在她身上："喂，方大美女，你哥哥是不是叫方斌？"

方芸笑道:"对啊。他在你爸爸身边做事。以后看在我们是同学的分上你可得在你爸爸面前多多替我哥美言几句哦!"

燕菲儿说:"你放心吧。你哥是我爸的专职司机兼贴身保镖。他的功夫很棒,一个人可以打十几个身手不错的保安。他的飙车技术也不错。我爸还是很欣赏他的。"

燕菲儿心情愉快地跟秦宇和方芸告别,马上就是她的节目了。

燕菲儿走后,方芸对秦宇笑道:"秦宇,这燕菲儿怕是爱上你了。你可得好好把握机会哦,燕菲儿是北大才女,容貌也是万中挑一的,更难得的是她是A省首富的千金,燕涛可就她这么一个宝贝女儿,一向视若掌上明珠,宠爱得不得了。"

秦宇冷笑:"你是不是想说只要我泡上燕菲儿,就可以少奋斗几十年,可以坐享荣华富贵?"

方芸脸色微红,她知道自己无意中伤了秦宇的自尊。但就在她的错愕之间,秦宇却出人意料地说:"谢谢你提醒我,我的确得好好把握机会,泡妞能泡到财色双收的地步也是一种极高的人生境界。以后我要是泡上了燕家千金,一定好好感谢你!"

方芸彻底无语了。这家伙还真难以捉摸,她根本猜测不到他内心的真实情意。也许没有一个女子可以真正走进他的内心世界。因为他的内心世界在被一个他深爱的女子伤害后,已经发生了坍塌和改变。

台上,A省电视台的著名节目主持人杨俐报幕之后,一袭白衣一双白舞鞋的燕菲儿轻盈上台了,她的舞姿是那么的轻盈、曼妙、灵动、圣洁。这个绝色美人儿,精致无瑕的小脸,粉嫩如玉的肌肤,加上发育完好的身材,以及高贵的出身及本身超凡脱俗的才华,是多么的令人忌妒和仰慕啊!这样的美人坯子是多少男人心目中渴望的伴侣啊!

与燕菲儿搭配的男舞者显然就没有那么出众了,如果说燕菲儿的芭蕾已经到了专业水准的地步,那么那位长相和身材都还不错的男舞者的芭蕾水平就只能以一个中级舞者的水准来评定。好在燕菲儿的优秀掩盖住了男舞者的不足。这个节目最终还是在一片热烈的掌声中落幕了。

燕菲儿表演完节目便换了服装兴冲冲地跑到秦宇身边:"我跳得怎么样?"

秦宇说:"很不错。你没去当芭蕾舞演员可是芭蕾舞界的一大损失哦!"

燕菲儿俏脸飞红:"我知道你是哄我开心的,不过我还是高兴你这样哄我。"

秦宇暗自叹了口气,这丫头看来是真的喜欢上自己了。只怕是这份感情最终会令她伤痕累累。

3

晚会很快进入尾声,当杨俐报出秦宇的压轴节目《秦宇个人才艺串烧》时,秦宇优雅而孤傲地走上了台。有些人注定成为世人的焦点,秦宇无疑就是那类天生被人羡慕和妒忌的人,昏暗的灯光照射在他俊美而忧郁的脸庞上,浑身落寞的气息和孤独的气质让他显得特别的卓尔不群。

嘈杂的演出大厅瞬间寂静无声,所有的女子马上被秦宇那与众不同的气质深深吸引,所有的男子都脸上流露出妒忌的神情,心里无不悲哀地感叹:今晚的风头全被这小子抢去了!

台上有各种伴奏器乐,秦宇先是在伴奏台上随意地表演了一番器乐,以超绝的音乐天赋潇洒地表演了一番打击乐,那架子鼓打得动人心魄,娴熟自然,并在一只手打架子鼓的间隙里一只手反弹电子琴,技惊四座。

接着,秦宇抱起了萨克斯,吹了一曲萨克斯名曲《回家》,那堪比国际超级巨星的韵味让台下观众陷入疯狂而迷醉的状态,当《回家》的余音缭绕着飘散在舞台之后,掌声如雷般响了起来。

最后,秦宇操起了电声吉他,一边在舞台上闲庭信步,一边优雅而娴熟地拨动了吉他的琴弦。流畅而具震撼效果的前奏过后,秦宇对着立式架子话筒深情地演唱起车继铃的成名曲——《最远的你是我最近的爱》。

他的歌声居然是那么的优美动听,沧桑中带着点忧郁:

夜已沉默/心事向谁说/不肯回头/所有的爱都错过/别笑我懦弱/我始终不能猜透/为何人生淡漠/风雨之后/无所谓拥有/萍水相逢/你却给我那么多/你挡住寒冬/温暖只保留给我/风霜寂寞/凋落在你的怀中/人生风景在游走/每当孤独我回首/你的爱总在不远地方等着我/岁月如流在穿梭/喜怒哀乐我深锁/只因有你在天涯尽头等着我。

他的吉他演奏,他的歌声,他的气质,他的风范,就是比起中国乐坛最牛的歌手也丝毫不会逊色。这家伙还是人吗?他不是一般的优秀,而是太优秀太有才了!

燕菲儿觉得自己的心跳莫名地就加快了速度,她望着秦宇的目光充满了炽热和深情,他不就是自己一直在寻找的白马王子吗?俊逸的外表,超凡脱俗的才华,不羁的个性。遇上这样一个"魔鬼",就是跟着他下地狱,她也会毫不犹豫。

燕菲儿对秦宇一见钟情,瞬间便向他敞开了自己的心扉。

秦宇的眼眸有些迷蒙,沧桑的歌声和忧伤的歌词让整个演歌厅布满青春的灰色气息。落寞的夜色落寞的弦,断续的风声断续的歌,那一刻,台下无数的男女黯然神伤,他们想起大学校园里失去的青春和爱情,许多真爱因为毕业各奔东西而分手了,许多游戏的情感也隐隐在心底划下了深深的伤痕,谁说爱与放纵都会无所谓?毕竟人是感情动物,那些看似轻率随性的放纵,那些无奈和痴情的相守,又怎是说忘就能忘,想忘就能忘记的?

也许正如秦宇歌中所唱的那样,最远的你是我最近的爱。在每个年轻人的心中,他们都永远有着一个深刻思念的人。只是那个人是谁,只有他们自己知道。

秦宇深情地唱出最后一句歌词,余下最后一段吉他的弦音,边弹边退,最后退到了幕后。

那一刻,所有参加同学会的红男绿女知道,这一生他们也许会忘记秦宇英俊忧郁的相貌,也许会忘记秦宇落寞深情的歌声,但是他们却不会忘记秦宇带给他们回味的那或苦痛或酸涩或甜蜜或迷茫的青春时代的沧桑和低沉的感觉。

曾经的爱情,是每个人心目中的痛!

那一刻,夏飞燕独自躲在台下的一个角落不可自抑地抽泣起来。她知道自己已经错失了今生最宝贵的缘分。都说缘分缘分,缘是天定,分是人为。可她却亲手葬送了这份刻骨铭心的感情。她在伤害秦宇的同时更深深地伤害了自己。

那一刻,燕菲儿满脸崇拜,两只大眼睛全是神往和灿烂,那是任何一个女人面对强者时的表情。

而方芸和杨俐等一大帮美女也是芳心暗许,这样优秀的男子注定是上天对女子的恩宠。只是她们清楚这样的男子注定会有太多的女人爱慕。也许不会再有一个女人能够独拥他的真心真情。

天下没有不散之筵席,终于到了曲终人散的时候,参加同学会的人三三两两地离去,绿城俱乐部门口的一长溜豪华轿车也相继绝尘而去。燕菲儿依依不舍地与秦宇告别,方芸则拦了辆出租车跟秦宇挥别。

当所有人离去后,秦宇还倚在奥迪车边,点起一支香烟默默地抽了起来。这时,夏飞燕从角落里走了出来,满脸的泪痕,声音哽咽道:"阿宇哥!"

秦宇嘴边泛起一丝苦涩的微笑,痛苦地讥讽道:"谢谢你还记得我的名字。

还记得小时候跟你一起长大的邻家哥哥,让我深感荣幸。如今的你已经成为一颗不惹尘埃的明珠,熠熠生辉。能给我一份签名吗?"

夏飞燕又岂会听不出秦宇话语中的讥讽意味,她愧疚不安地说:"阿宇哥,对不起!"

"对不起?"秦宇冷笑,"一句对不起就可以推卸所有的责任吗?一句对不起就可以将我所承受的伤痛抹掉吗?告诉我,为什么?我想知道原因和结果。我放弃了国外优越的条件回来找你,就是想知道原因和结果!"

夏飞燕本想扑进秦宇怀中痛哭一场,但是她已经没有这个勇气了,同时她也觉得没有这个资格了。她痛苦地摇头:"不要知道原因和结果,是我辜负了你。你还是忘了我吧。"

秦宇冷笑着扔掉香烟,上前几步托起夏飞燕秀美的下巴,嘲笑道:"你不会是想告诉我你做了A省首富的地下情人,做了一只笼中的金丝鸟,一切都是身不由己吧?你不会是想告诉我你的身子虽然是属于燕涛的,但心永远是属于我的吧?"

夏飞燕的心一阵阵刺痛,她痛苦地说:"阿宇哥。我知道我伤害了你。只要你觉得解气,你想怎么辱骂我伤害我都没有怨言!"

"是吗?"秦宇冷笑,随即抓住她的手,将她推进奥迪轿车,然后驾车狂飙。

秦宇以超越极限的速度在市区狂飙,他知道此刻各十字路口的摄像都会记录下这辆车子的违章速度,不过他相信不会有警察来找这辆车子的麻烦。因为市领导的车子在交警总队是有记录的。没有哪个警察会傻到跑进副市长的办公室叫副市长交罚款。

在秦宇的极速飙车中,夏飞燕的心脏几乎要蹦出来,不过她并不害怕,相反有种类似于死亡般的解脱和快感。她想这样也好,就是秦宇带着她奔赴地狱她也没有怨言。

秦宇将车开到兰宁郊外,在一无人的僻静处停下车来。他来到后座,捧起夏飞燕梨花带雨般的脸庞,她的脸色苍白毫无血色,一双眼睛似乎失去了神采。

君骑竹马妾弄青梅,曾经青梅竹马两小无猜的邻家女孩如今成了老板的情妇。那是一种深入骨髓的痛。当年情窦初开一同摇桃花时非你不娶非君不嫁的誓言依旧响在耳畔,可如今桃花依旧人面却已全非。

秦宇痛苦地对她嘶喊:"夏飞燕!今天晚上我要你偿还十几年你欠下我的感情债!你知道我对你倾付了多少刻骨的相思?你知道我为了你拒绝了多少绝世容颜的诱惑?可是你却背叛了我们的誓言!你说!你应该怎么偿还我?"

夏飞燕伤心欲绝地说:"阿宇哥,你让我死吧!你杀了我吧!"

　　秦宇脸上露出狰狞的笑,他一把握住夏飞燕丰满而极富弹性的双峰,用力捏了捏,邪笑道:"非常的丰满,非常的有弹性,看来燕涛没少在上面费工夫!"

　　夏飞燕见秦宇这么恶毒地伤害自己,连死的心都有了,泪水奔涌而出。

　　"怎么? 知道受伤害的痛苦了? 知道心会痛了啊?"秦宇粗暴地剥落夏飞燕的衣服,很快便将她剥得一丝不挂。夏飞燕没有丝毫的反抗,只是一个劲地落泪。

　　秦宇扑了上去,以一种痛快的报复欲粗暴而疯狂地侵犯夏飞燕的身子。夏飞燕依旧没有反抗,麻木得像个死人。

　　最后,秦宇哭了,眼里的泪水如泉水般奔涌。他痛苦地嘶喊:"为什么? 为什么要这样? 你本来就是我的女人! 为什么我却要以强暴的手段占有你? 告诉我,为什么?"

　　夏飞燕紧紧地抱住了秦宇,痛哭失声:"阿宇哥,对不起!"

　　秦宇捧着夏飞燕的脸蛋:"告诉我! 是不是燕涛逼迫你?"

　　夏飞燕点点头,继而又摇摇头,心乱如麻。

　　秦宇一双眸子冷得发亮,嘴角流露出一丝残酷的笑意,他恨恨地说:"燕涛! 我不会放过你!"

　　夏飞燕连忙说:"阿宇哥,你不要报复燕涛,你斗不过他的。再说我跟他之间的事也不能全怪他。一切都是我的错。是我为了出人头地。但这世上不可能有不付出代价的成功!"

　　秦宇愤恨地说:"你不必劝我,燕涛这为富不仁的恶贼! 我一定会让他付出代价!"

第三章：缥缈爱情

1

　　秦宇开始到绿城集团上班了，职位是集团总裁燕涛的特别助理，决策权和话语权比那些副总裁还大，一人之下万人之上。不过绿城集团没有人不服，凭秦宇的才能他也配得到这个职位，人家身上还有那么多的光环和学位。随便拿一个出来都可以砸死人，都可以羡慕死人。

　　燕涛给秦宇初步定的年薪是 180 万。说实话一点也不高，相对于美国那些跨国大财团给秦宇开出的 300 万美金的年薪根本不值一提。不过秦宇已经很知足了，在国内尤其是兰宁这地方，一个刚从学校出来的打工仔能够获得超过百万的年薪，可以说目前还只有他一个。金钱不是最重要的，重要的是燕涛给予他的权力平台。在集团有足够的话语权，这才是秦宇最看重的。

　　燕菲儿也被安排在集团任职，是集团策划部总监。燕菲儿和秦宇同在绿城集团金碧辉煌的办公人楼里上班，经常可以碰面，觉得很幸福。秦宇虽然在许多人面前很狂傲，但在燕涛和燕菲儿面前还是挺随和的。

　　秦宇一上任，便对绿城集团人事管理层进行大刀阔斧的改革，同时制定了几个有助于集团发展的切实有效的大计划，成果显著，让燕涛非常满意。于是燕涛乐得清闲，干脆放手让秦宇全权代理自己行使集团管理职权。他自己每天陪政界、商界朋友下下围棋、品品美酒、喝喝香茗、打打网球，有时兴致高时还会邀上三两个好友去打打高尔夫球。

　　燕涛坚信秦宇不会让他失望。

　　太阳几乎每天都是新的，秦宇精力充沛劲十足霸气冲天。在集团他谁都敢得罪，尤其是一些倚老卖老一开始便跟随燕涛打天下的"开国元勋"，更是领教了秦宇的铁血手腕，在他们面前，燕涛都还得顾及他们几分情面，而秦宇却不会给予他们任何情面，只要影响集团发展，只要成为害群之马，秦宇照样开除他们！

这天，在每月月初的集团高层例会上，秦宇说："承蒙燕总裁厚爱，委任我这个特助全权代理他行使集团决策权，在座各位都比我先加盟集团，都是集团的精英，我希望以后大家多多帮助我，一切以集团利益为重。我这人赏罚分明，说不讲情面又很讲情面，只要你对集团有功，我就一定会给你记上一笔。只要你是人才，只要你有建树，我就一定会给你奖励或者为你提供施展抱负的平台！相反，假如你为所欲为，危害了集团利益损害了集团声誉，那么不管你职位多高功劳多大，我一样拿你开刀！前天，我开除了集团副总裁孙仲良，原因是孙副总裁的儿子开了一家建材公司，孙副总裁以权谋私假公济私，将他儿子公司的伪劣建材全部以高价收购，给集团造成八百多万元的经济损失，八百多万元的经济损失事小，一旦这些伪劣建材用到建筑工地上产生了安全事故，那可是人命关天的大事！所以，这样的害群之马绿城集团容他不得！"

秦宇的目光如电锐利如刀地扫了会场一圈，见与会者一个个噤若寒蝉，便接下说："要想在商业帝国成为一方霸主，要想永远在财富的金字塔上屹立不倒，就必须变革创新！发展才是硬道理！商海波诡云谲，如逆水行舟，不进则退，这道理人人知道！所以容不得任何形式的居功自傲和拉后腿！社会风云变幻，人间世事无常，今天的亿万富豪也许明天就可能成为街头乞丐！居安思危！我们不能站在现在的成就上沾沾自喜！我们必须不停地奔跑、前进，速度决定一切！在不断的创新和发展中我们可以不断地完善自己，找出自己的缺点和弊端，然后改正它，完善它！而不是永远地站在原地等待别人来超越我们！所以，我需要的是一支精诚团结的队伍！今天的会议精神其实只有一点，那就是希望大家记住——要永远以集团利益为重！"

燕菲儿坐在主席台下，这位集团唯一的合法继承人此时跟那些高层员工一样在接受秦宇的训示，但她丝毫不觉得这是一种耻辱，反而神采飞扬，她喜欢秦宇的霸气，她觉得秦宇做得比她父亲好。当然她更坚信秦宇这位哈佛大学双博士的管理才能远在她父亲之上。

燕菲儿内心对秦宇的崇拜几乎到了盲目和忘我的地步。秦宇如今便是她的灵魂。

因为同在绿城集团的豪华办公楼里上班，燕菲儿每天都可以看到秦宇，中午用餐他们一般都是同在集团的食堂吃工作餐。这时的秦宇非常的随和，他会跟一些年轻的员工说说笑笑，毫无架子。燕菲儿常常会打好了饭菜坐到秦宇身边，陪他一起吃饭，俨然一对情侣。

集团那些元老和年轻的精英都隐隐地看出燕菲儿非常喜欢这个狂傲的天才，不用说秦宇这小子注定了要做燕涛的乘龙快婿。集团里一些帅哥靓女对秦宇和燕菲儿既羡慕又妒忌，但却又不敢表现出来。总裁特助和燕家千金他们一个也不敢惹。只有在心里恨自己时运不济，没有秦宇和燕菲儿那么命好。

秦宇开除孙仲良完全是先斩后奏，事后孙仲良闹到燕涛面前去了，说秦宇拿着鸡毛当令箭，无法无天。燕涛给宝贝女儿燕菲儿打了个电话，侧面了解了情况，然后对孙仲良训斥道："你还有脸来向我诉苦，我告诉你开除你是轻的，凭你的所作所为完全可以将你告上法庭，让你受牢狱之灾！你在集团这些年大捞小捞我都是睁只眼闭只眼，就是看在你跟我一起打过天下的情分上！但你却越来越猖狂了，建筑工地上的材料你也敢以次充好？发生安全事故你负得起这个责任吗？如果一栋几十层的大楼发生坍塌，你说会死多少人？你是不是想害死我啊？"

孙仲良本来以为燕涛会看在自己从小跟随他打天下的分上帮自己挽回情面，没想到却是自讨苦吃，一时之间满脸涨红，嗫嚅道："不至于的，怎么会坍塌呢？那些建材只不过差了一点点，还是能够达标的。"

燕涛愤怒地说："是啊，差一点点，水泥标号差一点点，钢筋强度和韧性差一点点，外墙墙砖质量差一点点……你认为没事？千里大堤，溃于蚁穴！你以为是危言耸听？每栋大楼的设计都是非常科学和严谨的，差之毫厘，谬以千里！如果你从你儿子公司采购的这些建筑材料用到大楼的主体建筑上，我敢肯定会发生安全事故！幸好秦宇及时发现问题做出了应对措施。否则我这辈子必定毁在你手里！真正出了重大安全事故，我跟你都得在监牢里度过余生！"

燕涛发完脾气，对一脸灰暗的孙仲良冷漠地说："你滚吧，我不想见到你！"

孙仲良悻悻地走了。

2

当晚，燕涛在家宴请了秦宇，当然，他顺便也给秦天明打了个电话，请他到家中赴宴。

偌大的餐桌前依旧是四个人相对而坐。现在的燕菲儿跟秦宇俨然已经成为了最亲密的朋友,再也没有了初次见面时的羞怯。一双妙目时不时地大胆地看上秦宇一眼,嘴角边一直挂着幸福的微笑。

秦宇依旧是那么坦然而随和,秦天明跟燕涛一直私交甚密,更是如自己人一般。所以餐桌上的气氛很温馨也很活跃。两巡酒过后,燕涛征询秦宇的意见,他问绿城集团目前还存在哪些问题?还有没有更多更大的发展空间?

秦宇儒雅而自信地对燕涛说:"现在绿城集团还缺乏顶尖的管理人员和精密的营销策划人员,我虽然很精通这两项,但独木难成林,我建议集团从各大名牌大学直接引进各方面的人才。有了一帮精兵强将,集团的发展便可一日千里!插翅腾飞!同时,我觉得绿城集团的发展空间不应该局限于 A 省全省,而应该走向全国,甚至走向世界!燕总可以通过您在政界和商界的关系网以及您作为 A 省首富的影响力获得一定的政府资源,减少各种政策的抵制和阻碍,这方面我叔叔也可以帮些忙,只要绿城集团打破省际贸易壁垒,就能更上一个台阶!至于集团内部存在的某些问题,比如管理的松散、混乱,发展的制约和瓶颈,我们可以用速度解决这些问题!在发展中不断反省思考和完善自己,而不是停下脚步等待别人的超越和打击!"

燕涛闻言连连点头,表示对秦宇的赞许。

秦宇接下又说:"燕总,依我看那些所谓的集团元老早就应该退居二线了,他们目光短浅居功自傲毫无建树,只擅长妒贤嫉能,有他们在,许多优秀的年轻人都或多或少会受到压制!我敢说为你闯祸的永远是那帮'开国元勋'!"

燕涛淡淡地笑了笑:"小宇啊,人在江湖,身不由己,很多时候明知是错的事情还是不得不去做。人活于世,不光要讲利益,有时还不得不讲点情面。我这人啊其实心肠很软。你以为我不知道那些个老家伙假公济私以权谋私啊?他们看我发了大财,心理不平衡啊,让他们捞点吧,只要无伤大雅便无所谓,但孙仲良这种行为我是坚决不允许的。贪点占点倒还没什么,但给我制造祸端和事故隐患我可不答应!所以你开除孙仲良是做得对的!我支持你,孙仲良来找我告状诉苦,被我大骂了一通!灰溜溜地走了。"

秦宇笑道:"燕总,其实你比谁都精明,你是不是早就想拿那帮为所欲为的集团元老开刀了?你自己不好下手,所以把我推到风口浪尖上,你自己乐得清闲?"

燕涛对秦天明笑道:"你看你这侄子,真的是一点情面也不留,当着我的面揭我的短!典型的恃才傲物嘛!"

秦天明笑道:"我倒认为这是一种光明磊落的表现!小宇这孩子有个性,敢说敢做,也敢作敢当,他在哈佛大学是出了大名的。不光是学术出了名,打架也出了名。"

燕菲儿在旁听了,笑问秦宇:"秦特助,你在哈佛大学跟什么人打架?说来听听?"

秦宇轻描淡写地说:"其实是件小事,不值一提。我打了一个韩国留学生,那家伙叫朴智贤,其实蛮优秀的,就是妒忌心太强了。他见各方面都超越不了我,心里很不服气。于是便想从别的地方找回面子,有一天当着我的面污辱中国,他说:'日本首相天天参拜靖国神社,你们中国人还是要购买日产电器和日产轿车!日本首相即使从来不参拜靖国神社,我们大韩国民也从来不购买一件日本商品。日本人侵略中国在中国杀了数百万军民,中国却不向日本索赔。你们中国是个最没有骨气最窝囊最耻辱的国家!'当时我便回击那自以为是的家伙,我说:'你们韩国是很了不起,了不起到了颠倒是非黑白的地步,你们可以无耻地向世界宣称中国数千年前便是你们的分支,甲骨文和汉字是韩国发明的,端午节和中秋节也是你们韩国的文化遗产!你们还有什么不要脸的事情做不出来。中国是没有向日本索赔,那是出于对战败后日本国民重建家园的同情和帮助。日本首相是参拜了靖国神社,但日本首相并不能代表整个日本,日本还是有许多友好的反战人士,总不能因为日本首相参拜靖国神社便向日本开战吧?中国历来是个宽容大度的国家。对日本如此,对韩国也是如此!所以作为一个中国人,我可以宽容你的无知和狂傲!那家伙气急败坏地说:'谁叫你宽容了?你们中国人就是没有骨气,就是窝囊,别不承认,以前说你们中国人是东亚病夫,现在看来这还是高抬了你们!你们根本就是一条哈巴狗,哈日、哈韩,永远带着崇洋媚外的奴性!天生是做狗的!'我懒得跟他讲道理,当时便狠狠地揍了他一顿,打得他满地找牙!他不是说中国人是东亚病夫吗?他不是说中国人是哈巴狗吗?看看他趴在地上,到底谁是病夫,谁是狗!"

燕菲儿听了非常解气地:"痛快!这家伙该打!不过这事不可能就这样不了了之吧?"

秦宇淡淡地笑了笑说:"当然没有这么简单了结。后来那家伙在医院整整躺了半个月,身上的伤才痊愈。这件事发生后一帮韩国留学生闹到校长劳伦斯·萨默斯面前,强烈要求开除我。结果这个风趣的老头却回答他们:'这件事情学校早就调查清楚了,打架的原因是因为朴智贤同学污辱了秦宇同学的祖国,作为一个热爱祖国的热血青年,捍卫自己国家的尊严,为国家的尊严而战,是值得敬佩和赞赏的行为!所以学校不可能开除秦宇同学,鉴于秦宇同学的力量过于强大,让朴智贤同学身体受到了一定程度的伤害,学校只能够给予他口头警告。不过,朴智贤同学以后也得注意自己的言行。'"

燕菲儿满脸崇拜地望着秦宇:"秦特助,从这件事的处理结果来看,那哈佛校长劳伦斯·萨默斯可是有意袒护你哦。否则你把那朴智贤打得卧床半月,怎么可能就这样不了了之呢?"

秦宇神秘地笑道:"我跟他是非常好的朋友。这个可爱的老头儿思维敏锐,极富创意,直言无忌,虽然很容易得罪人,但我欣赏并敬重他的正直与坦率!"

饭后,燕涛提出要与秦天明下盘围棋,秦天明狡黠地笑道:"燕总,我今天就不下了吧,让小宇陪你下一盘吧。"

燕涛诧异地看着秦宇:"你会下围棋?"

秦宇淡淡地笑了笑:"会一点点。"

燕涛如发现新大陆般笑道:"那好,陪我下一盘!"

燕涛于是叫佣人取来珍藏的棋盘和棋子。这是一副纯玉石打造的围棋,棋盘是古楠木手工雕成的,周边有极美丽古朴的图案。这副围棋价值不会低于百万。

燕涛自恃是长辈,让秦宇先行。秦宇也就不客气,执黑轻松落子。开始的时候,燕涛还不怎么在意,他认为秦宇的棋艺应该不会强过他,但是越下越惊,年轻人一般激进有余沉稳不足,很容易在优势情况下得意忘形或者在劣势的时候轻易放弃,但是让他诧异的是秦宇竟然比他更加沉得住气,而且棋风极为犀利,透着一股邪劲。

秦宇棋风恣肆奔放,机略纵横,中盘算路极深。一向老辣的燕涛丝毫占不到便宜,他开始冷静应对,全身心投入,翻手覆手间皆是金戈铁马杀伐气。秦宇越战越强,攻守兼备,不但攻势十分凌厉强悍,而且守势也是滴水不漏,燕涛不禁渐渐有些气馁,这样的对手简直就是无懈可击,这让他想到孙子兵法所说的"正奇相间",棋力强悍啊!

燕菲儿和秦天明在旁边默默观看,平静似水的对弈中实则硝烟四起,这与古赋所载"略观围棋兮法于用兵,三尺之局兮为战斗场"是息息相关的,莫道敲枰意境悠,手谈怎敢欠筹谋。心无杀伐自有杀伐意,手无寸兵却拥千万卒!

燕菲儿对秦宇的敬佩和爱慕又增进了几分。她清楚父亲的围棋功力,在商界友人中从未逢敌手,连十分老到的秦天明也从来没有在围棋上占到过父亲半分便宜。而现在父亲跟秦宇这个毛头小子却下得十分吃力,而且看起来毫无胜算。

秦天明不时地微微颔首,面露得色,心想:燕涛,下围棋我不是你对手,但我这宝贝侄儿却可以将你打得一败涂地! 这面子也算是找回来了。

燕涛眉头轻皱,拈子凝视棋局,秦宇的棋艺显然出乎他意料的强,他的棋艺非同寻常,棋风虽然没有凌厉的锋利,却气势磅礴,简单的招数依然如妙手生花般使他处处碰壁。最终,燕涛不得不叹息一声,弃子认输。他说:"这盘棋下到这个地步,胜负已定,这盘棋不出意外你会以一目半胜出。"

秦宇望着那错综复杂的棋局,说:"是半目,不是一目半!"

燕涛豪爽地哈哈一笑,没想到韩国有被人称为"神算"的天才棋手李昌镐,中国也有秦宇如此天赋的人才,李昌镐令职业棋士们望而生畏的"神算",就是说他可以不可思议地读出半目胜负!

燕涛内心感慨万端,秦宇的围棋功力何止是强悍,简直就是恐怖,他既然能够读出半目胜负,想必他是有意顾及他的颜面,不至于让他输得太难堪,从一开始便一直在让自己,从一开始自己的每一步便都在他的算计之内。这样的围棋功力需要多少天赋和多久的训练啊?

燕菲儿托着香腮笑问秦宇:"你怎么围棋那么厉害啊,是经过专业培训呢?还是名师指点?"

"苍天如圆盖,陆地似棋局;世人黑白分,往来争荣辱;荣者自安安,辱者定碌碌。"秦宇故作高深地说,"此乃天赋,并非人力可成! 嘿嘿,这就是常人和天才之间不可跨越的差距。"

燕涛见秦宇将他比做了常人,脸色不由一暗,对秦宇说:"秦宇,我送你一句话——海纳百川有容乃大,壁立千仞无欲则刚! 呵呵,你实在是太优秀了,如果你能再韬光养晦一点点,他日你的成就必定不可限量啊。"

秦宇笑了笑:"多谢燕总教诲。我记下了。"

时候不早了,秦天明和秦宇向燕涛父女告辞。燕涛和燕菲儿将秦天明和秦宇送出别墅,目送他们上了轿车。直到轿车远去,燕菲儿还神情艾艾地站在别墅门口。

燕涛疼爱地抚摸了一下女儿的脑袋,说:"是不是喜欢上了秦宇这小子啊?"

燕菲儿脸颊飞红,说:"爸,你说这世间怎么会有如此优秀的男子呢? 他几乎是无所不通,无所不能啊!"

燕涛感慨:"是啊,他太优秀了。一个男人如果太优秀了,也许并不是件好事啊。这辈子他背负的感情债也必定会多些,结下的孽缘也必定会多些。菲儿,我劝你还是不要对他用心的好,因为我不想看到你伤心落泪。"

燕菲儿幽幽地说:"爸,可是我已经喜欢上他了。我没有办法不喜欢他。即使受伤我也心甘情愿。"

燕涛叹息一声,不再言语,独自上楼了。

3

周末之夜,对上班族来说是最应该放纵的夜晚,秦宇给夏飞燕打了个电话,说他有件礼物想送给她,他要跟她见面。夏飞燕问秦宇在哪里见面,秦宇想了想说,就广场酒吧吧,我先打车过去,夏飞燕说她四十分钟内一定赶到。

夏飞燕精心打扮了一番,然后出了燕涛为她购买的小别墅,别墅里有一个保姆和一个保镖,都是燕涛亲自安排好的。说是照顾夏飞燕的起居生活和保护她的人身安全。但夏飞燕清楚这其中还有更深一层的意思,那就是监视她的。

临出门时保镖问夏飞燕去哪里,夏飞燕说出去透透气,保镖李立伟马上说:"夏小姐,我陪你一起去吧。"

夏飞燕冷笑:"你一个大男人,我要你陪干什么?去哪里都要你陪着,我还不郁闷死啊?"

李立伟为难地说:"夏小姐,老板有过交代。叫我保护好你的安全。如果你出了什么事,老板会要了我的命的!"

夏飞燕冷笑:"保护我的安全,我看是监视我的人身自由吧?是不是我上个厕所也要保镖跟着?是不是我上街买点女人的贴身用品也要保镖陪着?你告诉燕涛,如果他想控制我的人身自由,我宁愿放弃一切,也不愿受他的摆布!"

李立伟见夏飞燕发脾气,一时之间没有了主张。就在他错愕之间,夏飞燕已经从容地扬长而去。

夏飞燕拦了辆出租车直奔广场酒吧。酒吧里人头攒动,舞台上的气氛很喧嚣,DJ正在煽情地鼓动大家跳舞狂欢。一些红男绿女正在疯狂地摇头晃脑,扭腰甩臀。夜色糜烂,尤其是在这样的周末。

夏飞燕在一个比较宁静的角落找到了秦宇,他正在悠闲地品着红酒。他身上的气质与酒吧喧嚣的气氛显得有点格格不入。秦宇身上有一种令女人迷醉的气质,俊朗而潇洒,忧郁而沧桑,这种矛盾的气质让女人产生一种疼惜之感,想尽力给他温情和温暖。甚至想给予他一种母性的爱,抚平他受伤的心灵。

夏飞燕安静地在秦宇面前坐下。她脉脉含情地看了他一眼,她发现他的眼眸非常漂亮,像紫色的水晶!夏飞燕心头一震。她发现秦宇那像紫色水晶一样璀璨的眼眸,有着深邃的伤痕和冰点的落寞。这样俊秀而略带点忧郁的男子对女人而言,无疑有着一种摧枯拉朽的视觉征服!

夏飞燕在心里默默地想:这些年来,他一定有许多红颜知己吧?

秦宇给夏飞燕倒了一杯酒,说:"陪我喝一杯吧!我想你现在早已适应了上流社会的生活,不会不喝酒吧?"

秦宇定定地注视着夏飞燕,那一刻他看到她眼睛里有许多东西在游弋,然后变成慌乱的奔跑,最后无处逃遁,在瞳仁里凝成饱满的一滴泪水,顺脸颊缓缓滑下。

夏飞燕没有说话,默默地端起酒杯,猛地一口将杯中酒全饮尽了。如果不是考虑到这是公众场合,她真想大哭一场!上流社会?上流社会!一个女子跻身于上流社会付出的代价会小吗?豪门盛宴、高级会所、红地毯、洋酒香槟、舞会派对等等,这一切早已令她麻木了。

酒的滋味莫名的苦涩。但这杯苦酒是她一手酿成的,怪不得别人,也怨不得命运。是她自己选择了这种命运。

秦宇又给夏飞燕倒了一杯酒,调笑道:"慢点喝吧!我不想你醉成一摊烂泥,我可没有背美女的习惯哦,虽然你是一个人见人爱的超级美女。"

说罢,秦宇从身上掏出一个首饰盒子,递给夏飞燕:"这是我回国前在美国为你准备好的一件礼物,虽然现在我们之间的感情发生了变化,但我想了想,觉得还是送给你好些!毕竟是为你准备的礼物。"

夏飞燕疑惑地接过盒子,打开一看,是自己最喜欢的玉石,再一看,眼泪终于忍不住如珍珠般大颗大颗地滑落脸颊,泪眼朦胧地望着眼神深邃的秦宇,她发现自己心中最柔软的那个地方装满了一样叫感动的东西和莫名的情愫。

玉石雕刻的是一个美貌女子,那女子正是自己,虽然算不上惟妙惟肖,但是依然可以清楚地看出那是自己,不是因为像,而是那股神韵完全贴近自己。

"这枚玉佩是我请一位老玉工打磨好了的,然后我跟着他做了一个星期的学徒,其后我亲手一刀一划地将你雕刻了上去。手艺并不是很好,让你见笑了。在国外这些年我一直将这枚玉佩佩戴在身。"秦宇淡然地说,平静有如死水的心境也因此而掀起些许的波澜,他本想告诉夏飞燕,他一直在心里默默地爱着她,他本想告诉她这些年来他心里对她的相思从来未曾死去。

泪水从夏飞燕眼里情不自禁地涌了出来。她轻轻地擦去腮边的泪水。

秦宇喝了口酒,幽幽地说:"我记得这是我第二次送给你礼物。十四岁那年我考上哈佛大学,临别前我约你见面,送给你一串琉璃坠子。叫你等我学成归来,我向你许诺这辈子一定会在漂亮的教堂迎娶你做我的新娘。飞燕,你知道吗?我真的很怀念以前的那段岁月。那时的你是多么的纯洁可爱。那时的我们还不懂爱情，但那份朦胧的感情比这辈子任何时候都真都纯，都值得珍惜和怀念。你说不是吗？"

夏飞燕眼神复杂地下意识地摸了摸脖子上还戴着的那串琉璃坠子，年幼时的印象早已模糊，曾经稚嫩的誓言虽未忘记，却早已忽略。镌刻内心的只是那种温暖的淡淡感觉，那个跟她拉钩的小男孩，那个和她手牵手上学放学的小男孩，那个为她摇一地桃花的小男孩如今变成一个大帅哥了，就真真切切地站在自己面前，可是自己已经失去和他相爱的资格了。

秦宇伤感地说："幼稚的爱情，在童年时代曾披星戴月带着诗意而来，然而随着岁月的变迁，经风吹雨打被刮去了精髓，只剩下一副被蚁虫蛀遍的躯壳，兀自独立！飞燕，告诉我，你现在心中还有爱情吗？"

"阿宇哥，你别再说了。是我不好。是我背叛了我们的爱情。"夏飞燕痛苦地说，声音里充满了悔恨。

秦宇鼻子里发出一丝冷笑："什么狗屁山盟海誓什么狗屁两小无猜，所有美好的东西都是只能拿来回忆却一点也经不起时间的考验！"

夏飞燕内心痛悔不已，小时候每次伤心她都会哭着去找他，每次他都会让她开心地离开。她还记得他为她摘花后手指被扎破留下的刺痕，她还记得他为她打架留下的鼻血。她还记得他和她手牵手上学放学的情景，更记得他为她摇过一园子的桃花。他为她付出很多，可是她却违背了自己的心愿和誓言，葬送了这段难能可贵的感情。想到这些，夏飞燕再次愧疚地说："阿宇哥，对不起！"

秦宇轻声冷笑，女人总喜欢用"对不起"这种虚无缥缈的理由搪塞男人，这就像女人开始的时候喜欢说"爱你是不需要理由"一样，纯属废话，而这种废话却让男人无法反驳。这就是女人的狡猾和男人的悲哀吧。

这是一个很实际的社会，女孩在成长的过程中也学会了实际，自尊需要金钱保障，愧疚不能当饭吃。她需要成功，连张爱玲都说"出名要趁早！"夏飞燕要走红，就必须借助燕涛，燕涛是 A 省最有钱有势的男人，他可以实现她所有的梦想。

秦宇接着说："我小时候每一次丢失东西，心都会隐隐作痛。但我那当作家的老爸告诉我每一个人都是在受伤和失去后才一天天长大。后来我慢慢知道了爱，慢慢懂得了珍惜。生活往往就是这样。得不到就注定难忘，所以有了牵挂有了想念有了悲喜有了相思，积累下来便成了心事。"

秦宇的声音很柔和，给人格外放松的感觉。"我那个作家老爸还告诉我，不要抱怨生活，生活不欠你什么，生活根本不知道你是谁！现在想来他的确不愧是作家，说的话很有哲理和道理。"

夏飞燕一直羞愧地低着头，像个做错了事的小孩子，一副任由秦宇处置的模样。秦宇说："你坐到我身边来吧，好吗？我不想你离我太远。"

夏飞燕于是乖乖地坐到秦宇身边。她喜欢秦宇的霸道，包括上次秦宇强暴地占有她的身体，然后以不可抗拒的口吻叫她将她现在的手机号码告诉了他，并威胁她以后只要有空一定要随叫随到，不许找任何借口和理由。

秦宇握住夏飞燕那冰凉的小手，似乎是想将自己的体温传给她："人总是要长大的，长大就会有烦恼、痛苦、伤心和遗憾，但这是必然的过程。我考虑过了，既然我们不能够挽留过去，不能够回避现在，也不能够拒绝将来，那么茫然无措的你为何不干脆放开一切，将你的手放进我的手心，我会像十年前那样呵护你，不让你受一点伤害！"

夏飞燕脸上的红晕愈加明显，欲言又止，美眸中浮起不可告人的妩媚。秦宇轻轻地搂着夏飞燕，轻声在她耳边呢喃："飞燕，就让我们重续前缘吧？好吗？"

夏飞燕幸福地低吟了一声。然后她便发现秦宇那只很会使坏的手开始在自己修长的玉腿上肆意游走，夏飞燕低下头从鼻中逸出轻微的呻吟，那成熟丰满如暖玉的身体在他的抚摸下变得极为敏感，夏飞燕的眼眸已经春意盎然，酥胸起伏渐渐幅度加大。

夏飞燕心里爱死了秦宇，也恨死了秦宇，这家伙是女人致命的杀手，只要是女人就最好不要太靠近这个家伙，没有女人可以轻易地摆脱他那种放荡、沧桑和颓废的魅惑。夏飞燕低低地哀求道："阿宇哥，不要在这里，好吗？求你了。"

秦宇眼睛里泛现出一抹冷笑，嘴上温柔地说："好吧。我们离开这。"秦宇埋了单，搂着柔情似水的夏飞燕出了酒吧。

4

酒吧外便是兰宁最著名的南湖广场。南湖广场以大型电脑音乐喷泉及起伏有致的丘陵绿地为主要景观特色，并根据其带状用地的特点，规划设计上采用景观带的处理手法，几条与湖岸平行的景观走廊，从城市逐渐过渡到湖泊，形成各具特色又融为一体的广场景观效果。

秦宇轻搂着绝色佳人，漫步在广场的绿荫之间，心中觉得非常的惬意。他赞叹道:"兰宁有绿城美称,当之无愧啊!我离开兰宁去美国念书时才十四岁,十年间兰宁发生了天翻地覆的变化。"

夏飞燕说:"如今的南湖广场已经成为兰宁市的'客厅',音乐喷泉、水幕电影、文娱表演成为了南湖广场的特色。国家文化部颁布了荣获全国首批'特色文化广场'的广场名单,南湖广场便榜上有名。"

经过音乐喷泉广场时,秦宇停住脚步欣赏美丽夜景,同时他的手悄悄地伸进了夏飞燕的衣领,在那片滑腻的圣女峰区域玩弄着男人从小就痴迷的女人最惹眼的部位,夏飞燕身体微微颤抖,一对柔软的双峰逐渐变得坚挺起来。抬起头发现行人和游人都在注视着自己和秦宇,本来就敏感的身体在这种场合下被秦宇亵玩,更加经不起秦宇悄悄游走的手的挑逗,粉红的双颊渐渐布满春意,身体在理智和欲望间倒向了后者,她主动搂住秦宇的脖子,将自己的乳房挤向他的胸膛以减少那种燥热的感觉,却是令自己的身体更加炽热。

秦宇见火候已到,便轻轻地咬着夏飞燕的耳垂说:"飞燕,要不,我们去兰宁饭店开房,好吗?"

夏飞燕娇弱地嗯了声,此时的她已经被秦宇这个坏蛋撩拨得欲火焚身,不可自制。看来今天只有便宜这个坏蛋任他胡作非为了。

秦宇拦了辆出租车,在出租车上,俩人展开了大战的序幕,亲吻得如火如荼。司机不时地偷偷瞄几眼,为那位高傲的青年感到一丝男人的自豪,他想想自己在家里的"不公正"待遇,不禁叹了一口气,腰包里没有钱,腰杆子怎么也硬不起来啊,更让人伤心的是经济上发言权的丧失直接导致某个部位某项功能的失能,形成一个恶性循环,苦不堪言啊!

出租车在兰宁饭店门前停下,秦宇付了钱,下车时夏飞燕对秦宇悄声说:"这里进出的都是有头有脸的人物,说不定会有人认识我的。我们别太公开了。"

秦宇想想也是,便跟她一前一后进了饭店,各自开了一间房,然后先后上楼。到了楼上,趁无人注意,秦宇再悄悄地溜进了夏飞燕的房间。

夏飞燕刚从卫生间洗浴出来,她打开包裹着秀发的浴罩,让一头又黑又亮的秀发飘散下来,然后坐在床上,眨巴着那双宛如秋水般迷人的眼睛望着秦宇。秦宇坏坏地一笑,扯下夏飞燕身上的浴巾,浴巾内一对丰满而坚挺的乳房立时如一对白鸽般扑腾而出,颤盈盈地展示着巨大的诱惑。秦宇先是用手抚摸,然后用嘴唇吮吸着她的乳头。夏飞燕娇喘着,呻吟着。极度幸福又极度难受。

偷情的滋味真好,尤其是跟老板的情人偷情。秦宇在心里邪恶地想,可转念一想,这女人本来就是属于自己的,本来就是自己深爱的。所以秦宇觉得自己根本就用不着有什么负罪感。

凝视那对水灵如幻的眸子和娇嫩的粉色唇瓣,加上夏飞燕毫不设防的柔软表情和暧昧眼神,绝对和正人君子绝缘的秦宇情不自禁地再次低下头去吻住了夏飞燕,舌头极尽温柔,一只手环住她的纤腰,另一只手则不甘寂寞地悄悄覆上她那挺翘的娇臀。

真要命啊,夏飞燕觉得自己的魂都快要被秦宇抽走了,这种暧昧温馨浪漫的异性触摸让夏飞燕若置身梦中,她情不自禁地把手环住了秦宇的脖子,主动跟秦宇缱绻缠绵。

温柔之后的适度粗野让夏飞燕感受到异样的刺激,秦宇在她胸部挤压抚摸的双手带给她一种酥麻的冲击,觉醒在这种梦幻感觉的夏飞燕发现秦宇忽然停止了动作,正静静地欣赏着自己美妙光洁的身体。

夏飞燕显然已经动情,她轻轻柔柔地帮秦宇脱掉了身上的衣服裤子,将他剥得一丝不挂,她的小手还不经意地在他昂然勃起的胯间撩拨了一下,一种神秘的快感瞬间传遍了秦宇全身的神经,他低沉地呻吟了一下,随即挺枪冲刺,当他的凶器刺穿夏飞燕的身体时,一种极度的快感令他情不自禁地"啊"了一声,然后加快了冲刺的频率。

在秦宇时而粗暴时而温柔的冲击下,夏飞燕幸福得死去活来。她在心里暗暗地说:"秦宇,你真是个坏蛋,你这个要人命的坏蛋!"

秦宇的男性功能简直是太强悍了,在夏飞燕死去活来达到三次高潮后他才最终喷薄而出,如烟花般在她的身体里绽放了男性精华。

燕涛在这方面与秦宇比起来简直不是一个级别。燕涛明显苍老不济,而秦宇却强悍旺盛,秦宇给予她的快感简直便是一种从地狱到天堂,再从天堂堕入地狱的快感。这种死去活来的快感是女人最渴望得到的。而今,夏飞燕从自己心爱的男人身上得到了。她眼里涌出了幸福的泪水。

整个晚上,秦宇没有睡觉,他翻天覆地地跟夏飞燕做爱,在她幸福的惨叫和低弱的呻吟声中一次次将她送上高潮的波峰浪尖。夏飞燕觉得自己真的要死了,她从心底恨死了这个要命的坏蛋,又爱死了这个要命的坏蛋。

次日一早,秦宇叫夏飞燕给了他一张亲笔签名的照片,他说:"上次我去机场接你,跑遍了兰宁全城的花店,好不容易才找到一束你最喜欢的'黑寡妇',这束花还是别人预订了的。花店的小姑娘十分善解人意,她是你的歌迷,知道我是要将花送给你,主动跟那个预订鲜花的客户打电话说情,好不容易才将那束花让给了我,并且没有收钱,她说只想要你一张签名照片。本来我是答应当天便将签名照送到她手上的。现在拖了这么久了,我得兑现这个承诺! 这是我做人的原则,承诺的事情就一定要做到,哪怕是对陌生人!"

夏飞燕酸溜溜地说："你恐怕是想借机去亲近人家小姑娘吧？你这家伙现在变得够坏的了！没有哪个女人能够对你免疫！"

秦宇坏坏地笑道："谢谢夸奖！说真的那花店女孩真的很水灵很秀气，有机会的话来场一夜情一定很有滋味！"

"你这坏蛋！吃着碗里的还盯着锅里的！"夏飞燕气愤地扑上去要厮打秦宇。秦宇笑着跑出了房去。

✦ 5 ✦

秦宇拦了辆出租车来到花店，一进花店，那女孩显然便认出了秦宇，她灿烂地笑道："咦，是你。不会是给我送照片来的吧？"

秦宇勾魂地微微一笑："没错，你猜对了！"说着将夏飞燕的亲笔签名照递到女孩手中。

女孩幸福地捧着夏飞燕的签名照，说："我送一束花给你吧，以表谢意。你喜欢什么花，自己挑选一束，好吗？"

秦宇说："恭敬不如从命！"

秦宇自己挑选搭配了一束鲜花，几朵红玫瑰几朵黄玫瑰配上一支郁金香，显得浪漫而神秘。秦宇对花店女孩说："我总觉得花是有灵性的，安静的绽放美丽，宁静的凋零飘散，安静而平淡。我觉得做人也一样，去留随意，任天空云卷云舒；宠辱不惊，看窗外花开花落。对了，你送了两束花给我，我还不知道你叫什么名字呢。"

女孩一双非常有神采的大眼睛定定地看了秦宇两秒，说："我叫赵璇，这个小花店便是我自己开的，赚不了大钱，仅能谋生而已。我能和你交个朋友吗？我觉得你非常的神秘，但又似乎有种与生俱来的亲切感和熟悉感。你到底是个怎样的男人呢？连夏飞燕都会爱上你。简直是太不可思议了。"

秦宇说："很荣幸能有你这样终日与鲜花为伴，浑身散发着花香的美女跟我交朋友！我当然是求之不得。我叫秦宇。"

赵璇说："秦宇，好熟悉的名字。有名片吗？有的话给我一张。以后夏飞燕开演唱会时，我就打电话找你帮忙拿最好的票位。当然，如果能从你手上得到夏飞燕的赠送票那我就更幸运了。"

秦宇笑道："行。以后要看夏飞燕的演唱会，我一定给你拿赠送票。而且是最好的位子。"

秦宇随即从钱夹中取出一张名片递给赵璇。赵璇看过之后一双本来就很风情的大眼睛变得更大更有神采了。她不敢相信地望着秦宇："你……你就是报纸上报道的那个24岁便获得哈佛大学工商管理和经济学双博士的秦宇,现任绿城集团总裁特助?难怪我觉得眼熟呢,前不久我还在电视直播的兰宁一中同学会特别联欢晚会上看过你表演的节目,你真是一个谜一样的男人……"

秦宇笑道："别用这种眼神看我,我会吓坏的。我又没长三头六臂,有什么大惊小怪的!小丫头,我先走了,有用得着我的地方以后打我电话就行了。"说罢便捧着那束鲜花潇洒地离开了花店,上了出租车。

赵璇站在花店门口,手里握着秦宇的名片,眼神如痴如梦,神情期期艾艾,不知心中在想些什么。

秦宇捧着鲜花坐在出租车上正在深思,到底要将这束鲜花送给哪个美女好呢,这时他的手机响了,他看了一下号码见是燕涛打过来的,便按了接听键:"燕总,有事吗?"

燕涛笑道："没啥事,今天不是星期天吗?想叫你过来聚一聚,我有件礼物要送给你。你到我家里来吧!"

秦宇笑了笑:"好的。"

中断通话后他坏坏地想:燕涛究竟有什么礼物要送给我呢?不会是这么快就要将宝贝女儿许配给我吧?那样也太让我为难了吧!

秦宇叫司机改道去南湖山顶别墅——听风阁,司机闻言羡慕地说:"听风阁?那可是A省首富燕涛住的地方,据说修建这别墅便花费了一亿多。兄弟你能跟燕涛这样的人物攀上关系,以后可就发达了。"

秦宇淡淡地笑了笑:"再有钱还不是睡一张床住一间屋?"

司机不以为然:"那可不一样,生活质量不同嘛。穷人吃饭都成问题,天天得为生活奔波。而燕涛这样的人却可以尽情地享受这世间最奢侈最昂贵最美好的东西和女人。"

秦宇想想也是,燕涛连和他青梅竹马的夏飞燕都占有了。想到这,秦宇心里便如同被扎了根刺般难受。于是他怪怪地对司机说:"司机大哥,请教你一个问题,如果燕涛的女儿爱上我,我该怎么办?"

司机大笑:"这还用问,上啊!这可是天大的好事!不过兄弟你恐怕不会有这么好的福气吧?能泡上燕涛的宝贝女儿,那你这辈子就可以坐享其成了!燕涛百年之后,他的一切财产还不都是你的了吗?"

秦宇哈哈大笑,司机也哈哈大笑。司机笑罢,便又忍不住嘀咕了一句:"燕涛的女儿看上你,你还用得着坐出租车吗?痴人说梦!"

秦宇装做没有听见，将鲜花捧到鼻子边闻了闻。心想：正好，就将这束花送给燕菲儿吧。

出租车在听风阁外停下，秦宇下了车捧着鲜花走进燕涛的庄园式私家大别墅，远远地，秦宇便看到燕涛正陪着宝贝女儿燕菲儿在打网球。燕涛也看到了他，朝他招了招手。秦宇走过去，将鲜花送到燕菲儿手上："我在路边顺便买的，我知道女孩子都喜欢鲜花，我随便挑了几样，不知你喜不喜欢？"

燕菲儿高兴地接过鲜花，送到鼻子边闻了一下："我当然喜欢了，好香啊。而且还有我最喜欢的黄玫瑰！谢谢你啊，秦特助！"

燕涛将球拍递给秦宇："秦宇，你陪菲儿打一局吧，我跑不动，老了。菲儿的球又很刁，老是让我应接不暇。"

秦宇和燕菲儿开始在两边站好，燕菲儿发球前对秦宇说："喂，你网球行不行啊？"

秦宇笑道："马马虎虎。"

燕菲儿得意地笑道："我打网球在北大是出了名的，几乎从未遇过对手，你可要小心了。拿出你全部的实力，否则等会儿输了可别怪我让你这个天才怪物颜面无存哦！"

秦宇诡秘地笑了笑："是吗？本来我还想保留几分实力，看来我得拿出一半实力来对付你才行啊！"

燕菲儿不屑地说："就知道故弄玄虚，危言耸听！你有那么强吗？"

秦宇说："发球吧！美女，我也有言在先，打球我可不会怜香惜玉哦！因为我可不想输给一个骄傲的丫头！"

燕菲儿发球，球以旋转的姿态向秦宇左手边飞来，这是一个很刁钻的角度，秦宇得跑到左边去接球，而且还不太顺手。燕菲儿心想这下可有你好看的。但秦宇接下来的动作让她大跌眼镜，秦宇不是以奔跑的形式去接球，而是从容而快速地以一种舞蹈的韵律一正一反移动脚步，几个转身便到了球的位置，然后反身将那个旋转力度很强的网球击了回去。燕菲儿用球拍一挡，网球居然斜飞出去。这一球她居然莫名其妙地输了。

秦宇无辜地双手一摊："对不起，菲儿小姐，是你叫我不要让你的。"

燕菲儿用恶狠狠的眼神盯着秦宇："秦宇你这个大坏蛋！你别太得意！你再接我几个球看看。"

秦宇嘿嘿笑道："拿出你的看家本领来吧！你不是说你在北大从来没有遇到过对手吗？那么今天我就要彻底地蹂躏你这位骄傲的公主的自尊心！让你一败涂地！"

接下来燕菲儿又拿出自己练习了十几年的网球绝技，发了几个特别难接的球,都被秦宇轻松地挡了回去。而且每次挡回去的球燕菲儿不是接飞了,就是根本接不住。气得燕菲儿在球场跺脚,小脸儿通红。而燕涛却饶有兴趣地看着这对小情侣般的男女在球场斗气,一种难得的幸福感洋溢在他已经有了岁月沧桑痕迹的脸上。

最后,秦宇说:"我高贵的公主,可不可以让我发一个球呢?"

燕菲儿赌气将球打给秦宇,秦宇轻松接住。然后戏谑地对燕菲儿说:"我先提醒你,接这球时你可得站稳了。到时摔倒了你可别怪我阴你啊。"

燕菲儿一副不信邪的表情,小嘴儿一撇,吐出两个字:"啰唆!"

秦宇将球扬向半空,然后奋力一击,网球风驰电掣般急旋而去,燕菲儿扬起球拍奋力扑杀,想将球打回去,却听到扑哧一声网球破空而去,而她也因用力过度身子前倾,几个趔趄差点摔倒在地。

燕菲儿看了看手中的球拍,顿时花容失色,球拍中间一个大洞,那网球居然穿透了球拍!秦宇这坏蛋用的是什么巫术?这也太恐怖了吧?

秦宇不再理会站在那里发怔发呆的燕菲儿,径直微笑着走回到燕涛身边,笑问:"燕总有什么礼物要送给我啊?"

燕涛笑道:"我给你买了辆车,是最新款的奔驰S600。"燕涛说着掏出手机打了个电话:"方斌,把车开过来。"

不一会儿,燕涛的司机兼贴身保镖方斌四平八稳地将一辆崭新的黑色奔驰S600轿车开到了网球场。方斌将车熄了火,然后将车钥匙甩给秦宇:"秦特助,恭喜你啊!这车我试过了,棒极了!听说你是美国哈佛大学一带的地下飙车王子,有机会我们飙一场!如何?"

秦宇嘴角一挑,微笑道:"是挑战,还是友谊赛?"

方斌大大咧咧地说:"随便怎样都行,反正胜者为王!失败者总是实力不足的表现!"

秦宇笑道:"我喜欢向强者挑战,也喜欢接受强者的挑战!找个机会吧,总之我一定不会让你失望就是!"

这时,燕菲儿才气鼓鼓地拿着那个破球拍走了过来,向燕涛撒娇说:"爸,你看这小子欺负人,把我的球拍也弄坏了。你还给他配这么好的车子,你越宠他,他就越会欺负人!"

燕涛接过燕菲儿手中的球拍,然后像看怪物一般地看着秦宇:"你发球居然可以将对手的球拍击穿。这也太恐怖了吧?"

秦宇不好意思地说:"是我太不小心了,改天我买一副上好的拍子赔给菲儿小姐就是。"

燕涛将球拍递给方斌:"你能做到吗?"

方斌挠了挠脑袋："我没试过。"

燕菲儿似是生气又似是得意地对方斌说："你一定做不到的。只有秦宇这样的天才怪物才能做到，这里面有力学原理，我想一定是他发球的力度强，加上我当时好胜，一心想扑杀这个球，于是以前冲的姿势奋力回击这个球，两种力度相加于是便形成了强强联合，这球便破拍而去。"

秦宇笑道："不愧是北大才女，分析得很透彻哦！"

燕菲儿说："我不管，改天你一定得赔我一副拍子，要最好的品牌！看在你今天送花给我的分上，我就暂时放你一马！"

燕涛笑道："好了，菲儿，别闹了。让你遇上一个强手也好，省得你老是欺负我这个老头子。"

中午，燕涛吩咐厨师做了几道好菜，挽留秦宇一起用了午餐。可以说能屡屡得燕涛如此看重邀请一道用餐的在绿城集团只有秦宇一个，就连方斌这个贴身保镖都得不到这样的恩赐。他都是在旁边的另外一幢别墅和佣人厨师及护院保镖一起用餐的。

方斌看得出来燕菲儿喜欢秦宇，那眼神既温柔又炽热，他也看得出来燕涛不但非常赏识秦宇，而且心目中已经将他当成自己的乘龙快婿在栽培了。

不过方斌很欣赏秦宇，这小子身上有一股子霸气和邪气，很强悍，却不难接近。他在燕涛面前没有绿城集团那些高层员工的拘谨和畏缩，很放松很从容。这样的男人不畏惧权势，也就自然不会阿谀奉承做让人瞧不上眼的走狗。同时他对普通人似乎也没有什么架子，谁都很容易和他交上朋友。

方斌觉得这样的男人是值得敬佩和交往的。于是，方斌决定跟秦宇交朋友。

6

民族大道是 A 省目前最长的街道。西起朝阳立交桥，东接南北高速公路收费站，全长 11 公里，路宽 60 米，双向六车道。道路两旁的亮化和绿化工程都做得非常到位，民族大道现已成为 A 省最具有特色的标志性街道，堪称 A 省"第一路"。

秦宇驾驶着燕涛专门为他这位总裁特助配置的奔驰 S600 轿车在民族大道上飞驰，哇，好久没有飙车了，飙车的感觉太爽了。

今天跟秦宇一同飙车的是燕涛的贴身保镖兼专职司机方斌，27岁的方斌长得牛高马大的，相貌堂堂身材彪悍，他不但功夫很棒，而且飙车技术一流，他听说秦宇是美国哈佛一带的地下飙车王子，很不服气，说有机会一定要跟秦宇比试一场。于是便有了今天的这场比试。

方斌驾驶的是一辆宝马轿车，是秦宇从集团调出来的。燕涛的那辆劳斯莱斯银魅专车方斌可不敢开出来飙车，万一有个损伤他可赔不起，用燕涛的话说那样的车子即使有钱也不一定买得到，得排着队提前预订。

奔驰宝马并驾齐驱，来回飙了几圈，最终秦宇以略微的优势胜出。秦宇觉得没劲，他说："方斌，在这样的道路上显示不出真正的水平，如果你真想跟我分出个高下，我建议改天我们半夜出来飙车，因为半夜行人稀少，车子也非常少，非常便于飙车，到时我们找一条弯道多的道路，这样才能显示出真正的水平。我敢保证在半个时辰内至少让你落后五公里，让你输得心服口服！"

方斌不屑地笑道："狂妄！狂妄至极！我还从来没有见过你这么狂妄的人！"

秦宇淡定地说："有时候我是很狂妄，但是我的狂妄是用实力表现出来的！说实话半个时辰内让你落后五公里还是谦虚的说法。"

方斌的好胜心被激发了出来，他笑道："好！我就跟你见个高下，我们就定在农历八月十五中秋之夜来场飙车决赛，月圆如昼，能见度高，我们还在这里比试，从这里到B城机场，跑个来回，谁输了谁请客！"

"好吧！我这人最喜欢接受挑战了！"秦宇笑道，"现在我们找个地方吃饭如何？"

方斌说："行。我喜欢跟强者做朋友！你这人虽然狂妄，但没有娘娘腔，而且实力非凡，连我那一向眼高于顶的妹子也佩服你万分。所以我愿意跟你做朋友！"

秦宇笑问："你妹子，是不是方芸？"

方斌说："是啊。你们是不是很熟啊？我告诉你，你可别打她主意啊！你这花花公子！听说你在泡燕菲儿，你敢四处拈花惹草，燕涛可不会放过你！"

秦宇笑道："听说你妹妹是兰宁第一美女。她的确很漂亮，也非常有气质。不过我跟她仅仅是在同学会上见过一面而已，你别那么紧张。你看我是那种人见人怕的大色狼吗？一点也不像嘛！你放心，我可不敢打你妹妹的主意，因为我现在还不知道能不能打过你。"

方斌冷笑："你想打过我？真是痴人说梦！就你这花花公子模样，我一拳便可以将你打趴下！"

秦宇淡淡地笑了笑："方斌，你知道吗，高手总是深藏不露的，万一我就是那种深藏不露的高手呢？"

方斌冷笑，"就你？你生怕全世界的人不知道你的本事有多大。你还懂得深藏不露？"

秦宇感慨道："小隐隐于市，大隐隐于朝。你是个粗人，跟你说了你也不懂！高手总是寂寞的，我有时看起来是有些狂妄，但那是因为我寂寞太久的缘故。"

秦宇和方斌将车停在民族大道旁边的一家民俗餐厅，选了个靠窗的位子坐下。这时方斌的手机响了，方斌说："我在民族大道旁边的民俗餐厅，跟谁啊？跟一个很坏而且很狂的家伙。是谁你就别问了。你最好别过来。你来看我干什么？我是你老哥，这辈子你还没看够啊？好了，我挂电话了。"

秦宇听方斌在旁边咋咋呼呼地接电话，不用说是方芸打来的。待方斌接完电话，秦宇诡秘地冲他笑道："怎么？怕了？怕你妹妹跟我接触多了会爱上我？"

方斌冷笑："我怕什么？你真敢欺负芸儿，我的拳头可不是吃素的！"

秦宇开心地笑了起来。方斌莫名其妙地看着秦宇："你笑什么？有什么好笑的？你那几根花花肠子以为我看不出来？对美女惯用的一招就是欲擒故纵。你敢说你心里对芸儿没有邪念？"

秦宇古怪地笑道："方斌，你不觉得你比我还狂吗？为什么我就不可以追求你妹妹？本来我还不打算追她，经你这么一说，我还非追她不可了！你怎么着？"

方斌不说话，劈空一式掌刀便朝秦宇肩膀砍了过去，本来他想砍秦宇的脖子，但他担心秦宇那柔弱的脖子经不住他这还不算凌厉的一击。

然而，他没有料到的是，秦宇坐在座位上连屁股都没挪动一下，仅仅单手画了个圆圈，便以一式四两拨千斤的太极掌法将他的掌刀化解于无形。

方斌"咦"了一声，如同遇见了怪物："没想到你这花花公子还是个练家子呢！今天我可得好好会会你！"

秦宇连忙摆手："别，千万别。你这样闹下去我连好好吃顿饭的雅兴都没了。你就饶了我吧。"

方斌不依不饶："不行。找个机会一定得跟你好好比试一下。没想到你这家伙还有两下子。就刚才那式太极圆圈几乎已经到了高手境界了。"

随后，方斌又不满地说："你说你一个书呆子练武干什么？你是不是想将天下所有的本事都学光学尽了，让全天下的美女都迷恋你一个人？你还让不让我们这些男人活命啊？"

秦宇嬉笑道："你看错了。我哪有什么武功啊。我刚才那是急中生智鬼画桃符瞎猫撞上了死耗子。你可别当真。"

秦宇说罢便开始点菜，民俗餐厅顾名思义是以民间招牌菜为特色，席间加上一些民俗歌舞表演。秦宇点了几道兰宁本地的特色菜，在美国待了十年，真的好渴望再次品尝家乡的风味小吃和招牌菜式。他点了个武鸣柠檬鸭，点了个酸野，这酸野是秦宇在国外最想念的了，每每想起嘴里便会流出酸酸的口水。酸野的制作是采用当地特产的木瓜、萝卜、黄瓜、莲藕、椰菜、菠萝等时令果蔬，配以酸醋、辣椒、白糖等腌制而成。吃起来酸、甜、香、辣味味俱到，脆爽可口，生津开胃。

另外，秦宇还点了个香热鲜美的田鸡粥，并吩咐服务员到时给他添一小份荷叶饭，然后便将菜单递给方斌："你想吃什么自己点，这顿饭我请客，想吃什么点什么。酒水也一样，如果你抱着狠宰我一顿的想法，不妨来瓶极品洋酒！"

方斌一脸的坏笑："你别激将我，我还真来瓶最贵的酒，反正你这家伙有钱，年薪180万。有机会不宰你，当我是白痴啊？"

方斌说罢问服务员这里最贵的酒多少钱一瓶。服务员表情生动地介绍道："我们餐厅有46000元一瓶的罗马康帝酒庄1990年份的勃艮第红酒，还有72000元一瓶的路易十三黑珍水晶装极品干邑。先生您要哪款酒？"

秦宇在旁听了，鼓动方斌说："我建议你要路易十三黑珍水晶装极品干邑，因为这款酒全世界只有768瓶。可以说喝这种酒不仅仅是一种身份的象征，更是一种艺术品味的展示。这款酒可是可遇而不可求的哦。我在美国喝过一次。在中国这款酒应该说是并不多见的。在兰宁能够见到一瓶都是奇迹。所以我建议你就要它。如果你不要，我可要将这瓶酒拿回家收藏了。"

方斌看了秦宇一眼，见这家伙一脸的不怀好意的坏笑，于是诧异地问："你小子是不是有毛病啊？好像生怕我不宰你似的？"

秦宇依旧一脸的坏笑："我这不是怕你打我吗？所以巴结巴结你嘛。"秦宇另一个声音却在心里说：傻瓜，我这是在巴结你这个未来的大舅哥啊！

方斌料准秦宇这小子心里没想啥好事，于是气不打一处来，对服务员说："好！就要路易十三黑珍水晶装极品干邑。不就72000元一瓶吗，反正我们这位总裁特助不缺这几个钱！"

秦宇笑得更开心了，心里坏坏地想：大舅哥，你不知道吃人嘴软，拿人手短的道理啊！到时你被我的糖衣炮弹击中了算你活该哦！

方斌在桌子底下轻轻地踹了他一脚："你笑什么笑？白痴啊？我宰你你还笑？"

秦宇笑道："我还就怕你不宰我呢？你看看外面谁来了？"

方斌侧过头来一看，只见妹妹方芸挎着个漂亮的进口小坤包姗姗而来。

方芸径直来到方斌和秦宇的桌台，深情款款地坐了下来，瞟了秦宇一眼，对方斌笑道："原来你口中那个又坏又狂的家伙就是他啊？不过他的确是够狂的。至于坏不坏嘛，我倒是不太清楚。"

秦宇心里说我坏不坏到时候你就知道了，表面上却友好地对方芸微笑道："方小姐，喜欢吃什么自己点。别客气，今天我请客。"

方芸很秀气地点了两道小菜。酒菜点好，在等待上酒菜的间隙里，三人一边喝茶一边闲聊，聊了十来分钟，酒菜上来了。方芸一看服务员递上来的是路易十三黑珍水晶装极品干邑，这款酒她虽然没有品尝过，但从媒体和网络上了解这款酒的珍贵和昂贵。于是对秦宇说："干吗这么铺张，叫这么贵的酒？钱多了烧的？退了吧！"

秦宇微笑道："干吗要退，遇上这款酒是福气和运气，说真的，什么时候再想喝不一定能够喝得到呢！路易十三黑珍水晶装带给人们的不仅仅一种经典的奢华形象，而是富有魅力，充满潮流感的超越时代的奢华感受。它来自经历了一世纪之久的蒂尔肯 C100－29 木桶。木桶自 1960 年起就安置于隐藏在 Grollet 庄园的酒窖内，这个极其珍罕的蒂尔肯木桶是家族私人的藏品中最古老的蒂尔肯之一。它已经酿藏了最珍贵的，由 1200 种最古老、最独特、最稀有的'生命之水'调和而成的路易十三极品干邑，其中一些'生命之水'源自大香槟区最美丽的山坡，有超过百年的窖龄。我想，等方小姐什么时候嫁作他人妇时，回想起曾经跟我这个既狂又坏的家伙一起品尝过这么一款酒，说不定可以变成一种极其珍贵的回忆哦！"

方芸脸色一红，不悦地说："我为什么要嫁作他人妇？万一我非要嫁给你呢？难道你害怕我赖上你不成？"

秦宇得意地冲方斌一笑："能得兰宁第一美女青睐，我当然求之不得，不过恐怕有人不会同意的。刚才还有人冲我示威呢，说是如果我敢打你的主意就要打断我三根肋骨，吓得我赶紧用这里最贵最好的酒贿赂他。"

方斌脸色涨红，原来这小子让他点路易十三极品干邑还有这种心思在内。他在桌台底下狠狠地踩了秦宇一脚，秦宇痛得咧了咧嘴。方芸怪怪地看着秦宇和方斌："你俩干吗？"

秦宇和方斌赶紧赔着笑脸说没干吗。秦宇从服务员手中接过酒，十分内行地验看了一遍，说："是真品。"随即开了酒瓶，放到鼻子底下狠狠地吸了口气，闻了一遍，然后十分陶醉地说："有一种回到大自然的美妙感觉，仿佛置身于一个巨大的葡萄庄园，到处是青翠欲滴的葡萄，啊，太爽了！"

看着秦宇这副陶醉的样子，方芸感觉这样的男人好像天生就是当贵族的命，有品位有气质，更懂得享受。

秦宇倒了三杯酒,方斌端起自己那杯就开始牛饮,两下子就将杯中酒喝光了。秦宇像看怪物一样看着方斌:"天啊,有你这样喝酒的吗?这种极品干邑要慢慢品才有滋味!一看就知你是个粗人!而且是那种俗不可耐的粗人,恐怕以后有个美女爱上你,你也不懂怜香惜玉!唉,所以我常说人跟人是有区别的,而且区别很大,粗人和绅士永远不可同日而语!"

在方斌一张脸涨成猪肝色时,秦宇还喋喋不休地说:"方小姐,以后你找男朋友可千万别找你哥这种暴殄天物的男人,很倒人胃口的!"

方斌终于暴发,挥拳作势欲打秦宇:"不就是喝了你一杯路易十三吗?婆婆妈妈的,找打啊!"

秦宇装作害怕赶紧往方芸身边躲,并趁机在她腿部和腰间暗暗揩了两下油。方芸笑着喝斥要对秦宇动粗的方斌:"哥,你干吗呀?真是个粗人!"

秦宇得意地冲方斌说:"你看你看,不是我一个人对你有这种看法吧?动不动就动拳头,不是粗人是什么?"

秦宇干脆挨着方芸坐下,并可怜兮兮地说:"方小姐,你哥自恃武功高强,动不动就拿拳头冲我示威,我看你得时刻陪在我身边保护我才行。否则我哪天被他凌辱而死都未可知啊。要不这样吧,你就委屈一下你高贵的身份,做我这个手无缚鸡之力的没用的男人的女朋友,好不好?"

方芸眼中放出异彩,娇嗔地说:"秦宇,你不要没个正经的好不好?真受不了你这样!"

秦宇委屈地说:"我已经很正经了,性命攸关的事情我还敢不正经吗?我知道这粗人就服你,所以我得寻求保护啊,当然如果是终身制就更好了。"

方芸的神色忽然间暗淡下来,她幽幽地说:"秦宇,你经常这样跟女孩子开玩笑吗?"

秦宇正经起来,认真地说:"没有,我是第一次这么放松。因为我是真正把方斌和你当朋友。对不起。我不乱开玩笑了。喝酒!"

秦宇拉开和方芸的距离,将座位往方斌这边挪动了一下,然后给方斌杯中添满了酒。轻轻地跟方斌碰了一下后,他喝了一小口,然后开始津津有味地吃起了酸野:"哇,真的很开胃,好多年没有吃过家乡的酸野了。"

接着,秦宇抬起头看着方芸说,"我从国外回来,放下行李就开车满城找酸野摊和大排档,恶补家乡的风味小吃。离家久了,对家乡的小吃和家乡的山水家乡的口音是最怀念的了。"

说到这里,秦宇自嘲地笑了笑:"有人说想家的男人没出息,成不了大器,看来我这辈子也是没有什么作为的了。"

方芸温情脉脉地望着秦宇:"如果连你都觉得自己没有什么出息的话,那全天下的男人都得找根面条将自己吊死了！秦宇，其实你没个正经的时候也挺可爱的，像个大孩子。"

秦宇得意地笑了，并有意示威地剜了方斌一眼："是吗？这话你可别当着你哥说出来，以后这种话悄悄跟我一个人说就行了。"

方斌知道自己说不过油嘴滑舌的秦宇，干脆不再搭理他，自顾自喝酒吃菜。很快他一个人便将剩下的小半瓶路易十三黑珍水晶干邑喝完了。那只秦宇特意点的柠檬鸭也被他吃了个精光。然后他从桌台上抽出纸巾擦了擦油乎乎的嘴巴，得意地冲秦宇说："我吃好了，你慢慢享受吧。"说着自顾自从烟盒中抽出一支极品云烟，十分惬意地吞云吐雾起来。

秦宇笑道："以后跟你吃饭得跟你定个规矩，谁先吃完谁埋单。"

饭后，三人出了餐厅，方芸上了方斌的轿车，临别时，方芸鼓起勇气对秦宇说："秦宇，明天晚上我要去参加一个晚宴，你能不能做我的舞伴？"

秦宇望了望一脸愕然的方斌，故作害怕地对方芸说："我倒是想去，不过我怕你哥会找我麻烦。你得叫你哥答应不欺负我，我才敢去，否则我就是去了也是提心吊胆放不开，到时跳舞老踩你的脚可不好了。"

方芸赶紧摇了摇方斌的胳膊，方斌最怕妹妹摇他的胳膊了，这胳膊一摇他就心软了，天大的事也得由着这个宝贝妹妹。他叹口气对方芸说："芸儿，你可别上这小子的当，这小子深不可测，扮猪吃老虎，凭他的智商和身手，这天下有几个人能够欺负他？"

方芸笑道："什么身手？难道他还打得过你？你可是 A 省首富燕涛的贴身保镖，一个人打几十个。"

方斌苦笑着瞅了秦宇一眼："这小子是个怪物，不可以以常理去揣测他，也不可以以常人去看待他。说不定我还真打不过他呢！妈的，没有天理啊！这世间居然还会有他这样的怪物！走吧走吧，明天你让他陪你去就是了。"

秦宇望着发动车子的方斌窃笑，心里说：方斌，我这可是奉命行事哦，到时你妹妹非要爱上我，我可能会经不住诱惑哦！

第四章：怦然心动

秦宇驾驶着奔驰 S600 按照方芸所说的路线直奔蓝天会所。在车上，方芸告诉秦宇她其实并不是蓝天会所的会员，蓝天会所单单办一张会员卡便要每年缴纳 20 万，她自嘲说她还没有富有到这个程度。她说她一年的收入只够办一张会员卡。她说能经常出入蓝天会所是因为这个会所是她一位私交很亲密的女伴开办的，这位女伴原来也是一位时装名模，后来嫁了个超级富豪，于是便飞上枝头做了凤凰。

秦宇开玩笑说："以你的条件要找一个钻石王老五是件非常容易的事情，你也可以飞上枝头变凤凰啊！"

方芸忧伤地说："不瞒你说，就是因为在这个会所里纠缠我的有钱有地位的男人太多，我只能委婉地拒绝，不敢过分得罪，所以今天特意拉你过来挡驾。"

秦宇苦笑："哦，原来我是用来当替代品的，不过我并不介意啊，能做方小姐的护花使者是件很荣幸的事情！只要会所那些男人不拿刀子捅我就行。"

方芸笑道："秦宇，你不要这样幽默好不好？正经一点！"

秦宇说："好，正经一点，我给你正儿八经地朗诵一首诗吧！"接下来，秦宇居然对着方芸朗诵起了世界最经典的情诗——泰戈尔的《园丁集》中最动人的一段：

用流转的秋波，你能从诗人的琴弦上夺去一切诗歌和财富，美妙的女人！

但是你不愿听他们的赞扬，因此我来颂赞你。

你能使世界上最骄傲的头颅在你脚前俯伏。

但是你愿意崇拜的是你所爱的没有名望的人们，因此我崇拜你。

你完美的臂膀能使帝王的辉煌在它们的触抚下更加灿烂。

但你却用它们扫去尘埃，清洁你卑微的家园，因此我心中充满了钦敬。

在秦宇的赞美面前，方芸心潮起伏，她幽幽地说："秦宇，你能不能告诉我，你用泰戈尔的情诗骗取了多少美丽少女的初吻？"

秦宇无限哀伤地说："亲爱的美人，如果我说我从来不曾对谁吟诵过泰戈尔的情诗，你相信吗？如果我说这世上除了你，没有一个女子值得我如此满怀真心真情地对待，你相信吗？如果我说我至今没有得到一个美丽少女的初吻，你相信吗？亲爱的美人，只要你不会嘲笑我是一个窝囊的男人，连一个女子的初吻都不曾拥有过，那便是我无上的荣耀！"

方芸眼睛有些湿了，她忧伤地问："秦宇，那个令你又爱又恨青梅竹马的夏飞燕呢？难道你不曾和她亲吻过？"

秦宇无限伤痛地感叹："我们那时只不过是小孩子玩家家，根本就不懂什么是爱情！我跟夏飞燕手是拉过，但真没有亲过小嘴。"

方芸温柔地问："秦宇，除了她，这辈子你会不会再爱上别的女孩？"

秦宇坚定而肯定地说："这辈子我注定了会爱上别的女孩。比如你！"

方芸脸上现出淡淡的红晕，一种幸福的感觉冲击着她的心灵。如果不是在车上，也许她会幸福而冲动地拥抱秦宇，将自己炽热的初吻奉献给他。

轿车在蓝天会所门前停下，蓝天会所设立在一幢临湖的超级豪华大别墅，秦宇和方芸下车时发现别墅门前停满了各种款式的豪华进口轿车，显然他们是来得较迟的。当然秦宇是有意而为了，他不想来早了，去一个陌生的环境如果太早会有种局促不安的感觉。他可不想这样。

蓝天会所是兰宁一家数一数二的高级私人会所，里面的装修纯欧美风格，豪放而高贵，典雅而气派。会所的会员大部分是 A 省境内各大公司最高层的管理人员和私营企业主，其中不乏一些外籍高层管理人士和海归派，会员身份层次非常整齐，这一点是蓝天会所最鲜明的地方。

今晚举办的是一个轩尼诗李察富豪晚宴，出席这个晚宴的亿万富豪不下三十位，可以说兰宁较出名的超级富豪全部出席了。方芸挽着秦宇的手臂优雅从容地走进会所大厅，立时吸引了许多炽热的目光。这目光中有羡慕有妒忌有猜疑，还有敌视。

今晚，方芸身着一件紧身黑色晚礼服，做工华丽精细，刚好将她那美妙的曲线完美地勾勒了出来。晚礼服下的一截雪白晃眼的长腿，使得会所的男人们内心有股火热的冲动。盈盈一握的柳腰之处，束着一条银色衣带，将那纤细的柳腰凸显得淋漓尽致，勾魂摄魄。

方芸挽着秦宇的手臂，脚步优雅地行进在富丽堂皇的会所大厅之中，略微浅笑的俏脸之上，噙着一抹妖娆。丰满而成熟的娇躯，犹如那熟透了的水蜜桃一般。使得大厅内的某些男人身体下部隐隐有着抬头的趋势。在她那双狭长的桃花美眸凝视下，当下大厅中便有一些脸色尴尬的人小心翼翼地收缩着腹部。

方芸的人缘似乎极为不错，不断有人冲她微笑打招呼，方芸优雅从容地应付着周围的宾客。点到即止的浅笑，断然拒绝了那些想要强行搭讪的无聊之人。一对犹如是春水酿造而出的桃花美眸，随意地在大厅中扫过。所有凡是接触到这对似乎在隐隐间蕴涵着妩媚诱惑的眸子后，喉咙皆是会不由自主地微微滚动了一下。炽热的火焰在眼眸深处燃烧升腾着。看来，今晚这些人回去之后，恐怕会将家中的老婆、金屋藏娇的情人或高档色情场所的妓女幻想成方芸而狠狠地鞭挞一番吧。

身为兰宁第一美女的方芸无疑成为了大厅中的焦点人物。同时，作为万千少女和少女梦中情人的秦宇，无疑也吸引了会所中所有年轻女性的目光，当她们顺着方芸的手臂看过去，瞧见她挽着的是一个面容英俊身材高大的年轻帅哥之后，同样是震撼痴迷，再望着温情脉脉的方芸挽着他的手臂缓缓前行，心中都不可察觉地对方芸长出了些许的嫉妒。无视周围那些男人犹如刀子一般尖锐女人犹如春水一般温柔的目光，秦宇微微笑了笑，笑容柔和。漆黑的眸子晶莹剔透、深邃而清澈。

这次奢侈的富豪晚宴是中西合璧式西餐，原料选用了中国最好的鱼翅、鲍鱼、燕窝以及日本顶级刺身和牛肉，使用正宗法国菜的做法进行烹饪。晚宴上饮用的则是每瓶13000元的轩尼诗李察干邑，但每人仅限一杯，人均消费4000元人民币，消费水平之高可见一斑。

晚宴上不少女人都穿着精致昂贵而奢华的 Haute Couture 定制时装，虽然全球不足两万个女人穿得起这种高级定制时装，但是秦宇今天仍然见到不少脸孔生疏的漂亮女人拥有这份殊荣，这就是时尚和娱乐的差距。中国明星走红地毯的服饰在秦宇看来根本就不入流，最多就是专卖店的最新款式，奢华程度远远不如这个晚宴中的女人们。

相对于这些靠衣着首饰和财富堆积起荣耀的女人来说，方芸这样的天生尤物无疑更具备吸引力。方芸是那种艳光四射却媚而不俗，美丽动人却纯洁无瑕，令男人敬而远之，不敢释放出那种轻佻和无所谓，生出亵渎之心的女人。

今晚,穿着黑色晚礼服的她显得特别高贵、神秘、庄重而典雅,略作修饰的淡妆让她神韵十足,动人心魄。

"天生媚骨!风情嫣然,气质高绝,好一个冰冷清雅的大美人,虽然离你很近,却又让你感觉遥不可及!"这是晚宴中所有男性对方芸的暗自评价。

晚宴中的男性三分之一都在想象怎样才能将方芸据为己有,让她成为自己专宠的女人,另外三分之一都在寻思着怎么跟她套近乎,怎么才能创造机会跟她发生一夜情。还有三分之一的自觉实力不够的男人则在吃不到葡萄就说葡萄是酸的假装清高,说什么"她不就是个名模吗?"说这话时眼神却偷偷地绕过身旁的女伴们投注在方芸身上。

行进到了大厅中央之后,秦宇不得不和方芸分开了,原因是方芸在这里的熟人太多,尤其是这间会所的老板黄娟更是她闺中密友,拉着她聊天。秦宇从侍者手中的托盘里端起一杯轩尼诗李察干邑,默默地走到琴台,倚靠在钢琴旁边,不与任何人套近乎,也没有哪个大款富豪来主动与他攀交,他乐得清静。

秦宇一向对那些过着张扬、奢靡生活的所谓的成功者不感兴趣,虽然他们中许多人并不缺乏内涵和底蕴,正在逐渐摆脱那种俗不可耐的大款粗野气息,走向所谓"低调的华丽,品位的人生",但是毕竟用钱堆砌出来的排场和华丽以及品位都是难脱俗气的。

大厅中央是个灯红酒绿的花花世界,大亨和贵妇各自形成交际圈肆意炫耀、虚伪称赞和无聊调侃——

"杨总,听说你在兰丹又买下了两个矿厂,成了大资本家了!现在的矿主是中国最富裕的阶层,恭喜杨总了。"

"我哪比得上凌总啊,听说你在邕宁兴建了一个顶级高尔夫球场,据说每个会员的年费都是三十万。凌总真是大手笔啊!"

"听说钱总的马场最近增添了一匹乌克兰纯血种马,而且还换了一位马师,每一匹纯血种马每年可是至少花费上千万元吧,钱总不愧是有钱人啊!想不佩服都不行啊!"

"赵总在南湖度假村搞起了水上俱乐部,更是狂掷二千万美金买下一艘豪华游艇,在游艇上开起了娱乐公司,里面吃喝玩乐一条龙服务,应有尽有。什么时候有机会我这个大老粗也去捧捧场,去赵总的游艇上体验体验生活,'愿为江湖翁,沧海钓大鲸'这样的生活比起本人的遛马可是上了不止一个档次啊!"

"周总,你那辆宾利雅致几乎能和燕董的那辆劳斯莱斯银魅相媲美了,刚才很多开着奔驰宝马的男人看得几乎要流口水了。"

"哪里,在 A 省没有哪个商人可以强过燕董,燕董玩的是极品美女,开的是极品香车,住的是庄园别墅。手里的钞票就是天天烧也得烧个一年半载。我哪敢跟燕董相提并论啊,王总切莫乱开玩笑啊!"

昂贵精致的服饰、挥金如土的生活、豪气不羁的谈吐,这就是凡人眼中神秘的上流社会。对于这些,秦宇生性漠然。

什么东西才能称得上高贵?用秦宇通俗的说法就是用再多钱也买不到的东西。什么叫品位?那就是不需要用钱堆砌出来的气质,只有像方芸这样洗尽铅华的返璞归真才是真正的品位,因为这个时候她本身就是一种品位的象征。

★ 2 ★

今晚是秦宇第一次到蓝天会所参加这种晚宴,这里的人几乎全是陌生面孔,他目光如炬地在大厅搜索了一遍,很意外地在一大堆的陌生富豪的簇拥之中发现了一个熟悉的面孔——被人们尊称为燕董的燕涛。

燕涛也发现了秦宇,微笑着举了举手中酒杯,算是跟他打了个招呼,并没抽身出来!秦宇笑着冲他点了点头,并没有上前献殷勤,燕涛正跟几个富豪朋友悠闲自得地聊天,身边陪伴着几位绝色美人。

一个没有男伴的漂亮女子无意间看到倚靠在钢琴边的秦宇,她怔怔地注视了他一阵后,仿佛看到了自己的初恋男友般,脸上现出一抹莫名其妙的红晕,在确定秦宇身边没有女伴后走到他面前,用一种复杂的眼神凝视这个嘴角含笑、眼神温醇的男人。她发现这个男人有一种令她无法抗拒的魅惑,英俊帅气挺拔冷傲的外表令她一瞬间产生了痴迷之感。她还是第一次遇见这么有神韵有魅力的男子,而且这男子显然是这里最年轻的一个,她清楚能到这里来的男人都有不俗的身份地位。

他到底是谁呢?

漂亮女子优雅大方地走到钢琴边,大大方方地注视秦宇:"帅哥,今晚我可以邀请你做我的舞伴吗?"

秦宇十分礼貌地说:"美丽而尊贵的小姐,十分荣幸能得到你的邀请,不过今晚我已经有了舞伴,所以很遗憾,今晚我不能做你的舞伴。"

漂亮女子似乎无法适应秦宇这种保持距离的彬彬有礼,她的神色忽然间变得有些落寞。虽然并不期待什么,但是真切感觉到秦宇的冷淡免不了还是有些失落。

秦宇并非一个不懂怜香惜玉的男人,让一个美貌如花高贵如玉的女子暗自怀伤可不是他喜欢做的事情,于是他微笑着问身边这位漂亮女子:"喜欢钢琴吗?"

漂亮女子诧异地望着秦宇,不知他所问何意。她只是机械地回答:"喜欢。"

"会弹吧?"秦宇又问。

漂亮女子说:"会一点点。"

秦宇脸上绽放出一抹魅惑人心的微笑:"会弹就一定懂得欣赏。今晚我很抱歉不能成为你的舞伴,因为我答应了一个女孩子今晚做她的舞伴。不过为了表示我的歉意,我可以为你演奏一首世界钢琴名曲作为补偿,你觉得如何?"

漂亮女子脸上泛现出迷人的微笑:"非常荣幸! 这里会弹钢琴的男人如同凤毛麟角,尤其世界钢琴名曲,那更是天籁!"

秦宇放下酒杯,潇洒地坐到钢琴面前,打开琴架,不用曲谱,许多世界钢琴名曲他都烂熟于心。他优雅地询问站在身边的漂亮女子:"请问尊贵的小姐,你喜欢听哪位名家的曲子? 贝多芬还是肖邦? 或者巴顿或者亨德尔或者莫扎特或者舒伯特或者门德尔松或者德沃夏克或者勃拉姆斯或者里查斯特劳斯?"

女人眼里绽放出异彩:"这些钢琴大师的名曲你都会弹?"

秦宇自谦地说:"刚好都会那么一点点。"

漂亮女子说:"我喜欢肖邦的浪漫。能为我弹奏一曲肖邦的《梦中的婚礼》吗?"

秦宇微笑道:"没问题!"

秦宇开始优雅地舒展修长的手指,在琴键上优雅地跳动,浪漫动听的钢琴声立即在豪华大厅响起,所有人聆听到这美妙的钢琴声都觉得神清气爽,有一种轻松愉悦之感。所有人的目光都循着琴声望向秦宇,除了燕涛和方芸,所有人的目光都充满了惊疑,他们几乎不敢相信这位怎么看都像是个不学无术的花花公子居然能够弹奏出如此美妙的钢琴声。

这小子本来就帅得可以让任何一个烈女主动失贞,如果再加上他的这手钢琴绝技,不知要祸害多少绝世美女? 还有,这陌生小子的来头也是个谜。他究竟是何方神圣?

在许多人的猜测中,燕涛微笑着解开了迷局:"他就是我的特别助理,享誉国内外的学术天才,美国哈佛大学工商管理和经济学双博士——秦宇,一个充满传奇和神秘色彩的青年! 一位前途无量的璀璨的未来商界、政界明星!"

群情哗然! 如此强悍的年轻人,让人想不自惭形秽都不行啊! 于是许多男人脸上都有了自嘲的苦笑,于是许多女人脸上有了迷人的春情。这样的男子不正是她们梦寐以求的吗?不能做夫妻,能跟他做情人也是世间最幸福最浪漫的事情啊!

秦宇身边的女子脸上洋溢着幸福而迷人的微笑。能得这样的男子倾情弹奏一曲浪漫的世界钢琴名曲《梦中的婚礼》,这辈子无论如何都是一种珍贵荣耀的回忆。

方芸正跟几位漂亮女士聊着时尚的话题,听到秦宇的钢琴声,看到秦宇身边的女子一脸的幸福和迷醉,忽然间她觉得自己的心仿佛被一枚钢针狠狠地扎了一下,好痛好痛!她甚至有了一种想哭的冲动,她暗自呢喃:"秦宇,你该不会是爱上了那个漂亮女子吧?"

方芸认识那个漂亮女子,她叫许可,是A省副省长许世雄的女儿,毕业于复旦大学信息科学与工程学院,现在在省财政厅工作。这样的女人无疑是强劲的情敌,方芸一时之间芳心黯然,方寸大乱,不知道如何是好。

秦宇一曲演奏完毕,燕涛带头鼓掌,有A省首富带头在先,那些懂得欣赏或不懂得欣赏的富豪都跟着放下酒杯鼓起掌来。掌声中,秦宇起身十分绅士十分优雅地向众人鞠了一躬,然后含笑问身边的美女:"高兴吗?"

许可高兴地点了点头:"高兴!今晚是我最开心的一个夜晚!谢谢你,我可以知道你的名字吗?"

秦宇微笑道:"当然可以。我叫秦宇。"

许可怔怔地望着秦宇:"秦宇?"随即惊诧地问,"秦天明是你什么人?"

秦宇说:"正是家叔!其实他是把我当儿子看待的,因为我从小就过继给了他当儿子。"

许可突然失态地抓住秦宇的手,欣喜若狂地说:"秦宇,我是许可啊,许世雄的女儿啊!我们以前一起住在兰宁市府大院,经常在一起玩的。难怪我今晚第一眼见到你就有一种熟悉感和亲切感!"

秦宇这才认真地端详了许可一番,从她的美丽容貌中寻找到了几分与当年那小姑娘的相似之处。他微笑道:"十年未见,一时还真不敢相认了。那时你是兰宁市府最野的丫头,连男孩子都怕你,没想到现在你变成一个温柔大方的美人儿了。我还记得你比我大一岁多呢,以前你老在我面前充大姐大,说有人欺负我就找你帮忙!"

许可脸色羞红:"那时小嘛,不懂事,其实也是因为欣赏你嘛,谁叫你是市府大院最聪明最有才华的男生呢,当时那些女生哪个不喜欢你啊!对了,听你叔叔说你现在在绿城集团当燕涛的特别助理,能给我一张名片吗?"

秦宇从身上掏出钱夹,从里面掏出一张名片递给许可。许可也将自己的名片递给了秦宇。秦宇看了看，笑道："你在财政厅工作，凭你的才华和关系，我想日后的财政厅厅长必定非你莫属！"

许可无奈地说："都是我父亲的主意，让我做公务员，其实我的性格根本不适合坐机关大楼。我想辞职干点自己喜欢的事情！"

秦宇笑道："选择权在你，只要自己觉得开心就行。如果觉得这份工作压抑，辞掉了也没什么大不了的！"

许可高兴地拉着秦宇的手："秦宇，你是第一个支持我辞职的人！我太高兴了。真的，我觉得那份工作太压抑了，许多人都说我是开后门凭关系进的财政厅。我不想别人这样议论我。而且这份工作跟我的专业也不对口。我想辞职开家信息工程公司，只是现在还没有足够的资金。"

秦宇笑道："钱不是问题，可以找亲戚朋友借点，实在不够还可以贷款嘛。车到山前必有路，船到桥头自然直，只要有理想有目标就好办！"

秦宇跟许可正聊得开心，抬眼见方芸走了过来，方芸走近秦宇，温柔地挽起他的胳膊，对许可嫣然一笑："许小姐，对不起，现在舞会开始了，我想请秦宇陪我跳支舞。行吗？"

许可大方而略带尴尬地说："我猜想你就是今晚秦宇的舞伴吧？难怪秦宇说今晚只做你一人的舞伴。你真不愧是兰宁第一美女，任何女人在你面前都禁不住会自惭形秽的。"

方芸脸上依旧挂着迷人的微笑："许小姐过奖了。许小姐柔中带刚，有一种别样的风韵，更是风情万种，倾城倾国！"

秦宇不想听两个女人恭维来恭维去的其实心里却带着些许的敌意和醋味，他温柔地对许可说："可儿姐，我先去跳舞了，改天我到府上去拜访许伯伯和你。"

❂ 3 ❂

秦宇和方芸步入舞池，此时舞池里已经有十几对富豪美女在优美动人的舞曲中翩翩起舞，秦宇的交谊舞跳得非常好，无论是刚猛的探戈还是温柔的华尔兹，他都跳得极具韵味，无疑今晚秦宇和方芸成为了舞会的焦点。

两支舞曲完毕后，有几对男女从舞池退了下来，秦宇和方芸也从舞池退了下来，这时一个三十四五岁的中年男子向方芸走了过来，礼貌地伸出手："方小姐,我可以邀请你跳下一支舞吗?"

方芸非常不赏脸地说:"对不起!易总,我有点累了。不想跳了。"

这位被方芸称呼为易总的男人名叫易天扬,是 A 省鼎盛房地产开发公司老总,易天扬个子不高,大概一米六七左右,站在超模方芸身边矮了一个头。真想不通方芸的好友蓝天会所的老板黄娟怎么会介绍他给方芸作对象,恐怕只是从易天扬的财势地位考虑吧。本来今晚方芸要做易天扬的舞伴,但不知从哪里跳出个秦宇,让方芸对易天扬视若无睹置若罔闻。而且连跳一支舞的面子也不给,易天扬原本就是靠黑社会起家的,至今身上还没消失那股子江湖霸气,他气愤地冲方芸嚷道:"方小姐,你不觉得你今晚的行为太过分了吗?你看不上我可以一口回绝,既然答应了黄娟来跟我见面,你为何这种态度?"

方芸抱歉说:"对不起,易总,我不想伤害你。请你原谅。"

易天扬气愤地说:"原谅?我请你跳一支舞的面子你都不给!你叫我怎么原谅?从来没有哪个女人敢这样不给我脸面!你以为你方芸是镶钻石的吗?"

秦宇实在看不下去了,他轻轻地搂住了一脸羞愤的方芸,冲易天扬鄙视地说:"这位老板!你说话能不能文明点呢?吓坏了小姑娘可不好!再说了这种场合你这样大呼小叫大发淫威的,也有失你大老板的风度啊!"

易天扬此时心里最恨的就是秦宇了,见秦宇跳出来当护花使者,他气不打一处来,手指秦宇怒骂道:"你他妈的算哪根葱啊?这样的场所是你能够进来的吗?你有会员证吗?你他妈的哪儿凉快待哪儿去!"

秦宇冷笑:"不就一个会所吗?如果不是看在芸儿的面子上我还不来呢?有什么大不了的?还有,你最好把嘴巴洗干净点!不要出口成'脏'。小心我帮你洗嘴巴把你的门牙都洗出来!"

易天扬狂笑,放肆地狂笑,他没想到居然有一个小青年要给他洗嘴巴,如今这世道是怎么啦,一些年轻人还真是无知无畏啊,也不打听打听他易天扬是什么人物。易天扬像是听到了一个天大的笑话般,恶狠狠地盯着秦宇:"小子,你是不是吃屎长大的?你知道我是谁吗?"

秦宇气愤而不屑地说:"我管你是谁!就凭你这低劣肮脏的素质,如果不收敛点,我就要给你洗嘴巴!"

易天扬面色一冷,喝道:"好狂的小子,不知死活的东西!就凭你?"

秦宇冷笑:"不妨可以试试!"

易天扬大怒:"操你妈!找死!"劈手一拳就朝秦宇面门砸了过来。

秦宇嘴角掠过一丝残酷的邪笑,抬手一把抓住易天扬的手腕,随即看似云淡风轻地抬腿踢出一脚,易天扬整个身子便朝后飞了出去,起码飞出有八米远,砸倒了一路的红男绿女。

易天扬半天才爬起来，面子丢大了的他恼羞成怒地掏出手机打了一通电话。随后对秦宇厉声喝道："小子，你有种今晚就别跑，我不弄死你我就不是易天扬！"

秦宇知道他是搬救兵来对付他，不过他并未在意，轻轻地揽过花容失色的方芸，说："好，我等着！你有什么手段尽管使出来！"

方芸清楚易天扬在A省算得上有头有脸的角色，今晚丢了面子自然是不甘罢休，她焦虑地附在秦宇耳边说："秦宇，别逞强，快走吧，这个人是个大流氓，靠黑社会起家的，手下有一大帮流氓打手。"

秦宇轻轻地捏了捏方芸的手心，安慰道："你别为我担心，我能对付。"

不到一分钟，易天扬的两个贴身保镖从门外闯了进来，易天扬指着秦宇对他们喝道："把这小子给我废了！往死里整，出了事我担当！"

秦宇轻轻地推开方芸，低声说："站远点，别让我分心。"然后眼睛闪过一抹厉色，对易天扬喝道："你这个王八蛋，还真是不见棺材不掉泪啊！"

言语间，两个保镖的拳脚已经袭来，秦宇轻松避开，两个保镖的攻击越来越凶猛，但始终沾不到秦宇的衣衫。一时之间，围观者被秦宇吊起了胃口，都想看一看这个天才大帅哥的真本事有多强。

其实，早在易天扬和秦宇发生冲突时，燕涛就想上前制止，但当他看到秦宇一副淡定而且有恃无恐的表情和神态之后，便也产生了好奇心，他想看一看自己这位特助的底牌到底有多强。如果真的是文武双全那可真是给他长脸了。

两个保镖见秦宇屡屡能轻松化解他们的攻击，脸上越来越挂不住了，他们下手越来越狠，杀招狠招齐出。秦宇大喝一声："操！还变本加厉了！我打趴下你们两个草包！看你们还怎么猖狂！"

说罢，只见原本云淡风轻采取守势的秦宇瞬间风起云涌爆发出天神般的实力，以强对强，以刚对刚，以暴制暴！拳来拳挡，脚来脚往！全部采取硬碰硬的打法。几个回合下来，两个保镖拳头都被秦宇轰击得拿捏不住，腿脚膝盖也被秦宇踢得痛得钻心，连站都站不稳了。而反观秦宇，却傲然挺立，浑然无事似的。

最后，秦宇欺身而上，一式太极"推窗望月"，双掌同时推出，将两个保镖高大的身躯推得轰然倒地，倒在六米开外，哼哈哎哟半天爬不起来！

秦宇随后一把揪住易天扬的衣领，对他冷喝道："你还想玩什么手段，我一并接下！只不过我得告诉你，我并不是什么好欺负的善良之辈。人不犯我，我不犯人，人若欺我，我必还之！玩游戏就得遵守游戏规则。你玩得起，我们就继续玩下去，玩不起，你就夹着尾巴滚蛋，别以为你有几个臭钱就可以为所欲为,一手遮天!"

易天扬色厉内荏地说:"好! 我们接着玩,我不会放过你的!"

秦宇冷哼一声,将易天扬推倒在地,霸气十足地说:"好,我还在这里等着你,你还可以搬人马过来。"

易天扬站起身来,正欲再对秦宇说些狠话,这时,燕涛和蓝天会所的老板黄娟一同走了过来。燕涛对易天扬冷笑着说:"易老板,秦宇是我的特助,是黄老板邀请他和方芸小姐到这里来的。你凭什么认为他没有资格到这里来玩?你是不是认为我也不够资格来这里玩啊?"

易天扬哪里知道秦宇的底细,现在见燕涛出来为他撑腰,当即脸色涨红说不出话来。虽然他在兰宁也有些势力和关系网,但是相对燕涛来说,他只能算个小瘪三,人家要捏死他就像捏死一只蚂蚁一般容易。

易天扬当然清楚燕涛这位 A 省首富的能耐和脾气,他有着建立在强大基础上的张狂放纵,手腕铁血善于决断,谁要是与他为敌,他会毫不留情地打垮你,甚至会置你于死地;他手下豢养着一支 360 人的护矿队,他可以践踏法律藐视道德,但却又能坚决维护自己的底线——那就是人不犯我我不犯人。如果今晚他敢不给燕涛面子,燕涛一定会不择手段地对付他,其后果是他不敢想象的。于是易天扬连忙赔着笑脸:"岂敢,岂敢,燕董言重了。是在下有眼无珠,冒犯了秦公子。"

燕涛接着说:"易天扬,我知道你也是个不愿服输的狠辣角色。你可千万别给我嘴上说一套,背地里做一套。今晚的事大家都看在眼里,是你不对! 人家方小姐给你面子,不想太直接拒绝你,采取委婉的方式,你不但不知趣还要大动干戈。我可警告你,你若还想暗中报复,别到时搬起石头砸了自己的脚!恐怕你还不知道吧? 秦宇不但是我的特助,而且还是秦天明市长的亲侄子,秦宇从小就过继给了秦市长,秦市长待他比自己的亲骨肉还亲。你若想在背后玩什么阴狠手段,别怪我没有事先提醒你,最终倒大霉的是你自己!"

易天扬听得燕涛这一声冷喝,立即整个人蔫了下来。原本他是打算暗中报复秦宇,但现在燕涛把利害关系一挑明,他知道自己的势力根本就奈何不了对方,彻底放下了日后寻找机会出口恶气的打算。

这时黄娟趁机出面劝解,将易天扬拉开。易天扬灰溜溜地带着两个保镖提前离去。

第四章:

怦然心动——

★ 4 ★

易天扬走后,秦宇和方芸也离开了会所,他们不想再待下去成为别人议论的中心,同时他们也不想承载那些男男女女带刺或带电的目光,这让他们无所适从。于是在秦宇的提议下,方芸跟着秦宇走出了会所。

夜色幽雅而繁华,街灯和霓虹灯璀璨,如诗如画的夜景让秦宇和方芸有些迷恋不舍。尤其是今晚是他们今生第一次牵手的夜晚。于是秦宇提议:"如此星辰如此夜,叫人迷恋不思归啊! 芸儿,要不,我们找个地方把车停下,到广场走一走,欣赏一下美丽的夜景,如何?"

方芸温情脉脉地说:"我听你的!"

秦宇于是将车开到明秀广场旁边的一个停车场,泊好车。然后牵着方芸的手浪漫无比地漫步街道,走向明秀广场。明秀广场位于兰宁市明秀东路。是目前 A 省最大的音乐喷泉广场,景观面积 1.56 万平方米,是一座具有兰宁市独特景观风貌和文化内涵的绿色带状开放式公园。

来到明秀东路的明秀广场,秦宇看见一个流浪艺人在拉小提琴,只是以此谋生显然很有难度,没有几个人愿意将口袋里的钱掏出来给他,行人和游人都是在他演奏的时候竖起耳朵听音乐,等到一曲完毕,马上若无其事地走人,流浪艺人对此只能叹气。秦宇拉着方芸走到流浪艺人跟前,将一张百元大钞放进他面前的铁盒子里,礼貌地说:"可以把小提琴借我用一下吗?"

流浪艺人将小提琴递给秦宇,秦宇接过小提琴,在方芸脸上温柔至情一吻,轻声道:"芸儿,告诉你一个秘密,我也会拉小提琴,不过可能拉得没有你那么好! 这一生这一世,我只为芸儿拨动琴弦!"一番话将方芸感动得双眼湿润。

秦宇倾情地拉了一首《月亮代表我的心》,韵味悠长,直听得方芸如痴如醉。坐在喷泉边的一个白发的儒雅老者叹道:"拥有如此娴熟的指法完全是世界顶级水准中的佼佼者,而且充沛的感情赋予音乐生动的生命,这就不是光靠刻苦训练能够达到的境界了,天才啊,这样的音乐天才足以傲视世界!"

一曲罢,方芸动情地感慨:"秦宇! 你哪里是拉得没我好,而是比我高了不止一个境界。真没想到这世上还有你这般优秀的男子。无所不能,样样精通! 阿宇,你知道吗,你真让女人痴迷、心动、也心痛! 因为你太优秀太完美了。会有许多女人疯狂地爱你。也就自然有许多女人注定会受伤。"

秦宇将小提琴还给流浪艺人,紧紧地握住方芸的手,动情地说:"亲爱的芸儿,我可以让天下所有的女人伤心,就是不会让你伤心!"

两个人的手紧紧握在一起,死生契阔,与子成说。执子之手,与子偕老,这便是人生最浪漫的事情。

俩人牵着手缓缓在广场上行走,秦宇说:"芸儿,你知道吗?你就是我整个世界的中心,我愿做卑微的小鸟,为你低飞!我愿化成那光洁的玉坠,在你的耳边轻轻悠悠,终日向你呢喃述说我的思恋!让我的爱像阳光,环绕着你并赋予你闪亮的自由!"

秦宇的甜言蜜语只要是女人便难以抗拒得了。这家伙对女人天生具备不可估量的杀伤力,尤其是处女的克星。从来没有经历过男人洗礼的方芸如何承受得了如此深情的表白。立时心花怒放、春潮澎湃。

秦宇这家伙经常翻阅女性时尚杂志,对时装、名酒、香水、电影这些时尚和经典的东西有着深入的了解,所以他骗起女孩子来总是一套一套的。尤其电影电视里面的经典台词和古典诗词里面的经典名句他可以随时随地地大段大段地背诵出来。试问这世间有几个女子能够不心甘情愿地被他俘虏?

秦宇握着方芸的手说:"芸儿,你知道吗,曹植写的《洛神赋》里面那些形容女子绝世容颜的流传千古的名句都可以用在你的身上:翩若惊鸿,婉若游龙。荣曜秋菊,华茂春松。髣髴兮若轻云之蔽月,飘飖兮若流风之回雪。远而望之,皎若太阳升朝霞;迫而察之,灼若芙蕖出渌波。秾纤得衷,修短合度。肩若削成,腰如约素。延颈秀项,皓质呈露。芳泽无加,铅华弗御。云髻峨峨,修眉联娟。丹唇外朗,皓齿内鲜,明眸善睐,靥辅承权。瑰姿艳逸,仪静体闲。柔情绰态,媚于语言……体迅飞凫,飘忽若神,陵波微步,罗袜生尘。动无常则,若危若安。进止难期,若往若还。转眄流精,光润玉颜。含辞未吐,气若幽兰。华容婀娜,令我忘餐。芸儿,你便是一个秀色可餐的绝世美人儿!"

方芸觉得自己的心柔软了,柔软得全化成了蜜糖,好甜好腻哦!那感觉真是幸福死了。方芸觉得自己的身子也柔软了,柔软得像是没有了骨头,真想瘫软到秦宇温暖的怀抱中。

方芸抬起脸颊望着比自己高一头的秦宇,一双眼睛里满是柔情蜜意:"秦宇,我想听你对我朗诵泰戈尔的园丁集里面最经典的名句。好吗?我要你对我说这世间最动听的情话!好吗?"

秦宇在方芸脸颊上蜻蜓点水般轻轻地一吻,举止十分的温情浪漫:"当然好!我用英文对你朗诵吧!"

Hands cling to hands and eyes linger on eyes, thus begins the record of our hearts.

(手握着手,眼恋着眼,这样开始了我们的心的纪录。)

It is the moonlit night of March, the sweet smell of henna is in the air, my flute lies on the earth neglected and your garland of flowers is unfinished.

（这是三月的月明之夜，空气里有凤仙花的芬芳，我的横笛抛在地上，你的花串也没有编成。）

This love between you and me is simple as a song.

（你我之间的爱像歌曲一样的单纯。）

Your veil of the saffron colour makes my eyes drunk.

（你橙黄色的面纱使我眼睛陶醉。）

The jasmine wreath that you wove me thrills to my heart like praise.

（你给我编的茉莉花环使我心震颤，像是受了赞扬。）

It is a game of giving and withholding, revealing and screening again, some smiles and some little shyness, and some sweet useless struggles.

（这是一个又予又留、又隐又现的游戏，有些微笑，有些娇羞，也有些甜柔的无用的抵拦。）

This love between you and me is simple as a song.

（你我之间的爱像歌曲一样的单纯。）

No mystery beyond the present, no striving for the impossible, no shadow behind the charm, no groping in the depth of the dark.

（没有现在以外的神秘，不强求那做不到的事情，没有魅惑后面的阴影，没有黑暗深处的探索。）

This love between you and me is simple as a song.

（你我之间的爱像歌曲一样的单纯。）

We do not stray out of all words into the ever silent, we do not raise our hands to the void for things beyond hope.

（我们没有走出一切语言之外进入永远的沉默，我们没有向举手寻求希望以外的东西。）

It is enough what we give and we get.

（我们付与，我们取得，这就够了。）

We have not crushed the joy to the utmost to wring from it the wine of pain.

（我们没有把喜乐压成微尘来榨取痛苦之酒。）

This love between you and me is simple as a song.

（你我之间的爱像歌曲一样的单纯。）

天啊！这世间居然还有如此浪漫而强悍的男人，他的才华他的温情他的气质他的风度可以让这世间任何一个女人在一秒钟内疯狂地爱上他，任何一个女子都可以为这样的男子付出宝贵的一切,甚至可以为他去死,而无怨无悔!

方芸眼里全是泪水,她仰着脸望着秦宇:"秦宇,你知道吗?从见到你的第一眼我就爱上你了!真的,我无法控制自己的感情,我无法欺骗自己的真心。我知道这世间会有许多出色的女子爱着你,比如燕菲儿,比如那个美女主持杨俐,再比如那个许可。我虽然心会很痛,但是,我还是无法拒绝你的爱,还是无法逼迫自己不去爱你!秦宇,你说你会真心爱我吗?"

秦宇轻轻地搂着方芸,在漫天的水幕下,在悠扬的音乐中,在七彩的霓虹里动情地说:"会的!我一定拿出自己的真心真情待你!死生契阔,与子成说。执子之手,与子偕老!这便是我们今生不变的誓言!"

方芸一时之间激动和幸福得不知道如何表达自己的情感了,除了眼里的泪水,她只有以泰戈尔的情诗回应秦宇——

告诉我,这一切是否都是真的。我的情人,告诉我,这是否真的?

当这一对眼睛闪出电光,你胸中的浓云发出风暴的回答。

我的唇儿,是真像觉醒的初恋的蓓蕾那样香甜么?

消失了的五月的回忆仍旧流连在我的肢体上么?

那大地,像一张琴,真因着我双足的踏触而颤成诗歌么?

那么当我来时,从夜的眼睛里真的落下露珠,晨光也真因为围绕我的身躯而感到喜悦么?

是真的么,是真的么,你的爱贯穿许多时代、许多世界来寻找我么?

当你最后找到了我,你天长地久的渴望,在我的温柔的话里,在我的眼睛嘴唇和飘扬的头发里,找到了完全的宁静么?

那么"无限"的神秘是真的写在我小小的额上么?

告诉我,我的情人,这一切是否都是真的?

"是真的,我的宝贝,不要想这世间任何的事物,就想我们,此时,我们在璀璨的星空下,在温柔的微风中,在灿烂的霓虹下,在深情的音乐中许下诺言,私定终身!我亲爱的宝贝,你说这世间还有比这更浪漫更温馨的事情吗?没有了,再也没有了!宝贝,将你甜蜜而温润的嘴唇交给我,将你温暖而纤弱的小手交给我,将你温柔而颤抖的心儿交给我!我就是你的真命天子,我就是你梦中的情人!永远的情人!"

方芸紧紧地拥抱着秦宇,那一刻她觉得她是这世间最幸福的女子。她将自己的最纯洁最炽热的初吻献给了这个让她心乱神迷的男子,两个人紧紧地拥抱着,在行人、游人羡慕的目光中紧紧地拥抱在一起,如火如荼地亲吻着。

时空倒转,物我两忘!

许久,方芸才从秦宇那几乎要令她幸福得窒息的怀抱挣脱出来,她羞红着脸美目闪烁着甜蜜的神采说:"秦宇,好多人在看着我们呢!"

秦宇微笑道:"我就是要全世界的人都看着我是怎样的疼爱你!我的宝贝!爱是不应该害羞的!知道吗?因为爱是圣洁的,是光明磊落的!"

方芸和秦宇幸福地依偎在一起,慢慢行走在嘈杂中又带着一份宁静的音乐广场,温馨的甜蜜感觉让方芸以为这个非常优秀的男孩在自己身边是个梦境,但是身边的体温确实地告诉她现在他是真实地和她相拥在一起。

两人经过广场旁边的一家婚纱店,方芸凝视着橱窗里的精美婚纱,驻足不前,眼神里流露出神往和羡慕的神色。秦宇知道此时她心里在想着什么,他握着她的手说:"芸儿,我们结婚时,我一定让你穿上最华丽最高贵的婚纱,我要让你成为天下最幸福最荣耀的新娘!"

方芸幸福地踮起脚尖主动亲吻着秦宇,她羞红着脸说:"秦宇,今晚可是我的初吻哦!我从来没有让男人拥抱过,从来没有让男人亲吻过,更没有主动亲吻过任何异性。秦宇,我要把我这一生最宝贵的第一次都给你,我只做你的女人!"

秦宇幸福地捧起方芸娇嫩而美艳的脸蛋,自豪而感动地说:"让我怎样感谢你,当我走向你的时候,原想采撷一枚红叶,你却给了我整个的枫林!"

秦宇亲吻着方芸粉嫩光滑的秀额,亲吻着她挺拔秀气的琼鼻,亲吻着她那让男人迷恋的美丽如花的脸颊,亲吻着她那精致小巧的耳垂,最后亲吻住她带着鲜红的性感和柔软的甜蜜的嘴唇,方芸滑嫩的丁香小舌也主动吐了出来,琼鼻轻微地翕动,不时发出醉人柔腻的哼声,凤眼中射出迷离的艳光,一双白玉莲臂紧紧地搂住秦宇的脖子,春葱玉指轻轻刮划秦宇背后脊椎。

秦宇不禁感谢上天赐给自己一个如此绝色妙人,双手伸进衣领亵渎那乳鸽般滑腻柔嫩的一对圣女峰。秦宇离开方芸甜蜜的嘴唇,气息略微有了些紊乱,他深情款款地说:"如果芸儿前生是陈圆圆,那么秦宇就是宁肯背负千古骂名冲冠一怒为红颜的吴三桂;如果芸儿是那个黛眉紧锁无法开颜的褒姒,那么秦宇就是点烽火大戏天下诸侯为博美人一笑的末代周王……"

天下再没有如此这般动人的情话了。方芸霎时泪眼朦胧。

只是,拥抱自己的这个男人太过于优秀了,任何女人在他面前都会失去免疫力。方芸忍不住忧伤地想:他会不会对别的女人也说如此动情的情话呢?

5

　　秦天明听说秦宇在晚宴上重逢许可之后,欣喜地说:"小宇,许可的老爸许世雄现在官越做越大了,官场上许多人预测五到十年之内他极有可能坐上 A 省一把手的位子。小宇,我知道许可这丫头从小就喜欢你!听说她现在在财政厅工作,很有政治前途,而且这丫头心高气傲,现在还没有男朋友。如果你今后想从政,我觉得你应该选择许可做你的女朋友。"

　　秦韵在旁推了秦天明一把:"爸,你好坏哦,你这不是教小宇哥花心吗?你先是怂恿他追求 A 省首富燕涛的宝贝女儿燕菲儿,现在又鼓动小宇哥追求未来省长的掌上明珠许可。以后小宇哥要是学坏了,你是有直接责任的!"

　　秦天明哈哈大笑:"小韵,你觉得你小宇哥这辈子会只有一个女人爱他吗?像他这样优秀的男人亿万之中也难找出一个!所以小宇这辈子注定是要被万千美女宠爱的!"

　　秦韵黯然地想:"就算整个世界的女人都可以爱他,我也不可以爱他!"随即她便陷入了沉默之中。

　　秦宇轻轻地一笑,对秦天明说:"叔,我是不会追求许可的。原因有三,第一,我了解许可的个性,她是那种敢爱敢恨的女子,如果哪个男人敢辜负她的话,她一定会杀了那个男人的。而我不敢肯定我能做到这辈子只爱一个女人,因为诱惑无所不在,而我的定力好像是越来越不够了。第二,如果我追求许可,最终负了许可的话,我怕她老爸会迁怒于你,这对你的政治前途可是大大的不利。第三,我从小就当她是我姐姐,这种感情已经根深蒂固地深埋在我心里了,所以很难往情人或恋人方面发展!"

　　秦天明听秦宇这么一说,觉得秦宇这样考虑问题是很理智的,毕竟秦宇跟许可同在兰宁市府大院生活了四年,毕竟他和许世雄同在官场为官共事多年,而且许世雄现在又是他的上级,官位比他大了许多。如果秦宇真的跟许可成为了恋人倒是好事,一旦感情发生变故让许可受了伤害,到时可就不好收场了,恐怕对他的政治前途也会大大地不利。

　　所以秦天明不再鼓动秦宇追求许可。只说:"明天我带你去拜访一下你许伯伯。他一直很欣赏你,也一直很记挂你,每次他看到我都会问起你的情况。他说你是最有出息的孩子!"

　　次日,秦天明提前打电话跟许世雄联系,说好了今天会带秦宇到府上拜

第四章：怦然心动——

75

访,许世雄一听秦天明要带秦宇上门做客,高兴得很:"好啊! 前天我那丫头说在蓝天会所遇到了秦宇,回来跟我吹捧得眉飞色舞的,把秦宇这小子都捧上天了。我倒是想见见秦宇这小子,有十年没有见他了,这小子一向会带给人惊喜!"

秦天明在商场混迹多年,自然做事极有分寸,像给上级送礼这种事情得完全摸透了上级的好恶和心态,比如这许世雄,他为官清廉,你要送钱送贵重物品给他,他绝对不会收。但如果空着手去又实在是不像话,于是他带上家里收藏的一幅近代名人书画,他知道许世雄喜欢收藏字画。秦宇则买了些礼品,然后秦宇驾驶着燕涛给他配置的奔驰 S600 轿车开到了省家属大院,进了许世雄的家门。

平心而论,许世雄是一位非常有才能并且比较清廉的官员,在政界素来好评如潮。所以也就能够平步青云,在不足五十岁时就当上了副省长。

秦天明按响门铃时许世雄正陪老伴在厨房忙碌,许可听到门铃声忙去开了门,将秦天明和秦宇迎进家门。许可礼貌地喊了秦天明一声"秦叔叔",然后将两双拖鞋放到秦天明和秦宇脚下,让他们换下了皮鞋。许可接过秦宇手中的礼物,亲热地笑道:"干吗买这么多东西,一看就知道是给我爸我妈的,就没有给我买束鲜花?"

许世雄这时刚被老伴从厨房打发出来招待客人,看到宝贝女儿向秦宇索要鲜花,弄得秦宇成了一个关公脸,笑着埋怨道:"可儿,有你这样跟小宇说话的吗? 也不害臊,问人家要鲜花!"

许可一脸的坦然:"有什么嘛? 哪个女孩子不爱鲜花,像秦宇这样的绅士男人应该明白这一点啊!"

秦宇腼腆地笑道:"可儿姐,我下次一定给你补上!"

许可笑道:"这还差不多。"

秦天明将那幅近代名人书画递到许世雄手中,许世雄笑着拒绝:"这是什么? 你知道我从来不收受任何人的礼物的!"

秦天明笑着说:"这是朋友送给我的一幅画,我这人不太懂艺术,就给你送来了。"

许世雄打开一看是一位中国近代画家的花鸟画,煞是喜欢,忙说:"天明,这幅画蛮有收藏价值的,这位画家是中国近代花鸟山水画派的代表之一,这幅画如果拿去拍卖也可以拍卖到几万元,所以虽然我喜欢,但是我还是不能收下。你还是拿回去吧。"

秦天明尴尬地说:"世雄,我们是多年的老朋友了,今天我可不是把你当上级看待的,只是把你当朋友看待,于是今天我带小宇过来拜见你。你如果不收这幅画,我可是下不了台的。你就收下吧。不就是一幅普通的字画吗?又不是什么国宝。"

许世雄认真地说:"天明,我是你的上级,我可以理解为这是一种变相行贿,你也知道我一向对自己要求严格,你就别怪我驳你情面。这画我无论如何是不会收的。以后你来我家要是再带这种礼物来,我会毫不留情地轰你出去。这回看在小宇的面子上不跟你计较,但画你收好,带回去,我是不会收的。我可告诉你,我的宝贝女儿是最痛恨行贿受贿的!你若不是秦宇的叔叔,说不定她早拿脸色给你看了。"

许可板着脸对秦天明说:"对啊,秦叔,你可别害我爸晚节不保啊!"

秦天明干笑道:"行。听我丫头的,画我带回去。以后我要来见你爸啊,就空手来。大吃一顿,然后扬长而去!"

许世雄哈哈大笑:"这就对了!我就喜欢这样。可儿,给你秦叔和小宇沏两杯碧螺春,小宇,你和你叔先喝喝茶!酒菜马上就上桌了。"

秦宇见许世雄家中没有保姆,也没有什么过于豪华的摆设,加上许世雄一向的作为,不由得对许世雄的刚正廉洁心生了几分敬佩之情。

许可沏了三杯碧螺春,许世雄和秦天明、秦宇坐在客厅沙发上聊了起来。许世雄先是询问了秦宇目前的近况,秦宇简单作了介绍,他说他已经从哈佛大学毕业,因为眷恋家乡的山水和家乡的亲人,所以谢绝了美国各方的高薪聘请,回到了家乡,目前在绿城集团担任总裁燕涛的特别助理。

许世雄感慨道:"秦宇,你是个人才啊!目前省里正面向全国公开招聘副厅级干部,如果你愿意在政治上施展抱负,为国家为人民干一番事业,我可以举荐你去应聘!以你的才能,相信一定可以过关斩将,马到成功!"

秦宇微笑道:"谢谢许伯伯提携!不过我目前并不想从政。说实话我不习惯官场的钩心斗角,而且从政面临的诱惑会更多些,而年轻人又是最经不起诱惑的,我怕万一有一天我经不住诱惑或者抹不开亲友情面,犯下什么致命的错误,到时不但弄得身败名裂,还得身陷牢狱。还有就是我所学的专业更适合经商,我想只要有心,无论在什么岗位,无论从事什么职业,都是可以报效国家、为民谋福利的!经商也一样可以造福世人。许伯伯,您说对吗?"

许世雄点头:"嗯,年轻人有你这种思想境界的不多,许多人都争着当官,而且动机不是很纯。秦宇,我越来越欣赏你了!"

说话间,许世雄的老伴已经将十几道菜端上了桌,并摆好了碗筷和酒杯,还拿出了一瓶珍藏的好酒。招呼秦天明和秦宇吃饭。许世雄亲切地对秦宇说:"来,小宇,今天你可得陪你许伯伯喝两杯!当然,你叔更逃不掉!我得把他灌醉了!"

几人有说有笑地坐到桌边，许可挨着秦宇坐，秦天明则挨着许世雄坐，许世雄打开一瓶珍藏数年的红酒，往几个杯子中倒满了酒，然后举杯说："秦宇，你可是第一次来我家中做客，你是贵客也是稀客！我可是非常欣赏有才华有骨气的年轻人的，现在许多有才华的年轻人都留恋国外的繁华糜烂的生活，许多海归派说白了其实是因为在国外混不下去了才回国充栋梁！真正像你这样拒绝国外的高薪高位回到祖国回到家乡的年轻人少之又少！所以我敬佩你！作为 A 省副省长，我觉得我应该代表党和政府敬你这样的人才一杯！"

秦宇惶恐不安地起身："许伯伯，您言重了，我怎么敢承受您的敬酒呢？要敬也是我敬您才对啊！不为别的，就为您在政界有口皆碑的正直和清廉，我也应该敬您一杯！"

许世雄豪爽地笑道："那好，我们一起碰一杯！天明，你别怪我冷落你啊，今晚秦宇的身份可比你要贵重得多！接下来我再单独跟你碰一杯！"

许世雄和秦宇碰杯之后干了杯中酒。接下来许世雄又单独和秦天明干了一杯。

一瓶酒很快就喝光了，许世雄又吩咐老伴去拿来一瓶，许世雄笑道："我家里就数这两瓶酒最贵，这是我小舅子从法国给我带回来的，已经在家放了七年了，据说这种酒现在已经卖到好几万元一瓶了，我从来不舍得喝，老伴说这酒得留着可儿带男朋友回家时再喝。今天秦宇来了我也就不管这么多了。先喝了再说。其实这外国酒啊就是讲个排场，我觉得还不如我们的国酒茅台和五粮液好喝呢。"

许可白了父亲一眼："爸，红酒跟白酒不能相提并论的。喝红酒喝的是一种优雅而高贵的情调，喝白酒则是家常便饭，这两者是不能比较的。"

许世雄笑道："你们现在这一代年轻人就喜欢讲什么小资情调，喜欢喝什么红酒。我觉得还是白酒好喝！天明，这瓶喝过之后我们再喝一瓶白的！"

许世雄的老伴不悦地说："你都快成酒鬼了！酒喝多了有什么好处？喝完这瓶就别再喝了！"

许世雄豪笑道："贵客临门，菜不好吃不要紧，酒一定得喝个痛快，总不能让天明和小宇笑话我许世雄连酒水都不管够吧？再说了我也知道天明的酒量，这点儿酒还弄不趴他。小宇的酒量我就不知道了。但我估计我们三个男人喝两瓶红酒再喝一瓶白酒根本就是小菜一碟。不会误了家事更不会误了国事！所以老伴你就放心吧。"

许可说："妈，今天就让爸陪客人喝个痛快吧，我也参加一个！"许可说着跑去拿来一个酒杯，倒上一杯红酒，同时敬了秦天明和秦宇一杯。秦宇喝了杯中酒，笑着对许可说："可儿姐，你还是像小时候一样。"

许可白了秦宇一眼:"我知道你想说我还是个野丫头!"

秦宇说:"不是的,我是说你还是像小时候一样可爱。"

秦宇这句平常的赞美之辞让许可脸颊飞红,许世雄和老伴看了不由心中暗喜。看来两个年轻人有戏。

接下来秦天明活跃了起来,频频向许世雄敬酒。他说:"让小宇少喝点,等会儿他还得开车呢。我就陪你这位领导大哥多喝几杯吧!"

饭后,丝毫不见醉意的许世雄陪着两位客人在客厅小憩,许世雄对秦宇说:"我记得你小时候围棋很厉害,兰宁市府大院里的许多大人都不是你的对手,不知你在美国这些年棋艺有没有荒废啊?"

秦宇微笑着说:"回许伯伯,在哈佛求学十年,乡音不曾改,亲人不曾忘,祖国在心中,热血永沸腾,当然,棋艺也没有荒废,在许伯伯面前小辈不敢说假话,也不想藏私,围棋靠的是一个'悟'字,可以说现在我的围棋不但没有退步,而且精进了许多。我知道许伯伯棋艺精绝,但我相信我现在的棋艺应该跟许伯伯有得一拼!"

许世雄高兴地大笑:"好!有骨气有志气有豪气的年轻人!就凭你刚才说的这番话,我对你的评价又高了几分!好一个乡音不曾改,亲人不曾忘,祖国在心中,热血永沸腾!要是中国那些留学国外的人才都像你这样,中国的强盛速度更是一日千里啊!"

"可儿,把家里的围棋拿出来,我要拿出我最高的水平跟小宇大战一盘!"许世雄豪气万丈地说。

许可满怀喜悦地去拿来父亲珍藏的围棋,这副古棋比起燕涛那副玉石围棋还要珍贵万分。是许世雄祖上流传下来的,两色棋子纯黑玉和纯白玉打造,曾有一位收藏家出价1200万收藏许世雄这副围棋。许世雄笑言这是祖传之物,金山不换!

客厅的茶几上摆好一副精致的棋盘和两盒圆润的玉石棋子。秦宇执黑先落子,认真而从容。而许世雄也是沉着谨慎,丝毫不敢托大。

在围棋十九道严格的范围内,变化足以让人眼花缭乱,有时悬崖勒马后柳暗花明,有时形势大好后兵败如山倒,在这有限的棋盘里蕴涵着无限的命题。

风华绝代的许可坐在父亲身边观看两人下棋,她时不时地抬起头凝视她对面从容布局的秦宇,那双轻灵眸子中柔情似水,她穿着一袭白色抹胸式连衣裙,不施脂粉,气质内敛,粉红色发饰更添其女性浪漫,而皱褶全棉的抹胸式连衣裙巧妙地露出惹人怜爱的清瘦香肩,具有一种不食人间烟火般的出尘风姿。

许世雄边下边和秦宇聊了起来。他问:"秦宇,你刚才说围棋重在一个'悟'字,我非常赞同,下围棋悟性非常重要。说说看,这些年你对围棋'悟'出了些什么？"

秦宇回答："围棋最讲究心性的修养，追求至虚守静这种不食人间烟火的境界。过度的张狂和锋芒毕露并不是好事。"

秦宇接着说："围棋者，盘不过纵横十九，子无非黑白两色，却蕴藏着阴阳五行、间间万物相生相克之理，即使用最快速的电子计算机也难将所有的变化穷举算尽。商战妙法、政治谋略、社会哲学、军事思想皆可'悟化'为围棋的走法，运用精妙于心便可突破个人修养的瓶颈，达到妙法自然的最高境界！"

许世雄连连点头表示赞赏。他说："秦宇，你果然是个天才！这番话道尽了围棋的真谛，也道出了人世间的真情真理。"

在两人说话时，棋局继续发生变化。许可和秦天明这两位比较精通围棋的围观者震撼不已，这盘棋局凝聚着秦宇营造的严密无缝，壁垒森严，犹如古战场般杀气扑面，秦宇一鼓作气狠下杀着。许世雄非常谨慎落子后攻势也凌厉了许多，防守也稳固不少，但气势上已经越来越不能和秦宇秋风扫落叶般相提并论。

许世雄最后弃子认输，自嘲地笑道："秦宇，你知道吗？在政界友人中，我下棋从来没有输过，而且官场中人，会下围棋的没有谁是庸手，所以说我的棋艺一向也是颇为自傲的，可是在你面前我却败得一塌糊涂。你不愧是个天才奇才。你总能带给人惊喜！"

许可见秦宇赢了似乎比她父亲赢了还高兴，她微笑着询问秦宇："秦宇，听说你的围棋从小便经过名师指点？"

秦宇说："嗯，我的围棋是从小便经过名师指点。我师傅傅天成是文化馆的馆长，他的围棋和国术都相当厉害，傅师傅在'文革'期间被我爷爷救过一命，和我父亲也有很深的交情，所以我父亲从小便叫我跟他学棋。也因此我到十四岁时下围棋便几乎从来没有遇到过对手。但我今天的棋艺比十年前已经不止精进了一个境界，这主要归功于我在国外这些年对围棋的悟性。年轻时学棋一味地揣摩经典棋局千古迷局，棋艺虽然也精，但总有局限，现在长大成人了，思考的东西多了，感悟也就多了，对事物的见解也就不一样了。现在我深有体会，下围棋就必须不拘一格。不拘一格往往能够下出石破天惊的妙棋，如果只是一味地揣摩经典棋局千古迷局，纵是天纵英才，也免不了在乱战中被对手弄得手忙脚乱！所以围棋最重要的是悟性和灵性！跟不同风格的人就要下不同风格的棋！"

许世雄赞赏道："秦宇，以你的才华和智谋，无论经商还是从政，他日你的成就，不可限量！"

许可见父亲给予了秦宇如此之高的评价，心里欢呼雀跃，整个内心世界的花园百花齐放争奇斗艳。这么多年来,她从未见有人下围棋能够让父亲拱手认输,更从未见有哪个年轻人能够得到父亲如此之高的评价。这些年来追求许可的商界精英和政界明星数不胜数,许可从来没有动心过。她心底一直挂念着那个跟她在兰宁市府大院相处过四年的天才小子秦宇。如今秦宇从哈佛学成归来,他们再次重逢,这也许便是上天注定的缘分。这小子不但才华横溢智商超人而且温文尔雅极具绅士风度,更要命的是还帅得一塌糊涂。想让人不爱都不行啊!

许可告诉自己一定要抓住这个缘分。绝不让这个值得自己珍爱一生的优秀男孩从自己眼皮底下溜走。她决定主动追求秦宇!

许可自我解嘲地告诉自己:用不着难为情,毕竟我是姐姐嘛,小弟弟总是要害羞些的!所以我应该给予秦宇更多的关怀和爱护啊!所以我应该主动啊!就这样决定了!

女人就是这样一种奇妙的动物,你越是不在乎她,她越是对你好奇,甚至会越在乎你。如果你太在乎她,说不定她还不会把你放在眼里,甚至根本就不把你当回事。当一个高傲的女人遇上一个比她更高傲的男人,那么她的感情灾难便即将来临。

许可爱上秦宇,便注定她的痛苦和烦恼要降临了!

第五章：偷情滋味

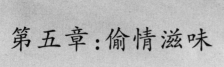

夏飞燕又失眠了，自从跟秦宇有过那种男女之间最亲密的肉体关系后，她觉得自己更离不开秦宇了。此时燕涛在她心目中已经成了一个排斥的对象，不但心理排斥，生理也产生了排斥。

好几次燕涛在自己花钱给夏飞燕购买的别墅里过夜时，发现夏飞燕跟自己做那件事时非常的冰冷淡漠，连一丝儿激情也没有，连起码的妓女应付嫖客的感觉都找不到了。燕涛是个非常敏感的男人，他觉得夏飞燕一定是心里有别的男人了。

燕涛没有责问夏飞燕，他知道任何形式的责问都起不到作用，在没有确凿的证据前，夏飞燕是不会承认的。于是他找来他亲自安排在夏飞燕身边的心腹保镖李立伟谈了一次话，询问最近夏飞燕有没有什么反常。

李立伟当然不敢对燕涛有所隐瞒，他告诉燕涛有一天晚上夏飞燕说要出去透透气，结果整整一个晚上没有回来！

夏飞燕在外面过夜！燕涛觉得这里面一定有问题，这可是从来没有发生过的事情。燕涛敢肯定夏飞燕一定是跟哪个男人去幽会了。

"这个男人是谁呢？"燕涛阴冷地想，"谁吃了豹子胆敢染指我的女人?!"

燕涛暗下决心，一定要把夏飞燕背后的那个男人揪出来！他吩咐保镖李立伟，以后夏飞燕要做什么都随她，不要横加干涉，让她恣意而为，只需暗中跟踪观察就行了。他相信夏飞燕迟早会露出马脚的。

接下来，燕涛到夏飞燕那里过夜的次数逐渐少了。燕涛不缺女人，无论多么高档的女人他都不缺,那些想出名想发财想改变自身命运的漂亮女人或纯情处女排着长队等着他宠幸呢。如果身体允许的话,他每天晚上睡一个漂亮的处女都不会缺少资源,集团里的那些下属包括娱乐公司的星探们经常会领着一些十七八岁秀色可餐的美少女到燕涛面前。但燕涛并非那种见女人就上的男人,他看女人并不单纯注重外表,更欣赏女人的内涵和气质。如果夏飞燕仅仅是一个漂亮的女人,在占有她的贞操之后他便会毫不犹豫地将她抛之脑后。他喜欢的是这个女人更多内在的东西,比如她的才华和气质。

燕涛觉得女人背叛男人是常有的事情,因为如今这个社会,人与人的关系是赤裸裸的交易关系,获得一些东西就必须付出一些东西作为代价。等价交换可不仅仅交换金钱,还有青春、尊严和身体。

燕涛清楚夏飞燕跟他之间便是这样的一种等价交换,她付出了自己的贞操和肉体,但她获得了成功,在他的帮助下她很快成为炙手可热的影视歌三栖明星。

燕涛非常清楚夏飞燕是一个既有才华又有野心的女人,她很聪明,可以说是冰雪聪明,即使夏飞燕对他没有半点感情,目前她也不敢冒险背着自己勾搭别的男人。因为她还需要他花更大的财力物力将她捧得更高更红!如果背叛他,她的演艺事业不但无法更上一层楼,而且极可能因为燕涛的报复而折戟沉沙,就此终结,因为燕涛可以轻而易举地捧红她,更可以轻而易举地毁灭她。

可现在看来她好像偏偏在冒险,在玩火,究竟是怎样的男人竟值得这个聪明的女人犯糊涂自毁前程,不惜冒险、玩火呢?燕涛不禁对夏飞燕背后的这个男人产生了浓厚的兴趣,他想:我迟早要见到这个男人,究竟是何方神圣!

已经是半夜十二点了,夏飞燕还无法入眠,她打开那个经常随身携带的小型手提密码箱,从中取出一堆信件。这些信件不是歌迷影迷写给她的。这些信件全是秦宇写给她的,从秦宇到国外求学开始,十四岁的秦宇便给夏飞燕写信。总共十年,有时几月一封,有时半年一封,从未间断过。信的内容有时是一首诗,有时是一首词,有时是一篇散文。有时是几句问候,有时是一些倾诉,有时是一段相思,有时是一点怀念。

秦宇天生就是一个浪漫的家伙,那些信封和信纸都是最精致的,越到后面便越精致,并且信纸上都会散发着一种淡淡的幽香,因为他选的是那种香水信笺,上面还会有淡淡的各种粉红色图案。这个懂得制造浪漫的高手就算是随手写一段短诗,就算是随意问候一下近况也会隐隐地散发着浓浓的情意,这情意或许是想念、或许是相思、或许是牵挂、或许是爱慕。

这些情书如同两个人穿过浩瀚的情感森林时在树干上留下的路标,如今夏飞燕在情感的森林中迷失了方向,这每一封情书便能帮她回忆起爱情路上的点点滴滴,也许能够帮助她找到回头的路。

在如今这个手机短信盛行的时代,这些情书尤其显得珍贵,如珠玉宝石般珍贵!谁会想到现在这个时代居然还有人用书信写情书。而且这个人居然是令万千美女仰慕万分的学术天才秦宇。这实在不能不让人大跌眼镜。

这是一个情书泛滥的时代,不过泛滥的是电子情书。电子情书就像今天我们每天必不可少的可乐,而传统书写的情书就像一杯醇厚浓郁的红酒,喝可乐是为了享受短暂的结果,而红酒是为了享受过程;红酒可以储藏,而可乐不可以,因为有些东西是无法剪切、粘贴、删除、复制的。

也正因为如此,夏飞燕才会当宝一样将这些情书一直收藏在身边。锁进密码箱子里,走到哪带到哪,不让任何人有窥视的机会,成为她永远的秘密。

在不经意间,夏飞燕丢失了一份充满诗情画意的浪漫爱情,如今她希望这些情书能够带她寻找到回头的路。因为她在心底是深爱着秦宇的,她想:这辈子只要秦宇爱她就成,她并不渴望能够再做他的新娘,跟他长相厮守,只要把她当情人,时不时地给予她温柔和深情,她今生便是无怨无悔了。

夏飞燕每天都会给秦宇发短信,秦宇有时也会给她打电话。两人的感情陷入暧昧期,像恋人却不是恋人,像情人也不是情人。夏飞燕想做秦宇的恋人,她甚至想只要秦宇还要她做他的女朋友,她甚至可以放弃现在所拥有的一切名和利。她也想做他的情人,只要秦宇要她,无论他在外面有多少女人她都可以不在乎。

夏飞燕有时甚至卑微地幻想,哪怕秦宇只是把她当做一个呼之即来挥之即走的性伴侣,她都毫无怨言,她都心甘情愿。谁叫她爱这个冤家呢?谁叫自己当初背叛了这个冤家呢?现在她甘愿承受一切惩罚!

夏飞燕所在的绿城娱乐公司里有一个女歌手,艺名叫黛儿,长得也算漂亮,二十三岁,特别风骚,喜欢擦雅诗兰黛迷幻香水,喜欢穿性感时装,每月至少要更换一个男朋友,从外企公司总裁、影视明星到美院老师,再到酒吧调酒师,甚至夜总会服务生,她的性伴侣五花八门。可笑的是这样一个换男人比换衣服还勤快的女人嘴里却总抱怨她为什么就得不到天长地久的爱情!

她曾经给夏飞燕传授爱情经验。她说:"爱情就是一个不断尝试的过程,如果不愿意尝试不敢于尝试,你怎么知道什么是爱情?你怎么知道什么样的男人更适合你呢?所以飞燕,你应该多多跟不同的异性保持亲密关系。人生苦短,及时行乐。女人的青春太短了,转眼间就人老珠黄了。不抓紧时机多钓几个金龟婿,到了三十岁女人便是无人问津的豆腐渣了,哪怕到时你还是处女,也只是一个老处女,是不会有好男人对你感兴趣的!所以青春该挥霍的时候就得挥霍!连张爱玲都知道恋爱要趁早啊!遇上好男人就得主动出击!一般来说男人是最经不起诱惑的,尤其是你这样的美女,一个眼神便可以电死一大片男人啊!"

黛儿虽然风骚,而且极力标榜她的风骚,可不知怎么的却真的有那么多的男人喜欢接触她。黛儿一向是快活的,当然她也能够带给接触她的男人快活的感觉。有时夏飞燕也觉得黛儿这样活着很好,起码没有亏待自己。同时她也觉得黛儿的话有几分道理。于是夏飞燕便纵容了自己跟秦宇这份地下恋情。

她想:管他呢,爱就爱了,先爱了再说。大不了到时被燕涛发现了被打回一无所有的原形。只要能够跟秦宇相爱,就是死了也不冤!

夏飞燕觉得自己已经离不开秦宇了。尤其是这个坏坏的男人每次跟她肉体接触都能够带给她若生若死的极度快感。这样的男人是可遇不可求的,许多女人穷尽一生的心力去追求,都碰不到这样一个完美的坏男人!

许多时候夏飞燕甚至会花痴般地想:要是能够死在这坏人的怀中该多好啊!

夏飞燕看完了秦宇给她写的所有书信,沉溺于对往事的缅怀中,那个从小便风流倜傥温文尔雅琴棋书画无所不通的家伙真的让女人无比迷恋,想不爱他都不行啊!为什么当初自己将他放在了一边而将自己最宝贵的贞操交给了燕涛呢?夏飞燕为自己当初迷茫中的选择十分不解。难道名利的诱惑真是不可抗拒吗?

夏飞燕仔细想了想,她认为不是这样的,关键是当时的秦宇离自己太远。而身边的诱惑又实在是过于强悍。宝马香车、豪华别墅、功成名就,成为影视歌三栖明星。有几个女人能够抵抗得了这样的诱惑?所以不知不觉间夏飞燕便妥协了。

燕涛第一次见到夏飞燕是在南湖广场,第一眼见她便被震撼了,这位阅美无数的 A 省首富没想到天下还有这么漂亮的女孩。一米七二左右的个子,身材窈窕,但她不是市面上流行的那类骨感美女,苗条而不失丰满,胸脯和臀部发育得特别好,丰乳翘臀,正是男人最喜欢的性感身材。她的腰很细,加上个子高,所以整个身材搭配可以用鬼斧神工来形容。

那天夏飞燕穿了一件白衬衫,下摆轻轻地扎进浅蓝色发白的牛仔裤里,腰间束一根宽大的皮带,好似有意轻轻地托住刚刚泻到腰际的一头长发。她每走一步,那纷披在两颊间的柔顺的头发和饱满的胸部就像不堪其扰地簌簌抖动。这是一个天仙般美丽的女孩,当她越来越近地从燕涛身边经过时,燕涛禁不住闭上了眼睛,沉醉在人面桃花相映红的景致里。而就在他迷醉的那一瞬间,他感觉自己好像面临一面湖,正是仲夏之夜,可一阵凉风吹来,吹进他每一个舒张的毛孔里,燕涛惬意地战栗了一下。当他睁开眼睛时,那女孩已经走远,一种怅然若失的感觉拔地而起,之后,燕涛感觉自己心中失落落的,不开心了好些日子,好像手中一件宝贝被人抢走了。

时隔不久,绿城集团旗下的绿城天娱公司要招聘一名女歌手,当绿城天娱公司的经理肖虎拿出一大摞面试者的美女照片来找燕涛定夺时,燕涛差点惊喜交集地跳了起来,他发现众多面试者中居然有夏飞燕的照片,那种如同小孩子找回了丢失的心爱玩具的欢喜感充盈在他心胸,是的,就是那种失而复得的美妙感觉。当时燕涛并不知道夏飞燕的名字,只是一眼就认出了她就是他在南湖广场见过的那位美若天仙的女孩。他一把抓过夏飞燕的照片,问肖虎这女孩叫什么名字。肖虎暧昧地说她叫夏飞燕,是所有应聘的美女中最漂亮最有味道也最有实力的一个,歌唱得特别好,尤其是擅长唱本土民歌。燕涛立即拍板聘用了夏飞燕,并心情大好地请肖虎吃了午饭,让肖虎受宠若惊。

第二天,肖虎亲自带着夏飞燕来到绿城集团总裁办公室拜见燕涛。他将人带到之后便识趣地走开了。刚大学毕业走上社会的夏飞燕显然在这位 A 省首富面前有些拘谨,燕涛笑着请夏飞燕坐下,并按了响铃吩咐手下为夏飞燕送来一杯咖啡。

这一回,燕涛细细地欣赏了夏飞燕的美貌,他感觉面前这位女孩应该是画家笔下的尤物。她长着一张鹅蛋脸,面相很饱,而且非常漂亮,让人联想到上帝在创造她那张脸时,一定是心平气和并极有耐心的。她的眼睛水汪汪的,很大很有神,漆黑的瞳仁像打了层蜡似的泛出油浸浸的光。她的睫毛又黑又长,密密匝匝像两排栅栏,于是,那双眼睛就好像不堪重负似的,在眨眼之间,让燕涛感觉到好像有稍许的停顿,而这稍许的停顿又似乎恰好是一场酝酿。当她睁开眼睛来面对燕涛时,他看到那里面陡然间放出一片白亮亮的光,就好像清晨突然推开一扇窗户。她有一个小巧端直的鼻子,小鼻头微微上翘,好像常常被人揪着往上提了提,显得十分俏皮可爱。她的嘴是只有卡通画里才会有的那般小巧精致,令人联想到有支水彩笔在勾勒,而笔下诞生的那颗红葡萄墨汁未干,鲜润红亮。她的小巧的嘴和鼻在她那张饱满的脸上恰到好处地衬托出了被掩埋的秀气。一句话形容,这是个倾城倾国的人间尤物。

就在那一刻,燕涛对夏飞燕升起了强烈的占有欲。不过,他也清楚,面前这位天仙般的女子不会那么容易解除武装,想要让她心甘情愿地奉献肉体,得花点心思用些手段耗费一笔数目不菲的钱财。但只要最终达到目的,对燕涛来说一切便都是值得的。

燕涛这次跟夏飞燕的谈话颇有深意。他说,他要在两三年时间内将她捧成中国第一线影视歌三栖明星。

燕涛说到做到,他先是安排夏飞燕到绿城集团旗下一个俱乐部当歌手,在极短的时间将她捧成了台柱。同时吩咐肖虎重金请来国内顶尖的策划和创作人员,创作了二十首歌曲,为夏飞燕量身定做了一个专辑,推向市场。并提前从专辑中提出两首非常好听的单曲投放到电视台和广播电台进行播放,效果非常显著。

为了捧红夏飞燕,也为了达到自己的目的,燕涛可谓是处心积虑,煞费苦心,花费了不少心血和财力。燕涛清楚,歌迷是歌手的上帝,想要大红大紫,费尽心机地讨好歌迷是每一个歌手的必修课程,于是燕涛炮制出了许多关于夏飞燕的正面报道,花费重金在各大电台电视台和报纸网络上为她大做宣传。什么频繁捐款、慈善义演、什么公益大使、什么救助失学儿童、什么和身患绝症的歌迷共同歌唱……这些操作和炒作虽然很老套,但是的确很有奇效。夏飞燕于是成为人们心目中的天使,成为了兰宁的形象大使。她的第一张专辑一推出来便大获热卖,短短几个月便创下销售五十多万张的好成绩。

接下来,燕涛饱含深意地对夏飞燕说:"我打算再给你出一张唱片,请最好的制作班底为你量身定做! 接下来,我还打算投资一个亿为你拍两部电视连续剧,我要将你打造成绿城娱乐公司的王牌艺员! 全能艺员,影视歌三栖明星!"

通过一段时间的耳濡目染,夏飞燕早已认识到娱乐圈是个充斥着性交易潜规则和黑手内幕的肮脏场所,许多事情是见不得人的,这摊脏水的深浅清浊只有身在其中的人才能体会。一位比她先进公司两年的女歌手这样告诫她:"燕子,在娱乐圈混最好不要奢求会有什么真的爱情发生,或者有什么热心人出现在你面前,什么时候你不当明星了,你才可以过正常的生活。现在别人给你的一根烟也许就是毒品,给你的一杯酒也许就有春药。千万别太单纯和天真了。这个世界是残酷的。你呢,比我年轻漂亮,比我运气好,有燕大老板宠着你。好好把握机会吧,机不可失,时不再来啊!"

为了获得更大的成功,夏飞燕经过激烈的思想斗争后,主动在第一张专辑热卖的庆功宴之后借着几分醉意半推半就地委身于燕涛,将自己的贞操奉献给了他。燕涛得到夏飞燕处子之身之后,果真没有食言,为夏飞燕的第二张唱片投入了更多的人力和财力,唱片的销售也不负重望,达到七十二万张。

接下来,夏飞燕顺其自然地做了燕涛的地下情人,燕涛给她购买了一幢小别墅,并配备了一辆宝马轿车,安排了一个叫李立伟的保镖做他的司机,时刻跟随在她身边保护她的人身安全。同时还雇用了一个小保姆负责她的饮食起居。从此,夏飞燕过起了衣来伸手饭来张口,出入有进口轿车,入住有豪华别墅的上流社会生活。这种生活真的很惬意,这种生活是大部分漂亮女人所渴望的但又并非人人都能拥有的。

然而,夏飞燕心里却常常是空落落的,因为另一个影子一直在心底死死地纠缠着她。那个影子便是秦宇。夏飞燕知道自己从来不曾将秦宇忘怀!他是自己刻骨铭心的初恋。她的贞操给了燕涛,但心真的是永远属于秦宇一个人的,这并非矫情的谎言。

将秦宇写给她的那些情书妥善地收拾好锁进密码箱里后,夏飞燕给秦宇打了个电话。秦宇睡眼蒙眬地说:"干吗啊?这么晚了还打电话,还让不让人睡觉啊?"

夏飞燕一点也没有因为秦宇的不悦语气而生气,她低声说:"我就是要给你打电话,我想你了。"

秦宇低声骂道:"你花痴啊?现在是晚上三点了!"

夏飞燕撒娇说:"花痴就花痴,花痴也是你这个坏人给害的!是你让我变成花痴的!"

秦宇笑了笑:"唉,真拿你没办法!敢不敢偷偷溜出来?我到别墅区外面接你!"

夏飞燕高兴地说:"好啊!我马上出来,你一定要来接我哦!"

秦宇说:"嗯,你放心吧,我十分钟一定赶到!"

秦宇穿衣起床,最难消受病人恩啊!既然美女有约,那就勉为其难做一回半夜鸡叫的周扒皮吧!

秦宇目前还跟叔叔秦天明住在兰宁市府大院,燕涛给他配备的 S600 专车也停在市府大院,他轻手轻脚地出了家门,没有惊动秦天明和秦韵,然后从市府大院开出自己的奔驰 S600 专车,一路狂飙,不足十分钟便来到夏飞燕居住的别墅区外。这时,身穿睡裙的夏飞燕也刚好从别墅区内步行出来,一边走还一边谨慎地回头张望,确信保镖没有跟踪后便飞快地跑到秦宇面前,钻进轿车。车子随即狂飙而去。

秦宇将车子开到南湖边,这里风景优美,清风徐来,湖光山色美不胜收,在这样的地方跟美人幽会,简直是太有情调了。秦宇熄了火,从前座爬到后座,厚颜无耻地对夏飞燕笑道:"小花痴,让我摸摸看,想我都想到什么程度了?"

夏飞燕满脸羞红,一边用粉拳扑打着秦宇一边幽怨地骂道:"死秦宇!你这个大坏蛋,你坏死了!"骂罢还觉得不解气,又轻轻地在他肩膀上咬了一口。

秦宇夸张地叫了起来:"啊!你这小骚货!你属狗的啊!看我怎么收拾你!"

秦宇抚摸着夏飞燕美丽的脸蛋,戏谑道:"你真是只发情的野猫!你哪里是什么影视歌三栖大明星啊!简直一个地地道道的小骚货嘛!难怪人们都说现在的女人就数那些明星最骚了!"

夏飞燕恨恨地说:"人家那么想你,那么爱你,你这薄幸的坏人不但不疼惜人家! 反而取笑人家!"

秦宇笑道:"怎么,生气了? 你不知道打是亲骂是爱吗? 越是这样越有情调嘛!"

秦宇说罢亲吻了一下夏飞燕的眼睛,吻去了她眼里委屈的泪水,然后嘴唇往下搜索,最后停留在夏飞燕的唇际。他低声叫着夏飞燕的乳名:"燕子,我本来想恨你,但我发觉我恨不起来。我的心还是一如既往地爱你! 燕子,我是不是很没出息啊?"

夏飞燕从秦宇的话语中听出了他内心的痛苦和无奈,眼里的泪水一下子便涌了下来:"秦宇,对不起,是我不好! 是我让你受委屈了。你是一个高傲而尊贵的王子,你不应该受这种屈辱,你应该得到这世上最完美的女子,你应该得到最纯洁的爱! 我的身子已经脏了。我不配你啊!"

夏飞燕的身子在秦宇怀里痉挛般地颤抖着。秦宇拥抱着她的娇躯,安慰道:"燕子,我们都别钻牛角尖了。过去的事情就让它过去了。别去想它了。现在你还爱我吗?"

夏飞燕说:"爱! 我的心从来没有不爱你,我的心永远是属于你一个人的! 秦宇,我想这辈子离不开你了,没有你我一天也过得不快乐! 没有你我终究会忧郁而死的! 秦宇,我好渴望永远沉醉在你的怀抱中!"

秦宇没有再说话,他开始用动作表达自己对这个小女人的疼爱。夏飞燕的呻吟声变得剧烈起来,寂静的夜晚,美丽的南湖边,狭窄的轿车后座空间里,一对男女在做着这世间最暧昧也最疯狂的事情,在秦宇时而温柔时而粗暴的冲击下,夏飞燕一会儿飘飘然上了欢乐的云端,一会儿忽悠悠又坠入了欲望的谷底。这感觉太美妙了。这感觉如同炼狱般让人死去活来。

夏飞燕时而低声时而高亢地呻吟着。她的手将秦宇的后背抓出了一道道浅浅的红印,她的牙齿将秦宇的肩膀咬出了一排排的印痕。她幸福得以一种几乎要虚脱的嗓音说:"秦宇,我的宝贝,我快要死了! 我想就这样死在你怀里!"

夜色中的南湖像一个温柔而宁静的女子,美妙得不可方物。灯光和霓虹在波光中泛现出七彩的光影。

波光里有小鱼儿在欢快地跳跃。

鱼儿对水说:"你看不到我的眼泪。因为我在水里。"

水对鱼儿说:"我能感觉到你的眼泪,因为你在我心里!"

这一刻,夏飞燕再次泪如泉涌!

★ 2 ★

夏飞燕依偎着秦宇休息了片刻,然后叫秦宇送她回去。她得趁保镖和保姆起床前偷偷溜回别墅睡觉。

秦宇开车将夏飞燕送到别墅区外。夏飞燕与秦宇吻别,然后小跑着进了别墅区。最终蹑手蹑脚地进了别墅,提着鞋子光着脚丫上了楼,进了房间。

夏飞燕拍了拍自己的胸脯,还好,保姆和保镖都在睡觉,没有发现她半夜偷偷地溜出去与情人幽会。

唉,这种偷情的感觉真好!刺激、香艳!回味无穷。

然而,她不知道在保镖那个没有亮灯的房间里,此时一个阴暗的身影正倚靠在挂着落地窗帘的窗口,正默默地抽着烟,火光一明一灭,闪现着一个男子冷峻的脸部轮廓。这个男子正是夏飞燕的贴身保镖李立伟。

方才夏飞燕进别墅的那一幕全被他瞧在了眼底。

几天后,燕涛打电话给夏飞燕的保镖李立伟,询问夏飞燕最近有没有什么异常现象。李立伟很平静地说没有发现什么异常现象。

燕涛指示道:"继续给我盯着,发现反常情况不要惊动她,一定要把她身后的那个男人给我揪出来!"

李立伟说:"知道。"

这天晚上午夜十二点刚过,夏飞燕在给秦宇发了手机短信后又要偷偷溜出去跟秦宇幽会。她没有开灯,一路摸索着下了楼道,她轻轻打开别墅大门,然后轻轻将别墅门带上,然后蹑手蹑脚地溜了出去。

这时,李立伟也幽灵般地从二楼的房间出来,紧随着走下楼道,出了别墅,远远地跟在夏飞燕身后。

夏飞燕出了别墅区,上了几百米开外的秦宇的轿车,在车子发动前,李立伟从别墅区岗亭后面闪身出来,他看清了那辆奔驰轿车的车牌号码。

他知道这辆奔驰 S600 是燕涛的特别助理秦宇的专车。然后,他便折转身回到了别墅。

凌晨两点,偷情归来的夏飞燕回到别墅,刚轻轻地用钥匙打开别墅防盗门,蹑手蹑脚地进了别墅,正打算上楼,这时,别墅一楼大厅的灯光亮了起来,一个冰冷的声音响了起来,吓了夏飞燕一大跳:"夏小姐,坐下来喝杯茶如何?"

夏飞燕硬着头皮坐到李立伟对面的沙发上，尴尬地说："立伟，怎么，睡不着啊？"

李立伟狡黠诡秘地笑了笑："是啊。睡不着，下来透透气。"

夏飞燕笑道："是啊，天天待在这别墅里，像关在笼子里的鸟儿一样，太郁闷了。所以得常常出去透透气。"

李立伟心里冷笑：你不就是一只关在笼子里的金丝鸟吗？然后故弄玄虚地旁敲侧击道："上个星期，夏小姐好像半夜就悄悄溜出去过一次吧？夏小姐好像一向高看了自己的智商，而把我这个保镖当成了弱智。这样可不太好吧！"

夏飞燕脸色涨得通红，她讷讷地说："立伟，我可没有把你当弱智哦，燕涛派你来做我的保镖，真正的用意不就是让你监视我吗？我不喜欢这种被人监视的感觉，所以自然便会生出逆反心理，有时便会溜出去透透气哦。"

李立伟笑道："夏小姐，人活着都不容易，我知道你有你的苦衷，但我也有我的难处。你这么做明显是在给我制造麻烦嘛。你说我是将这些情况向燕老板汇报好呢，还是隐瞒不报的好？"

夏飞燕露出天使般可爱的笑脸："立伟，多大的事儿啊，有必要向老板汇报吗？以后我不给你添麻烦就是了。"

李立伟摇头道："夏小姐，许多事情要想人不知，除非己莫为。今晚你是去跟燕董的特助秦宇幽会吧？我可是认得那辆轿车哦！你想，如果我将这件事向燕董禀报，不但你完了，我们年轻帅气前途不可限量的秦特助的前途不也就完了吗？而且燕老板可是个眼里掺不得沙子的黑白大佬。你想他会怎么对付秦宇呢？"

夏飞燕吓坏了，燕涛对付她还不要紧，但如果对付秦宇她可承受不了，她宁愿自己死也不想秦宇因为她而受到任何伤害。于是她扑通一声跪在李立伟面前，苦苦哀求："立伟哥，求你不要把这件事告诉燕涛。我求你了！"

李立伟轻佻地用手指勾起夏飞燕的下巴，眼里放射出野兽般的寒光，他嘴里咂巴两下，说："真没想到一向高高在上的大明星居然给我这个做奴才的下跪了！起来吧，我可担当不起啊！"

夏飞燕战战兢兢地起身，眼前的这个她一向看不上眼的保镖此时给她一副高深莫测的感觉，这种感觉非常不好，阴森森的，透着一股子邪气和杀气。让夏飞燕产生了恐惧心理，她不知道这家伙接下来会怎么处理这件事情。

李立伟从上到下打量了身穿睡裙的夏飞燕，嘴里咽着口水，心里暗骂：妈的，这婊子真他妈的风骚啊！偷偷跟情人幽会还只穿件睡裙，真是方便作战啊，不知里面穿了内裤没有啊！

李立伟本来便是个地痞流氓出身的好色之徒,以前是兰丹锡矿护矿队的小队长。因为有一身还算不错的功夫而被燕涛看中,于是抽调出来安排他做了夏飞燕的保镖。

李立伟说:"夏小姐,你也知道我只是一个小人物,没钱财没地位没出息。最近我家里出了点事,我父亲得了一场大病,急需用钱,你能不能行行好借我一笔钱呢?"

夏飞燕心里一紧,知道李立伟是在借机敲诈,但她又不能拒绝。得罪他不但对自己不利,而且对秦宇大大的不利。因此她小心翼翼地问:"你要借多少?"

李立伟狮子大开口说:"十万。我知道十万对你来说只是九牛一毛。你是随时拿得出的。"

夏飞燕心里充满了仇恨,十万可不是个小数目,这几年她是赚了点钱,但开销也大,所有的积蓄加起来也就五六十万。一下子要拿出十万来给李立伟,她还真的有些心疼,但她又不敢不满足李立伟,毕竟她的前途和秦宇的前途可不是区区十万能够衡量的。

夏飞无奈地说:"好吧,我明天给你十万。不过你得给我打张借条。如果你言而有信,这十万就算我送给你的。如果你出尔反尔,到时我就得凭借条要你还钱。"

李立伟得意地狞笑道:"好说。你能白送我十万,我当然也知道做个顺水人情。你放心就是了。今晚发生的事我会烂在肚子里。永远不会与他人道之。"

夏飞燕上了楼进了房,死气沉沉地往床上一躺,刚才幽会中与秦宇的欢娱和幸福快乐感觉一下子全烟消云散了,取而代之的是深深的忧虑和恐惧。她心里清楚像李立伟这种痞子流氓是不会有什么信用的。到时他肯定还会变本加厉地敲诈自己威胁自己。

夏飞燕后悔不已,都怪自己,把秦宇牵扯进来了。如果燕涛知道她跟秦宇秘密幽会,那么对秦宇可是相当不利。夏飞燕可不想秦宇毁在自己手里。

夏飞燕忧心忡忡忧心如焚。接下来该如何是好? 看来以后她再也不能跟秦宇幽会了。

次日,夏飞燕从银行账户上另外开出一张十万的存单交到李立伟手上,从他手中换取了一张借款十万元的借条。李立伟得意地笑道:"谢谢夏小姐成全! 要不你今天到处去逛逛,好好地透一透气。我就不跟着你了,像你这么个美人儿除了工作便是整天关在别墅里,真是委屈你了!"

被这恶人狠狠地敲诈了一笔,哪还有什么逛街玩耍的心情,夏飞燕愤然地说:"回去。放心吧,以后我不会再给你任何机会敲诈我了!"

李立伟讥笑:"是吗? 你这只发情的母猫,你舍得不跟秦宇这样的帅哥幽会? 他可是兰宁最出色的男人哦,人见人爱的天才大帅哥啊!"

夏飞燕气得差点昏厥过去。

而李立伟心里却恶狠狠地骂:"妈的,小婊子,在人前人模狗样,故作高雅,高不可攀,其实是个彻头彻尾的小骚货! 现在被我逮住把柄了,老子可得好好把握这千载难遇的机会,好好敲你一笔。反正今后你就是老子的摇钱树了!"

接着,李立伟心里又冒出一个淫邪的念头:哈哈,什么时候再将这小婊子睡上一睡,那可就真是美死了! 不知这做明星的女人跟那些美容院洗脚城的小姐的肉体有什么区别?

3

李立伟好赌成性,加上又是个色中饿鬼,不足两个月便将从夏飞燕手中讹诈过来的十万元挥霍一空,又恢复到以前经济拮据的状况。不过现在李立伟手中捏着夏飞燕的小辫子,有了夏飞燕这棵摇钱树,他不愁没有钱花,不愁没有好日子过。

这天晚上,李立伟灰心丧气地从赌场回来,正巧看到夏飞燕穿着件睡袍从卧室出来,到旁边的卡厅酒柜里拿酒水,他涎着脸跟进了卧室。

夏飞燕不悦地盯着李立伟:"你跟进来干什么? 还有没有规矩了?"

李立伟丝毫不怵夏飞燕,色迷迷地盯着夏飞燕睡袍内毕露的曲线和饱满的双峰,舔了舔嘴唇说:"夏小姐,别跟我摆那些狗屁架子! 咱们相互之间都是知根知底的。你以为你能威胁到我吗?"

夏飞燕气急:"李立伟,你到底想干什么? 你跑进我房间来,就不怕我告诉燕涛吗?"

李立伟冷笑:"我怕个鸟! 你去告啊! 你别拿你是燕老板的女人来压我,我告诉你,你在燕老板眼里早就没什么价值了! 如果我把你跟秦宇的丑事告诉燕老板,恐怕燕老板立即就会将你扫地出门,同时那个燕涛的乘龙快婿也会跟着倒大霉的!"

夏飞燕一下子便被抓住了软肋,说不出话来了。看到夏飞燕吃瘪的样子,生活在社会底层的李立伟觉得心里非常地解气,他接着说:"你们这对狗男女,以为自己是什么高尚的东西！其实就是一对人渣，一点良知也没有，猪狗不如！猪狗还知道一点情义，猪见了主人给它喂食会嘴里高兴地哼哼几声，狗见了主人会高兴地摇尾巴。而你们呢，一个花着燕老板的钱，背地里却泡小白脸；一个操着燕老板的宝贝千金，却跟燕老板的情妇搞在了一起。简直是没有道德、没有天理、没有人伦啊！"

在李立伟的辱骂声中，夏飞燕满脸涨红，无言以对。

李立伟继续肆意对夏飞燕进行人身攻击："我真不敢想象你这个平日里高高在上不可一世骄傲得像个公主的影视歌三栖明星会如此的肮脏堕落。难怪老百姓说这天下最肮脏的就是你们这种女明星了，有钱有势的男人可以操，有权有地位的男人可以操，年轻帅气的男人可以操，你们这辈子要被多少男人操啊？其实仔细想一想，你们这些女人都是被操红的！人前道貌岸然、一本正经。人后却是个彻头彻尾的婊子！你以为你在我面前可以立贞节牌坊吗？告诉你，没门！"

李立伟边说边步步进逼，而夏飞燕却步步后退。

李立伟从夏飞燕的眼里看到了懦弱、恐惧和无助，他吃定了她。而夏飞燕从李立伟的眼里看到了狰狞、淫荡和邪恶。

夏飞燕退到床边，已经没有了退路，一屁股坐倒在床上，而李立伟却顺势将她扑倒在床上。在夏飞燕的惊呼声中，他的双手像苍鹰扑兔恶狠狠地抓捏住了夏飞燕的一双乳房，这个流氓情不自禁地"噢"了一声："好大，好舒服！妈的，一只手居然掌握不了！看来燕涛和秦宇都没少在这上面花工夫，把你开发得这么好！"

夏飞燕眼里流出了屈辱的泪水，愤怒地骂道："李立伟，你这个流氓，你这个畜生！"

李立伟一脸邪恶，冰冷地威胁道："你就叫吧！把保姆叫醒了，我看你怎么收场，到时我倒打一耙说是你耐不住寂寞主动勾引我，然后我把你跟秦宇的肮脏勾当一并吐露出来，我看燕涛知道后是你倒霉还是我倒霉。反正老子是烂人一个，烂命一条！而你和秦宇却是上流社会的风流人物，一旦让燕涛报复起来，我看你们就得从天堂掉入地狱！"

夏飞燕被李立伟这么一威吓，立即就打落牙齿往肚子里吞，不敢再吭声了，只是一个劲地流泪。她做梦也没有想到，有一天她会落到被一个卑劣的下人强奸的地步。

李立伟见夏飞燕不敢吭声了，色心欢愉无比，色胆更壮了，他三下五除二扒掉了夏飞燕的睡袍。夏飞燕为了美胸，睡觉一向有不戴胸罩的习惯，睡袍扒掉后，光洁娇嫩的身子上露出了一双饱满而坚挺的乳房和一条窄窄的镂空带细小蕾丝边的三角小内裤。

看到这美妙的胴体,李立伟兽血沸腾,鼻子里都喷出了鼻血来,他野兽般呻吟一声:"妈的,还真是个骚货啊,连胸罩都不戴,小内裤还是镂空的。勾人啊!"

夏飞燕被这个卑劣的流氓如此羞辱和玷污,几乎连死的心都有了。她咬紧牙关,眼泪哗哗地流淌下来。而李立伟见到夏飞燕这般梨花带雨的模样,更是淫欲强盛,扒光衣服便骑了上去。

李立伟整整折腾了半个时辰,从夏飞燕身上爬下来时,脸上带着心满意足的淫笑:"妈的,操女明星还真是跟操那些歌舞厅、洗脚城里三陪小姐感觉不一样。一个字,就是爽!看来以后我还得经常来享受享受这三栖明星的待遇!"

李立伟进套房的卫生间简单冲洗了一下,用的是燕涛曾经使用过的洗浴用品和浴巾。他觉得此时的自己活得倍有价值和尊严,妈的,帝王将相,宁有种乎?老子今晚就体验了一下上等人的生活!

李立伟穿上衣服后,坐在床边摸了摸夏飞燕的光滑而弹性十足的身子,说:"别要死要活的了,不就搞了你一次嘛,拔了萝卜坑还在,你又不是第一次被男人搞,也不是被一个男人搞,别装得像个贞洁烈妇似的。起来,给我拿点钱。"

夏飞燕痛恨地骂道:"你这个畜生,上次给了你十万,你说了不再来骚扰我。如今你言而无信,不但玷污了我的身子,还要继续讹诈我!你还是人吗?"

李立伟冷笑:"我是人,但是个烂人,烂人说的话你也相信吗?告诉你,这辈子你就是老子的摇钱树!老子没钱花了就得来讹诈你!谁叫你他妈的赚钱容易呢?让男人睡一睡就功成名就,名利双收。我不讹诈你讹诈谁?难道叫我去讹诈那些低级妓女吗?"

李立伟开始在房间的抽屉、衣柜、梳妆台、皮箱里四处翻找,最后从夏飞燕的坤包里翻找出一万多元现金,他觉得这点钱不够他挥霍几天,于是威胁夏飞燕:"你再给我二十万,我保证以后再也不骚扰你,否则我不但搞得你不得安宁,我还要让你的心上人秦特助没有好日子过。"

夏飞燕迫于无奈,只得打开密码箱,从中拿出一张工商银行的银行卡,流着泪说:"这张卡里有二十万,这是我最后的一点积蓄了,你拿了钱滚蛋吧,不要再来骚扰我!"

李立伟贪婪地一把抢过银行卡,放到嘴边亲了一下:"乖乖,二十万啊!你们这些做婊子的就是会赚钱啊,大腿一叉开就人把人把的钞票送上门了。"

李立伟逼迫夏飞燕说出了银行卡的密码,然后得意地在夏飞燕胸脯上摸了一把,阴阳怪气地道了声晚安,扬长而去。

第六章：飙车之祸

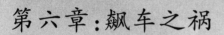

秦宇和方斌的飙车决赛定在农历八月十五，中秋月圆之夜。当夜，月圆似盘，月明如水，月光似银，晶莹剔透地洒遍大地，即使远离闹市区的荒郊野外，能见度也有百分九十，与白昼没有多大区别。所以，选择在这样的夜晚进行飙车决赛是最明智的选择。

秦宇事先将他和方斌将在八月十五来场飙车决赛的事跟燕涛说了，燕涛没什么意见，只叮嘱要注意安全。而燕菲儿则在旁边起哄，一个劲地说好啊好啊，我要去给你们捧场，我还要做你们的裁判，我可是公正无私的哦！然后，便缠着父亲燕涛也去现场观看秦宇和方斌的飙车决赛。

观看这次高手对决的赛车族很多，光绿城集团便有不少飙车爱好者，这事一传十、十传百，于是兰宁几乎所有的飙车爱好者都来观看这场发生在两个高手之间的较量！顺便还可以赏一赏八月十五的圆月，多美的事啊！

方芸也是围观者中的一员，所有的围观者要数她的心情最复杂了，一个是她亲哥哥，一个是她心中最爱的男人。她不希望他们任何一个人输。可是这是不可能的事情，他们之间注定会有一个失败者。方芸了解这两个男人都是极度自尊的好胜心极强的男子，任何一人在如此之多的飙车爱好者面前遭遇失败，心里肯定不好受。

所以，方芸在赛前曾经苦苦劝导哥哥方斌不要跟秦宇比赛。方斌还笑道："放心，我不会输的！你是不想我打败他吧？那小子太狂了，都成狂神了，无所不能！我压根就不信他飙车会强过我！让他输一次对他有好处！"

方芸见劝解不了哥哥，只得听之任之了。但是，她犹豫再三还是来到了赛车现场观赛。

赛车的规定是从民族大道出发，先按照预定路线在兰宁城中所有主要街道溜一圈然后前往 B 城机场，到达 B 城机场指定的终点线后再返回民族大道。以谁花费的时间最短为胜。起点和终点都有飙车爱好者围观并监督，赛车必须踩到终点线才可以返回。

为了公平起见，秦宇和方斌的这次比赛用的是两辆经过改装的同一型号的奔驰赛车，连发动机的功率都是一样的，只不过两辆车子的颜色是一黑一白，这样就避免了任何一方可以凭借车子的性能优势取胜。

秦宇驾驶的是黑色车子，方斌驾驶的是白色车子。此时，两辆车子并排在同一起跑线上，就等裁判官燕菲儿吹响口中的哨子。

燕涛坐在他的劳斯莱斯银魅里面，一边悠闲地品着红酒，一边静静地注视着两个赛手及围观者的一切情况。燕涛内心充满了期待，上次他听说秦宇和方斌在民族大道举行的飙车初赛秦宇小胜了方斌，心里便产生了巨大的好奇心。方斌跟随在他身边做了三年的专职司机和贴身保镖，燕涛是非常清楚方斌的实力的，秦宇既然能够胜过方斌，而且扬言只要有能够体现赛车手水平和难度的弯道路线，他一定可以在半小时内拉下方斌两公里！两公里在高手对决间是什么概念？那些世界顶尖赛车手比赛有时冠军往往只能比亚军胜出一个车位，也就是一辆车子长度的差距。而秦宇居然敢宣称他的实力可以在半小时内让方斌落后两公里。这样的豪言壮语不但触犯了方斌的自尊，也激发了燕涛和燕菲儿的好奇心。

他们想知道秦宇真正的实力。

这场比赛是有赌约的，输了的在兰宁最豪华的五星级兰宁饭店请客，宴请八方朋友！

燕菲儿在吹哨前笑嘻嘻地跑到秦宇的车边，古灵精怪地说："秦特助，你今天可不能输哦！许多眼睛都在看着你呢。我可是还记得你对方斌说过的豪言壮语呢，你说半个小时之内要拉下方斌两公里，从这里到 B 城机场，飙车一个来回用不了半小时，我不指望你让他落后两公里，只要你能够让他落后半公里，这里所有的人就都会把你当神一般看待！"

秦宇笑道："兰宁市区距 B 城机场的路约 32 公里，来回才 64 公里，加上赛程有意添加的市区几条主要街道，估计也就 80 公里，我的赛车保守速度是每小时 260—320 公里，估计 16 分钟左右可以飙个来回，这么短的时间，如果路况好，车子性能可以超常发挥，我估计让他落后两公里应该没有什么问题。"

燕菲儿微笑道："我期待你凯旋！"然后，燕菲儿回到路边，扬起手中的绿色小旗,提示两位赛车手比赛马上要正式开始了,接着吹响了口中的哨子,并奋力将手中的绿色小旗往下一挥。

在燕菲儿小旗挥下的瞬间,方斌迅速启动赛车,打开前后灯,同时瞬间加速,车子狂飙,冲进月光如水如同白昼的夜幕!

在所有围观者的惊诧眼神中,秦宇淡淡地一笑,故意慢启动五秒,待方斌的赛车不见踪影后才迅速启动车子。

发动机轰响着,燃气室里,一团火焰爆发,强劲的冲力推动活塞,齿轮带动车轮,消音器中淡蓝色的火焰喷发出的那一刻,车轮卷起一阵旋风,在众围观者一眨眼工夫间,秦宇的赛车早已在百米开外,继而又直接提速,将速度提到最高速,如同黑色闪电般刺入灯光月光交织的夜幕中。

一白一黑两条炫丽的色带从民族大道划过,迅速消失在凄迷而美丽的夜色里,赛车如闪电般划过民族大道后,两辆赛车车体左倾,人向右平衡,两辆跑车连续走了几个S形路线,以极其夸张的姿态拐过三个街口,车轮与路面的摩擦带起一阵轻烟!

好完美的赛车,好完美的划弧动作!

白色赛车居前,方斌的嘴角悄悄弯起,带着一个诡异的微笑。而黑色奔驰跑车上的秦宇却面色平静,一副泰山崩于眼前而心不惊的姿态。

他不断换挡不断地变换速度,刺耳挑衅的引擎轰鸣声,让方斌微微一笑,他开始显示自己强悍的飙车技术,二挡换三挡、三挡换四挡,四挡跳二挡,二挡再直接奔五挡,不断地改变车速,那细微敏捷的换挡声,仿佛在告诉秦宇:你别太猖狂,虽然你是哈佛大学一带的地下飙车王子,但老子也是个很强悍很牛逼的角色。鹿死谁手还不知道呢!想拉下我一公里,做梦!

秦宇那双深黑的眸子里闪耀着兴奋的光芒,他喜欢跟强手过招,看来方斌的赛车技术真的还不错。不过,秦宇有信心在城中几个主要街道的街道拐弯之后便甩开方斌,当初他提出必须将兰宁城区那几个最主要的S形街道加入赛程中,就是要利用自己绝对强悍的车技跟方斌拉开距离,然后在兰宁至B城机场间的几处主要路段靠车技将方斌拉下更远的距离。

秦宇清楚方斌虽然赛车技术不错,但他更清楚敢于像他自己这般玩命赛车的人,这世间几乎没有。在任何弯道,一般的赛车手只会减速,而秦宇却反而会全速前进,从来都是有惊无险!这便是秦宇与那些号称一流的赛车手之间的差距。也是天才与普通人的差距!

黑色赛车不断地变速加速,赛车的超级动力很快便将白色奔驰跑车甩到了后面。

换挡,轰油,白色赛车车身疾冲,如羽箭离弦,呼啸着又瞬间追赶上了黑色奔驰赛车。

街道两旁站满了围观者,那些赛车族兴奋得手舞足蹈,妈的!这才叫赛车啊!实力可不是一般的强悍,而是绝对的强悍。在兰宁他们还是第一次看到这么震撼人心的赛车决战。

两车车头并驾齐驱。在楼与楼、街与街的拐角左冲右突,不断地变换车位,在开始三个街道拐弯抹角之处,方斌还勉强能够跟秦宇比拼技术,因为这时的秦宇还没有拿出绝对的实力,所以在第一个街道口是他的白色奔驰赛车占先,第二个拐角口便变成了秦宇的黑色奔驰领跑,再下一个拐弯处,方斌的白色奔驰赛车一个华丽的甩尾,地面冒着一道弧形的蒸汽,又先一个车身冲进另一条街道。

到了第四个街道口,秦宇狂笑:"方斌,我要开始甩你了",然后松油门、瞬间变挡、油门全开,前轮一飘,车子瞬间提速,只一秒,黑色奔驰便超越了方斌的白色赛车两个车身,舒服、干净、动作无懈可击。

秦宇将车速提到极致,赛车狂飙着,洒下一路的轻烟接连拐过三个急拐的街道,最后在围观者呆滞的眼神中甩开方斌的赛车直接往 B 城机场方向狂飙而去!

所有的围观者都震撼了,天啊!这还叫人吗?连续几个急拐街道不减速反而加速,而且将速度加到车速的极限,这样的人不是疯子便是天才!这是在玩命啊!可这家伙却玩得如此的得心应手,有惊无险,这要多么强悍的实力和多么超绝的天赋啊?

所有的围观者都张大了嘴巴,其中不乏一些自恃赛车技术过人的飙车一族,看到秦宇如此强悍的车技,他们连找根面条吊死的心都有了。

方斌也是一阵愕然和黯然,他清楚他跟秦宇这疯子还是有差距的。不过他并没有泄气,他拐过几个街口弯道,加速追击!

两辆赛车很快一前一后驶离了闹市区。前面是市郊高速,两位车手的交锋陷入白热化阶段。

在兰宁至 B 城机场的中段,要途经一座四连弯的坡道,秦宇不点刹车,给油不变,挡位再加,明明是一个向下转弯,他硬是有悖常规,做出了一个玩命的甩尾,后车轮紧贴着路面卷过,前车轮已从容摆正。

下一个弯道还是如此,如果此时有人看到秦宇的赛车在弯道呈"S"字形连续不停地极速前冲,一定会敬若鬼神,这世间居然还有如此开车的人?这还叫人吗?

方斌在几个弯道过后被秦宇彻底地甩开。他清楚这场比赛已经失去了意义,他输定了。不过,他并非是个不敢面对失败的男人,即使输了也要输得光明磊落，他仍然要拿出自己最高的水平完成这场比赛，这是对秦宇的尊重，对高手的尊重，同时也是对自己的尊重。永不放弃，方是男儿本色！

秦宇以6分7秒的成绩便从兰宁抵达B城机场预定的赛车终点，在终点一个漂亮的甩尾，直接掉转了车头，惊起围观者的一片掌声，然后瞬间便消失在他们眼前，往来路飞奔。秦宇决心要创造兰宁有史以来的赛车纪录，他要在13分钟内从兰宁到B城机场开个来回！

秦宇从B城机场返回途中碰上已经比他落后两公里有余的方斌，擦肩而过的瞬间他对方斌做了个"V"字形的胜利手势，然后毫不迟疑地扬长而去。

此时，兰宁民族大道赛车起点处，燕涛和燕菲儿已经得到B城机场那边的电话汇报，秦宇从起点至B城机场终点线的成绩是6分7秒。燕涛和燕菲儿惊愕得眼珠子几乎掉了下来，6分7秒，时速达每小时360公里。这样的赛车速度根本不能用强悍来形容，而应该用恐怖来形容！

秦宇从B城机场返回到终点，回到裁判燕菲儿身边时，时间正好总共用了12分12秒。当燕菲儿报出秦宇来回成绩时，全场雷动。

1分30秒后，方斌才从B城机场返回。他从车上下来，十分绅士地对秦宇说："我输了，输得心服口服！我起码落后了5公里。"

燕菲儿开心地笑道："好喽，明天兰宁饭店有人请客了，大家都来啊！"

全场再次欢呼雀跃掌声雷动！

方斌轻轻地捶了秦宇一拳："你是个疯子！一个不可理喻的疯子，那样的急转弯你居然不减速还加速前进，这是赛车，不是玩命啊！"

秦宇笑着回捶了方斌一拳，轻松而自信地笑道："我一向这样的！不敢玩命就不要赛车！没有超绝的实力就不要挑战！记住，永远别再向我挑战，无论哪一方面！"

方斌愕然："无论哪一方向？你是不是暗示我打架也不是你对手？我可不信，要不我们现在就来场决斗！"

秦宇笑道："在你妹妹面前，我可不想打得你满地找牙！"笑罢，秦宇钻进轿车，抛下所有疯狂的崇拜者，绝尘而去。

燕菲儿站在原地，嘴里呢喃道："秦宇，你这家伙到底还是不是人啊?!"

围观者先后一一意犹未尽地散去，燕菲儿钻进燕涛的专车时还仿佛置身梦中，她对父亲说："爸，你说秦宇这家伙怎么那么强悍啊？他几乎就像个神话，无所不能！你说一个人怎么可能同时精通那么多本领？而且样样都是无人能敌！这也太霸道了吧？"

燕涛微笑道："知道什么叫天才吗？这就是天才与凡人的巨大差距！一般的男人根本无法望其项背！秦宇不但是个天才，还是个疯子！千万不可以常理去看待他！他还会带给人们更多的惊喜和震撼！如果说以后有人在兰宁商界声望会超过我的话，除了秦宇，我不作第二人想！"

燕菲儿迷茫地说："爸，你真的如此看好他吗？"

燕涛疼爱地轻轻抚摸着燕菲儿的秀发，说："傻丫头，你不是比我更看好他吗？"

燕菲儿脸上现出一抹痛苦无奈之色："爸，我真的很喜欢这个狂傲的家伙。可是他太优秀了，我害怕我根本抓不住他。"

燕涛安慰道："如果说这世上还有哪个男孩子配得上我的宝贝女儿的话，我想也只有秦宇了。放心吧，爸爸会帮你的！"

燕菲儿连忙说："爸，你别插手，我怕秦宇会反感这样。我想还是顺其自然的好！"

燕涛叹息一声："多情总被无情恼啊！这世间男女终究是没人能够逃得过一个情字！无论身份多么高贵，无论才华多么超凡，无论地位多么显赫，无论容貌多么惊艳，最终都无法勘破情关！"

2

一周后，方斌的战友伍正源从上海到兰宁来谈生意，他给方斌打来电话，告诉了他到点的航班。有朋自远方来，不亦乐乎？伍正源是跟方斌在特种部队当兵时关系最铁的一位战友，方斌高兴地说："咱哥俩有几年没见了，我可是常常想念你啊！好！明天我开车到机场去接你。"

次日，方斌开着燕涛的劳斯莱斯专车来到 B 城机场接伍正源，他帮伍正源提着行李，俩人有说有笑非常亲热地出了机场，来到停车场。伍正源一看方斌开来的车子是劳斯莱斯银魅，当下大吃了一惊："兄弟，兰宁居然有这样的车子？这劳斯莱斯银魅可是有钱也难买到的贵族车啊！得提前定做，要排老长时间的队啊！"

方斌自豪地说："兰宁这样的车就这一辆！这车可是身份和地位的象征！这是我老板的专车！"

伍正源说："你搞这么大的排场，真是让我受宠若惊啊！"

"也就是你来了，我才开这车子来，换了别人，我最多从集团开辆宝马去接他！你可不同，咱们在部队可是最铁的哥们儿！我可不能怠慢了你老兄！"方斌将伍正源的行李放进车子,然后钻进驾驶室。

伍正源笑呵呵地坐在副驾驶位。这里摸摸那里看看,惊叹不绝。

方斌决定飙车回兰宁,看能不能打破秦宇的飙车纪录。上次跟秦宇飙车决赛他输了,虽然是输得心服口服,但同时心里更激起一股雄心和好胜心。他想:"秦宇能够做得到的,我为什么就不能做到?"

方斌想,今天自己占据了两大优势,一是白天,能见度比那天晚上好得多。二来这劳斯莱斯银魅的性能极佳,如果占据这两大优势都达不到秦宇的飙车水平,那么这辈子就永远不可能超越秦宇了,那么这辈子他就得永远活在阴影之中了。

车子发动前,方斌递给伍正源一支香烟,然后自己点燃一支,吸了起来,他吐了口烟雾告诉伍正源:"伍兄,你把安全带系好,抽完这支烟,我就飙车回兰宁!"

伍正源是军人出身,也喜爱玩车,当然不会害怕方斌玩飙车,相反还感到非常刺激和亲切。他笑道:"飙车,好啊!我也喜欢飙车啊!"

方斌笑道:"咱军人出身的,铁血豪情,有几个不喜欢飙车?我一向对自己的飙车技术非常自信,然而前不久我挑战一个家伙,却输得没脸见人。那天是八月十五晚上,圆月当空,月白如昼,就是从兰宁民族大道到 B 城机场这条路,一个来回,总共大约80公里的路,那家伙居然只花了12分12秒,时速360公里,整整甩下我5公里多!天才啊,弯道和连续弯道不但不减速,反而加速急冲!想不佩服都不行啊!"

伍正源感兴趣地问:"谁这么厉害?在这世上,能让你这个军事全能冠军佩服的人可不多啊!"

方斌感慨道:"我算什么狗屁全能啊?那小子才是全能!几乎是超人!那小子叫秦宇,是我们集团总裁的特别助理,今年还不到25岁,从哈佛大学获得工商管理和经济学双博士回国时才24岁,够强吧?"

伍正源几乎不敢相信自己的耳朵:"24岁怎么可能会是双博士?按6岁读小学1年级算,从小学到高中毕业要12年,大学本科通常是4年,硕士有2年的,也有4年的,国外通常是2年,博士通常是4年,这样算下来最少也得28岁才能读完博士,怎么可能24岁拿得下来?除非他是天才,读书一直跳级!"

方斌说:"正如你猜想,他就是天才,读书跳级,从小学到高中一直跳级,14岁便以最优异的成绩考上美国哈佛大学。如果哈佛大学允许跳级的话,估计他18岁就可以修完博士课程。"

伍正源汗颜了:"这么厉害啊?"

方斌说:"是啊,不是一般的厉害,连哈佛大学的校长都惊叹他是学术天才！不但如此，这家伙钢琴、围棋、网球、飙车，样样是好手，几乎无所不能！我就是因为不服他的强悍才向他挑战飙车的，结果输得够惨够丢人了。我还从来没有这么狼狈过！今天是白天，这车子的性能也好，我想再试一次，看能不能达到那家伙的水平！如果还不能突破，那这辈子我是没脸再玩飙车了。"

方斌扔掉烟头，吩咐伍正源坐稳了，然后发动车子，劳斯莱斯几乎不带一丝噪音驶离机场停车场。方斌一拧油门，挡位加到最高，直接将速度提到极限，一路狂飙。

"哇！哥们儿，真刺激！"伍正源兴奋地大叫。

一路上方斌使出浑身解数，大玩漂移绝技，速度和感觉比八月十五那天晚上要好得多，不过方斌始终觉得还没有达到秦宇那种境界，那就是在连续弯道他始终有点放不开胆子，总是习惯性地想减速，不敢像秦宇那样全速狂飙。

前面便是四连弯，方斌不由有些矛盾和紧张，既想减速，又想加速，在瞬间的犹疑和矛盾间，耳边又回响起秦宇说过的那句话："不敢玩命就不要赛车！没有超绝的实力就不要挑战！"

一刹那，方斌的血性上来了，他猛踩油门将速度提到极限，"刷"，几乎一瞬间，劳斯莱斯拐过第一个弯道，方斌有些兴奋，心中禁不住为自己喝彩：成功了！

方斌的手飞快地操作方向盘，身子也不停地变换体位配合车体拐弯，第二个弯道也冲过去了！

方斌的信心倍增，内心喝彩，妈的，只要胆大心细，秦宇那小子的绝技也不难做到嘛！

第三个弯道又闪电般冲过去了！

第四个弯道，方斌不明白哪里出错了，在极限的车速下没有控制好车子，那一瞬间，方斌只听到伍正源喊了声："小心！"便绝望地看到轿车不听使唤地从弯道冲下了陡坡，以翻跟头的形式向下栽去！

那一瞬间，方斌心里涌起一股绝望的感觉！

这是一种面临死亡时的绝望感觉！这种感觉是血色的，又是灰色的。那一瞬间，方斌大脑一片空白，他知道自己完了。

劳斯莱斯翻了无数个跟头滚下陡坡，在坡底停止翻滚时，价值千万的劳斯莱斯银魅轿车已经破损得不成形状了，而方斌整个人像散了架般一点力气提不起来，大脑还残留一点感觉，他感觉自己身上多处骨头摔断了，身上许多地方在流血，他感觉自己身上的血正在迅速地流失。

在昏迷前的那一刻，他似乎听到伍正源正在艰难地拨打求救电话。

二十分钟后，方斌和伍正源被送进了医院急救，那辆已经完全变形的劳斯莱斯银魅手工极品轿车也被吊车吊了上来。

燕涛带着女儿燕菲儿来到事故现场,燕涛看到心爱的专车如今已是面目全非,心痛得脸上的肌肉一阵一阵地抽搐。这辆车子可是一千多万啊。而且有钱也难买到啊,要提前预订,还不知道要排多长的队才能领到这样一辆车子。

燕涛心里又气又恨,又无可奈何,现在就是想骂方斌这小子一通也不能,这小子现在正在医院抢救,正处于昏迷之中呢。

方芸接到哥哥出了车祸正在医院抢救的消息后匆匆忙忙赶到医院探视。医生说病人现在正在极力抢救,拒绝探视。方芸只得满脸泪水压抑抽泣隔着重症监护室的玻璃往里面看。

只见方斌浑身是血,昏迷着躺在重症监护室的手术床上,嘴里和鼻孔中插着各种医疗器械的管子,手腕上还插着输血的针管。浑身多处骨架固定在石膏板里,缠满了绷带,远远看去就像个木乃伊。

主任医生告诉方芸:“方斌的情况最严重,浑身十几处严重骨折,失血过多,虽然现在身上的出血点已经得到控制,但他的内部器官也受到了损害,现在正在给他输血,如果二十四小时能够苏醒过来就可以度过危险期,如果醒不来,那就不好说了……至于方斌的战友伍正源伤势已经完全得到控制,没有什么生命危险,他身上只有两处骨折,而且不是十分严重的那种,可以放心。”

主任医生接着告诉方芸:“你是方斌的亲妹妹,我也就不瞒你了,要救治方斌恐怕需要超过一百万的费用,而且我们还不敢担保能够救活他,即使能够救活他,我们也不敢担保他不会留下后遗症。所以你得在病危通知书上签字,出了任何意外我们医院概不负责,这样我们才敢全力施救。否则我们不敢冒这个险!虽然救死扶伤是我们做医生的天职,但我们也不想在人力无法回天的情况下被病人的家属无理取闹死缠烂打,最后将全部责任推到医院头上跟我们打医疗官司。所以,希望你理解,配合。”

方芸不得不在病危通知书上签了字,然后流着泪紧紧地抓住主任医生的手,恳求道:“求求你们一定要救活他,我就这么一个哥哥!十来岁我们的父母便先后逝世,抛下我们兄妹俩相依为命。是哥哥将我抚养长大,培养成人的。我不能再失去唯一的亲人了。求求你们一定要尽最大的努力救活他,钱好说,花多少钱我都会去凑,你们一定要救活他啊!”

主任医生被方芸的这份真挚的亲情所感动,眼睛里也有了泪水,尤其是面前这位泪流满面人见犹怜的女子是人人仰慕的兰宁第一美女,所以主任医生的恻隐怜爱之心更甚,他安慰方芸道:“你放心吧,我马上召集医院各科室最权威专家,包括骨科、脑科、心血管科专家对方斌进行会诊,然后马上制定相关方案对他进行手术,尽百分之百的努力抢救他!"

得到急救科主任医生这样的答复,方芸稍微放下心来。她开始坐到重症监护室的走廊的条椅上休息等待。

十多分钟后,秦宇闻讯赶到医院,方芸在见到秦宇的一瞬间,立即扑进他怀中,伤心地哭泣起来:"秦宇,我哥成这个样子了,我好害怕啊!如果他有个什么三长两短,你说这叫我还怎么活啊?"

秦宇轻轻地拍着方芸的肩膀安慰她:"别太难过了,事情已经出了,难过也没有用。我想吉人自有天相,现在医疗技术如此发达,方斌应该不会有事的。"

方芸说:"医院已经发了病危通知书了。还有,医生说要救治我哥起码要花费百万以上的医疗费。我到哪弄那么多的钱啊?"

秦宇安慰道:"芸儿,钱我来想办法吧,我去找燕涛,请他提前预支一年年薪给我,那救治方斌的费用便不成问题了。"

方芸紧紧地搂抱着秦宇,一点也不想放开,此时秦宇便是她的主心骨,是她的救命稻草。

秦宇亲吻了一下方芸的额头,安慰了方芸一通后便开车离开了医院,径直来到燕涛的听风阁别墅。他将自己的意图跟燕涛说了。希望他能预支他180万元年薪,他好拿去抢救方斌。

燕涛正在气头上,一听秦宇要预支一年年薪救治方斌,马上拒绝:"不行!我不会答应你这无理要求,你才上几个月的班,我现在就预支你一年年薪,这可能吗?万一你中途撂挑子怎么办?再说了,方斌这小子没向我请示便悄悄开出我的专车去机场接朋友,现在出了车祸,我的专车也报废了,这辆车可是我的心爱之物,不说它本身价值千万,现在就是我拿出一千万也难再买到一辆这样的车子啊!方斌这小子就是死十次也难赎他的罪过!"

秦宇气结,怔怔地看着燕涛,燕涛背过身去不再搭理秦宇。秦宇最后气愤地说:"燕总!我没想到你是这样一个狠毒无情的人!居然见死不救!我鄙视你!"

秦宇说完掉头而去,他是一个高傲的男子,他不想再在燕涛这个麻木不仁为富不仁的家伙面前多费唇舌,他得另想办法。

秦宇给叔叔秦天明打了个电话,问秦天明身边有多少钱,他一个朋友出了车祸,急需用钱抢救他的生命。秦天明深思片刻说:"家里所有的积蓄也就二十多万吧,你知道叔叔为官一向是清正廉洁,两袖清风的,所以也就没有多少存款。"

秦天明心想有二十万元差不多也够抢救之用了。他没有想到方斌的伤情那么严重,其实他手里还是有点钱的。

秦宇说:"叔,有多少给我多少吧。我再想想办法,如果你能够找同事或朋友给我借点更好。我真需急用,起码要一百万。"

秦天明大吃一惊,连忙询问:"小宇啊,这起车祸跟你有没有关系啊?是不是你开车将人撞了?"

秦宇说:"不是,是我一个朋友去机场接人,途中出了车祸。这起事故跟我没有半点关系。"

秦天明又问:"既然跟你没有关系,你何必去操这份闲心啊?一百万,什么朋友值得你这样付出啊?万一他抢救不过来,这笔钱最终谁还你啊?"

秦宇着急道:"叔,现在我朋友躺在医院急救,命在旦夕,我还考虑这些干什么?只要人救活过来,这一百万我不要他还我也高兴。叔,救人一命,胜造七级浮屠,再说凭我的能力一年赚一百万也不是什么难事,朋友是最重要的。我做不到见死不救。叔,我从来没有求过你。你就帮帮我吧。"

秦天明迟疑片刻,回答说:"好吧,我找人给你借吧,能凑多少是多少吧。"

秦宇给方芸打了个电话,告诉她他去找过燕涛了,燕涛正为他心爱的专车被毁心痛。拒绝预支他一年年薪救治方斌。不过他已经跟他叔叔联系好了,叔叔答应为他筹借,另外他马上回 B 城老家找父母借钱。估计筹集一百万不会是什么难事。他叮嘱方芸一定要等他回来。

方芸含泪无语。

★ **3** ★

和秦宇通过电话后,方芸陷入痛苦而矛盾的思虑中。她为秦宇这份真诚感动,但同时她在细心思考过后又觉得自己跟秦宇不沾亲不带故的,虽然秦宇喜欢她,但她没有理由让秦宇为她背负如此沉重的负担。抢救哥哥的生命,最终让他安全康复可能远远不止花费一百万,如果哥哥度过危险期,那么今后接下来的康复费用将是个无底洞。

还有,方斌这起车祸报废了燕涛最心爱的专车,这件事情迟早是要面对和解决的。求人不如求己,方芸决定亲自去找燕涛,请他伸出高贵的手,助她一把。她将不惜任何代价报答他的救助之恩。

方芸打车来到燕涛的别墅,佣人向燕涛通报之后将方芸带进了燕涛的书房。然后知趣地带上书房门退下了。方芸扑通一声跪在燕涛面前,声泪俱下:

"燕老板,我求求你救救我哥吧,我就他这么一个亲人了!我不能失去他啊!求求你发发善心吧!"

燕涛早就耳闻方芸是兰宁第一美女,他内心也对这位兰宁第一美女向往已久。此时见方芸一张俏脸若梨花带雨,煞是动人迷人。本来烦躁的心情也柔和了些。

他盯着方芸高耸的胸脯,玲珑的身材曲线,咽口口水说:"方小姐,不是我狠心不救方斌,再怎么说他也是我的司机兼贴身保镖,我对他还是有感情的。可是他也太混蛋了,居然不经我同意便偷偷开出我的专车去机场接朋友。要接人集团那么多车,他可以随便开一辆,为了讲排场居然将我的专车开去接人。现在好了,我的车子报废了,这辆劳斯莱斯全 A 省就我一辆,这可是有钱也难买到的全手工制造的世界极品名车。得提前预订,得排队等货。你说我气不气?这车子的价值起码是上千万,现在报废了,就是方斌给我打一辈子工他也还不了这笔债!现在还要我倒拿钱去救助他。方小姐,你说我心里平衡吗?"

方芸跪在地上抬起一张泪脸十分哀怜地望着高高在上的燕涛:"燕总,现在除了你,没有人有这个能力救我哥哥了。我哥哥欠你的我替他还。只要你答应救我哥哥,我这辈子就是做牛做马我也会还清欠你的债!"

燕涛冷笑:"方小姐,我知道你是兰宁第一美女,我知道你是 A 省第一名模,不过你能肯定你凭你的本事能够还清这笔债务?我是个商人,虽然偶尔也做做慈善,但我不是专职的慈善家。我也没有必要相信你的豪言壮语,我这人注重现实,你说你有什么资本让我相信你,让我答应你?"

方芸从燕涛暧昧的目光中读懂了他的心思。她咬了咬牙说:"我的身子是干净的,我从来没有让任何男人碰过我的身子。只要你答应救我哥哥,我现在就可以把我的贞操奉献给你!"

燕涛又惊又喜,他没有想到这个商界政界大腕人人竞逐的兰宁第一美女至今还保留着处女之身,这简直是太难能可贵了。他一时之间有些激动,不过他表面上却说:"方小姐,你把我当什么人了,你以为我是那种落井下石趁人之危的人吗?"

方芸下定决心说:"你不是这种人,是我无以为报,心甘情愿付出!"

燕涛考虑再三,最后装作十分勉强地说:"好吧,为了让你心安理得,我就答应你这个要求。"

燕涛将方芸带进了他的卧室。方芸一边含着泪水脱衣服,一边在内心悲切地呢喃:"秦宇,对不起了!我再也不配爱你了……"

半个时辰后,方芸从燕涛的卧室出来,手中握着一张燕涛开出的两百万元的现金支票。此时她脸上的泪水已干,代之的是一种坚毅而冷峻的表情。

这个柔弱的女子仿佛一瞬间变得坚强起来。

燕涛随即穿戴整齐出了卧室,脸上洋溢着心满意足的微笑。看来方才他在采摘方芸这枚鲜果时是非常兴奋快乐和愉悦的。

燕涛叫上一名保镖,从别墅开出一辆林肯加长豪华大房车,陪方芸赶往医院。

方芸将那张两百万元的现金支票递交到主任医生手中。燕涛在旁边以一种不容抗拒的口吻对主任医生说:"你们一定要尽最大的努力抢救方斌,要组织医院医术最好的专家进行手术,要用最好的器械最好的进口药物。还有,方斌的朋友也一样,你们一定要让他们两个不留任何后遗症,健康快活地出院!钱,你们放心,无论花费多少,都由我燕涛埋单!"

主任医生当然清楚这位 A 省首富的实力和势力,哪里敢有半点违逆心理,当即表态:"燕老板,你就放心吧!我们医院一定组织实力最强悍的专家团救治方斌和伍正源两位病人。刚才我们医院的几位专家已经下了初步定论,方斌应该不会有什么生命危险了。请你们放心。"

方芸听说哥哥没有生命危险了,心里的一块大石放了下来。她无力地瘫坐在走廊的长条木椅上,心里乱成了一团麻。

一个小时后,秦宇打来电话,满心欣喜地告诉方芸他已经从父母手中借到了 50 万,另外他叔叔这边也帮他筹集了 70 万,现在已经筹集了 120 万了。他马上将钱给她送来。

方芸的心霎时如刀割般疼痛难受,泪水情不自禁地涌了出来,她哽咽着说:"秦宇,谢谢你。不过现在已经用不上了,我已经筹借到了两百万。"

秦宇大惊:"你说什么?你怎么可能这么短的时间筹借到两百万?"

方芸哭泣道:"秦宇,实在对不起!我的事情你就不要操心了吧。我不想拖累你。你把钱还给你的家人吧,我用不上了。"

方芸说罢关了手机,然后埋头痛哭。因害怕影响别人,她将自己的脸深埋在膝弯里,压抑的哭声因此显得更为悲痛。

秦宇在方芸中断通话后再次拨打方芸的手机,被告之对方已关机。一种不良的预感从他心中升起。他伤心地呢喃:"芸儿,你可千万别做傻事啊!"

秦宇将车开得飞快,从 B 城一路狂飙回到医院。此时,方芸还坐在走廊的条椅上等待重症监护室的专家团的手术结果。至于燕涛,他可不喜欢医院的血腥气味和福尔马林气味,他在医院没待足十分钟,对主任医生叮嘱几句后便坐上林肯车回家了。

秦宇一见方芸便一把抓紧她冰凉的手,责问道:"为什么要挂我电话?为什么要关机？你到哪里弄来两百万？你都做了什么？"

方芸的手被秦宇抓得生痛，她从秦宇的眼里看出了他对她的关心，她看得出秦宇内心的那种隐痛。但是她无法欺瞒秦宇，她清楚这件事秦宇迟早会知道真相的。她痛苦地告诉秦宇："我去找了燕涛……"

秦宇瞬间大脑如产生轰炸般一阵阵嗡嗡响，他清楚燕涛既然没给他这位总裁特助面子，自然更不会给方芸任何情面。不用说方芸是付出了某种惨痛的代价才换得燕涛的大发慈悲。

很多事情不用说明，以秦宇的智商他是一点就通的，他悲怆地望着方芸："为什么？为什么要这样？我不是说过你一定要等我吗？你一两个小时的时间都不给我？我说过我可以为你扛下任何事情！"

方芸泪流满面："秦宇，对不起。我只是不想拖累你。我没有理由拖累你。"

秦宇痛苦地说："为什么要这么说？我心甘情愿为你付出一切！我心甘情愿为你扛下任何痛苦和忧愁！是我愿意这样的！"

一位护士从重症监护室出来，也许是因为燕涛事先有过关照，她不敢得罪方芸和秦宇，语气非常温柔地说："请二位到医院的花园讨论事情，这里在进行手术，你们也不想因为你们的喧哗影响到专家给患者做手术吧？"

秦宇拉着满脸泪水的方芸来到医院的后花园。他痛苦地盯紧了方芸："告诉我，是不是燕涛这畜生趁人之危霸占了你？告诉我！"

方芸答非所问："是我自愿去找他的。怪不得他！"

秦宇悲痛地说："还怪不得他？他为富不仁，落井下石，趁人之危，还怪不得他？"

秦宇眼里涌出了悲伤的泪水，他在心里发誓："燕涛，为什么你要一而再再而三地霸占我心爱的女人？你霸占了夏飞燕，霸占了方芸！燕涛，是不是财势可以取代一切？如果是这样，我发誓就算耗尽我一生的能量，我也要跟你作对，最终我会让你体会到什么叫痛苦和后悔！"

第七章：残酷报复

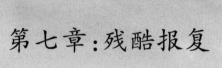

1

　　方芸的变故让秦宇再次承受到深刻而又沉重的感情伤害，这次伤害不亚于上次夏飞燕带给他的伤害。秦宇内心充满了痛苦、绝望和仇恨，他的两个心爱的女人都被燕涛这个为富不仁的大富豪霸占了，令秦宇对燕涛充满了刻骨的仇恨。

　　秦宇拂袖离开了泪流满面的方芸，开车来到南湖音乐喷泉广场。他将车泊在外围的一个收费停车场，然后踽踽独行来到音乐广场，形单影只地坐在音乐广场一个台阶上默默沉思，痛苦回味。

　　他甚至心里有些怨恨方芸，为什么不给他机会，为什么不等待他一两个小时，一两个小时内他便可以为她筹集到救治方斌的医疗费。她居然去找燕涛这个畜生，难道这就是她所想要的结果？

　　在秦宇的哀思中，一只瘦弱的小猫朝他蹒跚着走来，皮包骨头的它一定很久没有吃到东西了，是与父母失散了吗？还是被主人遗弃了？眼神是那么无助，干枯没有色彩的毛质让许多麻木不仁的路人心生厌恶。

　　秦宇感慨万端："可怜的猫儿，也许你不知道命运是什么，这也是你唯一幸福的地方。命运总是残忍的，不要奢求它的怜悯！"

　　秦宇小心翼翼地抱起有些挣扎的小猫，将它放在自己身边，自言自语道："可怜的猫儿，也许被人踢过，砸过，唾弃过，嘲弄过，幼小而伤痕累累的你一定很憎恶人类吧？"

　　秦宇抚摸着猫儿小小的脑袋，眼中没有看人时的那种极端的冷漠和厌恶，有的只是暖暖的怜爱，他和它，就像一对相互依偎的同伴。

不知道过了多久，秦宇抬起头，远处的天边，夕阳如血。年年岁岁，朝朝暮暮，是谁的相思染红了这如酒的夕阳？

也许是嘲笑自己这种懦弱的伤感，秦宇站起身，自嘲地笑了笑，再没有刚才的低沉悲伤。

秦宇起身离开了音乐喷泉广场，给可怜的流浪猫买了些食品和牛奶，他决定收养这只猫儿。他开车回到家里，先将猫儿喂饱了，然后到卫生间给流浪猫洗了个澡，用电吹风吹干它的毛发，这时他发现这只流浪猫其实很漂亮。洗过澡后毛发也有了光泽，吃过东西后精神状态也很不错，那双紫色的眼睛更是深邃迷人。

秦宇说："可怜的猫儿，今后你就有家了，我给你取个名字吧，以后你就叫宝儿了！我会把你当宝贝的，不会再让你经历人世间的风雨，不会再把你冻着、饿着了。"

猫儿咪咪地冲秦宇叫了两声，似乎听懂了秦宇的话。

秦韵下班回来，见秦宇怀里抱着只可爱的小猫，欢呼雀跃地一把抢过来："哥，哪来的小猫？给我抱抱，我可喜欢了。"

秦宇说："我捡回来的流浪猫，我刚给它洗了澡，挺干净的。以后它就叫宝儿了。"

秦韵笑道："不错，宝儿这名字不错。哥，你借宝儿给我玩几天好不好？"

秦宇说："好。不过别让它饿着了。"

秦韵撒娇说："放心吧，你的猫儿我还会不把它当宝贝吗？对了，哥，你吃饭没有？要不我们出去吃饭，去红树林餐馆，那里的情侣套餐不错！"

秦宇捏了一下秦韵的鼻子："谁跟你吃情侣套餐？我是你哥！你个小花痴，还是国家干部呢，都不知道你心里想些什么！"

秦韵不服气地说："哥哥和妹妹就不可以吃情侣套餐吗？我不相信红树林餐馆接待的全是情侣。一家人就不可以进去吃饭？"

秦宇敷衍说："我吃过了。你想吃什么自己解决。"

秦宇其实没有吃饭，今晚如此心情怕是吃不下饭了，不过他倒是想喝点酒，于是悄悄地溜了出去，没有跟秦韵打招呼，这丫头如果知道他要去酒吧喝酒，一定会缠着一起去。秦宇可不想带着这么个毫无顾忌的野丫头在身边。

不知不觉间，华灯已上，繁华城市又开始喧嚣起来，男男女女开始在夜色中粉墨登场，扮演着各种不同的角色。每一座城市都有太多的光环和荣耀，但是正如有阳光便有阴影一样，背后的内幕却是只能用肮脏来形容。

秦宇驾驶着奔驰车来到酒吧，选了一个昏暗的角落，要了五瓶啤酒和一桶冰块,开始借酒浇愁。

酒吧中央有个小舞池,秦宇一边喝酒一边以游离的目光飘向舞池。此时,舞池中央有几十个红男绿女正疯狂地扭动着躯体,在旋转游离灯下尽情放浪地释放自己的激情和骚动。那震耳欲聋的音乐,肉体上的欲望摩擦,一切都让人有一种梦幻不真实的错觉。

突然,一个极不和谐的声音出现在秦宇身边:"小子,这个位子我看上了,让开!"

秦宇轻蔑地抬起头瞥了一眼,便不再理会面前这个身高超过一米八的大个子,头发染成了黄色,手臂上夸张的青龙文身,色迷迷的眼神,一切都告诉别人他是个流氓!大个子怀里搂着个浓妆的妖媚女子,那妖媚女子此时正使劲地瞧着秦宇,恨不得把这个迷死人的帅哥吞下去,身后的几个跟班则一副凶神恶煞的样子。

"妈的,你是不是聋子啊,最后给你一次机会,要是再不让座可别怪老子下手太狠!"那个恼羞成怒的家伙见秦宇竟然不把自己放在眼里,顿时怒火中烧,自己的女人和小弟可是在一边看着呢!他示威地向秦宇展示自己的肌肉,惹得那妖媚女子一阵恶心的摇肢晃臀,媚眼如丝地看着秦宇。

此时,被打扰的秦宇垂着头,旁人只能看见他如刀削般俊朗精致的侧脸,却没有发现他的眼神已经不再是常人所见的,赤红的眼睛散发着妖异的光彩,嘴角的笑意也泛着冷酷的残忍,像一个嗜血的恶魔在发出死亡的邀请。

他周围空间全被他的阴暗气息包围,那是一种比黑暗更加黑暗的冰冷气息。

秦宇眼神蓦然一变,抬起头脸上挂着灿烂的笑容,注视着那个不知死活打扰他喝酒的家伙,突然阴冷地笑了笑,操起一个酒瓶就朝那个手还放在他马子胸部的家伙头上砸了下去。

在一个很清脆的声音响起后,秦宇已经坐回位子一脸笑容打开了另一瓶啤酒,好像什么事也没有发生,朝旁边台子两个正张大嘴巴一脸惊愕的女孩子优雅地举起酒瓶一饮而尽,说不出的高贵和潇洒。

此时,大个子身边的几个小弟在惊愕之余醒悟过来,见自己的老大倒在地上,才明白发生了什么事,马上朝秦宇扑了上来,秦宇再次出手,闪电般瞬间便打趴下那流氓的几个小弟。

其中一个家伙见拳脚不敌,抽出身上尖刀便朝秦宇捅来,秦宇不退反进,闪电般欺身而上,一记优美的空手夺白刃,那家伙持刀的手腕一甩,尖刀脱手在空中旋转不已。等到尖刀重新落下,秦宇已经握住那柄短刀架在他的脖子上。

在三十秒不到的时间里，那个刚才还生龙活虎高大魁梧的家伙已经躺在地上了，头上不停冒出的鲜血，在黑暗的渲染下更具恐怖效果，凄惨的叫声甚至盖过了酒吧里的音乐。而他的几个小弟也躺在地上呻吟叫唤，呼爹喊娘。

那个妖艳女子还愣在那里一时间没回过神，事情的发展显然出乎她的意料，看上去强壮的家伙极其不负责任地倒下了，但看上去有些温文尔雅的秦宇却惬意地坐在那里喝着他的啤酒，旁座那两个女孩马上两眼绽放崇拜光彩。

不止大个子这帮人接受不了这个有点"残酷"的现实，很多准备看好戏的观众也没法子接受，一个个在那里喝倒彩，嘲笑那个倒在地上的家伙中看不中用。很快这个倒霉的家伙就被酒吧的服务员抬了出去，没有任何人有不满，更不要说站出来"伸张正义"了，那些力气还是留着晚上在床上多讨好女人来得实在。疯狂接吻的情侣继续亲热，打情骂俏的狗男女仍然忙着揩油吃豆腐，一切照旧！

秦宇离开台子，端着酒瓶像个绅士走到旁座那两个女孩面前，嘴角勾起一个邪邪的迷人微笑："两位美丽而尊贵的小姐，不知我能否有幸陪二位打发这孤独寂寞漫长而沉闷的夜晚？"

受宠若惊的两个女孩呆呆地注视着秦宇那黑夜中愈加邪美的脸庞，竟然忘了说话。而秦宇却自顾自坐了下来，在女人面前，他向来喜欢把主动权掌握在自己手中。凭借娴熟的交际手腕以及超凡脱俗的口才，两个可怜的女孩很快被满嘴甜言蜜语的秦宇撩拨得晕晕乎乎的，这个时候就算秦宇提出来玩3P游戏恐怕她们也会答应。

"想去跳舞吗？"秦宇带着点挑衅的意味温情脉脉地看着面前的两个女孩。

"好啊！"一身高将近有一米七身材很棒的女孩兴奋地说，另一个胸脯非常丰满且脸蛋也很精致的女孩也随声附和。

秦宇带着两个女孩走进舞池。他开始模仿迈克尔·杰克逊的招牌动作，如机器人般在原地行走，完美的僵硬动作让他就像一个笨重的机器人在缓慢地行动，难度极高的滞时也被他到位地诠释。

秦宇身边的人逐渐散开，将舞池腾了出来，围着他欣赏他的表演，当他脚不离地向后滑行时，人们开始大声喝彩，行云流水的动作完全可以媲美国际大师的舞步。女性更是忍不住大声尖叫，在灯光下秦宇原本就俊美绝伦的脸庞更是增添了那份邪魅的黑暗气息，让人心动神迷。

华丽的舞姿让他成为整个舞池的主角，旁观的人越来越多，喝彩声也越来越响，秦宇似乎是那种天生就应该站在舞台中央的人，众人的注视没有让他的动作有丝毫的凝滞，反而更加娴熟。

秦宇停下舞步，冷冷注视着围观的人，原本轻柔舒缓的动作马上变成激烈的街舞,飘逸的长头发,冷酷忧郁且如海洋般深邃的眼神,修长完美的身材,优雅的浪漫气息,这一切让他成为现场无数女性心目中的完美情人。

秦宇就像上帝留给女人的罂粟花,有着致命的诱惑!一个个令人炫目的姿势被他杂耍般轻易搬出来,那些职业街舞者的超高难度动作在他这里变得一文不值,整个酒吧被他的个人表演刺激得人魔乱舞,嘶喊不断,尤其女性极端兴奋的呐喊充斥着整个大厅,而带起一阵阵浪潮的秦宇脸上依然冷漠得近乎残酷。

他就像在那无人的舞台上独自起舞的无根浪子,他凝视自己的眼神或许永远要比看别人的眼神有更多的怜爱,就像他双眸凝视着自己身上的伤口正在流血,却不准备动手去包扎一下,莫怪他对别人残酷,只因他对自己更无情。

他高贵如湖畔上的黑天鹅,颓败,高雅。

他不是拿着盛着红酒的高脚杯翩翩起舞的绅士,他是一个堕落天使误投人间!

“真正的孤独不是一个人寂寞,而是在无尽的喧哗中丧失了自我。”没有人知道秦宇内心的孤独和无奈以及痛苦。两个真正让他动心的女孩都成了别人的情人。而这个男人不是别人,正是他的老板燕涛。

秦宇停止了独舞,向那个个子高挑的邻座女孩发出了共舞的邀请,这个别有一番妩媚风韵的女孩高兴地将自己的手交给了秦宇。秦宇搂着那绝对纤纤一握的小蛮腰,带着淡淡的酒味轻咬着那粉嫩的小耳垂轻挑地说:“今晚,有没有兴趣跟我共度良宵?”

女孩有些犹豫不决:“我表妹跟我一起出来的。我不好意思扔下她。”

秦宇邪恶地说:“那就两个一起。”

女孩惊讶地望着他:“我们两个,你行吗?”

秦宇轻笑道:“保证让你们整个晚上高潮不断!”

女孩随着秦宇的惊人舞姿扭动着曼妙的身躯,两人配合得恰到好处:“如果你真有那个本事,我宁愿死在你的手里。”风骚的女人一阵娇笑,纤手在他的后背游走。

“不过,我怕你像吃鸦片一样从此离不开我!我这人只喜欢玩一夜情。再出色的女人对我来说保鲜期也不过几个星期。”秦宇暧昧温存的眼神蓦然间变得冰冷,一把甩开缠在自己身上的妖艳女人,走向吧台。

秦宇在吧台要了一杯鸡尾酒,这时,那位高挑的风骚女子走了过来,靠在秦宇身边,幽怨地说:“怎么,还没有开始就要把我甩了?怕我缠着你?”

秦宇淡淡地笑了笑:“喜欢喝什么酒?来一杯如何?”

风骚女子对女调酒师说:“给我来杯塔奇拉火焰!”

秦宇和风骚女子碰杯,然后将手伸进了风骚女子的胸口,风骚女孩妖媚地说:"你真是个坏男人,而且是不分场合地坏!"天生丽质的她或许久经风尘磨砺,但依旧拥有女人梦寐以求的动人风韵。

　　秦宇厚颜无耻地表白:"虽然我是一个不折不扣的坏人,但那仅仅是对于自命清高的好人和自以为是的坏人来说的。对于女人,尤其是漂亮的女人,我其实是不算坏的,因为她们不但非常欣赏我这种坏,甚至有时还嫌我坏得不够彻底。"

　　秦宇接着说:"坏人也分档次的。比如强奸!看到自己追不到的美女,每个生理正常的男人都会产生强奸她的念头。但是如果你强奸后带给那个女人只是屈辱和痛苦,那么你就是个没有品位的坏蛋!但要是你让她觉得感到愉悦感到'性'福,那你就是个不错的坏人了,如果你还能让她从此以身相许的话,那么你就是个美女们人见人爱的坏人了。"

　　高挑女子愕然地望着秦宇,她没想到秦宇居然能够发表如此一番有见地的言论。她想不欣赏不爱慕这个男人都不行。她说:"今晚,你能替我和表妹找个地方吗?我们不想回家。"

　　秦宇说:"你能替你表妹作主吗?"

　　高挑女孩点头:"当然能。算你运气好,她还是处女呢。"

　　这回轮到秦宇愕然了。

　　秦宇和高挑女子回到座位,那个脸蛋长得很精致的女孩也来到了秦宇的座位。三人接着喝酒,这时,秦宇的手机响了,是燕菲儿打来的。秦宇一听到是燕菲儿的声音便按了手机的结束通话键。他恨燕涛,自然也就迁怒于他的女儿,他不想理她。

　　燕菲儿再次拨打秦宇的电话,十分温柔地询问秦宇在哪里,秦宇没好气地说:"我在哪里关你什么事,我在酒吧喝酒泡妞,你管得着吗?"

　　燕菲儿一点也没有生气,她就像个听话的小媳妇儿,以温柔得可以滴出水来的声音说:"阿宇,告诉我你在哪里,我过来陪你。万一你喝醉了我好送你回家啊。"

　　秦宇狰狞地说:"燕菲儿,我在曼哈顿酒吧!不过我警告你,你最好不要过来,我不敢保证我喝醉了酒不会对你做出什么出格的事情来!"

　　秦宇挂了电话,心里恨恨地想:燕涛,你先后霸占我两个心爱的女人,现在我要向你的宝贝女儿下手了,你怨不得我!

2

燕菲儿打车来到曼哈顿酒吧。进了酒吧，感觉曼哈顿酒吧的环境真的不错，格调优雅，布局巧妙，明暗别致的灯光让人产生一种梦幻般的感觉，加之飘荡、萦绕在空中悠扬、美妙的萨克斯曲调，一份温馨、一份温情便跃然而出。不用细找，燕菲儿就发现偏坐一角的秦宇，以他的绝世风采，无论走到哪都是众人瞩目的焦点和最为闪亮的中心。

秦宇窝在一个幽暗的角落独自喝酒，此时的他已经喝得半醉，不过那两个打算今晚陪他共度良宵的女孩早已经被他以女朋友要来为由打发走了，两个女孩临别时还幽怨地剜了他一眼，那个高挑女孩甚至跟他约定："那改天行吗？这几天我们天天晚上在这里等你。"

燕菲儿径直走到秦宇身边，微笑着在他对面坐下。秦宇眯着眼睛打量着打扮得十分美丽动人的燕菲儿，虽然酒吧的灯光很幽暗，但燕菲儿还是禁不住被他看得脸颊绯红。

对于燕菲儿，秦宇内心除了一种因燕涛而产生的报复欲外，真正的情感是爱怜多过惊艳。虽然在世人眼里，燕菲儿不仅绝色倾城，更是气质动人，但吸引他的并不是这些，而是隐藏在深邃目光下的那份迷茫，他能够清晰地感受到，那像是看透了一切般，但又不知道该走向何方的迷茫，以及那毫不矫揉造作的神情，就连隐隐透出的冷傲之意都仿佛天生般地那么自然和谐。

秦宇心里还是很喜欢燕菲儿的，如果不是因为燕涛的原因，或许他会真心实意地对待燕菲儿，甚至和她相爱。但此时秦宇完全把燕涛当作了仇人，他怎会愿意拿出一颗真心去爱这个仇人的女儿呢？

无辜的燕菲儿根本不知道秦宇此时内心的感受。她觉得此时的秦宇有一股宁静深刻的气质，让她迷恋不已。她忧伤地说："阿宇，我听说你去找我爸借钱了，我爸没答应，你们两个吵了起来。我知道你心情不好，这事是我爸做得不对，所以我来找你，替我爸向你表示歉意。我不想看到你们两个发生冲突和矛盾。"

秦宇邪邪地笑了笑："菲儿，你既然来陪我，干吗离我那么远？坐我身边来好吗？"

燕菲儿乖乖地坐到秦宇身边，秦宇轻轻地搂过燕菲儿的细腰，燕菲儿还是第一次与秦宇如此亲密接触，禁不住芳心一阵颤抖，身子也微微颤抖，一种异样的触电般的感觉冲击着她的心灵。秦宇仿佛能感觉到她身体微妙的变化，十分温柔地问："菲儿，咱不谈那些不愉快的事情，陪我喝一杯，好不好？"

燕菲儿无法抗拒，柔情似水地说："好！"

燕菲儿本想叫侍者再拿个杯子来，但秦宇却将自己的杯子送到了她的唇边，说："菲儿，就喝我的杯子，好不好？"

燕菲儿乖巧听话地点头说："好。"然后便接过秦宇的杯子，喝下了杯子里剩下的半杯酒。

秦宇痴迷地望着燕菲儿，轻轻地用一根手指挑起她秀美的下巴，赞叹道："菲儿，你喝了酒后的脸色非常好看，像漫天云霞。菲儿，你今晚真漂亮！你的嘴唇好性感，菲儿，我好想亲你一下，你让我亲亲，好不好？"

燕菲儿的一颗芳心差点要跳出胸膛，她经得住秦宇这坏蛋如此暧昧的挑逗和脉脉的深情？她轻轻地说："好。"声音轻得几乎连自己都听不见。

秦宇俯下头去轻轻地吻住燕菲儿的红红的性感的樱桃小嘴儿。慢慢地，狡猾的舌尖侵略到燕菲儿的嘴里，纠缠住燕菲儿的丁香小舌。一种极度迷醉的快感侵入了燕菲儿的心扉，侵入了她的内心世界。她觉得自己要瘫软，要崩溃了。

而秦宇并没有就此罢休，攫取住燕菲儿甜蜜的樱桃小嘴儿的秦宇不温不火地感受燕菲儿身体的完美曲线，他轻轻搂住燕菲儿的纤腰，使她的胸部贴向自己。当他可以感受到她的剧烈心跳时，他的右手不紧不慢地沿着燕菲儿的细腰向上抚摸，抵达已经面红耳赤的燕菲儿腋下，手刚好触碰到那对柔嫩中富含惊人弹性的"乳鸽"，这种轻微的摩擦带给异常敏感的燕菲儿一阵阵无法忍受的酥麻。

"啊！"燕菲儿情不自禁地呻吟了一声，这低弱的呻吟声如同石破天惊，如一把巨斧一下便劈开了秦宇的情欲。他心底的欲望霎时奔涌而出。

秦宇开始抚摸燕菲儿的全身每一个敏感而动情的区域。燕菲儿的上身和臀部都在不知不觉中被他抚摸了数遍。最后他的右手又抵达了燕菲儿的腿部。沉醉在这种让人痴迷且香艳的温柔中的燕菲儿此时几乎要被秦宇吻得窒息，而身体的快感也让她情不自禁地开始难受地挣扎。

秦宇暂时放开了燕菲儿，燕菲儿红着脸说："秦宇，你好坏！你真是个坏蛋！"

秦宇邪邪地笑道："当女人骂一个男人坏蛋时，通常这个女人就已经爱上了她口中的坏蛋！正如那些骂自己老公是死鬼的妇人一样，这是一种亲昵的表现。"

燕菲儿感情复杂地看着秦宇："秦宇，你以前不是这样的，你怎么一下子变得这么坏了?"

秦宇嘴边挑起一抹邪异的微笑,略带痛苦地说:"我亲爱的菲儿,不是你不明白,是这世界变化快! 在如今这世道,不变是虚伪的,变化才是永恒的! 有人抛弃了海誓山盟;有人放弃了自己的初衷;有人出卖了自己的灵肉;有人典当了自己的尊严和人格;你以为我会是一个高尚的傻瓜吗? 不是,我永远不是! 我也有坏的一面,如果我一旦坏起来,我会比这世上任何一个男人都坏! 菲儿,你会讨厌我这种坏吗?"

燕菲儿迷茫地说:"我不知道。"

秦宇坏坏地说:"不,你知道,你的身体告诉我你知道,你其实是喜欢我这样坏的! 菲儿,你动情了!"

秦宇捧起燕菲儿圣洁的脸庞,那美艳的脸庞上镶嵌的那对媚眼此时不听燕菲儿使唤似的飘逸出一种放荡气息,这一刻的妩媚恐怕就是圣人也无法抵抗。

秦宇天生便是调情高手,他知道对待一个女人绝对不可以让她感到平淡乏味,男人应该陪她玩激情或者暧昧,激情就是干柴烈火的那种飞蛾扑火,而秦宇现在玩的就是激情前的暧昧,在温存中蕴涵适度的挑逗和勾引的调情。

秦宇用手指伸入她温润的小嘴,挤开贝齿肆虐蹂躏那娇嫩的丁香小舌,手指尖的美妙触觉几乎要让他呻吟,真是粉嫩可爱的嘴巴,有着淡淡的清香,除了美味的食物和墨香的书籍,就是这小嘴也会让人口齿留香。

燕菲儿不知所措地望着似乎突然间一下子便变得很坏很坏的秦宇。秦宇手指深入她小嘴的时候让她想起影片中情侣的那种暧昧调情手段,她轻轻张开花瓣似的嘴唇,无师自通地学着那些影片里的动作吮吸秦宇的手指,海棠般的美艳脸蛋加上妩媚的眼眸构成一幅绝美的美人图。

秦宇邪笑道:"菲儿,你真是个奇妙的女孩,一会儿像个天使,一会儿又像个荡妇!"

燕菲儿一愣,嘴巴停止动作却依然温暖地含着秦宇的手指,眼睛无辜地望向脸上笑意浓郁眼睛里却是死一般寂静的秦宇,现在的她智商、情商已经是负数,只想怎样回味片刻的温存,因为她怕随之而来的是一辈子的寂寞孤单。

"秦宇,我本是一棵属于你的青藤,你的爱和珍惜便是我一生的养分,如果你不爱我,我便会默默地枯萎,最终黯然地死去。"

"就用这一刻的温柔来抵挡一生的伤感吧,否则我真的会因为寂寞死掉的,秦宇,你如果以为我是一个淫荡的人,那我就为心爱的男人淫荡一回,甚至一生。又何妨?"燕菲儿在内心悲切地呢喃。这世间,除了她自己,谁又能明白她的用情之深?

秦宇再次吻住她那娇艳欲滴的粉嫩唇瓣。燕菲儿再次发出一声柔情似水荡人心魄的呻吟,晶莹粉颊悄然泛起两道诱人的红晕,衬托得鲜红湿润的樱唇更显娇艳欲滴。

秦宇清晰地感觉到从菲儿身上散发出的如兰似麝的醉人的处子幽香,稍微喷了点薄荷型香水的她愈加清幽芬芳。秦宇鼻中闻着燕菲儿罕见的淡淡体香,享受着温香软玉在怀的柔软和温馨。

燕菲儿在秦宇的嘴唇和双手的侵略下很快香汗淋漓。身上最神秘最圣洁最玄奥最幽深的花园在秦宇手指的使坏下也已潺潺流出淫靡的液体。

那一刻,这位清秀灵慧的绝代佳人真的羞怯难当,她觉得自己好像真的像个荡妇,似乎心底真的很渴望秦宇这样侵犯自己。

秦宇抽出手指,捧着燕菲儿那张因为动情而更加璀璨的容颜,黑眸近距离地对视那对满盈秋水的美眸,邪魅地低声询问:"菲儿,告诉我,你是处女吗?"

燕菲儿迷茫地点着头,眼睛里有一丝痛苦和无奈之色,这秦宇真是她的冤家,是个魔鬼,可是她偏偏无法拒绝这个魔鬼。

秦宇又说:"那么你愿意把你的初夜交给你面前这个深爱你的男人吗?"

燕菲儿又温顺地点了点头。

秦宇于是趁热打铁:"那我们去酒店开房,好吗?"

燕菲儿又低低地"嗯"了一声。

秦宇眼里闪烁出一丝冷酷的笑意。他知道今晚,燕菲儿逃不出他的手掌心。

秦宇埋单后带着燕菲儿离开了曼哈顿酒吧,然后驾驶着集团给他配备的奔驰专车前往邕州酒店,开了间豪华套房,拿了钥匙便带着燕菲儿上楼进房。

秦宇最后定定地望着燕菲儿:"菲儿,你确定你是爱我的?"

燕菲儿说:"我确定!"

秦宇又问:"你确定你愿意为我付出一切?"

燕菲儿说:"我确定!"

秦宇再问:"你确定你不会后悔?"

燕菲儿点头轻声说:"我确定。"

秦宇十分绅士地说:"菲儿,如果你现在后悔还来得及。我现在还能够控制得了自己。"

燕菲儿决然地望着秦宇,坚定地说:"秦宇,我爱你,我为你做任何事都不会后悔!"

燕菲儿是一个多愁善感的女子,在看《蓝色生死恋》和《泰坦尼克号》这些爱情故事时,没有哪一次不是用去纸巾无数,哭个稀里哗啦的。但她同时却又

幽深的花宫玉壁淫滑湿软、娇怯怯地绽放开来。

当初夜的云雨偃旗息鼓后,从快感的高潮中回落的燕菲儿眼神迷离涣散,双手捧在胸口,回忆方才那番自己纵容的调情仿佛身体还在接受秦宇的亵渎,她轻轻地触碰自己坚挺的乳头,不禁从檀口逸出一声娇媚的呻吟。随后慵懒地趴在秦宇的胸膛上,纤纤玉指在上面画圈,嘴里说着:"阿宇是个大坏蛋,阿宇把菲儿带坏了,我都觉得自己像个荡妇了!阿宇,菲儿要你这辈子都好好爱我。你能做到吗?"

秦宇说:"菲儿,我会永远像现在这样对你好的!"

但他的内心却用另一种声音在说:我会永远像现在这样玩弄你,直到我玩腻了为止,谁叫你是燕涛这畜生的宝贝女儿呢!

3

燕菲儿一夜未归,让燕涛忧心如焚。燕菲儿一向是个非常懂事的孩子,从小到大从来没在外面过过夜,而昨晚她不但彻夜未归,连手机也关机了,这让燕涛怎么能不担心呢?

虽然他清楚她是去找秦宇了,而且他也清楚燕菲儿内心是深爱秦宇的,但正因为如此他才更担心,妈的,秦宇这小子一向胆大包大,昨天没有答应预支一年年薪给他,他居然骂他狠毒无情为富不仁!居然公然说鄙视他!在兰宁这地方还从来没有一个人敢这么嚣张地指责他。

还有一点让燕涛忧虑的就是秦宇这小子永远让他捉摸不透,他看起来很嚣张,很张狂,好出风头,不甘人下,似乎生怕世人不知道他的长处和优点。但事实上冷静想一下这正是他的聪明之处,过分的高调便是极度的低调。俗话说小隐隐于市,大隐隐于朝,秦宇便是一位大隐,永远没人知道他真正的实力,他越是张狂,别人便以为他只有这么两把刷子了,可是到了某种关键时刻他又会震惊你的灵魂。

燕涛目前根本不知道秦宇对燕菲儿的真情实感,如果他是真心爱他的宝贝女儿,他还放心,可如果秦宇对他心怀不满,那他跟燕菲儿在一起有什么企图可就难说了。还有今天他占有了兰宁第一美女方芸的贞操,据说方芸跟秦宇感情非常亲密,形同一对热恋情侣,上次他在蓝天会所见到秦宇跟方芸出双入对并且秦宇为了保护方芸和易天扬大干了一架也足以证明这一点。如果秦宇对自己怀恨在心,那么他跟菲儿在一起的动机就更可怕了。

燕涛越想越怕,他千祈祷万祈祷,祈祷昨夜燕菲儿什么事都没有发生,祈祷燕菲儿还是他清清白白的宝贝女儿。

可事实上一个非常优秀的青年男子跟一个非常美丽的年轻女子整夜待在一起,可能会什么都没有发生吗?那种异性相吸如同雷电交加,会不产生巫山云雨?这恐怕是自欺欺人的想法吧?

因为是初次,燕菲儿的身体多少有些不适,她今天不打算去上班了,得好好调养一下。燕菲儿在酒店休息到中午,才让秦宇开车将她送回家。

秦宇将车开进听风阁庄园,在燕涛的大别墅院外停了车,他没有下车,他不想面见燕涛。燕菲儿跟秦宇吻别,然后依依不舍地下车,走进了别墅。

燕涛坐在一楼大厅里,一直心神不宁地等待着燕菲儿的归来。见女儿一脸倦容地归来,忙起身关切地询问:"菲儿,你昨晚在哪里过夜?我打你手机你也关机了?你不知道爸爸担心你吗?"

燕菲儿脸色绯红地说:"爸,我没事的。我在朋友家过的夜。"

燕涛从女儿的脸色中便断定出了问题了,他不悦地说:"菲儿,你别骗爸爸了,你在本地所有关系最好的同学和朋友我都打过电话去询问了,你根本没有在他们那里。"

燕菲儿不高兴地噘起小嘴:"爸,你这么紧张干什么啊?你管我在哪里过夜啊?我是大人了。"

燕涛温和地说:"菲儿,你怎么这么跟爸爸说话?爸爸不是管你,是关心你。你跟爸爸说实话,你昨晚是不是跟秦宇在一起?"

燕菲儿赌气说:"是!除了他我还会看上谁?爸,你不是也很看重他吗?你说,除了秦宇,还有谁配让你的宝贝女儿动心啊?"

燕涛痛心地说:"菲儿,爸爸是看重秦宇,可是我不知道秦宇对你的真实感情啊?我怕他对你是别有企图?"

燕菲儿不满地说:"爸,你真是太多心了。秦宇对我有什么企图啊?你害怕他跟我好是贪图你的财富吗?如果你这样想秦宇,我这个做女儿的都会看不起你!因为秦宇天生傲骨,他不是那种想借助裙带关系发财起家的男人!他是个非常有才华有能力的男人,不用借助你,他这一生的成就也是不可限量的!"

燕涛苦口婆心地说:"菲儿,爸爸没有这样想他。我知道他是个有能力的男人,他今后的成就不会在我之下!我说过在兰宁商界,今后能够让我刮目相看的男人,只有秦宇。"

燕菲儿迷惑不解:"那你还担心什么呢?既然秦宇不是贪图你的财产,你还担心他会有什么企图呢?"

燕涛摇头苦笑:"我也说不清楚,总之秦宇这人我根本看不透他!他太深奥了!他对你心里真实的想法和真实的感情,也许只有他自己知道。"

燕菲儿安慰燕涛:"爸,你别为我担心。秦宇是真心爱我的。"

燕涛定定地望着燕菲儿:"菲儿,你跟他真的……真的好了?"

燕菲儿红着脸点了点头:"爸,我是成人了,我会对自己的行为负责的。"

燕涛仿佛一下子被人抽去了筋骨一般,疲惫地靠在沙发上,深深地叹息一声:"菲儿,秦宇是个非常不错的青年,如果他是真心爱你,我也会为你感到骄傲和幸福的。只怕他心里装的东西太多啊!"

燕菲儿自信地说:"爸,我知道秦宇很优秀,我更清楚会有许多出色的女子喜欢他,爱他。不过我会用自己的真情告诉他,我是这世上唯一最爱他的人。我相信他也是真心爱我的。爸,你就别为我们的事情操心了吧!"

燕涛点头:"事已至此,我多说无益啊!明天请秦宇到家吃个饭。要不,把爷爷奶奶和你妈都接过来,让他们跟秦宇见个面。"

燕菲儿红着脸说:"好啊!其实我觉得你应该长期让妈妈跟我们住在一起。把爷爷奶奶也一起接过来。反正这里有的是房子。"

燕涛说:"你爷爷奶奶喜欢住在乡下,就让你妈跟他们住在一起吧。"

燕菲儿不高兴地说:"爸,你是个好爸爸,也是个好儿子,但是,你不是个好丈夫!你对不起妈!我知道你不想妈跟你长期住一起的真正原因是你好花天酒地夜夜笙歌!你身边那么多女人,一个个妖精似的,那个夏飞燕跟你有一腿吧?"

燕涛微微一笑:"菲儿,那些站在财富金字塔顶端的男人有几个不花心的?如果爸爸身边没有几个出色的女人,那爸爸在上流社会的交际圈里岂不是被人看不起?你妈是个好女人,只不过人品相貌太普通了,在很多大场合带不出去啊。所以,你妈是能够理解我的。你也就不要打抱不平了吧?"

燕菲儿不依不饶地说:"我就要替妈打抱不平!天下也只有我妈这么贤惠的女人才会死心塌地地跟着你,从一而终。而你呢,身边的女人换了一个又一个!现在你又跟兰宁第一美女方芸搞上了!爸,红颜祸水啊,你少沾点女人好不好,尤其是夏飞燕和方芸这样出色的女人,你知道全天下有多少男人渴望得到她们的青睐吗?你这样等于无形之中得罪了许多男人啊!那些男人心里可恨死你了,如果目光可以杀人,他们看向你的目光都可以杀得死你啊!"

燕涛冷笑一声,霸气十足地说:"如果不是出色的女人,爸会动心吗?如果谁要跟我斗,那他放马过来就是了!"

最后,燕菲儿黯然地说:"爸,其实方芸是很喜欢秦宇的。我看得出来。如果不是为了救她哥哥,她怎么可能跟你好? 方芸真的是个很不错的女人,重情重义,她是一个大义凛然超凡脱俗的绝代佳人。我真的从心里佩服她! 比起夏飞燕为了自己走红而委身于你,方芸要高大百倍!"

燕菲儿抬起头,注视着燕涛:"爸,你为什么就不能无偿地救治方斌呢? 不管怎样,他毕竟是你的贴身保镖啊。"

燕涛叹口气说:"是方芸自愿的,再说她的确是个超凡脱俗的女子,我无法抗拒啊! 正是因为方芸,我心里才有个结啊,我是怕秦宇心里也有她啊,如果真的秦宇心里也有她,那么就在我跟方芸好上之后,秦宇马上就跟你相好了,这就极有可能是他的一种报复行为! 如果真是这样,菲儿,你就太不幸了!"

燕菲儿沉默许久,说:"我相信秦宇是爱我多一些的,而且我相信秦宇是真心爱我的。"

但这话别说燕涛不敢相信,就连燕菲儿自己说出来,也是有些底气不足。

该发生的事情都已经发生了。以后的命运会怎样,谁也无法说清楚。还是一切顺其自然吧!

第八章：春宵帐暖

★ 1 ★

燕涛在听风阁大摆家宴，派亲信将他的父母和原配妻子都从兰丹接到了兰宁，然后又郑重地邀请了秦天明和秦宇两位贵客。

秦宇一来，燕菲儿便缠着他一同去打网球了。燕涛则陪着秦天明在客厅喝茶聊天，因为秦宇和燕菲儿的特殊关系，这对老朋友如今的关系无疑又自然而然地增进了一层。

燕菲儿小媳妇似的对秦宇撒娇道："阿宇，今天打球你必须让着我点，别太过分哦。你要是让我一个球都接不住，吃个大鸭蛋的话，我会很没面子的。"

秦宇微笑道："好说，你叫我让着你我让着你就是了。反正菲儿的话我都会听的。"

燕菲儿一脸的甜蜜，她就喜欢听秦宇说甜言蜜语。哪怕纯粹是哄她开心的谎言，她也喜欢听。这就是恋爱中女人的通病。

燕菲儿和秦宇打了四十来分钟的网球，佣人过来喊他们吃饭了。一大家子人围桌而坐。燕涛将自己的家庭成员一一介绍给了秦宇和秦天明。

秦宇发现燕涛的父母是两位很慈祥的老人，七十多岁高龄了。但保养得还不错，看上去神采奕奕的。燕菲儿的母亲是个四十多岁的中年妇女，相貌很普通，走在大街上跟普通的家庭主妇没有什么两样，但是这个女人一看便知是那种嫁鸡随鸡没有什么野心和欲望的平和女人，也只有这样的女人才能够跟燕涛相安无事地做一辈子夫妻。

显然燕涛的父母和妻子对秦宇很满意。这孩子一看便是人中之龙，相貌气质都是上上之品,尤其是他们早就间接从燕菲儿口中了解到了秦宇超凡脱俗的才华和能力。自然他们对秦宇能够成为他们家庭的一员感到欣慰。

秦宇在饭桌上非常有礼有节,每一个举动都非常地到位,没有拘束没有做作,但也没有喧宾夺主的架势,一切都恰到好处地不亢不卑,这让第一次接触秦宇的燕涛的父母和妻子非常满意。

用过晚宴后,秦宇和叔叔秦天明向燕涛家人辞别。燕菲儿小鸟依人地非要送秦宇上车。在秦天明跟燕涛说着客套的辞行话时,秦宇怪异地附在燕菲儿耳朵边说:"菲儿,依我看,再过不了多久,你爸爸就得为我们举办订婚仪式了。说不定再过不久,你爸爸就得给我们操办婚礼了。"

燕菲儿脸蛋红扑扑的:"好啊,这样不好吗?"

秦宇眼里闪过一丝冷酷的微笑:"好!怎么不好呢?我求之不得,A省首富急着将宝贝女儿送到我怀中,我做梦都要笑醒啊!"

秦宇钻进轿车,点了支香烟吸了起来。

燕菲儿有些尴尬地站在车窗外看着秦宇,此时,她真的不知道秦宇内心的真实想法。正如她父亲所说秦宇是个挺深奥的家伙,他心里到底是怎么想的呢?

难道他不希望自己早些得到父亲和家人的认可吗?这可是许多人梦想得到的事情啊。

秦天明跟燕涛挥别,坐到轿车后座。秦宇对燕菲儿坏坏地微笑道:"宝贝儿,我走了。上班见!"

"嗯!"燕菲儿甜蜜地挥了挥手。然后目送秦宇驾车绝尘而去。

2

在方斌脱离危险期进入手术阶段期间,燕涛将方芸接到了听风阁,从此方芸成为燕涛豢养在家的专职情人。

为了救治方斌,为了赔偿被方斌撞成一堆废铁的劳斯莱斯银魅,方芸跟燕涛达成书面协议,她做燕涛两年的专职情人,燕涛负责方斌的所有医疗费用和额外开支,直到方斌康复出院,同时燕涛不再追究心爱专车的报废损失。两年后,方芸可以无条件地离开燕涛,从此两不相欠。

在签这份等同于卖身协议的时候,燕涛惊愕于方芸的那份坦然和果决。

燕涛内心十分的震撼,世间居然有这样的女子,可以为自己的亲人义无反顾地牺牲一切。而对于自己在做燕涛两年专职情人期间所应该获得的报酬,方芸只字未提。

燕涛不知是出于愧疚还是尊重,他提出两年后给方芸两百万。方芸居然谢绝了。她惨淡地笑了笑:"不需要。我觉得我已经很值钱了,一辆劳斯莱斯超过千万,还有我哥哥的救治费用也需要几百万。我不敢奢望太多,能让我哥活蹦乱跳地出院,便是我最大的心愿。另外,两年后,你必须还我自由。这点希望你不要食言!"

燕涛笑道:"这个请你放心。两年后你是你,我是我。互不相欠,互不相干。"

燕涛心想:世间再完美的女子经过他两年时间的霸占和蹂躏,还能有什么新鲜感和眷恋之情? 到时他还巴不得她离开呢。

在方芸入住听风阁当晚,秦宇在一家酒吧酩酊大醉。醉后,他当街狂呕,呕吐过后,他对着街灯嘶喊:"燕涛! 你太不仁义了! 你太过分了! 你一再抢夺、霸占我心爱的女人,我跟你势不两立!"

几天后,秦宇去医院看望刚刚做过第一次接骨手术的方斌。手术后的方斌全身多处夹着钢板,体内打了无数钢钉,如果不是有燕涛雄厚的经济实力作后盾,就算这世间有再尖端的医疗技术,方斌这条命也捡不回来,即使捡回条命,也是个废人。

燕涛对医院撂下一句话:"无论花多少钱,必须尽最大的努力救治他,不要留下任何后遗症! 如果医院的医疗技术不够,我建议你们请来全国最好的骨科专家,甚至可以从国外空运有关专家过来! 一切费用由我埋单!"

A省首富发了话,医院便有了动力了,于是国际上最好的专家、技术、药物全用到了方斌身上。至于病房和护理就更不用说了,完全达到国家要员的标准。现在这世道,金钱的作用是无限的。

秦宇捧着鲜花去看望方斌时,正巧方芸从病房出来。看到秦宇到来,方芸尴尬地笑了笑,跟他打了个招呼,便要擦肩而过,却不料在经过秦宇身边时,冷不防被秦宇一把抓住了手臂。方芸像只受惊的小鸟,眼里闪烁着惊慌的神色。因为燕涛给她安排的专职司机就在外面。她不想这一幕被司机看到,以免给秦宇带来不必要的麻烦。她极力想挣脱开来,但却没有成功。

秦宇紧紧地抓住她的手臂,痛心地说:"你是不是想躲着我? 你躲得了吗? 我马上就要成为燕涛的乘龙快婿了,以后我们就可以住在同一座别墅里,可以天天见面,你躲得了吗?"

方芸将头垂得很低,她不敢正视秦宇痛苦的眼神。

　　秦宇接着说:"你为什么不给我机会? 就算不是为了你,就凭我跟方斌的交情,我也不会见死不救。在国内筹集不到钱,我还可以到国外去筹! 在哈佛我结识了许多有钱人,他们的钱比燕涛多十倍甚至百倍,只要我开口,别说几百万人民币,就是一亿美金十亿美金,我也可以筹到! 你为什么不给我机会? 为什么要牺牲自己? 我宁愿我卖身为奴,我也不愿意你去做别人的情妇! 你知道我的心有多痛吗?"

　　方芸眼里的泪水涌了出来,她没想到秦宇对她用情如此之深,她痛苦无助地说:"阿宇,对不起。我只是不想拖累你。我觉得我没有理由没有资格拖累你。"

　　秦宇眼睛也积聚着泪水:"你如果这么想,那你心里就根本没有爱过我! 你认为爱也是一种拖累吗? 你为什么不问问我愿不愿意受这种拖累? 你以为你这么做你哥会安心快乐吗?"

　　"阿宇,我不知道你会这么在乎我。对不起,我已经不配再爱你了,你忘掉我吧!"方芸挣脱开秦宇的手,擦掉眼泪跑出了病房。

　　秦宇擦去眼里的泪水,进了病房,坐到病床边对一身打着石膏和绷带的方斌说:"感觉好些了吧?"

　　方斌摇头:"说实话,很不好,痛。全身都痛。"

　　秦宇安慰道:"感觉痛就好,就说明你不会瘫痪,如果连痛感都没有了,那你就报废了。"

　　方斌凄苦地一笑:"这还得感谢燕涛啊,如果不是这位 A 省首富将大张的支票押在医院,恐怕我还真没有机会跟你说话了。可是,秦宇,你知道我内心的感觉吗? 我宁愿死啊! 我真的宁愿死也不愿芸儿为我作出牺牲,我知道她喜欢你,可是为了救我她居然委身于燕涛这为富不仁的畜生! 我的心真的好痛! 比肉体的伤痛要痛百倍、千倍!"

　　方斌说着痛苦地哭泣起来。这个钢铁般的汉子此时竟然是如此的脆弱。

　　秦宇无语。他何尝不心痛? 只不过他不想在方斌面前表露出来。秦宇平静地说:"方斌,啥也别想,快点好起来,我还等着你跟我飙车呢! 你不是一直想超越我吗? 只要你好起来,就一定有机会!"

　　方斌擦掉眼泪忧伤地说:"这只是第一次手术,我还得再做几次手术才有可能复原。但我想要跟以前一样完好无损,恐怕很难。毕竟我全身十几处骨折,不可能百分之百的恢复,不留任何后遗症。以后还能不能飙车,现在还是个未知数!"

　　秦宇鼓励他:"你一定行的! 你是谁啊,特种部队的全能冠军、A 省首富的贴身保镖,钢筋铁骨的超级猛男啊! 打遍兰宁无敌手,这点伤对你来说算得了什么？你很快就可以恢复的！"

方斌难得地笑了笑："谢谢你,秦宇,有你这样的朋友,我今生无憾！"说罢,方斌又叹息道："如果芸儿这辈子能够跟你在一起,那该多好啊？都怪我,是我害了她啊！"

秦宇感慨万端："方斌,别多想了。好好养伤！争取早日出院。除此之外你什么也别多想,多想无益！因为于事无补！"

从医院出来,秦宇便接到燕菲儿的电话,她温柔地说："阿宇,到午餐时间了,我在一品香酒楼点好了酒菜,你过来啊！"

一品香酒楼便在绿城集团办公大楼底层,临街门面,室内装修得很豪华,是一家很不错的中餐厅,兼营火锅。绿城集团以及周围的各大公司的高层是这家酒楼的主要顾客。当然也有一些闻香下马的客人和一些慕名而来的客人,经常在这家酒楼用餐。而燕菲儿自从跟秦宇恋爱后,便是一品香酒楼的常客了。

秦宇开车回到绿城集团,泊好车便来到了一品香酒楼。看到一大桌子的菜,秦宇诧异地问："你请了客人吗？"

燕菲儿说："没有啊,我们俩吃饭,我可不喜欢别人打扰。"

秦宇责怪道："那你点这么多菜干嘛？吃得完吗？"

燕菲儿说："这些菜都是你喜欢吃的。吃不完不要紧嘛。剩下就是了。"

秦宇一边往杯子里倒酒一边摇头："真是富家小姐啊,铺张浪费惯了！以后别这样了,有一两个对胃口的菜就行了。过分铺张不好,我那历来相信因果报应的作家老爸在小时候常跟我说,要节约粮食,这辈子铺张浪费不珍惜粮食的人,下辈子要变小猪的。"

燕菲儿乖巧地说："知道了。听你的,以后不浪费了。我才不想变小猪呢,我下辈子还要做女人,做你的女人。"

秦宇说："这还差不多,否则下辈子叫你变小猪,没得好的吃。而且喂肥了还得挨上一刀！好恐怖哦！"

燕菲儿温情脉脉地望着秦宇,说："阿宇,这个周末,你带我去见一见你爸妈好不好？"

秦宇说："好啊！反正丑媳妇迟早是要见公婆面的！这个周末我就带你回一趟B城老家。不过我可不敢肯定我爸妈会不会中意你哦,我那作家老爸很酸的,到时候说不定会用唐诗宋词来考你哦。还有我那一心想当歌唱家,可惜这辈子也只混了个二流歌舞演员的老妈说不定到时会考你会不会弹钢琴,懂不懂美声唱法什么的。反正够让你辛苦的就是了。"

燕菲儿兴奋地说："不会吧？我还以为他们会考我懂不懂做饭呢！"

秦宇笑道:"我爸妈从小就说以后给我找个懂高雅艺术的媳妇,至于做饭烧菜嘛,请保姆就是了!他们很开明的哦,不会叫你洗衣做饭的。他们需要的是一双纤细滑嫩会弹钢琴的手,而不是一双粗糙干裂会做家务的手。"

燕菲儿狡猾地笑了:"唐诗宋词和钢琴正是我拿手的啊,应该难不倒我的。"

秦宇狡黠地笑了:"是吗?那就预祝你马到成功哦!"

3

秦宇开车带燕菲儿去 B 城拜见父母。兰宁去 B 城约 40 公里的路程,并不远,不飙车以正常车速开二十多分钟便能抵达。窗外阴雨霏霏,平添几分风雨紫竹敲寒韵的惆怅,秦宇望着烟雨朦胧婉约的邕江河流,叹了一口气,吟唱道:"问君能有几多愁,恰似一江春水向东流。"

燕菲儿坐在副驾驶位上,亲昵地捏了一下秦宇的脸颊,娇憨地说:"亲爱的,你有什么愁啊?跟我说说。好吗?"

秦宇戏谑地说:"我的忧愁如邕江水,日夜奔流不停息。因为我太优秀了,人一优秀忧愁就来了,因为面临的诱惑就多些啊。你也知道爱慕我的女子实在是太多太多了,而我这人又好像很脆弱,我怕我很难经得起诱惑啊。现在跟你确定了恋爱关系,以后要是遇上一个可心的女孩,做出什么情不自禁的出格的事情来,我怎么向你交代啊?所以我愁啊!不过我想我的菲儿是 21 世纪的新潮女性,应该是会允许你的准老公偶尔犯犯错误的,对吗?"

燕菲儿拧了秦宇的大腿一下,娇嗔道:"秦宇,告诉你,门都没有!我可是什么都交给你了,你不能让我伤心!你要是辜负了我,我就跳楼,我就上吊,我就跳江,我就吃安眠药!反正我就死给你看!"

秦宇笑道:"宝贝,我在开车呢,你别乱拧乱摸的,万一冲动起来,车子冲到邕江去了,那可是我们两个同时跳江了。嘿嘿,菲儿,我给你个建议,你以后真要有想不开的时候,还是别跳楼,跳楼摔得支离破碎的,死得很惨,不好。上吊也不可取,你这么美丽的一个女孩子,一上吊,死后舌头都要伸出来,太丑了,太难看了。跳江也不好啊,跳江万一被大水冲走了,连尸体也找不到,那你就得喂鱼虾了,你想啊,你死后那些大鱼大虾还得把你的皮肉啃个精光,最后只剩下一副骨架,你说那有多恐怖啊?恐怕永世不得超生呢。我觉得你真要想不开,还是吃安眠药最好,安安静静地睡着了,挺美的!"

燕菲儿气极:"秦宇! 你太过分了! 你刚刚占了人家的身子,一转眼就翻脸无情了?"

燕菲儿委屈得想掉泪。秦宇将车停在路边,一把将她搂入怀中,咬着她的耳垂说:"菲儿,你可要诚实哦,我哪里刚刚占有你的身子了? 我记得那是好多天以前的事情了,今天我们好像还没有做过哦。要不,我们现在就做一次,就在这路边。你看这里风景多好啊? 正如柳永所说的,'杨柳岸,晓风残月'。虽然现在没有残月,但是有微风细雨加杨柳啊,多有情致的! 要不,我们把车窗关好,到后座去?"

燕菲儿吓坏了:"死秦宇,你太坏了! 大白天的你要干什么啊?"

秦宇坏坏地笑:"这种事大白天就不可以做吗? 我觉得大白天做还有很多便利条件哦,起码可以看得更清楚些更仔细些。"

燕菲儿脸色绯红,气喘吁吁。她受不了这冤家的挑逗,胸脯急剧地起伏着,眼睛里荡漾着春情:"你真的现在就想要? 不会有人看到吧?"

秦宇突然一把放开了燕菲儿:"我开个玩笑而已,其实我很纯洁的,你都想些什么啊? 万一来个巡警咋办? 你们女人啊就是口是心非,说是不要不要,其实天天想要,而且每时每刻都想要! 真要人命啊。"

燕菲儿被秦宇戏弄得委屈不堪,眼里霎时就涌出了泪水。秦宇看得慌了,忙手忙脚乱地给她擦眼泪:"干吗啊,菲儿,小两口打情骂俏开开玩笑嘛,这也要哭啊? 别哭啊,万一路人发现了以为我在诱奸小姑娘呢。"

燕菲儿气愤地说:"死秦宇,你真是坏透了! 我这辈子肯定会被你欺负死的! 你这要命的冤家!"

秦宇开始开车,边开车边说:"你这话说对了,我妈也是这么说的,前生的债,今生的缘。可能是你上辈子欠我的,这辈子你得还我。所以我就是天天欺负你,你也得认命!"

燕菲儿甜蜜地说:"那你就多欺负我一些吧,好让你这辈子欠我的,如果这辈子你还不了,那你就用下辈子来还我!"

秦宇侧过头来亲吻了燕菲儿的小脸一下:"我的菲儿说的情话就是那么动人。嗯,我喜欢听这样的情话,温暖而甜蜜!"

秦宇将车子开到家门前,老大嗓子地喊道:"秦天元,秦大作家! 你儿子回来了,还不出门相迎啊!"

燕菲儿诧异地望着秦宇:"有你这样跟你爸爸说话的吗?"

秦宇说:"这不怪我。他从小就教我不仅要把他当老爸,还得把他当朋友,甚至当兄弟。结果他话还没说完就挨了我老妈一顿老拳,我妈说当朋友可以,当兄弟不行！"

燕菲儿开心地笑了："你父母真是很有意思的人。他们一定很幸福。"

秦宇感慨道："当然幸福，不过只是我妈幸福。我爸是奴才命啊，还得给我老妈洗脚，倒洗脚水呢！"

俩人边说边进了院子。而秦宇的父亲秦天元手里捧着本书正悠闲从容地从里面出来，老远便盯着两手空空的秦宇："小子，你怎么越来越不懂礼貌了？回来看你老爸老妈连一点礼物都不带？有没有搞错啊？！"

秦宇大大咧咧地说："大作家，我看你是睁着眼睛说瞎话啊，你没看到我给你带回个漂亮媳妇吗？这么大份礼物，够眩你眼睛的了！"

秦天元这时才定定地望着儿子身边的大美人，眼珠子都没眨一下。秦宇不屑地说："你们这些当作家的，其实个个都是流氓本性，我女朋友再怎么漂亮也经不住你这么看啊？以后我得防着你点，不能让你跟我们一起住。你简直就是头灰太狼。"

秦天元气愤地盯着秦宇："喂，儿子，你这玩笑开过了头啊！我刚才只不过走了会儿神而已，我是在想用什么诗句来形容我对你女朋友的第一印象。"

秦宇泼了一瓢冷水："还用想吗？现成的，就借用宋玉的《登徒子好色赋》中那段：东家有子，增之一分则太长，减之一分则太短；着粉则太白，施朱则太赤。眉如翠羽，肌如白雪，腰如束素，齿如含贝。嫣然一笑，惑阳城，迷下蔡。"

秦天元摇头说："还不够，我觉得借用曹植的《洛神赋》更好，天下再没有比曹植写得更好的形容美女的诗文歌赋了。秾纤得衷，修短合度。肩若削成，腰如约素。延颈秀项，皓质呈露。芳泽无加，铅华弗御。云髻峨峨，修眉联娟。丹唇外朗，皓齿内鲜，明眸善睐，靥辅承权。瑰姿艳逸，仪静体闲。柔情绰态，媚于语言……转眄流精，光润玉颜。含辞未吐，气若幽兰。华容婀娜，令我忘餐。"

秦宇轻笑："令我忘餐！令我忘餐是你这个做公公的能说的吗？老妈呢？准备午饭吧！不然我要忘餐了！回头我让老妈教训你，见了美女就挪不动步了！"

秦宇边说边牵着燕菲儿的手进到屋内。秦宇和燕菲儿刚进屋内，秦天元便在外面给老婆谢芳打电话："喂，老婆啊，你顺便多买点菜回家啊，你宝贝儿子回来了，还带来了一个非常漂亮的媳妇回来，就是那个A省首富的女儿，长得可水灵了。什么？比你年轻时？唉，不提了，提了你会自卑的。人家比你漂亮十倍，气质啊？气质也比你高雅百倍。别老臭美了，以为你是什么邕宁第一美女，你能嫁我就不错了，不然你哪来一个那么棒的儿子啊？"

秦天元的嗓音很大，燕菲儿在屋里听得真切，她笑眯眯地对秦宇说："阿宇,你爸妈真可爱!"

秦宇叫屈道:"你可别这么说,这只是表面现象,他们可严厉了。知道我的童年是怎么度过的吗? 是在残酷的压迫下度过的,是在痛苦与无助中度过的,是在孤独与郁闷中度过的,完全与幼稚和童真无缘。"

"啊?"燕菲儿惊诧地望着秦宇,似乎不相信他所说的话。

"不信是吧?"秦宇淡淡地笑了笑,"我的作家老爸和担任歌舞团团长的老妈对我是丝毫不讲情面的。出生在这样的书香家庭对我来说,不知是幸还是不幸。我老爸从小就向我灌输古典诗词,逼我背唐诗宋词,说什么长大后对我受益匪浅。我老妈则逼我练钢琴和小提琴,那些跟我同年龄的孩子在快乐地玩过家家时,我却被关在家里背书练琴,每天必须练钢琴两小时,每天必须熟读和背诵古典诗词一小时,每个周六周日必须到文化馆馆长白眉老头傅天成家里学艺,学围棋象棋和拳术。后来我才知道那个白眉老头是位隐士,他的围棋和象棋水平超过现在许多所谓的国手。因为我爷爷曾经救过他的命,他才肯将毕生绝学传授与我。唉,说起童年往事,真是一言难尽啊。我这天才少年差点就毁在他们手里。我可是对他们有着刻骨铭心的不满情绪的,今后你嫁鸡随鸡,可不能帮他们说话哦! 不然我打你屁股!"

燕菲儿心疼地说:"真是委屈你了。这么说你童年一点快乐的记忆都没有?"

"有啊。"秦宇说,"我童年唯一快乐的记忆便是邻家有位女孩经常会偷偷地跑来看我,她会站在我练琴的窗口默默地注视我,有时还会趁我父母不在的时候偷偷溜进家来陪伴我。她很温柔很可爱也很安静。每个周六周末我到白眉老头家里学棋学拳时她都会悄悄地跟过来,坐在一旁托着腮帮子静静地观望。你知道这个女孩是谁吗?"

燕菲儿不屑地说:"当然知道,除了夏飞燕还有谁啊? 她不也是 B 城的吗? 猜都猜得出来。"

秦宇感慨道:"对,就是夏飞燕,她是我童年唯一温馨的记忆。"

燕菲儿听到这儿,紧紧地盯着秦宇,仿佛要从他眼睛里看出什么端倪来:"阿宇,你是不是跟夏飞燕恋爱过?"

秦宇说:"我十岁便离开了 B 城,跟叔叔到了兰宁城里念书,十四岁考上哈佛大学,到美国念书。你说我有没有机会跟她恋爱? 如果说十岁的小男孩也懂得恋爱的话,那就算我跟她恋爱过吧。"

俩人正笑闹着,秦天元故意咳嗽一声走了进来。燕菲儿将包装得完美无缺一直拿在手里的一幅宋代山水画递给秦天元,恭敬地说:"秦叔叔,我没带什么礼物。我知道你是位儒雅学士,就自作主张给你带了幅画。是宋代宫廷画家张择端的一幅失传之作《渔村晚景》,希望你喜欢。"

秦宇在旁边打趣道:"他当然喜欢了,这幅画是无价之宝,根本无法用金钱来衡量。如果拿到国外去拍卖,估计最低也得拍卖个一千万美金。"

秦天元沉浸在无边无际的喜悦之中,小心翼翼地打开包装盒,将古画展开,一脸的疯狂之色,眼珠子都要绿了,嘴里喃喃自语:"张择端,北宋名家,早年游学汴京,后习绘画。宋徽宗朝供职翰林图画院,专工界画宫室,尤擅绘舟车、市肆、桥梁、街道、城郭,自成一家。我国古代城市风俗画中具有重要历史价值和艺术价值之不朽杰作《清明上河图》便是他的传世之作。他的作品大都失传,存世的仅有《清明上河图》、《金明池争标图》,为我国古代的艺术珍品。这幅《渔村晚景》从风格上来看,定是他的真迹。画中人物生动传神,村舍渔船,店铺作坊,茶房酒肆,行商摊贩,一派繁荣而忙碌景象;长虹卧波,舟楫竞流,车骑争道,再现北宋盛景,把北宋强盛时期社会底层的生活情景和繁华尽收画卷之中。这幅画恐怕真的如臭小子所说要值个千万美金呢!"

秦宇在旁含讥带讽地说:"世俗,势利! 还大作家呢? 刚才还嚷嚷着说什么没给他带礼物,现在眼睛都绿了,我看世人都是虚伪的,不能免俗啊!"

秦天元不理会秦宇,满脸笑意地对燕菲儿说:"丫头,这幅画真的太珍贵了。我不敢收啊。"

燕菲儿平淡地说:"这样的珍贵字画我家里还有好几幅,都是我爸爸收藏的珍品。我爸说了您是名人,是大作家,世俗的东西您看不上。再说以后我们就是一家人了,还分什么彼此啊? 您就安心地收下吧!"

秦天元笑呵呵地说:"那我就收下了。等我百年之后我捐给国家,我不会留给这臭小子的。"

秦天元撇开秦宇,亲切而高兴地跟燕菲儿聊起天来:"我兄弟天明在电话里简单介绍过你的情况,他说你是北大才女,多才多艺,跟我这臭小子很般配。唉,这臭小子也不知哪辈子修来的福气,能够找到你这么好的女孩。"

秦宇在旁边再次嚷嚷起来:"我说老爸,你不会是忌妒我吧? 你要搞清楚,我可是被菲儿追得端不过气来才答应做她男朋友的。"

秦天元不悦地说:"有你这样说人家菲儿的吗? 她追你,你做梦去吧!"

燕菲儿嫣然一笑:"秦叔叔,是我追他的,因为喜欢他的出色的女孩子太多了,我不追不行啊。幸福得靠自己争取对吧? 我可不想失去秦宇,所以放下所谓的矜持,主动一点也没关系啦。"

秦天元点头:"嗯,有见地,不愧是出身名门,有胆有识有担当! 不过以后你得把这臭小子看紧点,他这人一看就不是什么好鸟!"

秦宇笑道:"古语云:有其父必有其子! 年轻时秦大作家自恃才高八斗,风流倜傥,可是让我妈掉过不少伤心泪呢。所以现在老了,得受老婆管了,这就叫因果报应!"

两父子正针锋相对地笑闹,秦宇的母亲谢芳提着大包小包的菜蔬鱼肉进得门来,边走边嚷:"老头子,你还不快来帮忙!"

燕菲儿比秦天元跑得还快,殷勤地上前接过谢芳手里几包东西,秦天元也接过几包。三人一同进了厨房。秦宇跟在后面,笑呵呵地说:"能人高手还真不少,看来不用我帮忙了。我就坐享其成,泡上一杯好茶,看看电视,嗑嗑瓜子等待着丰盛的午餐吧。"

谢芳放下手里的东西,边穿围裙边对燕菲儿说:"丫头,你去看电视吧,厨房我跟老头子忙就行了。"

燕菲儿说:"阿姨,我会做饭烧菜,我专门跟我们家的厨师学了两个多月的。让我帮你吧。"

谢芳欣喜地看着燕菲儿:"是吗?真不容易啊,你一个富家小姐还会这些。不过我还是舍不得,看你这双小手,那完全是一双弹钢琴的手啊,对了,你会弹钢琴吗?"

燕菲儿谦虚地说:"会一点,不过没阿宇弹的那么好。"

秦宇在客厅哈哈大笑:"哈哈,考题来了!妈,叫她弹一首约翰·施特劳斯的《蓝色的多瑙河》,我很想听一听那悠扬美妙的琴声!"

"会弹这首吗?"谢芳温柔地问。

燕菲儿说:"会。"说罢出了厨房,坐到了客厅的钢琴边开始弹奏起来。立时,一切嘈杂的声音都停息下来,优美动听的旋律开始在客厅里响起,穿行于每一个空间和角落。秦天元摇头晃脑地打着拍子,谢芳一边理着蔬菜,一边静静地欣赏着,不时微微颔首表示赞赏。

燕菲儿弹完《蓝色的多瑙河》,又开始转变风格弹起了慷慨激昂的《命运交响曲》和节奏明快的《卡门》,最后还弹奏了一首难度很大的《十面埋伏》。

燕菲儿弹完这几首钢琴曲,谢芳的饭也做得差不多了,秦宇走到燕菲儿身后,从身后轻轻地拥抱着她,双手还十分淫邪地放在人家姑娘的胸部:"菲儿,累了吗?别弹了,他们其实是附庸风雅,他们再虐待你,我跟他们急。惹火了菲儿,不做他们的儿媳妇了。"

燕菲儿愤愤地白了秦宇一眼:"我才不干呢!你想变戏法一样甩我啊?我不会上当的,我要缠你一辈子,你走到哪,我跟到哪!"

秦天元在沙发上拍腿叫好:"对,就该这样!就该这样治他!看他还怎么耍花花肠子!"

秦宇一脸的委屈:"我这不是一片好意吗?我怎么成了人民公敌?所以

这世道啊好人难做，以后还是做坏人好了。"

秦宇拉着燕菲儿坐到沙发上，他轻轻地搂着燕菲儿，对秦天元说："喂，大作家，你可别偷看噢！老年不宜！说不准我们要亲个小嘴儿什么的。"

厨房里，谢芳叫喊："老头子，过来上菜。开饭了！"

秦宇拉着燕菲儿坐到桌边，笑嘻嘻地对她介绍道："菲儿，其实我妈呢歌唱得并不怎么样，最多算是个二流歌唱演员。不过她做的菜真的很好吃。今天你可有口福了，这些都是她的拿手菜啊。"

谢芳坐到桌边时，燕菲儿从口袋里摸出一个精美的首饰盒，送到谢芳手边："阿姨，这是我给您带的礼物。"

谢芳笑着接过首饰盒，见里面是一条非常贵重的白金镶宝石项链，做工非常精美，选材十分考究，便笑问："这条项链很贵吧？"

秦宇淡淡地说："也不是很贵，才八十万而已。"

谢芳吓了一跳："啊，八十万，这么贵啊？"

秦宇笑道："老妈，忘了告诉你，是八十万美金，不是八十万人民币。"

谢芳更是吓得瞠目结舌，连忙推拒："啊？八十万美金？那折合人民币就是七百万左右，这我可不敢要。太贵重了。"

秦宇说："贵重什么啊？我们的流氓作家可是收了人家菲儿一幅价值连城的宋代名家张择端的失传古画呢！你就安心地收下吧。你收下她才开心，你要是不收，她就会担心你不喜欢她，看不上她了。那她说不定会跑到她老爸面前哭鼻子呢。到时我可有罪受了，所以拜托你就心安理得地收下吧。"

谢芳收下宝石项链，然后跑进卧室去也拿出一个古朴的首饰盒，从中取出一枚玉石手镯塞进燕菲儿手中："菲儿，这枚手镯据说是蓝田古玉做成的，是秦家的家传之物。现在我送给你，以后你就是我秦家的媳妇了。"

燕菲儿当做至宝高兴地接过之后，笑得合不拢嘴。秦宇在一旁苦着脸说："你们都有礼物，就我没有，菲儿你太不地道了吧？"

燕菲儿怔怔地看了秦宇一眼，然后飞快地在他脸颊亲了一下。秦宇得了便宜还卖乖地说："菲儿，你不知道这些事情老年不宜吗？以后要亲个小嘴什么的，最好跟我到房间里去，让老年人看了会受刺激的。到时害两个老人受不了刺激突发高血压心脏病落个老年痴呆，那可就是你的罪过了。"

秦天元和谢芳同时摇头叹息："唉，没个正经！怎么生了你这么个儿子？"

燕菲儿显然通过了秦宇父母这一关，未来的公公婆婆给这个未来的儿媳妇打了满分。要才有才，要貌有貌，要财有财，要礼貌有礼貌。这样的女孩到哪里去找。更重要的是这丫头对儿子百依百顺。

燕菲儿和秦宇在 B 城老家过了一夜。

这一晚又是一个不眠不休芙蓉帐暖度春宵的缠绵夜。

一湾暖玉凌波小，两瓣秋莲落地轻。

4

次日上午，秦宇带着燕菲儿逛起了菜市场，买了许多菜，然后来到离秦宇家400米远的一栋破旧的居民楼，敲开了201的门，一个七十来岁气度儒雅的白眉老人将他们迎进屋去。

秦宇对燕菲儿介绍道："这位是我师傅傅天成，我的围棋和象棋便是跟他学的。我师傅的棋艺在多年前便超越许多所谓的国手，只不过他生性淡泊，不屑名利罢了，否则我们国内那一两个晃荡得很厉害的国手早就颜面扫地了！"

燕菲儿笑道："难怪你的围棋这么厉害。原来有名师指点啊！"

接下来，秦宇将燕菲儿对傅天成做了介绍。然后提着大包小包的蔬菜和肉类食品进了厨房，开始张罗起午餐了。

秦宇一边忙碌一边向燕菲儿介绍起师傅傅天成的情况。他告诉燕菲儿："我师傅是个高人，文革期间差点被斗死。是我爷爷救了他一命，给他送饭、治病。所以我师傅出于感恩才教我围棋，他这辈子就收了我这一个弟子。我师傅这辈子有过两个女人，一个在文革期间不甘受红卫兵污辱跳楼自杀了。那是个贞烈女子，我师傅这辈子唯一真心爱过的人恐怕就是她了。我师傅平反分配工作后，经人介绍又找了个女人，他们结婚了，还生了个儿子，但过得并不幸福。后来他们离婚了，那女人带着儿子到了另外一座城市，从此跟师傅不相往来。这些年来我师傅一直是一个人过日子，倒也清闲自在。师傅不爱说话，也不擅言谈，他喜欢在沉默中思考问题。我师傅是位隐士，只是他甘于平淡罢了。"

午饭很快做好，秦宇和燕菲儿将菜一一端上桌，傅天成闻香点头："嗯，不错，看来小宇你的厨艺又精进了不少。"

秦宇惭愧地说："我的厨艺跟师傅比起来那差得不止十万八千里。今晚这桌菜大部分是菲儿做的，她是专门向他们家的特级厨师学的，人家可是挺用心地学了两个多月呢。有心人啊，早有预谋啊，一心想做进得厨房上得厅堂的贤妻良母。"

燕菲儿白了秦宇一眼："人家还不是为了将来好照顾好你。得了便宜还卖乖！"

秦宇笑道："我本来打算以后结婚了请一保姆的，既然你这么完美,那我以后只好把请保姆的钱省下了。以后真要跟你一起过日子,洗衣做饭打扫清洁你一人全包了。"

燕菲儿甜蜜地说："行啊,你舍得把我累死你就使劲地变着法儿折磨我吧。"

傅天成看着小两口斗嘴儿,开心地微笑道："看来你们还真是天生的一对。年轻人能够相知相爱是件幸福的事情！但愿你们能够长相厮守,不离不弃！"

秦宇说："师傅,以后的事情谁也不知道是个什么样子,一切只能顺其自然。"

燕菲儿幽怨地剜了秦宇一眼："顺其自然？你心里是不是在打什么坏主意,是不是想把我甩了？我可告诉你秦宇,我这辈子缠定你了,你别想甩我。"

秦宇苦着脸说："唉,早就跟自己说了,有些女人是沾不得的,一沾就甩不了啦！看来我这辈子有得罪受了,想来想去还是师傅这样好啊,一个人无牵无挂的,可以随心所欲。多美啊！"

说说笑笑间,三人用过了午餐,秦宇和燕菲儿收拾碗筷洗刷完毕,然后陪师傅下了一盘围棋。这盘棋他们足足下了两个多时辰,都拿出了自己最高的水准,布局都谨慎小心,如临大敌,丝毫不敢大意。最终是秦宇以半目获胜。

傅天成欣慰地感叹："小宇。围棋需要的不仅仅是刻苦努力,在达到一个境界之后就需要足够的天赋。你能够超越师傅,真的让师傅很欣慰,也很骄傲。要知道这些年来师傅从来不曾中断过对围棋的研究。可以说师傅的棋艺比起十年前教你的时候可是高了不止一个境界,你能够打败我完全出乎我的意料。以你的悟性和才华智慧,无论在哪一个行业哪一个领域,你都可以创造出奇迹！你是师傅这辈子见过的实力最强悍的天才！"

燕菲儿在旁一脸的兴奋："傅师傅,我爸也夸他,说秦宇以后在商业上的成就会远远超越他。"

傅天成哈哈笑道："这个自然,否则,你父亲又怎么放心把你交给小宇呢！若非人中之龙,又怎配做 A 省首富的乘龙快婿？"说得燕菲儿脸飞红霞,嫣然动人。

秦宇辞别师傅,带着燕菲儿沿着邕江散步,最后他们在一处风景优美的地方停歇下来。燕菲儿临水坐在一棵横在江边的古树干上,翡翠般的邕江水倒映出燕菲儿的动人容颜,燕菲儿侧脸任由一头青丝如瀑泻下,纤指为梳,静静地梳理着柔顺长发,神色清淡宜人,美若仙子。

此时,半壁残阳如血,黄昏悄然回眸,晚风轻拂中,鸟儿归巢,炊烟收敛,夜幕又开始犹抱琵琶半遮面地现身了。

秦宇坏坏地说:"菲儿,本打算今天回兰宁的,跟师傅这局棋一下便是几个小时,打乱了原定计划。看来我们还得在这里过一夜了。"

燕菲儿说:"明天回去也没什么啊。就在家中多陪一陪你爸爸妈妈吧。平时你也难得回来!"

秦宇说:"陪我爸爸妈妈是假,陪你倒是真。唉,看来今晚我又得辛苦了。菲儿,跟你说个悄悄话,你说我们今晚换个新的姿势,来点高难度的好不好?你可不可以像麦当娜那样把双腿劈成一字形? 然后又来个金鸡独立,把一条腿抬得跟头部一样齐?"

"死秦宇!死流氓!我打死你!"燕菲儿听得满脸羞红,起身追打着秦宇。秦宇跑得飞快,边跑边哈哈大笑。

燕菲儿跑不过秦宇,心怦怦乱跳地停下脚步。她心想:这个死秦宇怎么这么坏啊? 一点也不正经了,可是她偏偏喜欢他这样没个正经。他若真是正经起来,便要么是高深莫测,要么是忧郁沉思,那她就根本捉摸不透他心里在想什么了。还是这样嘻嘻哈哈没个正经的好些。

不过,她心里又隐隐地担忧:今晚这坏蛋不会真要自己来那样的高难度吧?

想到这,燕菲儿心跳便更加速了。

第九章：情窦初开

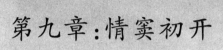

1

秦宇忽然接到一个陌生电话，居然是花店女孩赵璇打来的。她说明天夏飞燕要在兰宁开个人演唱会。她想托他弄张位置最好的门票。

秦宇眼前浮现出女孩的笑脸，说："行啊。你要几张票？"

赵璇说："两张，要位置连在一起的。不能太靠前了，太靠前了也不好，第三排到第五排之间是最好的。"

秦宇说："没问题，我帮你搞定。拿到票我给你打电话，就这个号码吗？"

赵璇说："嗯，这是我的手机号。"

"好咧。你就静候佳音吧！"

秦宇挂断通话之后，忽然想起自己已经很久没有跟夏飞燕见面了，夏飞燕也一反常态地一直没有给自己打电话。难道这女人现在真的成了燕涛笼子里的金丝鸟？可燕涛不是又有了方芸这个新欢吗？他对夏飞燕这个旧爱还能保持那么持久的新鲜感吗？这可不像燕涛的作风啊。

秦宇思来想去还是给夏飞燕打了个电话，问起了她的近况。夏飞燕说她一切都好，就是太忙，这几个月来公司都忙着为她筹备开演唱会的事情。所以一直没有跟他联系。

秦宇说："明天的演唱会你能送我两张门票吗？"

夏飞燕说："没问题。下午我跟你联系，把票给你送来。"

自从被保镖李立伟狠狠敲诈了几次并强暴了三次后，夏飞燕再也不敢跟秦宇联系和幽会了。她害怕自己的行为会连累秦宇，这是她最不想看到的结果。所以这几个月来她一直不敢跟秦宇接触，哪怕她心里非常想念他。

下午三点，夏飞燕在确定没有任何人跟踪的情况下，打车离开了公司，在车上她掏出手机给秦宇打了个电话。两人约定在邕江酒店见面。

秦宇先一步到达邕江酒店，开好了房间。在房间里一边看电视一边等夏飞燕。十多分钟后，夏飞燕敲门进来，俩人一见面便紧紧拥抱在一起，如火如荼地疯狂亲吻了一阵，然后互相为对方解除武装，翻滚到了大床上。

秦宇的动作相当迅猛。而夏飞燕的反应也是相当热烈。俩人干柴烈火般燃烧起了熊熊的情欲之火。

一阵疯狂的厮杀对垒之后，俩人达到了欢愉的顶峰，最终平息下来，躺在宽大的床上休息。夏飞燕平缓了呼吸之后对秦宇谈起了她的近况。她告诉秦宇她最近出了两首单曲，所以一直很忙，也就很久没有跟他联系。她当然不敢将她被保镖李立伟敲诈，害怕连累他所以不敢跟他联络的真相告诉秦宇。

秦宇说他最近也很忙，燕涛将集团的掌舵权全部交给了他，他自己则清闲地在背后垂帘听政，可把他累死了。夏飞燕听了，酸酸地说："燕涛放权给你，说明他已经把你当乘龙快婿了。以后燕涛打下的江山都会交给你的。你可是财色双收啊！"

秦宇淡漠地笑道："你是妒忌了还是吃醋了？"

夏飞燕说："妒忌倒说不上，只不过有点不是滋味。如果当初不是我放弃你，你会跟燕菲儿在一起吗？"

秦宇冷笑："现在作这种毫无意义的假设还有什么用？这条路不是你自己选的吗？"

夏飞燕黯然地说："阿宇，我现在已经后悔了。真的，我心里很难受。我知道你再也不会专一专情地爱我了。不过我并不奢望太多，只要你还爱我一点点就行。"

说罢，她侧过身子将自己赤裸的上身依偎到秦宇怀中，用一对丰硕的乳房轻轻地摩擦着秦宇的胸肌："阿宇，我好想跟你生个小孩，这样我对你的爱也就有个寄托了。你说好不好？"

秦宇冷笑："好！如果你想做未婚妈妈，我没有任何意见。只不过你那些歌迷会有意见。只要你做了未婚妈妈，我敢保证你的歌唱和演艺事业会就此终结。还有，只要你做了未婚妈妈，我敢保证燕涛会疑心大起，说不定会给你来个 DNA 亲子鉴定，到时只要他知道你生的孩子不是他的血脉，我敢保证他会让你身败名裂生不如死！飞燕，你可得仔细想清楚了，不要做那种天真的傻事！"

夏飞燕眼里隐含着凄怆的泪水："阿宇，难道我们只能这样？只能这样偷偷偷摸摸地相好？"

秦宇不屑地说："飞燕，我明白地告诉你，我们之间只能这样！我们只能做一对性伴侣，什么时候彼此厌倦了，就会一声不吭地中止这种关系。"

秦宇说着坐起身来，顺手摸了一把夏飞燕丰满的胸脯，戏谑道："我发觉你的胸部越来越丰满了，身子也愈发水灵了。看来燕涛没少在你身上下工夫啊。不过现在他又有了个方芸，恐怕以后临幸你的机会会越来越少了。"

秦宇起身穿好衣服戴好领带，穿上皮鞋。然后对依然赤裸着身子躺在床上的夏飞燕说："燕子，我劝你知足吧。别做任何傻事。许多人羡慕你呢。花团锦簇，功成名就！你总不能让整个世界只为你一个人舞蹈吧？女人太贪心了不好！要学会感恩，要学会知足！"

秦宇说罢，抓起床头的两张演唱会门票，说了声再见，毅然掉头而去，抛下夏飞燕痴痴地躺在床上发呆。

2

秦宇离开酒店，一边开车一边给赵璇打了个电话，告诉她演唱会门票已经拿到手了，要不要现在给她送去。赵璇耍了个心眼，说："我现在在外地进货，不在花店。你明天直接将演唱会门票送到影剧院门口，反正明天你会去给你女朋友捧场。我们约定在影剧院门口见面，不见不散！"

赵璇挂了手机。花店里的女伴吴佳取笑她："哟，我们的璇美人也学会说谎了？你明明在花店嘛，还骗人家说在外地进货？就算进货也是飞机空运啊，哪里需要你到外地去啊？你根本就不会撒谎嘛，漏洞百出的。是哪位帅哥啊？还跟人家约定不见不散。"

赵璇脸色绯红，冲吴佳嚷道："要你管啊。就你喜欢管闲事。"

吴佳嬉笑："我们的璇美人动情了。哈，这可是很危险的事情哦。"

赵璇追打吴佳，花店里一片银铃般的欢快笑声。

次日晚上七点半，经过一番精心修饰打扮的赵璇早早地来到了凯撒影剧院，站在门口等待秦宇。演唱会开唱时间是八点，七点五十分，秦宇的奔驰S600刷地一声停在了影剧院门口的台阶下，秦宇泊好车。从车上下来径直向赵璇走去。

"你今晚打扮得很漂亮，很迷人。"秦宇目光如电，在赵璇身上扫视一番，给出一句赵璇最爱听的评语,接着将两张演唱会的门票交到赵璇手中,诧异地问,"你朋友呢? 怎么没来?"

赵璇说:"她跟男朋友出去玩了。"

秦宇微微笑道:"哦,我还以为你是陪你男朋友一起来呢。"

赵璇娇嗔地说:"人家哪里有男朋友啊? 人家还没恋爱呢。"

秦宇暗笑,小丫头,用不着这么暗示吧? 我定力很差,很容易受诱惑的。

秦宇说:"你进去吧。演唱会马上要开始了。"秦宇说罢转身要走。就在这一刹那间,赵璇也不知哪里来的胆子,竟然一下子抓住了秦宇的手,说:"你要去哪?"

秦宇说:"回家。"

赵璇不解地问:"你不去给你女朋友夏飞燕捧场啊?"

秦宇平淡地说:"小丫头。我明明白白地告诉你,她早就不是我的女朋友了。人家攀上了高枝,我算哪根葱啊?"

赵璇惊喜交加,抓住秦宇的手依旧没放开。她哦了一声,鼓起勇气说:"那你陪我一起看演唱会好吗?"

秦宇嘴角绽放出一丝迷人的笑意:"给我一个恰当的理由。"

赵璇想了想说:"这不是有两张票吗,浪费了太可惜了。"

秦宇摇头:"这不是理由,只要你愿意抛出另外一张票,你马上可以以高出数倍的价格卖出去。"

赵璇说:"我怕坏人欺负我。你不也说我只是个小丫头嘛。"

秦宇笑了笑:"这理由嘛,还有点勉强。好吧,我就勉为其难吧,做一回小丫头的护花使者。"

赵璇高兴地牵着秦宇的手进了影剧院,在前面第四排中间最佳位置对号入座。

演唱会正式开始了,舞台上的幕布徐徐拉开,夏飞燕特意请来的 A 省电视台著名主持人杨俐报出了夏飞燕的第一个节目,夏飞燕演唱她的成名曲《那时桃花》。在一群身穿粉红色艳如桃花般的长裙的美少女簇拥下,一袭白色曳地长裙的夏飞燕如众星捧月般走上舞台。在极地乐队一段优美的前奏下,她轻启朱唇,开嗓亮唱。

赵璇痴迷地注视着舞台上的夏飞燕的一举一动,她太崇拜这个女人了,她不但人长得漂亮,像月中嫦娥,如九天仙子般不染一丝尘世烟火。她的嗓子太美太甜了,听她唱歌真有一种心田被滋润的感觉。赵璇偏头看了秦宇一眼,见他一副心不在焉的样子,不由开口询问:"秦哥哥,你真心爱过她吗?"

秦宇看了赵璇一眼,他不想回答这个问题,但迟疑了片刻,他还是回答了她:"曾经,她是我这一生唯一的目标,唯一珍爱的女子。不过,后来我发觉我是这世间最可悲的傻瓜。"

赵璇又问:"那你现在还爱她吗?"

秦宇冷笑:"你认为我是一个没有自尊的男人吗?"

赵璇将头轻轻地靠在秦宇的肩膀上:"当然不是。你是骄傲的王子!任何高贵的女人都只会臣服在你的脚下。"

秦宇伸出手去。本想推开赵璇,但最终却又有些不忍,他将手停留在她的头部,轻轻地抚摸着她乌黑的秀发,不再言语,内心却泛起一股温暖的感觉。

夏飞燕的演唱会非常成功,不仅有国内最顶尖的极地乐队为她伴奏,还有本地最受欢迎的著名节目主持人杨俐为她主持,另外,还有国内甚至港台几位当前最红的影视歌三栖明星到场为她助阵。每人均在台上献唱了一首最拿手的歌,或是他们的成名曲,或是即将发行的单曲或专辑中的主打歌。

在演出的间隙里,夏飞燕每演唱一首歌便换一套服装。如同一位百变公主,怎么变怎么漂亮。夏飞燕最后两首即将发行的单曲将演唱会推向高潮。在雷动的掌声中,秦宇对赵璇说:"小丫头,该走了。我不喜欢散场时拥挤的人潮,我得先走一步了。"

赵璇跟着秦宇一起起身,她说:"我也害怕拥挤的。而且我不喜欢散场时那种落寞的感觉。我跟你一起走。"

赵璇拉着秦宇的手,喜滋滋地出了影剧院。相对于影剧院里面的热闹欢腾,外面显得很冷清,只有看车的老头坐在一张皮椅上半眯着眼睛休息,只有一些卖小吃的卖宵夜的在期待着散场时的人潮。

秦宇给了看车的老头二十元小费,打开车门,发动车子,对赵璇说:"上车吧,我送你回家。"

赵璇坐上副驾驶位,开心地说:"秦哥哥,时间还早嘛,我们到别的地方逛一逛,好吗?"

秦宇正色说:"不好!你一个丫头片子,跟一个陌生男人逛什么逛?你不知道男人见了漂亮女孩都会变成魔鬼和色狼吗?"

赵璇脸上洋溢着幸福的微笑:"秦哥哥,这么说你认为我也是很有吸引力的吗?"

秦宇气也不是笑也不是,盯紧了赵璇:"小丫头,你给我听好了,不许叫我秦哥哥,让旁人乍一听还以为是叫我情哥哥呢,别扭!"

赵璇故意作出一脸无辜的样子,委屈地说:"你是姓秦嘛,我不叫你秦哥哥,叫什么啊。"

秦宇生气地说:"小丫头,你听好了,叫我秦大哥也行,叫我阿宇哥也行。

就是不要叫什么秦哥哥,肉麻死了。"

赵璇笑道:"知道了,秦哥哥。"

"知道了还叫?"秦宇作势要打赵璇。但看到她一脸灿烂幸福的微笑,终于还是将手放在了方向盘上,发动车子驶离停车场。然后一踩油门,狂飙而去。

在车上,赵璇意犹未尽地说:"秦哥哥,我们接下来去哪里玩啊?"

秦宇冷漠地说:"送你回家。"

赵璇不高兴地说:"秦哥哥,人家第一次出来玩,都没有尽兴。你真不够意思!"

秦宇冷笑:"你个小丫头片子,你内心还是蛮狂野的嘛!跟一个陌生男人,你想怎么玩啊?玩出祸事来你后果自负啊?"

赵璇迷茫地侧过脸来看着秦宇:"秦哥哥,你是我最崇拜最敬重的男人,跟你在一起我挺放心的。你又不会欺负我。"其实她内心倒是巴不得秦宇欺负她。

秦宇嗤之以鼻:"你认为我是好男人吗?我其实是一个大坏蛋!我恨女人你知道吗?你最好离我远点,我现在的定力越来越差了。我警告你,你可别引狼入室惹祸上身啊!"

赵璇无动于衷地说:"秦哥哥,你是不是恨夏飞燕?如果你恨她,说明你心里还是在乎她的。如果没有爱,又哪来的恨呢?"

秦宇冷笑:"你别装大人了,小丫头片子。"

赵璇委屈地说:"秦哥哥,你以后别叫我小丫头片子好吗?我十九岁了,人家有名字。"

秦宇怪笑:"哦,十九岁了。可以嫁人了。你别暗示我欺负你啊。说不定我真会对你下手的。"

赵璇故作天真地笑了笑:"秦哥哥,你不会的,秦哥哥,你是好人。"

秦宇猛然刹车,将车子停在路边,然后搂过赵璇的脑袋,一把便攥住了她温润的嘴唇,在防不胜防间夺去了赵璇的初吻。吻得赵璇意乱神迷天旋地转。

秦宇放开赵璇,目光恨恨地说:"小丫头,你再不听话我就不知道接下来会怎么欺负你了。"

赵璇一颗心扑通扑通地狂跳,刚才那感觉太美妙了。她还沉浸在那奇妙的幸福快感中。她痴痴地望着秦宇,羞怯而迷离地说:"秦哥哥,我喜欢你。我不怕你欺负我。"

秦宇彻底无语了。发动车子,一路上不再跟赵璇说一句话。车速如风,很快便开到了赵璇的花店。秦宇停下车:"你就在这下车吧。估计你家离你的花店也不远。如果远你就打车回去。你个野丫头,自己小心点啊,撞上坏人给我打电话。"

赵璇下了车,灿烂地笑道:"秦哥哥,以后我可以经常给你打电话吗?"

秦宇说:"随便。不过我告诉你,我会议期间或者处理重要事务期间,可不会接你电话。"

赵璇目送秦宇的车子远去,才幸福地微笑着拐进了附近的一条街巷。她家其实离花店不足五百米。

★ 3 ★

第二天上午九点,秦宇正在集团召开高层会议,赵璇打进秦宇的手机。秦宇会议期间手机开的是振动,他一看是赵璇的号码,随即回过去一条手机自动短信:我在开会。稍后与你联系。

赵璇接到短信,灿烂地笑了笑。吴佳在旁边揶揄道:"我们的璇美人也成花痴了。"

赵璇不依不饶,拿着给花浇水的喷水枪冲吴佳狂喷:"你敢骂我花痴,你才花痴呢!"

吴佳大笑着跑出花店:"我不来了,我不来了。君子动口不动手啊。你还动起枪来了。虽然是喷水枪,可还是有杀伤力的,你看把我的衣服都喷湿了。"

赵璇得意地说:"你再敢胡说八道我还喷你!"

上午十一点,会议结束,秦宇打进赵璇的手机,问她是不是找他有事。赵璇脸色通红,偏偏吴佳像个间谍一样在旁偷听。赵璇忙跑到花店外去和秦宇通话:"没事,我就是想听听你的声音。"

秦宇"哦"了一声,然后说:"就这样吧。我挂了。拜拜。"

赵璇怔怔地看着手机屏幕显示的通话已结束,失神了片刻。随即进了花店。她内心有些茫然,她喜欢秦宇,但她不知道像秦宇这样优秀的男人会不会喜欢她。她为此忧心忡忡,一颗心七上八下的,一会儿高兴一会儿忧愁。

吴佳见赵璇失落落地回到花店,关心地问:"怎么,受打击了?那小子到底是谁啊?"

赵璇无语,坐在百花旁边沉默了良久,然后问吴佳:"佳佳,你说灰姑娘遇上她心爱的王子应该怎么做?你说王子会爱灰姑娘吗?"

吴佳说:"你的王子到底是谁啊?居然能够让你自惭形秽,自贬为灰姑娘？"

赵璇说："他是一个非常出色的男子,是世间最出色的。他的出身并不算很高贵,但是他本身所拥有的才华、地位和实力能够让任何一个高贵的女子心生仰慕。"

吴佳说："如果是这样一个男子,那他身边一定会有许多女人,你又何必去凑这个热闹呢？你认为他可以信赖吗？值得你倾付一片深情吗？"

赵璇说："我觉得他是个好男人。真诚,自信,阳光而温暖。"

吴佳笑道："那还迟疑什么,告诉他你喜欢他爱他不就行了？难道你非要等他来追求你？那样说不定你会错过机会的。"

赵璇觉得吴佳说的很在理,她决定傍晚再跟秦宇打电话,告诉他自己喜欢他。不管怎样,就算秦宇最终不接受她,她也可以打开这个心结了。

傍晚时分,秦宇来到医院看望方斌。此时方斌已经经过二次手术,身上部分恢复良好的骨折部位已经通过手术取出了第一次手术时打入的钢钉或钢针。经过医院的专家手术治疗和特殊护理,方斌已经完全摆脱了后遗症的威胁。

专家告诉秦宇,方斌的手术非常成功,再过几个月,他身上几处重要部位的骨折矫正手术完毕,拆除剩余的钢钉或钢针,再经过一段时间的复原,他就可以跟以前一样龙精虎猛龙腾虎跃了。

在方斌住院治疗的这几个多月里,秦宇经常去医院看望他,陪他说话,鼓励他从阴影中走出来。方斌心里非常感激秦宇,尤其是他得知在他发生事故后,秦宇第一时间四处为他凑钱抢救他的性命。虽然最终方芸采取了极端的方法跟燕涛达成了救治方斌的协议,但在方斌的心里,他对秦宇是充满感激和敬重的。他觉得秦宇才是这世间真正重情重义视金钱如粪土的好汉,而燕涛再富有也只不过是个为富不仁的伪君子。

方斌紧紧地握住秦宇的手："阿宇,谢谢你。你对我的情义,我心里有数。这辈子我跟你做兄弟做定了。"

秦宇感叹道："你这算是不幸中的万幸了。什么也别多想,好好把身体养好,早点出院！你不是一直想扳回面子吗？你不是一直想打败我吗？我接受你的挑战,散打、柔道、跆拳道、自由搏击,任你挑！如果一两个回合就被我撂倒了,我会看不起你的！"

方斌狂笑："好小子,你也太狂妄了吧？我还从来没有见过比你更狂妄的人。就算燕涛也没有你这么狂妄！"

秦宇淡淡地笑道："狂妄是要用实力说话的！如果没有实力,狂妄就是一个致命的弱点！而如果有实力,再狂妄的表现也只不过是一种自信的表现！"

方斌被激起无边的战意："我就不信,我飙车飙不过你,打架也打不过你!我就不信你这家伙是神!"

秦宇看到方斌被激起强烈的斗志,觉得自己的目的达到了,他感到很欣慰。这对方斌从妹妹方芸为了救治他牺牲自己委身燕涛的阴影中走出来大有益处。

秦宇笑道："不信就好好调养身体,快点好起来,快点痊愈。出院后跟我打一场,决一雌雄!"

方斌自信地说："好,你再等我几个月,我一定要将你打倒一次,否则你这小子真的不知天高地厚了!"

方斌接着说："还有,我觉得不能让你这小子太顺了,太顺了对你的人生并不是件好事! 我得打倒你一次! 否则以后你被别人打倒了,那对你来说可能就是灾难了!"

秦宇豪笑："好,我真的希望有人能够打倒我一次。除了没有雄厚的金钱资本,其他方面我还真有种独孤求败却未尝一败的感觉!"

正说话间,秦宇的手机响了,秦宇一看是赵璇打来的,于是对方斌挥了挥手:"是一朋友。我走了。改天来看你。"

秦宇边往外走边说:"丫头,又有什么事啊?"

赵璇在花店鼓起勇气说:"秦哥哥,你还没吃晚饭吧? 我想请你吃饭。"

秦宇笑了起来:"我是没有吃晚饭。不过我怎么能让一个小丫头请我吃饭呢? 能给我一个说得过去的理由吗? 否则我还真的难以接受一个小丫头的吃请。"

赵璇说:"你昨天送演唱会门票给我,又陪我一起看演出。你说我是不是应该请你吃饭,略作答谢啊?"

秦宇开心地笑道:"好像理由是很充分的。嗯。看来我是没有理由拒绝的。好,就给你一次破费的机会吧。要不要我开车去接你啊?"

赵璇说:"不要。你选个地方,我打的过来。"

秦宇说:"那就绿城酒店吧! 我开车先去,订好位子点好菜等你。"

赵璇嗯了一声,挂了电话喜滋滋地跑进花店,捧起那束经过她精心挑选的黑寡妇,对吴佳报以一个灿烂的微笑:"佳佳姐,拜托你看好花店,我去给顾客送束花。"

吴佳悻悻地说:"死丫头,你骗鬼吧! 给顾客送花。给情郎送花不好意思说罢了。真是没得救了,送羊入虎口啊! 可惜这么个活鲜鲜的'花骨朵'儿。也不知便宜了哪个臭小子! 但愿那家伙莫要辜负了这丫头的一片痴情才好。"

赵璇拦了辆出租车十多分钟便赶到了绿城酒店,在酒店门口,赵璇看到了秦宇的轿车,知道他已经到了。她兴高采烈地直奔中餐厅,在酒店中餐厅一个靠窗的位子,赵璇看到了帅气逼人的秦宇。

秦宇的目光一直紧紧地盯着赵璇手中捧着的那束鲜艳欲滴贵气逼人的黑寡妇,他几乎不敢相信自己的眼睛,这丫头请他吃饭还带来了束如此贵重的鲜花,至于这鲜花的象征意义不言而喻,他是一清二楚的。

黑寡妇代表热烈高贵执著的爱情!

看来这丫头真的是对自己动了情了,情窦初开的少女啊!

赵璇走到秦宇身边,将花捧起送到他面前:"送给你!"

那一刹那,秦宇居然有一种晕眩的感觉,他笑道:"丫头,从来只有我送花给女孩子。除了你,还从来没有哪个女孩子送过花给我,而且是如此贵重,可遇不可求的黑寡妇!"

赵璇巧笑嫣然地说:"因为我是开花店的啊。我没有别的送你,就只好送花喽。"

秦宇笑道:"好一张巧嘴,你别告诉我你这个花店老板不知道这束黑寡妇的寓意吧? 告诉我,黑寡妇代表什么?"

赵璇说:"在我眼里,它就是一束鲜花,不代表什么。"随即撇开话题,"对了,你点好菜没有?"

秦宇说:"点了几道菜。你再看看需要添点什么,我不知道你的口味,万一我点的菜你不喜欢吃呢。你再点几道吧。"

赵璇接过菜单,添了两道自己喜欢吃的菜。将菜单交给服务员,然后问秦宇喝什么酒。秦宇说:"就喝红酒吧,女孩子比较适应。"

赵璇甜甜地微微一笑,她觉得秦宇很懂得体贴人。

酒菜很快上来,秦宇打发走了服务员,自己开了酒,给两个杯子满上,秦宇举杯说:"丫头,你随意啊,不能喝就少喝点。我不知道你的酒量如何,估计你是不行的。事先说好,你可别喝醉了。喝醉了我可不知道怎么处置你。说不定我心一烦就把你扔马路上了。到时那些露宿街头的乞丐把你背走了你可别怪我。"

赵璇温柔地笑道:"秦哥哥,你尽吓唬我。我知道你不会这么做的。"

赵璇轻轻地和秦宇碰杯,然后细细地抿了一口酒,说:"蛮好喝的。觉得不太醉人。"说着又喝了一大口,"秦哥哥,今天是我第一次喝酒。你信吗?"

秦宇说:"当然相信。"

赵璇接着又羞涩地说:"昨天是我第一次被男孩子亲嘴。"

秦宇一怔,脸色微红,随即正色地说:"丫头,我告诉过你离我远点,否则你的许多第一次都会毁在我手里。你还送黑寡妇给我,你这不是诱惑我犯罪吗？"

赵璇说："秦哥哥，我喜欢你。我没有办法逼自己不喜欢你。"

秦宇心里泛起一股温情的感觉。能被这样一个纯真的小丫头喜欢是件幸福的事情，可是他身上背负着太多的感情债。从感情这方面来说，他是一个罪恶的灵魂，不知从何时起，他已经开始玩弄感情了。也许是受过的伤害太深，他心底对女人充满了报复欲和仇恨。他发誓要玩弄每一个他看得上并且有机会玩弄的女性，这包括他主动征服的女人和主动送上门的女人。

而赵璇无疑是属于后者。她主动追求他。这跟羊入虎口几乎没有什么区别。

秦宇内心充满了挣扎。

这顿饭吃得很不是滋味。两人各怀心事，饭后，秦宇争着埋了单，赵璇委屈地说："秦哥哥，你欺负人，说好了我请客答谢你的。你却抢着埋单。"

秦宇说："丫头，你开一个小花店，赚几个钱不容易。就别跟我争了，再说了我是男人啊。怎么能叫你一个小丫头请客呢？"

赵璇不满地说："你就是欺负人。"

秦宇抱着那束黑寡妇出了酒店，赵璇紧紧跟随着。秦宇打开车门，钻进驾驶室，赵璇随即坐在副驾驶位上。秦宇说："我送你回去。"

赵璇没有说话，眼里的泪水却涌了出来。秦宇怔住了："怎么了，丫头，干吗哭啊？"

赵璇委屈地说："秦哥哥，你是不是很烦我？"

秦宇说："没有啊。我很高兴认识你啊。你是一个热情可爱的小丫头。而且我很感谢你送给我鲜花啊。你是第一个送花给我的女孩子。"

赵璇忽然一下子抱住了秦宇，流着泪说："秦哥哥，我喜欢你，我爱你。莫名其妙地爱你。"

那一刻，秦宇震撼了，他无法承载这飞蛾扑火般的感情，也无法拒绝这飞蛾扑火般的感情。他轻轻地吻了吻她鲜艳的湿润的嘴唇，轻轻地说："我知道。我看得出来。好了，丫头，我得送你回家了，不然你父母会担心的。"

赵璇仰起脸，决然地望着秦宇，脸上还残留着泪痕："秦哥哥，我是大人了。你别叫我小丫头了。我会对自己的行为负责的。"

秦宇摇了摇头，说："丫头，我不想伤害你，因为我知道我无法给你幸福，也许我带给你的只有伤害。你是如此的纯洁，你是如此的无辜。我不能伤害你，离我远点，好吗？我不是个好男人，我已经快成魔了。"

赵璇紧紧地抱住秦宇："我不在乎，我就是要喜欢你，我就是要爱你。"

秦宇心里涌起一阵感动，这丫头居然对他如此痴情。恐怕燕菲儿对他的痴情也不过如此吧。

秦宇拥抱着赵璇，身上的男性特征已经有了强烈的生理反应。他亲了一下她的额头，然后推开了她："丫头。别这样，我怕我把持不住自己，会做出伤害你的事情。"

赵璇说："我不怕，秦哥哥，我不想错过你，错过你，我会一辈子不开心的。"

秦宇倒是能够理解赵璇那种爱的盲目和坚决。想当初他又何尝不是如此，在哈佛大学念书那些年，不知道有多少世界各国各地的绝代佳丽主动追求他，可是他内心就只爱夏飞燕一人，对别的女子无动于衷。可最终他的忠贞换来的却是辜负。

秦宇发动车子，几个拐弯便开到了兰宁宾馆。他停下车，对赵璇说："丫头，你想好了，这个酒店，可能是天堂，也可能是地狱。你敢跟我进去吗？"

赵璇毅然点头："敢！无论是天堂还是地狱，只要是跟你在一起，我就不怕，我就不在乎！"

4

秦宇泊好车，锁好车门，牵着赵璇的手进了酒店，而赵璇就这么跟着他，任他将她带进天堂或地狱。

秦宇牵着赵璇进了酒店，在服务台开了间豪华套房，服务员领着他们上了楼，一路上服务员用一种怪异的既带有妒忌又带有羡慕的眼光不时地瞟上赵璇一眼，或许此时她心里在想今晚和秦宇这位大帅哥共度良宵的要是她该多好啊。

服务员替他们开了房门便走了。秦宇牵着赵璇进了房间，一进房间，赵璇的脸便没由来地涨红起来，心跳的速度也加快了，怦怦地狂跳。她清楚她跟秦宇进了这间房间，接下来将会发生什么。

赵璇心中充满了恐慌和期待，一种既兴奋又羞怯的情绪在她心中纠结。

秦宇像看透了赵璇内心似的，温柔地问："丫头，是不是有点紧张？"

赵璇点了点头，红着脸问秦宇："秦哥哥，会不会有警察来查房？"

秦宇笑了笑，温柔地说："不会的，你不用担心，我们不是做色情交易，就算有警察来查房，我也可以说我们是恋爱关系，你是我女朋友嘛！"

赵璇充满期待地望着秦宇："秦哥哥，你真把我当女朋友么？"

秦宇点了点头:"嗯。丫头,不管我以后有多少女人,你都会是我真心喜欢过的女孩。我会在心中给你留一个位置的。"

秦宇轻松地在床头坐下,解开领带,看着赵璇,感情复杂地说:"丫头,你考虑清楚了,我不会娶你的。也许我可以给你快乐,但是我无法给你幸福。你喜欢我、爱我,可能只是单方面的感情付出。因为我在喜欢你爱你的同时,也会喜欢别的女人,爱别的女人。你真的愿意为我付出吗?"

赵璇深思了片刻,最后坚定地点了点头:"我愿意。秦哥哥,我真的很喜欢你,很爱你。如果错过你,我会很痛苦。我知道我配不上你,我知道你不会娶我的。但是只要你让我喜欢你,我觉得就足够了。"

无怨无悔的痴情!秦宇叹息一声,坐在床头黯然深思了许久。赵璇羞怯地坐在秦宇身边,期待着秦宇今晚结束她的少女时代,将她变成一个名副其实的女人。

房间里很静,静得只听得到彼此的心跳,灯光仿佛有点暧昧,照在赵璇神色迷离的脸上。

秦宇黑色长眸洋溢着邪气的笑意,轻轻抓住那双柔若无骨的纤纤玉手,然后咬着赵璇粉嫩的耳垂略微沙哑地说:"丫头,让我好好亲亲你。"

赵璇低低地嗯了一声,她觉得自己的心跳速度更快了,秦宇身上的那种男性的气息在独处的空间里愈加浓烈地刺激着从未体验过激情的赵璇。

在一个温馨暧昧的环境,和一位少女制造一种情调至少要有温柔飘忽的眼神、性感富有磁性的嗓音,以及动人的情话,否则就无法达到完美,要想让纯情少女沉醉于你的温柔,必须要相应地不懈努力,显然,秦宇是精通此道的。

秦宇轻轻拉过赵璇的脖子,用脸摩娑着她精致的脸颊,双手在她的腰间和臀部轻轻抚摸,摸得赵璇一阵芳心狂跳。赵璇轻轻扭动着纤细的腰,不知道是迎合还是抗拒秦宇的侵犯,面对着他的眼睛吐气如兰。

"丫头,我忽然发觉你很有女人味。女人味跟漂亮没有必然的关系,漂亮的女人不一定有女人味,但有女人味的女人一定会流露出自然而醉人的美,那种蕴涵迷人眼神的嫣然巧笑、吐气若兰的燕歌莺语、扶柳翩翩一样飘然的步态,再加上细腻的情感、纯真的神情,都会让一个也许并不炫目的女子溢出醉人的娴静之味、淑然之气,置身其中,自然就有暗香浮动的极致意境。你是一个非常温柔并且善解人意的女子。而且是纯情少女,这就更难能可贵了,所以今晚我一定会好好地疼惜你,让你一辈子记住我对你的深情。"

秦宇说罢,开始脱掉自己的衣服,然后双手捧起她秀美的脸颊,锁定她红红的性感的小嘴,缓缓地压上去,然后吮吸了几下,舌头开始使坏地钻进她的小嘴,攫住了她的丁香小舌,紧紧地缠绵在一起。

赵璇只觉得一阵天旋地转，这样的吻太炽热了，这样的吻太刻骨了，这样的吻太销魂了。这样的吻绝对不是一个纯情少女能够抗拒得了的。赵璇的春心荡漾起来，整个身子都水灵灵的像熟透的蜜桃。赵璇嘴唇支吾着想说什么，但却说不出来，最终她几乎连气都喘不过来了，被秦宇亲吻得要窒息而死了。

她使出全身的力气推开了秦宇，白嫩的面颊上在不知不觉染上了两抹艳丽的桃红，显得格外的妩媚和娇艳。她喘着气说："秦哥哥，我要死了。"

秦宇将她的脸庞轻轻揽过，贴靠在自己宽厚的胸膛："丫头。我会给你快乐的！我会让你知道性爱是人世间最美妙的事情。"

然后，秦宇轻轻解开赵璇的衬衫纽扣，微微拉开衬衫，将粉红色蕾丝边丝绸内衣向上推开，秦宇的手指终于接触那柔嫩双峰，那双本就发育完美的处女峰因为一下子暴露在空气中而愈加挺翘。

赵璇知道秦宇在做什么，她不敢看他，也不敢看自己。她闭着眼睛幸福地偎靠在秦宇的肩膀上。

秦宇进一步动作，他轻轻地将赵璇放倒在床上，然后褪去了她的裙子和贴身小内裤，一只手悄悄地轻轻地覆盖上她的神秘花园。赵璇情不自禁地轻轻地呻吟起来。

"秦哥哥，我害怕，会怀孕吗？我害怕怀孕。"赵璇痴迷地望着秦宇。

秦宇一只手在赵璇的隐秘处和大腿内侧轻轻摩挲，另一只手渐渐攀升至赵璇饱满的胸脯，此时他的欲火已经全部点燃起来，叫他放弃这个可爱迷人的宝贝少女已是不可能的了。他还管得了什么怀孕不怀孕，他安抚道："不会的。丫头。我会小心的。"

秦宇凝视着媚眼如丝的小美人，轻轻地俯下身去，嘴唇突然叼住赵璇左边胸部那颗诱人的红樱桃，轻轻地慢慢地加重了吮吸力度。由左边至右边，由一颗到两颗。

"啊！"

赵璇情不自禁地一声呻吟，全身酥软无力瘫软如泥。小巧玲珑的殷红两点，因为强烈的刺激成熟挺立起来，美妙的身体如同蓓蕾般，情不自禁地跟随着秦宇的挑逗而绽放，她甚至感觉到了自己的处女花园已经有了异样的水淋淋的陌生感觉。赵璇为此羞怯万分，犹如梦呓："秦哥哥，我很难受，我好像要死了般的难受。"

秦宇邪邪地笑道："丫头，你不是难受。你是想要了。"

赵璇羞怯难当地忽然一把紧紧抱住秦宇，张开小嘴咬住他的肩膀，身体不停地颤抖，主动地将自己饱满的胸部和光滑腹部与他的身体大力摩擦，整个燃烧的身体充满情欲。

　　"丫头,第一次也许会有点痛,但是不要怕,我会很温柔的。"秦宇作好了一切准备,即将结束赵璇的少女时代,使她变成一个真正的女人,他的女人。

　　赵璇嗯了一声,秦宇开始温柔地进入她娇嫩的身体,赵璇紧紧搂着压在自己身上的男人,即使痛楚也没有哭出声。

　　一切就像是一场梦幻,赵璇献出了自己的处女贞操。随后精于此道的秦宇在经过一段时间的蓄势后很快将她带入一个别有洞天的两性世界。

　　那一刹那间,落红缤纷。赵璇知道自己的第一次就这样在秦宇的引导下失去了。赵璇紧紧地依偎着秦宇,泪如泉涌。

　　这泪水既是为自己的纯真少女时代告别,也是对自己无法独拥秦宇的爱情的一种无助和迷茫。

第十章：弥补歉疚

　　秦宇从父母和叔叔秦天明手中各借了几十万，加上从燕涛手中预支了一年薪水，在兰宁南苑小区购买了一幢小别墅。

　　秦宇从叔叔秦天明家中搬出时，堂妹秦韵跟他赌气，嘴巴噘得老高，秦宇知道她的心思。笑道："我那里专门给你留了一间闺房，你可以随时来做客啊。"

　　秦韵马上露出笑脸："真的啊？那我马上跟你一起搬！"

　　秦天明不悦地瞪了秦韵一眼："臭丫头，小宇马上就要跟菲儿订婚了。说不定订婚之后马上就会结婚的。你跟你哥搬到一起住成何体统？还有，你真狠得下心扔下我跟你妈？小宇搬出去了，你也要跟着搬出去，这么大一套房子就剩下我跟你妈多冷清啊！"

　　秦韵知道父母不会依从她胡闹的，嘴巴又嘟了起来："爸，妈，谁叫你们不多生几个孩子啊？生我一个，好天天拴着我。我可不愿意跟你们老年人住一辈子。"

　　秦天明气得呛了口气，指着秦韵半天说不出话来。秦宇摇头笑了笑，开着车载着收养的流浪猫宝儿以及自己的行李离去。

　　中午，秦宇在小区附近的一家酒店订了五桌酒菜，宴请了一帮前来祝贺他乔迁之喜的亲朋好友。

　　秦宇的父母和哥哥嫂子来了，叔叔秦天明带着老伴和女儿秦韵来了。燕涛带着女儿燕菲儿来了。还有，就是绿城集团的高层全部来了。这可是他们巴结拥有绿城集团总裁特助以及 A 省首富燕涛的未来女婿双重身份的秦宇的最佳机会,这些久在职场打拼的金领红领白领是不会错过这样的机会的。所以他们一个个都送来了别出心裁的礼品或丰厚的礼金。

最让秦宇意外的是,A 省副省长许世雄居然带着女儿许可也来了。在他们进酒店的一刹那,立时便将包括燕涛和秦天明在内的几位见过大场面的人物震撼了。

他们连忙站起身来,都向许世雄打招呼:"许省长!"

许世雄微笑着冲他们点头致意。然后径直来到秦宇身边,秦宇羞愧地叫了声:"许伯伯!"

许世雄拍了拍秦宇的肩膀,哈哈大笑:"小宇,你小子不够意思啊,买了别墅,搬了新家也不跟你许伯伯打声招呼。怎么,怕我带上全家,大吃你一顿啊?"

秦宇自嘲地笑了笑:"不是的。许伯伯,我知道您公务繁忙。我觉得我搬个家,这么点小事不应该惊动您。所以就没跟您打招呼!"

许世雄豪笑道:"小宇,你错了,买房置业,娶妻生子,都是人生大事。怎么能说是小事呢?所以,今天我跟我丫头算是厚着脸皮来讨你一杯喜酒喝,你不会介意吧?"

秦宇连忙赔笑说:"您既是我的长辈,又是我的父母官。您能来为我贺喜,我是荣幸之至啊。"

许世雄吩咐许可将礼物送上。许可将一幅字画送到秦宇手中,自豪地说:"阿宇,这是我爸爸花费了一个下午写的一幅字。你可得收好喽。"

秦宇的父母和叔叔秦天明以及未来的岳父燕涛内心都是又惊又喜。许世雄身居高位,精通书法。他四十岁之前书法成就便很高,是全国书法家协会常务理事。后来官越做越大,他对自己要求便越来越严格了。他担心某些别有用心的官员或商人利用自己的字画做某些见不得人的交易,自他当上副省长后,他的书法字画便成了一种自娱,既不送人,也不拍卖。燕涛就曾经托人花巨资欲从许世雄手中购买一幅字画,被许世雄拒绝。而如今许世雄不但给足了秦宇面子,带着宝贝女儿不请自到前来参加他的乔迁之喜,而且还以自己的珍贵墨宝相赠。放眼整个 A 省,可以说能得许世雄如此厚爱的,唯有秦宇一人!所以,作为秦宇的父母,作为秦宇的叔叔,作为秦宇的未来岳父,他们一个个都觉得脸上有光。

脸上光彩最灿烂的当然是非燕菲儿莫属了,丫头心里甜滋滋地想:我男人就是棒!在任何场合都总是光芒万丈的!

开席了,秦宇的父母和燕涛非要拉许世雄坐首位,许世雄平和地笑道:"今天是家宴形式,理应秦宇的父母坐首位。你们不要把官场的那一套带到家里来。我不喜欢的,我跟我丫头挨着坐就行了。"

许世雄挨着许可,许可挨着秦宇。绿城集团的那些高层员工见许副省长如此给秦宇面子,内心对秦宇的能耐便又增添了几分敬畏。

酒宴结束后,秦宇带着大家去参观他的新家。今天来的客人几乎全部都是有车族,而许世雄和秦天明更是拥有政府专车的高官。所以,当一长溜的豪华高级轿车开进南苑小区时,小区的物业经理得知他们小区一位叫秦宇的业主居然跟副省长许世雄关系非常密切时,马上被惊动了,立即给开发商徐平打了电话。

十分钟后,南苑小区的开发商徐平在物业经理的带领下带着花篮和艺术牌匾赶往秦宇购买的28幢别墅。在经过那数十辆高级轿车旁边时,一向财大气粗的徐平内心犯嘀咕了:奶奶的,这业主什么来头啊?

在别墅门口,徐平遇见了燕涛,脆弱的心灵再度受到冲击。奶奶的,A省首富燕涛的架子比天大,连他这样上得了档次的房地产开发商都难得有机会跟燕涛说上两句话,而燕涛居然来这个小区参加这位秦姓业主的乔迁之喜。

开发商满脸堆笑走到燕涛身边,恭恭敬敬地掏出名片送到燕涛面前:"燕董,请多多关照!"

燕涛笑道:"徐平,你小子还给我递什么名片嘛,我记得你,十年前你还只是跟我打交道的一个小包工头,现在居然混成大开发商了。不错嘛!"

徐平赔着笑脸说:"全仗燕董当初给我一些业务,我才积累了第一桶金,今后我还得仰仗燕董的关照啊。您随便给我一个工程就能让我和我的一大帮手下过上好日子。"

燕涛笑道:"好说好说。"

徐平接着谨慎地打探道:"燕董,您跟这幢别墅的业主是什么关系啊?"

燕涛微笑道:"一家人。秦宇是我的女婿!"

徐平大惊:"燕董,我事先不知道这层关系。明天我就吩咐手下把购房款退还给秦公子。"

燕涛不悦地说:"你要真这么做,以后我不但不会关照你,我还得教训你!你要是有心,吩咐物管以后做事乖巧点,把房子周围的清洁和环境搞好点就行了。"

徐平喜形于色:"这个请燕董放心。我们一定做到最好。"

徐平接着远远地瞟了一眼坐在别墅客厅沙发上正和秦宇父母聊天的许世雄,说:"那位是许副省长吧。燕董,您说我要不要过去跟许副省长打个招呼?"

燕涛笑道:"算了,你就别自讨没趣吧。许副省长为官清廉,一向不太喜欢跟富商打交道。连我都难得跟他说上几句话。至于同桌吃饭,更是从未有过的事情。今天还是秦宇的面子,我才得以跟他同桌喝酒,荣幸啊!"

徐平看了看物业经理手中捧着的礼品,问燕涛:"燕董,那您看我们要不要进去跟秦公子恭喜一下?"

燕涛说:"你有这份心就行了。今天贵客太多,他也没空招呼你。你把礼品留下,我跟他说一声就行了。"

徐平高兴地说:"好,我听您的。改天我到府上拜访燕董?行不?"

燕涛说:"行啊!下月十五我准备给我女儿和秦宇举办一个订婚晚宴,到时你来参加吧。"

徐平喜出望外:"到时我一定前来恭贺!"

徐平吩咐物业经理将花篮和艺术牌匾留下,然后知趣地离开,一路上,徐平激动万分,拍打着物业经理的肩膀说:"小子,今天你立功了。哇,燕涛的女婿居然是我们的业主。机会啊,吩咐下去,这28幢别墅要重点对待。一定要把清洁、五通、保安等各项物管指标做到最好,如果被秦公子投诉一次,我就撤你的职!当然,你把事情做好,让秦公子满意了,燕大老板高兴了,我会重重有奖!"

物业经理信誓旦旦地说:"徐总,您就放心吧!我一定当自己的衣食父母一样侍候秦公子。"

燕涛回到别墅客厅时,秦宇正打开许世雄赠送的那幅字画。是一幅狂草,写的是:海纳百川,有容乃大;壁立千仞,无欲则刚。笔锋刚劲,笔画如钩,力透纸背,确有大家风范!旁边有许世雄的签章。这样一幅绝版的名人高官字画,用燕涛的估量来说,只要遇上识货的主,随随便便就能卖个几百万。

秦宇将这幅字挂在大厅正中,立时羡煞了所有宾客。

连秦宇的叔叔秦天明都说:"小宇啊,还是你面子大啊,我跟许副省长同在官场为官,私交多年,他可是一幅字画也不舍得赠送给我啊。"

许世雄笑道:"天明,你还别拿话来激我,除了秦宇和我的宝贝丫头,我这辈子不会给任何人写字。当然我也清楚我的字写得不好,拿不出手啊。你如果喜欢字画,满大街都是名人字画,花几个钱就可以买上一幅。哈哈哈,所以劝你不要惦记着我啊。"

秦天明只得陪着干笑。

许世雄和大家闲聊了一会儿,然后兴趣盎然地对秦宇说:"小宇啊,你这里有没有围棋啊?"

秦宇说:"当然有。喜欢文房四宝、围棋、茶道、剑道的,在我这里都可以找到知音。怎么,许伯伯,想再跟我大战一盘?"

许世雄笑道:"嗯。上次输得有点不服气,我得再跟你下一盘。如果你能再赢我一次,我就输给你一个承诺,答应今后帮你一次忙。只要是不违背党纪国法的事情,我都帮你。"

秦宇兴奋地说:"好!能得许伯伯一诺,贵若金山!我一定全力以赴,争取再赢你一次。上次我算是赢得侥幸。"

秦宇起身去将围棋取来,在茶几上摆好棋局。秦宇依旧执黑,战局很快拉开,秦宇的先手很厉害,让许世雄如临大敌,谨慎应付。两人拔河般不断地变换优势,厮杀惨烈,互有损伤。这盘棋足足下了两小时二十六分钟,秦宇的父母、秦天明父女、燕涛父女在旁边睁大眼睛观战,看得连大气都不敢出。

最终,秦宇以一目半获胜。秦宇笑道:"许伯伯,承让承让,又让我侥幸获胜了。"

许世雄豪笑道:"老了。脑子不好使了,应付不过来了。上次输了半目给你,这次居然输了一目半。这不是严重的退步吗?哈哈,不过这盘棋下得痛快啊!我清楚,你小子是一点情面也没有给我留啊!"

秦宇微笑道:"如果手下留情,那就是对许伯伯不敬。面对许伯伯如此强劲的对手,我必须全力以赴。这盘棋我也是胜得很侥幸很吃力啊。"

许世雄微笑道:"嗯,你还算是说了心里话啊。我喜欢你这样的年轻人。我欠下你一个承诺。你随时可以来找我,不过,只有一次。你一定要权衡好了,把握好了。好了,打扰多时,可儿,我们也该走了。"

许世雄要走,秦天明父女、燕涛父女以及绿城集团的高层全部跟着向秦宇辞别。秦宇和父母一起到门口相送。数十辆豪华高级轿车相继离去,很快喧闹的场面冷清下来。

秦天元感慨道:"天下没有不散之筵席啊!"

秦宇笑道:"老爸,你不会是又想赋诗一首吧?这也值得你大发感慨?"

秦天元微笑道:"小子。你今天算给你老爸老妈争了脸面了。连许副省长都如此看重你,这真是大大出乎我的意料啊。"

谢芳也感慨道:"小宇,我发觉许伯伯的宝贝女儿好像对你也有那么点意思。她看你的眼神,温柔中带着一种炽热的情意。这应该是女孩子看心上人的眼神啊。"

秦天元得意地说:"我们的宝贝儿子高大帅气,相貌堂堂,英俊洒脱,才华横溢,这天下就没有不喜欢这小子的女孩儿。可惜了,我要是多有几个这样的儿子就好了。你大哥比你就差远了。哎,你说人跟人怎么就那么大的差距呢?不过,这么优秀的儿子,有一个也是人生大幸啊!"

秦宇白了作家老爸一眼,嗤之以鼻:"你就在这里感慨吧,老妈,我建议晚上让老爸做饭！从他开头,我们轮着来,人人平等。"

谢芳连忙说:"儿子,做饭的事情你就不用操心了。你是干大事的人。做饭的事情我包了就是。"

秦宇微笑道:"哪能呢?我们先应付着,过两天我抽空去请一保姆,做饭、打扫清洁。我可不想把我老妈累坏了。"

次日,秦宇上班之后托了几个下属替他物色一年轻手巧的保姆,中午在集团楼下的餐厅用餐时,燕菲儿笑眯眯地对秦宇说:"阿宇,我跟我爸说了你要请保姆的事,我爸答应把家里最好的保姆玲姐送给你。玲姐在我家里干了十几年了,人勤快,心灵手巧。不用你操心便会将家务打理得井井有条的。而且玲姐的厨艺非常棒,没有比她综合素质更高的保姆了。"

秦宇说:"你爸把玲姐让给我,那你家里怎么办?"

燕菲儿笑道:"傻瓜,我家里那么多保姆,又不缺她一个。至于做饭嘛我家有专门的大厨,少一个玲姐根本无妨碍。"

秦宇淡然地说:"好。那替我谢谢你爸了。"

燕菲儿接着一脸幸福地望着秦宇,告诉秦宇一个消息:"阿宇,下月十五是我二十三岁生日,我爸决定在家为我举办生日宴会,同时决定在生日宴会上为我们举办订婚仪式,宣布我们的订婚消息。你有什么想法和看法?"

秦宇毫不犹豫地说:"好啊。我们是应该把关系确定下来。这样你爸放心,你放心,我也放心。夜长梦多啊,万一哪天跑出个家伙和我争当A省首富的乘龙快婿,那我岂不是很糟糕?哈哈哈,只要这层关系一确定,今后我在集团说话做事就更有威信了,就更名正言顺了!我很高兴很满意,没有任何意见,就按你爸的意思办吧。"

秦宇的眸子闪过一抹深沉的玩味和冷酷,嘴角的笑意依然灿烂温柔,所以燕菲儿没有注意到这份蜕变后的隐情。

燕菲儿一脸的喜悦:"谢谢你,阿宇。我知道你是想让我开心。我知道你是干大事的男人,不过,我们先订婚也无妨。如果你不想太早结婚,我们不忙结婚就是了。反正我什么都听你的。不过,我想订婚之后跟你住在一起。行吗?"

秦宇狡猾地说:"偶尔住在一起,应该是没什么问题吧。不过,天天住在一起,我想你老爸一定不会答应的。"

燕菲儿抿着嘴笑了笑:"我听你的。两边轮流住上一段日子。"

2

住在南苑小区的业主很快发现一个奇怪的现象,小区的物管十分偏心,对28幢业主特别的关照,按照时下流行的话语来说,那完全是星级会员待遇。物管公司的保洁员每天三次打扫28幢别墅周围的清洁。还负责剪裁花草,浇水施肥。十二名保安组成的保安小组每隔十几分钟便到此巡逻一趟,到了夜晚,28幢别墅更是成为保安小组的重点巡逻对象。

也许是物管经理有意无意透露出去的消息,反正没过几天,南苑小区的业主们便都大致知晓了秦宇的一些底细:绝世天才,超级帅哥,24岁获得哈佛大学工商管理和经济学双博士,谢绝美国几家大财团的高薪高职招揽,回归祖国回到家乡。一回来便被A省首富燕涛看中,委任要职,担任了燕涛的特别助理,代理燕涛打理绿城集团一切事务。更是被燕涛的爱女主动追求,即将成为燕涛的乘龙快婿。而且秦宇是兰宁副市长秦天明的侄儿,与副省长许世雄也是忘年交,深受许世雄器重。如若从政,他日仕途不可限量。

更有少数对秦宇感兴趣的小资美女们,更是八卦地打听到了秦宇的一切细节。秦宇除了学术超人之外,在钢琴和围棋方面的造诣也是惊为天人,所向无敌。还有就是飙车技术一流,素有地下飙车王子美誉。哇噻,如此一个超级美男,立即吸引住了小区所有美女的眼球,于是在秦宇上下班的时机,小区大院门口的保安室里,经常会有美女有意无意地停留,跟年轻的保安们借故攀谈,其实她们是在等待秦宇那俊朗的身影。

不过,这样一来,平时觉得工作枯燥无味的保安们倒是多了些情趣,要是换了以前,这些美女们可是不屑于跟他们打交道的。所以,保安们内心很感激秦宇。

这天下午,秦宇正在办公室办公,赵璇打进他的手机,告诉他:"秦哥哥,我报名参加了兰宁有线电视台和民歌广场联合举办的民歌大赛,今晚我会上台唱歌,你能不能来现场为我打打气,鼓鼓劲?"

秦宇一直觉得自己亏欠赵璇太多,这丫头无怨无悔地将自己宝贵的贞操交给了他,死心塌地地爱着他,而他既不能给她爱情更不能给她婚姻,甚至连陪伴她的时间都极少。但是在内心,他是非常疼爱她的,他希望自己能够多带给她一些快乐,接到电话他毫不犹豫地说:"好啊,我一定过来为你捧场!你晚上几点钟上台?"

赵璇说:"晚上 7 点 30 分开始比赛,我排在第 16 位,大概九点左右上台吧,。"

秦宇说:"那这样吧,我 6 点钟就过来,先陪你逛逛街,然后在外面吃饭,好不好?"

赵璇高兴地说:"好啊好啊。我们在广场见面,不见不散。"

傍晚 6 点,秦宇开车来到民歌广场,民歌广场是兰宁市的重点建设工程,由德国 GMP 公司和 A 省建筑综合设计研究院联合设计,外形宛如一只从天而降的"飞碟"。整个广场占地约 22.9 万平方米,内含 5 万多平方米的人工湖,4 万多平方米、可容纳 3.5 万人的下沉式民歌广场主会场,以及园林绿化小品带。

自建成之后,兰宁民歌广场不仅成为每年一度的兰宁国际民歌艺术节主会场,同时它还具有大型机械室外展、市民休闲广场、体育运动场所等功能。民歌广场按照 1:1 比例设置池座区座位与台阶座位,平地座位 1.7 万多个,台阶座位 1.7 万多个,35 排的台阶座位采用了独特椭圆形设计,每一级台阶宽为 90 厘米,其中 30 厘米为座位,60 厘米植草。民歌广场设置了 8 个出入口和工作人员管理用房。另外,广场的小型停车场可停放 150 多辆汽车。

这是一项值得兰宁人民骄傲的宏伟工程。

秦宇找地方停好车,然后打电话给赵璇,告诉她自己的方位,很快他便看到赵璇向他走来,边走边向他挥手。

赵璇来到秦宇身边,甜甜地叫了他一声秦哥哥,秦宇充满爱怜地轻轻地抚摸了一下她的秀发,拉着她的手温柔地问:"丫头,告诉哥,怎么想起要参加民歌大赛?"

赵璇红着脸,羞怯地说:"秦哥哥,你身边的女人个个都非常出色,只有我是个灰姑娘,既没有高学历,又没有高贵的出身,还没有什么过人的特长,我知道我一点也配不上你。我从小就喜欢唱民歌,小时候左邻右舍的叔叔阿姨都喜欢听我唱歌。我想在这次民歌大赛中拿到一个名次,这样我就可以更配得上你一些。"

秦宇的心脏霎时涌进一股暖流,一种类似于疼痛的感动冲击着他的心胸,他的眼里瞬间聚满了泪水,他一把当街紧紧地拥抱住赵璇,声音有些哽咽了:"傻丫头,你不要这么想,两个人相爱,没有什么配不配,只要是真心真意就行了。"

赵璇幸福地沉浸于秦宇的怀抱中:"秦哥哥,可是我知道我是只丑小鸭,我也渴望有一天能够变成白天鹅。我想如果我能够拿到奖,秦哥哥你一定会高兴的。我想让你高兴。"

秦宇内心的感动无以言表，他轻轻地亲吻了一下赵璇的额头，说："丫头，哥陪你一起参加比赛，好不好？"

"真的？"赵璇眼里放射出炽热的光彩。

"嗯。"秦宇认真地点了点头："我不但要跟你一起参加比赛，还要跟你以男女组合的形式参赛。丫头，你愿不愿意跟哥同唱一首歌？"

"愿意！"赵璇感觉此时有种无边无际的幸福包围住了她，她觉得自己太幸福了。

秦宇轻轻地刮了一下赵璇的鼻子："哥就陪你一起过五关斩六将，杀入决赛，向冠军发起冲锋！"

赵璇高兴地带着秦宇来到民歌大赛现场报名处。秦宇问民歌大赛组委会工作人员可不可以将已经报名的个人参赛改成男女组合参赛。大赛组委会负责报名的正好是个年轻女子，她看了看秦宇和赵璇，见他们一个英俊帅气，一个靓丽清纯，觉得他们是一对不可多得的金童玉女组合，一定会博得观众们的喜爱，于是点头说："可以啊，原则上只要是没上台之前，都可以更改的。"

赵璇参赛的曲目是《康定情歌》，工作人员将秦宇的名字加了上去，秦宇和赵璇将以男女组合的形式参赛。

报名之后，离比赛时间尚早，秦宇向赵璇提议先找个歌厅排练一下这首歌，省得上台后配合不默契。赵璇觉得秦宇这提议非常好，跟着他进了广场附近一家KTV。秦宇要了个小包厢，包厢配置的是电脑点歌系统，秦宇在电脑里点了《康定情歌》，设置了自动重复，反反复复地排练了半个小时，觉得天衣无缝了，才离开了卡厅。

秦宇带着赵璇逛了一会儿步行街，在一家女装专卖店为赵璇买了一套时装，秦宇觉得自己亏欠赵璇太多，总想为赵璇做点什么。他觉得为赵璇买点漂亮衣饰也是一种补偿，看到穿上漂亮时装的赵璇变得更加美丽，同时快乐无比，他也觉得心情愉悦。

时装店里的服务员一个劲地夸这套时装穿在赵璇身上是如何的贴身漂亮，就好像是为她量身定做的，劝赵璇就要这套价值三千八百八十元的时装。赵璇虽然喜欢这套衣服，但觉得价钱太贵，跟服务员砍了半天价，服务员说他们卖的是品牌时装，不讲价，赵璇觉得贵，打算放弃，但秦宇却含笑买了下来，并吩咐服务员将赵璇换下的衣服装进服装袋。

出门时，赵璇对秦宇说："秦哥哥，这衣服太贵了。你没必要买这么贵的衣服给我。"

秦宇说："怎么没必要？你是我心爱的女人，我有责任和义务将你打扮得漂漂亮亮的。"

赵璇说:"可我不希望我们之间的感情沾染上物欲,我希望我们之间的感情是最纯洁最纯粹的。"

秦宇轻轻地将赵璇拥入怀中:"丫头,你对我太好,为我付出太多,你就让我为你尽点心吧。你对我的爱只有奉献,没有索取,可是,我不想亏欠你太多。否则,我会良心不安的。"

从时装店出来,秦宇带着赵璇来到一家餐厅,选了个靠窗的位子坐下来,点了三菜一汤。用罢餐,然后慢慢地来到民歌广场。

此时广场已经是万头攒动,一些歌手相继上台飙歌,一个个都拿出了相当不错的实力,力争惊起四座。

晚上九点五十分,秦宇和赵璇上台参赛,将《康定情歌》的韵味演绎得淋漓尽致。他们的演唱水平无疑更胜那些普通参赛选手一筹,不仅嗓子好,歌曲的演绎也非常到位,博得评委的一致好评和观众的热烈掌声。

无疑,他们进入复赛是毫无悬念的。

3

比赛结束后,秦宇和赵璇来到停车场,他打算开车送赵璇回家,赵璇不答应,满脸委屈望着秦宇,眼里的泪珠子在打着转转,一副伤心欲绝的样子,嗓子低弱但态度却非常坚决地抗议道:"秦哥哥,我不回家,我要跟你在一起。"

见赵璇那副楚楚可怜的样子,秦宇于心不忍,抚摸了一下她的头发,说:"好。我带你去玩。我们去酒吧喝酒跳舞,怎么样?"

赵璇兴奋地说:"好啊好啊。"

秦宇开车来到一家名为随缘的高档酒吧,出入这间酒吧的起码是高级白领,往上阶层便是金领或知名企业的经理或总裁。这个酒吧的服务比较好,当然消费也偏高,一小瓶啤酒卖到 60 元,一瓶市面上两三百元的红酒在这里起码卖到上千元。至于高档酒水那更是暴利,那些有钱人来这里一晚上消费数千上万元是常事。

秦宇下了车,领着赵璇进了酒吧。他们选了一个开放式的雅座,相依而坐。雅座里一个小瓷盘子里点着一支粗壮的红蜡烛。他们刚坐下,一个身穿燕尾服的侍者便走了过来,躬着身子询问他们需要什么酒水和点心。

秦宇点了一瓶1600 元的洋酒和一盘价值 120 元的西式点心,支付了现金

（高档酒吧通常是先付钱再消费），很快侍者便将酒和点心送了过来。侍者请秦宇验看过酒的标签，随后开了酒，非常有经验地分别给两个杯子倒上半杯酒，说了声"请二位慢用"，便礼貌地躬身退开。

秦宇和赵璇轻轻碰杯，慢慢品尝。赵璇脉脉地注视着秦宇，幽幽地说："秦哥哥，看起来你对这里挺熟悉的，你经常带女孩子来这里喝酒吗？"

秦宇微笑道："没有，我是第一次带女孩子来这里喝酒，就是你。"

赵璇满脸的幸福笑意，嘴里却说："我才不信呢，秦哥哥一定是哄我。"

秦宇真诚地说："丫头，我没有哄你，虽然我是这里的常客，但我真的没有带过女孩子来这里喝酒。你是第一个。"

赵璇说："秦哥哥，谢谢你对我这么好，我知道你今晚参加歌赛，和我合唱一首歌，是为了哄我开心，其实你并不想去出风头。不过，我是真的很开心，只要你心里能够想到我，我就会永远感到幸福。"

秦宇愧疚地说："丫头，你不用感谢我，我亏欠你太多。我会尽最大的努力让你高兴，让你开心。但是我也有一些束缚，有些事情身不由己，如果最终我辜负了你，希望你不要恨我。"

赵璇摇头，眼里含着泪水："秦哥哥，我永远爱你，永远不会恨你。我知道有许多比我出色一百倍一千倍一万倍的女人爱着你。相对于她们来说，我只是个灰姑娘，而她们是高贵的公主。我不敢奢望能够永远得到你的爱情，只要拥有现在的快乐和幸福，我就知足了。"

秦宇和赵璇碰杯，喝了一口酒，伤感地说："丫头，其实我并不想做花花公子。其实我以前不是这样的，你知道吗，我在国外念了十年书，那段漫长的岁月里，我几乎每天都要面临世界各地的漂亮女孩的诱惑和骚扰。那时的我特别的傻，特别的纯，死死地守护着心中的一份情感，抗拒了所有的诱惑。后来我学成归来，突然之间发现这个世界变了，在我心目中最为纯洁的一份感情也失去了童贞，沾染上了尘世的物欲和铜臭。那一瞬间我在经历阵痛之后忽然醒悟过来，不要相信所谓的海誓山盟！于是从那时起，我由一个坚守爱情的傻瓜开始向一个花花公子演变。"

赵璇抬起脸凝视着秦宇，她能够理解像秦宇这样温柔而善良的男人变得游戏人间一定是有原因的。而最可能的原因便是爱情的背叛。此时，在她的脑海里，又情不自禁地浮现出夏飞燕的影子，她清楚一定是这个女人深深地伤害了他。

秦宇接着说："丫头，说你也许不会相信，我曾经对感情非常的执著，什么钱财地位什么宏图霸业我曾经都不屑一顾，我只想做一个简单的普通人，只渴望能和自己心爱的女子慢慢变老，牵手共度此生。忽然有一天我发现这一切都只是我自己的一厢情愿，都只是虚伪的梦幻。那个我放在心口深爱着从来不曾忘怀的女子在我回国前便投入了一个有钱有势的男人怀抱，抛弃了当初的誓言。从那时起，我便变了一个人，开始纵情纵欲，残酷无情。不过回过头来想一想我得感谢这个女人，是她让我认识了这世上的女人，并且让我认识到我自己应该做一个怎样的男人。"

赵璇心疼地问："秦哥哥，这个女人是不是夏飞燕？"

秦宇黯然点头："是的，就是她。还记得那次我到你花店买花吗？我买了束'黑寡妇'去机场接她，无论我怎么呼喊，她都装作没有听到，装作不认识我，她在保镖的簇拥下扬长而去，那束黑寡妇被她身边的保镖拂在了地上，被无数人践踏，那一刻，我万念俱灰。从此我再也不敢相信爱情，我决定做一个货真价实的花花公子！爱，我欲也，性，亦我所欲也，二者既然不可兼得，那么就舍爱而取性者也！既然美女是上帝对人类的恩赐，我有什么理由不去欣赏她们？不去虔诚地接纳她们？对美女的熟视无睹，实在是暴殄天物，更是对上天的最大不敬。"

赵璇的心脏如刀片划过，有种刻骨铭心的疼痛。她清楚秦宇这是一种自我解嘲的发泄方式，其实他是一个好人。他真诚、善良、坦率，富有同情心和爱心。就算他现在变成个花花公子，她还是心甘情愿地爱他，试问这世间有几个像他这样的花花公子？他不仅有英俊的脸庞、深邃的眼神、醉人的微笑，而且琴棋书画无所不通，像他这样的花花公子可以说如凤毛麟角般珍贵。如果说有哪个花花公子24岁便获得哈佛大学工商管理和经济学双博士，还能弹一手让天下女孩迷醉的好钢琴，那么这个花花公子再怎么花心，这世间还是会有许多少女将他视为梦中情人的。

赵璇深情地凝视着秦宇："秦哥哥，人世寂寞，这个世界很大又很小，每个人一生中真正最爱的人只有一个。我能够在茫茫人海芸芸众生中遇见你，是我今生最大的幸福，其实我内心还挺感谢夏飞燕的，如果不是因为她对你的背叛，你又怎么会接受我？秦哥哥，今生今世，除了你，不会再有第二个男人能够走进我的内心世界了。我爱你，不管你是花花公子也好，是游戏人生也罢，我都爱你。今生没有与你错过，便是我最大的福分。就算有一天你离开我了，不再爱我了，我也会保存着今天这份甜蜜而美好的回忆。"

秦宇轻轻地将赵璇拥入怀中，亲吻着她秀美的额头，动情地说："谢谢你，丫头，你是上帝送给我最美好的礼物。你是那么的纯洁、美丽、善良，而且你是那么的善解人意。丫头，我内心对你的爱有多深，对你的歉疚便有多深。如果我能把整个真心，我能把所有的真情都交付给你，那该多好啊，可是，我做不到。我欠下的感情债已经太多太多了。"

赵璇轻轻抚摸着秦宇的脸颊，深情地说："秦哥哥，你不要有心理负担，从一开始我就跟你说过，我心甘情愿，我无怨无悔跟你好。我不会怪你的。而且在我的感觉里，你已经对我很好了。跟你在一起，我非常幸福，非常快乐。我不求朝朝暮暮，更不求天长地久。只要真心爱过。只要你心里有我，这辈子我便不枉做一回女人。"

此时，酒吧的乐队唱起了一首狂野豪迈的摇滚歌曲，DJ 一边打着碟一边扯开喉咙号召大家："朋友们，现在是浪漫时分，大家跳起来吧！在这个美好的夜晚，我们需要的就是疯狂的舞蹈，需要的就是尽情的放纵！"

于是红男绿女们纷纷离开台子，步入舞池，在震耳欲聋的音乐声中，上百个红男绿女在舞池里或疯狂甩头或踢踏脚步或翩翩旋转，吧台的服务小姐和调酒师也放开了性子，干脆站到了吧台上疯狂舞蹈。游离灯就在他们头顶疯狂地旋转、拖曳。

秦宇和赵璇在开放式的雅间里，一边品着酒一边看别人跳舞。

秦宇从赵璇的小脸上看到了一丝跃跃欲试的狂热，知道她想跳舞，便拉着她步入舞池。赵璇一进舞池便发挥着她的青春活力和魅力，她的舞姿很有现代感，时尚而颇具风情，搭配上秦宇的狂野和浪漫，相得益彰，惊起四座。

赵璇今晚很开心，很快乐。这种开心和快乐是油然而生的，是发自内心的，以前空闲时她也常会跟一些女伴到酒吧或舞厅跳舞。她喜欢这种氛围但又害怕这种氛围，因为每次都有一些男人目光如狼地盯着她，把她当做猎物。每次她都玩得不尽兴。但今晚不同，今晚有秦宇在身边，她不害怕。她可以全身心地放松。

半个小时的舞蹈时间过后，酒吧稍微安静下来，红男绿女们又三三两两地回到自己的台子，喝酒聊天，打情骂俏。

秦宇和赵璇回到雅座，相依而坐，秦宇从纸巾盒里扯出一张纸巾，温柔地为赵璇擦去额头和脸上的细小而晶莹的汗珠，怜爱地问："你看你都跳热了，一脸的汗珠子。开心吗？"

赵璇幸福地笑了笑："开心。只要跟秦哥哥在一起，无论干什么我都开心。"

秦宇轻轻地搂过赵璇纤细的腰肢，细细地体会那份青春的温情与浪漫。赵璇是个痴情而浪漫的女子，秦宇不仅能够体会而且能够理解赵璇内心的想法。在对待感情方面，男人和女人本就应该是平等的。男人可以追求漂亮女子，女人为什么不可以追求自己心仪的男子？再说了，每个人都是有七情六欲的，没有谁是不食人间烟火的，没有谁能够长久地抵抗得了寂寞的侵袭。对于赵璇一直以来对自己采取的主动攻势，秦宇非常感动。说实话，如果不是赵璇主动表白对自己的爱恋,他还真没有勇气主动去走进她的内心世界,毕竟他不是个色狼,她是个纯洁的女子,不同于夏飞燕,不同于燕菲儿。在他的感情世界里,他们原本没有任何的交集,如果不是因为那束"黑寡妇",不是因为夏飞燕,他根本不会认识她。

在这世界上,有两种浪漫的情感是饮食男女们所追求的,一种叫相濡以沫,一种叫相忘于江湖。秦宇觉得这辈子自己要做的就是争取和最爱的人相濡以沫,和次爱的人相忘于江湖。这也是为什么红男绿女都渴望有情人知己的原因。有些事情是水到渠成的事情,和背叛无关,和忠诚无关。尤其是对还没有步入婚姻殿堂的男女来说,更是没有这方面的束缚。就比如秦宇和赵璇,只要他们彼此愿意,他们便可以放纵地彼此享受对方,没有谁可以制约他们。

秦宇温柔地注视着赵璇,目光中充满温柔和深情,秦宇那温柔而深情的目光足可以融化任何一个女人内心的坚冰,摧毁任何一个女人的武装壁垒,更莫说对于本来就对秦宇敞开着心扉的赵璇。

赵璇在秦宇的目光中有如羽化。

秦宇说:"丫头,我们走吧?"

赵璇轻轻地"嗯"了一声,随即补充道:"不过你别送我回家。我不回家,我要跟你在一起。"说最后一句话时她的脸颊飞红,声音已经低不可闻。

秦宇自然不是那种不懂怜香惜玉之人,他一手牵着赵璇的手,一手拿着半瓶喝剩下的酒,出了酒吧。

4

秦宇开车带着赵璇来到五星级邕江宾馆。邕江宾馆坐落于兰宁繁华商业中心的安静地带,依傍美丽的邕江,是宾客商务活动、起居饮食、健身娱乐的理想之地,更是情人情侣约会共度春宵的美好地方。宾馆建筑宏伟壮观,欧陆装饰风格,令人心旷神怡。

秦宇将车泊好,牵着赵璇的手进入气势恢弘的宾馆大厅,在总台订了间总统套房。用秦宇的话说,跟赵璇这样的纯情美女共度良宵,就应该住最好的宾馆,订最好的房间。赵璇心里涌起一股暖流,她觉得有一种被自己喜欢的男人重视的幸福感。

进房洗过澡之后,秦宇拥着赵璇在床边坐下,秦宇悄悄地将手覆上赵璇那足以令任何男人疯狂的胸部。赵璇的一对骄傲的乳房发育得非常好,丰满而坚挺,挺翘中又带着几分柔滑如凝脂的手感。

激情的前奏便是调情。秦宇轻轻地揉捏着赵璇的圣女峰,轻缓而温柔,像是要将纯洁无邪的赵璇带入一个充满情欲的温柔漩涡。他的手慢慢地从赵璇柔嫩而坚挺的乳房悄然移到她平坦光滑细腻的小腹,在那下面便是女性最引以为傲的生命土壤和生命泉眼,秦宇的手轻轻地摩挲了一遍,这种陌生而熟悉的触电感觉让赵璇想起了言情小说和情色电影中描绘的那些暧昧场景,她的身躯轻轻地扭动了起来,似乎是想摆脱秦宇手掌带来的燥热和不安,又似乎是在邀请秦宇做出更进一步的动作。

赵璇娇弱地喘息着:"秦哥哥,你的手好坏。"

秦宇邪异地微笑道:"丫头,你不喜欢这样吗?"

赵璇说:"喜欢。只要秦哥哥喜欢做的事,我都喜欢。"

秦宇蜻蜓点水般温柔地亲吻了两下赵璇的嘴唇,说:"丫头。你的嘴唇真的好性感,嗯,细细品之,有一种水蜜桃般的天然清香和芬芳。丫头,其实你是个非常迷人的小美人,你的身材很窈窕,你的皮肤非常有弹性。你的眼神充满了迷离的魅惑色彩。你实实在在是个并不多见不可多得的小妖精!"

秦宇的调情手段和赞美之词很快便让赵璇动情了,她再一次尝试到这个男人带给她的那种恋爱般的似醒似梦,非花非雾的朦胧滋味。赵璇芳心一阵阵地迷醉,迷醉过后免不了又有些惆怅,她幽幽地说:"秦哥哥,你是女人的杀手,任何女人见了你都无法免疫。你对每个你看上眼的女孩都这么哄她开心吗?"

秦宇一本正经地说:"没有。除了我的璇丫头,难得有几个女孩子能配得上这样的赞美。你看啊,我的璇丫头不但有青春的容颜,还有美丽的心灵。不但有清纯的气质,还有醉人的风情。更难得的是终日生活在百花中,身上带着一股百花的清香,这一切足以让这世间每一个男子眷恋万分,无法释怀。"

秦宇一边赞美赵璇,一边没有停歇地上下其手抚摸着她身上那些非常敏感的动情区域。很快赵璇便浑身瘫软了。

赵璇眼里放射出迷离的风情,她微微地喘着香气,主动亲吻着秦宇,而后动情地说:"秦哥哥,就让我做你一生一世的情人吧!就让我永远这样沉醉在你用甜言蜜语为我编织的美梦中吧!即使这美梦是虚幻的,我也情愿沉醉其中,一世不再醒来!"

激情过后,秦宇疲惫地躺在床上,喘着气说:"天啊,璇丫头,你越来越热烈奔放了。你太让我惊喜了,你的情欲完全被我开发出来了。我真害怕消受不了你,你让我快乐得都好像死过一回了。"

赵璇轻轻地拥抱着秦宇:"秦哥哥,我只对你这样,你会不会觉得我是个放荡的坏女人?"

秦宇感慨道:"不,璇丫头,我喜欢你这样。其实女人有时也不妨坏一点点,坏女人也是很让男人迷恋的哦。在自己喜欢的男人面前性感点、风骚点、妖娆点、甚至放荡点,没有什么不好,呆板的女人是迷不倒人的。而我的璇丫头在这方面做得越来越好了。"

赵璇被秦宇夸赞得满脸羞红,但眼睛里秋波荡漾,春色无边。

秦宇捧着她的小脸,接着夸赞她:"璇丫头,今天我觉得特别快乐,比任何一次都快乐。能给男人带来最大快乐的女人总是最难忘的,也是男人最迷恋的和不舍的。同时是值得男人赞美的。周幽王为博美人褒姒嫣然一笑,点烽火大戏诸侯,置天下安危于不顾;貂蝉一个弱女子能够让群雄大乱,迷倒了董卓又迷倒了吕布,据说连关羽也差点成了她的裙下之臣;吴三桂更是为了陈圆圆,不惜背上千古骂名,'三军恸哭俱缟素,冲冠一怒为红颜',放八旗铁骑入关。这三个女人为何具有如此魅力,璇丫头,我敢说她们都是那种让男人迷恋,能给男人带来最大快乐的女子。否则,周幽王三宫六院,宠妃数千,又何必如此专宠褒姒,大戏诸侯,最终亡国? 否则,身边美女如云,权倾天下的董卓又何故跟自己的干儿子吕布争风吃醋? 否则,陈圆圆出身红楼妓馆,经历过无数男人,说她人尽可夫也不为过,这样的一个女子,如果不是性爱技巧过人,无人能出其右,吴三桂又岂会冲冠一怒为红颜?"

赵璇娇羞而妩媚地一笑:"秦哥哥,不要拿我跟那些女人比,我是真的喜欢你才这样的。我想让你永远不会忘记我。我想让你以后在寂寞孤独时都会想到我。这辈子只有你才值得我如此放弃少女的矜持。这世间没有哪个男人比得过你,绝世的才华、英俊的脸庞、深邃的眼神、醉人的微笑,秦哥哥,我无法不爱你,你就是我的真命天子! 秦哥哥,你能不能告诉我,除了我之外,你现在有多少个女人跟你发生了这种关系?"

秦宇扳着手指数了数,然后故意装出一副愁眉苦脸的样子:"唉,实在抱歉,没有达到你所说的迷倒天下女子的境界。我数来数去,除了你,只有两个女人跟我上过床,我觉得很没有成就感,你不会嘲笑我吧?"

赵璇笑了笑:"比我想象中的数字是少了点。能不能够告诉我是哪两个女人?"

秦宇拧着眉头说:"璇丫头,我能不能不说啊?"

赵璇撒娇说:"你就告诉我嘛,反正我又不吃醋。"

秦宇无奈,只得告诉她:"一个是夏飞燕,一个是燕菲儿。"

赵璇诧异地说:"你不是跟夏飞燕分手了吗? 你不是被她伤害过吗? 你怎

么又回头跟她好起来了？"

秦宇自嘲地笑道："正因为她伤害了我，我才要跟她重续前缘嘛。否则我怎么能够伤害到她呢。爱本来就是一种伤害，你伤害我，我伤害你，伤害来，伤害去，才能打成平手。"

赵璇似懂非懂地哦了一声，然后兴致勃勃地问："秦哥哥，我跟夏飞燕和燕菲儿相比，你能给我打多少分？"

秦宇侃侃而谈，"夏飞燕有七分古典美女的韵味。含蓄而典雅，就像一颗珍珠光彩柔和，如玉圆润，缓慢地释放自己的魅力。符合中国古典美女肌如凝脂，齿如碎玉，蛾眉方额，樱嘴桃腮的形象标准，我给她打 95 分；燕菲儿是现在美女的代表，前卫而妖娆，耀眼如钻石，能够刺伤男人的眼睛，但她又兼容了几分古典美女的含蓄和典雅气质，我给她打 94 分。你呢，是个古灵精怪的小妖精，纯洁而美丽，并且富有侵略性，令男人爱怜不够，我给你打 90 分吧。"

"哦，90 分，比夏飞燕和燕菲儿都低，不过我已经知足了。你能不能说得具体一点？你是怎么给我打分的？"赵璇感兴趣地问道，都说女人的好奇心可以杀死一只猫，果然不假。

秦宇微笑道："我假设一个完美的女人是 100 分，那么她的脸蛋应该占 20分；身材占 20 分；气质占 20 分；头发占 15 分，肤色占 15 分，打扮占 10 分。大概我是这样划分的。"

秦宇接着说："一个女人拥有一张漂亮的脸蛋绝对是上帝对女人也同样是对男人的最大恩赐，因为秀色可餐一般说的就是美女的脸蛋。所以脸蛋很重要，按比例要占 20 分，但女人脸上最重要的就是那一对眸子，应该单独占 10分。因此布莱克才在《两种财富》里说女人的两种财富就是一颗欢乐的心和一对含情的眼睛。一个美女用那双水灵眸子含情脉脉看着你总是一件值得疯狂的事。你有一张鹅蛋形脸，整个五官搭配很均匀美妙。你的丹凤眼明亮多情，秋波荡漾，所以你的脸蛋我给你打 18 分。"

"身材对任何一个女人都非常重要，所以占据 20 分的比重丝毫不过分。很多男人都在争吵女人到底是脸蛋重要还是身材重要，我唯一确定的是当一个女人有了魔鬼身材后，男人对她的容貌也就不计较那么多了，任何一个正常的男人都是无法抵挡玛丽莲·梦露在 1955 年《七年之痒》中那个站在地铁口、裙摆被风吹起的诱惑。你的身材婀娜多姿，鬼斧神工，不过你的个子稍微矮了一些，你大概只有一米六二吧，相比夏飞燕和燕菲儿的身高你明显处于劣势。所以这一项我只能给你打 16 分。"

"气质对女人非常重要，为什么有些女人被称为花瓶女人呢？就是因为长得漂亮却缺乏气质，而气质是要用学问、教养、社会阅历作为衬托的，这方面你也处于劣势，我只能给你打 17 分。"

"头发对女人也很重要，连刘德华都说他喜欢女孩子有一头乌黑亮丽的长发。所以头发应该占 15 分，一般来说女人的气质和她们的头发有莫大关系。比如西方美人奥黛丽·赫本的典型标志是齐眉的童花刘海儿，齐齐的，总似未出嫁的女孩，我完全可以给她打满分 15 分。而你有一头柔顺黑亮的及肩秀发，可以衬托出东方佳丽的似水温婉和窈窕柔弱，一般来说男人是有长发情结的，你有一头乌黑亮丽的长发，飘逸洒脱，这一项我给你打满分，15 分。"

"接下来就是皮肤了，总分 15 分。女人如锦缎丝绸般滑腻的肌肤总是让男人心醉的，最好要很自然的那种，雪白晶莹的肌肤，不是用各色护肤品作'保护色'。"秦宇抚摸着赵璇的肌肤品评道，"你的肤色是天生的，比夏飞燕和燕菲儿的都要好。你的藕臂洁白晶莹，香肩柔腻圆滑，玉肌丰盈饱满，雪肤光润如玉，整个身子像奶油一样滑腻像婴儿般的粉嫩，手感特别好，简直让人流连忘返。尤其是你的手，修长白嫩，没有涂指甲油，最重要的就是没有什么订婚戒指，嘿嘿嘿……这个很重要，所以我给你的肤色打满分，15 分。"

秦宇抓着赵璇的纤纤素手，一边轻轻抚摸着一边说："至于打扮嘛，10 分可以分为三个档次，庸俗、得体和品位，我的璇丫头只能以得体来形容，离品位那个层次说真的还差了一点，我只能给你打 9 分。"

赵璇没有抽回被秦宇抓住的手，故意不去理会那渐渐不老实开始轻微抚摸自己的手，反而有点陶醉道："那在你心目中有没有满分的女人？"

秦宇说："有。"

赵璇感兴趣地问："是谁？"

秦宇说："燕涛的专职情人——方芸。汉代李延年曾唱：北方有佳人，一顾倾人城，再顾倾人国；宁不知倾国与倾城，使人难再得。这里说的是那种极致韵味的古典美女，夏飞燕虽然有七分古典美女的韵味，不过比起方芸来，要差一个档次。在我的心目中，无论从哪一方面看，我都给她打满分，这或许是情人眼里出西施的缘故吧。"

赵璇微微带着几分醋意道："秦哥哥，你是不是很喜欢方芸？"

秦宇说："是的，璇丫头，哥什么都不想瞒你。方芸是我最爱的女人，可是正当我们陷入热恋之时，燕涛这畜生乘人之危霸占了她。"

赵璇感慨道："这世上真的有十全十美的女人吗？她真的有那么好吗？都说没有得到的东西永远是最好的，你该不会是因为没有得到方芸的缘故，才给她打满分吧？"

秦宇苦笑："大概是吧。"

5

几天后,民歌会大赛初赛的结果出来了,在进入复赛的名单中,秦宇和赵璇合唱的《康定情歌》排第一。赵璇将这喜讯打电话告知了秦宇。叫他好好准备一下,在18号的复赛发挥出更高的水平。

秦宇笑道:"我早就说过,我们进入决赛绝对没有问题。丫头,说真心话,我参加这次比赛完全是想让你开心,其实对于进不进决赛,拿不拿名次我根本不在意。"

赵璇知道秦宇说的是实话,作为绿城集团的总裁特助,他要处理的重大事务太多,如果不是陪同自己,他根本不会去凑这种热闹。赵璇想了想说:"谢谢你,秦哥哥。"

秦宇沉吟片刻,说:"丫头,你别谢我。说不定我不会去参加复赛。因为过几天我有件重要事情要办。"

赵璇随口问道:"什么重要事情?能说说吗?"

秦宇沉默片刻,说:"这个月十五号,我要订婚了。"

赵璇闻言,心中莫名地有了一种刺痛感。她问:"是跟燕菲儿吧?"

"嗯。"秦宇平静地说,"十五号是燕菲儿的二十三岁生日,燕涛决定在菲儿的生日晚宴上宣布菲儿跟我订婚的消息。"

赵璇忧伤地说:"祝贺你成为A省首富的乘龙快婿。说真的,燕菲儿真的跟你很般配。不仅出身好,本身也是才貌双全,超凡脱俗。"

秦宇在电话另一边打断赵璇的话:"丫头,我今晚想跟你在一起。行吗?"

赵璇惊喜交集,许久说不出话来,她没想到这个时候秦宇还会想着她。

秦宇说:"丫头。我欠你人多。我不知道如何补偿你。我只希望能够多给你一些快乐,但我知道我终究是要辜负你的一片深情。"

赵璇说:"秦哥哥,我不怪你。我早就说过我跟你是心甘情愿的。"

晚上八点,秦宇和赵璇相约在沃顿国际大酒店见面。沃顿国际大酒店高23层,地处兰宁民族大道,依傍风景名胜青秀山,毗邻风姿绰约的南湖。出入酒店的都是社会名流或高官要员或富商巨贾。酒店拥有标准间、行政客房、总统套房、湖畔套房、湖景套房、复式套房等各类豪华客房;设有多间格调高雅的会议厅,是举办国内、国际高层次会议及宴会的理想场所。典雅的酒廊、风格各异的餐厅、景观式户外游泳池及各种娱乐设施,无论是环境,还是服务,无不体现出宾客的非凡品位。在这样的酒店跟情人幽会,绝对不会被任何人打扰。

秦宇知道自己现在地位特殊,又正处于将要跟燕菲儿订婚的关口,他可不想被任何有心之人抓住把柄。所以他不会选择相同的地方跟情人幽会。

这一夜的风情自不必说了,当秦宇将赵璇拥入怀中深情地亲吻过后,赵璇在几欲窒息的亲吻间隙里抬起头来,温情脉脉地看着神情有些复杂和迷茫的秦宇。问:"秦哥哥,为什么今晚想到要陪我?"

秦宇略带歉疚地说:"璇丫头,明天,我就要订婚了。以后就不会像现在这样无拘无束了,也许以后就难得有机会陪你了。"

赵璇无比感动:"谢谢你,秦哥哥。其实你能够把我放在心上,我已经很高兴,很幸福了。"

秦宇轻抚着赵璇的秀发:"璇丫头,我不是个好男人。我亏欠你太多,我们的感情从一开始便注定了是没有结果的。这辈子我终究是要辜负你的,希望你到时候不要恨我。"

赵璇轻笑:"秦哥哥,我说过我永远不会恨你的。就算你不是个好男人,我也没有资格恨你啊。恐怕到时真正伤心的人不会是我,而是燕菲儿吧。对了,你既然不能够一心一意爱她,为什么要跟人家订婚嘛?"

秦宇说:"一言难尽。其实菲儿是个不错的丫头。但是,她注定了要成为我和燕涛之间的战争牺牲品。"

这一刻,秦宇的眼眸之中现出一丝厉色。让赵璇浑身一震:"秦哥哥,你这一刻让我好害怕。我感觉你的内心充满了仇恨和怒火。为什么会这样?可以告诉我吗?"

秦宇说:"因为,燕涛先后霸占了两个我最心爱的女人。"

赵璇知道秦宇说的是夏飞燕和方芸。她忽然之间感受到了秦宇内心的伤痛之深。她没有再好奇地追问下去,只是用自己温暖的身子去融化他冰冷的心。

这一夜,他们竭尽全力地欢爱,一次又一次,放纵自己的精力和体力,直到疲惫不堪,全身松弛地睡去。

第十一章：豪门盛宴

这是一个温馨而充满柔情的傍晚，明亮的自然光线洒满了南湖山顶燕涛的听风阁顶级别墅，偌大的花园里铺满了红地毯，百花齐放花香袭人的温馨浪漫环境，舒适中蕴涵高调品位，一张红木大桌摆在花园中间，十二瓶极品香槟雍容华贵地倚在宽大舒适的纯银冰桶里，一副冷艳逼人的派头，八十八只水晶杯列开了仪仗，繁琐精致的宫廷菜式、八大菜系的招牌菜，众多家常普通却花心思的小菜，就连最平凡的米饭也是花样百出，呈现出中国饮食文化的博大精深。

这种豪门贵族式的派头让所有参加宴会的人感到满意，这种即使有钱也未必能够摆出的盛宴才真正属于上流社会的特权。

今天是燕菲儿的二十三岁生日，一些跟燕涛有交往的政界商界朋友都坐着他们的专车，带着自己的舞伴盛装前来恭贺。

宴会上的女人大多身着耀眼奢华的礼服晚装，典雅的款式、胸线自然的剪裁衬托出她们的妩媚和性感。不过今天的公主无疑是燕菲儿，一件极尽优雅华贵的礼服，吊带让香肩绽露，贴身的裁剪让曲线流动，曳地的裙摆让风情荡漾，美艳的容貌加上非凡的气质让她成为众星捧月的宠儿。

那些已经步上成功金字塔的政界商界名流巨头三五一群地把盏品酒，谈笑风生，这个时候是拉拢关系的最佳时机。

香槟的滋味真的很美妙，闻之有花香、有清新果香、融合烤杏仁和蜜的味道，品之甘甜清爽回味无穷。

秦宇带着种桀骜不驯的表情驾驶着奔驰车姗姗来迟。当然陪同的还有他的父母和叔叔秦天明。尽管这样，燕菲儿还是欣喜若狂地迎上前去。心里软软地略带委屈地说："阿宇，你怎么来这么晚，人家一直在等你。"

秦宇将手中的鲜花送给燕菲儿，然后轻轻地抚摸了一下燕菲儿美丽的脸颊，微笑着说："宝贝，我去给你挑礼物了。"说罢，轻吻了一下燕菲儿的额头，让燕菲儿感觉幸福得几乎到了迷醉的地步。

秦宇挽着燕菲儿的手臂走入别墅大厅，而燕涛则将秦宇的父母及叔叔秦天明迎了进去，并亲自陪伴他们。大厅里，一些尊贵的宾客齐聚于此，大部分是秦宇认识的，有两三个秦宇不认识的，燕菲儿便一一引荐。在燕菲儿的隆重介绍下，大家纷纷对秦宇这位燕家的乘龙快婿表示祝贺。

秦宇不习惯跟那些权贵人物交流，他在一个角落的沙发上坐下，独自品着一杯红酒。燕涛来到秦宇身边，将他叫进楼上的书房。

燕涛的书房古色古香，精致典雅，在这个装修精美的书房里，古琴、古砚、古钟、鼎器、怪石、砚屏、笔格、水滴、古翰墨笔记、古今石刻、古画样样不缺，均有布置，而且摆放得极有章法，显示出书房主人深厚的文化涵养，也足见其非同凡响的财力，品位就在默默无语中散发出来。

秦宇看着这些东西，微笑道："燕董还真是个雅士，这些东西样样是价值连城啊。"

燕涛说："我只不过是个暴发户，附庸风雅罢了。像你这样的男人才是真正的雅士。"随后，燕涛从书柜里拿出一对事先准备好的钻戒，对秦宇说："这是我送给你和菲儿的订婚钻戒。是情侣戒，你们一人一个。"

秦宇微笑道："谢谢燕董，我不需要。"

燕涛一怔："为什么，难道你不打算跟菲儿订婚？"

秦宇摇头："不。您理解错了。我说不需要是因为我自己买好了一对钻戒，作为男人，我不想送给未婚妻的订婚戒指也要未来的老丈人准备好，那样也太没出息了吧？"

燕涛笑了笑："也罢，你说的也不无道理，就依你吧。我相信菲儿这丫头会更喜欢你亲自给她挑选的订婚戒指。走吧，我们下去，宴会开始后，我会宣布你和菲儿订婚的消息。"

秦宇微笑道："您做主便是。"

燕涛和秦宇从三楼书房下来，来到别墅大厅，接着来到别墅花园里。这时，客人们已经悉数到齐了，都聚在偌大的花园里。

燕涛站在红木大桌前，将燕菲儿和秦宇叫到身边，然后对各位来宾说："今天是小女菲儿的二十三岁生日，也是菲儿和秦宇订婚的大喜日子，感谢各位朋友各位来宾驾临听风阁,来见证这对年轻人的幸福。"

在热烈的掌声中,秦宇从身上掏出一套情侣钻戒,从中取出一枚女式钻戒,单膝跪地,以绅士般的风度亲吻了燕菲儿的手背,然后给燕菲儿戴上了订婚戒指。随后,燕菲儿也给秦宇戴上了另一枚钻戒。

在大家羡慕和祝福的掌声中,交换订婚戒指仪式完成。燕涛从红木大桌上列开仪仗的八十八只水晶杯中取下最上面的两杯酒,递给燕菲儿和秦宇,然后自己取了一杯。

秦宇手持水晶杯,对各位来宾说:"今天是我和菲儿的订婚大喜之日,感谢各位长辈各位朋友各位贵宾来为我们祝福。请大家相信,我会珍惜这份难得的缘分,我会好好待菲儿,一生一世疼她爱她!"随即,秦宇和燕菲儿煽情地挽臂喝了杯交杯酒。

秦宇不但有俊美挺拔的外表,更让女人痴迷的是他那种因为自信而表现出来的冷静和孤傲气质。还有他时而不经意流露出的邪魅的笑意,真的是迷死人啊。

燕涛哈哈大笑,高举酒杯,吆喝道:"今天是个大喜日子,大家尽情地品尝美酒佳肴吧! 宴会过后还有舞会。大家一定要吃好喝好,玩得开心,玩得痛快!"

2

酒宴正式开始,一些侍从端着美酒在人群中穿梭,红男绿女们在摆放着各种美味佳肴的大桌上挑选适合自己口味的食品。

秦宇一手持着水晶杯,一手牵着燕菲儿,来到正在花园现场调制鸡尾酒的调酒师身边,秦宇对燕菲儿说:"宝贝,想不想品尝我亲自为你调制的美酒?"

燕菲儿脸飞红霞,幸福得几乎晕眩:"阿宇,你会调酒? 真的?"

秦宇点头:"不但会,而且我可以调制出世间最让人迷醉的美酒!"

秦宇说罢,优雅而礼貌地跟调酒师打了声招呼,然后从他手中接过调酒器具,开始熟练地操作起来。

秦宇的动作娴熟到了令旁边那位有着七年调酒经验的调酒师都自叹不如的地步,几乎是在短短的半分钟内,秦宇便将花园里所有的红男绿女的目光都吸引了过来,那个封存了几样酒水的调酒盅从他的左手到右手,从前面到后面,从左肩到右肩,自由滚动,上下前后飞旋,令人眼花缭乱,但绝无失手。

这种调酒姿态绝对是一种赏心悦目的杂技表演。

这个时候的秦宇绝对是万众瞩目的,观看他调酒的过程绝对是一种享受,但真正能够让人动容的不是他娴熟的手法,而是其中透出来的那种优雅与自信。燕菲儿专注于秦宇调酒的神态和动作,更喜欢他高贵优雅不沾风尘气息的性格。在秦宇潇洒地抛飞调酒盅的时候,周围响起一阵阵赞赏的欢呼和掌声。

在欢呼和掌声中,燕涛陪着几位权贵人物从大厅走了出来,远远地看到秦宇的表演,燕涛对秦天明笑道:"你这侄子总是能带给人惊喜,无论走到哪,他都会成为鲜花和掌声所簇拥的中心人物!他太让人崇拜了!"

秦天明笑道:"是啊,他也是你的骄傲嘛,从今天起,他就是你的乘龙快婿了。今后恐怕他会忘记我这个叔叔,眼里只有你这个老丈人啰。"

燕涛哈哈大笑,神色颇为自得。

方芸一直陪在燕涛身边,她的神情很平静,甚至可以说有些冰冷,从她脸上看不出什么表情,没有喜悦,没有忧伤,永远是一种平淡如水的姿态。但内心的真实感受,只有她自己清楚。

秦宇调好第一盅鸡尾酒,倒入杯中。这款鸡尾酒呈琥珀色,波光潋滟,艳丽夺目,煞是好看。燕菲儿捧起这杯心爱的男人亲自调制的美酒,内心的喜悦和感动无法形容。一张俏丽的脸在光与影中变得模糊起来,眼中已经有了湿湿的幸福的泪水。

秦宇温柔地对燕菲儿解释说:"这杯酒叫'血腥玛丽'。关于这款鸡尾酒有一个美丽而血腥的传说,你想不想听?"

"想。"燕菲儿眼中放射出炫丽的迷醉的神采,眼前的秦宇是那么的出类拔萃,就像整个世界都是因为他的存在而存在,哪一个女人不希望自己的男人最优秀最有气质?燕菲儿除去那显赫荣耀的家庭背景,就是一个痴痴爱着一个让她心动男人的女人。

秦宇娓娓而谈:"传说中,欧洲有四大鬼宅。其中有一座闹得最凶的鬼宅坐落在布达佩斯的郊外,它的主人就是当年艳倾一时的李·克斯特伯爵夫人。在她的一生中,为她决斗而死的贵族据说超过了一百个,而这个传奇的女人的美丽秘方也着实令人感到恐怖万分。李·克斯特伯爵夫人一向只用鲜血沐浴,而且只用纯洁少女的鲜血。她相信只有浸泡在她们纯洁的血液中,方能不断吸取其中的精华,让她永葆青春。她洗一次澡至少要杀掉两个少女。就这样,在长长而黑暗的五十年里,一共有二千八百名少女惨遭杀害,由于常用血液洗澡,她身上总带着浓烈的血腥气。但她却从不用任何香水掩盖,任其自然。美丽的外貌和血腥的气味相结合，竟然产生了一种无可名状的妖异魅力，一时之间，李·克斯特伯爵夫人的艳名远播欧洲大陆。鸡尾酒'血腥玛丽'的名字由此而来。"

秦宇带着极为魅惑的意味对抿了一口血腥玛丽的燕菲儿说："美人如烈酒一样，只属于那些能够品味的人，这也是美人和烈酒弥足珍贵的原因。"

燕菲儿充满羡慕地说："调酒师是一个很前卫的职业，你是什么时候开始学会调酒的？"

秦宇说："在国外念书十年，又不能跳级，有太多的空闲时间，我除了跟外国人学会了飙车和各种交际舞之外，还学会了调酒，调各种各样的鸡尾酒。我学得越深，对调酒的迷恋也就越深。当初学调酒的原因只是觉得好玩，同时也是为了满足自己的不同口味，现在我觉得调酒这门学问太博大精深了，也许我穷尽一生都看不到头。"

燕菲儿说："你真是个天才。学什么像什么，学什么精什么。好像这天下没有难得倒你的事情。"

秦宇笑道："不会这么夸张吧？起码有一样我是做不到的。"

燕菲儿说："这世上还有什么事情可以难倒你？"

秦宇说："生小孩啊。"

燕菲儿脸都红了："你就是没个正经。"

秦宇优雅一笑，望着由远及近走来的夏飞燕，微笑道："大明星，喜欢喝什么酒？我给你调一杯。"

燕菲儿不太喜欢夏飞燕，脸色一暗，把身子转向一边。夏飞燕装作没看见燕菲儿的不悦神色，说："给我调杯烈酒吧。"

秦宇微微一笑，开始挥洒自如地调制起来，他的动作非常帅气，时而节奏感强烈，动作夸张，时而宁静忧郁，动作优雅迷人。不一会儿，他便调好一杯极具观赏性的鸡尾酒，递给夏飞燕："这杯酒叫'B52轰炸机'，顾名思义，这酒后劲十足，其实这是男人喜欢喝的酒，不知你行不行。"

夏飞燕抿了一口，喉咙里有一种特别的刺激，脸上现出一种陌生一种惊异一种欣喜的表情，她感叹："感觉太美妙了！你真是个天才！"

秦宇说："以前我在国外经常会调制这款酒，尤其是当我思念某个人的时候，我便会给自己调一杯。每个第一次喝这款酒的人都不会忘记这款酒入口后对喉舌造成的刺激。很兴奋，很迷醉，很香醇，甚至有点辛辣的味道。就像是思想一个人的味道，相思缠绵悱恻，刻骨铭心。"

燕菲儿转过身来，醋意浓烈地询问："阿宇，你在国外经常思念的某个人是谁啊？不会是我们高贵的夏飞燕大明星吧？听说你们是青梅竹马的邻家儿女。"

秦宇轻轻地搂了搂燕菲儿的纤腰,轻轻地在她耳边说:"我的菲儿还没过门呢,就知道吃醋了。哈哈,好样的,我喜欢你吃醋的样子。"

夏飞燕端起那杯 B52 轰炸机,对秦宇说了声谢谢,转身走开,她可不想惹燕菲儿不高兴。

夏飞燕刚走,燕涛挽着方芸的手臂缓缓而来,对秦宇笑道:"有没有一款你自己最欣赏的酒,调一杯给我如何?"

秦宇微笑道:"当然有!"

秦宇取了几样酒水,加入少许饮料、调料和冰块,开始调制。他那娴熟而到位的动作加上那份自信,为他增添了一层让人目眩的光晕。于是越来越多的人聚拢过来,那些女性的目光中满是痴迷神采,看得燕菲儿如临大敌。她开始觉得男人太优秀了并不是什么好事,以后秦宇要面对多少诱惑啊?现在的女孩一个个跟妖精似的。

秦宇在绚丽的微笑中完成了调酒动作,他打开调酒盅,将酒一滴不落地注入杯中。这款酒的色彩美轮美奂,看起来就像是一道绚丽多彩的彩虹。燕涛惊讶地看着这款他从未见识过的酒,问这款酒叫什么名字。

秦宇说:"七色彩虹!在我的骨子里,我一直渴望生活就像这款调出的酒一样,清澈宁静一如镜子,又绚丽光华一如彩虹!所以这款酒就叫七色彩虹!"

秦宇将第一杯七色彩虹递给了燕涛,燕涛喝了一口,大声叫好:"好酒!意境美妙,回味绵长。"

秦宇微笑着看着静若处子的方芸,说:"方小姐,要不要也来一杯?"

方芸难得地轻轻地笑了笑:"你觉得我适合喝什么酒呢?"

秦宇说:"我调一款新酒给你。叫塔拉奇火焰!"

秦宇这位非专业调酒师在调酒方面的天赋远远胜过那些专业调酒师。他是个天才,个性鲜明而复杂。你可以说他性情平和,也可以说他激情汹涌。你可以说他特立独行,也可以说他离经叛道。他特别懂得享受,但他从来不贪恋纸醉金迷的日子,他对调酒的热爱来自他对美的认知和坚定的信心。所以调酒的时候,他的双手从不会颤栗,一切都是那么的从容自如。

方芸的眼中放射出忧郁的温柔,一种如火的深情藏匿其中。她深深地爱着秦宇,但是如今她已经将这份深情深埋于骨中,不敢表露出来,也不会表露出来。

秦宇将调制好的鸡尾酒倒入杯中,从容而温柔地递给方芸:"关于这款酒,也有一个美丽的传说:很久很久以前的一天,墨西哥塔拉奇的一些印第安农民正在地里干活,天空突然乌云翻滚,一个霹雳劈向大地,霹雳过后云开雾散,人们看到一株硕大的龙舌兰被劈成两半，裂开的球茎里翻滚着热气腾腾的汁液，飘出一股股醉人的酒香。大家非常惊奇，胆子大点的人用手蘸点儿放在舌头上舔舔，顿觉满口生香，沁人心脾。自此，当地印第安人就开始了用龙舌兰酿酒的历史，塔拉奇在他们生活中也就有了至高无上的地位。不过这款酒并不好调，要调出那种意境和风味，得有一番功底和领悟才行。"

方芸轻轻地抿了一口酒，仅仅这一小口便让她喜欢上了这种美妙的口感。这款看似绵软的酒入口之后便化为一片刚烈。方芸继而又喝了一大口，感觉真的很痛快，内心的压抑和郁闷似乎全部得以宣泄。这款酒能够在瞬间令人产生一种野性的呼唤和冲动，如同站在一片空旷洪荒的旷野，那种欲大醉一场的意愿非常强烈。

方芸幽幽地说："恐怕以后我会迷恋上这款酒的。我要到哪里去找调酒师呢？"

秦宇微笑道："我不就是现成的调酒师吗？今天我和菲儿订婚后，以后大家就是一家人了。方小姐想喝这款酒，随时吩咐一声便是了。"

燕涛哈哈大笑："没错，没想到阿宇还有这么项绝活，以后我们可有个现成的高级调酒师了。"

见所有的人都喜气洋洋，作为今天主角的燕菲儿内心却免不了有些伤感，本来今天这样的场合，应该是她母亲陪在父亲身边，但自从燕涛将方芸豢养在别墅后，母亲在他心目中就更没有地位了，就算今天这个重要的日子，父亲也没有将母亲接过来团聚。燕菲儿不由内心对父亲有一种深深的失望情绪。

燕菲儿真害怕以后秦宇也是这样的男人，男人像她父亲这样太有财势了，并不是什么好事。像秦宇这样太优秀了，又何尝不是让心爱他的女人忧心忡忡？

★ 3 ★

方芸没有喝完那杯塔拉奇火焰，那杯鸡尾酒太浓烈了，她有点承受不了。她细细地品了小半杯，突然之间心里升起一股悲凉感，为她和秦宇的爱情。她知道秦宇心里还是有些对她念念不忘，而她何尝不是如此。

方芸默默地离开了欢喧的人潮，回到别墅，上了二楼。秦宇目送方芸的背影悄悄地离开，十多分钟后，他跟燕菲儿打了声招呼借口上卫生间，也进了别墅,来到二楼。

方芸虽然答应了做燕涛两年的契约情人,但她并不跟燕涛住一间房间,她在二楼有一间专门属于她的房间。有时,燕涛有那方面的需求了,会敲开她的房门,她从来不抗拒,虽然她并不爱燕涛。她永远是那么温顺、乖巧。这也是燕涛喜欢她的原因。他觉得她是个有原则的女人,信守承诺。

方芸洗了把脸之后,在套房的卫生间对着镜子发呆,她内心里从来没有渴望过这种锦衣玉食的生活,这种生活一直离她很遥远。如今拥有了这种生活,她一点也不觉得快乐。

她的心死了,她的爱情也死了。

方芸听到了外面门开的声音,她以为是燕涛进来了,她已经习以为常了。然而这回进来的却是秦宇,当她从镜子里面看到进来的是那个曾经无数次魂牵梦萦的人儿时,她的心微微地颤抖,她的身子也在微微地颤抖。

秦宇一把从身后拥抱住了她,吻着她雪白细嫩的脖颈,微微地颤抖着说:"芸儿! 亲爱的宝贝,你以为你这样就可以逃脱我的相思和眷恋吗?"

方芸心里升起一股暖意,随后又涌起一丝不安,她焦虑地说:"秦宇,你别这样,这可是燕涛的家。你别乱来,我不想你因为我而毁了你的前途和幸福。"

秦宇说:"我才不顾忌什么狗屁前途呢! 芸儿,我忘不了你,你告诉我,相思之苦如何消解?"

方芸无语。她爱这个男人,但是此时此刻,她又害怕这个男人会对自己做出什么出格的事情来。

秦宇轻轻地拥抱着方芸的身子,然后他的手轻轻地撩起了她的晚礼服,他的手伸到了她最敏感的地方,他一边吻着她的脖子耳垂,一边断续地说:"芸儿,你跑不了的。你是我的。我要你!"

方芸挣扎着:"秦宇,别这样,别这样。"

秦宇说:"芸儿,你最好乖乖的,不要叫喊,否则把燕涛和菲儿招来了,可怪不得我。"

方芸痛苦地说:"秦宇,我已经是残花败柳了,你别把心思花在我身上!"

秦宇不理会方芸的无力挣扎,他的手正准备要扒掉方芸的贴身小内裤,这时,方芸紧紧地抓住他使坏的手,义正词严地说:"阿宇,我不会答应你的。你别做荒唐事!"

秦宇一怔,他没料到方芸会拒绝他。他困惑地问:"为什么? 你为什么要拒绝我? 难道你不知道我爱你吗?"

方芸痛苦地说:"阿宇,我已经不值得你爱了,忘掉我吧。"

秦宇说:"可是我忘不掉! 我忘不掉你,我更忘不掉燕涛一再霸占我心爱的女人！他是有妇之夫，他是个为富不仁的家伙，这样的男人，值得你为他守贞节吗？"

方芸平静地说："阿宇，我不是为他守贞节，我是信守自己的承诺。在两年期限内，我绝不会做出对不起他的事情，因为是我自己选择了这种命运。如果我跟你好，那就是违背了自己的承诺，那样我会良心不安的。"

秦宇气愤地说："芸儿，你知道燕涛在外面有多少女人吗？他可以心安理得地一边霸占你，一边夜夜做新郎。你为什么还要对他这种人信守承诺？"

方芸轻轻地推开了秦宇，整理好自己的晚礼服，平静地对秦宇说："不为什么，只为自己问心无愧。如果我跟你好了，我就问心有愧了。"

方芸接着说："两年后，我会离开燕涛。如果到时你还喜欢我，我可以无怨无悔地做你的情人。"说到这，方芸望着秦宇苦笑道，"阿宇，其实我知道你是不会爱我的，我已是残花败柳了，你怎么会爱我呢？你只不过是想报复燕涛而已。"

秦宇痛苦地说："芸儿，你不会懂我的心的。是的，我是想报复他，但我是真心爱你的，这点永远不会改变。"

方芸劝解道："阿宇，菲儿那么爱你。你不要辜负她对你的一片真情。"

秦宇忽然一股怒火涌上心头，他一把抓住方芸的双手，使劲地控制住她，带着一种恶狠狠的语气说："芸儿，我告诉你，我就是要辜负菲儿，因为她是燕涛的女儿，就凭这一点，无论她对我如何痴情，我都要辜负她！燕涛一而再再而三地霸占我心爱的女人，我凭什么不辜负他的女儿！我告诉你，我跟菲儿订婚，就是为了报复燕涛！我要让他体会到自己最珍爱的东西被霸占被蹂躏最终被抛弃的痛苦滋味！"

说罢，秦宇将方芸抱起，走出卫生间，抛到床上："芸儿，我不会让你逃出我的手心的，你是我的女人！如果你认为我对你没有真情真爱，我无所谓，那就当做这是我报复燕涛的行为吧！你如果心甘情愿把自己当做燕涛的女人看待，那么我就是要恶毒地给他戴上一顶绿帽子！"

秦宇剥落了她的衣服，双手握住了她饱满而不失坚挺的雪白双峰，肆意揉捏了几下，便开始往下要脱她的裤子，方芸见自己无法摆脱被秦宇侵犯的命运，一时情急之下狠狠地打了秦宇一个耳光。

这个耳光将秦宇打懵了，他眼里慢慢地积聚着泪水，痛苦地望着方芸："芸儿，你居然打我？你居然打一个深爱你的男人？你的巴掌应该落在燕涛这畜生脸上！你太狠心了，难道我如此不顾一切地爱你也有错吗？为什么？为什么要这样？"

秦宇痴痴傻傻地望着方芸，眼里的泪水如泉般涌了出来。他心如死灰，兴趣索然,脸上的痛苦表情令方芸痛如刀绞:"芸儿,如果你认为我对你的爱是一种侵犯和伤害,那我走!你放心,今天是我和菲儿的订婚仪式,我不会失态,我会扮好自己的角色,陪燕菲儿演好这出戏。以后我不能爱你了,你自己多多保重吧。"

秦宇擦掉眼里的泪水,整理好衣服,默默地走出了房间。

当秦宇的背影消失在门口后,方芸禁不住失声痛苦,为避免哭声被别人听到,她死死地捂住自己的嘴,那压抑痛苦的哭声传到正走下楼阶的秦宇耳中,令他心痛万分。

❤ 4 ❤

秦宇下了楼,走出别墅大厅,来到燕菲儿身边。燕菲儿翘着小嘴儿不高兴地说:"阿宇,你上个卫生间上那么久吗?"

秦宇心情不佳,不悦地说:"菲儿,是不是我们订婚了,以后我上个卫生间也要规定时间啊?我最近肠胃有点不适,时间久了点。下次上卫生间我带你一起去,好吗?"

燕菲儿见秦宇不高兴,马上赔着笑脸:"阿宇。我没有别的意思。我就是想时时刻刻看到你,人家爱你嘛。"

秦宇想想也是,燕菲儿是一门心思在他身上,今天是他跟燕菲儿订婚的大好日子,秦宇觉得无论如何,今天应该让燕菲儿开心。想到这,他刮了一下燕菲儿的鼻子,说:"物极必反,爱也一样,爱过头了,就是一种束缚。男人会不喜欢的。我就是这种男人,不喜欢被所谓的爱束缚。菲儿,你得温柔些才好啊。"

燕菲儿娇羞地说:"嗯,人家听你的还不行吗?"

秦宇笑了笑:"看在菲儿乖巧听话的份上,我为你弹奏一曲钢琴吧!"

燕菲儿兴奋地说:"好啊!"

秦宇亲了一下燕菲儿的脸颊,转身走向摆放在别墅门厅的德国进口三角形大钢琴,打开琴盖,轻抚琴键,一串清脆悦耳的琴声从他指尖下响起,当然这串琴声只是为了吸引宾客们的注意。随后,秦宇稳重地坐了下来,用他非常磁性的嗓音对众人说:"下面,我为大家演奏一首世界钢琴名曲——《爱情的故事》,这首曲子献给我的未婚妻燕菲儿,也献给所有珍惜爱情的朋友们!"

秦宇的话音一落,许多男人便不由自主地将目光偷偷地投注到燕菲儿身上,燕菲儿的美丽和兰宁首富掌上明珠的身份让这些男人们仰慕不已,但他们又清醒地知道他们不可能成为这朵名花的主人。燕菲儿早已习惯这种成为男人焦点的场面,她安静地凝眸于那坐在钢琴前的身影,眼里交集着幸福甜蜜和惊奇。

而一些少妇少女们则将她们爱慕钟情的目光倾注到了秦宇身上,在她们迷恋的注视中,秦宇优雅地弹奏起 F. A. 莱作曲,理查德·克莱德曼演绎的世界名曲《爱情的故事》。

这首钢琴曲是 F. A. 莱专门为电影《爱情的故事》创作的,《爱情的故事》是 1970 年美国推出的故事影片,讲述了一个凄美动人的爱情故事,学法律的大学生奥利弗与学音乐的大学生琴妮相爱了。琴妮出身寒门,而奥利弗的父亲是个大银行家。因此,他们的婚姻遭到了奥利弗父亲的反对。但奥利弗最终毅然与琴妮结合,婚后他们过着清贫而幸福的生活。但不幸的是,当他们的生活稍有好转的时候,琴妮却患了不治之症——血癌。奥利弗强颜欢笑,竭尽全力地照顾着琴妮,直到琴妮在自己的怀中平静地死去。

这部影片没有曲折离奇的情节,也没有任何刺激性的东西,但它却有一首真切感人的主题歌。这就是歌曲《爱情的故事》。1971 年这部电影获得"金球"奖,它的音乐《爱情的故事》也同时获得了最佳音乐奖。这首曲子的旋律写得格调高雅,感情真挚,曾经十几二十年在全世界盛行不衰。一些著名的歌星(如美国的恩狄·威廉斯,捷克的冯德拉契科娃)都演唱了这首歌,曼托瓦尼乐队、詹姆斯·拉斯特等著名的轻音乐队也都改编演奏了这支曲子。

当然,这首著名而古老的钢琴曲在场的风云人物除了燕菲儿、方芸这样的美女加才女外,并没有几个人知道。尤其是那些大腹便便的权贵世贾。

优雅的钢琴声淡淡地奏出爱的主题,把人们带入了爱的意境。

随着情节逐渐展开与深入,时而委婉深情、娓娓倾诉,时而激动高亢、尽情礼赞。燕菲儿听得如痴如醉,她安静地凝眸于那坐在钢琴前的身影,眼里交集着幸福惊奇和疑惑。这样优秀的男人不愧是她心中的至爱。无论在任何场合他都是那么的光彩夺目。可是,这样的男人也太让人不放心了,正因为他的光华万丈,不知会迷倒多少怀春少女和痴情少妇。

方芸听着那美妙的钢琴声,心绪禁不住也乱了,她默默地想:刚才,我是不是不应该拒绝他,他不正是自己内心深处唯一深深爱着的男人吗?

此时,即便是一些不太懂钢琴的人们也被这首旋律所感染,他们默默地对自己心爱的情侣举杯示意:为爱情干杯。

一曲已终,掌声四起。燕菲儿幸福地迎上前去,当众赠送给秦宇一个深情的拥抱。

掌声更加激烈了。在场的人们眼里流露出羡慕和祝福。不错，他们是郎才女貌天造地设的一对。他们的爱情无疑也是最令世人羡慕和迷醉的。

随后，舞会开始，深情而缓慢的舞曲响起，一些喜欢跳舞的男男女女纷纷放下手中的酒杯，携着自己带来的舞伴或者在客人中寻找舞伴，然后优雅地步入别墅门厅前红地毯铺就的舞池，翩翩起舞。

秦宇牵着燕菲儿的小手步入舞池，他们成为舞池中的焦点。不仅因为他们那令人惊艳的容貌，也因为他们娴熟而优美浪漫的舞姿，令人无不折服。

舞会持续到晚上十一点，秦宇和燕菲儿跳了三支舞曲便退场休息，他退场后和燕菲儿选了两个位子坐下，一边品着红酒一边观看别人跳舞。秦宇的目光时不时地投注在和燕涛共舞的方芸身上。

如今的方芸越来越成熟迷人了，在没有成为燕涛的专职情人之前，她还显得有些青涩，但现在经历过男人开发的她就像一颗成熟的蜜桃，水灵灵的鲜活活的，令人恨不得要啃上一口。

毋庸置疑，兰宁第一美女方芸天生就是一个让男人充满强烈占有欲的女人，一个容易诱导男人犯下强奸罪的女人，一个让人心动心痛恨不得融化在自己怀里的女人，一个让男人一辈子爱怜不够的女人。可是，这个女人的性子却极其的刚烈，她有她的原则，她有她的底线。她从来不做违背良心和道义的事情，哪怕对待爱情她也是如此。

这样一个个性刚烈的女子，若不是因为要拯救自己的亲哥哥，又怎会落入燕涛的魔爪？落入燕涛魔爪后，为了承诺两年内做他的专职情人，她居然抗拒了秦宇对她的爱抚，还打了他一个耳光。

想到这里，秦宇内心对燕涛的恨意又情不自禁地升起。若不是当初燕涛为富不仁，趁火打劫，他和方芸又怎会落到今天这种尴尬局面？原本这个令人迷恋的女子是属于他的。即便他不能和她结为夫妻，起码也应该会有一段感怀终生的缘分和恋情。但现在他和她，却真成了有缘无分。近在咫尺，却触摸不得。

继而，秦宇又将目光投向了正与叔叔秦天明共舞的夏飞燕身上。这个女人也越来越有女人味了，除了极度美艳清纯的外表和优雅而古典的气质外，她还一样让男人疯狂的内在法宝，如同上品陈酿，有一股醇香的韵味，不经意地轻溢而出，悠远绵长而美好，很值得男人回味。

不过，相较于方芸来说，夏飞燕在秦宇心目中的分量还略低些，毕竟夏飞燕依从燕涛是从自己的利益出发，她是为了追逐名利而选择了做燕涛的地下情人。秦宇如今跟夏飞燕暗度陈仓，搞秘密恋情，百分之七十是出于报复心态。至于对她的爱意如今能有百分之三十就算不错了。

燕菲儿见秦宇的目光老在方芸和夏飞燕两个大美女身上流连,不由暗中掐了他一把,轻声嗔怨道:"眼睛往哪儿瞟呢? 有些人错过了便错过了,别再枉费心思。"

　　秦宇邪邪地轻笑道:"你是不是在提醒我我这一辈子只能爱你一个,其他女人看也不能看一眼?"

　　燕菲儿幽幽地说:"我倒是这样想,可是你能做到吗?"

　　秦宇笑道:"我能做到,但就怕你受不了,"秦宇附到燕菲儿耳边说,"我怕你满足不了我。"

　　燕菲儿一脸绯红,又偷偷在秦宇腰间掐了一把:"你个死东西! 你坏死了!"

　　秦宇邪邪地笑了笑,轻声说:"你不是希望我更坏一点吗? 今天你很漂亮,也很有女人味,晚上我们找个地方好好坏一回,好吗?"

　　燕菲儿幽怨地白了秦宇一眼,逃开了。

　　秦宇追了过去,跟着燕菲儿进了别墅,上了楼,进了闺房。燕菲儿见秦宇跟进房来,心怦怦跳得飞快。她假装不悦地说:"坏人,你跟进我房间干嘛?"

　　秦宇坏笑道:"你现在跟我订婚了,就是我名正言顺的女人了,我还不能进你房间吗? 再说了,其实我们俩已经早有夫妻之实了吧? 哈哈,你现在要跟你老公假正经?"

　　燕菲儿要逞口舌之快,又岂是秦宇的对手,很快就被说得哑口无言了。

　　秦宇关上房门,随即将燕菲儿拥入怀中,刚才没有得到方芸,一身的欲火没得到肆意的发泄,现在燕菲儿无疑便成为替罪羔羊了。秦宇的手在燕菲儿的身上抚摸着,相当的缓慢而有节奏,而且有重点。燕菲很快就喘息起来,身子微微地颤抖着,轻声说:"阿宇,别这样,这是在我家呢,外面还有那么多的客人。"

　　秦宇坏坏地说:"正因为这样才香艳,才刺激啊。来吧,宝贝,让我好好疼爱你。让我们的订婚之日成为一个永远难忘的纪念日!"

　　燕菲儿整个心都要醉了,都要化了,这个冤家啊,这辈子注定了是她的克星。她除了依从他,还能够做什么呢?

第十二章：为爱放手

18 号的民歌复赛，秦宇不想让赵璇伤心难过，最终还是去参加了，他和赵璇合唱了一首《在那遥远的地方》，这首经典民歌被他们演绎得完美无缺，韵味十足。最终俩人又以排名第一的成绩进入决赛。

决赛在 28 号举行，最终秦宇和赵璇以一曲《婚誓》夺冠，获得了 10000 元奖金，举办方还与他们签订了协议，秦宇和赵璇获得了金秋十月兰宁国际民歌艺术节登台亮嗓的机会。

当晚，秦宇和赵璇将所得的一万元奖金挥霍一空，他先是和赵璇去夜店喝酒，然后到宾馆开房，一夜的肆意纵情，倒也无拘无碍，只是到天亮时分，秦宇露出了几分惆怅，他对赵璇说："璇丫头，现在我已经是订了婚的男人了，多少心里会有点挂碍，毕竟我的未婚妻是 A 省首富的宝贝千金。菲儿说过几天就搬来跟我一起住，以后恐怕跟你这样肆意纵情的机会不多了。"

赵璇豁达大度地微笑道："没事的，秦哥哥，你有空了，想我了跟我联系就是。以后，我绝不会主动打电话骚扰你，只要你心里有我就行。"

"你真是个善解人意的女人。"秦宇亲吻着赵璇的秀额，然后翩然离去。

接下来，秦宇开始将精力投入到工作当中，与夏飞燕、赵璇的关系暂时终止。因为这时燕菲儿将自己的随身细软搬到了南苑小区跟秦宇过起了同居生活。和他们共同居住在一起的还有秦宇的父母以及保姆玲姐，看上去挺像一个温馨的小家庭。

其实，秦宇是不乐意燕菲儿未婚跟他同居的，但燕菲儿一个委屈欲泣的可怜面容立时便打动了谢芳和秦天元，他们争相为燕菲儿打抱不平。谢芳说："现在你跟菲儿订婚了，菲儿就是我秦家光明正大的媳妇，跟你住在一起是名正言顺的。"

秦宇那个作家老爸秦天元也说："没错，你小子现在是订了婚的人了，得有担当，菲儿这么好的媳妇，你可不许让她受了委屈，我要是知道你在外面搞些什么花花草草的，我饶不了你！"

加上还有一个玲姐更是站在燕菲儿的阵营，秦宇只得苦笑认输，这几个人都被燕菲儿的糖衣炮弹俘虏了，加上这个家中一直是秦宇的老妈谢芳掌权，秦宇只得听之由之。

燕菲儿在秦宇身边一住就是一个月，丝毫没有搬回家中去住的意思，起初还说得好好的，在他这边住十天半月便回家去住十天半月，如此轮流，结果跟秦宇在一起小日子过得黏糊了，有点乐不思蜀了。燕涛打电话催了好多次，都被燕菲儿推搪了过去，燕涛无奈之下，只得感慨："女大不中留啊，留来留去留成仇啊！"然后有空便叫保镖开车送他来南苑小区跟宝贝女儿相聚。

这天，燕涛又买了好酒好菜叫保镖开着车送他来到南苑小区，吃饭时他委婉地提出请燕菲儿回家陪他住段日子，没想到燕菲儿居然当着秦宇的面拒绝了燕涛，她说："我还是跟阿宇住一起的好，你在家不是有个兰宁第一美女陪伴你吗？反正你也不孤独。再说你外面还有一大帮替补美女呢，起码那个夏飞燕是随叫随到的。我离远点，眼不见为净。"

燕涛从燕菲儿的语气中听得出女儿对他有怨气，便不好意思再开口。而秦宇听到燕菲儿提及方芸和夏飞燕，情绪也一下子悲凉起来，他有些反感燕菲儿的痴缠劲儿，于是说："菲儿，你应该回家陪你爸住一段日子，再怎么说你现在还没出嫁呢，哪有长住男方不回家的道理？"

燕菲儿一下子便眼睛红了，眼泪汪汪的，可怜兮兮地看了看谢芳和秦天元，再看着秦宇："阿宇，你是不是嫌我了，要撵我走？"

秦宇不悦地说："你看你，像个小孩子一样，动不动就哭鼻子，你也得替你爸着想吧，他就你这一个女儿，你要多留点时间陪伴你爸。"

燕涛一见宝贝女儿不开心了，连忙说："算了算了，我经常过这边来就是，这丫头跟你亲，她开始烦我了，唉，真是女生外相啊。"说罢自嘲地笑了笑，叫上保镖开车走了。

燕涛走后，谢芳和秦天元从燕涛落寞的背影中看出他内心的孤独，于是也劝燕菲儿回家去陪燕涛住些日子，什么时候想过来了随时过来就是。燕菲儿无奈，哦了一声，说："那我明天就回去住些日子吧。"

燕菲儿第二天真的回家了，不过她并没有带走她的随身细软，她的意思是随时要回来陪秦宇的,东西就不带走了,生活用品及衣物嘛买新的就是了。

燕菲儿回家令燕涛十分高兴,方芸也面带笑容跟她打招呼,然而燕菲儿明显对方芸充满了敌意,当燕涛不在身边时,她面带厉色对方芸说:"方芸,我不管你跟我父亲之间的肮脏勾当,但有一点我要提醒你,我跟秦宇已经订婚了,我是他的未婚妻。你如果有尊严和良知,就请不要在我们之间横插一杠。我知道秦宇曾经喜欢过你,我也知道你至今放不下秦宇。我可以容忍你勾引我父亲,因为我知道我父亲不是什么好男人。但我绝不会容忍你勾引秦宇,如果某一天我发现了你跟秦宇有不轨行为,我会杀了你的!"

方芸苦涩地笑了笑:"菲儿,你认为我现在还有喜欢秦宇的资格吗?"

燕菲儿冷哼一声:"谁知道呢! 秦宇这人心软,说不定你三两滴眼泪就能把他俘虏了。"

方芸轻轻叹息道:"菲儿,你太不自信了。放心吧,我不会对秦宇有非分之想的。我祝福你们。"

方芸转身上楼了,燕菲儿看着她的背影,心里忽然有一种堵得慌的感觉。她清楚,如果不是因为方斌出了那场车祸,也许现在跟秦宇在一起的女人是方芸,而不是她燕菲儿。

燕菲儿忽然有些同情起方芸了,她是个不幸的女人。

同时,她也为自己的母亲感到不幸。有时,燕菲儿会在心里极度地鄙视自己的父亲,好色如命,为富不仁,尽管这个做父亲的非常宠爱她这个宝贝女儿。

燕菲儿回家的第二天,秦宇给赵璇打了个电话。自从秦宇和燕菲儿订婚之后,赵璇这丫头便果真如她自己所说,不再主动打电话跟秦宇联系,她害怕会骚扰到秦宇和燕菲儿的感情生活。然而,赵璇越是这样善解人意,秦宇觉得内心对她的亏欠就更深。

秦宇在电话里关切地询问赵璇的近况,问她最近过得好不好,快不快乐。没想到,赵璇在电话里轻声哭泣起来:"秦哥哥,我过得一点也不好,一点也不快乐,我想你。但又不敢跟你联系。我怕打扰你的生活。"

秦宇绝非抱着玩弄感情的目的跟赵璇在一起,他是真心喜欢这个无怨无悔将童贞交付给他的花店女孩,只不过爱情并不等同于婚姻。爱情也并不一定就会有一个美满的结果。秦宇心中一直记着小丫头将自己的身子奉献给他的同时还送给他一束代表忠贞热烈爱情的"黑寡妇",此时在电话里听到她委屈的哭泣声,他内心的歉疚感更甚了。他安慰道:"璇丫头,你别哭了,我也想你。下班后我来花店接你,我请你吃饭,然后陪你逛街。好吗?"

赵璇破涕为笑:"好,秦哥哥,我等你。"

在临近下班时,秦宇提前离开了办公室。他今天答应了陪赵璇,可不想下班时被燕菲儿堵在办公室里纠缠不清。所幸多了个心眼，就在秦宇开车离开公司办公大楼不到五分钟，燕菲儿的电话便打进来了："阿宇，你在哪呢，我爸说今晚炖了野生龟蛇汤，叫你一起回家吃饭呢。"

秦宇说："改天吧，我今天有点事。"

燕菲儿失落地问："阿宇，什么事啊？有比陪我更重要吗？"

秦宇不悦地说："菲儿，我没必要什么事都向你汇报经你批准吧？你能不能给我更多一点尊严和自由呢？我是男人啊！你怎么还没结婚就像个小怨妇烦人呢？"

燕菲儿怔怔地拿着手机，一句话也说不出来，但眼里的泪水却如泉水般奔涌而出，不可自抑。许久，许久，她挂了手机痛苦地呢喃道："阿宇，在你心目中，我只不过是一个没有给你自由和空间，令你厌烦的怨妇吗？"

燕菲儿擦干眼泪，收拾糟糕的心情，强颜欢笑回到家中，厨师已经将酒菜摆上餐桌了。燕涛见燕菲儿一个人回来，诧异地问："菲儿，怎么没有叫秦宇一起过来？"

燕菲儿微笑道："阿宇今天家里有点事，说改天过来。"

燕涛没有在意，哦了一声，叫燕菲儿坐下吃饭。方芸和范僧也一同在桌边坐下。范僧用汤匙帮燕涛、方芸和燕菲儿各舀了半碗龟蛇汤，然后给自己也舀了半碗龟蛇汤。然后四人默不做声地慢慢地吃喝了起来。

今天餐桌前的气氛有种莫名的压抑和生疏，燕菲儿草草地喝了点汤扒拉了两口饭便上楼进房间去了。范僧望着小姐落寞而娇俏的背影，对燕涛说："老爷，要不早点给小姐和秦公子张罗婚事吧。"

燕涛一怔，觉得范僧话中有话，便问："为什么？"

范僧说："我是怕夜长梦多，迟则生变啊。秦公子人中之龙，恐怕围着他转的佳丽也会有不少吧？"

燕涛陷入了沉思：菲儿今晚情绪不对，明显对我隐瞒了什么。是不是秦宇这小子让菲儿受委屈了。改天我探探秦宇的口风，我就怕他并不情愿这么早结婚啊。毕竟他现在还很年轻，正是创事业的大好时机啊。

燕涛忽然之间心情也沉重了起来。

2

秦宇开车来到花店，赵璇早已梳洗打扮好在店里等待秦宇了。今天的赵

第十二章：为爱放手

191

璇一身淡蓝长裙,腰不盈一握,美得完美无瑕。皮肤细润如玉柔光若腻,樱桃小嘴不点而赤,娇艳若滴,腮边两缕发丝随风轻柔拂面平添几分诱人的风情,黑白分明秋水汪汪的眼瞳带着一丝能够看透人内心的惊人灵性,令人忍不住迷失其中,神魂颠倒。

秦宇在见到赵璇的时候禁不住多看了两眼,他发觉这个已经被他变成真正女人的丫头现在更有女人味了,浅妆淡抹间浑身散发出一股诱人的神韵。

丫头从花店拿了一束事先搭配好的鲜花,满脸笑意地塞到秦宇手里:"秦哥哥,送给你!"

秦宇笑了笑,轻轻地刮了一下赵璇的鼻子:"丫头,你是不是每次跟我见面都要送我一束鲜花?"

赵璇说:"是啊,鲜花代表祝福、代表爱情、代表友情、也代表美丽的心情。"

秦宇禁不住充满爱怜地轻轻揽过赵璇的纤腰:"上车吧,丫头。"

赵璇高兴地上了车,冲站在花店门口的吴佳挥了挥手,吴佳冲她做了个鬼脸,嘟囔了一句:"重色轻友! 没得救了的傻丫头。"不过随即又呢喃了一句:"唉,遇上这样既有风度又有地位还有品位的大帅哥,哪个女孩不花痴啊? 换了我,也愿做那扑火的飞蛾,可是,我的真命天子在哪呢?"

在吴佳羡慕的眼神中,车子载着赵璇远去。

秦宇将赵璇带到五星级兰宁饭店的西餐厅,要了一个特大的包厢,点了一桌法国大餐,要了一瓶昂贵的法国红酒,席间还有一个美丽女郎在旁边为他们拉着小提琴,讲足了排场和情调。

秦宇觉得自己很亏欠赵璇,这丫头无怨无悔地把自己宝贵的贞操交给了他,不图任何回报,他觉得他跟她在一起应该更好地营造一种恋爱的气氛和情调,这样他的内心才能平衡些。否则,他会觉得自己辜负她太多。毕竟他自己心里非常清楚,赵璇跟他,从一开始便注定是没有结果的。

恋爱中的女性是盲目的,是弱智的。也幸亏有了这种爱的盲目和弱智,才有了纯洁和无悔。女孩子一旦过了青春期,一旦过了初恋,一旦多经历了几次感情,或者一旦嫁作他人妇,百分之八十的女人便会不可救药地变得势利、浅薄、刻薄、泼辣起来。

所以说美妙的青春是短暂的,爱情也是短暂的,爱情更是盲目的。朦朦胧胧、痴痴傻傻、义无反顾、像飞蛾扑火那样最好。一旦爱情需要去等价计量,需要贪图回报,那便不是爱情了,而是等价交换。

赵璇对秦宇的感情无疑便是飞蛾扑火义无反顾的那种,就算没有结果,就算最终会有分手的苦痛,她也无怨无悔,因为她清楚地知道,她想把自己最好的青春的爱情交给这个男人,一旦错过,她会后悔终身、痛不欲生。

秦宇和赵璇相对而坐,他含情脉脉地看着赵璇,赵璇并不太懂西餐的礼仪,但冰雪聪明的她知道跟着秦宇做,她模仿着秦宇的动作,虽然有些生涩,但却显得单纯可爱。

秦宇对拉小提琴的女郎说:"美女,会拉《梁祝》吗?"

女郎妩媚而灿烂地对秦宇报以一笑,点了点头,随后曲调一变,一首情深意切、缠绵悱恻的梁祝在大包厢里响起,美妙而凄婉的音乐若梁山伯和祝英台的灵魂,在大包厢的空间里飘荡,若一双蝶舞,翩翩飞扬。

赵璇慢慢地品尝着美味的西式菜肴,细细地品着她不知道品牌和年份的法国红酒。但她清楚今晚这个饭局消费绝对不低。尽管心里有个谱,但当最终秦宇埋单时赵璇听到服务员的报价时,她还是吓了一跳。

"先生,今晚二位消费五万八。这是您的金卡和发票。"服务员躬着身子,非常恭敬非常礼貌地将金卡和发票递给秦宇。

秦宇微笑着揽过赵璇的手臂,走出包房,走出西餐厅,走出饭店。到了门外,赵璇不好意思地说:"秦哥哥,我们今晚怎么花费那么多钱啊?我感觉没有吃什么东西啊?这地方也太贵了吧?"

秦宇为赵璇的单纯感到可爱:"丫头,吃东西不是看多少的,到菜市场买一大堆白菜萝卜用不了五十元钱,可你知道今晚我们喝的那瓶酒多少钱吗?"

赵璇问:"多少?"

秦宇说:"四万八。"

赵璇羞怯地说:"秦哥哥,你请我吃饭,花费这么多钱,让我觉得挺不好意思的。以后别这样了,只要跟你吃饭,哪怕是碗小面,我也觉得开心。"

秦宇内心涌起一丝感动,他轻轻揉过赵璇的香肩,说:"丫头。哥愿意为你花钱营造情调。否则哥会觉得太亏欠你了。丫头,今晚想去哪里玩,有什么想法尽管提出来,想去唱歌、跳舞、蹦迪,只要你喜欢,我都陪着你。"

赵璇想了半天,红着脸说:"秦哥哥,我想去坐碰碰车。行吗?"

秦宇说:"行。"

秦宇想起小时候陪邻家女孩夏飞燕一起去公园坐过碰碰车,立时那天真烂漫的笑容和清脆快乐的笑声又从心底浮起。他忽然发觉自己童年似乎并没有多少快乐的记忆。天天被学习的训练折磨着,恐怕最值得缅怀的也就是跟夏飞燕坐碰碰车了。然而,那些曾经跟夏飞燕在一起的美丽片段如今都尘封在记忆里了,不细细挖掘,便早已遗忘。

不知道是空间是岁月无情,还是人无情啊。

秦宇开车载着赵璇来到儿童游乐园,泊好车进了儿童游乐园,两人来到碰碰车乐园,买了票,里面有七八个小孩正玩得不亦乐乎,秦宇和赵璇加入了阵营。几个小孩子一点也不认生，居然欺负起两个大人来，都围攻他们，好几次将他俩的车子挤压在一起，而后得意地哈哈大笑。秦宇和赵璇也开心地笑了起来。

秦宇开心地说："你们这些小屁孩，看我不好好收拾你们。"然后发起反攻，将碰碰车开得横冲直撞，惹得一群小孩哇哇大叫，哈哈大笑。

赵璇玩得特别开心，她和孩子们碰撞，和秦宇碰撞，洒下一园子银铃般的笑声。

不知不觉，九点过了，秦宇和赵璇意犹未尽地离开了儿童游乐园。秦宇问赵璇："丫头，还想去哪里玩？"

赵璇说："不知道哪里好玩，要不我们就逛逛街吧。"

秦宇说："行。我找个地方把车停好。然后陪你逛街购物。"

秦宇将车停到附近一家收费的地下停车场，然后陪赵璇散步逛街，逛过步行街，逛过音乐喷泉广场，来到百货大楼，秦宇和赵璇走了进去，面对琳琅满目的高档商品，赵璇只觉得眼花缭乱。秦宇想给赵璇买点什么，当做爱的礼物也好，当做纪念品也好。他觉得自己应该给赵璇买点什么。

秦宇在首饰柜台停住了脚步，他看中了一套女式首饰，一枚钻戒加一条蓝宝石项链，标价八万八千元。赵璇听得秦宇叫营业员拿出来看看，便明白秦宇的意图，她强拉着秦宇走开，一本正经地对秦宇说："秦哥哥，我不喜欢这样。我不想我们之间的感情沾染太多的物质化的东西。你这样做，让我觉得自己像是傍大款似的。这样我会觉得很惶恐，很不自在。"

秦宇真诚地说："丫头，我想给你买份礼物。这样就算以后我不能陪在你身边了，你也好有个念想。"

赵璇目光望着正前方商场柱头上的时尚美女广告，见广告画上的美女秀长的脖子间围着一条挺时尚挺漂亮的围巾，于是说："秦哥哥，秋天到了，要不，你买条围巾送给我吧。我想围巾比首饰更有一种贴心的温暖感觉。"

秦宇点了点头："好。我就送你一条围巾。"

秦宇最终给赵璇买了一条花格子围巾，价格三百八十元。赵璇欢天喜地地立即就围在了脖子上。

两人出了商场，赵璇挽着秦宇的手臂，依偎着他缓缓而行，一脸的甜蜜和温柔。秦宇说："丫头，时间不早了，要不，我送你回家吧？"

赵璇听得这话，脸上的笑意一下子便收敛了，抬起头以一种委屈无辜的眼神望着秦宇，同时手臂将秦宇的手臂挽得更紧了。虽然没有言语，但那神情却将她的心意透露无遗："秦宇，今晚我要跟你在一起！"

秦宇轻轻地将赵璇拥入怀中："好了好了，丫头，今晚我们都不回家。"

赵璇笑了,笑得那么的甜蜜、美丽,一脸的红霞。

　　秦宇从地下停车场将车子开出来,载着赵璇来到民族大道旁边一家新开的五星级大酒店,开了间豪华套房。进房后,秦宇吻了吻赵璇,挑逗道:"丫头,要不,我们洗个鸳鸯浴?"

　　赵璇温柔而羞涩地说:"随你,你想怎么样就怎么样。"

　　秦宇注视着赵璇青春焕发的瓜子脸,注视着她那双迷迷蒙蒙含雾带水的眼睛,那两扇长而略带卷翘的睫毛此刻正羞怯地低垂着,显得风情万种。

　　两人脱了衣服裸体相呈,一同进入沐浴间,沐浴间是一个五平方米透明的玻璃罩,里面有一个设计考究的圆形冲浪按摩式大浴缸,玻璃罩顶上有浴霸,灯光和热量一同释放下来。放好水后,秦宇和赵璇双双进入浴缸,两人深情款款地互相为对方搓洗着身子,柔情似水地抚摸着对方的肌肤,为接下来的性爱大战酝酿激情。

　　经过秦宇长时间的"温柔鞭挞",赵璇原来白嫩的面颊上不知不觉就染上了两抹艳丽的桃红,显得格外的妩媚和娇艳;挺拔的双乳在秦宇不断的揉捏抚弄下,像害羞的少女一样披上了粉红的纱巾;小巧玲珑的殷红两点,也因为强烈的刺激成熟挺立起来,一室春色,温暖了一个清冷的秋季。

　　秦宇终于要释放自己的欲望了,赵璇那上身雪白光滑的无瑕身体,羊脂滑玉般的娇乳白到有点透明,每一个细微的颤动,水嫩柔润的肌肤似乎激起了水波,微微颤动的睫毛衬托着灵动的双眼惹人爱怜。

　　云雨过后,两人无力地拥抱在一起,享受着那暴风雨般高潮侵袭后的温馨和宁静。

　　当早晨的阳光拉开一天的序幕,秦宇睁开眼睛时,发现昨晚经历洗礼的赵璇正张大美眸凝视着自己,眼中流露出无限的温柔和迷恋。由于这个时候的赵璇身上没有任何衣物,相当的诱人,秦宇是那么接近地注视着她晶莹剔透的娇嫩双乳,那半球形完美的形状、象牙雕刻般莹白的肤色,细巧浑圆的殷红乳尖和微微颤抖的动人姿态,这一切都让秦宇色心荡漾。

　　赵璇被秦宇色迷迷的眼光看得浑身发软,想逃却又没有力气,秦宇把她压倒在床上,淫笑道:"丫头,你知道吗,此时的你就像一只美丽的羔羊,而且还是没有任何武装的羔羊。而我是一头饿极了的色狼,你说当这样的狼遇上这样的羊,会产生什么结果呢? 那就是狼会把羊连皮带肉都吞下! 你认为你逃得了吗?"

　　"秦哥哥,你放过我吧,你太强悍了。你都把我弄散架了! 我投降,我投降还不行吗?"赵璇默默感受秦宇身上异性的温暖气息,柔嫩肌肤上浮起一层淡淡的红晕,如此近距离地凝视对方的眼眸,让她突然有一种陌生的悸动。

"闭上眼睛!"秦宇俯身带着蛊惑的嗓音在她耳边轻轻道。

赵璇疑惑地看了一眼嘴角浅笑的他,听话地闭上了漂亮的眸子。突然她感觉到自己的嘴唇被温暖地覆盖,不知所措的她知道这意味着什么,三分羞涩,三分慌张,还有三分莫名的期待。

秦宇的舌头开始入侵,在赵璇充满香津的口腔里捕捉到了她怯弱的丁香小舌,两个舌头抵死纠缠,赵璇只感到自己的力量好像全被秦宇吸走一样,双手无力地撑在秦宇胸前。

秦宇将赵璇搂在怀里,一只手直奔主题地抚摸温婉美人那挺翘的臀部。赵璇不安地扭动臀部想逃离秦宇的魔爪,但是待在他怀抱里的她怎么可能逃得掉,她面红耳赤,喘息声不断,欲拒还迎。

秦宇邪魅地笑了笑,扒开赵璇的小手,俯首轻咬着粉色的乳轮,婴儿般贪婪地吸吮着整粒柔软的樱桃,比起另一只手稍微强硬的按揉,口舌显得灵活而巧妙,舌头抵着乳尖的细孔旋转,牙齿轻轻地噬咬,当上下门牙夹住娇嫩的乳头,只要稍微用力,立即听到了赵璇投降的呻吟。

"啊!啊……秦哥哥!我不行了,我要死了。我受不了啦!"

秦宇那只手一用力将她的腹部贴向自己的勃起,小丫头挺翘臀部的美妙感觉让他爱不释手,他一边肆意摩擦揉捏,一边邪魅地轻声问道:"舒服吗?"

"舒服,不……,难受,秦哥哥,我们不来了好不好,你太强悍了,人家吃不消,好难受啊。"赵璇动情地扭动着曼妙的躯体,殊不知这简直就是火上浇油,两人的体温急剧上升,秦宇再一次走向欲望的边缘。

"难受?是享受吧?"秦宇邪邪一笑,用鼻子用力嗅了一下赵璇的乳房:"嗯,好香啊,原来少女真的有乳香啊。"

赵璇一脸的羞怯,她抵挡不住秦宇这头色狼的侵袭,她甚至不敢再迎视秦宇那炙热的目光,她急促地呼吸着,呢喃道:"秦哥哥,你就像个魔鬼,也许,这辈子会有许多美丽的女人情不自禁地迷失在你的深情怀抱,欲生欲死,你太让人着魔了。"

秦宇说:"丫头,我不是魔鬼,我是你的真命天子。做女人其实是幸福的。而我是一个最懂得怜香惜玉的男人。丫头,就让我今天好好爱你,一次爱个够吧,因为我不知道以后我们还有多少这样肆意欢爱的机会。"

赵璇的泪水涌了出来,紧紧地抱住了秦宇。

任何一个女孩子,在告别少女时代的那个阶段,她的心里都会每日每夜装着那个甘愿让她付出贞操的男人。自从赵璇将她的初夜交给秦宇之后,她每时每刻每日每夜都想着秦宇,常常她在花店她会想着秦宇想得发呆,以至有顾客询问花的品种和价格她都茫然不知。每每此时,吴佳都会摇头笑骂她花痴,没救了。而事实上，她甘愿做秦宇的花痴，青春一去不复返，该花痴的年纪就是要花痴。当青春不再人老珠黄满脸皱纹时，你想花痴，花痴给谁看呢？

赵璇想起一段网络名言：在对的时间遇见对的人，是一种幸福；在对的时间遇见错的人，是一种悲伤；在错的时间遇见对的人，是一种叹息；在错的时间遇见错的人是一种无奈。

她不知道自己遇上秦宇，是对还是错。是幸福还是悲伤，是叹息还是无奈。但她知道一点，她是真心爱这个男人，无怨无悔！

3

岁月如梭，无声无息地穿梭，几乎是在一晃之间，十月金秋就到了。每年的金秋十月，兰宁都会举办一次国际民歌艺术节。以民歌的名义相约兰宁，以歌会友，以舞传情。

今年的民歌艺术节上出现了两个抓人眼球的新面孔，那就是今年在广场民歌大赛上夺冠的秦宇和赵璇这对男女组合。他们在舞台上倾情演绎了一首具有浓郁风情并且非常优美动听的民歌《婚誓》：

阿哥阿妹的情意长
好像那流水日夜响
流水也会有时尽
阿哥永远在我身旁
阿哥阿妹的情意深
好像那芭蕉一条根；
阿哥好比芭蕉叶
阿妹就是芭蕉心
燕子双双飞上天
我和阿哥（妹）打秋千；
秋千荡到晴空里
好像燕子云里穿
弩弓没弦难射箭
阿妹好比弩上的弦

世上最甜的要数蜜

阿哥心比蜜还甜

鲜花开放蜜蜂来

鲜花蜜蜂分不开

蜜蜂生来就恋鲜花

鲜花为着蜜蜂开

秦宇和赵璇这对合唱男女,他们一个俊朗帅气,英气逼人,一个艳丽妩媚,美得不可方物,加上他们优美动听的歌声,立时便产生了轰动效应。秦宇和赵璇原本就是一对真正有情感碰撞的男女。在对唱中,他们的目光、他们的牵手、他们那如同真情倾诉的歌声,立即便感染了万千观众。天哪,那种恋人间的深情款款,情意绵绵,被他们演绎得妙不可言,几乎达到了不可言传,只可意会的地步。

台下掌声如雷。

而此时此刻,在家中看现场直播的燕菲儿却泪流满面。一种痛苦和隐忧深深地埋藏在她的心里。她忧心如焚,无法让自己平静,她擦干眼泪跑出房间,跟父亲打个招呼:"爸,我到阿宇那边去一趟,今晚不回来了。"

燕涛迷茫地"哦"了一声,说:"你去吧。"

燕菲儿打电话叫来司机,不到一分钟,司机便从旁边的别墅过来,从车库开出奔驰大房车,将燕菲儿送到南苑小区。燕菲儿一进门便扑进正在客厅看电视的谢芳怀里,泪眼汪汪地哭诉:"妈,阿宇在外面有女人了。难怪他经常对我不冷不热的,有时还冲我凶。"

谢芳安慰着燕菲儿:"丫头,别哭啊,没有的事,小宇这孩子很重感情的,他不是那种朝三暮四的人。"

燕菲儿说:"妈,你也看了节目,就是赵璇那个小妖精,阿宇一定跟她有一腿。你看他们那眼神、那表情、在台上唱歌还手牵手的,情意绵绵,还唱的是《婚誓》,没有关系才怪呢!"

秦天元安慰说:"菲儿,你别想太多,也许是你太敏感了。台上唱歌嘛跟演戏一样,是做给观众看的,那个当不得真的。如果唱个歌牵个手就有关系,那那些演戏的又搂又抱的还不都成了情侣了?"话虽这么说,但秦天元心里也认定他的宝贝儿子多少跟这个赵璇有些不清不楚的关系。异性相吸嘛,而且他们彼此是那么的有吸引力。

燕菲儿哭得梨花带雨:"不是的,爸,妈,阿宇就是心里有鬼,他不爱我了。难怪上个月我爸跟他谈我们的婚事他没有答应,说什么现在还年轻,应该把精力放在事业上，其实他就是托词。结了婚就不可以干事业吗？"

两个老人一时之间也不知道怎么劝慰这位未来儿媳。他们清楚燕菲儿早把自己当成了秦家人，从她一口一声爸妈便可以看出，她这辈子是非秦宇不嫁了。

燕菲儿哭诉了一阵子渐渐地平静下来，谢芳趁机劝她进房休息："菲儿，你先进房休息，小宇回来后我好好跟他谈谈，如果他真做了什么对不起你的事情，我饶不了他。你放心，我是站在你这一边的。这辈子除了菲儿，谁也别想做我秦家的媳妇。我连秦家传家的玉石手镯都交给你了，你还担心什么？"

燕菲儿被哄进了房间。没过多久，门外便响起了秦宇的车声。秦宇和赵璇唱完《婚誓》便提前离场，他们没有留在现场观看节目。秦宇开车送赵璇回到花店之后再回到南苑小区。

秦宇将车停进车库，走进家门后觉得今晚家里的气氛有点不对劲，老爸老妈坐在客厅还在收看民歌艺术节的现场直播，见他回来居然都冷着面孔，他的作家老爸甚至还冷哼了一声。

秦宇赔着笑脸走过去："爸，妈，还在看啊？早点休息吧，没什么好看的。"

谢芳不满地说："谁说没什么好看的？我觉得挺有看头的嘛！你跟那个叫赵璇的小美女在台上眉来眼去，含情脉脉的，万千观众都看到了。还没什么好看的？我看你现在的心真变坏了，变野了。"

秦天元也对秦宇规劝道："小宇啊，你有了菲儿这么乖巧、懂事、孝顺的媳妇应该知足，别在外面搞什么花花草草的，菲儿这丫头对你一片痴情，你要是辜负了她，你说你对得起谁啊你？"

秦宇被父母这么一番连珠炮似的狂轰滥炸，有些不知所措，毕竟事实上他是做了对不起燕菲儿的事情。但他转念一想，父母只不过是猜测，他们并没有任何直接证据。于是便理直气壮地顶撞起来："妈，您都胡乱猜测些什么啊？这只不过是做节目而已。这有什么大惊小怪的？亏您自己以前还是歌舞团的副团长呢，这点常识都不懂。要是个个像你们这种觉悟，那天下的人都别去当演员做歌手了。"

秦宇的一番话将谢芳和秦天元说得哑口无言。过了一会儿，谢芳说："没有这些就好。反正我是看上了菲儿这丫头，你真要是欺负了她，我不会饶你。"

秦宇苦着脸说："知道，菲儿这丫头早就把你们收买了。"

秦天元指了指楼上，对秦宇说："你媳妇过来了，看了节目哭成了泪人儿，你去好好安慰安慰她。"

秦宇算是知道父母今晚对自己兴师问罪的缘由了。看来都是菲儿这丫头挑起的事端。唉，这丫头还真敏感啊。该怎么哄她开心呢？秦宇不由犯愁了。

秦宇走进卧室时，燕菲儿已经洗好澡穿着睡衣倚躺在床头看小说了，听到秦宇进门的声响，她有些期待又有些紧张，刚才的委屈和幽怨在哭泣过后已经获得了释放，毕竟她也只是猜测秦宇跟赵璇有点不清不楚，并没有实质的证据。所以冷静下来后她决定还是做个乖乖女好些，省得惹秦宇厌烦。

秦宇将外套脱下挂在一个古董式的落地衣挂上，然后坐到燕菲儿身边，摸了摸她的头，温柔地问："想我了？连夜跑过来？"

燕菲儿"嗯"了一声，撒娇地环抱住秦宇的腰。将脸偎在他怀里。

秦宇亲了亲燕菲儿，然后抬起她秀美的下巴，盯着她的眸子，居高临下地问："没有别的什么话要跟我说吗？"

燕菲儿居然有些心虚了，不敢迎视秦宇的目光，连连摇头说："没有，就是想你了。"

秦宇板着脸说："可我有话对你说！菲儿你给我记住了，好好地乖乖地做我的女人，不要无中生有，没事找事，下次你再跟我老妈说些捕风捉影的事情，我会打你屁股的！"说罢真的在她的翘臀上拍打了两下，"今天略作小惩，下不为例！"

燕菲儿被打了两下，啊啊地叫了两声，没有觉得任何的委屈，相反内心的郁闷和猜忌全部烟消云散了。她就喜欢秦宇的这种强势，她觉得秦宇越是这样就越说明他内心是坦荡的。他一定跟赵璇没什么，一切只不过是她太敏感了而已。

秦宇脱了衣服进卫生间洗澡了，燕菲儿偷偷地瞟了一眼秦宇雄壮的身躯，内心既兴奋又慌乱，她体验过秦宇在床上的彪悍，自己的男人无论在哪方面都是最棒的。这样想着，她的脸上泛起了一抹红晕。

她想，今晚一定又是一个春色满室的不眠之夜。

4

十月底的一天，赵璇在花店正在为顾客配花，忽然间胃里一阵泛酸，喉咙一阵干呕，一股强烈的想要呕吐的欲望冲击着她的大脑神经，她捂着嘴巴冲到花店的洗手间一阵哇哇的想吐，却吐不出东西，最终只吐出一口酸水。

赵璇从洗手间出来时脸色有些苍白，吴佳关心地问："璇丫头，你是不是感冒了？"

赵璇诧异说："没有感觉啊，一直好好的，没有着过凉啊。只是觉得胃好难受，泛酸，干呕，想吐。"

吴佳又问："你是不是有胃病啊？"

赵璇说："应该没有吧，我身体一直好好的，从来没有过什么肠胃问题。"

吴佳听赵璇这么一说，感觉问题严重了，她怪异地盯着赵璇，死死地盯着她，盯得赵璇不好意思了，不悦地说："干吗啊？这样盯着我？让人怪不舒服的。"

吴佳将赵璇拉进洗手间，关上门，如临大敌地问："璇丫头，你老实告诉我，你跟那个秦大帅哥做过那种事没有？"

赵璇脸一红："哪种事啊？我都不知道你说些什么！"

吴佳紧紧地抓住赵璇的手："跟我你就别打马虎眼了。你们到底上床没有？做爱没有？"

赵璇知道瞒不过吴佳，红着脸点了点头。

吴佳又问："没有戴套子？"

赵璇摇头："跟自己心爱的人做这个事还要戴套子吗？"

吴佳哀其不幸怒其不争地说："你个死丫头，送上门让人家占便宜不说，连保护措施也不做好。现在我敢肯定，你不是身体有毛病，是你有身孕了！"

赵璇大惊失色："什么？我怀上小孩了？"

吴佳点头说："肯定是。你回想一下最近两个月你来例假没有？"

赵璇说："好像没有吧？"

吴佳轻轻敲了一下赵璇的头："你个死丫头。来没来你自己还不清楚吗？"

赵璇仔细想了想，说："没有。"

吴佳说："那就是了。你完蛋了，未婚先孕。而且你才十九岁啊。"

赵璇一听着急了，紧紧抓住吴佳的手："佳佳，你说我现在该怎么办啊？"

吴佳说："能怎么办，找你的秦哥哥啊，把事跟他挑明了，看他怎么处理。说不定他看你怀上了他的宝贝，一高兴马上跟你结婚也不一定哦。如果是这样那你就是母凭子贵了。如果他不想要这个小孩，那你只有去做流产了，莫非你还想做未婚妈妈不成？早跟你说过不要随随便便让男人占你便宜，你以为禁果是那么好吃的？偷吃禁果是会出大乱子的。这事你还得瞒着你父母，否则他们不被你气死才怪。"

赵璇感觉到了问题的严重性，整个上午都忧心忡忡的，为了证明事情的确凿性，她悄悄地去医院做了检查。看了检验报告，医生明确地告诉她，她是怀孕了，已有两个多月的身孕。

赵璇从妇科诊室出来，坐到医院花园里的长椅上休息了一会儿，思前想后，掏出手机给秦宇打了个电话。她惴惴不安地说："秦哥哥，我……我怀孕了。医生说我有了两个多月的身孕。秦哥哥，我……我好害怕，我不知道该怎么办。"

秦宇一听也觉得问题严重，他安抚道："丫头，你别害怕，告诉我你现在在哪儿，我马上过来。"

赵璇说："我在第一人民医院的花园里。"

秦宇说："好。你就在那里等我，我马上过来。"

赵璇坐在花园的长椅上，度日如年。约十五分钟后，秦宇开车赶到，匆匆忙忙跑到赵璇身边，赵璇一见秦宇，禁不住便泪如泉涌扑进秦宇怀中。无助地哭泣起来："秦哥哥，我不知道该怎么办才好。"

秦宇紧紧地拥抱着赵璇，拥抱着她柔弱的身躯，安抚着脆弱的心灵："丫头，别怕。没什么大事，走，哥陪你去做手术。就一个小手术，不要害怕。"

赵璇从秦宇怀里抬起头来，凄婉哀伤地望着秦宇："你要做掉吗？那可是我们爱的结晶啊！"

秦宇亲吻了一下赵璇的额头，安慰她说："丫头，你现在才十九岁，还不到法定的结婚年龄。再说我现在也不想这么早结婚，所以这个孩子是必须做掉的。否则会给你给我带来许多不必要的麻烦。丫头，听哥的。无痛人流只不过是个小手术，做了之后就可以蹦蹦跳跳地出院了。"

赵璇尽管百分百的不情愿，可在秦宇温柔的开导和劝解下还是去做了人流手术。当医生将做人流的器械放进她的子宫时，她体会到了一种钻心的疼痛，这种疼痛不仅仅是肉体上的，更有心灵上的。一个强烈的念头在她心底响起：你杀死了自己的孩子！

从手术床上下来之后，赵璇双腿无力，浑身颤抖，脸色苍白。秦宇搀扶着她，一直搀扶到车上，然后开到邕州宾馆，开了间房，让她好好休息，而自己一直陪护在她身边，陪她说话，安慰着她。

赵璇心里还是觉得很温暖，不为别的，就为秦宇这份细心和体贴。她羞愧地说："秦哥哥，对不起，我给你添麻烦了。"

秦宇温柔地抚摸着赵璇清瘦的脸颊，深情地说："别这么说，丫头，是我不小心，让你受伤害了。以后我会小心的。"

赵璇紧紧地抱住秦宇，泪水涌了下来："秦哥哥，我不要你小心。我愿意为你做人流，一次，两次，十次，一百次我都愿意。你千万不要不理我，不要我了。"

秦宇温柔地擦去赵璇脸上的泪水，安慰道："丫头，你说什么呢？我哪会不理你，不要你了？我疼爱你还来不及呢。我永远都会记着你是第一个送花给我的女孩,你是第一个为我做人流的女孩。就算这辈子我不能跟你结为夫妻,我心里也会永远给你留一块最重要的位置。相信我,丫头,我会永远爱你的!"

赵璇感动得无以复加,抱着秦宇,叫了声"秦哥哥",放声大哭,哭得热烈、哭得奔放,哭得欢畅,哭得幸福。

★ 5 ★

自从这次怀孕事件之后,秦宇便逐渐疏远赵璇。他承受不起赵璇这份深情,他觉得长痛不如短痛,自己不能长久霸占她的青春,必须给她自由和出路,然而,这样的结局并非赵璇希望得到的,但她又不想给秦宇增添负担,赵璇于是就常常默默流泪,逐渐憔悴。

赵璇有个堂姐叫赵莉,比赵璇大四岁,是个非常漂亮的女人。和许多天生丽质的女人一样,赵莉的命运很凄惨,她在兰宁大都会俱乐部做小姐,陪男人喝酒唱歌跳舞,陪男人做所有男人想做并喜欢做的事情。她的生命就像一盏绿灯,在男人的世界里明明灭灭。

赵莉虽然是妓女,但她并不是一个坏女人。在她身上有不少闪光的优点,比如善良、热情、直爽、讲义气。赵莉的初恋情人是个风流成性的英俊男子,后来将她抛弃了,跟了一个有钱的女人。赵莉受此打击之后就变得自暴自弃、沦落风尘了。

赵莉知道赵璇被秦宇伤害之后,决定为堂妹打抱不平,她打电话约了秦宇。他们见面的地点定在一间咖啡馆,赵莉开门见山地问秦宇:"你打算怎么对待我妹妹?"

秦宇困惑地说:"我跟璇丫头的感情是不会有结果的,如今我已跟燕儿订婚,我跟璇丫头终究是要分手的。我想早一点还她自由,让她重新去寻找她的幸福归宿,今后我会把她当做好朋友好妹妹,我依旧会关心她爱护她!"

"呸!"赵莉气愤地说,"你真不是个东西!我最恨无情无意的男人!你如果只把她当做好朋友,就不应该对她做出那种事!你现在让她神魂颠倒形容憔悴茶饭不思无依无助无所适从!"

秦宇心中有些不安,他清楚终究是自己辜负了赵璇,他对她心怀歉疚。见秦宇无语,赵莉语气温柔了些:"你如果有良心,就抽空去看看她吧。她爱你都爱得快发疯了。"

秦宇于是周末去见了赵璇一面。赵璇一见他,便扑进他怀中哭诉:"秦哥哥,你不要不理我,我不能没有你。我爱你!"

秦宇心中涌起一股难得的柔情,他亲吻着她,为她拭去脸上的泪痕:"丫头,你放心,我不会不理你的。这段时间我实在是太忙了,冷落了你,请原谅。"

赵璇被秦宇这么一哄又破涕为笑了。她紧紧地抱着秦宇,将脸深深地埋入他怀中,生怕这个她心爱的男人会从身边飞走。两个月后,赵璇再次怀孕,为了不给秦宇添麻烦,她自去一家私人诊所做了人流。当她看到医生手里的玻璃瓶子里装着一团血肉模糊的从她的子宫里掏出来的东西时,她情不自禁地流下了两行眼泪。

这还不是最糟糕的事情,最糟糕的是手术后她还没来得及从手术床上下来,就出现了大出血。在诊所医生吓得手忙脚乱的同时,赵璇也吓坏了,连忙给堂姐赵莉打了电话。

赵莉在接到电话后吩咐赵璇将电话交给诊所医生,她冲医生吼道:"诊所医疗条件不够,立即送她去大医院,用最快的速度,出了人命,你负不起责任的!"

医生连忙叫人拦了辆出租,将赵璇抱上车,陪同一起赶往大医院急救。大医院的医疗技术和医疗手段很快便发挥了作用,大出血得到了控制。赵璇从鬼门关里走了个来回,又看到了火红的太阳。

一个月后的一天夜晚,秦宇和绿城集团几个高层人员在兰宁饭店为一位港商接风洗尘,之后又到大都会俱乐部喝酒唱歌。出俱乐部时已经是午夜一点。就在这时,秦宇遇见了在大都会俱乐部做小姐的赵莉。当时秦宇与客人正要钻进轿车,赵莉和一个嫖客手挽手从俱乐部走出来,看到秦宇便大声叫住了他,抛下身边的男人急趋上前,拉住秦宇:"你别走,我是赵璇的堂姐,我找你有事。"

秦宇歉意地对港商说:"对不起,遇见了一位朋友,我应酬一下。"然后安排下属送港商到酒店住宿。

赵莉拉着秦宇的手不放,生怕他溜走,秦宇对这个女人既好气又好笑:"你别这样,让别人看到了还以为你在大街上抢男人。"

赵莉冷笑:"你别臭美! 你这种没心没肺的男人,我根本就看不上眼! 你不但肮脏,而且丑恶!"

秦宇气愤地抓开赵莉的手:"你少用这种语气跟我说话,我不欠你什么,也跟你没有任何关系!"

那嫖客见赵莉在跟秦宇扯皮,知道今晚的好事泡汤了,将手中的烟头狠狠地往地上一甩,再恶狠狠地踩灭,然后悻悻地走了。

赵莉恼恨地瞪着秦宇："你要还算是个男人，就跟我走，我不想在这里跟你吵！"

"莫名其妙，难道我还怕你不成！"秦宇不服气地跟在赵莉身后。赵莉走了几步，忽然蹲在街边大吐特吐起来，吐得叫人心酸，仿佛要把苦胆也吐出来。

秦宇见了，忍不住有些同情这个风尘女子。他轻轻地拍着他的背，关心地问："没事吧？"

赵莉反手一拂，将秦宇的手扒开："不要你碰我！"

秦宇气鼓鼓地站在一边："好心当做驴肝肺！"

赵莉吐过之后，一双眼睛变得异常的冷："我知道我跟你没什么瓜葛，我来找你是为了璇丫头。你这王八蛋！无情无义没心没肺一肚子坏水！你负不起责任就不应该玩弄璇丫头的感情，你怕负责任，可以去找街边的妓女啊！你明明知道她是那种不轻易对男人动情，一旦动情就认死理就会爱得死心塌地死去活来的女子，你还要花言巧语费尽心机去欺骗她玩弄她的感情。你他妈的真是个混账王八蛋！"

秦宇本来就对赵莉让他在下属和港商面前丢了面子心生怨恨，现在又被她一顿臭骂，气得七窍生烟。他忍无可忍冲赵莉吼了起来："你他妈的算什么东西？你凭什么教训我？你这种出卖灵肉的女人有什么资格伸张正义？说白了，我和璇丫头之间的事，你根本就没权过问！你是个什么东西？"

赵莉仇视着秦宇："我为什么无权过问？她是我妹妹！我不能看着你这个畜生毁了她！你又是个什么东西？你这混账王八蛋一味地醉心荣誉、贪图享受、追逐名利，你根本就没有半点真情！你以为自己人模狗样的是个人物？其实你只不过是个穿着华美外衣的色狼！"

赵莉继续骂道："我知道你看不起我这种女人。但我告诉你，我还看不起你呢！在我眼里，你比那些花钱嫖妓的嫖客还不要脸还可恶还可恨！你这种花言巧语没心没肺的臭男人，只有璇丫头会那么死心塌地地喜欢你。要是换了我，早把你一脚踹了。男人这世上有的是，没必要在一棵树上吊死。可她为了你，居然悄悄地去私人诊所打胎，差点大出血死掉了！"

秦宇闻言大吃一惊："什么？璇丫头又怀孕了？她怎么不告诉我？"

赵莉愤然地说："她不敢让你知道。怕你烦她，就悄悄去把孩子拿掉。那私人诊所医疗条件又不好，差点让她丢了性命。"

秦宇领教过赵璇这丫头对自己的痴情，他心中万分不安："这丫头也真是的，这么大的事也瞒着我，要打胎也要去好医院啊。唉，都是我害了她。她现在还好吗？"

"好什么好？她身上的钱差不多快用完了，现在是跟我一起吃一起住。我倒不是怕她花我的钱，我是怕我会将她带坏。你也知道我那种生活环境……"赵莉忧心如焚，"如果你心里还有她，就帮帮她。你堂堂的绿城集团总裁助理，A省首富燕涛的乘龙快婿，总比我一个风尘女子有能耐吧？"

秦宇觉得自己有责任有义务帮助赵璇解决一切生活上的难题，爽快地说："好吧，你带我去见她。"

赵莉上了秦宇的奔驰轿车，将秦宇带到了自己的租房。当秦宇出现在赵璇面前时，赵璇眼里刹那间涌现出泪水，她扑进秦宇怀里"哇"地一声大哭起来。秦宇轻轻地抚摸着她的秀发，安慰着道："丫头，没事的，别难过了。以后我会照顾好你的。"

赵璇渐渐沉静下来，赵莉见一对情人紧紧地拥抱在一起，轻轻地叹了口气，关上房门走了出去。

次日，秦宇为赵璇在市区找了一处房子，两室一厅带卫生间，月租八百元。考虑到和堂姐赵莉住在一起的确多有不便，而且单独租房又方便和秦宇幽会，赵璇高兴地接受了秦宇的安排。

当天，赵璇便将自己的行李从赵莉处搬了出来，并去家具城买了一张大床和床上用品，将租房安置妥当。夜里，秦宇和赵璇住在一起。怀着负疚的心情，他拥抱着这个痴情的女子，久久不能入眠。他考虑着自己应该怎么给赵璇安排一条较好的出路，他觉得自己亏欠她太多，他应该为她解决好今后的生活困境，不让她有后顾之忧。

他睁着眼睛想了很久，对赵璇说："丫头，要不你别开花店了吧，我出资给你开家酒楼好不好？让你堂姐跟你一起打理，别让她再去做三陪小姐了。其实她这人不错，挺重情义的。"

赵璇喜出望外，满脸洋溢着幸福："好啊，这是个好主意。秦哥哥，你说什么我都听你的。以后你就是后台老板，我替你打理酒楼。赚的钱都归你。反正我的一切都是你的。"

而秦宇却是另外一种心思。他决定将赵璇安排好了，没有后顾之忧了，就打算和她彻底分手了。他提供给她的资金他也不会要她还，就算是对她的补偿。

经过三天的考察，赵璇在离绿城集团不到两条街的地段盘下一间两层门面，面积约280平方，开了间侗乡民俗酒楼。

秦宇提供酒楼装修和添置设备的资金，另外还留下一笔钱给赵璇日常周转，总共投资约120万元。赵璇聘请了几名大厨和一帮服务员，并叫吴佳来做了领班，堂姐赵莉做了大堂经理。开张那天，赵璇的"侗乡民俗酒楼"实行六折优惠，搏了个满堂红。

赵璇的侗乡民俗酒楼开张营业之后,秦宇为了照顾赵璇的生意,经常会带着些集团的员工或客户到民俗酒楼吃饭,集团的中层次招待也定点选在了这里。秦宇跟赵璇的见面机会很多,但角色已经发生了转变,现在他完全将赵璇当成了自己的妹子,他害怕再伤害到她,就此没有再跟她发生肉体关系。

　　赵璇从秦宇的角色转变中感觉到了自己与秦宇的爱情已经消亡了。秦宇已经将他们的爱情转化为一种亲情式的关爱,对此,赵璇无可奈何无计可施。她只能默默接受这种结果。

　　有时想想,这样未尝不是一种美好的结局。只要曾经真正爱过,又何必要求天长地久。其实从一开始她就没有奢求过她跟秦宇的感情能够天长地久。

　　赵璇默默地在心里说:"秦哥哥,今后就让我在心里永远爱你,祝福你吧!"

第十三章：武学天才

1

经过长达十一个月的疗养,方斌终于出院了,身体里面的骨折部位都复原了,医生说复原效果非常显著,几乎跟没受伤时没什么两样。这主要得益于两个方面,第一是有燕老板雄厚的经济作后盾,医院给方斌用的是最好的医疗技术和医药器械。第二是方斌本身强健的身体素质。有这两方面的因素,最终创造奇迹也就是情理之中的事情了。

方斌出院那天,燕涛陪同方芸到医院接他,当然秦宇和燕菲儿也到了现场。方斌接过妹妹送过来的鲜花,抚摸着方芸的脸颊,眼中含泪说:"芸儿,哥让你担心了,让你操心了。哥对不起你啊。"

方芸拥抱着方斌,笑中带泪说:"哥,看到你大难不死,还能够像以前一样生龙活虎,我比什么都幸福,比什么都高兴。"

秦宇上前,将一束康乃馨送到方斌面前,调侃道:"你们兄妹俩干吗呢?今天是大喜日子啊,搞得生离死别似的。这可不是拍电影啊,别动不动就掉眼泪。"

方斌羞愧地笑了笑,松开方芸,和秦宇来了个热烈的拥抱,真诚地说:"谢谢你,哥们!"

秦宇说:"别跟我说谢,太见外了。其实我并没为你做什么。"

寒暄几句,一行人上了车,直奔兰宁饭店,燕涛早在兰宁饭店订好了一桌接风洗尘宴。酒桌上,方斌举杯先敬燕涛:"燕董,我敬您一杯!感谢您花了几百万将我从死神手里抢了回来!我在医院将近休养了一年,见到了不少生离死别，有不少穷人就因为差几千元医疗费，最终命赴黄泉。相对来说，我是幸运的，为救我这条命，花了您几百万。我这条命还真值钱啊！"说罢，仰脖子将一杯茅台酒干了。

燕涛听得出方斌话里有一股怨气，但他还是非常赏脸地将方斌敬的这杯酒干了，随后他说："方斌，一家人不说两家话，我知道你心里是有情绪的。你放心，我不会亏待你和芸儿。今后你有什么需要我帮忙的地方，直言无妨。"

方斌说："好！我记着您这句话。我倒没什么，不需要您特别关照。我只希望您不要让我妹妹受委屈。我今天把话撂桌子上，如果您伤害了她，我就是死，也会拉你一起下地狱！"

见方斌言语激烈，燕涛倒也不恼，他知道方斌和方芸兄妹之间的感情非常深厚，父母早逝，他们一直相依为命。燕涛当然不会计较方斌的言辞，他大度地笑了笑："放心，方斌，我是不会给你这个机会的。"

也许是在医院长期没有喝酒的缘故吧，方斌今天的酒兴特浓，跟酒桌上的人都喝了一圈，尤其是跟秦宇，喝了一杯接一杯。秦宇跟他喝过三杯之后，说："行了，不能再喝了，下午我还要上班呢。"

燕涛在旁善解人意地说："阿宇，若没什么重要事情，下午就不用去了，一般的事情打个电话处理就行。今天方斌出院，我们好好陪陪他，多喝两杯无妨。"

既然老板都发话了，秦宇只得陪着方斌又喝了两杯，然后坚决不喝了，摆手说："方斌，差不多了，再喝就要醉了，我还得开车呢。来日方长，改天再一醉方休吧！"

方斌说："行，不喝了。下午我还要找你算账呢。喝多了我还怕你要赖呢！"

秦宇感到莫名其妙，诧异地问："我好像没问你借钱吧？也没欠你什么吧？你找我算哪门子的账啊？"

方斌笑道："你小子可别装蒜，我可是清楚地记得，在我住院期间你常常拿话激我，叫我快点好起来，出院后好好跟你打一架，扳回面子！现在我出院了，你得履行这诺言。下午我们就找一地方好好打一架。我就不信我飙车飙不过你，打架也打不过你，好歹我也在特种部队拿过全能冠军！"

秦宇憨厚地笑了笑，一副挺无辜的样子："方斌，你不必这么较真吧？我当初可是一片好心，怕你心如死灰丧失斗志才出言激励你的嘛。你何必这么认真呢？当做玩笑就行了嘛。"

方斌不依不饶："不行！我得拿你小子来检验我的身体复原情况，看是不是恢复得完好如初！而跟你打一架，活动活动筋骨，就是最好的检验方式！"

秦宇嘿嘿一笑，一副人畜无害的样子："我看还是不打的好，我怕我万一把你的骨头打散架了，芸儿得找我拼命。"

方斌豪气干云地说："既然你这么说，那我就更要跟你较量较量了，有本事你尽管使出来！我非常期待你能有本事把我的骨头打散架了！"

燕涛去年九月份在蓝天会所就见识过秦宇的本事，他一人打趴下易天扬两个保镖，打得他们毫无还手之力。他也曾听管家范僧说过秦宇是个高手，范管家出身少林，是个武术高手，他目光如炬，阅人极准，他说秦宇是个高手，那秦宇就一定是个高手。但燕涛不知道秦宇的功夫到底有多高强，跟方斌打一架最能看出他的实力，方斌可是一人打败过燕涛手下十八个功夫不俗的保安。于是，燕涛高兴地说："好啊，回别墅你们打一场，我叫范管家给你们做裁判。"

方芸不悦地白了燕涛一眼："你是唯恐天下不乱！不但不劝，还怂恿他们打架。"

燕涛说："没事的，他们都有一身好功夫，知道点到为止，不会伤筋动骨的。"

燕菲儿不知道秦宇有功夫，秦宇从没有在她面前显示过这方面的潜质，回家的路上秦宇跟方斌坐一车，燕菲儿跟燕涛、方芸坐一车，她担心地问燕涛："爸，阿宇真的有功夫啊？"

燕涛说："有，我见他出过手，身手不凡啊。"

燕菲儿又问："那他打得过方斌吗？"

燕涛说："这个说不准，不过俩人实力应该相差不大。去年九月秦宇在蓝天会所跟易天扬发生过冲突，一人将易天扬的两个保镖打趴在地，打得他们毫无还手之力，让易天扬丢尽了脸面。"

燕菲儿"哦"了一声，随即委屈地说："阿宇很多事情都不跟我说。他干吗跟易天扬发生冲突啊？易天扬可是个无恶不作的大流氓。他吃了亏是不会那么容易善罢甘休的。"

燕涛当然不会告诉女儿秦宇当初是因为做方芸的护花使者才跟易天扬发生冲突。他撇开第一个问题，回答第二个问题："菲儿，你放心，易天扬对付不了秦宇。易天扬再怎么猖狂，在我眼里也只不过是个土包子！他成不了气候的。就算我不帮秦宇，秦宇不是还有他叔叔吗？只要秦市长在位一天，易天扬就不敢动秦宇一根汗毛。"

燕菲儿想想也对，一颗悬着的心这才放了下来。

两辆轿车一前一后开进了听风阁。车子在燕涛的大别墅门外停下,管家范僧出来开门,将他们迎了进去。

燕涛心情大好,吩咐范僧:"范叔,你给秦宇和方斌当一下裁判,他们两个年轻人要切磋一下。就在别墅大厅吧,铺上地毯,跌倒在地也不容易受伤。"

秦宇说:"我们到网球场上去打,地方大。要打就打个痛快。"

方斌也说:"对,到网球场上去打,打个痛快! 不决出个雌雄来誓不罢休!"

燕涛兴奋地说:"好,好,把大家都叫来见见世面,看一看什么叫高手对决!"

佣人遵照燕涛的吩咐,将一套茶具摆到了网球场的正南方。为燕涛父女及方芸范管家四人泡上了四杯正宗的西湖龙井茶。燕涛悠闲地喝着茶,看着在场中站定的两个对决者,一脸的轻松,而方芸和燕菲儿却是面色凝重。

此时,居住在庄园里的保镖和佣人得到消息后纷纷拥上了网球场,兴致勃勃地来观看这场高手对决。他们对于方斌的身手早有耳闻并且知根知底,知道燕涛这个贴身保镖是个以一敌十的高手。而对于秦宇,他们只知道这个燕涛的乘龙快婿是个学术天才,琴棋书画非常了得,对于他会功夫,他们还是第一次听说。而今天秦宇居然敢跟方斌这样的强手单挑,这对他们来说简直就是天方夜谭的事情。他们不敢相信,可事实却摆在了眼前。

秦宇和方斌已经脱掉了外衣,在网球场上站定,相对而立,蓄势待发。秦宇右手微抬,做了个请的姿势,对方斌说:"开始吧!"

方斌说:"好! 打吧!"

秦宇不含糊,方斌也很干脆。秦宇踏前一步,气定神闲,而方斌却迅速地欺身而上,向秦宇发起攻击。主动进攻一向是他的性格。他从来不轻视对手,这也是他的性格。虽然他不知道秦宇功夫有多高,但他深信秦宇绝不是那种庸俗无能之辈。所以,从一开始他就拿出了自己的真正实力。

高手对决,不容松懈,更不容轻视,一招制敌甚至一招致命其实也就是方寸之间的事情。

在燕涛和燕菲儿这些门外汉眼中,方斌和秦宇的交手也就只是快一点,令人有种眼花缭乱的感觉。方斌欺身而近之后一记左勾拳闪电攻向秦宇颌下三角区,像范僧这种熟悉经脉的武术高手当然知道方斌的目标是廉泉穴,与此同时，方斌的右手以更迅猛的速度攻击秦宇露出空隙的肋部，但这一式却不是普通的握拳，中食指额外突出，目标区域就在第一和第二根肋骨之间，无比精准。

左拳螳螂捕蝉，后拳黄雀跟上。不花哨，只有一个字，快！看在范僧与那些懂武术的保镖眼里，这两招也是若羚羊挂角，无迹可寻。

方斌从小酷爱武术，二十七年日复一日的苦练让方斌的身体肌肉产生了巨大爆发力，蕴涵惊人寸劲，尤其是通过特种部队几年有针对性的训练，对他的功夫提升更为迅速。像他这种特种兵，就算是拳头放在目标五厘米处，瞬间击打出来的力道也远远超出常人十几二十厘米外的蓄力。

方斌本以为自己这两个招式起码会有一式奏效，然而秦宇的一双手出乎方斌意料地握住了他一前一后迅猛袭来的双拳。方斌这时更清楚地认识到秦宇的身手非凡，在脸色微变之余方斌没有浪费一秒钟去挣扎试图扯出双手，而是直接扬起膝盖，顶向秦宇的小腹。

这一击实在毒辣，看得场外燕菲儿和燕涛以及方芸都倒抽了一口冷气，因为方斌的动作着实迅雷不及掩耳，这一系列攻势都是眨眼间的事情。

本以为至少能逼退秦宇的方斌突然感觉到被对手抓住的右拳传来一种恐怖劲道，自己如同一只麋鹿撞到了豺狼的枪口上，只有被撕咬的份，这种挫败感迅捷而刚烈，他右拳被秦宇往下一扯，刚好敲在膝盖上，成了方斌搬石头砸自己的脚。

然后秦宇双脚脚尖一扭，皮鞋与网球场的土地发出沉闷声音，脚下扬起两抹触目惊心的灰尘。

随后众人只见秦宇左肩猛烈撞入方斌怀中，如同一头闯入羊群的猛虎。一贴，一靠。然后他双手一松，大喝一声，双手按在几乎瞬间被摧毁一切防御的方斌胸口，猛地推出去，方斌一百七十多斤的身子就跟断线风筝一样倒飞出去。

是飞出去，而不是踉跄后退或者在地上翻滚。

方斌的身体在空中划出一道残忍悲壮的弧线，在六米外轰然坠地。看得众围观者目瞪口呆。而燕涛更是情不自禁地"啊"了一声，惊洒了手中的龙井茶，猛地站起了身来。

燕涛是非常清楚方斌的实力的，这个贴身保镖一个人对付十多个身手不错的猛汉不成问题，可是在看似花花公子的秦宇手中却惨败如此，这足可见秦宇的恐怖实力。

而燕菲儿却兴奋地做了个胜利的手势，大喊一声"耶！"一双妙目紧紧地盯着场中的秦宇，双眸中异彩连连，自己心爱的男人几乎是个无所不能的强人，带给她太多太多的惊喜了。

方斌半天才爬起来，这次切磋让他受伤不轻，但却同时也燃起了他的斗志，他爬起来走到秦宇身边，抹了一把嘴角的鲜血，恨恨地说："好你个小子，出手够狠的，再来！"

　　秦宇说："再来也得把你打趴下！"随即摆了个太极起手式，"刚才是八极贴山靠，现在跟你玩玩太极！"

　　方斌竟然一点也看不出秦宇这家伙的深浅。事到临头方斌绝对不能含糊，这是什么场合就算是方斌不在乎丢自己的人，但是方斌丢不起燕涛的贴身保镖的脸。

　　方斌脱掉西服，扯掉领带，扒掉衬衣。光着上身，裸露出一身疤痕的身体。手指在腰间一弹，皮带脱开。又是一扯，腿上的西裤也七零八落地甩在身后。露出下身一条贴身运动短裤，随后踢掉皮鞋，赤着脚站在场地。喝道："再来！"

　　秦宇又是云淡风轻的一笑："来吧。"

　　说着秦宇的右腿前趱，右手提起指尖向前，左手虚含提至腰间，整个动作作出来如行云流水，嘴角含笑双目微眯竟然是一个太极门中最常见最平常同门间搭手推手的架子。

　　方斌瞬间发起猛烈的攻击，但他的强攻到了秦宇面前，却被秦宇一式纯粹的太极推手轻松化解。方斌脚下一个踉跄，秦宇松胯沉气摆臂跟进，抓住方斌的手臂，画了几个圆圈，推得方斌踉踉跄跄。

　　秦宇将方斌推得远远的之后，又轻松平常地以一式太极起手式站在原地，笑眯眯地望着方斌。方斌感觉秦宇这家伙全身全无破绽，他硬着头皮再次发起猛烈强攻，但是秦宇的感官无比敏锐，方斌的一举一动包括身体内能量的每一丝流转，每一块肌肉筋脉的跳跃波动，他都能清晰感觉到，甚至就连方斌的下一步动作都了然于胸，所以方斌无论多么强悍的进攻到了秦宇面前，都能够轻松被他化解。

　　而他化解方斌强攻的依然是用几式云淡风轻风摆柳柳含烟式的太极推手。

　　方斌知道这是太极中挺普通的几式推手，方斌其实也习练过太极，他对太极并不生疏，可是他就是应付不了。他大窘，轻声道："秦宇，你小子玩什么？跟我玩太极推手？跟我玩四两拨千斤？"

　　秦宇笑道："有何不可？你还别小看这太极推手，只要能打败你这个高手，无论什么功夫都是好功夫。如果你愿意，不妨跟我拆几招！我相信，一定对你大有益处的！"

　　方斌二话不说，马上小心翼翼地摆出一个相同的架子，两人的右手轻轻地碰在一起。"走。"秦宇探掌向前，方斌画圈引开，松胯沉气摆臂跟进，两个对决者竟然在围观者面前玩起了纯粹的太极推手。

秦宇边运动边说："方斌,中华武学大分内外两家,但是练到极致却殊途同归,有人说太极精髓是什么借力打力,四两拨千斤,并不全对! 武学的最高境界只有一个,那就是做到天人合一,把自己融汇于天地,天地万物皆在掌握,洞察入微使力至极,窥破天机而知福祸,得自然而握大道!"

秦宇缥缈的声音在整个方斌耳边回荡,手下却一点没停歇,带着方斌转圈腾挪,渐渐形成一股气场,一阵阵隐隐的奔雷之声从两个人的身侧向四周传递出来……

方斌开始的动作还有点跟不上秦宇的节奏,在秦宇的手下有点跟跟跄跄,但是仅仅几分钟过去就稳住了自己的身体,随手出招也越来越圆润自然。

燕涛重新坐下了身子,佣人重新给他沏上了西湖龙井,燕涛问坐在身边的范僧:"范管家,你认为秦宇跟你相比,实力如何?"

范僧凝重地说:"秦公子的身手深不可测,没有跟他交手,不敢断言。"

见这位隐士高手如此凝重,燕涛内心更是兴奋不已:"那接下来你跟秦宇切磋一场,如何?"

范僧说:"听老爷吩咐便是。"

场中的两人还在玩着太极推手。五分钟后,方斌一脸肃穆,十分钟后,方斌双眼迷离,二十分钟后,方斌的眼睛竟然完全地闭上,脸上一副佛祖拈花般纯粹大欢喜的笑容,举手投足竟然有了一种融于自然的感觉。而此时,秦宇和方斌的动作越来越快,一股气劲却如水波般不断从两人的身边向外扩散。最后,秦宇发劲一推,将方斌推退几步,然后收手,背手而立,含笑看着方斌:"方斌,你的武学已经提升了一个境界,你悟出了什么没有?"

"道法自然!"方斌恭敬地说,"多谢指教。"

秦宇说:"对,人法地、地法天、天法道、道法自然。练武并不一定要靠名师,而要靠自己的悟性。以后多练练太极吧,太极不但能够做到以柔克刚,而且可以做到刚柔相济,甚至于可以做到至刚至柔。"

方斌惭愧地说:"秦宇,你是个变态,我什么都不如你,你一而再再而三地蹂躏我可怜的自尊。但是,我心服口服!"

秦宇和方斌握手,然后一个热烈的拥抱结束了这场比试。

秦宇和方斌正要退场，范僧走了过来，冲秦宇一抱拳，说："秦公子，老朽久未动动筋骨，刚才见公子神勇，忽然心血来潮想跟公子打一场。请秦公子赏脸赐教！"

秦宇望着一本正经的范僧，慎重地说："范伯，第一次到听风阁做客，我便看出您是位隐士高人。您既然如此看重我，我拒绝便有些不恭了。好吧，我们就打一场，不过还请范伯手下多多留情。"

范僧说："秦公子请放心，我心里有数。老朽出身少林，精通少林龙虎豹鹤蛇五形拳，并粗略练就了鹰爪铁布衫神功。所以交手时请秦公子尽力施为，不必留手，我想看到秦公子的真正实力。"

秦宇敬重地望着范僧，点头道："好，我会慎重对待的，绝不敢抱轻视之心。"

秦宇清楚少林五形拳，龙、虎、豹、鹤、蛇。龙拳练神，虎拳练骨，蛇拳练气，鹤拳练精，豹拳练力。豹拳一旦练成之后，全身力大无穷，速度快捷如奔雷突击，爆发力惊人。而五拳大成之后，精、力、气、骨、神充盈满足，结成牟尼，圆圆满满，神妙莫测。范僧在精通少林五形拳的基础上，又练了一身鹰爪铁布衫神功。秦宇岂敢不重视？

方斌退场。秦宇再次站到场中，范僧站到他对面，一股仙风道骨的味道。两手五指叉开，随后猛的一抖劲，双拳五指紧握，爆发出一连串炸鸣。整个网球场上忽然劲风乍起。这一抖劲的威猛，竟然到了这种程度。

秦宇不敢轻视，在这一式"雄鸡抖羽"的过程中，他可以看得出来，范僧的筋骨之强悍，发劲之猛烈，足显大宗师之威风。他的全身每一块筋骨，每一块肌肉，包括内脏，全部都连成一片，成为钢板一块的整体。难怪范僧说他已经练成了鹰爪铁布衫功夫，看来一点也没有夸张。

秦宇慢慢地脱掉了自己的上衣，光着膀子。站在范僧十步开外，一步一步向范僧走近。秦宇虽然是个练武的天才，天赋极高，但他浑身的肌肉却不像一般那些拳击手，运动员，高高鼓起，像一块块的钢板。乍一看上去，他属于那种既不胖，也不瘦的中等体型，就等于是社会上那种保养很好的上流社会人士，身上没有啤酒肚，也没有夸张的肌肉，只是给人一种健康向上，有朝气的感觉。

但是落到范僧的眼里，秦宇一步步走来的形象，却是截然不同。在他的眼里,秦宇脖子上、手上的皮肤圆润,没有疤痕,白里透红,却带点微微的黑青,就好像是长期沐浴阳光,受紫外线照射影响的健康皮肤。不过范僧知道秦宇皮肤内隐藏的黑青色,绝对不是太阳光紫外线照射成的黑色素,而是皮肉内部强大的筋络,练得强壮粗大坚韧到了极致,使得筋络青黑如铁的颜色微微地显露出来。

秦宇一步一步慢慢向范僧走近,范僧居然感觉到了一股极其强烈的压迫感,这个二十多岁的年轻人给他这位大宗师的感觉只能用四个字来形容,那就是"强悍逼人"。

没错,就是"强悍逼人"的感觉。秦宇全身的肌肉、筋络血管、骨骼的密度非常之大,虽然没有吓人的肌肉,但落到真正的高手眼里,却比那种强壮如山的肌肉猛男更有压迫感。

范僧感受到秦宇的压迫,眼睛立刻眯了起来,像刀子一样锁定了这个面色平静不亢不卑的燕家乘龙快婿。

范僧的师傅是位少林高僧,他曾告诉过范僧:传说中的横练功夫——铁布衫,练到最高层次,一发劲,全身皮肤就会显现出如铁一般的黑青色。那就说明青筋血管已经练得非常强大,而力量均匀,颜色全部盖过了皮肤原有的色泽。一般的铁布衫高手发劲到极点,全身的青筋会像一条条小蚯蚓一样凸起在皮肤外面。再高层次的高手发力,全身的大小青筋都会凸起,就好像青色的树藤密密麻麻缠绕,好似全身捆绑了密密麻麻的青色渔网,十分恐怖。

但是铁布衫的功夫练到了最高境界,劲力均匀,散布全身,却是看不到凸起的青筋,而是和皮肉混合,刚柔并济,一发力,全身皮肤黑青,就好像罩了一件铁衣。若把青筋练到凸起,全身缠绕,渔网裹身的地步,就已经是横练功夫的顶尖高手。如果最后练到均匀散布,铁衣罩身的地步,那就已经是大宗师级别的了。这种高手虽然不能做到刀枪不入的地步,但抗击打能力,毫无疑问是非常强悍的。用铁锤、棍棒等东西狠狠敲打,都不见得能伤到对方的皮毛。

范僧也是这方面的高手,从小就练习少林"铁布衫""铁裆功""童子功"等一类养生、抗打击的功夫,被少林的师傅用药水洗练,拍打,按摩。到了骨骼定型后,练习真正的杀招,高难度的动作,如腾跃,震腿,劈叉,拧脊椎等容易伤筋骨的拳架子。现在看到秦宇皮肤里面透漏出的黑青色,范僧立刻就认定,秦宇也恐怕是练习这类功夫的高手。

其实秦宇根本没有练习过"铁布衫"功夫,但是他筋骨本来练得非常强悍,在隐士高人傅天成的调教下十四岁便达到雷音迸发的地步。可以说秦宇现在的筋骨皮毛,已经强悍得不可思议,和"铁布衫"的最高功夫虽然有区别,但基本上也是相差不多,功夫到了最高,都是隐隐约约有相通的。

范僧一脸的凝重，面对秦宇一步一步走来形成的精神重压，他居然采取以抢先出手来破解，迅速前冲两步，一式"恶鹰扑兔"便朝秦宇咽喉部位抓去。

面对范僧凌厉的一抓，秦宇丝毫不惊，手腕一转，施展出形意拳的"圈手"，内缩，成圆，如同篮球高手单手转球，招式精巧，但力量沉稳，猛一环绕，立刻就脱离了范僧的一抓。

范僧却并不停手，在一抓的同时，另一手也如影随形地攻击过来。五指平伸，微微隆起，又似蛇头，又似鹤啄，连连变化，交换着两种拳形。他五指小关节抖响，发出咝咝咝咝的声音。但咝咝咝咝之中，偶尔伴随一下尖锐的，就好像轻微的鹤啸。

蛇鹤拳形。在秦宇面门上一晃而过，击向眼睛。

秦宇单手朝头上一举，一记"抬身掌"，并掌如刀，顺着自己的喉骨、鼻梁中线向上冲，手刀刀尖的落点冲劲，正是对着范僧的手腕，好像打蛇打七寸一样。

"抬身掌"是八卦掌中的一个变化，就是贴着自己的胸膛，笔直向上冲，看似没有用，但秦宇这一招使来，却恰到好处，如高高的山峰刺破青天，落的点，正是对方攻击的要害。

然而，范僧变招极快，就在秦宇一记"抬身掌"冲击而上的时候，脚步一移，手腕呼啦变化，青黑色的手成"鹤啄"，翩翩斜落，巧夺天工，又劲力迅猛，直接坠落啄击到秦宇的右耳太阳穴。这一下变化巧妙，如羚羊挂角，无迹可寻。

"蛇鹤八打"乃是少林五形拳中的合形精华，蛇是虚招，晃人眼睛，消人的胆气。鹤才是杀招，一啄之下，血肉之躯立刻出现窟窿。

"蛇鹤八打"中的虚实变化并不是手腕，而是八字口诀"以腿领身、以身推手"。腿法来带动身体，身体推动手。所以刚刚范僧一转脚，手腕立刻偏移，全身的劲都改变了，浑然天成，一点都不显得尴尬。

"一上来就用这样的绝招？看来这范管家还真是重视自己啊！"秦宇瞬间就感觉到了范僧凌厉的攻击中蕴涵的凝重和杀气。

范僧运起铁布衫，整个手，脖子，都成了黑青的颜色，隐隐约约看到皮肤内黑筋纠结，如松树的虬枝，刚劲有力，恐怖非常。

"铁布衫"的劲，"蛇鹤八打"的招数。范僧一上来，就是最凌厉的杀招，最凶猛的气势，力求一举占到上风，然后将秦宇打败。

出手不留情，留情不出手。范僧绝不是优柔寡断的人，下了决心，立刻就付诸行动。秦宇面对这一啄，右耳朵急速地抖动，右半边脸上鸡皮疙瘩密密麻麻地凸了起来，脊椎一坐，两手上伸，又开五指，贴在耳朵上，猛的一扇，就好像两只猪耳朵在抖动。

"啪！"

一下就扇中了范僧的鹤啄。

连续两式杀招,都被秦宇以精巧的手段化解,范僧心中再次一紧,对秦宇的估计,又提高了许多。而方斌和燕涛等围观者却是看得嗓子眼都提了起来。他们没有料到秦宇居然强悍到如此地步。这家伙几乎不是人了,学什么精通什么,而且都能站到巅峰位置。

范僧的兴致无限地激发了起来,一下子猛的把精神提到了最高,气势陡然一增,脚步斜踏,两腿一盘一缠,腰一拧,整个身体就好像扭动的蟒蛇,连脸上细小的青筋都绽了起来。

刷! 一个扭身的盘步,范僧猛的抢到了秦宇右侧,出拳上冲,右手一记"勾拳"朝秦宇的下巴击去。与此同时,他左手暗藏在肋下,并起食指、中指,两指如剑,不带丝毫声息,如灵蛇吐信,直点向秦宇的腰部。

勾拳力大,剑指打穴无声,一明一暗。脚步灵活,"蛇鹤八打"疾走,身体可以随时闪飘。铁布衫运气,力大无穷,开碑裂石。范僧一动手,就显现出了少林绝学果然名不虚传。

秦宇"猴扇风"挡住鹤啄击后,立刻一跃,身体平掠后退出五米,躲过了范僧的勾拳剑指连续攻击。不过范僧却并不放过,脚步连踏狂奔,如踩了哪吒的风火轮,身体直接跟了过去,如附骨之蛆。

秦宇猛地强提一口气,脚步接连踏了六十四步,身体滚溜,竭尽了全身力气,躲闪腾挪。刹那间,旁观者都只看到一个秦宇的身形如鬼魅般晃动,人快成了一条线,都似乎晃出了残影来。

这是秦宇的八卦步法,八步八个变化,六十四步一起闪踏,身形施展开,子弹都能躲过去。果然,这一全力踏走,范僧立刻凝重下来,手居然追不上秦宇的身体,更别谈攻击到他了。

毕竟整个网球场很宽大,有足够的空间,不比小小的擂台。要是在擂台上,空间狭小,范僧这样一气呵成地攻击,秦宇还真的很难闪避开来,极有可能败落。而现在,如果范僧追打的话,两人就成了赛跑,比体力似乎没有任何意义,肯定秦宇要占优势。

秦宇借着踏力,一下就甩开了攻击,随后骤然定住。动时如狂奔走马,定时如铁桩扎地,一动不动,让围观者中那些有功夫底子的保镖们暗自赞叹不已。

"机会来了!"范僧一见秦宇停下来了,立刻心、意、身合一,腾空飞掠,朝秦宇猛扑了过去,双手连抠,青黑色的手,在空中掠出道道的残影,一上一下,疾抓秦宇的胸膛和小腹下阴。

以"铁布衫"的劲,运"鹰爪"的招式,合成有名的"鹰爪铁布衫",黑青的双手,十分狰狞。蛇鹤八打,鹰爪铁布衫,这才是正宗的少林功夫。范僧这一下,是算准秦宇剧烈踏步,然后骤然停下,肯定会全身气血翻涌,手脚发麻,自己猛烈连击,对方定然抵挡不住。

嗖嗖嗖嗖嗖,一下抢到秦宇面前,快如闪电,就要抓下。这一刻,范僧就宛如一只巨大的雄鹰,凌空扑抓向犹如小鸡的秦宇。燕菲儿看得心惊胆寒,生怕范僧抓坏了她的心上人,立即惊呼了起来:"范伯,手下留情啊!"

秦宇却是轻轻一笑,就在范僧刚刚抓下之际,突然觉得脚下一震,地面起伏,就好像突然发生了地震。一个拳头,贴中线,从范僧的裆下斜冲而起。四周的劲风一炸,吹得范僧的身体衣服哗啦呼啦后涌。

"冲天炮!"

范僧一下就认出,这是太极拳中最为刚劲勇猛的招式。刚刚觉得脚下地震,是对方发力的结果。平地开炮,风炸雷动!

范僧见到这样的情景,知道就算自己一下能抓中秦宇的身体,也必然要被这一炮轰到身体,全身筋骨受损,不死也得重伤。

"这小子的武功之高,简直出人意料,连连让我惊讶!以他如此年纪,并非专攻武学,在琴棋书画样样精通以及学业大成的情况下,还能将武学精通到如此地步,这人不愧是千百年来难得一见的天才奇才!难怪小姐爱他爱得要死要活的。"范僧内心感慨万端。

秦宇一记炮拳劲,终于显露出了他真正的实力。感觉到对方身体周围的劲风炸动,范僧知道这一记冲天炮,就算自己全身铁布衫劲笼罩,也万万挨不了。虽然他练成了铁布衫功夫,但也只能挨上一般高手的拳头打击。而秦宇的拳劲,就算是真正的铁人,也要被打裂,何况是血肉之躯。

嚯!范僧两手一抓一搭一摇,脚步一鼓,身体猛的翻了一下,偏身恰恰躲过了冲天炮,这是"降龙罗汉拳"中的一式"黄龙翻身"。"龙翻身"之后便是"龙探爪",又叫"云龙探爪"。他借着翻身之力,一手按腰,一手无声无息地探出,捏向秦宇的腰际,不带一点声音,如春风细雨　样轻柔无比。

"云龙探爪",明劲就好像云一样轻柔,而真正的杀招,是爪探出去之后,万针射刺的暗劲。这一式"云龙探爪"是范僧苦练多年的绝招,是他的杀手锏,屡试不爽。

范僧出生于河南一武术世家,从小送到少林学艺,后来父亲被人暗害,他离开少林血刃了仇人,然后浪迹江湖,后来闯荡到了 A 省,被燕涛重金招募到身边,做了管家。凭借一身功夫,他两次在危急时刻救过燕涛的性命。有一次在争夺兰丹的锡矿产权时,竞争对手用四百万的重金请来两个极厉害的江湖人物暗杀燕涛,这两个极厉害的杀手便死于他的"云龙探爪"之下,一个被捏碎了腰子,一个被捏碎了咽喉。

范僧这式"云龙探爪",一式两劲,明劲柔,暗劲刚,无声无息。虽然精妙绝伦,暗藏杀机,但仍旧逃不掉秦宇灵敏的身体感觉。这一记"云龙探爪"刚刚才探出,秦宇就觉得自己腰眼一麻。对方的爪子还没有上身,他的身体就先感觉到了。随即一记"撇身捶",带着腰力就捶了出去。

砰!

"撇身捶"和"龙探爪"在秦宇的腰部五寸外交接。范僧一接捶劲,立刻就感觉到全身震荡,气血翻涌。

"好刚烈的捶劲!"范僧心念一闪,来不及多想,手爪一捏,就要把秦宇的捶头抓捏住。但是云龙探爪,重在一个"探"字,轻盈无比。摸上了身,才发暗劲。和刚烈的捶劲比起来,自然显得不足。抓捏之下,秦宇臂膀一震,一下就摆脱了他的爪子。

随后,秦宇两拳连发,地动山摇!"连环炮"接二连三地打了出来,全身筋骨抖动带起劲风,一道道的劲风炸鸣,气势如虹!

秦宇的打法完全是以刚对刚,以暴制暴,你强,我比你更强,你横,我比你更横。打到这里,秦宇已经绝对地抢占了上风!

秦宇的炮捶劲,在十四岁时便达到小成,刚烈无比,后来到了国外求学,并未落下,常常一有空便习练揣摩,以他极高的悟性,最终达到了青出于蓝而胜于蓝的境界,现在他的炮捶劲,就是他的师傅傅天成也不敢硬接。

刚刚一捶,范僧又被一下震得气血翻涌,没有回过来,被秦宇"连环炮"一逼,不敢轻涉锋芒,立刻后退。也想学秦宇开始那样,围绕空旷的场地闪躲。然而秦宇怎么会让他如意,自己刚刚用的招数,别人再用,就有了准备对策。打出三记连环炮拳后,秦宇突然一停,化拳为掌,游身闪动,脚步一踏,身体似鱼,一下就截住了范僧退闪的方向。

这一下刚柔变化,太极化八卦,居然演绎得天衣无缝,完美无瑕。范僧一见秦宇截在自己前面,就知道不好,但他到底经验丰富,丝毫不乱。铁布衫的劲猛一提,到达巅峰,全身衣服一鼓,竟然被肌肉的力量撕裂,然后,"砰!"地一抓,不顾秦宇的任何变化,就是一式"锁喉",一式"抓阴",直奔秦宇的要害。

方斌惊呼起来:"秦宇小心!"

秦宇却丝毫不退缩!两拳一竖!一手"肘底捶"上击,一手"指裆捶"护下阴,和范僧硬碰硬打。

对方练就铁布衫,横练无双,但是秦宇却以刚对刚,硬打硬撼,看是你的铁布衫厉害,还是我的太极五捶刚烈。

砰砰砰!硬碰硬!每一次碰撞,范僧都觉得气血翻腾,铁布衫的劲,都似乎被对方的刚圆之力震散。秦宇再次抢占上风！

随即捶又化炮，秦宇震退范僧后，两手如炮，一抢一转，脚底马蹄践踏，狂奔突击。拳头更加重，仿佛身体里面蕴涵了一匹烈马，每一拳，都打出了奔马的狂劲。

范僧心静如水，左右招架，思索破解之法。一连接了十几拳，他正要变化，突然，他感觉到压力一轻，秦宇已如燕子般腾空跃起，突然间踢出三脚，直踏胸脯而来。

"不好！"范僧两手自然护胸，但却被秦宇一下蹬开，随后一脚借力，踏在他胸脯上，"砰"的一下，震破了他的铁布衫功力。

范僧只觉得全身劲力一泻，青黑的颜色全部消退，随后，秦宇第三脚即将点向他喉咙。范僧知道，如果秦宇这第三脚真的点下，他当即便会丧命。他轻叹一声，闭上了眼睛。

然而就在此时，秦宇却堪堪地收回了空中的第三脚，翩翩翻身落了下来，抱拳道："范伯，承让了！"

范僧睁开眼睛，面带愧色说："秦公子的功夫已入化境，收发自如。秦公子当真是人中之龙啊。我相信以公子的天赋，无论钻哪一行，必达巅峰！"

燕菲儿见范僧都败落在秦宇手下，芳心大喜，不顾现场围观者众，一下子便跑到场内，扑到秦宇怀中紧紧抱住秦宇："阿宇，你真是太棒了，不过以后别跟别人比武了，吓死我了，像以性命相搏似的。"

范僧惭愧地笑道："小姐，起初我倒是想三下五除二把秦公子打败，可是很快我发现我就算是使出浑身解数，也不一定能够打败秦公子，因此不敢轻视，拿出看家本领，就这样最终还是惨败收场。唉，真是惭愧啊！"说到这，范僧询问秦宇："秦公子，能不能告诉我，你这一身功夫是跟何人所学？"

秦宇说："我师父叫傅天成，是位隐士，我的围棋、象棋和武学都是承他所授。"

"傅天成，傅天成。"范僧默默念叨着，然后眼睛一亮，"他现在多大年纪？"

秦宇说："七十三，他退休前是邕江文化馆的馆长。"

范僧再问："是不是白眉白发？"

秦宇说："没错，听我爸爸说傅师傅是年轻时便一头白发，据说是在文革期间受了打击，一夜白头的。"

范僧高兴地叫了起来："不错！是他！据我师父说，少林寺有位俗家弟子，叫傅天成，是位习武天才，在少林寺习武十八年，少林七十二门绝学样样精通，少林武僧无一是他对手，按辈份我应该叫他师伯！据说师伯出身于世家旺族，文革期间父母被抄家批斗，双双含恨而死，而师伯也是一夜白头。没想到秦公子的一身武艺居然是得自师伯真传,老朽败在秦公子手下,丝毫不冤啊!秦公子,什么时候,带我去拜见一下师伯,行吗?"

秦宇说:"行,找个时间和机会吧。师父性格有些孤僻,不喜欢跟外界接触。不过,他对我很偏爱,我带你去见他,估计他不会埋怨的。"

范僧使劲地搓着手,高兴地点头道:"那就好,那就好。"兴奋得就像个小孩子。

✦ 4 ✦

几天后,秦宇带着范僧前去拜访傅天成,当然燕菲儿也缠着同往了。范僧见到傅天成时恭恭敬敬地行了叩拜礼,尊称傅天成"师伯",并夸赞师伯教出了秦宇这样的好徒弟。

傅天成淡淡地带着些许自豪说:"秦宇的拳法大部分是自练的,我只不过带他入了门,教会了他一些基本功而已。事实上这世上所谓的名师出高徒的说法有点夸张,名师不一定就能出高徒,相反不是名师,也可能教出高徒来。拳法到了一定的程度,都要靠自己摸索,长路漫漫,艰难前进,以自己莫大的智慧,毅力加上种种灵感、运气,成就巅峰。练武并不是有了一个好师傅就能出大成就,更不会像武侠小说所写的那样,有了一本绝世武功秘籍,一粒什么丹药之类的,就能一下天下无敌。"

范僧连连点头:"师伯教导得对。拳法靠的是悟性,而秦宇是绝世天才,他的悟性无人能及。"

傅天成微笑道:"我这辈子最大的运气和福气,就是收了秦宇这孩子做徒弟。他这样的人才,莫说什么百年难得一遇,就是千年也难得一遇!范僧,你喝酒不?"

范僧说:"很少喝,但今天见到师伯,肯定要喝。"

傅天成满意地点头道:"那好,今天我们好好喝个痛快!"

范僧说:"一定陪师伯一醉方休。"

晚饭结束后,借着几分酒兴,傅天成、范僧、秦宇和燕菲儿来到院子里,傅天成问秦宇:"阿宇,你离开师傅之后,到国外求学,有没有继续练拳啊?"

秦宇如实回答:"有。"

傅天成说:"那你说给师傅听听,你是怎么练的。"

秦宇说:"我个人认为武术的练法,并不像是跆拳道,空手道,泰拳,拳击,柔道那样,需要每天固定的练习,而应该要学会在脑袋里面练拳,有了空闲的时候,稍微一比画,功夫就上身了。这样的练法,几乎是一天二十四小时都在练,比任何流派的搏击术练的时间都要多。同时,我把拳法融进生活中,走路,端坐,吃饭,睡觉,都时刻注意着,有一套自己悟出的章法。我个人的做法是:行如蹚泥,脚心贴地;坐要正,鼻子始终对着自己的肚脐眼,成一条线,尾椎要暗中一起一伏,劲和重心如蜻蜓点水,既有正坐的威严,又可以积蓄力气,随时扑人;侧睡如罗汉,用拳头抵着自己的太阳穴,平躺也要正。我在哈佛读书十年,每天都一丝不苟地这样去做,再配合日练月练的功夫,不知不觉中我的功夫比以前在国内时进步了不止一两个境界。"

傅天成微微颔首,继而说:"阿宇,随便打套拳给师傅看看。"

秦宇应了一声:"好",然后站于院子中央,站成一个抱七星的姿态,口中咏唱出一句诗句:"五更鼓角声悲壮,三峡星河影动摇!"然后慢慢地推出一掌,用的是八卦掌的七星杆枪术,以手代枪,戳出一手。

"咦?"傅天成和范僧立时觉得眼睛一亮,感觉到秦宇这一手突出,意境苍茫悲凉,就好像是在战争中冲杀,生灵涂炭的惨烈韵味之中,突出星影动摇的一手,要止住兵戈。

"五更鼓角声悲壮,三峡星河影动摇。"是杜甫的诗,讲的是听见鼓角之声,离乡伤乱的意境,秦宇这一手融合了诗词的意境,很有韵味。傅天成作为一代隐士,琴棋书画无所不通,作为文化馆的馆长,他对文学也是很有钻研,对历朝历代的诗词歌赋,都非常的精通,并且深有研究,领会诗人词人的意境。所以秦宇刚刚突出一手,带着发声,他就已经明白了这一手里面蕴涵的什么韵味。

"星垂平野阔,月涌大江流。"

秦宇突然又吟了两句诗句,同时手法一变,手臂抖动,一招枪势的"繁星乱点头",晃抖之间突然向外一开,转为八卦掌的"推窗望月"。傅天成看这架势,果然是一开始如繁星乱点,随后一劈,顿时开阔,真有星垂平野阔的气势,随后的秦宇一式"推窗望月",这一推之势,意境就好像是人闷在昏暗的房屋之中,突然推开窗户,月光瞬间挥洒进来,满屋明亮,通身清凉,而月下是一条大河,滚滚荡荡,水中的月,一涌而前,气势磅礴。

八卦掌的"推窗望月"这一招和形意拳的"虎扑"很相似,发力也一样,都是虚步转为弓箭步,双手向前猛推击敌人,身体也扑出。但虎扑的意境,是一种凶狠的捕食,而推窗望月却是一种豁然开朗的清凉浩大。

傅天成和范僧都精擅八卦掌和形意拳。他们知道八卦形意的动作,发劲都是一体,但意境却截然不同。他们也精通其中的区别。但是,秦宇突然之间吟出一句"星垂平野阔，月涌大江流"的诗句，配合上"繁星乱点头"转化为"推窗望月"的两招变化，竟然使得他们好像更进了一步，对原来熟悉的拳法有了新的认识。

这句诗的意境，真的适合这两招变化，简直巧夺天工。写进拳谱里面，就是最好的武功心法。甚至比原来的都要好得多，的确，上层的拳理心法就是文理，而文理，有什么文字能比那些流传千古的诗词意境更为深远更为深刻？

傅天成对范僧喃喃道："现在知道了秦宇为什么能够青出于蓝吗？"

范僧点头："师伯，我知道了，是因为他的悟性。"

傅天成点头："拳法的心法，就是拳意。也就是师傅教你拳法的时候，告诉你这一招的动作要模仿什么。比如拳谱里面的一些词语：'状如疯牛'、'心如火药拳如子，灵机一动鸟难飞'，这些打比喻的手段都是拳法的心法。如'虎扑'、'推窗望月'、'如封似闭'、'揽雀尾'、'野马分鬃'这些招式的名称，本身就是心法，练拳的人一看见这个名字，就知道了拳意是什么。"

"马做的卢飞快，弓如霹雳弦惊。"

秦宇招法又一变，由八卦掌转换为形意的马形，然后身体一弓，体内拉出一声钢铁弦惊的霹雳声。这一下马形弓步炮，又完美地合上辛弃疾诗词，打出了沙场秋点兵的勇猛。

"风尘三尺剑，社稷一戎衣。"

突然一下，秦宇以趟步左右奔突，八卦掌的并指如剑，指东打西，再向外翻挂，做出批衣的防御动作，这一下是八卦掌中的转掌劈挂，是先转打，翻身防御，但秦宇却打出了好像一个一心为国，提剑奔波风尘之中的大侠客形象。

"人生到处知何似，恰似飞鸿踏雪泥，泥上偶然留指爪，鸿飞哪复计东西。"

秦宇又练出一趟鹤形腿，正合上了苏东坡另外一首诗的意境。

秦宇便在傅天成的院子里，在一院子的月光下随意地挥洒着，以八卦掌，形意拳，或者是龙蛇合击等招法，随意地挥洒着，但是每一招，他在演练之间，都能从中国千百年来，浩如烟海的诗词库中，找出对应的一句诗词的意境，完美地融入拳法的心境之中。

中国的武学博大精深，但是文学更为博大精深！武学的每一招式，都能在文学之中得到印证，但是要从文学中印证武学，这需要非常深厚的文学功底，就像秦宇这样，信手拈来，随意挥洒，完美地配合上招式，那就需要非常深刻的底蕴了。

傅天成当初收秦宇做徒弟时，完全是为了报秦家的恩情，但他没有想到他的报恩之举却培育了一个绝世奇才。他教秦宇围棋象棋、书法和武术，但如今这个年纪轻轻的弟子各方面的成就都已经超过他这个师傅，这不能不说是人生一大喜事,一大快事。

练着练着,秦宇把自己所学的拳法都挥洒了一遍,又转变为贵妃醉酒,跪步献酒,这一招挥洒,意境益然,竟然隐约有了几分"春梦了无痕"的韵味。

一趟拳挥洒完毕之后,秦宇豁然一个收式,站得稳稳当当,但神情似乎完全沉醉进了诗词和拳理结合的韵味之中。他的精神状态虽然沉浸了进去,但身体却轻微的松懈,调整之后,突然涌起一股蒸腾的白气,周身三尺距离,好像火炉,热气蒸腾。

傅天成和范僧惊喜交加,这分明是功夫入化得体的呼吸现象,不用说秦宇的功夫又提升了一个境界!

傅天成大叫了一声:"好!"然后略带着些许喜悦和苍凉的味道说:"阿宇,我现在已经没有什么可以教你了,现在你的武学成就已经超越我了。以你的悟性,只要十年如一日的坚持,日后就算是开创出一套自己的拳法,成一派宗师,师傅都不会觉得惊奇。你精通文史和古典诗词,能将一些典故词语信口拈来,而且能把拳法心法用飘逸,磅礴,深沉,浩大等各种风格的诗词表达出来,这些都足以证明你非凡夫俗子。而为师这些年虽然一直坚持不懈地钻研拳法,但毕竟年事已高,悟性也不够,非但没有精进,反而有所退步。唉,人与人的资质不同,相差毫厘,距之千里。就好像是瞬间的顿悟,毫厘距离踏不出去,你就是一个屠夫,一踏出去了,你就成佛了。"

范僧看了秦宇打出的一套拳法之后,在为自家小姐找了这么个强悍的如意郎君感到欣喜之余,内心又有着一丝丝的黯然:这样的男子,有哪个女人不喜欢不爱慕啊?菲儿这丫头能够拴得住他的心吗?只怕是最终要落得一身的伤心啊!

第十四章：自食其果

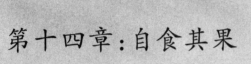

李立伟断断续续从夏飞燕手里敲诈了五十万元钱，强奸了夏飞燕三次，为了不牵连秦宇，夏飞燕屈从了李立伟的威胁，一直忍辱吞声地满足他。

李立伟将敲诈来的钞票陆陆续续扔进了夜总会和赌场。因为背后有夏飞燕这个"提款机"，李立伟有恃无恐，直到有一天他发觉夏飞燕的钱已经被自己榨干了，他开始心慌了。

这天凌晨六点，李立伟从地下赌场回来，神情委靡不振，双眼布满血丝，昨晚通宵达旦地横赌，他输掉了身上几万元钞票，还从地下赌场借了十万元高利贷，最终也输了个精光。

李立伟清楚高利贷的性质，更清楚那帮赌场放高利贷的家伙有多狠毒和无情。虽然他自己也是个流氓痞子，但那些人却是大流氓大痞子，跟他们比起来，完全是保安团跟正规军的差距，他抗衡不了。

十万元钱当初借贷时说好了十天之内还清，每天的利息是一万元，逾期不还利息翻五倍，每天五万。这笔钱的利滚利，是个无底洞，一下子便将李立伟的手脚捆绑住了，原本指望借钱翻本，现在连高利贷也输了，他必须想办法先把这笔高利贷还清。否则他日子过不安宁。

李立伟没有别的财路，又将主意打到了夏飞燕身上。他再次敲诈夏飞燕，要她拿二十万元钱给他。夏飞燕知道自己不能再无休止地满足这个地痞流氓，同时她也拿不出钱来满足他了。她绝望而气愤地说："你别把我当金库，我就是开银行的也经不起你这么一而再再而三地敲诈。我没有钱了，所有的积蓄都被你讹诈光了。"

李立伟不信:"妈的,你别蒙我,你有的是钱。燕涛没给你钱吗?"

夏飞燕冷笑:"你以为我是燕涛花钱养着的金丝鸟?你以为他会大把大把地给我钱?我告诉你,我跟他之间只是一种等价交换,他捧红我,我付出自己的青春。除此之外,他没有给过我分文。我的积蓄只不过是我的薪水和提成,这点钱经不住你的敲诈,早被你讹诈光了。"

夏飞燕从皮箱里拿出三万元钱,扔到李立伟脚下,绝望地说:"这是我最后一点钱了,你拿去吧,别指望再敲诈我了。我也看清楚了,我是喂不饱你这个畜生的。你可以去向燕涛告密,我不在乎了,也不怕了,到时我会把你强奸我的事情告诉燕涛。我想以他的枭雄性格,他不会放过我,但更不会放过你。我最多被踢出公司,而你则会死得很惨很惨。如果不信,你不妨试试!"

其实李立伟这种人是色厉内荏的,一旦夏飞燕胆敢跟他较量,他是心虚害怕的。他当然清楚燕涛的性格,夏飞燕毕竟是他的女人,就算他现在不用她了,他也绝不会容忍像他这样的小瘪三强奸她,一旦知道这个真相,他会有一百种让他生不如死的手段对付他。

李立伟从地上捡起那三万元钱,淫笑着靠近夏飞燕:"钱少点不要紧,让我再玩一次。"说罢就要动手动脚。

夏飞燕想起这畜生强奸了自己三次,怒不可遏地狠狠打了他一个耳光,骂道:"你不想死就快滚!你还想把我当软柿子捏?告诉你,没门!你再敢对我动手动脚,我马上打电话告诉燕涛,我看是你死得快还是我死得快!"

李立伟害怕了,灰溜溜地溜出了夏飞燕的卧室。

手上拿着三万元钱,远远不够还高利贷。这事情不能欠拖,拖一天就是一万,拖十天就是十万,超过十天就是利息翻五倍,一天就是五万,到时利滚利,就算把他的骨头一根根拆掉都还不清。李立伟越想越怕,他听说过地下赌场放贷的黑老大曾经因为借贷者还不了借贷,活生生地把对方的手臂用杀猪刀卸了下来,更有甚者,轮奸借贷者年方十四岁的女儿,然后扔进色情场所当妓女抵债。这帮人没有人性,无法无天,是什么事都干得出来的。

李立伟清楚当前他必须解决的问题便是筹集资金,把高利贷还清。但是李立伟家贫如洗,以前的敲诈对象夏飞燕现在积蓄都被他榨光了,他必须另想办法。冥思苦想间,李立伟忽然脑子里灵光一现,想到了秦宇。秦宇是夏飞燕的姘夫,既然他可以敲诈夏飞燕,为什么不可以敲诈秦宇呢?而且秦宇是绿城集团的总裁特助,又是燕涛的乘龙快婿,他有的是钱啊,这家伙简直就是个取之不尽用之不竭的大金库大银行啊!

李立伟为自己的领悟感到欢欣鼓舞欢呼雀跃。他随即找到了秦宇的联络方式，给秦宇打了个电话，秦宇在接到李立伟的电话之后诧异万分，他跟李立伟在工作中并没有联系，在生活中更是没有交往，当他听李立伟报出他是夏飞燕的专职保镖时，他感觉事情有些怪异，起码不是什么好事情。他冷冷地问："找我有什么事，直说吧。我很忙。"

李立伟想给秦宇一个下马威，这样便于后面狮子大开口讹诈他。他冷喝道："秦宇，你别给老子摆什么总裁特助和燕涛乘龙快婿的臭架子！在我眼里你就是个不知廉耻的小白脸！我告诉你，如果你不识相，你的好日子也就到头了，你跟夏飞燕的肮脏勾当我可是一清二楚，如果我把事情捅给燕涛，你立马就得从绿城集团滚蛋，你那燕涛的乘龙快婿也做不成了！"

果然不出所料，这家伙找他不是什么好事。秦宇冰冷地一笑，他并没有在电话里跟李立伟较劲，因为那样毫无意义，他平静地问："如果我要求你放我一马，是不是要满足你什么要求？如果是这样，你把条件说出来吧，我不太喜欢拐弯抹角。"

李立伟心情大好："这就对了嘛，识时务者为俊杰，这才不愧是你秦特助的本色，懂得取舍之道和利害关系。这样吧，你一次性给我五十万，你跟夏飞燕的事情呢我就永远烂在肚子里。我知道五十万对现在的你来说只不过是九牛一毛。我没有过分吧？"

秦宇不愠不恼地说："是没有过分，你已经很留情面了，这个价钱非常的公道。好吧，我给你五十万，我们一小时后在天利大厦地下停车场见面如何？我把钱直接交到你手上。"

李立伟满口答应："好。我们不见不散。"

李立伟挂了电话，快意地哼起小曲来，这钱他妈的来得太顺利了，妈的，姓秦的小子，你这辈子就乖乖地做老子的摇钱树吧。想我放过你，做梦！放过你，我这辈子吃喝玩乐靠谁去！

秦宇结束了与李立伟的通话，随即拨通了夏飞燕的手机，问她在哪儿。夏飞燕已经有好长一段日子没有接到秦宇的电话了，听到秦宇的声音既欣喜又激动，她告诉秦宇她在公司，秦宇问她说话方便不方便。夏飞燕说方便，办公室就她一个人，随后她说："阿宇，阿宇，我想你。"

秦宇说："燕子，现在不是儿女情长的时候。我现在有事问你，李立伟是不是敲诈过你？"

夏飞燕一惊："没有，你听谁说的？"

秦宇冷笑道："燕子，请不要把我当弱智。他现在都敲诈到我头上了，开口就是五十万，你说他怎么可能放过你。"

夏飞燕闻言立刻便失了方寸，惊慌失措道："阿宇，这……这畜生居然敲诈你这么多钱,你不要给他,他没有信用的。"

秦宇笑道:"你放心吧,我一个子儿也不会给他!你把实情告诉我,这王八蛋从你身上讹诈了多少钱,我好为你讨回公道!"

夏飞燕眼里涌出了泪水:"他先后四次从我身上敲诈了五十万,变本加厉。而且……而且……"夏飞燕泣不成声,说不下去了。

秦宇隐约猜测到了什么,他平静地问:"这这王八蛋是不是占你便宜了?"

夏飞燕哭着说:"是,这畜生还强奸了我三次!"

秦宇安慰道:"燕子,别哭了。我知道该怎么做了。放心吧,我会为你讨回公道的。"

夏飞燕哭着说:"他一直以你的前途来威胁我,我怕连累你,就只好依从他。现在我的积蓄都被他榨光了,他又来敲诈你。这畜生真的不得好死!"

秦宇冷笑道:"燕子,他就是抓住了你的弱点才敲诈你欺负你的。其实你别把我的什么狗屁前途当回事,我自己都没在乎,你还在乎什么?什么绿城集团的总裁特助,什么燕涛的乘龙快婿,我根本不稀罕!就算他告诉燕涛我也不怕。你越是害怕他就越会敲诈你,而且会无止境地敲诈下去。"

夏飞燕觉得是这个道理,自己第一次就不该向他妥协。秦宇最后说:"过一会这畜生会到天利大厦地下停车场来跟我见面,你如果愿意就过来吧。你不用担心任何后果,一切有我呢!"

夏飞燕答应说她马上过来,随后秦宇中断了通话。

夏飞燕打车赶到天利大厦地下停车场时,秦宇已经到了,李立伟还没到,她扑进秦宇怀里,酸楚的泪水情不自禁地涌了出来。秦宇轻轻地抚摸着她的头发,安慰着她:"没事了,燕子,一切交给我来处理,你看我怎么收拾这畜生,替你出气!"

五分钟后,李立伟也赶到了地下停车场,见秦宇和夏飞燕都到场了显然吃了一惊,他没想到秦宇这个时候居然敢跟夏飞燕见面。随后他阴阳怪气地说:"哟!秦特助和夏小姐还真是天造地设的一对呢!郎才女貌卿卿我我,好恩爱,好般配啊!哈哈,秦特助,钱带来了吗?把钱给我吧,你们想怎么恩爱就怎么恩爱,我当做没看见。"

秦宇冷笑道:"你认为我会给你钱吗?我叫你来,只不过是想让你知道,我跟夏飞燕相好,不关你的事,我们想怎么好就怎么好。别说是你这个杂碎,就是燕涛他也管不了!只要我愿意,我甚至可以当着燕涛的面亲吻她。你以为你这王八蛋是什么东西,你认为你能驾驭得了我?"

李立伟的脸色立刻就变了:"这么说你他妈的是耍我?"

秦宇一脸冷傲和不屑:"耍你又怎么样?你还真把自己当个东西了!"

李立伟恼羞成怒，挥着拳头就朝秦宇扑了过去，他自恃有一身武艺，打算三下五除二把秦宇打趴下，再慢慢敲诈他，逼他就范。但他没想到秦宇的身手可是连方斌这样的高手都占不到丝毫便宜，以他那点三脚猫功夫又岂能沾边？

秦宇飞起一脚，一个直踢，"轰"地一声将李立伟踢飞了出去，这一脚又快又狠又准，李立伟跌倒在十米开外，挣扎了半天爬都爬不起来，嘴里大口大口地涌出了鲜血。

秦宇心里有数，这一脚下去李立伟不会死，但会受很重的内伤，够这畜生难受一阵子的。秦宇一步一步朝李立伟走去，沉重的皮鞋敲击水泥地面的声音在空旷的地下停车场回响，每一步都给李立伟的心脏和心理造成重压。

秦宇走到李立伟面前，李立伟眼睛里流露出恐惧的神色，挣扎着想站起身来。但是秦宇没有让他如愿，他一脚踩了下去，直接踩中李立伟胯间的那个物件，皮鞋使劲地碾磨了几下，李立伟杀猪般地惨叫起来，然后一个劲地求饶："秦特助，求求你饶了我吧，我有眼不识泰山，我该死，我是个烂人，你别跟我一般见识。求求你放过我吧！"

秦宇冷笑："你这种人我见得多了，自己没什么本事，却仇恨整个社会，尤其仇恨有钱人，仇恨那些比你活得好的人！自以为自己是烂命一条，敢拼敢杀，别人就要怕你，就要向你妥协！我告诉你，老子可不是什么好欺负的角色！遇上好人我便是个好人，遇上你这种烂人，我会比你还烂！你不是烂命一条，不怕死吗？我看你怕不怕死！"

秦宇脚下又加大了力度，皮鞋再次碾压了一下，李立伟裤裆里渗出了血来。嘴里的求饶声更急促了。秦宇恨之入骨，大声骂道："我操你妈！你这个畜生，你不但敲诈燕子几十万，还胆敢强奸她！你以为我会放过你吗？我要让你这辈子做太监，再也玩不成女人！"

秦宇再一用力，李立伟惨叫一声立即昏迷过去。秦宇知道李立伟这辈子完了。他的男性特征再也硬不起来了。

夏飞燕见识了秦宇对付李立伟的手段，在觉得解气的同时内心也隐隐有些恐惧，她没想到温文尔雅的秦宇居然也有如此暴力血腥的一面，这是她从未见识过的一面。

秦宇点起一支香烟，悠闲自在地吸了起来，一支烟刚刚吸完，李立伟苏醒了过来。秦宇拍打着他的脸冷笑道："王八蛋，我知道你心里对我恨之入骨，我告诉你，我还真不把你这种小角色放在眼里，无论你明里暗里，有什么手段尽管使出来，我都接招！但我告诉你，这次我只废了你的鸡巴，下次我会要你的命！你千万别把我当好人看待。对于好人来说，我绝对是个好人。但对于你这种畜生流氓社会残渣来说，我绝对是坏人中的坏人，是让坏人做梦都颤抖的恶魔!"

李立伟不敢碰触秦宇凌厉的目光,他一直以为燕涛是个霸道的角色,现在才体会到秦宇是个比燕涛霸道十倍的角色。

秦宇不屑地朝死狗一样的李立伟吐了一口唾沫,训斥道:"这个社会是有游戏规则的,做流氓也好,做痞子也好,都得讲几分道义。人在江湖漂,哪能不挨刀? 你就没想过你做畜生会有挨刀的一天吗? 你真认为你这点本事可以打遍天下无敌手吗? 你是不是太把自己当回事了?"

李立伟彻底害怕了,一个劲地磕头求饶:"秦特助,求求你放过我吧。我再也不敢了。我这次是被高利贷逼得走投无路了,才鬼迷心窍地打上你的主意。我再也不敢了!"

秦宇冷笑:"高利贷也是一种游戏规则,你明明知道高利贷不能借,你还要去借? 借了就得还,天经地义,还不起你就等着断手断脚甚至丢掉小命,这是你自找的。我不会给你一分钱,说实话,我巴不得放高利贷的剁了你这个畜生! 我还要告诉你一个事实,我在燕涛眼里的分量不是你能够想象到的。就算你告密,你以为燕涛会相信你的话? 退一万步说,就算燕涛相信我跟夏飞燕有一腿,你以为他会因为一个情妇跟我翻脸? 而你就不同了,只要夏飞燕告诉燕涛你强奸了他,你可以试试看他会不会剥了你的皮!"

秦宇说着吩咐夏飞燕:"燕子,打电话告诉燕涛,就说李立伟这畜生强奸了你!"见夏飞燕迟疑不决,秦宇喝道:"打啊! 难道你没看出来燕涛现在的精力都放在了方芸身上早就对你失去了兴趣吗? 就算他知道真相他也不会为难你! 对他来说,你被这个畜生强奸只不过是给了他一个抛弃你的理由。从此,他可以抽身而出,而你也就获得自由了。只不过,他绝不会放过这个畜生!"

夏飞燕颤抖着掏出手机,颤抖着按响了几个数字键。此时,李立伟不但痛得浑身颤抖,而且恐惧得浑身发抖。此时的秦宇在他眼中真的就是一个魔鬼,一个强大到令他颤抖的魔鬼。他清楚地知道,一旦燕涛知道他强奸了夏飞燕,绝对会不择手段地弄死他!

想到这种后果,李立伟连忙磕头求饶:"秦特助,求求你放过我吧,别告诉燕涛,告诉他我就死定了。我求求你了,我马上离开兰宁,逃到外地去。你跟夏小姐之间的事情我永远烂在肚子里,不会有第二个人知道。你就放我一条生路吧!"

秦宇朝夏飞燕使了个眼色,夏飞燕这才理会到秦宇的意图,收起了手机。这时,秦宇踢了李立伟一脚,大发慈悲地说:"上天有好生之德,我就饶你一命! 自己逃命去吧,逃得远远的,永远不要回兰宁了。否则别说我和燕涛不会放过你,就是那些放高利贷的逮到了你也会扒你一层皮,叫你断手断脚可能还是轻的！最后，我还得警告你：你玩不起这种游戏！以后老老实实做一个普通人，否则什么时候丢了小命都不知道是怎么回事！"

言罢，秦宇搂着夏飞燕，走向自己的轿车。两人上了轿车，扬长而去。

2

李立伟心有余悸地挣扎着从地上爬起来，步履艰难地走出了地下停车场。打车回到别墅，简单地收拾了一下行李，带着最后一次从夏飞燕手里敲诈来的三万元钱当天离开了兰宁，不知所踪。

几天后，夏飞燕打电话告诉燕涛，李立伟不知何故失踪了。燕涛派人去查，一查便查到李立伟在地下赌场欠下一笔巨额高利贷，看来是还不起高利贷，逃难去了。燕涛叹口气，骂道："不成器的东西！别管他，让他自生自灭吧！"

从此，燕涛再也没有安排保镖监视夏飞燕的私生活。

从此，夏飞燕的生活空间恢复了最初的自由，身边没有了监视的眼睛，心情无比欢畅，她开始像恋爱中的女人，频频与秦宇秘密幽会，惹得秦宇有些不胜其烦，毕竟此时的秦宇已经与燕菲儿订婚，对于夏飞燕这种无止境的攫取，他有些招架不住了。

这天下午，夏飞燕又打电话约秦宇晚上见面，这段时间燕菲儿回听风阁去小住了，秦宇晚上倒是能腾出时间来。当晚，秦宇和夏飞燕在一家五星级酒店开房幽会，一番云雨之后，夏飞燕伏在秦宇胸口，含情脉脉地说："阿宇，我越来越离不开你了，我真不知道以后的日子里，没有你我该怎么活下去。"

秦宇打定主意要离开这个越来越像个荡妇的女人，他邪邪地笑了笑："不至于吧？像你这种女明星，跑到哪没有追腥逐臭的苍蝇呢？性爱嘛，到处都是，俯首可拾，反正你这种女人又没有什么真情真爱，逢场作戏而已，你不会幼稚得认为你我之间会有什么爱情吧？"

夏飞燕突然之间听得秦宇吐出这么一番话来，一颗火热的心立刻便凉了半截，她怔怔地望着秦宇，感觉此时的心上人是那么的陌生："阿宇，你……你怎么会说这种话？"

秦宇冷笑："你要我说哪种话？你觉得我应该怎么评价你才合适？尊贵的夏飞燕小姐，为了当明星，你可以抛弃自己的誓言，抛弃青梅竹马的男友，委身于一个可以做你父亲的男人。你觉得你是纯洁无瑕的天使,还是贞烈高贵的女神?"

夏飞燕满脸涨红,一句话也说不出来。

秦宇继续说:"所谓的爱情都是虚构的,那些令人悠然神往、泪流满面的爱情故事不是票房的谎言就是现实的悲剧。在现代社会里,爱情是与命运相似的单词,成功的概率比中头奖还要低,尤其是年轻人的爱情,往往是最经不起考验的,在残酷的现实面前不堪一击! 就说我们吧,我们曾经是邻居,曾经一起牵手上幼儿园,曾经一起相互追逐着度过了小学时代,曾经过家家时我扮过新郎你扮过新娘。曾经在十岁那年春天我为你摇过一园子桃花,回家的时间我一路背你,你撒娇要我背诵《诗经》给你听,懵懵懂懂的你趴在背上悄悄地说秦宇我爱你我爱你我要一辈子爱你。那时的你是多么的温柔文静,美丽得让人怦然心动! 我更记得十四岁那年夏天我考上哈佛大学,临别时我们难分难舍,你与我海誓山盟,我说今生非你不娶,你说这辈子非我不嫁。原本我以为我们终有一天会走进婚姻的殿堂,然后一起慢慢老去。可为什么后来你要变得那么残忍? 你亲手撕碎了我们的爱情,我回国跟你在机场第一次见面,你居然装作陌生人对我熟视无睹,当那束我跑遍兰宁全城才为你买到的'黑寡妇'被无情地践踏在地时,我的心也被你践踏碎了。飞燕小姐,如果你至今还认为我们之间会有爱情,那我真不知道你是天真,还是愚蠢!"

夏飞燕像被人狠狠地捅了一刀,胸口急剧地起伏着,痛苦万状。她一直以为秦宇是喜欢她的,是爱她的,她一直以为秦宇已经原谅了她的过错,会一如既往地珍惜她,爱她。可如今她的梦想成为了破灭的幻影,其中的酸痛哀伤不是一般人能够体会。

她痛苦地望着秦宇,忆想起曾经的甜蜜和温馨,是的,她和他曾经有过许多难忘的回忆,有过许多幸福和美好的憧憬,甚至他们曾经有过爱情。小时候,每次伤心她都会哭着去找他,每次他都会让她开心地离开。她还记得他为她摘花后手指被扎破留下的刺痕,她还记得他为她打架流下的鼻血,她还记得他骑自行车载她上学放学的情景,更记得他为她摇过一园子的桃花。他为她付出很多,可是最终她却违背了自己的心愿和誓言。如今这一切真的怨得了他吗?

可尽管如此,她还是想不通,还是心有不甘,她满脸泪水,痛苦地望着秦宇:"阿宇,就算一切是我的错,就算一切是我自己造成的。可是,我想不通,既然你不爱我了,为什么还要跟我重续前缘,并且发生关系? 为什么?"

秦宇轻轻地抬起夏飞燕的秀美的下颌,伤感地望着一脸泪水的夏飞燕,冷笑道:"为什么? 你居然不知道为什么? 好,我现在告诉你! 有些男人一旦被伤害,宁愿带着一辈子无法痊愈的伤痕,也不愿意承认失败。我就是这样的男人,我后来跟你好不是因为爱,完全是因为性,还有就是报复! 我不仅仅要报复你,更要报复燕涛!"

秦宇的言语和表情冷酷而决绝,没有丝毫的怜香惜玉。夏飞燕痛苦不堪,她没想到秦宇对她居然是这种心理,她伤心而恐惧地说:"阿宇,你是个魔鬼! 你太可怕了!"

秦宇神经质地哈哈大笑,笑罢眼里隐隐有泪水,他戏谑地说:"魔鬼,多么崇高的称谓啊,我不认为这是贬义,我认为这是你对我的褒奖。是的,我就是要做一个魔鬼,我就是要玩弄那些高高在上,自以为很高贵很骄傲自以为不食人间烟火自以为这天下的男人都应该拜倒在她们石榴裙下的女人。无疑,你就是这种女人,像你这种既要做婊子又想立贞节牌坊的女人,其实是最虚荣最可耻的! 你摸着自己的良心说,你相信你自己的誓言吗? 你觉得你还有忠贞的爱情吗? 恐怕你心里只有寂寞的欲望吧?"

夏飞燕这一刻心如死灰,却又无言以对。是的,一切都是她自己造成的。她曾经残酷地伤害过秦宇的心,曾经无情地践踏过他们之间的爱情,如今她落到这个地步,只不过是一报还一报,自食苦果而已。

秦宇看着满脸泪痕,面色苍白的夏飞燕,内心在涌起一丝快感的同时又隐隐有一丝心痛的感觉,他叹息道:"夏飞燕,曾经在很早以前,我对爱情有一个很单纯但绝对很纯洁的定义,那就是爱情只不过是一种简简单单的生活。简简单单的生活才是最真实的爱情,简单的爱情就像一杯温度适合的白开水,没有华丽,没有品牌,但是它永远不会烫着你,也不会冻着你,这杯白开水一旦错过了,就再也找不回来了。"

顿了顿,秦宇颓废而伤感地说:"在我心底,是曾经有过爱情,但我爱的只是当初那个让我摇桃花的女孩,那个受了欺凌和委屈就会找我哭诉的女孩。那个把我当做她全部情感的女孩,而不是现在大红大紫的影视歌三栖明星夏飞燕! 我们已经错过了,而且我现在已经不相信爱情了。因为那个让我为她写了无数情书的女孩,那个受了委屈就会找我哭诉的女孩,那个让我为她摇了一地桃花的女孩已经成为永远的回忆。不过,我得感谢你,要是没有你的伤害,我不会像现在这么成熟,也许我永远只会是个天真幼稚麻木无知的少年,是伤痛让我真正地成长了起来。"

秦宇下了床开始穿衣服,边穿边说:"另外,我还想告诉你,现在我已经不需要爱情了。"

夏飞燕清楚是自己伤害秦宇在先,如今落到这个地步怨不得秦宇,她并不想秦宇走出自己的感情世界,她心里还是眷恋着这个令她难以割舍的男人,见秦宇穿衣欲离去，她情不自禁地喊道："阿宇，不要离开我！阿宇，我知道你恨我，可这世间有几个女人不爱虚荣呢？有几个女子不渴望成功呢？那种高高在上众星捧月的诱惑不是每个人都能够抗拒得了的。不管怎样，我心里真正爱的人这辈子只有你一个。请你一定要相信我！我是真心爱你的！"

秦宇穿好衣服回过头来，冷笑着望着夏飞燕，神经质地笑道："哦！那我真是太荣幸了，有多少富商高干想将你这美妙的身体据为己有啊。而我却不但能够享用你的身子，还能独占你的芳心，我真不知道是几辈子修来的福分！好啊，只要你不介意，以后寂寞时，还是可以打电话叫我来陪你共度良宵，只不过要看我有没有时间和好的心情。"

言罢，秦宇转身而去，留给夏飞燕一个孤傲而冷漠的背影。夏飞燕痴痴地凝望走出房间的背影，想象着这家伙眼里的轻佻和唇边邪恶的笑容，内心涌起一阵阵恐惧，她颤抖地呢喃道："阿宇，你是个魔鬼！"

3

李立伟逃离兰宁后，混迹于广州，靠着从夏飞燕手里讹诈来的三万元钱过日子。此时的李立伟身子下面的东西已经被秦宇用暗劲踩废了，想玩女人也硬不起来了，成了名副其实的太监。

好色成性的李立伟少了人生最大的一项乐趣，原本便嗜赌成狂的他变得变本加厉，没日没夜地钻进一些大大小小的赌场，一个星期不到三万元钱便输了个精光。于是不得不抛头露面，靠着有一身还算过得去的功夫，到一家涉黑公司当了一名打手。

李立伟变成"太监"之后性情全变，变得阴狠毒辣起来，打架时下手极狠，敢冲敢杀，很快被公司老板看中，提拔当了个小头目，月薪有六千元，算是混得不错了。时常还跟在老板身边吃香的喝辣的。

然而。这样的好日子并没有维持多久，很快，兰宁"新天地"地下赌场老板不知通过什么途径居然探查到了他的落脚点，派了一个以一当十名叫骆三的狠辣亲信乘坐飞机赶到广州，下了死命令，务必将他带回去。

骆三锁定李立伟的活动区域之后，采取了守株待兔的方式，第二天便在一家餐馆里堵住了正在用餐的李立伟。李立伟也算是狡猾，知道自己打不过骆三，马上打手机叫来帮手，一场恶战眼见便要一触即发。

骆三是个见过大风大浪的角色，经常独身一人到外地抓人追债，有一套卓见成效的方式方法，眼见强行带走李立伟是不可能了，便抱了抱拳，对对方心平气和地说："各位兄弟各位好汉，在下骆三，从 A 省远道而来，跟各位兄弟各位好汉往日无冤近日无仇，更没有任何利益冲突，不是来砸场子的。你们别上了李立伟的当，这小子从我老板手里借下一笔高利贷，如今利滚利已经超过一百万了。这小子分文不还，居然逃之夭夭，我们费了好大的劲才打探到他的落脚之处。这次在下孤身前来只不过是想带他回去交差，请各位兄弟各位好汉多多理解多多支持。"

李立伟情急之下狡辩道："骆三，我哪有欠那么多啊？我只不过借了十万。怎么现在就变成一百万了？"

话刚出口，李立伟便后悔莫及。这么说不是等于承认欠债逃跑，错在自己吗？黑道中人最讲个规矩和章法，谁还愿意帮他这种人啊？再说了，什么叫高利贷啊？十万元一两个月滚到一百多万那还不是常事吗？高利贷可是以天数甚至以小时计算利息的。不喝你的血才怪呢，真是个弱智。李立伟这番话让自己这边的人都看不起他了，觉得他是个不敢担当的角色，还不起就不要借嘛。借了不还想逃跑，那人家养着一帮打手吃屎啊？

果然，李立伟这边的人一听是这么回事，都放下了手中的家伙，作冷眼旁观状。骆三见目的达到了，接着又对对方抱拳道："各位兄弟各位好汉，李立伟今天我必须带回去，还烦请哪位兄弟通报你们老大一声，让我先去拜个山头，然后再带走他。"

随后，有一个打手给老板打了个电话，得到指示后带着骆三和李立伟到了一个地下室。骆三拜见过广州的倪老板，将事情的原委一一告诉了他，并希望得到他的理解和支持。倪老板也是个在道上混的狠角色，自己也开有赌场放着高利贷，自然不会为了李立伟这样一个小角色坏了道上规矩，他非常欣赏骆三这种能干角色，能够孤身一人千里挑大梁的角色起码自己身边是没有的。当下便说："李立伟，这事错在你自己，别怪我这个做老大的不帮你，我不能为了你坏了道上规矩。你就老老实实跟骆三兄弟回去吧。看在你这段时间为公司出了不少力的情面上，我给你十万元，再帮你求个情，请骆三兄弟带个话给你们老板，看能否饶李立伟一命。"

骆三爽快地答应下来："倪老板，请您放心，我一定把话带到。"

随后，骆三将李立伟押上了飞机。李立伟原本还打算途中作些反抗，甚至在机场报警。但骆三似乎看穿了他的心思，警告道："李立伟，你最好放老实点，别耍心眼。如果这次任务失败，让你跑了，你全家便有灭门之祸，你不想看到这种结果吧？听我一句劝，乖乖地跟我回去，有倪老板给你的十万元，加上倪老板为你求情,说不定老板会放你一条生路。倘若你不识好歹,我就是追到天涯海角也会取你狗命,而且你全家也得跟你陪葬!"

李立伟害怕了,彻底放弃了反抗,乖乖地跟着骆三回到了兰宁。回到兰宁,赌场老板见面第一句话,就是:"打,先打个半死再说,看这孙子还跑不跑!"

然后李立伟便被几个打手打了个半死,躺在冰冷的水泥地面上像条死狗,气若游丝。但人还是清醒的,因为打手们有经验,没有打他头部。

在李立伟挨打的时候,骆三将倪老板替李立伟支付了十万本金并替他求情的事原原本本向赌场老板汇报了。赌场老板冷笑着踢了李立伟一脚:"看在倪老板替你求情的份上,我可以饶你不死,钱也可以免除你一半,连本带利你就还五十万吧。这已经是你的大造化了。否则我先剁掉你一只手再跟你慢慢算账!"

李立伟连连谢恩,赌场老板说:"你也别忙着谢恩,想办法还钱吧,倪老板替你还了十万本金,你再拿四十万,这事就算过去了。否则你的下场还是会很惨。说吧,你还有些什么底子?怎么还钱啊?好好想一想吧!"

李立伟思前想后,最后豁出去了,对赌场老板说:"您让我跟 A 省首富燕涛打个电话,我有个秘密,相信从他那里换五十万没问题。到时我还您四十万,剩下的十万还请您赏给我做点小生意,混口饭吃。"

赌场老板点头答应下来,将自己的手机递给李立伟。李立伟随即拨通了燕涛的手机:"燕董,我是李立伟。您来救我啊,您不救我我就死定了。我欠下了高利贷,现在在新天地地下赌场,您带五十万来救我。我告诉您一个天大的秘密,这个秘密跟您是切身相关的。"

燕涛一直对李立伟的失踪感觉疑惑,现在听说他要用一个跟自己切身相关的秘密从他手里换五十万元钱,当即便答应马上过来。燕涛带上保镖和钞票,十多分钟后便赶到了地下赌场。

赌场老板在燕涛面前不敢造次,态度非常谦恭。

燕涛对赌场老板说:"钱,我会替他还的。不过既然是秘密,就不能让闲杂人等知道,烦请各位先出去一下。"

赌场老板带着一大帮手下出去了,燕涛在李立伟身边蹲了下来,冷冷地盯着他:"说吧,什么秘密?"

李立伟说:"是有关夏飞燕和秦宇的。夏飞燕背着您跟秦宇搞在了一起。秦宇怕我向您告密,痛打了我一顿,威胁我说如果我嘴巴乱说就会要我的命。我打不过他,他手段太毒辣了,把我的下身踩废了,让我成了太监。我为了保命,才逃出了兰宁。"

燕涛是何等的聪明,他岂会完全相信李立伟的鬼话。当即冷笑道:"李立伟,你他妈的是不是把我当弱智啊?我知道夏飞燕背地里有个男人,你说这个人是秦宇,我百分百相信。但我绝不会相信秦宇自己的辫子被捏在了你的手里,还敢反过来威胁你,并将你弄成了太监。这种不合情理的事情,你以为我会相信?你是什么东西我还不清楚,一定是你把他们的奸情作为把柄,敲诈了他们吧?否则你又怎么会一直隐瞒真相不向我汇报?"

李立伟在燕涛凌厉的目光下遍体生寒,无言以对。

燕涛面色一冷,喝道:"你还不说实话?不说也可以,那你就等死吧。我一个子儿也不会给你!"

李立伟连忙供认:"我说,我说。我是敲诈了夏飞燕,我前前后后一共敲诈了她五十万。但秦宇一个子儿也没有给我,还痛打了我一顿。"

燕涛当然了解秦宇的个性,他是不会向李立伟这种杂碎屈服的。但他相信事情的真相远非如此,李立伟还有更重要的隐情没有说出来。于是燕涛对他步步进逼:"李立伟,你别妄想在我面前有所隐瞒,把所有的秘密说出来吧!你是不是对夏飞燕做过什么?否则,秦宇怎么会让你变成太监?你以为我不了解秦宇的为人!就算你再怎么卑鄙无耻,再怎么敲诈夏飞燕,他都不可能做出让你变成太监这种歹毒的事情来,说!"

李立伟彻底绝望了,面如死灰,无路可退:"我说……我强奸了夏飞燕……"

燕涛站起身来,李立伟发现,这一刻,燕涛的眼里闪过一丝狠厉之色,满脸的杀气。他知道自己完了,他狼嚎道:"燕董,求您饶了我吧,饶了我吧!"

燕涛没有再理会李立伟,带着保镖走了出去。在外面,他吩咐保镖将钱如数交给赌场老板,然后对赌场老板说:"钱我如数给你,我不管李立伟报的这个数目有没有水分,你放心收下就是。但有一点,我不想再看到他,永远不想再看到他!"

赌场老板满脸堆笑:"行。我知道怎么做。请燕董放心。燕董请慢走!"

燕涛走后,赌场老板打发走多余人员,留下亲信骆三一人,做了一个抹脖子的手势,吩咐道:"做干净点,不要留下任何蛛丝马迹。"

骆三说:"放心吧。"

骆三进去便对着李立伟头上拍了一掌,将他打晕,然后扔进地下室一个隐秘的硫酸池,将李立伟化成骨头后再捞了起来,用编织袋装了,深夜扔进一个建筑工地的地基桩洞里,浇注上混凝土。

李立伟从此便从人间蒸发了。

4

几天后的一个晚上，燕涛来到夏飞燕小别墅。夏飞燕在见到燕涛的一瞬间有些诧异，因为燕涛已经很久没有光临这幢房子，很久没有临幸她了，似乎他忘记了夏飞燕是他金屋藏娇的情妇。

夏飞燕在燕涛面前还是表现出了一个情妇的本色，先是为他沏了杯龙井茶，她知道燕涛偏爱西湖龙井。然后进卫生间去将自己洗得干干净净的。她穿着浴袍从卫生间出来时，燕涛盯着她丰满的胸脯和窈窕的身材看了好一阵，夏飞燕在他的注视下慢慢地解开了浴袍，正当她要脱下红色三角小内裤时，燕涛用手势制止了她。

夏飞燕迷茫地望着燕涛，不知他意欲何为。燕涛感叹道："真是天生尤物啊！可惜，我已经对你失去了兴趣。把衣服穿上吧，我跟你说几句话就走。"

夏飞燕穿上浴袍，裹紧了自己的身子："燕董，有话请讲。"

燕涛淡然地说："飞燕，你将你最宝贵的身子交给我了，我也捧红了你。我们之间算得上是等价交换，不存在有什么恩怨。我是个商人，一直以来有个准则，那就是这世上没有不劳而获的东西，天上不会掉馅饼，要想获得成功就得付出代价。或许有人会认为我为富不仁，趁机猎取美色，但我从来不认为我是个十恶不赦之徒。这是你情我愿的事情，我从来没有强迫谁，相反我给许多人提供了机会。但是还是有不少人对我恨之入骨。我想问你一句，你心里恨我吗？"

夏飞燕摇头说："不恨。"

燕涛面色依旧是那么平静，甚至还对夏飞燕微微地笑了笑："不恨就好。我还有一个问题，既然不恨，为什么又要做出背叛我的事情？"

夏飞燕吃了一惊，怔怔地望着燕涛。燕涛叹息一声："飞燕，有句古话是这么说的，'要想人不知，除非己莫为。'你跟秦宇的事情我已经知道了。我想你告诉我一句真心话，你对秦宇的感情到了哪种程度？"

夏飞燕坦诚地说："既然燕董知道了我跟秦宇的关系，我也就不作隐瞒了。秦宇是我青梅竹马的恋人，我这辈子真心爱过的男人只有他一个，或许将会是这辈子唯一的一个。我们曾经有过执子之手与子偕老海枯石烂永不变心的誓言。但最终是我辜负了他，为了成为影视歌三栖明星，我跟了你。他从国外回来后知道真相痛苦万分，他说他还是爱我，我无法拒绝他，就偷偷地跟他幽会。

后来,李立伟抓住这个把柄一而再再而三地敲诈我,最后从我身上榨不出油水了,又去敲诈秦宇,被秦宇打了个半死,连那东西也废了。我想燕董知道我跟秦宇的私情,一定是见过了李立伟吧?"

燕涛冷笑:"飞燕,李立伟还强奸了你吧?你为什么不敢把这个真相说出来呢?"

夏飞燕凄然一笑:"说不说又有什么关系呢?现在秦宇不要我了,你也对我不感兴趣了。我只是个被人玩弄和唾弃的女人。我不说李立伟强奸了我,不是怕你知道真相后不再碰我,而是不想脏了你的耳朵。毕竟李立伟这种人是个人渣。他不比秦宇风流倜傥多才多艺,也不比你高高在上气度不凡。被他这种畜生玷污,实在是奇耻大辱。"

燕涛哈哈一笑:"有趣,真是太有趣了。我不想说李立伟,我只想知道你现在跟秦宇的关系,刚才你说秦宇也不要你了,是怎么回事?说来听听。"

夏飞燕神情凄婉,摇头道:"燕董,我跟秦宇之间太复杂,他是个高傲的男人,他爱我,但更恨我。所以他要占有我之后再无情地伤害我,抛弃我,以挽回他骄傲的自尊。"

燕涛点头道:"你这么说倒是合乎他的个性,不过我也知道,他跟你偷情,恐怕也有报复我的成分在内吧?"

夏飞燕也不作隐瞒,附和道:"没错。他是这么跟我说的,他说他跟我好就是要报复我,报复你。"

燕涛苦笑道:"我倒是不怕他报复,他报复我没什么了不起。我也损失不了什么,只不过我倒是担心他会报复菲儿,伤害菲儿啊。这才是我最不想看到的。"

夏飞燕忽然之间觉得燕涛在这一瞬间苍老了许多,她能够体会到这位 A 省首富跟普通做父亲的没有什么两样,他是那么疼爱自己的宝贝女儿。夏飞燕安慰他说:"燕董不必过于操心,秦宇这人本质不坏,是个重情重义的人。菲儿对他一片痴情,我想就算他是铁石心肠,也会被感化吧。"

燕涛舒了口气,看了夏飞燕一眼:"但愿如此吧。"

夏飞燕继而又说:"燕董,我想知道你会怎么处置我?"

燕涛怪怪地笑了笑:"我干吗要处置你,以前我派李立伟监视你,是因为我那时真的很喜欢你很在乎你。后来有了方芸之后,我发觉我喜欢她更多一些。我欣赏方芸这个女人,美丽而且刚烈。加上年纪大了,精力也有限,我应付不过来,本来就打算要给你自由。今天我来的目的本来是想以菲儿父亲的身份来请你放弃秦宇,不要伤害菲儿。现在既然知道秦宇已经抛弃你了,我也就没什么担心了。现在我就还你自由。今后你可以公开地跟你喜欢的男人恋爱结婚。作为补偿,这套房子就作为你今后的结婚礼物送给你吧。明天我会安排人为你办好房产过户手续。"

夏飞燕忽然有种幸福来得太突然的感觉,她怔怔地望着燕涛:"燕董,你真的不生气,不恨我,不想对付我?"

燕涛笑道:"你是不是觉得我要把你装猪笼沉河塘才合情理? 哈哈,如果你是我老婆,做出这种事情,也许我还会动怒,给你一些惩罚。但事实上你只不过是我许多情人中的一个,我们之间根本就是一种交易关系,你跟秦宇青梅竹马郎才女貌发生这种偷情幽会的事情也是情理之中的事。你认为我会为此大开杀戒,对付你和秦宇?"

夏飞燕不解地说:"燕董,你放过我不跟我计较,我还可以理解为你根本就不在乎我。可菲儿是你的女儿啊,秦宇做了对不起她的事情,难道你也不在乎,不想为她讨个公道?"

燕涛笑道:"是的,秦宇跟你搞在一起,这样做是对不起菲儿。但在我的观念中,有本事的男人背地里左拥右抱倚红偎绿,多享用几个漂亮女人是最正常不过的事情了。我本身就是这种男人,秦宇非凡夫俗子,他是个能创造奇迹的家伙,你看看那些痴迷于他的女人是些什么角色就知道。那些女人哪一个是没有品性的庸俗脂粉? 比如你,比如方芸,我知道方芸也喜欢他。还有好多个,其中包括我那个眼高于顶的女儿,简直对秦宇这小子是死心塌地! 我敢说如果我跟秦宇发生冲突,她绝对会为了他不认我这个老爹! 所以,我不会在乎秦宇的风流韵事。我的底线是——只要秦宇是真心爱着菲儿,愿意跟她结婚过日子,不抛弃她,我便不会对付他。男人偶尔之间在外面逢场作戏,算得了什么? 没用的男人才会一辈子拴在一个女人裤腰带上!"

夏飞燕释然:"难怪秦宇警告李立伟,他说就算你知道我和他的关系,也不会为了一个女人跟他大动干戈,同时也不会为难我,他说你的心早就不在我身上了。不过秦宇最后又说,如果你知道了李立伟强奸了我,一定不会放过李立伟。"

燕涛觉得秦宇对人性的把握到了极致,对他脾性的了解也是透彻到了家,不由得感叹一声:"秦宇,不愧是人中之龙啊。"然后便转身走出了房间。

夏飞燕没有傻乎乎地追问李立伟的下场,有些事情不言自明。她知道燕涛这种人是有所不为,有所必为的。

她想,李立伟恐怕已经从人间蒸发了吧。

第十五章：隐患重重

    秦宇自担任绿城集团总裁特助后，便借鉴美国大财团的先进管理经验，在绿城集团建立并实施了一个企业运作综合管理系统，使最高管理层得以对整个企业的运作进行实时监控。秦宇清楚当前是个竞争激烈的商业社会，大多数企业的失败并不是由于缺乏人才或缺乏远见，而是由于缺乏完善的运作机制，即日常的运营调度与管理活动。国外的大财团之所以保持兴旺并不断发展，靠的正是这种管理机制。只有获得即时的关键信息，才能作出及时的调整与应变措施。

    综合管理系统对绿城集团各分支机构的企业运营指标进行即时监控。由计算机控制的企业目标管理系统明确规定了未来发展目标，并对企业过去的业绩进行详细记录。企业员工每月都会收到一份完整的企业业绩总结报告。年终时，集团各部门经理及各分公司经理会根据这 12 份总结报告对企业发展进行综合评定。这一系统看似有些过于严格，但实际上却能使集团各部门经理和各分公司经理都能关注重点。同时也提供了一个预警系统，使企业得以及时应变。

    毫无疑问，对于绿城集团来说，秦宇是位相当合格的掌舵人，他不但高大帅气，才华横溢，而且幽默亲切，富有感染力，他擅长激励员工，演讲能力极强，并且愿意倾听下属经理们及普通员工的意见，所以一年时间内，他便在绿城集团树立起极高的威信，并且真正地受到了员工们的敬重和欢迎。

    绿城集团在秦宇的打理下各项事业发展迅猛，经济指标蒸蒸日上，燕涛放权给秦宇这位未来女婿,乐得在安享清闲的同时还能大把大把地数钱。

这天是周末,绿城集团的员工例行休假,燕涛打电话给秦宇,叫他带燕菲儿回听风阁过周末,他说他有事情跟他商量。

秦宇虽然内心跟燕涛有仇怨,但表面上一直很尊重这位绿城集团的太上皇,他还没有天真到认为自己这个特助能够达到在绿城集团一手遮天的地步。

上午九点多,秦宇开车带着燕菲儿回到听风阁。秦宇走进别墅时,管家范僧告诉秦宇和燕菲儿:"老爷和方小姐在醉春湖上的醉春亭子里赏景喝茶,老爷吩咐了说小姐和秦公子到了之后到湖上去找他。"

秦宇回答说知道了,便和燕菲儿一同前往醉春湖。这醉春湖便是听风阁庄园里的人工湖,名字是燕涛自己取的,醉春湖占地约五十亩,碧水悠悠,湖边全部栽种着垂柳,若夏日炎炎时,在这里泛舟湖上,自然是惬意非常。

在醉春湖中央,有着一座亭子,燕涛取名曰醉春亭,亭子只有一层,里面可容坐二三十人,建于一个占地约两亩的人工小岛中间。这个小岛其实称为小花园更为合适,小岛上栽种着四季桂和紫红色的大玫瑰,一年四季芳香扑鼻。由于亭子四面环水,必须要坐船方能靠上去。闲暇无事心情大好时,燕涛常常会泛舟湖上,还可登上亭子放眼观看四方湖水,但是这样的美景仅为燕涛父女所享。有时偶有贵宾来临,燕涛兴致来了,也会带着客人一同游船赏湖。

醉春湖上常年停泊着一艘高大游艇,装潢得富丽堂皇,据说游艇上吃喝玩乐的地方应有尽有。美女名媛更是随叫随到。传闻燕涛就曾经豪掷五百万包了一位在国内号称女一号的女明星,在这艘豪华游艇上狂欢了三天三夜,不曾下船。

秦宇和燕菲儿到了湖边,开游艇的佣人早在湖边等候他们,两人上了游艇,很快便乘风破浪驶临醉春亭,两人下了游艇,登上小岛,信步向亭子走去。

小岛上,秋风微凉,但扑面而来的四季桂的浓郁香气和满目紫红的大玫瑰花朵却让秦宇和燕菲儿感觉像置身春天。四季桂有三种颜色,或金黄,或粉红,或雪白,可谓香艳十足。而那紫红色的大玫瑰,则团团簇簇,拥挤着,让这个人工小岛仿佛成了一个玫瑰的世界,满岛是玫瑰的香气。轻柔的阳光照耀下来,把玫瑰花的花瓣和残余的露水都映衬成了一种梦幻的美景。

而此时,燕涛和方芸便在这个完全是四季桂和大玫瑰包围着的亭子里,正在用炭火、小红泥炉子煮茶,一边饮着茶,一边欣赏着美景。在桂花香和玫瑰花的世界中品着香茗,的确是神仙一般的意境和享受。可以说这种布置,比什么现代化的装修,豪华休闲室五星级的总统套房客厅都要奢华、美妙一万倍。一乍入这样的环境,秦宇禁不住有了一丝迷醉。这位A省首富也太会享受生活了。

方芸今天穿着一件绿色外套,长头发丝丝顺滑,见秦宇和燕菲儿上岛而来,起身相迎,脸上带着平淡而甜美的笑意,跟秦宇和燕菲儿打招呼。方芸作为超级模特,个子有一米七六,双腿非常修长,宛如仙鹤一般,可以让世界上任何名模的长腿都汗颜。她的身材非常匀称,用鬼斧神工的魔鬼身材来形容她一点也不为过,她的面容白里透红,如粉红桃花一样的娇艳,而她的神情慵懒华贵,动作优雅自然,好似终日如醉。

燕涛看见秦宇和燕菲儿过来,淡淡地笑了笑,说了声过来喝茶,然后便目不斜视,手里把玩一套紫砂瓷器在冲茶。绿色茶水被他拉成了一条长长的翡翠线条,流畅自如,没有丝毫的散乱。精通休闲享受的燕涛无疑是个茶道高手。

秦宇和燕菲儿在亭子里坐了下来,

"阿宇,喝杯我亲自沏的茶!"燕涛将一杯热茶递到秦宇手中,赞赏地说,"我知道你作为绿城集团的最高管理者,每天都有很多繁杂的事务,及大量棘手的事情需要解决,另外,还要思考集团的发展和未来,压力非常大,辛苦你了。"

秦宇说:"不辛苦,分内之事。"

燕涛满意地微笑道:"你是个管理天才,不但能力强,而且心态好、高瞻远瞩、知人善任、多谋善断、善于沟通协调,懂得激励员工,而且在大是大非的关键时刻总是能够精确把握时机,具备有效扭转不良后果和正确判断轻重缓急的能力。我对你担任总裁特助近一年来所取得的成绩感到欣赏和自豪!"

秦宇自谦地微笑道:"燕董过奖了。独木难成林,一个企业能够做大做强,决策者是很重要,但最主要的还是靠大家的共同努力。"

燕涛接着说:"阿宇,今天叫你过来,一来是想跟你和菲儿聚一聚,共度周末。二来呢,是想听一听你对绿城集团今后的发展有什么看法?"

整理了一下心思,精于此道的秦宇在很短的时间内就已经准备好了回答,神色悠然地喝了口茶,气定神闲地说:"燕董,看法肯定是有一些,但不一定成熟。其实无论西方还是国内,全世界的企业无非都有一个共同的等级,一流企业卖标准,二流企业卖专利,三流企业卖产品,四流企业卖苦力。绝大多数的企业挣扎在三四流之间徘徊,而还有一些某些方面先天充足而残缺其他方面的特定企业也开始意识到这一点正在努力地向一二流靠拢,其中就包括中国移动这种靠着中国庞大的人口基数成长起来的巨型企业,至于卖标准的一流企业,中国不多,类似海尔可以勉强算一个,而卖专利的企业无论是多么的风光无限,终究是受人管辖落了下乘。"

秦宇的语言犀利,从言语中,似乎并不太看得起这几家在他看来靠着中国人口基数和雄厚的官方背景成长起来的企业。

秦宇说完之后发觉燕涛并没有说话,这种沉默让他有些不悦,虽然知道对于上位者而言沉默不但是一种权力阶层的表现,更是一种驾驭下属的精髓体现,但还是让秦宇自然而然地感觉一丝反感,吸了一口气,秦宇接着说:"绿城集团现在涉及的行业有不少,有酒店服务业、有娱乐业、有矿业、有房地产,是多元化扩张的典范。但目前真正给集团带来巨额利润的还是矿业。是兰丹的几个 A 省最大的锡矿和锌矿。但我个人认为,矿业的风险还是比较大的。现在矿难事故层出不穷,一旦安全措施没有做好,极可能有一天会给集团带来灭顶之灾。我这样说希望燕叔不要生气。目前绿城集团的实力还只局限在 A 省境内,并没有走向全国,其实以燕董目前的财力来看,完全可以把绿城集团做成跨区域性的大企业,就是走向全国,搞连锁企业,做成全国甚至全世界知名的品牌。"

秦宇见燕涛一副洗耳恭听的样子,便继续发表看法:"但是我想绿城集团如果要走出一条常人不会走的商业路径,除了背负'异类'的枷锁,还会有许多坎坷和困难。毕竟这没有任何经验可以借鉴,在人际关系错综复杂的商业网中闯出自己的事业不仅需要莫大的勇气还需要极富个性的人格魅力!好在绿城集团底子不错,在此我不得不敬佩地说燕董您是位成功的企业家,绿城集团在您的奋斗下成为了兰宁最顶尖的实业集团。而燕董也成为了兰宁人人敬仰的首富。有这么浓厚的底蕴,绿城集团要作跨越式发展也并非什么难事。"

燕涛淡淡笑道:"阿宇,你别给我脸上贴金了。我算什么成功啊,经历商海沉浮半辈子,建树屈指可数,败笔却数不胜数,与成功无缘,却也不算失败透顶。我十二岁从木工干起,后来搞过废品收购,后来靠倒卖工厂废旧设备完成了资金的原始积累。后来揽过一些小工程,还搞过造船厂。最后搞矿产、地产和酒店业、娱乐业,形成了至今的绿城集团。现在想想当初的激情和轻狂,确实令人怀念,当初是用健康和青春换金钱,如今是用金钱买健康了。不过有一点我非常清楚,绿城集团在我手里是无法达到巅峰状态的,我只能寄希望于你啊。"

说到这,燕涛脸上流露出一脸的温情和真诚:"阿宇,虽然你和菲儿现在还没有结婚,但是我早就把你当做我的女婿了。一家人不说两家话,财富这东西生不带来,死不带去。所以我平时很注重享受生活。除此之外,绿城集团的巨额财富都是要留给菲儿和你的。所以我希望你能再接再厉,让绿城集团更上一个台阶。不但要跨产业发展,还要跨区域发展,我们不仅要成为 A 省的第一强,还在争取走出 A 省,走向全国,甚至走向世界。要将绿城集团酒店餐饮服务业、矿产业、物流业、以及影视娱乐业推向全中国,推向全世界。"

秦宇说:"燕董对我的信任和知遇之恩我没齿难忘。我一定会鞠躬尽瘁把绿城集团推向更高的境界。我已经作了一个绿城集团二十年发展战略计划,将绿城集团今后二十年内的发展方向问题、发展目标问题、发展步骤问题、品牌建设问题、信誉建设问题、文化建设问题、人才开发问题、创新问题、学习问题一一作了详细的策划和安排,过几天我打印出来呈您过目。其中可能有不少好高骛远、不切实际之处,还请燕董斧正!"

燕涛高兴地说:"太好了!制定企业发展战略是非常重要的,也是必须的。我们就是要提前谋划绿城集团的未来,对未来问题不但要提前想到,而且要提前动手解决,因为解决任何问题都需要一个过程,解决重大问题需要一个较长的过程。为了吃桃,三年前就要种桃树;为了吃梨,五年前就要种梨树。企业未来需要的技术应该提前开发,未来需要的产品应该提前开发,未来需要的市场需要提前开发,未来需要的人才需要提前开发,未来需要的公共关系需要提前构建,未来需要的企业文化需要提前建设。阿宇,我相信你的才华和能力,你看问题不但透彻,而且长远。我相信绿城集团在你的掌舵下不但能够越来越强大,而且一定能够常盛不衰。现在许多企业看似很强大,其实有许多都是短期行为,是短暂的辉煌,是短命企业,过个三五年就得倒闭。只有看问题长远,企业才能长寿!"

秦宇喝口茶,微微一笑,不以为然地对燕涛说:"燕董,对您的看法我只能抱一半的赞同意见。制定企业长远的发展战略计划是非常重要,但并不一定就能够起决定性作用。这世间的成败因素其实妙不可言,天时、地利、人和,缺一不可。其中政策和运气加起来也得占一半的成败决定因素,如果是在特定的历史环境下,政策甚至能够占到全部的成败决定因素。"

燕涛饶有兴趣地看着秦宇:"此话怎讲?"

秦宇娓娓而谈:"长期以来,企业一直误认为可能遭遇最大的危险或敌人是行业竞争中的对手、潜在的威胁或是自身的资源、人才等短期因素。但是在我看来,所有的企业都面临同一个'危机',也是最大的危机,那就是无法预知的未来!有一个案例相信燕董也清楚,大约1998年前后,中国通信寻呼业的竞争已经到了白热化的程度,南方有一家大型寻呼企业特地制定了五年远景战略计划书,然而这家曾经雄霸一方的企业却迅速消失了,消失的原因不是因为在与对手竞争中败北,也不是战略计划本身的缺陷,而是因为没过多久整个寻呼业作为一个产业在中国整体性地消亡了。这就像一场'螳螂捕蝉,黄雀在后'的残酷游戏,身后的未知因素就是最大的威胁。所以我一向认为国家政策是决定企业成败的真正关键!"

燕涛闻言感慨道:"是啊。政策是个敏感的话题,就拿我们A省来说,因为频频发生矿难事故,现在 A 省已经下达全省禁止采煤的命令。绿城集团现在赢利最大的企业是兰丹矿业公司,既然是采矿就难免不会发生事故,我真担心有一天政府再下达一个命令,禁止开采锡矿锌矿。那我们整个绿城集团的收益就会打对折。"

秦宇认真地说:"燕董,您这想法还真不是杞人忧天,如果发生大型矿难,还真可能一下子便令绿城集团落入万劫不复之境地! 所以安全措施一定要做到位,千万马虎不得。我决定下周亲自到兰丹矿业公司去看一看,并下到矿井采矿一线去巡察一番,若有隐患,必须提前解决,防患于未然!"

燕涛赞赏地说:"好。你能亲临采矿第一线,那最好不过了。这样对鼓舞士气和提升你在集团的威信都是大大有利的!"

燕菲儿在旁听了,高兴地说:"阿宇,我陪你去。"

秦宇说:"菲儿就别去了。我带方斌去就行了。燕董,我有个想法,征求一下您的意见,我打算调方斌担任集团的保安部经理,您另外安排一个保镖给您开车。我听说兰丹的采矿队经常发生殴打矿工的现象,我打算带方斌去看看,方斌为人正直,功夫又好,可以去威慑一下那些成事不足败事有余的家伙。"

菲儿不满地撒娇道:"阿宇,我要去,我就是要去嘛。人家想跟你一起到处走走看看嘛。再说了,方斌不是要给我爸开车吗? 他是我老爸的贴身保镖,他怎么走得开?"

秦宇白了燕菲儿一眼:"菲儿,你别闹了,我是去兰丹视察工作,不是游山玩水。还有,方斌的事情你别插嘴,让你爸拿主意。"

秦宇内心非常清楚,因为燕涛霸占了方芸,方斌跟燕涛已经产生了隔阂,加上燕涛如今万分宠爱方芸,再让方斌给他开车其实是件尴尬和别扭的事情。果然,燕涛一听秦宇提出这要求,毫不犹豫就答应了:"好啊好啊,这想法不错。再怎么说方斌都是芸儿的亲哥哥,我怎么能让他给我开一辈子车当一辈子保镖呢。就依你所言,让他担任集团保安部经理吧。"

燕涛非常清楚方斌打心里对他有种恨意,自方斌出院后,燕涛用的还是方斌住院期间给燕涛开车的保镖,并没有让方斌替换,方斌就挂个燕涛贴身保镖的闲职。他就想将方斌安排到别处,只是不便实施罢了。现在秦宇为他解决了这个难题,燕涛是打心里高兴,同时他也清楚,秦宇这个聪明人是有意替他化解这个尴尬和矛盾。

燕涛从心里感慨:这聪明人就是讨人喜欢,说话做事都能揣摩圣意。没有获得满意答复的燕菲儿嘟囔着小嘴,开始向父亲撒娇了:"爸,我才不管方斌给您开车还是当保安经理呢,我只要跟阿宇一块儿去兰丹,您就跟阿宇说说,让我一同去嘛。"

燕涛拗不过女儿，含笑看着秦宇："阿宇，你就让菲儿跟你一起去吧，反正我在集团也没多少要紧事。"

秦宇点头道："好吧，就让她做跟屁虫吧。"

"我就是要做你的跟屁虫！你是我老公嘛。"燕菲儿见秦宇答应下来，心情大好，娇嗔地依偎着秦宇。方芸看着燕菲儿跟秦宇的那股子亲热劲儿，内心禁不住隐隐有一丝失落。

四人在亭子里喝茶、聊天、赏景，不知不觉已经到了中午时分，按燕涛事先的安排，游艇上大厨已经做好了一桌上好的家宴，今天特意做了从醉春湖里钓起的人工喂养的鲟鱼，按燕涛吩咐，范僧和方斌也过来了。气氛很活跃，大家把酒言欢，席间秦宇跟方斌说起调他担任集团保安经理的事情，方斌高兴地敬了秦宇一杯："谢谢秦特助关照！"

秦宇说："光谢我可不行，这事是燕董点头的。"

方斌于是又敬了燕涛一杯。燕涛倒也不计较方斌乱了主次关系，大度地笑道："方斌，好好干吧！你跟秦宇都是我的亲信，绿城集团得靠你们发扬光大！"

方斌说："我是个粗人，但重情义，您放心，以后秦特助说什么我听什么，指哪打哪。"

秦宇笑道："言重了，言重了，我可没把你当打手看待。你现在是集团保安部经理了，以后集团的保安力量都归你调配，包括兰丹矿业公司的护矿队，周一你就跟我一道去一趟兰丹，听说护矿队有些地痞流氓之辈，欺压矿工和当地居民，闹得怨声载道，你去了给我好好收拾他们，该出手的时候还得出手！"

燕涛在旁听了，解释说："阿宇，这护矿队里面是有些社会闲杂人员，有一成是从监牢里出来投奔我的，人家敬重我来找我，我总得给人家一碗饭吃。所以这次去你主要还是采取威慑手段就行了。别做得太过。过犹不及，人在江湖，有些事情还是要留点情面的。"

秦宇知道燕涛有一股让黑白两道都动容的力量，那就是兰丹的护矿队，这帮被燕涛拿钱养着的保安，完全是燕涛的私家打手，指哪打哪。秦宇说："燕董，我不是看不起坐过牢的人，谁能无过，坐过牢的人并不一定就没真本事，给他们提供就业机会，甚至提供用武之地没错。但其中有少数人恶性不改，痞气十足，危害一方，这种人必须踢出局，不能留情面，否则最终会给集团、给您惹下祸根的，到时就后悔莫及了。"

燕菲儿也赞同秦宇的观点："爸，阿宇说得没错。您又不是黑社会老大，您是A省最有实力的民营企业家，别搞得像黑社会老大似的。那些江湖人物成事不足，败事有余，不能听之任之，必须严肃处理，您由着他们乱来，他们会变本加厉,杀人放火的,到时会连累集团连累您的。”

燕涛说:“好。这事就由你全权处理吧。不过护矿队队长张灿跟我交情不错,你留些情面就是了。”

✦ 2 ✦

周一一大早,秦宇便带着燕菲儿乘坐方斌驾驶的奔驰大房车从兰宁出发,前往距离兰宁480公里的兰丹县,去绿城矿业公司视察工作。

兰丹县位于A省西北面,地理位置优越,是桂、黔、川交通的重要枢纽,西南出海大通道和黔桂铁路纵贯兰丹,是历史上的“兵家喉地”。全县总面积3916平方公里,辖7镇4乡,居有壮、汉、瑶、苗、毛南、水、仫佬等23个民族,总人口约28万。大自然赋予兰丹众多的资源,兰丹的矿产著称于世,锡矿的蕴藏量居全国首位,有“中国锡都”之美称。锡锌产量居全国第一,是目前全国最大的锡锌生产基地。

因为路途较远,秦宇一行人抵达兰丹时已是中午12点20分,绿城矿业公司经理杨仁义事先得知信息,带着公司高层职员和护矿队队员在公司门外列成两队,夹道欢迎,仪式相当隆重,不仅有锣鼓鲜花,还打上了“热烈欢迎总裁特助秦宇先生来兰丹矿业公司视察”的横幅,给足了秦宇这个一人之下万人之上的总裁特助面子。

午宴相当的丰盛,席间山珍海味飞禽走兽无所不有。秦宇是个追求生活质量喜欢享受的家伙,倒也不便对杨仁义加以指责。但隐隐觉得这家伙是个懂得挥霍和享受的主儿,坐在绿城矿业公司经理的宝座上,平日里肯定贪污挪用了不少公款。

下午,秦宇在杨仁义等人的陪同下来到绿城矿业公司两个最大的矿厂——东坡矿和西岭矿视察工作,并亲自下到深达1600多米,巷道长3000多米,海拔负180多米,井下温度高达40℃以上的矿井检查安全隐患慰问矿工。在初步掌握了各方情况后,秦宇借用兰丹矿业公司的豪华会议室,召开了一个临时工作会议,提出了自己对兰丹矿业公司一些不足之处的看法和整改意见。

与会者除了杨仁义和兰丹矿业公司的高层外,还有护矿队的队长张灿。此人四十来岁,长得牛高马大的非常壮实,脸上有一道骇人的刀疤,令他看起来有几分彪悍和恐怖。秦宇知道此人的底细,曾经是兰丹一个小有名气的混混,据说曾经替燕涛顶罪坐过六年牢,跟燕涛关系非同一般。难怪临行前燕涛叮嘱秦宇对这个张灿要留几分情面。

秦宇主要提了以下几大必须整改的安全隐患:"第一,3号矿窿公然在洞内存放大量爆破物品,存在很大的事故隐患,必须立即整改,爆破物品必须有计划地领取,谁领取谁负责,当日没有使用完的必须清点入库;第二,5号矿窿由于盲目采挖,已导致数万方的危岩体形成,一旦山体滑坡,冲击下来的泥石流会给坡下的农民造成巨大的生命危险,后果不堪设想。必须立即对危岩体采取措施;第三,8号矿窿由于过度开采,存在采空现象,很容易发生矿窿坍塌,同时,8号矿窿与西岭矿的2号矿窿相邻,2号矿窿废弃多年,海拔负178米,积水达数十万立方,一旦挖穿或炸塌中间的隔水岩体,必然造成重大透水事故。所以8号矿窿必须停止开采,并炸封窿口,避免跟西岭矿2号矿窿一样积水,埋藏下透水事故隐患。赚钱重要,但生命更重要!安全永远要放到第一位!第四,在与矿工和护矿队员的谈话中我了解到,护矿队中有小部分人匪气十足,无视矿工和队员的生命财产安全,肆意凌辱欺压,让职工和附近农民敢怒不敢言,尤其是个别人,欺男霸女,无法无天,俨然一方恶霸,一副黑社会老大形象。"

秦宇这番话令绿城矿业公司经理杨仁义和高层职员脸上都有些挂不住了,以前燕涛和集团领导们下来视察工作,说的大都是赞美言辞,是肯定他们成绩的,毕竟绿城集团的总利润中有65%的利润是兰丹矿业公司创造的。而这位总裁特助下来视察工作,却是当头一棒,说的全是不足之处,而且是形成重大隐患必须立即整改的不足。这多少有些让他们感到不舒服,但他们不敢顶撞,毕竟这位总裁特助可是燕涛的乘龙快婿,他们不敢跟他较劲。

然而张灿却不怕,在绿城矿业公司他可是横着走的主,连杨仁义都得让他三分,除了大老板燕涛,他谁都不服,当然他更不惧怕靠裙带关系走了狗屎运的秦宇。当他听到秦宇将矛头指向护矿队时,立即便冷着脸发飙了:"秦特助,我这人是个大老粗,有点愚钝,你说的什么一方恶霸什么黑社会老大,指的是谁?不会是我吧?"

秦宇从张灿的表情和语气中看出了挑衅的味道,不由得冷笑:"如果我指的就是你呢?"

张灿当即拍着桌子站起身来:"那我就请你闭上你的鸟嘴!你以为你是什么东西,不过是个吃软饭的小白脸,居然跑到这里来指手画脚!照你他妈的这么说,这护矿队该取缔了?"

"你他妈的找死!"方斌在旁看到张灿发飙辱骂秦宇,当即便暴跳起来要冲上前去揍张灿,张灿丝毫没把方斌放在眼里,冷笑着威胁道:"你若敢在这个地方动武,我相信你永远回不了兰宁!"

方斌气急,挥拳欲打张灿,被秦宇抓住拳头:"方斌,别冲动,这件事情让我自己来处理,难道你还担心我被别人欺负不成?"

方斌自然清楚秦宇的功夫比自己强,性子也比自己烈,一向高傲的他绝不会就这么白白让张灿辱骂,他相信秦宇一定会还以颜色,当下便冲张灿冷笑:"你他妈的真是个不知死活的井底之蛙。凭你这样的角色,一百个都不是秦特助的对手!"

秦宇一向高傲,加上有一身好本事,向来天不怕地不怕,如今居然被一个粗俗之人拍着桌子叫骂,他当然不会善罢甘休,他嘴角泛起一丝邪魅的笑意:"张灿,我明白告诉你,我不会取缔护矿队,但我会将护矿队中的害群之马清除出去,比如你!本来我还想给你留几分情面,但你太不懂规矩太居功自傲了!所以我会开除你!"

张灿怒目而视:"你去吃屎吧!妈的,绿城集团65%的利润是绿城矿业公司创造的,而矿业公司的江山是老子带着护矿队打下的。老子脸上这道刀疤就是争夺矿山留下的见证,当时对方十几个打手围杀我,被我打残五个杀出重围!如果不是老子带着护矿队守护着兰丹矿业公司,绿城矿业公司的矿井早就被竞争对手抢光了!你他妈居然说要开除我!"

燕菲儿见张灿一再辱骂自己的心上人,立即站起身来冲张灿冷喝起来:"张灿,你别仗着跟我爸有几分交情就为所欲为!我爸委托秦特助全权处理集团一切事务,包括人事任免。请你记着自己的身份,这里没有人敢像你这么嚣张,看来你还真是这兰丹矿业公司的黑老大啊!"

张灿尴尬地看着燕菲儿,他能不给秦宇面子,但不敢不给燕菲儿面子,当下赔着笑脸说:"小姐,我……"

秦宇不想燕菲儿为自己出头,那样自己在旁人眼里还真像个吃软饭的小白脸了,他叫住了燕菲儿:"菲儿,你别插手,这位彪悍的张大叔既然敢辱骂我的人格尊严,看来是有恃无恐吃定了我啊。张大叔,能不能亮出你的底牌,你到底有什么嚣张的本钱?"

张灿见燕菲儿坐下了,胆子又壮了起来,脱掉上衣露出疤痕累累的上身,对秦宇喝道:"凭什么?凭老子这身上一身的刀伤,凭我替燕董坐过六年牢,凭我替燕董挡过刀子!燕董当初本打算叫我当兰丹矿业公司的经理,是我觉得自己没什么文化不懂管理拒绝了燕董的好意,甘愿做护矿队队长。你说你算哪根葱啊?坐享其成不说,还常常拿集团的元老开刀!我早就不服你了!"

秦宇冷笑道:"张大叔,打江山容易守江山难!就算你为集团立下过汗马功劳,也不能沾沾自喜居功自傲为所欲为!就算你替燕董坐过牢挡过刀,但一码归一码,功是功,过是过! 你想由着你性子乱来,我就敢开除你! 就是燕董也救不了你! 你若不服气,可以试试看! 实话告诉你,无论讲文讲武,你在我眼里都是个小瘪三! 就你那点本事,我不用双手都可以打得你满地找牙,打得你口服心服!"

张灿气得哇哇大叫,冲秦宇吼道:"我操! 你简直太狂妄了,好,你要是不用双手能把我打得满地找牙,我心甘情愿被你开除,绝无怨言! 如果你吹牛皮,那么死在我拳脚之下,怨不得我!"

秦宇清楚,他今天要是制服不了这头蛮牛,不但会威信全失,接下来还会成为集团内部的笑柄。恐怕日后谁都敢不把他放在眼里。所以秦宇从一开始便决定狠狠地蹂躏张灿的自尊,狠狠地打击他,让他知道天外有天人外有人。

秦宇不想和张灿废话,宣布会议暂时结束,待他打趴下张灿接着开会。张灿气得暴跳如雷,率先出了会议室,扬言在楼下的空场上等他。

秦宇和众人出了会议室,燕菲儿和方斌见识过秦宇的本领,连范僧这样的高人隐士都败在秦宇手下,对付张灿这样的大老粗简直是杀鸡用牛刀。而杨仁义和一帮高层人员却不知道秦宇的身手,他们对秦宇和张灿的冲突根本不作劝阻,一心想看秦宇丢脸收场。

秦宇来到楼下空场,张灿已经摆下了架式,护矿队的队员们把空场围拢了过来,张灿高声叫喊:"护矿队的弟兄们,我们的秦特助要解散我们护矿队,要开除我这个队长。他还扬言不用双手仅用两条腿就可以把我打倒,打得我心服口服。弟兄们给我做个见证,如果我在决斗中不小心三拳两脚把秦特助打死打残了,你们到时一定要给我做证!"

张灿这么一吆喝,他的一帮亲信便跟着起哄:"队长,谁要解散护矿队,我们就弄死他!"

场面上的形势对秦宇非常不利,但秦宇根本没放在心上,他双手背在身后,对张灿喝道:"别他妈的废话了。打吧! 看我怎么收拾你这头老公猪!"

张灿若猛虎下山呀呀叫唤着扑向秦宇,秦宇上身不动,骤起双脚,如风火轮般一个连环踢,将张灿庞大的身躯踢得倒退七八步,噔噔噔噔噔噔噔,然后一屁股坐倒在地。

张灿从地上爬起来:"妈的,小白脸还有两下子,再来!"吆喝着又向秦宇挥拳打来。

秦宇眼中厉色一现,加大攻势,飞身而上,空中六连环,以超越常理的腿功接连六脚踢在张灿胸肩部位,这一回,张灿直直地飞出十米开外,口吐鲜血,重重地摔倒在地,直接昏死过去。

252　　围观者一个个目瞪口呆,他们不敢相信眼前的事实,一向彪悍无敌的张灿居然连秦宇的衣服都没沾上就被秦宇不用双手打倒在地。不仅他们吃惊，就连方斌也是看得大气不敢出，他没有想到秦宇的腿功这么厉害，这腿功可是比电影里黄飞鸿的佛山无影脚还要厉害十倍。

燕菲儿扫了一眼昏死在地的张灿，担心地问秦宇："他会不会死了啊？"

秦宇悠然说："不会死的，不过内伤不轻，恐怕得在床上躺一两个月了。"

护矿队共三百六十人，其中有六十多人是张灿的亲信，此时他们见张灿昏死过去，加上刚才听张灿说秦宇要解散护矿队，不由悲从心来，其中一个核心人员醒悟过来，挥舞着警棍带头吆喝道："弟兄们，护矿队要解散了，灿哥被打死了，我们替灿哥报仇啊！"随即带头向秦宇扑来。

秦宇朝方斌使了个眼色，大喝一声："打！"，两人冲入重围，展开太极身法，电闪雷鸣之间便将几十名护矿队员打倒在地。秦宇对倒在地上哼哈哎哟叫唤的护矿队员们厉声喝道："你们别被张灿利用了，我从没说过要解散护矿队！如果不想干的可以滚蛋，想干的给我放老实点！难道想造反不成？"随后，秦宇扫了一眼杨仁义，喝道："接着开会！"然后起步上楼。

接下来的会议没有遇到任何阻碍，秦宇的决策思想绿城矿业公司经理说将无条件地贯彻执行。

散会后张灿也苏醒过来，但嘴里还是不停地吐血，秦宇冷冷地对他说："去找个老中医看看吧，你内伤不轻，不想死的话就乖乖地静养两个月，不要动气动怒。护矿队的队长一职你别干了，不过念在你对集团有功的份上，你的待遇不变，集团会养你一辈子！"

张灿被两个护矿队员搀扶着，脸上的倨傲变成了驯服，他对秦宇说："秦公子，多谢手下留情。你比燕涛还带种！我心服口服！"

3

处理了绿城矿业公司的隐患之后，秦宇心情大好，带着燕菲儿和方斌在兰丹游玩了几天。兰丹除了矿产丰富是座工业城市外，还是一座旅游城市，自然景观奇美绝伦，人文景观也极具魅力。这座多民族聚居的城市生活着壮、汉、苗、瑶等23个民族，民俗风情多姿多彩，千年的土司文化和六座古代营盘充分展现着兰丹历史的渊源。由于有大面积森林覆盖和受海洋季风的影响，这座祖国边陲城市气候凉爽，四季宜人。

秦宇首先带着燕菲儿和方斌来到五一矿区的温泉公园享受了一番温泉浴，并小住了一天，在天然的温泉公园里陶冶于山水之间，在自然中调节自己，洗涤红尘杂念，从心理到生理上都能真正获得一种返璞归真、回归自然的感受。

接着，秦宇又飙车带着燕菲儿和方斌来到位于兰丹县城东北面18公里处的恩村自然风景区进行了为期两天的洞穴探险。这里是一个充满奇幻的地底世界，大自然的神力将一座石山砍头去尾，呈现出高低不等的溶洞群，那时隐时现的地下暗河，像一把翠玉钥匙把一座座石门打开，溶洞千姿百态，天桥溢光流彩，奇景皆汇其中，一切的一切都源于自然，所有的奇景都以马灯、绳索去寻找，要领略十八洞天福地，必须经过九重险关，才能踏入这神秘的世界，感受到前所未有的惊奇。在探险的过程中，燕菲儿一路兴奋而刺激地惊叫，时不时地往秦宇怀里钻，惹得方斌羡慕不已，感慨也得尽快找个女朋友，以后带出来游玩也能享受个软玉温香。

最后，他们又穿越荒芜人烟的大峡谷，进行了为期一天的勇者漂流，距兰丹县城12公里处有一峡谷，长1500米，深480米，谷内绝壁深涧，原始风貌，猿声啼不尽，鸟语又花香。由此峡谷延伸至下游的鸳鸯树桥，全程5公里，河流落差150米，高处一线天，低处遍奇景，石上生树，树上长石，睁眼刺激，闭目心跳，漂流此峡谷，既惊险又刺激，有一种挑战大自然玩的就是心跳的感觉！秦宇和方斌都是勇者，他们喜欢挑战和玩心跳，而燕菲儿这个纤纤弱女子却差点被漂得虚脱了过去，那种忽而上天忽而入地死去活来的感觉让她呕吐不已小脸煞白。

从兰丹回来的路上，秦宇又玩起了飙车，那超越极限的车速和层出不穷的飙车绝技让方斌开了眼界大呼过瘾，却把原本就被秦宇在探险和漂流中整治得一直病恹恹的燕菲儿刺激得惊呼大叫，像妙龄少女遇见超级大色狼般惊恐万状要死要活。

回到兰宁，秦宇将车先开到洗车场，因为途中燕菲儿吐了好几次。燕菲儿一下车，接着又哇哇大吐，边吐边一个劲地埋怨："死秦宇，坏秦宇，你这是谋杀未婚妻啊！你这薄幸的家伙一点也不懂怜香惜玉啊。"

秦宇拍打了一下燕菲儿弓着身子挺翘的美臀，笑道："亲爱的菲儿，这样的惊险和刺激会让你怀念一辈子的！也会让你一辈子记住我的！"

周围数十道目光齐刷刷地注视着放荡不羁的秦宇和娇羞不堪的燕菲儿，燕菲儿俏脸绯红，对秦宇轻声嗔怪道："你个该死的坏蛋，这么多人看着呢，你这样轻薄我。"

秦宇像个大色狼，轻佻地搂着燕菲儿，在她耳边说："他们这是在羡慕我呢。我的菲儿这副鬼斧神工的魔鬼身材,还有这翘臀埋胸的美妙姿态,简直太性感太诱人了,男人看了要喷鼻血的,唉,真要命啊,连我定力这么好的男人都有些情不自禁啊。"

燕菲儿满脸红晕,既害羞又幸福,嘴里呢喃道:"你这该死的,嘴里一套心里一套。"心里却嘀咕,还情不自禁呢,在兰丹玩了几天,碰都没碰过人家。

秦宇这样的花花公子又岂会不明白燕菲儿的心思,邪邪地笑道:"亲爱的菲儿,你一定是埋怨我在兰丹的几个夜晚都没有好好疼爱你吧?"

燕菲儿轻轻推开秦宇:"死秦宇,坏秦宇,人家才没有那么想呢,你就会欺负人家。"

秦宇坏坏地一笑,继而又搂住燕菲儿,在她耳边轻声说:"哦,那以后我不欺负你了,晚上我们分床睡吧。"

燕菲儿彻底拿秦宇没有办法,嘤咛一声,赌气说:"人家不理你了!"挣开秦宇躲到一边生气去了。

车子已经洗好,方斌笑道:"好了,上车吧,别打情骂俏了。"

三人上了车,驶离洗车场,驶向绿城集团大厦,途中方斌止不住还在发泄怨气:"妈的,这几天我都快被你们两个家伙刺激得要吐血了,妈的,我得尽快找个婆娘去!妈的,没有女朋友的男人真可怜啊!"

秦宇哈哈大笑:"喂,你小子这么大个人了,不会还是童男吧?"见方斌一脸窘相,秦宇笑得更开心了,然后对燕菲儿说:"菲儿,你的女伴中有没有合适的,给方斌介绍一个,让他早日告别童男之身!唉,现在这世道连老处女都消灭光了,没想到居然还有一个活宝,甘愿做老童男,你不会是想练什么童子功吧?"

方斌辩解道:"我只不过不想像你这样风流罢了。"

秦宇感叹道:"方斌,人不风流枉少年,有花堪折直须折,莫待无花空折枝!你不试着去交往,怎么知道什么样的女人适合你呢?你以为这世间真的有一见钟情海枯石烂地老天荒永不变心的爱情吗?我告诉你,没有的。就算有,那也只不过是你自欺欺人的幻想罢了。"

燕菲儿听了这话不满意了,埋怨道:"阿宇,我对你就是一见钟情地老天荒海枯石烂永不变心!"

秦宇连忙认错:"我的宝贝菲儿除外,菲儿是嫁鸡随鸡的那类贤妻良母!"

在说说笑笑中,秦宇将车开进了听风阁,方斌下了车,跟秦宇和燕菲儿挥别,作为燕涛的贴身保镖,他与燕涛的那些庄园护院保镖和佣人一起一直住在与燕涛相邻的别墅里。秦宇将车开到燕涛的大别墅门口,按了下喇叭,没见范僧出来开门。秦宇和燕菲儿下了车,进了别墅,大厅里没人,燕涛和范僧都不在,燕菲儿和秦宇上了二楼,敲着燕涛的卧室门喊:"爸,我回来了!爸,你在房里吗?"

方芸手里拿着一本青春小说从旁边的套房里开门出来,告诉燕菲儿:"你爸和范管家去醉春湖钓鱼了。"说罢转身回房,将房门关上,仿佛要将整个世界关在门外。

燕菲儿和秦宇进了她的闺房,燕菲儿往床上一倒:"阿宇,我想抱着你躺一会儿,好累啊。这次出去本以为会玩个开心,却没想到受尽了惊吓,以后再也不跟你出去这么玩了。"

秦宇躺到燕菲儿身边,刮了一下她的鼻子,坏坏地笑道:"是吗? 我看你其实蛮喜欢惊险和刺激的,说不定这次之后你就会上瘾了,下次你还会缠着我去。"

燕菲儿撇着嘴说:"我才不会呢。"

秦宇躺了一会儿,忽然想起什么,亲了一下燕菲儿的脸颊,暧昧地说:"菲儿,你好好休息吧,把身子养好,晚上才有精神。我去湖上找你爸汇报一下矿业公司的情况。"

燕菲儿红着脸,乖乖地嗯了一声。目送秦宇走出房间。

秦宇出了房门,用沉重的脚步声下得楼去,然后又轻手轻脚地上得楼来,拐到方芸的房门前,轻轻地试了一下门把手,还好,房门没有反锁,秦宇开门进去,轻轻关上房门,穿过套房客厅进了方芸的卧室。

方芸正坐在床上看书,见秦宇蹑手蹑脚地进来,大吃了一惊:"你进来干什么?"

秦宇做了个嘘声的手势,轻声说:"我来看看你,别大声,让菲儿听见了,她会误会的。"

方芸果然不敢吭声了,她知道燕菲儿的小姐脾气,也知道燕菲儿爱秦宇极深,醋劲极大,若是见到秦宇进了她房间,她一定会迁怒于她,认为是她勾引秦宇。

秦宇坐到方芸身边,微笑着问:"怎么没跟燕涛一起去湖上赏景、钓鱼?"

方芸淡然说:"我不喜欢钓鱼,也没兴趣赏景。"边说边往床里面挪了挪身子,她有些害怕秦宇,上次秦宇和燕菲儿的订婚之日,她已经领教过这个天不怕地不怕的家伙的手段,他居然借着上卫生间的机会闯进自己房间,企图强行跟她发生关系,后来被她打了一耳光,伤心离去。但这一耳光打在秦宇脸上痛在她自己心上,事后她为这一耳光痛悔不已。

秦宇见方芸这个动作,不由伤感地说:"芸儿,这辈子你真要如此防备我吗?"说着一把抓住方芸的小手,放到自己心口,"芸儿,你知道我是真心爱你的,芸儿,你为什么要伤害我? 你摸着自己的良心说,你不爱我吗?"

秦宇贴近地凝视着方芸,目光里满是深情和伤感。方芸内心是深爱着秦宇的,她不敢与秦宇的目光发生碰撞,她害怕秦宇眼里的深情和伤感。她侧过脸去,讪讪地说:"秦宇,忘掉我吧。我已经不配爱你了,我是燕涛的女人,我已经是残花败柳了。"

秦宇霸道地扳转方芸的身子:"芸儿,我从来没把你当做是燕涛的女人,你是我的女人,是我心上的宝贝。虽然你委身于燕涛这畜生,但我知道你是为了救方斌才不得已而为之,是燕涛这畜生为富不仁趁人之危,不是你的错。你不是残花败柳,在我心目中,你永远是圣洁无瑕的。"

秦宇说着一把将方芸柔弱的身子拥入怀中:"芸儿,我爱你,爱得心里好痛好痛,你知道吗? 如果今生我不能与你相爱,我会痛不欲生的。"

方芸内心的感动无以言表,眼里的泪水奔涌而出。方芸虽然刚烈,但不代表她不渴望浪漫的感情和性爱,她和燕涛那原本建立在金钱交易基础上的感情生活就像刚刚出来的蒸馏水,比白开水还白开水,而一直在她心中占据重要位置的秦宇根本就是风流、浪漫、野性、甚至邪恶的代名词。这样的男子足以令任何一个充满幻想的女人为之疯狂。

就在方芸眼里的泪水淌到脸颊的那一瞬间,秦宇疯狂地吻住了她。方芸带着轻轻的压抑的哭泣声紧紧地抱住了秦宇,两颗火热的心彻底地融合在一起,忘记了燕涛、忘记了燕菲儿,忘记了一切本应顾忌的因素。

此时,在他们的世界里,只有爱,只有原本属于他们的爱情和欲望。那忘我而深情的性爱如火山喷发般可以燃烧可以消融掉世间万物,那一刻的方芸美得不可方物,宛若人间仙子,那脸上的红霞和羞怯只为秦宇一人尽情绽放。

而此时的燕菲儿,或许因为太疲倦,或许因为秦宇那句"好好休息,养好身子,晚上有精神"的暧昧暗示,居然乖乖地甜甜地睡着了。

云雨过后,两人从容地穿好了衣服,秦宇深情地吻了吻方芸的小嘴,说:"芸儿,我去找燕涛汇报一下这一趟兰丹之行的工作情况。你好好休息吧。"

此时的方芸因为爱情的滋润,眼里的爱意如蜜,脸上的笑意如春,美不胜收。她点了点头:"你去吧。下楼小声点,别惊动了菲儿。那丫头我可惹不起。"

秦宇轻声说:"那丫头好对付,此时只怕已经睡着了。"

方芸觉得对不起燕菲儿,她心里涌起一股负罪感,愧疚地说:"阿宇,我们以后不要这样了。好好对菲儿吧,这丫头是真心爱你了。她不应该成为你和燕涛争斗的牺牲品!"

秦宇说:"我心里有数。你不用内疚,就算我最终辜负了菲儿,也是燕涛造成的! 是他一再霸占我心爱的女人!"

随后,秦宇轻轻地走出了房间。

<h1 align="center">4</h1>

秦宇来到醉春湖边,乘坐游艇来到湖心的人工小岛,燕涛和范僧就在岛上临水的两株四季桂下垂钓,秦宇走到燕涛身边时见他的鱼篓里已经有几尾红鲤和几条鲫鱼,而范僧更是钓起了两条人工哺养的鲟鱼。燕涛见秦宇过来,亲切地打了声招呼:"阿宇回来了。"

秦宇嗯了一声,然后向燕涛简单地汇报了一下绿城矿业公司的情况。燕涛默默地听着,中途没有打岔,待秦宇汇报完了,他表态说:"阿宇,总的来说你这趟兰丹之行收获极大,问题处理得也不错。但我还是有两点不同意见。第一点,你说8号矿窿由于过度开采,存在采空现象,很容易发生矿窿坍塌,同时与西岭矿的2号积水矿窿相邻,存在透水事故隐患,必须停止开采并炸封窿口。这个做法不可取。现在的矿井有几个不存在过度开采现象?有几个不存在事故隐患?只要政府没有下令停止开采,我们就不能停,你知道停一天损失有多大吗?是几十上百万元。有安全隐患,小心一点就行了。"

燕涛见秦宇缄默不语,接着说:"阿宇,不瞒你说,杨仁义早就将情况向我汇报了。我从来没把你当外人,一直以来你做的每一件事我都是知根知底的,也是非常满意的。我知道你的出发点是为了集团的利益,但是采矿跟其他事情不同,说不定哪一天政府就叫我们停止开采了。所以在政府没叫停之前我们就应该争分夺秒地开采。每开采一天就可以赚几十上百万,这种暴利是让人眼红的。如果我们不开采,别人就会在地底下盗采我们的矿山。你大概还不清楚兰丹矿业的情况。我可以告诉你兰丹县财政收入80%全靠矿产的税收。那里的矿石含锡、锌、铁量之高全国罕见,全县几个乡镇遍布数千个矿井,全县数十家矿业公司80%没有合法的开采手续,全属盗采国家矿产,而且各自为政,哪里矿富就往哪里采,大家没有一个统一的规划,井下巷道纵横交错,互相联通,你不开采别人就会偷偷地开采。所以别人不停,我们便不能停。"

秦宇默默地听着,一副虚心受教的样子,没有发表意见。燕涛最后又说:"第二点,你对张灿的处理方法不妥。临行前我就叮嘱过你要对张灿留几分情面。张灿这人对兰丹矿业公司是有大作用的,而且跟我交情非同一般,如果你连他都敢动,你说其他人会怎么想,他们会寒心的。虽然张灿为人有些狂妄,但他对我忠心不二,你不应该动他。护矿队若没有他是不行的,换了其他人当队长根本威慑不住那些不听话的矿工和护矿队员,更威慑不住那些竞争对手。在暴利的驱使下,滥采滥伐是常事,霸矿争矿流血打斗是常事。没有张灿这个凶人,我们守不住自己的江山。所以我打电话恢复了张灿的职位,他还是当他的护矿队队长。张灿也跟我说了,他说他服你,以后会听你吩咐的。张灿这粗人有一个优点,那就是你能强过他,他就服你,绝不会玩虚的。你放心,以后你说什么他会听什么,不会跟你作对的。"

秦宇见燕涛既然作出了决定,自然不便持反对意见,不过他还是感叹了一声:"燕董,我遵从您的安排和意见,毕竟绿城集团是您的。我只不过是为您服务。每个人的出发点不一样,处理问题的方式也不一样。我个人认为福祸之间一线之隔,有时不能把利益看得太重,千里之堤,溃于蚁穴。绿城矿业公司的隐患重重,不认真对待,我还真担心最终有一天会给您和绿城集团造成致命性打击和伤害。"

燕涛不以为然地笑笑,霸气十足地说:"阿宇,采矿业发生一些小事故是在所难免的,我敢说没有一家矿业公司能够避免死人事故。我宁愿给死难的矿工家属发放高额的抚恤金,也不愿停工一天。毕竟那点抚恤金相对于采矿的暴利来说,只不过九十万头牛中的一根毛,算不得什么损失。而且我认为这世上只要有钱有势有关系网,没有什么摆不平的事情。所以你就莫杞人忧天了吧。"

秦宇表情有些愤然:"燕董,为人处世得有一定的良知和道义。难道你为了赚钱,可以置那些矿工的生命危险于不顾?"

燕涛哈哈大笑:"阿宇,你太天真了,你跟我谈良知和道义?你口中所谓的良知和道义,包括诚信、守法、合作、协同这些冠冕堂皇的说辞,早已经成为众多生意人的商业口红,需要时就在嘴上涂抹几下,但是在现实的商业竞争中,每一个熟稔潜规则的商人都会对此不屑一顾。现实是残酷的,在中国这个有着五千年历史文明的国度生活,需要更多的阴谋诡计和花言巧语,个人的良好品德若不与狡黠圆滑相结合,将会一事无成。在商业竞争中心计和策略是必备的。你今天要说服我停止采矿搞什么整顿,那是不可能的事情。"

秦宇劝告道:"燕董,法律可违,道义不可违!你今天大红大紫,难保明天不会落魄街头,做人别忘了随时给自己留条后路。"

燕涛有些不悦了:"阿宇,你这是杞人忧天,我永远不会落到那一步的!"

秦宇说:"燕董,忠言逆耳,但我还是希望你能听进我的话。栖守道德者,寂寞一时,阿谀权势者,凄凉万古!不管你今天多么风光,终究是昙花一现,因为没有道德底线作支撑的事业终究不能长久。如果你是这种人生态度,我敢断言在你有生之年,一定会遭受到永远也翻不了身的重创。且不说张灿这种凶人最终免不了会给你闯祸,就是绿城矿业公司那些个在你眼里认为是财源滚滚的锡矿锌矿,都注定终究会成为一颗颗将你炸得粉骨碎身的炸弹!"

燕涛冷冷的目光如刀地盯着秦宇:"阿宇,你这不会是在咒我吧?"

秦宇说:"燕董,我咒你干吗? 再怎么说你也是菲儿的父亲,我干吗咒你? 你对绿城矿业公司的处理态度太草率了,这是人命关天的事情,不能当做儿戏! 没错,那几处大锡矿大锌矿现在是给你提供了取之不尽用之不竭的财源,每开采一天便是数十上百万的钱财,但其中的隐患你明明看得到,为什么却要不当回事,置若罔闻?"

燕涛固执己见:"我没有看到什么隐患! 那只不过是你多余的担忧而已。你别杞人忧天了! 就算真的出了一些小事故,我也能摆平。"

秦宇说:"燕董,万一出大事故呢? 盲目无度地开采,缺乏经验和专业技能的矿工时而不断的违规操作,安全措施不到位,这些都是随时可能爆发大事故的隐患。目前在中国一次性死亡率最大最高的事故便是矿难,这个你不是不清楚。"

燕涛愤怒地吼道:"够了!"

秦宇毫无畏惧地与燕涛对视着,燕涛叹口气,放软了口气说:"阿宇啊,鹰立如睡,虎行如病,堪成大事者都善于韬光养晦。而你不免有些太张狂了,你为什么就不会学着隐忍一些呢。从来没有人敢这么顶撞我,敢质疑我的决策。绿城集团是我的,不是你的!"

秦宇笑道:"燕董,你认为我秦宇会做那种阿谀奉承吹牛拍马的小人? 君子坦荡荡,小人常戚戚。大丈夫有所为,有所不为! 就算你是我的大仇人,在大是大非面前,在人命关天面前,我还是会站出来提醒你几句。我知道绿城集团是你的,不是我的。我知道我左右不了你的思想观念,你非要固执己见我也没有办法。我已经尽力了,日后真出了什么大乱子,我也算是问心无愧了。否则,叫我视若无睹,我会良心不安!"

秦宇说罢,掉头而去。

第十六章：啼笑姻缘

★ 1 ★

　　燕涛身穿一件青丝麻质地的古朴外套，站在听风阁别墅三楼阳台，倚栏而立，面无表情，眼神阴骛，他习惯这种俯瞰众生的姿态，居高临下，一切尽在掌握之中。

　　顺着他的目光看下去，远处是格外引人注目的醉春湖、高尔夫球场和网球场，近处是别墅花园和露天游泳池，别墅的庭院中可以稀疏地看到几个戴着墨镜穿着黑西装的保镖在悠闲随意地来回巡视，这些保镖都是特种部队的退役军人，个个身手了得。

　　看到这些，燕涛诡异地笑了笑，有些自豪和得意。他的这个私家庄园几乎可以用寸土寸金来形容，庄园里除了有人工湖、高尔夫球场、网球场、园林、游泳池，更让人羡慕的是别墅里拥有世界上最优质的极品葡萄酒、雪茄，最昂贵的油画和收藏品。在他的私人会所里经常会举办衣香鬓影、奢靡华丽的宴会和聚会。这些都是他燕涛财势的象征，这才是真正的人上人生活。

　　燕涛返回卧室的客厅，客厅装饰得富丽堂皇，燕涛按下客厅灯光的电子开关。顶棚欧式风格的灯盏立即散发出柔和的流水线，光线暗淡中透出一种迷离的气息。

　　燕涛走到客厅进门处的小酒吧，拿了瓶年份很久的法国红葡萄酒，并取下一个高脚玻璃杯，悠闲地倒上半杯酒。

　　葡萄美酒夜光杯，杯如润玉，酒如鲜血。

　　燕涛不由得有些迷醉。是的，这种生活值得让他迷醉，一个人的成功绝非偶然,为了过上这种生活,他打拼了多少年,经历过多少坎坷啊。燕涛不由得又忆想起自己少年落魄街头,青年飞黄腾达,中年显赫荣耀,而如今更是过上了这种繁华如梦的生活。唉,真有点人生如梦的感觉啊。

燕涛是值得骄傲的,他想不骄傲都不行。燕涛深刻地认为,一个四十至五十岁的男人最值得看重的只有两件事,那就是本事和性事。本事涉及他的个人能力以及他与别人相处的能力,决定他在人群中的地位。毫无疑问他是个有本事的男人,否则也配不上"A省首富"这个称谓。而他的性事也是值得骄傲的,他身边不乏方芸这类倾城倾国的人间尤物,也不缺夏飞燕这类名震天下的超级美女,虽不敢说夜夜新郎,但隔天来次龙腾虎跃他还是能从容应付,对于他这种年纪的男人来说,性事不可谓不强悍。

古语云:食色性也。意思就是做爱跟吃饭一样重要。好色是男人的本性。对于优秀男人来说,"万花丛中过,片叶不沾身"是他们追求的最高境界。燕涛清楚,或许他还无法达到这种境界,但秦宇却能够达到这个境界。

燕涛觉得秦宇许多地方与他有共通之处。所以他能够容忍秦宇在拥有他的宝贝女儿之后还到处拈花惹草,甚至还泡上了他包养的情妇。

不过,秦宇和燕菲儿的婚事久拖不决,还是令燕涛不胜烦恼。他觉得不能再让他这样无期限地拖下去了。他决定跟秦宇开诚布公地谈一谈。不过在找他谈之前,他打算先听听女儿燕菲儿的心声。正好今天是周末,燕菲儿在家中小住,燕涛将正在闺房看韩剧看得泪流满面用了大半包纸巾的燕菲儿叫进自己房间。

燕涛站在卧室客厅中央,手持一杯葡萄美酒,带着慈爱的微笑,朝站在他面前的女儿温和地询问:"菲儿,我打算为你和秦宇完婚,你愿意吗?"

燕菲儿在父亲面前倒也没有太多的拘谨和羞涩,她说:"愿意啊。可是阿宇不愿意早婚啊。我都不知道催过他多少次了,他就是不愿意。"

燕涛说:"我自然有办法让他答应。只不过有一点我要告诉你,秦宇是个非常优秀的男人,比你老爸优秀十倍百倍。喜欢他的女人会有很多很多,无论走到哪里他都是女人的焦点。也许你将终身托付给他,注定要承受许多委屈和冷落。菲儿,你有这个心理准备没有? 你不后悔吗?"

燕菲儿忧伤地说:"爸,我不后悔。我有这个心理准备。我知道有许多女人喜欢他,哪怕能跟他短暂地相爱我也是幸福的。如果放弃他,我会很痛苦,比死还痛苦! 爸,你若真有办法,就成全我们吧。我还真害怕别的女人从我手里抢走他,那样我会活不下去的。"

燕涛沉默良久,说:"好吧! 菲儿,我明天就找秦宇谈一谈,然后我会找人选个黄道吉日,给你们举办隆重的婚礼。"

"谢谢爸爸,我就知道爸爸是最疼爱菲儿了!"燕菲儿流着泪偎进燕涛怀中。

"菲儿,你是爸的掌上明珠啊,爸不想你受半点委屈!"燕涛疼爱地轻抚着燕菲儿一头乌黑的秀发,感慨万端,"可是,爸知道你嫁给秦宇,一定会受委屈的,就像你妈嫁给我一样。"

燕菲儿眼里闪着泪光,坚定地说:"爸,我愿意。为阿宇受任何委屈,我都愿意。"

第二天上午,燕涛给秦宇打了个电话,叫他过来陪他打高尔夫球。上午九点半,秦宇开车赶到听风阁时,燕涛和方芸、燕菲儿三人正在别墅的花园喝茶赏花。

不得不说,燕涛是个非常懂得享受的成功男人。在他面前摆着一张非常精美的紫檀木古董茶几,茶几上是一整套古朴茶具,美若天仙的方芸此时正用她那迷死人的纤纤素手小心翼翼拿出一小包茶叶,那神态就像是在朝圣般虔诚。

茶壶是篆刻茶圣陆羽《茶经》八千多字的紫砂壶,堪称万金难求的妙品,人更是佳人。茶道在人不在茶,能得如此倾城的红颜献上一杯茶,今生便已无憾。深谙茶道的秦宇望着方芸的出尘仙姿,看得心神摇曳,恍如隔世。

燕涛介绍说:"阿宇,坐吧,喝茶,这茶可是采自神农缥缈峰的'缥缈红颜',比黄金还贵重千倍啊。每年至多产二两,第一声春雷响起,峰下寺庙僧人即到缥缈峰栖凤台方圆十米内选择冒出一厘米的嫩芽采摘,不能用指甲掐,在看中某根茶叶后,只能顺着轻轻一提,马上交由山下二八少女乳温嘴含,茶叶必须当天炒制,故名'缥缈红颜'。"

方芸纤纤妙手冲好四杯茶,然后一一递到燕涛、秦宇、燕菲儿手中。秦宇在方芸的注视下接过那杯"缥缈红颜",一股清香直扑肺腑,他小啜一口细细品味,顿时"饮罢清风生两腋",齿颊弥香,如入仙境。

倾城红颜,妙品佳茗,三者珠联璧合,把盏一啜,怎么可能不韵味无穷?

2

半个时辰后,茶香渐淡,燕涛叫秦宇陪他去打高尔夫球。

两人到了球场,没有任何悬念,秦宇再一次打出了一杆进洞,狠狠地蹂躏了燕涛的自尊心。燕涛摇头感叹道："阿宇,你真是个怪物。你为什么任何事情都能够做到超越常人?!"

秦宇的回答差点令燕涛吐血:"因为我不是常人。"

燕涛笑道:"你小子永远是那么狂傲。"

秦宇说:"因为我有狂傲的本钱。否则狂傲便是一个自欺欺人自取其辱的笑话。"

燕涛说:"秦宇,我送你一句话,自恃才智者,终被才智害!君子才华,玉韫珠藏,不可使人知。奸雄之心,韬光养晦,不可使人知。你要是能做到刚柔相济便好了。"

秦宇笑道:"谢燕董教诲。不过我觉得我的太极已经练得够强了。太极讲究的就是刚中带柔,柔中带刚,所以你说的这些道理我都懂。其实有时我更喜欢以刚对刚。如果我的对手比我强,我就会比他更强!没有绝对的实力,再柔又有个屁用。我就喜欢我的人生充满挑战和刺激。"

两人打了一个小时的球,收杆后,燕涛又提议去醉春湖上兜兜风。秦宇笑道:"既然燕董有此雅兴,我恭敬不如从命。"

燕涛哈哈一笑,打电话喊来管家范僧同行。三人来到醉春湖边,上了游艇,范僧驾驶游艇在湖上兜风,燕涛和秦宇则站在甲板上,凭着栏杆领略风浪,观看湖上湖岸景色。

兜了几圈后,燕涛吩咐范僧停了下来。然后和秦宇坐在游艇甲板上的白色休闲皮椅上一边享受阳光,一边慢慢地聊了起来。一开始的时候,燕涛聊得很远很远,他聊起了四个历史人物:"阿宇,我出道题目,你来答。项羽骁勇善战,万人莫敌却有勇无谋,最终自刎乌江,留下历史上最悲壮的诗歌;刘邦投机奸诈,脸皮最厚最不像英雄却在秦帝国倒塌后的中原逐鹿中笑到了最后;曹操宁愿我负天下人不教天下人负我,身负枭雄骂名;岳飞精忠报国被奸相秦桧所害却名垂千古。如果让你在这四人中选一个作为自己的偶像,你会选谁?"

秦宇哈哈笑道:"大江东去,浪淘尽,千古风流人物。试问世间英雄几许,万人敌,敌不过无情岁月,终将化作了黄土尘埃!你所问的这些,其实对我来说没有任何意义,不知燕董出此一题有何深意?"

燕涛说:"我想看一下你的心性如何。因为从一个人的取舍观念中,可以看出他的心性如何。是英雄,是枭雄,有时候凭一念可见。"

秦宇哈哈一笑,说:"燕董,人性是复杂的,你看不穿的。我告诉你吧,这世间无所谓什么英雄枭雄,也无所谓什么好人坏人。对古代人而言,项羽和岳飞是大英雄,刘邦和曹操肯定是枭雄或者奸雄。但现代人不这么看了,宁死不肯过江东的项羽是傻瓜,留得青山在,不怕没柴烧,干吗要自刎乌江啊? 而岳飞就不单单是傻瓜这么简单了！那个草包皇帝和奸臣秦桧要杀他,他就伸长脖子给人家杀,还把儿子女婿一起叫回来挨刀？那样的昏君,那样民不聊生的朝代,自己有本事推翻了他多好啊！换句话说他的死是窝囊的,是对天下百姓不负责任！没有创造一个朗朗乾坤让百姓安身立命。如果你要我选,那我就告诉你,我或许会选心黑脸皮厚的刘邦,或许会选一世枭雄的曹操！但绝不会选不肯过江东的项羽或一味愚忠的岳飞做我的榜样！"

燕涛笑道:"很高兴,你的选择跟我是一样的。是啊,如今时代变了,人的取舍观念也变了。谁能说得清这是时代的进步,还是人性的悲哀？"

秦宇忽然反问:"燕董,你在商场上拼杀了几十年,你认为你是英雄还是枭雄呢？"

燕涛沉吟片刻,说:"我应该算是枭雄吧。对于大业有成的商人来说,功利是功利者的通行证,淡泊是淡泊者的墓志铭。而现实生活中,则盛行的是卑鄙是卑鄙者的通行证,高尚是高尚者的墓志铭。我的野心大,心也黑,还有些狠辣。商场尔虞我诈竞争惨烈,为了利益我是不择手段的。对于我的竞争对手,我向来不会给他退路。做男人不能太懦弱,宁愿做一个残暴狡诈的强者,也不愿做怯懦无能的庸人。这个社会就像一个残酷的斗兽场,要想舒服惬意地生存,只有拥有狮子般强大的实力、狐狸般狡猾的智慧和毒蛇般冷酷的阴险。因为这么做不仅仅只是为了自己活着,更是为了自己要保护的人。不过现在我似乎老了,有时候居然狠不下心来了。"说着,燕涛话锋一转,问秦宇,"阿宇,夏飞燕跟你是邻居吧？"

燕涛这话看似平静却暗藏惊雷,秦宇心中涌起一种不好的预感,他料定燕涛已经知道他和夏飞燕的私情,但表面上他非常的镇定,他直言不讳地说:"是啊。我们是邻居,她比我小两个月,小时候我们感情非常好,说青梅竹马两小无猜也不为过。如果我不是去国外读书,说不定早就跟她恋爱了。"

燕涛"哦"了一声,随即又淡淡地问:"能跟我讲一讲你们以前的故事吗？"

秦宇说:"好啊。"随即对燕涛讲述起自己和夏飞燕的故事,"我的童年生活过得非常压抑,完全与幼稚和童真无缘,我老爸从小就向我灌输古典诗词,逼我背唐诗宋词,说什么长大后让我受益匪浅,而我老妈则逼我练钢琴和小提琴。当那些跟我同龄的孩子在玩跳房子在玩过家家时,我却被关在家里背书练琴,每天必须练钢琴二小时,每天必须熟读和背诵古典诗词一小时,每个周六周日必须到文化馆馆长傅天成家里学艺,学围棋象棋和拳术。后来我才知道那个白眉老头是位隐士高人,因为我爷爷曾经有恩于他,他才肯将毕生绝学传授与我。我童年唯一最快乐的事情便是邻家有位女孩经常会偷偷地跑来看我,她会站在我练琴的窗口默默地注视我,有时还会趁我父母不在的时候偷偷溜进家来陪伴我,她很温柔很可爱也很安静。每个周末我到白眉老头家里学艺她都会悄悄地跟过来,坐在一旁托着腮帮子静静地观望。这个女孩就是夏飞燕,她是我童年唯一温情的玩伴。"

燕涛静静地倾听着,没有插话。秦宇接着说:"我跟她的感情是一天天积淀起来的,用两小无猜、青梅竹马来形容一点也不为过。我们念的同一个幼儿园,然后在同一个小学读书,每天手牵着手一起上学放学,她每次受了委屈或者有高兴的事儿都会向我倾诉,每次别的小孩欺负她我都会替她出头,有一次我为了当护花使者一个人跟九个同龄孩子打架,弄得自己一身是伤。十岁那年我转学到兰宁读书,她伤心地躲在巷子里哭泣,为了安慰她,我带她来到一个桃园,为她摇了一园子的桃花。她脱下鞋子袜子赤脚踩在花瓣上,欢笑着来回奔跑,像个凌波微步的仙子。她笑得是那么的灿烂,灿若星辰,艳若桃花。回家时我一路背着她,她趴在我背上听我给她背《诗经》,她说秦宇我爱你我好爱你我要一辈子爱你,长大后我要嫁给你,做你的新娘子。十四岁那年我考上哈佛大学,临行前我们依依惜别,她哭着说阿宇你不要在国外爱上别的女人,我在家乡等你,今生今世非你不嫁。我握着她的手对她起誓:死生契阔,与子成说;执子之手,与子偕老。今生今世非你不娶。"

秦宇陷入回忆之中,神情有一丝眷恋,也有一丝伤感:"我在哈佛读了10年书,4年本科,2年硕士,4年博士。那是我青春期最宝贵的10年光阴,那漫长的10年里我起码拒绝了2000个世界各国美女的求爱。每当孤独寂寞孤枕难眠或经受诱惑之时,我都会想起远在重洋遥遥万里的故国家乡有一个如仙子般的女孩在等我,等我牵着她的手一起走过红地毯,一起走进圣洁美丽的教堂!"

"然而时间是最好的戏剧导演,作弄人就是它的特长,我被狠狠地戏弄了一回。"秦宇黑眸渐渐蕴涵着冰冷的寒意,"当我从国外归来时却发现她变了,已经不再是邻家那个轻舞罗扇扑流萤的纯真小女孩了,已经不再是那个赤足在一地桃花上凌波微步的仙子了,已经不再是那个深情万种楚楚可怜哭着说非我不嫁的痴情女子了。世俗的尘埃不知在什么时候已悄然玷污了她原本的圣洁,她用自己的青春、尊严和身体作为交换,成了一位炙手可热的影视歌三栖明星,做了一个有钱有势的男人的'金丝鸟',只不过这只昂贵的'金丝鸟'并没有被关在笼子里,而是翱翔在更为广阔的天空,成为了一颗闪耀的明星。"

听到这里,燕涛才明白秦宇对夏飞燕用情有多深,也明白他内心有多痛。在秦宇的心目中,夏飞燕一直是个美丽温柔乖巧婉约的天仙女子,正因如此,秦宇才会那么伤心欲绝,试问一个荡妇的薄情寡义又怎能让他这么优秀的男人痛彻心扉?

想到这些，燕涛深深地叹了口气，略带歉疚对秦宇说："那个男人就是我啊。没想到我间接做了一个罪人。这是一个多么美丽动人的爱情故事啊，让我在感动之余，又感到羞愧不安。"

秦宇脸上浮现出淡淡的笑容，但是那笑容却是没有任何温度的，甚至还有一丝讥讽的意味："哼，爱情？我已经快遗忘这个字眼了。如果说'君住长江头，妾住长江尾，但愿君心似我心，定不负相思意！'便是世人歌颂的纯洁爱情；如果说'死生契阔，与子成说。执子之手，与子偕老。海枯石烂，永不变心！'便是世间最忠贞的爱情；如果说'青青子衿，悠悠我心。纵我不往，子宁不嗣？青青子衿，悠悠我思。纵我不往，子宁不来？'便是世人向往的永恒爱情，那么我要告诉世人，这只不过是一场自欺欺人的梦幻而已。这世间早已没有如此这般纯洁忠贞永恒的爱情了！"

秦宇伤感地说："曾经，我也是一个渴望爱情的男子，绝非现在这副花花公子模样。曾经，我对感情是那么的执著，什么钱财地位什么宏图霸业都不屑一顾，我只想做一个简单的普通人，有一个心爱的女子陪伴着度过此生。忽然有一天我发现这一切都是自己的一厢情愿，都是虚伪的梦幻。那个我放在心口深爱着从来不曾忘怀的女子突然间投入了别人的怀抱，抛弃了当初的誓言，将我的一颗真心一片痴情撕碎了，揉烂了，无情地践踏在脚下！从那时起，我便变了一个人，纵情纵欲，残酷无情。不过回过头来想一想，我得感谢这个女人，是她让我认识了这世上的女人，并且让我认识到我自己应该做一个怎样的男人。"

秦宇神情由黯然神伤转为愤怒无奈："我深刻地体会到，现在这个世界流行一个可悲的现实，那就是美女正在远离平民，这一点就像高雅艺术远离大众一样。即使那些在小巷子里长大的美女，某一天也会从青梅竹马的邻家阿哥的破自行车后座跳下来，头也不回地钻进巷子口守候着的奔驰或宝马。这就是这世间残酷的现实！什么狗屁爱情？早就死了！早就成为交易了！"

"是啊！"燕涛也感叹道："如果谁认为世间有十全十美的爱情，那么这个人不是诗人便是白痴。普通人或许还有柴米油盐式的平淡爱情，越是所谓的上流社会越是下流、肮脏，这个我是深有体会。阿宇，我知道你内心恨我，我知道夏飞燕和方芸都是你喜欢的女人，但我要告诉你，无论是夏飞燕也好，方芸也罢，我都没有强迫她们，是她们主动对我投怀送抱的。"

秦宇冷冷地盯着燕涛："你玩女人还需要强迫吗？你不知道富贵逼人、财势压人的含义吗？你手中的资源可以令多少梦想成功的美丽女子奉献自己宝贵的贞操啊？你不明白你肆意地夺人贞操是一种践踏天良、为富不仁的表现吗？夏飞燕不说，是她自己为了成功甘愿献身于你，可方芸呢？一个多么有情有义多么刚烈有个性的奇女子,她为了什么? 她是为了救自己的亲哥哥才委身于你啊!"

燕涛情绪激烈地说:"阿宇,这也怨不得我。根据能量守衡定律,获取任何事物都需要交换。金钱可以换取性,性可以换取机会,机会又产生金钱。夏飞燕跟我是为了从我手中换取成功的机会,然后她可以将这些机会换取名气、物质和金钱。而方芸跟我是直接从我手中换取金钱,尽管她是高尚的,是用这些钱去救她哥哥。但这也是她心甘情愿的,我并没有逼迫她。我就是再有钱,也不可能白白将这些钱送给她吧? 她也知道她还不起这笔钱,所以她愿意以两年青春相抵。说真心话,当时我真没想到她还是处女,因为一直以来追求她的有钱有势的男人太多了,在那些巨大无边的诱惑面前她能守身如玉,这点令我非常敬佩和感动。她是个让人敬重的女子,也因此她在我心目中的分量非常重。自从有了她之后,我基本上已经没有在外面猎艳寻欢逢场作戏了,就连夏飞燕我也疏远了她。几天前,我已经跟她分手了,我并没有计较她对我的背叛,相反看在她跟了我三年的情分上,我将那幢小别墅作为补偿送给了她。"

秦宇无语,他知道以燕涛的枭雄个性,能做到这样的确是不容易。他叹口气,伤感地说:"燕董,你今天叫我到这里来,已经兜了好大一个圈子了,你还把范管家带在身边,恐怕是怕我跟你发生冲突吧?"

燕涛自嘲地笑了笑:"阿宇,你多心了。我带范管家来,只是因为他是我身边最信得过的人,听到我们之间的谈话不会传播出去。我又怎么会利用他来钳制你呢? 要动武的话他根本不是你的对手。"说到这,燕涛伤感地说,"若是光明正大地较量,我身边没有一个人是你的对手,这让我深深地感到悲哀啊。"

秦宇似乎从燕涛的话意中听出些潜台词,他波澜不惊地说:"光明正大不行,可以搞阴谋诡计啊。燕董,你该不会是打算跟我谈不拢之后就暗中对我下手吧? 说吧,我知道你今天带我来湖上兜风是别有用心。把你的真正意图说出来,别兜圈子了,直说吧!"

燕涛语气平和下来,一把抓住秦宇的手,真诚地说:"阿宇,你别胡乱猜疑,我不会对你怎么样的。你是个奇男子,你是知道的我非常看重你。以前的事情都过去了,别再放在心上。你是个聪明人,有些事情心照不宣最好。今天我叫你来是有事相求。"

秦宇冷笑:"哦,燕董一代枭雄,居然有事求我。这个倒是让我感到意外和受宠若惊了。说吧,什么事,只要我能做到的,赴汤蹈火在所不辞。"

燕涛说:"我要把菲儿托付给你,请你一辈子好好照顾她。我希望你能给我一个承诺。"

秦宇苦笑道:"燕董不愧是一代枭雄,有气魄! 你明明知道我跟夏飞燕的关系,明明知道我心中还爱着方芸,明明知道我内心对你有仇怨,还要将菲儿的终身托付于我,你可真是拿得起放得下啊！你就不怕我让菲儿受委屈、受伤害？"

燕涛说:"所以,我需要你给我一个承诺。我相信你的为人,你是那种一诺千金的男人！秦宇,我一直没把你当外人,就算你恨我,把我当仇人,我还是一如既往地欣赏你。就算你跟夏飞燕有一腿,我也没放在心上,哪怕方芸愿意跟你好,我都可以给她自由。对我而言,女人如衣服,多一件少一件无所谓。但菲儿不同,她是我的宝贝,是我的掌上明珠,我不想她受任何委屈和伤害。我知道她很爱你,爱到了如痴如狂的地步,只要你不是铁石心肠,你就可以感受到她爱你有多深。你们订婚已经有一些日子了,并且一直同居在一起,早就形同夫妻了,所以我打算近期选个黄道吉日为你们举办婚礼。只要你点个头,我来操办一切。另外,我会将绿城集团50%的股份赠送给你们,菲儿30%,你20%。"

燕涛期待地望着秦宇。秦宇知道燕涛是担心自己玩弄燕菲儿,最终不负责任将她弃若敝屣。如果他今天不答应,燕涛一定会不高兴,他会认为秦宇是存心玩弄他的宝贝女儿。秦宇哈哈一笑:"燕董,你还真看得起我啊。你有没有想过你这份嫁妆会将我砸得一辈子直不起腰来？你认为我是那种靠裙带关系坐享其成飞黄腾达的男人吗？"

燕涛温和地说:"阿宇,我知道你是人中之龙,前途无量。但我就菲儿这么一个孩子。我百年之后所有财产还不是留给你们,所以你不必钻牛角尖。"

秦宇深思片刻,说:"我想先跟菲儿谈谈。另外我还有两个条件,如果我和菲儿结婚,我不要你操办,婚礼由我自己操办。我也不要你的股份。如果你不答应这两条,我宁愿让菲儿伤心,也不会跟她结婚。"

燕涛摇头叹息:"阿宇,你这又是何苦呢？一家人何必这么计较？你现在还没有自己独立的事业,我帮一帮你和菲儿有何不可？"

秦宇孤傲地说:"燕董,我是个把尊严看得比性命还重的男人！我知道我目前还没有自己独立的事业,我现在虽然混得不错,但充其量也只不过是一个高级打工仔,算不得事业有成。我也知道我们每个人都有欲望和生活压力,从呱呱坠地生命宣告诞生的那一刻起,欲望和生活压力就如影随形地降临了。但我更知道一个真正的男人绝不能丢掉尊严,生命的尊严就是让生命活得有价值和意义。从高层次上讲,它如同国旗之于国家;从个体上讲,它如同一个人的遮羞布。跨过这一层,乾坤颠倒,日月无光,生命毫无意义。而我做人的观点是:富贵不能淫、贫贱不能移、威武不能屈！即使一穷二白,即使沦为乞丐,即使头颅落地,也要让生命的尊严像旗帜一样高高飘扬！"

面对这样一个傲骨铮铮的男子,纵然燕涛枭雄盖世,也不免油然升出几分敬意,脸上涌现出赞赏之色:"好,就依你!"

★ 3 ★

燕菲儿不知道父亲跟秦宇会谈成怎样,她内心充满了期待和迷茫。在无所事事百无聊赖之际,她进卫生间洗了个澡,将头发吹干后,她穿着浴袍站在全身镜前,细细地打量着自己的身体。如果说燕菲儿还有什么嗜好的话,那么每天就像现在这样没有任何打扰地细细地打量自己的身体,无疑就算是她风雨无阻的一件事情。

燕菲儿看着镜子里面的自己,悄然叹了一口气,喃喃道:"蓬门未识绮罗香,拟托良媒益自伤。谁爱风流高格调? 共怜时世俭梳妆。敢将十指夸针巧,不把双眉斗画长。苦恨年年压金线,为他人作嫁衣裳。"

燕菲儿呢喃罢,伸出手悄然搭在了浴袍的结上,轻轻一拉,一具完美无瑕的美妙身体顿时出现在了镜子面前,任何人都有理由相信,此时此刻的美景足以使世界上任何一个男人疯狂。几乎兰宁百分之七十的人都知道燕菲儿,但是却没有一个人能够有荣幸见到这一幕连天神都会为之恻隐的美景。

"诗经说女子的曼妙,无非就是手如柔荑,肤如凝脂,颈如蝤蛴,齿如瓠犀,螓首娥眉,巧笑倩兮,美目盼兮,而在我以男人的眼光来看,菲儿十得其九,这样的情景,不知道除了我这个薄情寡义的大坏蛋,还有哪个男人能够有幸欣赏?"这个略带些轻佻的玩味声音是那么的熟悉那么的真切,燕菲儿羞怒欲绝地转身,正是那个让她心爱又心痛的坏蛋秦宇。

秦宇不知什么时候进的房间,或许是燕菲儿在镜子前面太专注,或许是这个家伙太小心,居然让她没有听到他开门关门的声响。此时,这个占据她整个内心世界的男人带着熟悉的坏笑站在离她不过三米之外的地方,而她此时此刻,身无寸缕。

"你这个坏蛋!"燕菲儿几乎条件反射般地蹲下身来拉起浴袍遮住自己的身体,羞愤欲绝。或许对她而言,更加让她难以接受的不是自己的身体被这个坏蛋看了一个饱,而是这个坏蛋所说的话。

看着美艳绝伦的燕菲儿惊羞地拉着浴袍衣不裹身地站在自己面前,作为一个正常的男人,秦宇自然会有很正常的反应。他用充满了欣赏和侵略性两种完全不同的眼神在燕菲儿身体上肆虐搜刮着,并且做出对三围的判断,似乎对她的羞愤没有丝毫的反应。

似乎了解到和这个男人相处首先就要保证自己的绝对冷静,任何常理的方式都不能够在这个坏蛋身上得到很好的结果,燕菲儿愤怒地转身,打算躲进卫生间关上门不让他轻薄。

秦宇跨前两步一把抓住燕菲儿的手臂,把这个骄傲得如同小孔雀一样的女人拉进怀里,双手箍住女人的胸口,感受那份被保护在娇柔手臂下的柔软和温暖,厚颜无耻地说:"乳房是上帝献给女性的奇迹,是给男人最温馨的礼物。菲儿的乳房还不算挺大,看来还需要我这个色狼多多开发才行啊。"

燕菲儿羞愤不已,狠狠甩动了几下身体,却发现自己的力量在秦宇面前实在弱小得可怜,放弃了无用功的燕菲儿羞愤难当地发现秦宇那男性特征正蠢蠢欲动地紧紧顶着自己的臀部。"啊……放开我。"燕菲儿的声音带有不可抑制的软弱,她毕竟是一个女人,任何女人在这种时候永远都不可能有太理智的情绪,略带些惊慌,她担心,这个从来就不按常理出牌的男人会兽性大发,将自己就地正法。

"菲儿,你别反抗了,你不知道这个时候越反抗越会激起男人的欲望吗?"秦宇轻轻地咬着燕菲儿的耳垂,继而抛出了一句令燕菲儿感兴趣的话,"菲儿,难道你不愿意一辈子做我的女人吗? 如果不愿意那就算了,我绝不会勉强你的。"说着欲擒故纵地放开了她。

果然,燕菲儿如他所愿地转过身来羞怯地偎进他怀中,一脸的温顺和深情:"阿宇,我愿意……愿意一辈子做你的女人。"

坏到极点的秦宇却摇头晃脑地挑剔道:"可是,我觉得你还不够热烈主动,不够性感迷人,不够风情万种。你知道吗,最让男人喜欢最勾男人魂魄的女人是那种床上是荡妇床下是淑女的风情万种的女人,我就喜欢这种女人。以你现有的风情,离这种境界还差得远呢。菲儿,想不想我教教你,怎么做到性感迷人、风情万种啊?"

"想。"燕菲儿完全拿这个坏蛋没有办法,除了点头之外,又还能拿他怎样?

秦宇一边抚摸着燕菲儿的身子,一边一本正经地传教:"性感不同于漂亮,漂亮和性感永远是两个不同的境界,或许大部分的女人都可以用漂亮来形容,但是真正的性感却是很少能够遇到的,极致的性感是一种内在的气质和漂亮的外表完美的结合。性感有两种,一种是锋芒毕露的张扬,充满热辣辣赤裸裸勾引的性感;一种是含而不露浅尝辄止娇柔嗔怪暗香浮动的金粉式性感。性感如今已是一种时尚的代名词,一个时尚的女人可以没有倾城倾国的容貌,可以没有显赫的家庭背景和无数的钱财,更可以没有雅诗兰黛、香奈尔这些名牌香水,但是时尚的女人必须是个性感的女人,这和优雅并不冲突,相反,优雅衬托下的性感才是最迷人和妩媚的。"

秦宇退后一步,围着燕菲儿转了一圈,细细欣赏她美妙的胴体:"女人的诱惑力不是廉价的裸露,不是发嗲,不是在异性面前搔首弄姿,那只是风骚不是性感。真有眼光的男人是不会被这种女人吸引的。性感无关容貌身份和打扮,一个女人举手投足间不经意散发出来的妩媚才是醉人的美酒,经得起品尝。就算没有天使面孔魔鬼身材那也不能掩盖你璀璨的光彩。英国超级名模凯特·摩丝的身材并不是最棒的,便她仅仅凭一张舌尖上卷嘴唇半张的挑逗照片便风靡了全球,这就是性感。"

"当然,如果菲儿这样漂亮的女孩要是知道如何准确地运用性感,那就更是无懈可击了。"秦宇说着上前一步,细长的手指看似不经意间轻轻地在燕菲儿水嫩的脸颊一抹,带起一片红云,然后褪下了燕菲儿的浴袍,"在清纯与性感间飘摇、优雅和放浪间摇曳的女人才会释放出万种风情,身体就像一朵绽露的玫瑰,或尽情绽放或欲放还羞,剥开玫瑰的花瓣,那就是最鲜嫩诱人的女人。"

秦宇满意地笑了笑:"感谢上天对我的恩赐,我的菲儿不但人长得漂亮,身材也非常棒,而且慧质兰心,冰雪聪明,不是那种花瓶女人。花瓶女人是最经不住岁月的考验的,只有聪慧睿智的女人才能在时间的积淀中释放最动人的魅力。一个女人,不管她的脸蛋有多漂亮,身材有多好,如果没有足够的修养和内涵,不懂得玩性感玩情调撩拨男人,那就像是一则浅白无趣的笑话,一笑过后便再没有味道。一个出色的男人如果和这样一个女人生活一辈子,那将是最大的悲哀。"

此时,燕菲儿既羞怯又迷醉,秦宇这个坏人还真坏得有品位,他的那套头头是道的性感说教深深地打动了她,让她受益匪浅。燕菲儿一脸痴迷地望着面前的心上人,顾不得身上未着片缕,晶莹剔透的水晶耳环在耳畔轻轻摇曳,浑然天成的动人魅力,晶莹的色泽带来纯净的美感,那份清纯的气质得到极致的展露。

秦宇循循善诱道,"女人的性感和致命的诱惑力,还在于她那些极具女人味的举动,比如轻抛媚眼,轻启樱唇。菲儿,你尝试一下,用你的舌尖反复舔舐自己的嘴唇。"

当燕菲儿按照秦宇所说做出这个极富挑逗的暧昧动作后,秦宇又说:"动作要轻,轻轻地,轻轻地,像不经意间。对,就是这样。"

在燕菲儿的动作诱惑下,秦宇下面像是吃了春药般迅速勃起。他内心呢喃道,还真是卓有成效啊。强忍住燃烧的欲望,秦宇缓缓说:"菲儿,你还是穿上浴袍吧。有时候半遮半掩的,效果更显著。像诗中说的那样,犹抱琵琶半遮面,羞羞怯怯,欲说还休,欲拒还迎。"

燕菲儿乖乖地穿上了浴袍,在秦宇的吩咐下没有系上带子,半遮半掩。秦宇继续诱导:"菲儿,用最流动的眼波挑逗我,对,既要眼含秋波眉目传情,又要浑然天成,不要刻意为之。对,就这样,太妙了。我的菲儿简直就是天才,孺子可教也。再悄悄露出你那修长的美腿,然后手指轻轻滑过自己的胸部。对,就这样,不着痕迹,浑然天成,极具诱惑,几个不经意的小动作就可以令男人意乱情迷,心猿意马,血脉贲张。哇,连我这样定力高强的男人都受不了了,真是要人命的小妖精啊。"

秦宇停止了传授勾人绝技,燕菲儿也虚脱地坐到床上,脸色羞红地嗔怪着秦宇:"死秦宇,坏秦宇,教人家这些羞人的东西。"

秦宇坐到燕菲儿身边,轻轻地搂着她,半开玩笑半认真地叮嘱道:"菲儿,我传授的可是绝技,这种绝技除了在我面前外,可不准在别的男人面前施展,否则会出乱子的。"

燕菲儿羞怯难当,媚眼如丝地望着秦宇,刚刚学会怎么释放性感迷惑男人的她眼里有说不出的风情:"阿宇,你太坏了,你是天下最坏的男人。"

秦宇轻轻脱下燕菲儿的浴袍,他的欲火已经被燕菲儿勾了起来,需要她给他熄灭:"菲儿,其实我知道女人都喜欢男人坏,不喜欢男人呆。难道你不喜欢我坏吗? 如果你真不喜欢,那以后我不对你坏就是了。"

"我喜欢阿宇坏,不喜欢阿宇呆。"燕菲儿动情地呢喃着。

秦宇轻轻地拥抱着她:"我就知道我的菲儿最喜欢我这个天下最坏最坏的坏蛋! 所以'男人不坏,女人不爱'这句经典的传世名言是非常有道理的!"

秦宇亲吻着燕菲儿,双手在她身上的动情区域游弋,燕菲儿的激情被充分地调动了起来。两具美妙的身体交合在一起,扭动着,不时地变换着姿势。

秦宇在燕菲儿耳边说:"菲儿,你知道吗? 做爱就像吸毒,是会上瘾的,而做爱的姿势就像是毒品的种类,同样会使女人欲仙欲死。菲儿,据说做爱有108式,你要多学会几种才对啊。"

燕菲儿的呻吟声低弱而压抑,生怕房外有人听见了。燕菲儿说:"阿宇你这个大坏蛋,大白天就欺负人家,你真是太坏了。"

秦宇说:"法律没有规定大白天不准做这种事情吧? 我觉得大白天好啊,起码可以不开灯,不但可以节约能源,能见度还比开灯好,我觉得最好立法提倡,让国民效仿。"

燕菲儿彻底拿这个坏蛋没有办法。

一番激情云雨之后,两人依偎着躺在床上。秦宇表面上装作漫不经心,其实是颇具深意地跟燕菲儿聊了起来:"菲儿,给你出一个必答题。你认为什么样的男人才是真正的男人?"

燕菲儿说:"真正的男人未必要天地英雄气、千秋尚凛然的万古流芳,也不需要翻云覆雨众人之上的不可一世,更没有必要富甲天下财势逼人。在我看来,一个男人如果能够让他的女人一辈子幸福,就是真正的男人。但是古往今来那些所谓的成功男人有几个是让自己心爱的女人幸福的?吴三桂固然能够冲冠一怒为红颜,但是陈圆圆一生何其凄凉?周幽王即使能够拿整个王朝来换取褒姒的回眸一笑,但是谁敢说褒姒得到了幸福?"

秦宇又说:"菲儿,我再给你出个必答题。有两种男人,一种是非常优秀的男人,这种男人一般都博爱,可能会主动或被动地四处拈花惹草;一种是平凡甚至平庸的男人,这种男人不追求刺激,安于平淡,相貌平凡,憨厚老实,不懂浪漫却能守候一生?你喜欢哪一种男人?"

燕菲儿是一个既传统又痴情的女孩。只要她认准了一个男人,哪怕这个男人伤她再深,她也不会放手。她当然知道秦宇今天给她出题的意图,想必是父亲跟他谈了之后,他想探一探自己的心意,于是想都不想就回答:"如果你是前一种男人,就算我会有些伤心,但我还是会选择喜欢你。"

秦宇不由感慨道:"菲儿,你真的那么爱我吗?"

"嗯。"

"有多爱?"

"比爱自己还爱。比爱自己的生命还爱。"燕菲儿依偎着秦宇的臂膀,深情地说,"如果有一天我失去了所有记忆,忘记了所有人,我也一定会记住你,记住你是今生今世我唯一深爱着的男人。如果这辈子我能有幸成为你的妻子,我一定会做一个最贤惠的女人,为你生一个乖宝宝,最好是为你生个儿子,我会把他培养成人,不求他跟你一样有出息,但一定会让他知道有你这样的父亲是他最大的荣耀。如果这辈子我不能实现这个愿望,那就留到下辈子!"

秦宇闻言,眼睛里有一种湿湿的东西在荡漾:"菲儿,今天你爸跟我谈起我们的婚事。他要把你托付给我,现在,我郑重地问你,你愿意嫁给我吗?"

燕菲儿从床上坐起来,欣喜地说:"愿意!"

秦宇又说:"菲儿,可是我必须要提醒你,爱情跟婚姻是两码事。爱情是找一个你疯狂去爱的人,婚姻是找一个疯狂爱着你的人。天堂有什么我不知道,没有什么我却很清楚——恰恰没有婚姻!而好的婚姻是人间,坏的婚姻是地狱,所以别想在婚姻中寻找天堂。就连独步古今的英国天才诗人拜伦都说'悲剧因死亡而结束,喜剧因婚姻而告终'。所以你得有心理准备。可能我们有了婚姻,但爱情却会越来越淡了,甚至越来越远了。"

秦宇其实并不想太早结婚,他一直认为婚姻对他这种风流成性的男人来说是画地为牢的慢性自杀。而燕菲儿更清楚秦宇温文尔雅放浪形骸风度翩翩颇有吸引女人的特质和魅力，极度受女人欢迎，同时不拒绝女人的接近，所以燕菲儿一直担心秦宇有一天会被别的女人抢走。因为秦宇实在是太优秀了，他擅长音乐和舞蹈，擅长围棋、飙车和拳击。他英俊潇洒学识渊博交际广阔，他可以用鼻子确定每一瓶香槟的年份和制造流程，可以识别绝大多数的知名品牌香水，可以明确地分析文学史上每一个创作流派。这样的男人世间又能有几个？这样的男人又岂会没有女人爱慕？

　　而且更要命的是这个男人很坏很坏，而且偏偏是女人们心底最喜欢的那种坏。"男人不坏，女人不爱。"这句话就跟"问世间情为何物，真教人生死相许"一样，已经成为感情世界颠覆不了的真理。秦宇就是一个典型的坏男人，他对女人的坏渗透到了骨髓。他可以轻而易举地俘获一个又一个女人的芳心，他是女人们争相抢夺的钻石男。

　　燕菲儿自然不想秦宇被别的女人抢走，所以她坚定地回答秦宇："阿宇，我有心理准备。结婚后，即便爱情变淡，但亲情却会加深，我想我更愿意成为你的亲人，跟你同幸福共患难。"

　　秦宇握紧了燕菲儿的手："好。那我们就结婚吧！"

　　燕菲儿幸福地微笑着，依偎在秦宇宽厚的胸膛。她终于等到了她最想要的答复。

4

　　秦宇和燕菲儿的婚礼定在中秋节，中秋节是月圆人团圆的节日。但愿人长久，千里共婵娟！日子定下来后，便是采购结婚礼品和用品，给新房添置东西，订购结婚礼服、拍摄婚纱照、派发喜帖等等，把秦宇和燕菲儿忙得不亦乐乎。

　　燕菲儿像个小情人小鸟依人地陪着秦宇四处转悠，从这家专卖店到另一家专卖店，埋单刷卡的当然是永远把尊严放在第一位连老丈人送集团股份都不要的大帅哥秦宇，而燕菲儿则满心欢喜地看着秦宇为她花钱。

　　其实秦宇平时是极少陪着燕菲儿逛街购物的，燕菲儿至今才深有体会，知道为什么天下女人都那么喜欢拗着自己心爱的男人陪着逛街了。在她看来女人喜欢逛街是天性这一说法其实不尽然，女人多半是喜欢看她们喜欢的男人花钱,或者把大把大把的时间花在她们身上,而不是所谓的事业上。

东西买了不少,杂七杂八的大包小包的,放进轿车后,燕菲儿娇滴滴地缠着秦宇:"老公,我们去购物中心看看吧?"

秦宇心情大好,自己教导燕菲儿怎么做到性感迷人,她倒是一点就通,拿捏到家了,这一声老公的娇嗲声加上脸上的表情和手臂上传来的似乎是不经意的轻轻摇晃,十分到位。秦宇微笑道:"真是个小妖精,好吧,什么都依你。"

在进入购物中心时,周围的男性同胞的羡慕而妒忌的眼神让秦宇很有成就感,搂着燕菲儿那纤细却富有弹性的小蛮腰,霸道地用眼神向四周轻轻扫荡,向旁人暗示这是他的女人,别痴心妄想癞蛤蟆吃天鹅肉!

"老公,我要买一套首饰。"在经过珠宝首饰柜台的时候,燕菲儿止步了,嘴唇微微上扬,娇嘟嘟地仰起脸看着比她高一头的秦宇,纤纤手指极轻极轻地抠着秦宇的手心,那微暖微痒的感觉让秦宇全身酥麻,此时的秦宇心中甚至有些后悔自己教会了这个小妖精怎么用性感勾人,她是每时每刻随时随地都能玩性感。这种刺激享受多了恐怕也有副作用吧,秦宇都不知道自己的下身膨胀过多少次了,那种撑帐篷的感觉在众目睽睽之下也是挺尴尬的。

"菲儿,你不是有两套首饰吗?"秦宇轻轻捏了捏燕菲儿的手,"就别买了吧? 过小日子呢,要懂得算计。"

"嘤嗯。"燕菲儿拖着长音撒娇说:"那不一样嘛。那是我做姑娘家时买的,花的是我爸的钱。现在我是你的女人了,当然要老公给我买一套,结婚那天我要戴着,而且以后我要天天戴着,这样才有意义嘛。你说是不是嘛,老公?"

"是是是,好好好,理由充分,合情合理。老公准了,自己选吧,看上什么买什么。"秦宇借着柜台作掩护,抓着燕菲儿的手放到了一个令她羞怯难当的地方,吓了燕菲儿一大跳,她的脸一下子就红了,她发现秦宇那个地方像个小钢炮,炮口高昂,傲然挺立。秦宇附在燕菲儿耳边悄声说,"不过,你别再没停地对我撒娇发嗲放浪了,你都害我尴尬了大半天了,支着个帐篷陪你逛来逛去的。"

燕菲儿心里直乐,表面上却装做像个犯了错的孩子,低垂着脸悄声说:"老公,对不起啊。人家不知道嘛,不都是你教人家的嘛。"

秦宇悄声说:"你这个小妖精,性感要偶尔用之,要因人而异,因地制宜,要看环境和氛围的,不能随时随地不分场合地滥用。"

燕菲儿说:"人家知道错了啦,以后人家会小心啦。这次就放过我吧,回去别惩罚我啊。"

秦宇摇头,内心暗暗叫苦,真是受不了啦,这小妖精这哪是认错,根本就是变本加厉火上浇油嘛。她这不是暗示他回去要好好惩罚她吗？

燕菲儿在首饰柜台前折腾了半个多时辰，原因是她同时看上两套首饰，不知道取舍，要秦宇帮她拿主意。秦宇轻轻地拍了拍她的翘臀，说："两套一起买，换着戴。"

"好啊好啊。"燕菲儿高兴地说，随即又不好意思地笑了笑，放低声音，"不过很贵耶，要六十多万耶。老公，我这两天花了你好多钱吧？"

"没事，你是我老婆嘛，为你花钱我高兴着呢。"在柜台服务台和周围购物女性的羡慕的眼神中，秦宇觉得倍感荣耀，当下将金卡递给柜台服务员，潇洒豪迈地吩咐道，"两套都要了。"

服务员兴奋不已，笑容可掬，为秦宇办理了购物手续，刷卡开了发票后将两套首饰打好包送到秦宇手中："谢谢先生太太光临，欢迎下次再来。"同时心里默算着今天的提成可以拿到多少。

出了购物中心，已经是十一点五十分，到了用午餐的时间了，燕菲儿提议在外面用了餐再回家，她告诉秦宇民歌广场附近有家日本料理，非常棒，而且还可以享受日本美女的跪式服务。唐突佳人这种焚琴煮鹤的事情秦宇从来不做，他自然不会拂逆了美人意，开车带着燕菲儿来到那家名叫"樱花"的日本料理店，发现里面已经有不少顾客。

店面的装修很精致繁华，食品的口味可以撇开不谈，就冲里面的服务员全是卑躬屈膝的日本美少女，其谄媚的态度和卑微的表情让中国人觉得很解气，所以生意非常的火暴。中国的愤青们在看过《南京大屠杀》之后仇日的情绪又高涨了几分，所以都抱着进日本料理店肆虐一下日本女子的心态，来这里当一回大爷，享受一次日本美女的跪式服务，有时当然也顺手揉搓几把温柔顺从的日本女子。他们以为这就是爱国，他们以为这就是正义，殊不知这正中了日本商人的经济侵略。中国人口袋里大把大把的钞票全被日本商人赚走了。

燕菲儿喜欢吃日本料理，而陪伴在侧的秦宇却吃得索然无味，他讨厌日本女人的卑躬屈膝，他讨厌日本老板的小胡子和眼睛里闪烁着的精明与残忍。妈的，说不定这些所谓的日本美女其实就是在中国招募的少女，然后经过一系列的日语和服务素质培训，再隆重推出来服侍中国人呢。

看着店堂里人满为患的中国同胞，秦宇内心涌起一丝悲哀，他觉得中国人的觉悟还是不高的，中国人推崇日货，是日本轿车和日本电器的最大买家。他记得在哈佛大学念书时有一位名叫朴智贤的韩国留学生对他说过一番话，这番话足够震撼人心。朴智贤说："即使日本首相不参拜靖国神社，韩国人也不会购买日本人的产品。而日本首相天天参拜靖国神社，你们中国人还是疯狂地购买日本的轿车和电器！你们中国人最窝囊，最没有骨气！"虽然秦宇最终和朴智贤发生了冲突并且痛打了他一顿,但事实上他也不得不承认朴智贤说的话是有一定道理的。

近年来,中国与日本两个亚洲大国几乎彻底撕破温情脉脉的面纱,东海油田问题、钓鱼岛事件和参拜靖国神社等一系列冲突让中日关系降到冰点,政治和战略愈加敏感。而日本国民在主导舆论的右翼媒体引导下,渐渐对中国产生了巨大反感,靖国神社的情绪渐渐蔓延。秦宇深刻地痛恨日本的无耻和颠倒是非,他们居然可以说侵华战争是为了帮助中国。他们在中国杀了数百万人居然还可以扮演成受害者形象,他们居然敢公然篡改教科书误导下一代。

燕菲儿自然不清楚秦宇吃个日本料理居然会吃出这么多的情绪。她见秦宇食欲不振,诧异地问:"怎么,不好吃吗?我觉得这里的生鱼片最好吃了。"

秦宇说:"菲儿,少吃点生鱼片,对肠胃不好。"他没说他讨厌东洋鬼子的垃圾食品,是不想惹来店里那些正吃得津津有味的中国同胞们的反感。

燕菲儿不好拂逆秦宇的意思,最终只吃了个半饱,意犹未尽地和秦宇满载而归。

5

秦宇回家后便开始填写结婚请帖,在填写请帖时他忽然想起了夏飞燕,他征询燕菲儿的意见:"菲儿,我们要不要请夏飞燕?"

燕菲儿大方地说:"当然要啊,毕竟你们是老乡啊,而且她是你青梅竹马的初恋。忘记一个人并非一件容易的事情,我并不希望我的老公是那种冷酷无情薄情寡义之人。"

秦宇于是在一张请帖上写上了夏飞燕的名字,并填写了结婚时间和酒店名称,然后说:"菲儿,下午陪我去给夏飞燕送喜帖吧?"

燕菲儿说:"你自己去吧。也好叙叙旧情。我在身边,你们说话多有不便。"

秦宇嘴角泛起一个弧度:"你就不怕我跟她会发生点什么?"

燕菲儿说:"我信任你,老公。如果你真要跟她发生点什么,你有太多的时间和机会,我又何苦介意这一时。你说对吗?"

秦宇点头:"对。菲儿太聪明了,知道以退为进。菲儿既然如此信任宽容,我又怎么会做对不起你的事情呢?"

秦宇来到夏飞燕的小别墅时，夏飞燕正在家中休憩，见秦宇登门拜访，略微有些吃惊："秦特助怎么有兴致来看我这水性杨花的女人啊？"

秦宇将喜帖递给夏飞燕："燕子，我要结婚了。请你届时赏脸来喝杯喜酒。"

夏飞燕看了看喜帖，讥笑道："你终于要做燕涛的乘龙快婿了。恭喜你啊，燕涛就这么一个宝贝女儿，只要娶了她，以后燕涛的财产便自然而然地落到了你的手中了。你不是要报复他吗？我想这便是最残酷的报复吧。"

秦宇笑了笑："燕子，我知道我的行为给你带来了很深的伤害。否则你也不会拿这番话来刺激我。我是一个怎样的人，你最清楚不过了。"

夏飞燕伤心地说："我当然清楚，你就是一个流氓，一个最无耻的流氓！"

秦宇伤感地说："燕子，你高看我了。就算我是流氓，我也不够无耻，无耻是一种极高的境界，我目前的资质还达不到这个境界。"

夏飞燕冷笑道："你还不够无耻，你玩弄了多少女人啊？别以为我不知道，除了那个痴情的花店女孩赵璇外，恐怕方芸也落入了你的魔爪吧？你说你这种无耻放荡之徒跟燕菲儿结婚不是别有目的，谁会相信呢？你会真心爱燕菲儿才怪呢！你以为我不知道你心里是怎么想的？你要玩弄燕涛的女人，再玩弄燕涛的女儿。最终你都要一一抛弃，这样你心理才平衡，才有报复的快感。难道不是这样吗？"

秦宇脸上痉挛了一下，一种痛苦深深地刺痛着他的心，他伤感地望着夏飞燕："燕子，如果说我伤害了你的话，那也远远不及你给我造成的伤害。你知道吗？我的整个人生坐标因为你而改变了，我是要报复你，是要报复燕涛，是曾经狠心发誓要伤害菲儿，可终究我狠不下心来。菲儿这丫头对我太好了，我这回是真心要娶她，不是为了贪图燕涛的财产，也不是为了最终要抛弃菲儿。"

秦宇脉脉地看着夏飞燕，看着这个曾经爱过也恨过的女人，眼里掩饰不住那抹痛苦和失望之色。这一刻，夏飞燕忽然觉得自己的心隐隐疼痛了起来。

秦宇身上永远有着一种令女人迷醉的气质，俊朗而潇洒，忧郁而沧桑，这种矛盾的气质让女人产生一种疼惜之感，想尽力给他温情和温暖。甚至想给予他一种母性的爱，抚平他受伤的心灵。当秦宇转身要离去的一瞬间，夏飞燕再也控制不住自己的感情，猛地一把从背后抱住了他，哭喊道："阿宇，别走！我是真的爱你，就算你伤我再深，我的心还是爱你的。"

夏飞燕悲伤地说："难道我终究不能避免沦为男人玩物的下场？难道我今生再也得不到真爱了？难道你真的就那么恨我？难道我只要求做你的情人也不够资格吗？"

秦宇停住了脚步，感受着背后夏飞燕饱满的胸脯传递给他的温暖和暧昧，淡然地说："燕子,传说远古神话时期的男人和女人其实是拥有四手四足两张脸的共同体,是主神宙斯将他们从中劈成两半,被劈成两半的男女就注定了要在茫茫人海中彼此寻找,寻找自己遗失的另一半。找到了便是缘分,没有找到便是宿命!现在我们的缘分已经尽了,而做普通朋友才是我们的宿命。"

夏飞燕不甘心地吼道:"不!我不要做你的普通朋友!我要做你的女人,做不成你的妻子就做你的情人。你知道吗?在我伤心难过孤独寂寞时,唯一想到的人就是你,我想靠着你的宽厚的肩膀休息一下。我害怕寂寞,寂寞是一样很可怕的东西,不仅仅是孤单一个人喝茶、吃饭、逛街、生活那么简单,那是一种在灯火辉煌繁华喧嚣中的孤独,我也害怕孤独,你不能不管我。"

秦宇摇头:"燕子,我一直想告诉你,姻缘天定,并非神秘莫测,古语所谓千里姻缘一线牵的一线便是世人的线索,只是世人多为俗尘所蒙,心眼难开罢了。我跟菲儿的姻缘是上天注定了的,谁也改变不了。是的,最初我是抱着报复燕涛玩弄他的宝贝女儿的目的跟燕菲儿相处的,但是后来我越陷越深了,我发觉我也是爱她的。我并不是铁石心肠的男人。"

"那你就对我铁石心肠?你说过要跟我重新开始的,你不能得到我之后就抛弃我。就让我做你的情人好吗?我不想错过你,我宁愿一生不嫁,我也要跟你在一起。"夏飞燕完全抛弃了女人应有的矜持,紧紧地抱住秦宇不放。

秦宇心疼地说:"燕子,你知道吗,初恋是爱情的第一张试纸,我们早就错过了,错过了初恋,错过了一次,就错过了一生!燕子,我知道你不服输,但是,我真不想陪你玩下去了。这游戏不好玩,我也玩不起,最终彼此越陷越深,伤害的就不仅仅是彼此,而是很多人,到时大家都会痛苦。"

秦宇松开夏飞燕紧紧抱住自己的双手,狠了狠心头也不回地离去。夏飞燕在他身后无力地跪倒在地,哭得痛不欲生。

她知道这一次她是真的永远失去了秦宇。

6

秦宇自己操办的婚礼虽然没达到燕涛原本构想的隆重,但依然不失高雅浪漫,并且充满温情。前来参加婚礼的宾客挤满了承办酒宴的五星级酒店。一向对秦宇欣赏有加的许世雄带着老伴和女儿许可出现在秦宇的婚宴时,照例掀起了不小的议论高潮。

因为人们都知道,许世雄为官相当廉洁低调,很少参加任何同僚和亲戚的宴请。而这一次,他高调亮相于跟他不沾亲不带故的秦宇的婚礼,显然是给足了这位天才帅哥的面子。

仅此一点,燕涛就认为秦宇自己操办的婚礼规格要比他原本打算重金操办的"海陆空"式婚礼规格要高一个档次。毕竟他燕涛是请不来副省长许世雄的。

新郎官秦宇穿着欧洲顶级服装设计大师设计的银白色的西装外套,搭衬着黑领结白衬衫,配上修长挺拔的身躯,显出别具风格的尊贵和华丽。尤其是那对富有神采又略带忧郁的黑色眸子和嘴角的略带弧度的微笑,更平添了他非凡的魅力。他这颗钻石,在自己的新婚典礼上,终于不再掩饰那璀璨的光芒!

而今天的新娘子燕菲儿也是光彩夺目,身上穿着的是一套传闻价值百万的钻石礼服,头上披着曳地的白色的婚纱,让原本就美丽的她艳丽得不可方物,如同令尘世中人仰望的上天仙子。

这套男女礼服是燕涛花重金从国外定制的。当然,这也是秦宇答应接受的燕涛送给女儿的唯一嫁妆。原本这套结婚礼服他都要自己订,但燕涛一脸委屈地说他早就订好了。你不接受我送的集团股份,我送一套结婚礼服给你们,你总该答应吧?否则,你这不是让别人看我笑话吗?说我燕涛这么有钱,女儿结婚却一毛不拔。所以最终秦宇让步了,他觉得自己再坚持的话,的确有些不近人情。

秦宇和燕菲儿挽臂从酒店宴会厅二楼的旋转楼梯缓缓走了下来,他们脸上洋溢着轻松而幸福的微笑。新郎秦宇笔挺的银白色礼服,白色的清爽配上秦宇那种贵族式的庄重和优雅,确实具有出类拔萃的效果,令他成为今天婚礼现场最抢眼的男性,成为美女们眼中的焦点。而燕菲儿身上的镶嵌着红蓝紫各色钻石的白色礼服曲线精致优雅尊贵,令众人视野一亮,惊为天人。莲步轻移间,弥漫着东方女性迷人含蓄的深厚女人韵味,皓腕上的蓝宝石手链将她典雅的气质衬得更天衣无缝。

夏飞燕终究还是来参加了秦宇的婚礼,尽管她知道自己从此再无缘跟他重续前缘旧情,但她还是想来对他说声祝福。毕竟是自己心底最爱的男人。然而,当她看到秦宇和燕菲儿是那么的般配那么的幸福时,忍不住还是黛眉微蹙神情凄凉,心头仿佛被一根钢针狠扎了一下,有一种深深的刺痛感。她不知道自己的心是不是在滴血了。

"唉,秦宇,你终究是不属于我的。这样也好,大家都可以从这场痛苦的爱恋中解脱出来了。"她在心底低低地哀叹了一声。

方芸也来了,看到这天造地设的一对结成连理,她心里在为他们感到高兴的同时也隐隐有些失落。她是深爱秦宇的，但她却不得不将秦宇推向了燕菲儿，因为她已经做了燕涛的女人，她知道自己配不上他。

爱情是让人疯狂的东西，飞蛾扑火的生死相许、天涯海角的相思牵挂、海枯石烂的死生契阔。割舍一份心中的真爱，让与另一个女人独享，这并不像拈一片树叶摘一瓣花般轻松微笑，那需要非凡的勇气和无私的宽容。方芸就是这样一个伟大的女性，为了秦宇的幸福，她宁愿割舍掉内心的那份眷恋。

午宴过后，有少数宾客就此散去，大部分宾客留在酒店打算喝茶，秦宇和燕菲儿也没有回去，就在酒店开了间房间休息，晚宴又陪着亲人和客人喝了不少酒。

天下没有不散之筵席，婚礼折腾了一天，晚宴之后，所有宾客一一散去，秦宇和燕菲儿乘坐花车回到别墅，进了洞房。

洞房修饰得非常漂亮，全是燕菲儿巧手布置的，布置得极为用心，房间整体的米黄色暖色调使得看上去很温馨，没有堂皇花巧的装饰，室内的陈设清雅隽永，真丝窗帘、墙壁上的名家山水油画配上线条优雅古典的进口手工沙发，营造出悠闲舒适的感觉。

床头悬挂着一张放大的彩色结婚照片，照片中的一对新人一个高大挺拔俊逸帅气一个漂亮水灵美若天仙，实在是天造地设的一对。梳妆镜和衣柜上贴着红红的双喜，为这间主卧增添了几分温暖和喜气。靠近阳台的那面墙壁摆放着一个暗红色的古典书柜装满古色古香的书籍，阳台上放着一把做工精细的竹藤椅子，令这间房间平添了一份难得的书卷气，使得一代天骄天才美男秦宇和豪门名媛大家闺秀燕菲儿的那份精致和优雅，在细节中一览无余。

秦宇进房之后便脱掉了外套，躺在床上休息，他实在是太累了，今天是他一生最幸福也是最累的一天。招呼客人，敬酒陪酒，折腾得口干舌燥不说还灌了一肚子的酒水，弄得脑袋有点昏昏沉沉的。

燕菲儿进房后也脱下了婚纱，换了一身低领真丝吊带裙，真丝的质地凸现出她曼妙的身姿，轻柔的下摆，让人充满了粉色的幻想。吊带多重设计勾勒出迷人的肩部曲线，好一个天生尤物。

燕菲儿躺在秦宇身边，内心久久不能平静，她呢喃道："阿宇，从现在开始我就是你合法的妻子了。啊，像做梦一样，做新娘子的感觉多美好啊！阿宇，我看到了有好多人羡慕我啊。"

秦宇感慨道："是啊，也有多少人羡慕我啊，我终于修成正果，做了 A 省首富的乘龙快婿了，今后就真正可以呼风唤雨为所欲为了。"

燕菲儿翻身将自己饱满的胸脯压住秦宇的胸膛，轻轻地用一根手指压住秦宇的嘴唇："阿宇，我不许你这么说自己。我老公不是这样的男人。我老公靠自己的能力一样可以纵横捭阖叱咤风云。"

秦宇心里感动不已，毫无疑问燕菲儿是个称职的妻子，她不但听话，对自己的男人百依百顺，更重要的是她永远将自己的男人放在心目中第一位，随时随地懂得维护自己男人的尊严。

得妻如此，夫复何求。秦宇满心欢喜地搂抱着燕菲儿在床上躺了一会儿，然后装出一副正儿八经的样子跟燕菲儿探讨起一个问题来："菲儿，古人说人生有'四喜'，你知道是哪四喜吗？"

燕菲儿说："知道啊，久旱逢甘露，他乡遇故知，洞房花烛夜，金榜题名时，这'四喜'诗是宋代诗人汪洙写的。后来，清朝大学士纪晓岚在每一句前面各加了两个字，用特定的数量、特定的人物来强调突出了喜上加喜、喜出望外，将喜的意味推到了极致，并且产生了幽默风趣的新意和效果，令人读后往往忍俊不禁，拍手称妙。变成了'十年久旱逢甘露，万里他乡遇故知。和尚洞房花烛夜，监生金榜题名时。'"

秦宇笑道："我的菲儿不愧是北大才女啊，连这个都知道，那你知不知道对于男人来说，四喜中最喜的是哪一条？"

燕菲儿脸色一红，故意装傻："应该是金榜题名时吧？因为每个男人都渴望做状元啊。"

"回答错误！"秦宇轻轻地拍打了一下燕菲儿的屁股，燕菲儿一张俏脸变得更红了，"是'洞房花烛夜'！"

秦宇的手继而攀上燕菲儿的胸脯，掌握了一处制高点，坏笑着问："菲儿，那你知道洞房花烛夜的实质意义是什么吗？"

燕菲儿身子一阵微微颤抖，一阵酥麻的感觉传遍全身，不仅仅因为秦宇的动作，更因为这坏蛋话语中的含义。她继续装傻："老公，我不知道。"

"这个问题连十三岁的小女生都知道，你居然不知道。该罚！"秦宇又轻轻地拍打了一下燕菲儿的翘臀。

"啊！"这回燕菲儿轻轻地呻吟了一下，眼里春水汪汪秋波荡漾，迷得死天下任何男人，"阿宇，你越来越坏了，就会占人家便宜，就会欺负人家。"

秦宇邪气凛然地说："这回说对了，洞房花烛夜就是男人占女人便宜，就是男人欺负女人嘛！"

谁说春风不解风情？谁说男人不爱温柔？夜月正浓，天地寂静，黑夜因为这番温情更显深邃璀璨。

人生不过短短百年，有多少浪漫和温情值得回味，那份情动如潮的缱绻是怎样的刻骨铭心，到临别世间的最后一刻，最终回味时恐怕还会深深地庆幸和眷恋吧！

第十七章：痛苦醒悟

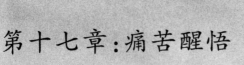

1

　　燕涛和夏飞燕分手之后，将精力全放在了方芸身上。方芸自从跟了他之后便足不出户，一心一意地做他的专职情人。虽然燕涛清楚方芸跟他之间纯粹只是一种交易，但方芸的贞烈个性还是让他非常欣赏。

　　燕涛虽然非常宠爱燕菲儿这个宝贝女儿，但作为 A 省首富，膝下无儿令他多少有些遗憾，自己的原配年老色衰身上一堆的脂肪，实在是令燕涛提不起在她身上耕耘的兴趣，加上她有孕高症，根本就不能再生小孩。所以燕涛一直有个愿望，那就是能在方芸做他情人的两年时限里将她的肚子搞大，让方芸能为他生个儿子。

　　燕涛非常地卖力耕耘，但方芸的肚子一直没见鼓起来。燕涛心里有些纳闷，他做爱时也没有戴套，怎么就没见成效呢，是不是自己年纪大了精力不济的缘故啊？看来今后还得卖力点啊。

　　忽然有一天夜里，正当燕涛打算和方芸温存时，方芸推开了燕涛，翻身起来呕吐，并告诉燕涛她怀孕了。燕涛闻言欣喜若狂，问方芸有多久了，方芸说有一个多月了。燕涛高兴地亲了方芸一下，兴奋得像个捡到漂亮玩具的小孩，对方芸许诺："芸儿，不管是儿是女，你都给我生下来。如果是儿子，我给你一千万，如果是女儿，我也给你五百万。我虽然不能给你名分，但我可以给你足够的金钱，让你这辈子过上无忧无虑的生活。"

　　第二天，燕涛专门安排了两个佣人轮班照顾方芸的饮食起居。燕涛开始对方芸百依百顺万分宠爱，而方芸内心充满了痛苦和矛盾，她知道肚子里的孩子不是燕涛的。燕涛每次和她房事过后,她都会悄悄地服用避孕药,这种进口避孕药只要在房事前后 24 小时内服用都绝对有效。而上次秦宇钻进她房间和她偷情,事后她根本没有采取任何避孕措施。所以,这孩子毫无疑问是秦宇的种。

方芸想过悄悄地去将肚子里的孩子拿掉,但她又狠不下心来,一来她深爱着秦宇,她想既然她不能跟秦宇结成连理,那么就让他们爱的结晶来延续她对他的相思和眷恋这也未尝不是个好的结局。二来燕涛根本不允许她把孩子打掉,虽然方芸确定孩子不是燕涛的,但见他如此看重肚子里的孩子,她想:就让这个秘密永远深埋在心底,不要去打碎燕涛的梦想,也不要再去打扰秦宇的生活,就让他们相安无事吧。

日子就这么一天天过去,方芸的肚子渐渐隆起,脸上开始不自觉地时常流露出母性的微笑。

秦宇深深地为方芸感到惋惜,一个如此年轻美丽的女子,居然落得个如此悲惨的命运,为人作嫁。在这世上没有哪个做母亲的不疼爱自己的孩子,如果她生下了肚子里的孩子,到时候她离开燕涛,能离开得了孩子吗?就怕到时候又是一种撕心裂肺生离死别的凄惨和痛苦。他丝毫不知,方芸肚子里的孩子是他的种。

在方芸怀孕期间,绿城集团新招募了一批员工,都是年轻的高学历男女,最低的也是本科生,研究生博士占了 50%。其中有个毕业于清华大学的漂亮女硕士担任了集团总经理夏洪全的秘书。这女硕士名叫段蔷,年方 24 岁,不但学历高,而且人长得非常漂亮,身材也超级棒,一进集团便吸引了许多未婚男性的眼球。这其中包括从来没有谈过恋爱的方斌,他对段蔷一见钟情。

方斌向段蔷发起了猛烈的爱情攻势,但段蔷若即若离,既没拒绝也没有答应,这无形之中更产生了诱惑力,让方斌像仰慕月中嫦娥一样,看得到却得不到,心痒难耐。

燕涛在方芸怀孕之后,对方斌也出奇地好了起来,经常会叫方斌过来一起吃饭,听燕菲儿说方斌现在看上了总经理夏洪全的女秘书,更是大方地出资为方斌购买了一套三室二厅的公寓房,包括添置电器共花费了将近两百万,燕涛说是提前送给方斌的结婚礼物。方斌也没跟他客气,收下了这份厚礼。

方斌有了房子之后,段蔷跟他的关系便近了一步,终于在一个浪漫的月夜,她在方斌的公寓留宿了一晚,之后便与方斌出双入对。

此后不久,绿城集团高层搞了一次假日旅游活动,集团高层人员共一百多人去桂林游玩,抵达当日便下榻在一家四星级酒店,秦宇和总经理夏洪全住在相邻的客房,而段蔷住在夏洪全斜对面。当晚秦宇无意中看见夏洪全穿着睡衣鬼鬼祟祟地钻进了段蔷的客房。

如果不是这次意外发现，秦宇还真不敢将他们联想成一对偷情男女。因为秦宇一直认为段蔷不是那种爱慕虚荣贪图钱财和享受的女子，这个刚从大学校园出来的女硕士看上去高雅文静。而夏洪全这位现龄四十二岁的海归博士有个幸福的小家庭，老婆在绿城集团一下属机构当经理，儿子十岁，正在读小学六年级。夏洪全平时的作风挺正派，这个有妻室的正直男人一向以事业和家庭为重，极少在外面花天酒地。从这一点秦宇几乎可以推断，段蔷早在跟方斌相好之前就跟夏洪全有一腿，而且极有可能是她主动勾引夏洪全。

难怪段蔷进集团不久便无端地富裕起来了，穿金戴银、珠光宝气，各类时装一套一套的，都是价格昂贵的进口名牌，化妆品用的也是很贵的进口品牌。秦宇现在才明白这一切都是有夏洪全雄厚经济实力作后盾，否则以她那点儿薪水是绝对开销不起的。集团的同事起初以为段蔷家境富裕，他们不知道她的钞票就在夏洪全的口袋里，她随时可以伸手去掏，而她换取钞票的唯一方式就是出卖自己的肉体。

秦宇忽然间看贱了段蔷，对她很冷漠。但在日常生活中，他越来越感觉段蔷似乎对他有那么点意思，她对他的言谈举止和眼神都带着一种暧昧。秦宇越来越鄙视这个女人了，他想：这骚娘们莫非是想勾引我？这种角色也配在我面前搔首弄姿？

秦宇一直把方斌当哥们，他不想方斌爱上这样一个水性杨花的女人，他不能让段蔷毁了方斌，他决定找段蔷好好谈谈。这天黄昏，秦宇约段蔷来到公司附近的一间咖啡屋，他们选了一个台子坐下，要了两杯咖啡。段蔷一边用小匙调弄着咖啡，一边风情万种地注视着秦宇："秦特助，你找我有什么话，现在可以说了吧？"

秦宇直视着段蔷："我请你理智一点，放弃方斌，他不适合你。我也知道你其实根本不喜欢方斌这类不解风情的男人，你不要害人害己。"

"那你说谁适合我？你吗？其实你倒是最适合我的，可惜你已经做了燕涛的乘龙快婿。"段蔷玩世不恭地笑了笑，"我是不怎么喜欢方斌，但我知道他喜欢我，这就够了。我崇尚一句流行语——找一个自己喜欢的人，不如找一个真正喜欢自己的人。"

秦宇真诚地说："段蔷，方斌真的不适合你。我了解方斌，他是个重感情的人，也是个认死理的人，他一旦喜欢上一个人就会深陷进去不能自拔。他是分不清感情真假的，段蔷，请你不要伤害他，放弃他吧，别玩这种无聊的游戏了。"

段蔷被秦宇揭了底，不服气地说："你认为我是一个爱玩游戏的人吗？是的，我并不怎么爱方斌，但感情是可以培养的嘛。也许过不了多久我就会真心爱上他。我不喜欢别人干涉我的私事！你想充正人君子,我偏不让你如愿。我凭什么要听你的？你是我什么人？"

秦宇火了,直视着她愤怒地说:"你简直是个不可理喻的疯子！我是不是什么正人君子,但我不能眼睁睁看着自己最好的朋友让一个水性杨花的女人给毁了！"

段蔷恼怒地瞪着秦宇:"你把话说清楚！谁水性杨花了？"

秦宇既然与段蔷撕破了脸,就干脆将话挑明了:"段蔷！要想人不知,除非己莫为。你和夏洪全之间的那点猫腻,你以为能瞒得过我吗？"

段蔷怔了片刻,神情有些蔫拉吧叽的,但很快就恢复过来,她理直气壮地说:"你知道又怎么样？那是我的感情自由,你无权干涉和过问。"

秦宇说:"我不会干涉也不想干涉你们的事。但是你要想搭上方斌,我一定会干涉！"

"秦宇！那我们走着瞧吧！"段蔷愤然起身,拂袖而去。

2

也许纯粹是为了与秦宇赌气,段蔷不但没有放弃方斌,而且变本加厉,很快搬进方斌的房子,跟方斌同居了。秦宇找到方斌劝他离开段蔷这个阴险的女人。

秦宇说:"方斌,离开段蔷。她不是真心爱你,这女人非常狡猾善变,不值得你浪费真情。她只不过是在寻求刺激,寻求心理平衡,她只不过是在玩一场感情游戏罢了。你不要做她的牺牲品！"

方斌不可救药地说:"秦宇,我知道你是为我好,可是我感觉她是真心对我好。而我也是真心爱她,我已经离不开她了。"方斌眼里闪烁着美妙的神采。

秦宇摇头叹息:"方斌！你完了,你真完了！段蔷最善于伪装自己,我太了解她了。本来我不想在背后说她的坏话,但是你是我最好的朋友,我不得不告诉你,她进集团没多久就和夏洪全搞在一起了。她是夏洪全的秘密情人,她不会真心喜欢你的。"

方斌脸上现出一阵痉挛,过了片刻说:"秦宇,我不管她以前怎么样,只要她现在对我是真心的,我就什么都不在乎。我真的是喜欢她,就算到头来是一场空,我也没办法……"

秦宇难过地看着方斌,他真的不能自拔了。他为方斌叹息不已,失望而去。秦宇不知道段蔷早已先秦宇一步在方斌面前打了秦宇的小报告,所以他对方斌的劝告自然无功而返。

段蔷几天前对方斌说:"方斌,你别跟秦特助走得太近,他这人是个花花公子,好几次揩我的油,想占我的便宜。有一次他还说要带我去开房。你说他这叫什么人啊?都说朋友妻不可欺,可他明明知道我是你的女朋友,还想占我的便宜。"

方斌茫然地看着段蔷:"秦宇不是这种人吧?"

段蔷不悦地说:"方斌,你还是不是男人啊?这种事情我会拿来乱说吗?难道我吃多了没事干,自己往自己脸上泼脏水啊?秦宇本来就是个花花公子,他玩弄过多少女人,你又不是不知道,听说有一个开花店的小姑娘还替他堕过胎呢。"

都说恋爱中的女人智商降低,会对自己喜欢的男人偏听偏信言听计从。其实恋爱中的男人更甚,往往把自己喜欢的女人当宝,当成了自己的全部,甚至会冲冠一怒为红颜,提刀杀人都敢。方斌便是这样的莽夫,虽然他不至于提刀去杀秦宇,但他的确是内心动摇了,有些相信段蔷说的话了。他想,恐怕秦宇是害怕段蔷在他面前揭他的底,才故意中伤段蔷,叫他跟段蔷分手吧。

就这样,段蔷彻底地俘虏方斌。方斌开始对她百依百顺言听计从。

有一天,段蔷在集团的电梯里遇见了秦宇,她戏谑地说:"秦特助,你将我和夏洪全的关系告诉方斌,一心想拆散我们,结果如何呢?你得逞了没有?我告诉你,方斌他是死心塌地爱我的,你拆散不了。至于我爱不爱他,这并不重要,现在这社会爱情算个什么东西?有哪段感情不带功利性质?有几桩婚姻是完美无缺的?许多没有爱情的男女一样做夫妻,一样生儿育女过日子。说不定哪天我心情好,还真跟方斌把婚结了也不一定。你是拆散不了我们的!"

段蔷说罢猛然亲了秦宇一口,突然走出电梯,扬长而去,剩下秦宇站在电梯里,心潮起伏。

段蔷是个非常善于掩饰自己感情非常擅长表演的女人,在方斌面前,她一直表现得非常优雅、温柔,对方斌也非常体贴关心。每次和朋友聚会她总是坐在方斌身边,一只手与方斌相握着,从不与别的男人大声说笑、打情骂俏,在方斌面前温顺得像只小绵羊,笑起来特别的温柔迷人。她时常会打电话提醒方斌注意天气冷暖,少抽烟少喝酒,保重身体。而且待人接物为人处事方面也让方斌非常满意,除了秦宇在方斌面前说过段蔷的坏话,其他朋友都在方斌面前夸赞段蔷,说他找了个好对象,这让方斌觉得自己很有面子,同时也更深信了段蔷在他面前说的秦宇的坏话。

方斌觉得自己很幸福,他和段蔷在一起时总是那么甜蜜浪漫,从来没有吵过一次架拌过一次嘴,像是一对令人羡慕的神仙爱侣。但是忽然有一天下午,方斌发现段蔷竟然真的和集团总经理夏洪全有一腿,证实了秦宇所言非虚。

那天下午,临近下班时,方斌去夏洪全的办公室接段蔷一起下班,门关着,他没有敲门,推开门时看到夏洪全坐在大班台前的旋转椅上,而段蔷则坐在夏洪全腿上,两人就这么搂抱在一起吻得天昏地暗死去活来忘乎所以,连方斌开门的声音都没有听到。

方斌还没有愚昧无知到白痴的地步,他当然猜想得到一对男女如果亲密到了这种地步,不用说早就在一张床上翻滚过多少次了。方斌悄悄地掩上门默默地走开了。

方斌内心无比沉痛,沉痛的原因不仅仅是段蔷对他的背叛和欺骗,更重要的原因是他居然怀疑秦宇的为人,那可是一个重情重义,为了朋友可以两肋插刀的汉子啊。

方斌骂自己瞎了眼,居然相信了段蔷的话,疑心自己最好的朋友。当日下午,方斌的心情悲怆得无以复加。他进了一间酒吧,喝得酩酊大醉。

方斌从酒吧出来时,夜幕已经降临,街灯射出半死不活的亮光,立交桥躲在高楼大厦的阴影里。兰宁的夜晚摇晃着,像盛在大海碗里的动物油,又香又腻,又似乎有些暧昧和肮脏。

方斌无比忧郁地穿过浸透他梦想与渴望的街道,他不想回家,漫无目的地行走在大街上,最终他走进了一家名叫老巢的歌舞厅。老巢歌舞厅就像一张泛黄的黑白照片,灰色的墙壁和老式的窗户,素洁的淡色调装修绝世独立在车水马龙的大路边。只有它的常客才能发觉它平静面孔下的汹涌暗流,这里是个色情与毒品泛滥成灾的地方。

一群三陪小姐如贵妇般坐在歌舞厅吧台的软椅上,忸忸怩怩装模作样地等待着那些有需要的好色男人来找她们,有的嘴里还不紧不慢地嚼着口香糖。她们每人携带着一个精美别致价值不菲的坤包,包中无一不装着消毒纸巾、避孕套与化妆品、小梳子、小镜子之类的小物件。灯光将星星点点的狂喜和忧郁洒在她们脸上,暴露出或欢喜或忧愁或麻木的神情。

这就是她们全部的生活及感情内涵。

她们爱男人!爱男人手中有大把大把的钞票。可以管任何一个男人叫"老公",可以跟任何一个不认识的男人上床做爱,童叟无欺服务周到表情丰富高潮不断。不过有个前提,这些男人事后得为她们的服务埋单。

她们也恨男人!她们之间有一部分人的堕落与男人与初恋与婚姻有关,她们自暴自弃从此沦落风尘。她们恨男人,但又离不开男人,离不开男人腰包里的钞票。这是一个命运制定的怪圈，她们便在这圈中一再轮回。

歌舞厅的吧台和包厢三三两两地坐满了人，喝酒、唱歌、跳舞、聊天，红男绿女们喧嚣着放纵着，几乎要窒息而死。方斌选了一个小台坐下，点了一罐鲜啤、一盒555烟，一碟开心果，外加一位年轻漂亮的小姐。

不一会儿，少爷便送上了方斌点的东西，并领来了一位看上去很年轻很漂亮的小姐。小姐媚态十足地紧挨着方斌坐下，毫不客气地吩咐少爷给她来瓶人头马XO。

少爷送上酒和杯子。开了瓶，倒上两杯酒。方斌知道小姐都有宰客的习惯，有的小姐明明喝酒不行，却偏偏要点价格非常贵的酒，因为事后可以从老板手里拿到当晚酒水消费的提成。方斌没有在意那点酒钱，盯着小姐笑问："小姐酒量一定不错吧？"

三陪小姐带着盲目、大胆、挑战的态度将一杯酒灌了下去。然后骄傲地看着方斌，仿佛在说："怎么样？没叫你看扁吧？"

方斌仰起脖子将杯中酒一饮而尽，蹾下酒杯笑道："看不出，小姐喝酒倒是把好手。"

三陪小姐夸夸其谈："那当然！在这歌舞厅谁不知道我天仙妹妹是酒中仙子？许多公司老板有生意应酬时，都争相请我去陪酒。有时几杯酒下肚，生意就谈成了。"

"哦，原来你叫天仙妹妹啊。天仙妹妹，你能不能将瓶子里的酒一口气饮完？"方斌将了她一军，挑衅地望着她。

"如果我一口气饮完，你有什么奖赏？"天仙妹妹含笑盯着方斌，同时一只手不老实地摸索向他大腿深处。

方斌兴奋地"噢"了一声，然后大大方方地将一叠钞票拍在台子上："如果你一口气将这大半瓶酒饮完了，这些钱都是你的。"

天仙妹妹来了兴趣，二话不说抓起瓶子对准嘴巴，"咕咚咕咚"，连呛都没呛一口，甚至连脸都没红一下，就将大半瓶酒灌了下去。

方斌抓起台子上的钞票，塞进她毕露的乳沟中，并顺手捏了一把丰硕雪白的奶子。天仙妹妹小母鸡似的咯咯地笑着，自我陶醉地抚摸了一下她那十分丰满的奶子，然后伸手摸了一下方斌的胯间，抓住了方斌那根正在逐渐发生变化的物件，力度恰当地捏了几下，淫荡地说："哥哥还真豪爽，今晚我一定会让你快活个够，让你觉得今生不枉做了男人！"

当晚方斌没有回家，他不想回去见到跟他同居的段蔷。午夜时分，方斌随天仙妹妹打的去了她租的小套间。房间里的摆设极为简单，一个可任意拆装的简易衣柜，一张坐椅，一个皮箱，几本书籍，一张席梦思床，仅此而已。

天仙妹妹床头挂着一幅油画,这幅画充满了诱惑色彩,画上画着一个赤身裸体的女人,大腿间插着一朵玫瑰花,遮住了女人那最隐秘最让男人想入非非的部位。方斌盯着那幅画对天仙妹妹说:"这是不是你请人画的?这画中人挺像你。"

"是吗?"天仙妹妹笑道,"我也这么认为。当初我买这幅画就是出于惊奇。我一眼看去,这画上女人多像我啊。于是我就买下了这幅画,当时的标价是五千元。这幅画是我这里最值钱的东西。"

"不过,你要比画上的女人更漂亮更真实。"方斌轻轻从身后拥抱着天仙妹妹,温柔地抚摸着她胸脯和腰身的美妙曲线,恰到好处地恭维她,"画中女人的胸脯和屁股画得太夸张了。而你是一件实实在在的艺术品,身材匀称,不高不矮,不胖不瘦,一切都恰到好处。"

天仙妹妹开心地笑了:"你这人真会说话,挺会讨女人欢心的。"

方斌拥着天仙妹妹在床边坐下,天仙妹妹开始宽衣解带。很快,他们就裸体相呈开始在床上翻滚了。天仙妹妹的胴体带给方斌一种妙不可言的激动和喜悦,同时也带给他一种淡淡的忧虑。他担心他真的消受不了这个女人。他冲锋陷阵了几次,但屡屡被她打败,力不从心。

天仙妹妹大胆、放荡、花样层出不穷。她是个地地道道的婊子,也是个称职的婊子,她全心全意地投身于她的"事业",她的"事业"就是尽可能地榨干男人的精血和钞票。

方斌闭上眼睛,把这个婊子幻想成段蔷,以在灵魂上获得某种满足。

正当两人在床上龙腾虎跃鏖战正欢之时,段蔷打进方斌的手机,问他在哪,怎么不回家。方斌冷笑着说:"我在外面搞女人,你要不要听听声音啊?"随后将手机对着天仙妹妹,天仙妹妹十分配合地大声放荡地呻吟了起来。

段蔷在电话另一边气愤不已:"方斌,你……"

方斌悲怆地说:"段蔷,下班前我去夏洪全办公室接你,你跟夏洪全搂抱在一起亲嘴那一幕我看到了,当时没有吭声是给彼此留点脸面。可恨我当初居然相信了你中伤秦宇的鬼话,我他妈的怎么就那么糊涂,凭秦宇的条件他会看上你这种女人?他会揩你的油占你的便宜?这本身就是个天大的笑话!可我居然相信了你。现在真相大白,你也没脸在我家住下去了,给你一天时间搬出去吧。如果你觉得吃了亏,我床头抽屉里还有十万元钱,你带走吧。今后咱们各不相干,各不相欠。"

电话那边的段蔷没有吭声,或许觉得问心有愧,默默地中断了通话。

方斌和天仙妹妹肆无忌惮地展开肉搏战,直至筋疲力尽,便呼呼睡去,清晨,方斌甩出一把钞票,离开了天仙妹妹的租房。

晚上,方斌回到家,见段蔷已经搬出去了,连牙刷毛巾和梳子这些小物件都带走了,但令方斌困惑的是,她没有拿走床头抽屉里的十万元现金。

和段蔷分手后,方斌开始迷恋起这种放荡堕落的生活方式,可以肆意地跟陌生的漂亮女人做爱,不必知道对方的名字,不必负任何感情责任,甩几张罪恶而又万能的钞票便可以解决一切问题。

换了以前,如果让他和一个妓女做爱,他会感到特别恶心。但在经历段蔷的背叛之后,他渐渐地喜欢上了天仙妹妹这一类女人,并改变了对这类女人的看法。

方斌开始觉得那些能够在夜总会或歌舞厅做妓女的女人通常是比较出色的女人,她们不但姿色出众,床上功夫更是一流。方斌开始将大把大把的钱扔进了酒吧、夜总会或歌舞厅,塞进了小姐们那道天生的"伤口"里。他越来越喜欢这种最直接的交易,小姐们富有职业道德,她们很懂得给男人带来乐趣,她们不会给男人带来精神压力和生活负担。在她们身上,男人不用负任何责任,可以随心所欲地操纵着挥洒着情欲。

从某种意义上说,她们是真诚的,她们童叟无欺,你给她们钞票,她们就给你快乐和满足。她们对所有的男人说同样的话,做同样的事。她们的脸上永远挂着迷人的微笑。

方斌渐渐地沉迷下去,他出入色情场所的次数越来越频繁。但是他越是放纵自己,就越是消沉。他开始觉得这世上没有任何真实完美的东西,一切都是交易。生命与生活其实没有任何意义。人,除了欲望还是欲望,除了满足欲望还是满足欲望。人生的各种欲望都快将人变成行尸走肉没有真实感情的低级动物了。

方斌再也不相信女人不相信爱情了。他认为现在的女人都是开放、大胆、热烈、美丽、风流的。她们喜欢大谈特谈爱情,其实她们根本就不懂得什么是真正的爱情。她们都是愚蠢的贪婪的爱慕虚荣的,她们既想要男人的钞票,又想要男人的灵魂。她们希望她们喜欢的男人天天睡她、夜夜睡她,而且永远只睡她一个,睡到老睡到死。但是,这可能吗?

更可恶的是,有许多像段蔷一样的女人,她们同时周旋于两个甚至多个男人之间。她们都是虚荣而不甘寂寞的,就像一只只骚情的小母猫。

方斌开始用还不算拮据的钞票与满肚子的甜言蜜语四处去猎艳寻欢。他的生活开始离不开女人,这不单单是为了满足生理需要,还为了能从女人身上获得某种慰藉与解脱。

方斌觉得他是幸运的又是不幸的。上天让他做了一个男人,一个需要女人的男人,他没有别的办法,只有按照都市男人的习惯去做男人,去花天酒地寻欢作乐醉生梦死。

3

一个冷清的夜晚。秦宇正在家里用笔记本电脑和网友们聊天。九点钟左右，秦宇的手机响了，许可给他打来一个电话，说她在天缘酒吧，钱包被扒手摸了，叫他带点钱去救急。

秦宇挂了电话，揣上钱包开车直奔天缘酒吧。那地方他倒是熟悉，是个比较有名的酒吧，是一些社会名流频仍光顾之地。秦宇进了酒吧，许可远远地就冲他招手。秦宇走了过去，在许可对面坐下。

许可叫侍者又送来一个酒杯，要秦宇陪她喝一杯。两人默默地喝着酒，一时无话。这气氛有些尴尬，于是许可寻找话题："你晚上很少出去应酬吗？"

秦宇笑了笑："都结婚了，家里有个女人啊，得陪着她呢。"

许可心里涌起一股失落感："哦，那今晚你出来，菲儿会不会不高兴？"

秦宇说："不会，她是个乖孩子。"

许可幽怨地说："还乖孩子呢，你早就把人家变成少妇了。"

秦宇说："在我心目中，她就是个孩子，一个幸福的孩子。你不知道，她挺会撒娇的，像个孩子，不过很听话，知道进退。"

许可默默地喝了口酒，说："菲儿是个浪漫的丫头，不过她能嫁给你这个懂得制造情调、浪漫优雅、满嘴甜言蜜语的家伙，一定会觉得挺幸福的。"

秦宇说："那当然。我曾经从女性杂志上看到过一篇文章，题目叫《什么样的女人是最幸福的》。文章中这样说，'当女人还是女孩的时候，生活在一个充满快乐生活无忧的家庭中，她是幸福的；当女孩长大后，嫁给了一个不在乎她的容颜变化、愿意给她数眼角的皱纹，一直都把她当小孩对她无微不至地关怀、宠爱有加的男人时，她是幸福的；当女人有了孩子后，孩子很懂事，还知道孝顺父母关爱他人，知道在母亲劳累一天回家后给她倒一杯茶捶捶背揉揉肩，那这个女人也是幸福的；当女人白发苍苍、走路都颤颤巍巍的时候，身边还有一个和她差不多也是白发苍苍的老先生互相搀扶着看夕阳一起散步的时候，那她一生肯定是幸福的。'我这辈子要做的就是为菲儿编织这样一个谎言，让她觉得自己是这世上最幸福的女人。也许等到她离开这个世界前那一刻蓦然回首发现其实自己被我骗了，但是没有关系，那一刻她还是幸福的，因为这个谎言是美丽的……"

两人慢慢地喝着酒,有一搭没一搭地聊着。许可的脸上有一丝欢喜,也有一丝忧伤。秦宇能够读懂她的欢喜,却不明白她的忧伤。

在交谈中,秦宇多半是做倾听者,显得很被动。他似乎没有和许可往感情深处倾诉和探讨的欲望。这点许可似乎也看出来了,所以许可有些落寞和哀伤。她开始默默地喝酒,直到酩酊大醉。

秦宇埋单后扶着许可出了酒吧。他跟许可说:"可儿姐,我送你回家吧。许伯伯会担心你的。"

许可说:"不,我不回家。正因为我爸担心我,我才更不能回家。出来时我跟我爸说了我去朋友家谈事情,今晚不回去了。现在这么醉醺醺地回去,我爸不担心才怪呢。你随便找家酒店吧,安排我住一个晚上就行。"

"好吧。"秦宇将车开到兰宁饭店,开了间豪华套房,安顿许可住下,并放了一叠钞票在床头。然后转身要离去。

许可叫住了他:"阿宇,你就不能留下来陪我吗?我好孤独。"不知是因为喝醉了酒的缘故还是因为害羞的缘故,许可说出这句话后满脸通红。

秦宇轻轻地笑了笑:"可儿姐,别胡思乱想了。我永远把你当姐姐。好好休息吧。"然后掉头离去。

秦宇刚转身离去,许可眼里流出了两行泪水,忧伤地呢喃道:"秦宇,你这个呆子,现在不是最流行姐弟恋吗?我们为什么就不可以呢?这辈子我宁愿做你的情人,也不情愿嫁给一个我没有感觉的男人啊。"

这次试探彻底让许可对秦宇的最后一丝爱情幻想破灭了,她知道这个傻弟弟不会接受她,哪怕她甘愿做他的情人,他也不愿意。究其原因恐怕还是因为父亲的权势及两家的交情吧,怕最终闹得尴尬甚至成仇。

许可彻底死心了,做不成情侣,那就退而求其次做姐弟吧。有这样一个出色的弟弟也不错啊。

万般无奈之下,许可决定放弃对秦宇的痴情和幻想。她决定找一个男朋友了。

许可要找男朋友那可是一抓一大把。一直以来追求她的富家公子和商界政界明星层出不穷,起码可以在她身后排成一个团队。其中也不乏三五个令许可动心的,当然最跟她投缘的要数黄晓峰了。

黄晓峰是许可的大学同学,不过比许可高了两届,算是学长吧。黄晓峰出生在豪门,父亲执掌着一个资产近十亿的餐饮集团。而黄晓峰大学毕业便自己创业,先后开了一家兰宁最大的洗染连锁店、一家规模不小的烟酒批发公司和一家钢材批发公司,后来又开始进军房地产。如今他手中的资产多了说不准,但三四个亿是肯定有的。

黄晓峰在大学期间便追求许可,他的爱情宣言是:"许可,你是我这辈子唯一追求的女孩,只要你没有嫁人,我就永远不会谈恋爱。我会一直等你,直到你接受别人或者接受我为止。"

黄晓峰也的确是这么做的,凭他的身世和地位,主动追求他的女孩不在少数,但黄晓峰从来没有动心,他一直在等许可,也一直没有间断过对她的追求。他对许可的爱情攻势并不是最猛烈的,但绝对是最让许可感到温暖的。

许可决定约黄晓峰见个面,她拨通了黄晓峰的电话,电话一通,扬声器里便传来黄晓峰兴奋的声音:"可儿,在我的记忆里,这可是你第一次主动打电话给我哦。天啊,太让我惊喜太让我感动了,我要永远记住这个日子。我要把今天当做我这一生中最重要的一个纪念日!"

许可微微笑了笑:"你这家伙越来越油腔滑调了。这么长时间没见了,你该不会是学坏了吧?"

黄晓峰说:"哪能呢? 就算全天下的男人都学坏了,起码还有我在坚持最后一块圣地。可儿,你今天主动找我,一定有什么重要的事情吧。说,只要用得着我的地方,赴汤蹈火在所不辞,就算是你叫我去杀人越货,我也干。"

许可咯咯一笑:"干嘛呀? 连杀人越货都说出来了! 我只是看今天天气不错,心情也不错,想约你出来喝茶。你有空吗?"

黄晓峰说:"说真话,没空,马上要主持一个重要会议呢。不过,我可以取消啊,为了陪可儿喝茶,别说主持什么会议了,就是丢掉整个江山我也心甘情愿啊。说吧,我们在哪儿见面?"

许可说:"你到翠云茶庄来吧。这里离我家近,我走几步就到了。"

"好。不见不散。"黄晓峰挂了电话后马上吩咐秘书取消会议,随即开着宝马香车匆匆赶往翠云茶庄。途经一家花店,他下车买了一束红玫瑰。

黄晓峰赶到时,许可已经在茶庄落座了。黄晓峰将手中的鲜花献给许可:"可儿,这束红玫瑰代表我对你的爱情。你看,我们又长了一岁了,男人老得快,女孩子的青春也短啊,你就别再挑了,将就点就选我吧。我虽然长得不是很帅,但我很温柔啊。我会疼爱你一辈子的,保证不让你受委屈,保证不让你后悔。"

许可笑着收了鲜花:"我考虑考虑吧。"

黄晓峰委屈地说:"从大学到现在,你都考虑了八年了。从你念大一时我就追求你,到现在整整八年啊,八年抗战都能把小日本鬼子打跑,而我八年苦苦追求,连个香吻都没得到,可儿,你说我是不是太失败了?"

许可扑哧一笑:"晓峰。要我做你女朋友也行。我得看你的诚意。首先你的个人财产分我一半,你能做到吗?"

黄晓峰说:"只要你做我女朋友,我把全部财产给你都行,今后我就给你打工了。你要不信我们去公证处公证都行。"

许可见黄晓峰毫不犹豫就答应了,当下有些感动,知道黄晓峰对自己是真心,于是说:"晓峰,我想辞去公职下海经商,所以需要一笔钱。你也知道我家里是没有什么钱的。"

黄晓峰说:"许伯伯为官清廉,我知道你算得上是天下最清贫的高干子女了。行,你想干什么事业,需要多少钱,我给你。"

许可说:"我是学的电子信息工程专业,我想开家电子信息工程公司,向政府部门、企事业单位、大型私企提供高科技服务。我需要两亿注册资金。注册资金越雄厚,资质就越高,小打小闹成不了气候。"

黄晓峰说"行。没问题,我下午就把钱打到你账上。"

两人在茶庄边喝茶边商讨创办公司事宜,聊到中午时分便一同去了家风味酒楼用餐。下午,黄晓峰将两亿巨资打进许可的账号,然后又开车陪着她到工商局办理了公司核名、注册登记等等一系列事宜。出工商局时,许可趁黄晓峰不备,猛地在他脸上亲了他一下,说:"看在你这么豪爽的份上,先给你一点利息吧,这可是我的初吻哦。"

黄晓峰高兴得像个孩子:"哇,宝贵的初吻啊!怎么跟猪八戒吃人参果一样,我一点感觉都没有?太突然了,可儿,再来一个,让我好好享受一下,最好亲嘴,别亲脸啊。"

许可红着脸说:"你想得美呢。我才不会在大街上跟你亲嘴呢。"

黄晓峰兴奋地说:"不在大街上,我们找个地方好好练习一下,说真的,可儿,我也没有跟女孩亲过嘴啊,说来真丢脸啊。我的初吻还没有献出去呢。"

许可上了车,撇开话题说:"晓峰,说真的,两个亿你就这么给我了。你不担心啊?万一我不还你钱怎么办啊?"

黄晓峰一边驾驶车子,一边回答:"我就根本没有想要你还。你说以后咱都成一家人了,我的钱不就是你的钱,你的钱不就是我的钱吗?"

许可说:"万一我言而无信呢,到时甩了你呢?"

黄晓峰笑了笑:"如果连这点信任都没有,谈何相爱啊?钱财算什么?身外之物而已,为自己心爱的女人做任何事情都是应该的!"

许可温暖如春:"晓峰。你是个好男人。"

黄晓峰哈哈大笑:"有你这句赞赏,什么都值了!"

许可的公司全称就叫"许可电子信息工程有限公司",是一家专门从事综合弱电系统集成、综合解决方案设计、系统成套设备供应,包括智能一卡通工程、监控报警工程、考勤、多媒体信息发布系统等系统的系统集成工程、工程施工、安装、调试以及相关技术开发的新型高科技公司。公司倡导的服务宗旨是：以人为本，诚信永久；科技领先，质量第一。

公司成立后，许可从国内外重金聘请了一批在电子信息行业有重大建树的专家和技术人员，然后借助一定的政府资源和人际关系，三个月内便接了五宗大业务，其中有和若干政府机构签订的视频会议项目、会议室DLP拼接大屏项目、VPN系统项目、协同办公系统项目；有和省教育厅签订的校园多媒体教学、公共广播（包括无线广播）系统及音响系统的设计和施工，这张单子囊括了两百多家有条件的大学和中学。另外还有和几家大型国企和私企签订的管理信息系统、网络工程、会议系统、程控交换通信系统等工程。

这几个大单子足够许可忙乎一年半载了。

第十八章：天堂地狱

⭐ 1 ⭐

秦宇和燕菲儿结婚后，赵璇心中对秦宇的那份痴情也无可奈何地收藏起来，她决定不再纠缠秦宇，不再给他增添感情负担。她认为爱一个人就得替对方着想，既然当初是自己无怨无悔主动去爱秦宇，那么如今就应该潇洒地离开他，像徐志摩写的诗那样，我悄悄地走，正如我悄悄地来，挥一挥衣袖，不带走一丝云彩。

赵璇从感情漩涡里挣扎着走了出来，开始将精力都放在侗乡民俗酒楼的经营管理上面。酒楼的生意越来越红火，赵莉原先在大都会俱乐部做三陪小姐结交的老相好建设银行的钟行长每有应酬便邀客人到赵璇的酒楼来。当然那些客人大多数是有求于他的贷款客户——用餐时埋单的主儿。对这些人，赵璇早已学会了微笑着温柔地狠宰他们一刀，宰了他们也无话可说。

半年过后，赵璇有了一笔积蓄，便决定先还秦宇五十万元，她带上钱来到绿城集团，走进了秦宇的办公室。秦宇心里有点紧张，不知道赵璇来意。赵璇对这个曾经让她死心塌地爱过的男人温柔地笑了笑，从拎包里掏出一个大纸包，放在办公桌上："秦哥哥。这是五十万元钱，我先还你，剩下的几十万我会尽快还你的。"

秦宇将钱塞回赵璇手中："丫头，我欠你的，这钱你拿着吧。从一开始我就没打算叫你还这笔钱。"

赵璇苦涩地一笑："秦哥哥，你把我当什么人了？我借了你的钱，就应该还你，这是天经地义的事情。如果你认为你欠我感情的债想用金钱来补偿，那你就大错特错了。感情不是交易,当初是我心甘情愿跟你好,我不怨你。"

秦宇说:"丫头,你别这样,你这样让我内心更加羞愧不安,让我觉得欠你太多。你就让我为你尽点心力吧?"

赵璇将钱放到办公桌上,笑了笑:"秦哥哥,其实你已经帮过我很大的忙了,如果不是你帮助,民俗酒楼开不起来,我也就不会有如今这样一份事业。秦哥哥,你不要觉得你亏欠我什么,爱情是平等的,是你情我愿,共同付出的,其实你根本不欠我什么。相反我很感激你,感激你让我体验了什么是爱情。我说过,我从来不后悔爱过你,我从来不后悔将我最宝贵的爱情奉献给你,我会将我们的爱情当做最美好的回忆,珍藏于心。秦哥哥,今后我们彼此祝福吧!"

赵璇微笑着伸出手来,和秦宇相握,然后含笑挥别。

秦宇望着桌子上的大纸包,心里忽然有种空落落的感觉。他觉得赵璇坚强多了,成熟多了,已经有点女人味了。他迷茫地想:一份感情是不是只有当失去之后才会后悔,才会觉得值得珍惜?

赵璇回到酒楼,正撞见堂姐赵莉陪钟行长和几位客人在吃午饭。还是老样子,点了一系列的海鲜和山珍和两瓶一千多元钱一瓶的洋酒。一伙人在雅座痛快淋漓地大吃大喝起来。钟行长邀请赵璇一同入席,赵莉见妹妹迟疑,便说:"坐下一起吃点吧,又不是外人。"

赵璇只好落座。钟行长将他今天带来的几个朋友介绍给了赵璇,其中一个叫王强的是兰宁强盛进口名车专卖店的老板。王强四十三岁,丧偶,膝下有个十八岁的儿子,妻子两年前因病去世。钟行长今天带王强来赵璇的酒楼吃饭是别有深意的,他听赵莉说起过赵璇的事情,知道赵璇是个重感情的女子,有心成全赵璇和王强。他将他的想法告诉了赵莉。赵莉见过王强,觉得王强是个比较成熟稳重事业有成的男人,赵璇嫁给他一定会幸福的,便同意了钟行长的安排。

就这样,在钟行长和赵莉的精心安排下,蒙在鼓里的赵璇认识了王强,而王强在见过赵璇之后,觉得这个清秀而朴实的女子非常合他的心意,因此频频光顾赵璇的侗乡民俗酒楼,有时一个人来,有时带朋友来。每个做生意的人都会有自己的生活圈子,朋友一定不少,并且大多是些腰包鼓胀的家伙。赵璇的酒楼在钟行长和王强等人的关照下生意兴隆财源广进。

赵璇在和王强熟识之后,赵莉便问她对王强的看法。赵璇如实说王强是个不错的男人。赵莉又告诉她说王强已经喜欢上她了,问她看不看得上他。赵璇脸上泛起了一丝红晕,说她还没有考虑这件事。

赵莉鼓动说:"璇丫头,现在的好男人不多了,姐姐不会害你的。我觉得王强这人不错。人品不错、性格温和,事业有成。就是年纪比你大点,但现在这个时代年纪已成为不了感情的障碍。四十多岁的男人正是最成熟最充满激情的时候。我把你的事情跟王强说了,他说他不介意你的感情经历。他愿意接受你,他说他会给你安慰和幸福。璇丫头,我看你就别犹豫了,答应他吧。错过时机你会后悔的。"

赵璇还是迟迟下不了决心。她轻轻地咬着自己的下唇,似乎在作思想斗争。赵莉见她这副模样,知道她心里还是对秦宇不死心,便哀其不幸怒其不争地说:"我知道你这死丫头还是忘不了秦宇这个负心汉。我知道他是个特别优秀的男人,可是他是 A 省首富燕涛的乘龙快婿,你说他会因为你而放弃燕涛的宝贝女儿吗?而且现在秦宇显然已经抛弃你了,你就是心甘情愿做他一辈子情人,还得看他愿不愿意啊! 他都对你这么狠心绝情了,你心里还不愿放弃他?"

赵璇痴痴地望着赵莉:"姐姐,我也不想这样,可是他是我生命中第一个男人,而且我很爱他,我想忘了他,可我做不到。"

赵莉气愤地说:"妹妹,我真想打你一个耳光,把你打醒! 你爱他有什么用? 他不爱你! 他只是玩弄你,把你的贞操夺去了,他就把你抛弃了,这种狼心狗肺的男人值得你对他一片痴情吗? 你这样自作多情有什么用? 只会让人家看笑话! 姐姐的感情经历就是最好的例子,以前我也死心塌地地爱着那个男人,可是最终他还是把我抛弃了。你现在和秦宇这王八蛋分手未尝不是一件好事。璇丫头,姐姐这辈子是没有好男人爱了,只有随波逐流自暴自弃了,但我不想你也变得和我一样,我希望你能获得幸福,我觉得王强这人不错。你跟了他绝对不会受苦的。"

赵璇眼里落下了泪水,她不知是为自己还是为了堂姐赵莉。她擦去眼泪之后灿烂地笑了笑:"姐姐,我答应你。跟王强好。"

赵莉也笑了:"璇丫头,这就对了。我马上打电话给王强,让他好好安排一下。明天就是周末,我们开车去桂林游山玩水。"

赵莉给王强打了电话。王强高兴地答应了。他说:"莉莉,你和钟行长安排吧。总之一切由我埋单。我们好好去度个周末。"

次日,赵璇、赵莉、王强和钟行长分乘两辆豪华轿车开到桂林。他们在甲天下的桂林山水中嬉笑追逐,流连忘返,夜里便宿在当地最豪华的宾馆。

在这两个夜里,赵璇和王强同居一室,在堂姐和钟行长的好心撮合下,她实在拿不出勇气拒绝王强。从桂林回来,王强便和赵璇去婚姻登记所领了结婚证书,成为了合法的夫妻,并选定了日子举行婚礼。

婚礼前夕,赵璇打电话约秦宇在一个小酒吧见面。赵璇默默地陪秦宇喝了一会儿酒,从坤包里拿出结婚喜帖递给秦宇。秦宇看后怔怔地望着赵璇:"璇丫头,你怎么会忽然有了结婚的念头?"

赵璇眼含泪水幽怨地对秦宇说:"我又不是一个非常出色的女人,没有待价而沽的资本。现在有个不错的男人愿意娶我,我找不出任何理由拒绝人家,所以只有把自己嫁了。再说我结了婚你不是也可以松口气吗?以后我再也不会纠缠你了。"

秦宇从赵璇的话语中听得出她内心的伤痛和无奈,他知道她心里还是不舍得他。他心里对她的愧疚更深了。他默默无语,他不知道该怎么安慰她,或者说他无法对她说出任何祝福的话语。沉默了许久,他才关切地问:"那男人还好吧?是干什么的?能告诉我吗?"

赵璇自嘲地笑道:"他是个很有钱的男人,开了家进口名车专卖店。以前我做梦也想不到我能够嫁给一个大富豪。你说我是不是丑小鸭变成白天鹅,一步登天了?"

赵璇望着秦宇,笑中带着泪。秦宇不敢碰触她那幽怨而痛苦的眼神,默默地垂下了头。赵璇收起凄凉的笑容,站起身来,说:"再见吧。秦哥哥,我希望你能来参加我的婚礼。"

赵璇埋了单,走出酒吧,拦了辆出租车钻了进去。在车里,她哭了。她知道这是她今生今世最后一次为这个她曾经痴心爱过的男人落泪,以后她再也不会为任何男人落泪了。

2

秦宇经过激烈的思想斗争,最后还是决定去参加赵璇的婚礼。他觉得不为别的,就为看看那个叫王强的男人值不值得赵璇托付终身,他也应该去参加他们的婚礼。

秦宇精心打扮了一番,驾驶着奔驰大房车来到兰宁大酒店,赵璇与王强在此举办隆重的婚礼。酒店门外一溜儿停着几十辆豪华进口轿车,前来参加婚礼的都是些大款或地方官员。许多跟秦宇是打过多次照面的老熟人。

赵璇和王强站在酒店门口迎接宾客。秦宇和赵璇握手,送上贺礼——一张装在红包里的银行卡,里面存有二十万人民币,密码写在红包背面,是赵璇将初夜献给他的那个日子,秦宇一直当做纪念日记在心里。

赵璇向新郎王强介绍秦宇。王强听说面前这个英俊小生就是赵璇曾经一往情深爱过的男人，不由得多看了他几眼，他觉得这个男人的确挺讨女人喜欢。

王强伸手与秦宇相握："赵璇常常对我提起你，她说她的酒楼能够开张全靠有你帮助。我们就是在酒楼认识的。说起来我们这份姻缘你还有一份功劳呢。"

秦宇在与王强握手时明显地感觉到王强有意加强了握手的力度。他淡淡地笑了笑："朋友之间，区区小忙，何足挂齿。"

王强松开手："非常欢迎你来参加我们的婚礼，请先进去小憩片刻。"

秦宇进酒店宴会厅选了个位子坐下抽烟休息。宴会厅里，客人已到了大半。或三五成群地在喝茶聊天，或四个一桌地在边嗑瓜子边打牌，或一两知己手拉手地在一起叙旧攀谈。只有秦宇一人独坐一隅，默默地抽着烟，闭目养神。

客人到齐后，在婚礼进行曲中，由两位从电视台请来的男女主持人主持婚礼。在一系列人们熟知的仪式之后，两位新人在几架摄像机前交换了结婚戒指，深情地拥抱在一起，并热烈地亲吻了一个。赵璇在客人们热烈的掌声中用眼角的余光瞥见秦宇落寞地坐在角落，她隐隐地有种心痛的感觉。

酒宴开始，宾客们纷纷就坐。一般是大人物和大人物一席，中层阶层与中层阶层一桌，或熟人与熟人相邀，或朋友与朋友携手。秦宇和几个比较有头有脸的官场商界人物坐在一席，表面上大家互相奉承着，其实心里谁都没把谁当回事。

席间，新郎和新娘端着酒杯一桌一桌地敬酒，敬到他这一桌时，王强说："秦先生，不好意思，实在是应接不暇，冷落你了，你千万别见怪。来，我们夫妻俩敬你一杯！"

秦宇与新郎新娘碰杯，说了句祝福话："祝你们白头到老，美满幸福。"然后一口将杯中酒干了。

午宴结束后，秦宇便向赵璇和王强辞别，两人说了几句客套话也没有强留，秦宇离开酒店，心情灰暗地开车来到绿城集团，进了自己的办公室。行政秘书给他倒了一杯纯净水，送到他案头。

秦宇端起杯子刚喝了一口，忽然觉得心口好痛。秦宇捂着心口在大班椅上坐下休息。自从今天在婚礼上见到赵璇的老公王强后，秦宇的心就一直疼痛不已，如果不是因为赵璇将宝贵的贞操交给了自己，将一片真心交给了自己，她岂会委屈自己嫁给一个比她大二十多岁的男人？

如果不是因为自己无法给她婚姻和幸福，她又怎么会草率地嫁给一个可以做她父亲的男人？

　　这还不是最重要的，重要的是这个老男人一点也不豁达大度，非但不像个君子，反而有点小人之心，霸道、狭隘、不近情理，谁要说这样一个男人会给赵璇带来美满幸福的婚姻生活，秦宇对此都会抱十二分的怀疑。

　　年轻美貌的赵璇嫁给一个比她大二十多岁可以做她父亲的老男人，仅这一点就足以让秦宇为赵璇感到心痛了。假如赵璇最终在这场不幸的婚姻中饱受屈辱和磨难，那么秦宇的心就更会痛了。

　　秦宇捂着心口，脸色苍白没有血色，他眼里聚满了泪水，低低地呢喃道："对不起，璇儿！是我辜负了你。"

　　秦宇清楚自己终究不是一个无情薄幸的男人。他对赵璇是动了真感情的，只不过人世复杂，许多真情真爱并不一定能修得正果。

3

　　十月怀胎，一朝分娩，方芸在医院生下了一个男婴，燕涛欣喜若狂，方芸也幸福不已。谁都看得出燕涛和方芸爱这个孩子，爱得非常炽热、真实。燕涛为儿子取名为燕无双。燕无双六个月时开始断奶，燕涛请了个保姆照顾小孩，天天喂孩子吃牛奶和其他营养品。他已打定主意让方芸迟早离开别墅，否则孩子长大懂事后便更离不开娘了。

　　这天，他开好了一张一千万元的现金支票，交到方芸手中。方芸握着那张支票如同握着一张死刑判决书，她恐惧地将支票扔到了地上，坚决地说："我不要钱，我要儿子。"

　　燕涛有些恼了："当初不是说好了吗？你给我生个儿子，我给你一千万。生个女儿给你五百万，现在你怎么又变卦了？"

　　方芸痛苦地说："孩子是从我身上掉下来的肉。我离不开他，你想把我们分开，这太残酷了。"

　　燕涛和颜悦色地劝说方芸："芸儿，我们虽然不是夫妻，但是形同夫妻，俗话说一日夫妻百日恩，你就依了我吧，我需要一个儿子。我这么大一份家业，不能后继无人啊。钱方面我可以尽量满足你，要不这样，我再给你加五百万。你乖乖地离开，不要拖泥带水，好不好？我不想你和孩子之间再有什么瓜葛，这样对他今后的成长不利。"

方芸依旧摇头拒绝："他是我的孩子,我是她妈妈,你叫我离开他,那不是要从我心头割下一块肉吗? 我是不会答应的!"

燕涛摇头叹息："芸儿,我一直认为你是个善解人意的女子,怎么你有时候倔得出奇呢? 你还年轻,你没有结婚,带个孩子在身边多有不便,也不利于你今后的婚姻生活。你现在缺的是金钱,只要有了钱,今后你就可以有自己的事业和爱情,孩子自然也会有。而我的情况特殊,我老婆不可能再为我生下一儿半女了,她有孕高症,一生小孩就会有性命之忧,所以我才让你为我生了一个儿子。芸儿,我们好合好散。当初你跟我也是你自愿的,我没有逼迫你。现在我还你自由,给你金钱,我对你也算是有情有义仁至义尽了吧? 你觉得你有必要跟我纠缠下去吗?"

方芸知道燕涛说的是实情,他对她的确是不错,可是她并不是一个势利虚荣贪财的女子。她跟燕涛不是为了赚钱享乐,而是为了救生命垂危的哥哥。她现在不舍得离开孩子也绝不是想要挟燕涛,从他身上多榨点油水,而是发自内心的真挚情感。她爱这个孩子,另外,还有一个原因她不敢说出来,这个孩子是她跟秦宇的爱的结晶。

方芸从保姆手中接过孩子紧紧地抱在怀里,说："燕涛,我不是不讲道理,这个孩子是我十月怀胎生下来的。他在我肚子里一天天长大。我每天都抚摸着他和他说了许多话,孩子出生时我经受了撕裂般的阵痛。这孩子是我的命根子,你叫我离开他,我做不到。"

燕涛霸道地说："做不到也要做!"说着就要从她手中抢过孩子。孩子在两人的争夺中哇哇大哭。燕涛见方芸不依不饶,又气又恨,抬手便狠狠地打了她一个耳光。这一巴掌将方芸打懵了,眼泪汪汪地望着燕涛。燕涛也呆了,这是他第一次打方芸。一直以来,方芸从来没有让他生过气动过怒。

方芸哭了起来："燕涛,你好啊,你打我! 我什么地方对不起你了,这两三年我足不出户地侍候你,将我一生中最宝贵的青春年华都交给了你,就算是还债,我也还清了,你凭什么打我? 你有什么资格打我?!"

燕涛自知理亏,他知道他无法了结这起孽债。他想来想去决定借用另外一种力量逼迫芸儿离开。他安排一个司机去兰丹老家将他的元配妻子接来。

燕涛的结发妻子是个比较典型的城市女人,她有一个最大的优点就是聪明、现实,知道事情的轻重。她清楚现在这个社会有钱的男人没有几个不花心的,她对丈夫在外面养小蜜包情人这些事情早已司空见惯了。在她看来,只要男人不和她离婚,只要男人能够给她大把大把的钞票,她可以任由男人花天酒地。

第二天,燕涛的妻子来到听风阁。燕涛的诡计得逞了,他拿方芸没有办法,但是他的元配夫人对方芸有的是办法。这个肥胖的女人对方芸破口大骂,骂她破坏她的家庭,骂她不要脸,骂她不识相。方芸气得浑身发抖却无力反驳。她根本不是这个泼妇的对手,最后只得含泪离开了别墅,连燕涛事先说好给她的一千万元补偿也没要。

方斌得知妹妹受到欺凌后,跑到听风阁跟燕涛算账,他扑过去要打燕涛,被范僧架住了,他不是范僧的对手,打不到燕涛,只好指着他的鼻梁破口大骂:"燕涛,你这个为富不仁的畜生!你会不得好死的,你霸占了我妹妹,毁了她一生的幸福!如果她有个什么三长两短的,我饶不了你!"

方芸离开燕涛别墅的当天,燕涛将秦宇叫到跟前,吩咐道:"阿宇,我知道你跟方斌关系不错,这两张支票,这张一千万的是我事先承诺给方芸生儿子的奖励,另一张一百万是我给方斌的补偿。你把这两张支票交到方斌手中,好好安抚一下他,劝他离开集团,以目前这种状况,他已经不适合在集团任职。"

秦宇于是打电话约了方斌,两人来到亚西酒吧喝酒,点了一瓶人头马XO。两人边喝酒边发泄怨气,一瓶酒喝完了又要了一瓶。在方斌有了几分醉意时,秦宇问他以后有什么打算。方斌说:"我打了燕涛,在公司已经待不下去了,待下去也没有什么意义了。我打算自己做点事情,开个餐馆或者酒吧什么的。"

秦宇说:"你这样想是对的。现在你与燕涛之间已经产生了隔阂,甚至仇恨。再在集团待下去也是自取其辱,离开是最好的。"

方斌握紧拳头狠狠地在台子上砸了一拳:"可是我不甘心。燕涛这王八蛋对芸儿太过分了!我咽不下这口怨气!"

秦宇不失时机地将燕涛交给他的两张支票递给方斌:"方斌,你也别有这种想法,你不要去报复他。这样对你自己没有任何好处。这是燕涛给你们兄妹俩开的支票,这张一千万的是给芸儿的,这张一百万的是作为你离开集团的补偿。这么一笔丰厚的补偿也足以显示他这位A省首富的豪气。"

方斌挡开秦宇的手:"谁要他的臭钱?你拿回去,还给他!"

秦宇真诚地望着方斌:"方斌!你说我们还是不是朋友?是朋友你就听我说几句真心话。就算你和燕涛有仇,跟钱有仇吗?你很有钱吗?你要是有钱就不会给燕涛打工,你要是有钱当初就不会躺在手术床上等死,你要是有钱你妹妹就不会为了救你们作出牺牲!钱是个好东西,它可以实现你许多人生梦想和愿望。你犯不着充高尚跟钱怄气!燕涛这王八蛋给你的钱,你不要白不要!"

方斌怔怔地望着秦宇。秦宇接着说:"你不要用这种目光看着我,我不是燕涛的说客。我告诉你,虽然我是他的女婿,但我和你一样恨他,我不会帮他,只会帮你,你是我的朋友。你如果认为我说的话有道理,就收下这笔钱,不要犯傻。你想想,方芸离开了燕涛,一无所有。你也失去了工作,一切要从头再来。如果你收下这笔钱,今后你和芸儿就不会受苦了,你们可以开个公司或者开个店铺,过上幸福的生活。"

方斌觉得秦宇说得有道理,他觉得秦宇是全心全意为他们兄妹着想。他接过支票紧紧地握住秦宇的手,感激之情溢于言表:"阿宇,我没白交你这个朋友!"

半个月后,方斌和妹妹方芸在民族大道旁边找到了一处四百多平方米的两层楼面,花了两个月的时间装修,然后开了家"梦想"酒吧。开张那天,秦宇去捧场,送了两个大花篮。方斌和方芸热情地接待了他。

秦宇内心依旧眷恋着牵挂着方芸。离开燕涛之后的方芸比以前更美丽动人了,浑身散发着一股成熟迷人的风韵,稍事打扮更是美若天仙。只不过这天上仙子般的美女无法掩饰她眉目间那抹似乎很淡又似乎很浓,浓得化不开的忧愁。这缕忧愁让她显得更楚楚动人,同时也更令秦宇牵肠挂肚。

梦想酒吧因为有芸儿这样一位风姿绰约的美女,生意出奇的好,一些有钱的男人趋之若鹜,时常开着名贵轿车呼朋引类来这里喝酒。

这天晚上,秦宇开车来到梦想酒吧。方斌开了瓶上好的洋酒,和妹妹方芸坐下来一起陪秦宇喝酒。酒过三巡,方芸向秦宇询问起儿子燕无双的情况。秦宇告诉她孩子正健康快乐地成长着,长得很乖,人也聪明,从孩子身上可以看到她的影子,孩子有几分像她。芸儿听着听着,眼里就有些发潮了,她说:"我真想去看看他。他毕竟也是我的亲骨肉啊!"

秦宇劝慰道:"芸儿,相见不如不见。见了你只会更痛苦、更难舍。真的,我劝你忘掉过去的一切,你还这么年轻,如果你喜欢孩子,可以找一个真心爱你的男人生一个小孩。这样你就可以慢慢地把感情转移过来。"

方芸伤感而苦涩地摇头道:"我已是残花败柳,这辈子不敢再奢望有人会真心爱我了,我也不想再去爱谁了。爱来爱去太苦太累了。"

秦宇痛心地对方芸剖白自己的心扉:"芸儿,你为什么要这么伤害自己?在我心目中,你不是什么残花败柳,而是一个圣洁的仙女!你不仅仅有美丽的容貌,更有纯洁、善良的心灵。你的忠贞、你的刚烈、你为救亲人宁愿牺牲自己那种义无反顾的精神,就是世间男儿也要汗颜啊。如果你愿意嫁给我,我马上跟燕菲儿离婚。"

方芸坚决地摇了摇头:"不行。燕菲儿对你一片痴心,她是个好姑娘,我不能伤害她。我不能这么自私,我不能这么做。"

秦宇说:"芸儿,我心中最爱的人是你,永远是你!我当初跟菲儿结婚只不过是为了报复燕涛,从一开始菲儿就注定了要成为我和燕涛对决的牺牲品。"

"不！如果你真的这样残酷无情，我会看不起你的。我知道菲儿这丫头是真心爱你的。她把你当做了她的全部，你怎么能抛弃她呢？就算你跟燕涛有再大的仇恨，可菲儿是无辜的。你不能这么做。"方芸态度坚决。

※ 4 ✦

燕涛的老婆在老家兰丹出了车祸，因抢救无效身亡。燕涛带着女儿女婿回兰丹忙完妻子的丧事后回到兰宁，深思熟虑了好几天，然后来到了"梦想"酒吧，出现在方芸面前。

方芸接待了这位特殊的客人，拿了一瓶好酒陪同他小饮。燕涛说："芸儿，我今天来这里是想接你回去。我老婆几天前在家乡出车祸死了。你是无双的亲生母亲，我想接你回去照顾他一辈子，不知你愿不愿意？"

方芸怔怔地望着燕涛，她如同听他讲述一个天方夜谭的故事，毫无思想准备。燕涛接着说："芸儿，我知道我以前有对不起你的地方，但我希望你能够理解我。以前我有老婆，她是我的结发妻子，一起共过患难。尽管我不怎么爱她，但是我不能抛弃她，只能舍弃你。现在情况不同了，她走了，这也许是天意。芸儿，一日夫妻百日恩，我相信你对我还是有感情的，就算你对我没有感情，你对儿子总有感情吧？你回到我身边来，好吗？"

方芸的心情杂乱无章，她的确割舍不下对儿子燕无双的思念。这个孩子是她今生最深最重的牵挂。她可以不爱燕涛，但她无法不爱她的儿子。她陷入了矛盾的迷宫，不知何去何从。

燕涛见芸儿犹豫难决，便说："我知道让你一下子拿出决心来的确是有点难为你了。这样吧，我给你一段时间考虑，你考虑好了随时可以回来。无双非常乖，非常可爱，现在他不但会叫爸爸妈妈，而且学会了走路。我想你一定非常想念他吧？"

方芸的眼睛有些发潮。

当晚，方芸主动约了秦宇，他们一起去逛街、一起吃宵夜，然后一起坐出租车回到酒楼。方芸牵着秦宇的手进了自己的房间，主动将身子交给了秦宇。秦宇非常激动，非常亢奋，他对她爱怜不够，他一遍又一遍地亲吻她抚摸她。他的手在她美妙的身体上游走，他抚遍了她全身的每一处动情区，当他进入她的身体时，他清楚地看到她眼里有泪。

此时，他不知道她的泪水所包含的含义。他不知道这个女人今晚对他的爱只是一种诀别。他不知道这女人眼里流出的不是幸福的泪水，而是忏悔伤感的泪水。他不知道这一向循规蹈矩的女人今晚主动献身于他不是因为要永远和他相爱，而是因为明天就要回到燕涛身边。

第二天，当秦宇从燕菲儿口中得知方芸回到了她父亲身边时，他惊呆了，此时，他才回味过来昨夜的温存只是昙花一现的虚情假意。秦宇悲怆到了极点，当夜喝得酩酊大醉。

这天，芸儿回"梦想"酒吧看望哥哥方斌，正巧遇上了秦宇在酒吧喝酒，秦宇喝得昏天黑地的，方斌扶着他进后院的房间休息。秦宇躺下后，方芸走进了房间，她决定好好和他谈一次话，将自己的苦衷告诉他。她来到床边，轻轻地饱含深情和愧疚唤了他一声，秦宇睁开迷蒙的眼睛，看见面前站着的就是自己魂牵梦萦的女人，他冲动地一把抓住方芸的手，抓得紧紧的，抓得她生痛。

秦宇愤慨地说："你为什么要欺骗我的感情？你为什么要害我痛苦伤心？芸儿，我对你如此深情，你为什么要伤害我？"

方芸痛苦地说："阿宇，燕涛的老婆出车祸死了，他来找我，要我回到他身边去。我对他是没有爱情，但是我割舍不下对儿子的感情。我是他的亲生母亲，他不能没有妈妈。"

秦宇说："他不会没有妈妈的，燕涛有的是钱，他不愁没有女人，也不愁没有老婆。他会给他找个后妈的。"

方芸摇头说："阿宇，我不放心把儿子交给燕涛，更不放心交给别的女人。我必须回到孩子身边，我要一辈子照顾好他。你知道为什么吗？因为无双是你的孩子。"

秦宇大惊失色，他怔怔地望着方芸，似乎在听一个天方夜谭的故事。方芸眼里无声地滑落两行泪水："阿宇，无双真的是你的孩子，因为每次燕涛跟我做爱之后我都会服用避孕药，而你从兰丹回来那天闯进我房里，事后我却没有采取任何措施，我以为不会有事的，没想到却怀上了。这些事情燕涛根本不知情。阿宇，为了我们的孩子，我必须回到燕涛身边。我已经答应跟燕涛结婚，尽管我跟他的婚姻只能是一场同床异梦的悲剧，但为了孩子，我也只有将这个悲剧进行下去。今后我不会再跟你发生任何关系，如果你不能理解我，那你就恨我吧！"

方芸擦干眼泪走出房去。秦宇躺在床上万念俱灰。

一个阳光明媚的日子，燕涛和方芸双双去办理了结婚手续，成为了合法夫妻。接下来，他们选了个黄道吉日举行了婚礼。婚礼空前的隆重热闹，几乎兰宁所有的豪门和名人都应邀参加了这场颇含深意的婚宴，能被兰宁首富燕涛邀请本就是一种身份的象征。

婚礼由兰宁最闻名的千禧婚庆公司的两位金牌司仪阿灿和阿美主持,婚礼分为五个步骤。第一步是钟楼纳福,教堂洗礼:新郎新娘先是在钟楼撞钟纳福,然后新郎新娘乘坐林肯六开门豪华大房车,在宾客们超过百辆的豪华进口顶级轿车的簇拥下来到教堂,经过牧师的祝福洗礼,双方神圣地宣誓,相互交换了结婚戒指。

第二步是全城见证,空中定情:新郎新娘和伴郎伴娘乘坐飞艇,游览兰宁全城,飞艇上悬挂着祝福标语,两架高价租赁的直升飞机跟随摄像,并在天空抛洒鲜花,漫天的花雨见证了这场旷世隆重昂贵的婚礼。

第三步是共栽连理枝,漂流瓶许愿:新郎新娘在伴郎伴娘的簇拥下下了飞艇,然后是夫妻共栽连理枝,往邕江抛洒装有各自许愿纸条的漂流瓶。

第四步是花车巡游,上百辆豪华轿车跟随:新郎新娘乘坐林肯大房车,上百辆豪华顶级轿车紧紧跟随,数台摄像机跟随摄像,包括直升机空中跟随摄像。

第五步是骏马报喜,大宴宾客:林肯花车和上百辆豪华顶级轿车巡游全城之后,开进了听风阁庄园,庄园里的三幢别墅里里外外摆满了两百多桌宴席。宴席上有最好的红酒和香槟和色香味俱全的宫廷菜式。在婚庆公司两位金牌司仪的主持下,婚宴开始启动,一片杯觥交错声此起彼伏,新郎新娘穿梭于宾客之中举杯向贵宾致敬,宾客们则举杯向新郎新娘贺喜。

婚礼的每一项活动都是大张旗鼓声势浩大的,在整个兰宁城出尽了风头。燕涛事先曾对方芸说过:"我要以这座城市有史以来最隆重最盛大的婚礼迎娶你,我不但要给你名分,而且还要给你荣耀。我现在才明白你是我命中注定的妻子。"燕涛没有食言,他有的是钱,他有能力做到这一点。而方芸似乎看上去也很幸福,她的脸上溢满了笑容。

秦宇的心落入了绝望的深谷,他知道他这辈子再也无望得到方芸了。而方斌也不希望妹妹嫁给燕涛这个混蛋。他妹妹跟这种男人过一辈子是不会幸福的,这根本就是一桩没有爱情的婚姻。方芸嫁给燕涛不是为了名不是为了利更不是为了贪图享受,而纯粹是无法割舍对儿子燕无双的那份母爱。唉!芸儿!你这可怜、可悲、又可敬的女人啊!

酒宴的豪华奢侈程度更是令人瞠目结舌,人世间只要有的奇珍异味全都收罗来了,有天上飞的、地上跑的、山上野生的、海里成长的……生猛海鲜、山珍野味,宫庭大菜是应有尽有,尚未开席之时就让宾客们口水直流,开宴之后一个个吃得满嘴流油不亦乐乎。酒水则全是人头马XO,敞开供应。

也许是酒宴的档次太高酒菜太好,于是便令宾客们生出了许多感慨,于是许多人吃着喝着便有了愁绪。男人们想:看看人家这才叫结婚,多气派呀!有钱真好,想要什么就有什么,想干什么就能干什么。女人们想:看看人家新娘子,那才叫幸福,才叫不枉此生,唉,这辈子要是我能嫁个这样的老公就好了。

愁绪一上心头,人们的行为也就乱了套。于是,许多人喝醉了酒。于是,有人当场吐得一塌糊涂;于是,有人在大庭广众之下胡言乱语;于是,有人喝醉了酒便露出本性,或大哭或大笑,本来一场高规格的婚宴便结果闹了个丑态百出。于是,燕涛便在心里恶狠狠地骂:这帮土包子!这群下贱之徒!这些扶不起的阿斗!这伙没见过世面没有品位的东西!

秦宇和燕菲儿、方斌和段蕾同坐一席。秦宇心事重重,喝了几杯酒,动了几下筷子,午宴过后便悄悄地落寞地离开了。跟燕涛和方芸连招呼也没有打一个,燕菲儿一直默默地关注着秦宇,见他离开便也默默地尾随着离去。

秦宇钻进轿车,刚要发动车子,燕菲儿钻了进来,坐在副驾驶位上,安慰道:"阿宇!我知道你喜欢方芸。不过现在芸儿已经跟我爸结婚了,而且是奉子成婚,我爸对她宠爱万分,你就别再挂念她了吧,你不是还有我吗?你为什么就不能学会放手呢?"

听到燕菲儿说方芸奉子成婚,秦宇内心苦涩难言,燕菲儿又哪里知道燕无双是他的孩子。这个秘密除了方芸之外,这世间没有第三个人知道。连当事人燕涛也蒙在鼓里。秦宇自然不会将这个秘密告诉燕菲儿。

秦宇轻轻地笑,抚摸了一下燕菲儿柔顺的长发,安慰燕菲儿:"菲儿,我没有挂念她,你别胡思乱想。今生今世,我有菲儿就够了。"随即发动车子,离开了听风阁。

方斌今天的心情也很不好,想到妹妹就此上了燕涛的贼船,心里非常难受,便借酒浇愁,很快便喝得酩酊大醉。方斌喝醉了话多,当新郎新娘来向他这个做哥哥的敬酒时,他摇摇晃晃地站了起来,指着燕涛的鼻梁说:"燕涛!芸儿是我唯一的亲人,我现在把他交给你,你一定要好好待她,丑话说在前头,如果你欺负了她,我会跟你拼命的!我可不管你多有钱多有势,只要你伤害了芸儿,我照打不误!"

方斌说着还对燕涛挥了挥拳头。这番话尤其这个动作让燕涛十分不快,从来没人敢这么不尊重他,只有这个不知好歹的家伙,上次在别墅他想对他动粗被范僧架住了,他没跟他计较,没想到今天在这大喜之日他居然又当着众宾客的面羞辱他。燕涛的脸色当时就变了,方斌没看出来,但方芸看出来了,她轻轻地捏了一下燕涛的手,小声说:"我哥喝高了,你别跟他计较。"

燕涛听了美人安慰,这才微微一笑,故作大度地对方斌说:"放心吧!我疼芸儿还来不及呢,怎么会欺负她伤害她?如果我真对不起芸儿,你这个当哥哥的尽管对我兴师问罪!"

燕涛和方芸敬了方斌一杯酒，然后挽着新娘走了。

当燕涛背过身去的时候，方斌没有看到他脸上流露出的冷傲和不屑。

★ 5 ★

方芸与燕涛的婚姻生活可谓是波澜不兴，没有激情，也没有争吵，她完全将她的爱与全部的生活重心放在了儿子燕无双身上。对燕涛各方面的情况向来不闻不问，就算燕涛偶尔外出应酬彻夜不归她也是无动于衷，她似乎永远是那么娴淑、恬淡、温柔。

然而，这种没有爱情没有激情的日子过久了，裂痕自然就会暴露出来，这天，燕涛从外面喝醉了酒回来，趴在方芸身上发泄了兽欲之后大发雷霆，并大打出手，嘴里骂道："妈的，跟你做爱还不如跟个妓女做爱，躺在床上就像头死猪，你就不会配合一下吗？你就没有半点激情吗？"

方芸一声不吭，既不挣扎也不反抗，更不辩解，只是冷笑着盯着燕涛，盯得燕涛心里直发虚。

方芸的眼神饱含着鄙夷与仇视，她就像一个圣洁的女神，面对残暴报以的只是心灵的震撼，她不屑于反抗与争辩。燕涛的酒慢慢醒了，心也就越来越虚了，连忙向方芸认错："芸儿，对不起，我不该打你啊。我这是喝高了，犯混了。"

芸儿表情冰冷，依然不声不吭，抱起被惊吵醒的儿子走出了房间。燕涛于是觉得自讨没趣，于是觉得有气也没处撒了。他不能继续对一个不吭声不反抗的女人大打出手，那样太没风度了。况且这女人就像天上的仙子一尘不染，她是那么的高雅与圣洁，面对暴力，她表现出的只有宽容与轻蔑。他彻底地败下阵来。

燕涛于是便砸东西解气，他将方芸的梳妆台砸了，将床头的电话砸了，将床头的烟灰缸砸了，将卧室客厅里的茶几、灯台全掀了砸了。觉得还不解气，便又将他与方芸的结婚照撕了个粉碎。他的胸脯气得一鼓一鼓的，他眼睛里的怒火闪烁着像只凶兽。

最后没有了发泄的对象，燕涛便痛苦地嘶声吼叫起来，其声凄厉，充满了怨愤。他最不服方芸用那种冰冷淡漠的眼神看他，也最害怕方芸用那种冰冷淡漠的眼神看他。她再怎么高雅也只是一个女人嘛，这世间漂亮的女人多了去了，以他燕涛的财势地位想要什么样的女人没有啊，如果不是为了燕无双，他才不会如此委屈求全呢。

方芸带着儿子到客房睡了一宿，第二天一大早趁燕涛还没起床抱着儿子带了几件洗换衣服来到了梦想酒吧。方斌见妹妹脸上身上有青紫伤痕，便知是燕涛所为，他恨得咬牙切齿："我去找燕涛这王八蛋算账！这王八蛋欺人太甚了！你有什么对不起他的地方？他居然打你打成这样！"

方芸儿："哥！你不要多事，没什么大不了的。算了。"

方斌气愤地说："妹妹！我是你哥啊！我是你唯一的亲人。你受了委屈我这个做哥哥的不该为你讨回公道吗？"

方芸淡淡一笑："两口子之间难免会有磕磕碰碰的时候，你就不要多管闲事了。哥，你听我的好吗？你去找他只会给我添乱。"

方斌只好作罢。

晚上，方斌一夜没有睡好，思前想后，他觉得他这个做哥哥的有责任保护自己心爱的妹妹，也有权力教训燕涛这个混账妹夫，如果不给他点警示或教训，以后说不定他还会变本加厉欺负芸儿。

次日上午，他打了辆出租车来到听风阁，找燕涛算账。方斌走进别墅时，燕涛满脸堆笑地起身想迎，并叫佣人为方斌倒了一杯水，说："坐吧，我正打算中午去找你呢。芸儿在你那儿吧？昨晚她没有回家。"

一提起这事儿方斌就更恼火了，他将佣人递给他的水往燕涛脸上泼去，骂道："你不打她，她会不回家？你为什么要打我妹妹？她什么地方对不起你了？"

燕涛愤怒地盯着方斌，目光如刀，他没想到这个身份卑微的家伙居然一而再再而三地羞辱自己，他的身份和地位是何等的尊贵？在兰宁这地方一呼百应，踩一踩脚地都要摇三摇。岂能受此羞辱，他指着方斌恶狠狠地骂道："如果不是看在你是芸儿的亲哥哥的份上，我早就灭了你！你居然敢对我发威，太不知天高地厚了！"

方斌大胆地迎视着燕涛，说："有种你他妈的弄死我呀！我告诉你，只要你欺负芸儿，我就敢跟你拼命！"

燕涛指着方斌的鼻梁说："芸儿是我老婆，我们是合法夫妻，就算偶尔发生点摩擦，也不关你屁事！你他妈的最好知趣点，我告诉你，我想做什么就做什么，你没资格管教我！你不要以为你是芸儿的哥哥就能对我放肆，范管家，把这不知天高地厚的家伙扔出去！"

范僧几步上前，以箭指在方斌身上迅速点了几处穴道，方斌空有身功夫却瘫软无力，使不出来。范僧扛起方斌，真的就将他扔出了别墅，并叫来两个护院保镖将方斌抬出庄园。扔到庄园之外，以后没有老板吩咐不准放他进来。

方芸在梦想酒吧一住就是半个月，把燕涛折磨了个半死不活，他倒不是离不开这个女人，这个女人对他虽然有点重要，但更重要的是他的宝贝儿子，这么久没见到儿子他心里不是滋味，那种失落与想念交集的感觉挺抓人的。以至于他心情烦躁，看什么都不顺眼。这天晚上他终于坐不住了，叫上保镖带上范僧开车来到梦想酒吧，亲自接方芸回家。

　　晚上是酒吧生意最忙碌的时候，方斌和雇员正忙得不亦乐乎，见燕涛来了，方斌冷冷地白了他一眼没有答理他。燕涛也没有与方斌打招呼，径直穿过酒吧的一个侧门往后院走。

　　方斌示意一位服务小姐将他拦住了，服务小姐说："先生！后面是老板和我们的起居之处，闲人免入！您要喝酒请在楼下或楼上落座。后院不是营业之处。"

　　燕涛回头看方斌，方斌故意扭开头不看他，气得燕涛吹胡子瞪眼睛白搭。燕涛说："我找方芸，她是你们老板的妹妹，也是这间酒吧的老板，我是她老公！"

　　服务小姐不客气地说："你是燕老板吧？芸儿姐吩咐过了，她不想见你，请您回吧，不要在这大声喧哗，影响我们做生意！"

　　服务员的声音惊动了方芸。她从后院抱着孩子出来，燕涛一见儿子，心情便大好起来，他上前几步从方芸手里接过儿子，赔着笑脸道："芸儿，我来接你们母子回家，我向你认错。我再也不敢打你了。"

　　方芸原本也没打算跟燕涛闹一辈子，毕竟现在她是他的合法妻子，是一家人了。如今见燕涛主动来接她们母子，并向她认了错。便顺势找了个台阶下，当即跟着燕涛一起回家了。

　　当晚，燕涛想跟芸儿亲热一番，芸儿冷冰冰地拒绝了他。燕涛怔了片刻，觉得不服气，心想：你是我老婆，我碰都碰不得吗？在外面老子扭不过你，进了家门你不能胳膊扭过大腿，我就不信征服不了你。想罢便动起粗来，强行将她按在床上剥掉了她的睡衣睡裤，方芸起初反抗了一阵子，见无济于事便干脆不动了，死人般躺在床上任由燕涛胡作非为。

　　燕涛运动了一阵子，忽然觉得非常悲哀。跟这种女人做爱和与一具死尸做爱又有什么区别？一动不动的，没有半点激情与欲望！性爱的最高境界是双方配合，共同达到高潮，女人在床上是越放荡越野性越风骚越主动越好，这样才能激起男人的性欲，而像方芸这样的女人，她不但不会主动满足一个男人，相反她会让你兴致索然，提不起劲来。

　　燕涛从方芸身上下来，恶狠狠地说："芸儿，你给我听好了，从今以后，我再也不会碰你一下，我要让你守一辈子活寡！我也不打你了，不骂你了，这个家有吃有喝有钱花,在物质生活上,我会尽量地满足你。但是我要在精神上折磨你,我要把你的心囚起来,让你生不如死!我不会跟你离婚,离了婚你就可以瓜分老子的财产。我可没那么傻。我要让你生不如死地在这幢别墅里过一辈子,你才二十六岁,这辈子还长着呢,你就慢慢熬吧!"

燕涛说完便穿戴整齐出了房间,叫上保镖,开车出去寻欢作乐去了。男人腰包里有钱,要想找乐子,在兰宁有的是去处。燕涛在这方面可谓是轻车熟路。

✦ 6 ✦

燕涛和芸儿的关系越来越僵,终于有一天这种同床异梦貌合神离的婚姻关系彻底拉爆。

某一天,燕涛家中来了几位贵客,逗弄着奶妈手里抱着的燕无双,忽然有一个人说:"燕董,这孩子挺像他娘。"

燕涛说:"儿像娘,代代强啊。"

那人又说:"可是这孩子看起来一点也不像你啊。"

燕涛心里咯噔一下:"你胡说八道,这八九个月不过岁把的孩子,怎么看得出来?"

表面上这么说,可心里燕涛却极其不是滋味,仔细端详这孩子的确不像他,倒有几分像秦宇那小子。燕涛心里有了一个疑团,这疑团像块棱角分明的石头,硌得他心里难受。于是有一天,燕涛便瞒着方芸抱着孩子去做了亲子鉴定。

鉴定结果十分明确。这孩子不是他的。跟他一丁点血缘关系都没有。燕涛彻底疯狂了。妈的,闹来闹去他这是为他人作嫁衣裳啊。自己如此疼爱燕无双,结果疼的却是别人的儿子。

燕涛回家便将亲子鉴定单甩到方芸面前,毒打了她一顿,打得她遍体鳞伤,身上青一块紫一块,浑身没有一块好肉,逼她说出燕无双是谁的种。方芸宁死不屈,就是不吭声,只是以冷傲的眼神跟他对视,居然连一点心虚理亏的感觉都没有。

燕涛狰狞地笑着:"你不招认我也知道,这孩子是秦宇这王八蛋的种!不仅仅因为这孩子长得像他,最直接的证据是你心里只喜欢他,而且只有他才有机会跟你通奸。”

燕涛越想越气：“妈的，难怪给他集团股份他不要。他妈的他早就算计好了，娶了菲儿不说，还把你的肚子搞大了，让我给他养儿子。最终我的家产全部落到他手里！他这一手好狠毒啊！我燕涛纵横江湖几十年，还没见过如此工于心计的畜生啊！”

此时的燕涛就像一只凶残的恶狼，他恶狠狠地说：“这畜生一再触犯我的底线，他跟夏飞燕通奸，我没有跟他计较，我可以容忍他给我戴绿帽子，但是我不能容忍他剥夺我做父亲的权利！他想我为他养儿子，最终坐享其成霸占我的家产，没门！”

燕涛怒不可遏，猛然一把从奶娘手里抢过燕无双，就要朝地上掼去，这一刻，一向柔弱的方芸忽然像疯了般扑过来，狠狠地用头撞击在燕涛的腹部，将他冷不防撞倒在客厅的沙发上，孩子落在一旁吓得哇哇大哭，奶妈眼疾手快慌忙抱起无辜的孩子，夺路逃出了套房客厅。

燕涛大骂着起身要追赶，方芸抓起茶几上那把锋利的水果刀，猛然向燕涛身上扎去，边扎边狂吼：“你要杀我儿子，我就杀你！”

方芸长期积压在心中的愤怒和仇恨在这一瞬间如火山般爆发。她疯狂地朝燕涛连刺了几刀，最后见燕涛不动了，她才“咣当”一声扔掉沾满鲜血的水果刀，虚脱般坐在地毯上。

望着躺在血泊中一动不动的燕涛，她一点也没有惊慌，她抓起电话，首先拨打了110，从容而平静地说：“我杀人了，我杀了一个畜生！”

接着，芸儿又给方斌打了个电话，她说：“哥！我杀了燕涛，我也不想活了。我死后，请你替我把儿子扶养成人。”

方斌来不及细问缘由，他清楚妹妹的个性，忙劝解道：“芸儿，燕涛这畜生该死，杀了就杀了，你犯不着为他陪葬。你去自首吧，一定可以争取到法律的从轻发落。你千万不要做傻事，我马上赶到。我打电话叫秦宇一起来！”

方芸惨淡地笑道：“哥，谁也救不了我。一直以来，是我自己屈从了命运，承受着没有欢乐没有尊重没有情爱的悲凉生活，我已经承受够了，不想再偷欢苟活。我已厌倦了这个世界，我将远离尘世的纷扰和忧伤，到另外一个安宁的世界去。哥，不要因为我的死感到悲伤，死是我灿烂的归宿，也是我唯一的最好的解脱！”

在方斌的近乎嘶嚎的劝阻声中，芸儿挂了电话，随即整理了一下秀发，一步步登上了别墅楼顶。她惨淡而灿烂地在夜色中微笑着，一头从楼顶扎了下来。

范僧听到奶妈的惊叫声之后迅速冲进卧室，看了燕涛中刀的部位，没有伤及要害,再把了一下脉搏,发现人还活着,只不过失血过多加上受了惊吓,昏死了过去。于是连忙点了他身上的几处穴道,替他止血,然后打电话叫来保镖将燕涛迅速送往医院抢救。

警察接到报案后拥进听风阁,冲进别墅,发现方芸鲜血四溅地倒卧在别墅花园的水泥小径中,一丛四季兰在旁忧愤地开放着。

方斌和秦宇相继赶到,目睹方芸香消玉殒的娇躯,两个男人嘶声痛呼,泪如雨下。

★ 7 ★

燕涛整整在医院躺了一个月,才痊愈出院,对于方芸的死,他不但心中没有丝毫愧疚,反而充满了一种心有余悸的憎恨——他憎恨芸儿差点要了他的性命,让他再无福消受这世间的如云美女。

燕涛出院当天,秦宇便向他递交了辞呈,公然跟他闹翻,他指着燕涛的鼻子说:"燕涛,我告诉你,方芸是我这辈子最爱的女人!你害死了她,我会为她讨回公道的。从今天起,我正式向你宣战,你就等着做噩梦吧!"

燕涛狂笑:"秦宇,你太把自己当回事了,无论你多么有才华有能耐,在我眼里也是一文不值,如果不是看在你叔叔跟我交情不错的份上,我随时可以像捏只蚂蚁一样把你捏死!"

秦宇辞职后除结清了工钱外,没有从绿城集团带走丝毫财物,燕涛当初赠送给他的奔驰轿车他也留在了集团,车钥匙搁在他的办公桌上。辞职后,秦宇无所事事,在家休整了十多天,他要平复一下自己的心情,重新选择自己的人生道路。

这天,秦宇百无聊赖地步行逛街,不知不觉间逛到了赵璇的侗乡酒楼门口,他犹豫了片刻,还是进了酒楼。秦宇忽然记起自己已经很久很久没有跟赵璇见面了,这个在他生命中在他的感情世界里像一颗流星划过的女子似乎从他的记忆中抹去了。他愧疚万分:"我为什么会忘了赵璇呢?忘记一个曾经深爱过自己的女子其实并不是一件非常容易的事情,而我居然就真的差点儿将她抛到九霄云外,这说明我他妈的真是一个残酷无情的男人!"秦宇在心里这样骂自己。

赵璇腆着个大肚子,见秦宇来了忙上前相迎,招呼他坐下,并吩咐服务员沏茶。秦宇和赵璇面对面坐下，一时之间竟不知该说些什么，喝了口茶，他关切地问起了赵璇的生意及生活情况，赵璇简单地回答了他："好，一切都好。"

秦宇于是尴尬地笑了笑："好就好。看到你过得幸福，我也就安心些了。"

赵璇说："难道你对我还会一直心存愧疚？难道你晚上抱着燕菲儿的时候还会想起我？"

赵璇的表情带着一丝冷笑，秦宇知道她心里还是有些放不下以前的恩怨，事实上他的确是对不起她，于是便缄口不语了。赵璇见秦宇不吭声了，便缓和语气说："你近来还好吧？"

秦宇没有告诉赵璇自己已经辞去绿城集团总裁助理的职务，他说："还好，还是老样子。"

气氛有点冰凉和尴尬，两人一时不知道说什么好。赵璇见快到中午了，便吩咐服务员给秦宇来瓶好酒，上几个好菜。秦宇也没有拒绝，酒菜上来后，他便吃喝开来。正当此时，王强开着车子从外面回来，一进酒楼便故意大惊小怪地对秦宇打招呼："哟！这不是秦先生吗？有好一阵子没见了。听说你被燕涛踢出了绿城集团？是不是有这回事啊？"

秦宇冰冷地扫了王强一眼，没有说话。王强接着戏谑道："我听外面那些流言蜚语说是因为你跟燕涛的二老婆方芸有点不清不白的关系，燕涛才将你轰出绿城集团的。是不是真的啊？"

秦宇讨厌王强幸灾乐祸，讨厌他的装腔作势阴阳怪气，他瞪了他一眼，冷冷地说："没错，这很好笑吗？我告诉你，我还真天生了这副贱相，最喜欢玩别人睡过的女人。"

秦宇这句话将王强呛住了，他想到自己的老婆赵璇就是秦宇睡过的女人，他这不是在骂他捡了他的破烂吗？王强觉得面子上有些挂不住，回敬了一句："方芸已经跳楼自杀了，你去睡她的尸体吧！"然后又冲赵璇吼道："你闲着没事吗？腆着个肚子也不注意休息，有时间陪在这种烂人身边？！"

秦宇一把揪住王强的衣领，愤怒地说："你这种小角色少在我面前装腔作势，好好善待赵璇，别他妈的身在福中不知福！就你这种老男人，能娶璇儿为妻是你的福分。如果你敢欺负她，我会让你生不如死！"

秦宇松开几乎被勒得喘不过气来的王强，轻蔑地瞪了他一眼，头也不回地走出了酒楼。秦宇今天算是领教了王强的风度，他居然对自己大着肚子的老婆发脾气，看来赵璇嫁给他过得并不幸福。

秦宇内心的愧疚于是更深了。

第十九章：恩怨难了

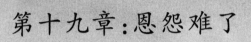

秦宇辞职之后，燕涛不得不回到集团亲自主持大局。某日，燕涛乘坐专车去集团上班，守候在他上班必经之路上的方斌驾驶着一辆别克车迎面向他撞了过去，意图撞死燕涛。

然而燕涛的专车防护性能好，气囊救了他一命，受伤并不重，而妄图跟他同归于尽的方斌却右腿两处粉碎性骨折，最终在这次蓄意谋杀中失去了右腿。所幸燕涛在交警勘查事故现场做询问笔录时没有控告方斌是蓄意谋杀，否则方斌还得遭受牢狱之灾。

当时燕涛的情绪十分复杂，内心十分矛盾，他清楚只要自己指认方斌是故意开车撞他，想置他于死地，方斌至少得受几年牢狱之苦，但燕涛想到方芸间接死于他手上，如今方斌也搬起石头砸自己的脚落了个重伤致残，而自己在对撞中并没有受到多大的伤害，思前想后，心底很难得地涌起了一丝怜悯之情，于是决定放方斌一马。

秦宇得知方斌出事的消息后，跑去医院看望他。方斌经抢救度过了生命危险，但为了保住他性命，医生不得不截去了他的右腿。秦宇看着失去右腿的方斌，痛心地责问："你这个草包，你这个笨蛋，你这个没脑子的东西！你为什么要选择这种方式对付燕涛，就算你跟他同归于尽了，你以为你妹妹在九泉之下能够安心？她不希望你出事，她要你好好活着！你知道吗？"

方斌流泪道："我知道！可是我做不到！芸儿是因为救我才走到今天这一步的！是我害了她。燕涛这畜生逼死了她，我必须替她报仇！可是我靠近不了他,他身边有太多保镖,还有范僧这个隐士高人,我无法近身。我只有选择开车撞他,跟他同归于尽。这回是他命大。下回我安了假肢,我还要撞他,不死不休!"

秦宇痛苦地摇了摇头,紧紧抓住方斌的手,说:"方斌,你别蛮干了。你这种杀敌一千,自损八百的方法是下下策,兵不血刃才是上上策。一切交给我吧。现在到了我跟燕涛算总账的时候了,旧恨新仇我要一起清算!对付他,我不会沾一点血腥味,就可以把他打垮!你好好看着就是了!"

接下来,秦宇利用自己以前担任绿城集团总裁助理掌握的核心机密,竭尽所能向燕涛展开了疯狂的报复。首先是绿城集团的偷税漏税问题,秦宇将绿城集团每年偷税漏税达数千万的确凿证据影印了几份,匿名邮递给了税务部门,很快税务稽查找上门来,查封了绿城集团的账目,勒令绿城集团停业接受处理。

随后,绿城集团两个分支机构虚假注册和酒店服务业有容留卖淫并存在吸毒贩毒人员的重大问题也被曝光,工商部门和公安部门都找上门来,绿城集团上上下下人心惶惶,一个个若惊弓之鸟。

这还没完呢,很快,更大的麻烦来了,国内几家与绿城集团有长期合作的国内大公司纷纷将绿城集团及法人代表燕涛告上法庭。其中以重庆某摩托车集团公司来势最为凶猛,派出三名公司高层和一个律师代表团长驻兰宁,与燕涛轰轰烈烈地打起了官司。

这家摩托车集团公司在国内外颇有名气,十几类产品不仅在国内占据相当大的份额,而且远销东南亚地区,在东南亚地区占据半壁江山。绿城集团是该集团公司在 A 省的总代理。因该产品美观大方性能良好而且价位适当,销量非常可观。燕涛看准这个势头,便委托兰宁一家摩托车配件公司仿造生产该产品配件,然后自行组装该产品,假冒正宗品牌投放市场,牟取暴利。

这一切都是在神不知鬼不觉的情况下进行的,只有燕涛和公司几位核心人物知道这个秘密。而总裁助理秦宇就是其中之一。他将自己收集的有力证据匿名寄给了该摩托车集团。很快该集团派员来到兰宁,在有关部门的协同下查证了事情属实,最后该公司中断了和燕涛的合约,并将绿城集团告上法庭。强烈要求绿城集团在国内外新闻媒体发表道歉声明,同时提出高达五千万元的索赔。

任何一家企业,只要信誉一坏,加上官司缠身,必然是兵败如山倒。燕涛于是便开始在唉声叹气中穷于应付各方的指责和索赔。同时对秦宇恨得咬牙切齿。暴跳如雷无法冷静的他甚至将怨气撒到了一向视若掌上明珠的女儿燕菲儿身上:"菲儿,都是因为你啊!要不是你看上了这白眼狼!燕家岂会遭此大难?"

燕菲儿痛苦不堪,她没想到自己一片痴情深爱着秦宇,最终却成为他和父亲战争的牺牲品。方芸死后,秦宇跟燕菲儿提出离婚,他直言道:"菲儿,我们缘分已尽,从一开始我便不爱你,我跟你在一起只不过是为了报复你父亲,报复他一再抢夺我心爱的女人!我跟你结婚只不过是为了有一天要跟你离婚,要抛弃你,让世人知道 A 省首富燕涛的女儿也会被人甩!我心里真正爱的女人只有一个,那就是方芸。但她死了,被你父亲逼死了!我恨这个为富不仁的畜生,也恨你,恨你是他的女儿!"

游戏人间纵意花丛的秦宇一向深谙女人可以玩弄身体却万万不能玩弄精神和心灵,什么事情都不能做得太绝,女人这种生物貌似柔顺骨子里却有着复仇的天性,而且很容易比男人更加疯狂和残忍,一般来说秦宇对女人都会抱着能温柔则温柔的态度。但是对燕菲儿,他却无法做到冷静和温柔,他像个复仇的狂徒,像个野蛮的禽兽。他深深地伤害了她。

燕菲儿哭着跑出了家门,怀着屈辱回到听风阁,回到父亲身边。但燕涛不在家,正在集团处理当前困境,燕菲儿心里盘算着父亲回家后自己怎么跟父亲说,她默默地打好了腹稿,就说自己想家了,想爸爸了,回来看看,住一段时间。冰雪聪明的她当然不会傻乎乎地告诉父亲秦宇已经提出跟她离婚的事情,在这个非常时期给心情不好的父亲增添烦恼。

燕菲儿在花园里冷静着沉淀着自己的情绪,花园里有一架秋千,荡秋千是她童年和少女年代最爱玩的运动,以前父亲会经常推着她荡秋千,那时候总是有太多的温情和快乐。而如今长大了,恋爱并嫁作了他人妇,却总免不了有太多的忧愁。

燕菲儿轻轻地拨掉秋千架上的落叶,轻轻地坐了上去,秋千悠悠地晃荡开来,而她的脸上没有甜蜜,只有伤感。这时,燕涛的专车从外面开进了听风阁,开到了别墅门前,燕菲儿收拾好自己的情绪,强颜欢笑迎上去,叫了声爸爸,然而这一回燕涛脸上流露的却不再是慈祥疼爱,而是反感和冷嘲热讽:"你回来干什么?你不是嫁了个好老公吗?你心里不是只有他吗?你现在可以不要我这个老爸了,你跟着他对付我好了!置我于死地好了!"

燕菲儿没想到一向疼爱她的父亲竟然会迁怒于她。这一刻,燕菲儿觉得人生是如此地无望,觉得自己的感情世界一片灰暗空白,两个原本是她生命中最重要的男人展开生死对决,她夹在中间,苦不堪言。原本温暖的亲情甜蜜的爱情,现在带给她的只是灾难,既然如此,生有何欢,死有何惧?

燕菲儿落泪跑进房间,将房门反锁上,从梳妆台的抽屉里找出一套修手、脚指甲的美容刀具,从中选了一把小巧而锋利的削甲刀。然后,她给父亲和秦

宇各写了一封遗书:

爸爸:

尽管您不是一个完美的男人,不是个称职的丈夫,但在女儿眼里您一直是世上完美的父亲,可如今您也不喜欢女儿了,不再疼爱女儿了。爸爸,您知道吗?阿宇今天对我提出离婚了,我的心已经被伤得好痛,好像体内的血一下子被抽干了,那种痛苦和绝望的感觉比死还难受。回到家,您又迁怒于我,爸爸,我好绝望,真的好绝望,我柔弱的肩膀扛不住这样的灾难和打击。两个我生命中最重要的男人成了仇人,其中最痛苦的不是爸您,不是阿宇,而是我啊,我夹在中间,真的好痛苦。我已经不知道怎么面对了,我想恐怕只有死才是最好的解脱吧。

爸爸,女儿不能为您尽孝道了,我走了,您多保重。别和阿宇斗了。让一步吧,何必斗得彼此伤痕累累呢!

女儿绝笔

阿宇:

你是我这一生最爱的人!你太优秀,太骄傲了。但也太无情,太残酷了。你让我心花怒放、魂牵梦萦,也让我肝肠寸断、伤心欲绝,我把自己全部深情和整个的灵魂都托付给了你。"衣带渐宽终无悔,为伊消得人憔悴"!这种刻苦的眷恋和痴情别人不能够体会,我却是深有体会。三百六十病,唯有相思苦,阿宇,你可知我爱你有多深,心里就有多痛?

阿宇,还记得我们之间的调笑吗?你说女孩子要死,不要跳楼,不要上吊,不要跳江,那样太惨烈了,死了不好看。最好服用安眠药,在熟睡中静静地离开这个世界,美丽而又不失安详。

我也喜欢美丽和安详,但同时,我内心更渴望能有一丝惨烈,若没有一丝惨烈,你又怎么会记住我,又怎么会知道我爱你有多深有多痛?所以,我没有听你的话,我选择了切脉自杀,既不失美丽和安详,又有一份决绝和惨烈。我想只有这样才能深刻地表现我对你的爱情。

阿宇!我知道就算我为你流尽今生最后的一滴泪,也许都看不到你后悔。那么,如果我为你流尽全身的最后一滴血呢?是不是你也是那么的无所谓?

阿宇!在你心里难道就真的对我从来没有哪怕一丝丝的爱意?难道我今生注定了只能沦为你报复我父亲的牺牲品?如果是这样,那么就让我惨烈地死去,只要你心里有一点点的痛,今生我便已无悔!

菲儿绝笔

一切就绪之后,燕菲儿决然地用削甲刀对着自己左手腕静脉狠狠地划了两刀,鲜血涌了出来,然后她静静地躺在床上,等待死神将她带走。

血,一开始如线倾涌,顺着燕菲儿的手腕流到木地板上,后来变成断线的珍珠,一滴一滴落到木地板上,发出空洞的声音。燕菲儿觉得眼皮越来越重,她呢喃道:"阿宇,对不起了,我要走了,到另外一个没有恩怨的世界去,我不能再爱你了。但愿我们还有来生,来生我会再好好爱你,跟你走完没有走完的人生路。"

2

燕菲儿以为自己死了,她恍惚之间看到许多穿白大褂,戴白口罩的人影在穿梭,在晃动。然后她便在一阵绞痛中慢慢地苏醒了过来。她觉得浑身无力,手脚都提不起劲来,她想挣扎着坐起身来,但连这一点也无法办到。

燕菲儿看到了父亲,看到了范管家,看到了以前一直照顾她饮食起居的保姆。他们一个个脸上都带着忧喜交加的神色。燕菲儿低弱地问:"我这是在哪儿啊?是天堂吗?"

燕涛痛苦地说:"菲儿,这是医院。是保姆发现你情绪不对,把你救下了。"

燕菲儿心如死灰,眼里涌出了两行清泪:"为什么要救我呢?让我死吧。阿宇不爱我了,爸爸也不喜欢我了。我活着还有什么意思?"

燕涛吓坏了,连忙抓住燕菲儿的手,说:"菲儿,爸爸喜欢你,你是爸爸的心肝宝贝,爸爸怎么会不喜欢你呢?你别胡思乱想了。都是爸爸不好,爸爸不该责怪你,不该将怨气发到你身上。爸爸对不起你,爸爸无能啊,居然斗不过秦宇这小子,被他搞得手忙脚乱失了方寸。"

医生进来,告诉燕涛等人病人失血过多正在输血需要休息,将他们请出了病房。燕涛不敢再大意,安排保姆留在医院照顾燕菲儿。然后对范僧说:"范管家,我求你个事,你去找一下秦宇这小子,把菲儿的遗书带给他看一看。菲儿如此一片痴心地爱他,如果他还有良心,就请他来看一看菲儿。菲儿这丫头这辈子是死心塌地地爱她,我怕她最终还是会想不开啊。只有这小子才能给她活下去的信心和希望。唉,冤孽啊!"

范僧来到秦宇家中,一见面便扑通一声跪在他面前。秦宇大惊失色,连忙扶起范僧:"范伯,你是隐世高人,怎能给我下跪,我可承受不起。起来吧,万事好商量,有什么话好好说。"

范僧起身,难过地说:"姑爷,我打又打不过你,除了给你下跪,我想不出还有什么更好的法子求你。你放弃跟老爷的恩怨吧,他已经被你斗得焦头烂额了。还有,小姐也成为了你们斗争的牺牲品,她昨晚自杀了,用削甲刀割了手腕,割了两刀,她这是一心求死啊。”

秦宇闻言大惊:“菲儿她……她死了?”

范僧摇头:“幸好保姆发现得及时,从阎王爷手里抢回一条命,不过她心如死灰,难保下回不会做傻事。现在只有你能救她,小姐是一心一意爱你的。你跟老爷就是有再大的仇恨,也不该祸及小姐啊。她是无辜的啊。”

范僧说着将燕菲儿写的遗书交给秦宇:“你看看小姐写给你的遗书吧,你看她的死志有多坚决,如果你不救她,我担心她还会自杀。”

秦宇接过泪痕斑斑的遗书。人非草木,孰能无情?更何况是风流浪漫的情圣秦宇。看完遗书,秦宇已经匍匐下身子,泪如泉涌:”菲儿!是我负了你!”

范僧和秦宇的父母站在秦宇身边,静静地等待着他做出决定。许久许久,秦宇收起那张遗书,折叠好,揣进西服内袋里,然后对范僧说:“范伯,带我去见菲儿。”

秦天元和谢芳也决定一起去,好好安慰安慰燕菲儿,叫范僧稍等,他们进房间换身漂亮衣服。

范僧高兴不已,悄悄地跑到外面给燕涛打了个电话,并规劝道:“老爷,您最好走开,我怕您和姑爷忍不住会在小姐面前发生冲突,这样会给小姐增添刺激的。”

燕涛说:“好吧,我回家去。告诉秦宇,好好待菲儿,如果菲儿有个三长两短,我倾尽家财也要跟他斗个鱼死网破!”

秦宇和父母随范僧来到医院,进了燕菲儿的病房。燕菲儿见到秦宇和公公婆婆的那一瞬间,恍若梦中。谢芳和秦天元劝慰了燕菲儿几句便悄悄拉扯着边给秦宇使眼色边退场了,把时间留给这对恩恩怨怨的小两口。

秦宇坐到床边,眼里满是歉疚之色:“菲儿,别做傻事了。我不会不要你的,我来接你回家,以后我不会让你受委屈的。”

燕菲儿情不自禁“哇”地一声扑进秦宇怀中,将头埋在他怀里低低地哭泣:“阿宇,如果今生你能为我流一滴泪,我即使是为你去死,也不会带有一丝的遗憾。没有人能够体会到我爱你之深,爱你之真,爱你之痴,爱你之痛。你这个冤家,也许是我前生欠你太多,便要用尽今生的眼泪和伤痛来偿还!”

什么是爱?纵情声色,夜夜新郎不是爱。什么是情?放浪形骸,见花便折不是情。爱是一份心疼而幸福的温柔和怜惜,情是一份心动的呵护和收藏。而爱情是一种不离不弃的承诺和责任。可惜的是现今这时代爱情已经离我们太远了,成为一种不敢奢求的奢侈品。

秦宇忽然间有了一种心痛的感觉,他轻轻地拍打着燕菲儿的肩膀,轻声呢喃道:"菲儿,也许你不知道,其实你一直是今生最让我心痛的女孩。世上最遥远的距离不是生离死别,不是我就站在你面前,你却不知道我爱你,而是明明知道彼此相爱,却还得故意装作丝毫没有把你放在心里。菲儿,假如这世上有一万个人爱你,那我一定是其中的一个,假如这世上有一百个人爱你,我仍然是其中的一个,假如这世上只有一个人爱你,那我就是那唯一的一个,假如这世上没有人爱你了,那一定是我已经死了。"

燕菲儿从秦宇怀里抬起泪脸,那一刻,她看到秦宇眼里噙满了泪水,那一刻,她禁不住再次失声恸哭。

但内心,她充满了甜蜜和欢喜,她终于看到这个她心爱的男人为她流泪了。

3

日子依然从指间悄然滑过。故事依然还在继续。悲剧和喜剧依然在默默上演。只不过,经历一系列的变故之后,秦宇已经不再游戏人间。

秋风萧瑟,落叶纷飞,深秋的一天下午,一辆警车开到晓峰实业公司办公大楼,从车上下来几个全副武装的警察,他们来到总裁室,对黄晓峰出示了检察院第一分院签发的逮捕令,以涉嫌操纵证券交易价格和虚报注册资本罪将黄晓峰带走。

警车呼啸远去,留下人们纷纷的议论和漫漫的思索。

黄晓峰被公安机关带走的当天,许可整个人蔫了,她不知道该如何是好,像痴了傻了似的。好半天她才想起给秦宇打电话。秦宇闻讯赶到黄晓峰的私家别墅时,正遇见许可从别墅搬出来。

秦宇见许可头发乱了,脸上的淡妆花了,身上的衣服皱了,眼睛有些微微红肿了,心里禁不住涌起一股爱怜之情。他问可儿:"到底怎么回事?怎么突然之间会搞成这样?"

许可委屈而无助地说:"晓峰涉嫌操纵证券交易价格罪和虚报注册资本罪,被警察带走了。是市检察院第一分院签发的逮捕令。看来问题很严重。同时,执法机关还勒令我三天内搬出别墅,他们告诉我在法院开庭审理之前,晓峰名下的所有财产都将被查封和冻结,以免资产被转移或转卖。"

秦宇无话可说了,他清楚时下每家大公司都或多或少有这样那样的毛病。没有哪家大公司不钻政策空子的,更有甚者,玩的完全是空手套白狼的把戏,从银行骗贷数千万甚至数亿、数十亿元的资金,最终将风险转嫁给银行。

像黄晓峰涉嫌的两项罪名:操纵证券交易价格和虚报注册资本,其实是最普通最平常的了,在股市中,每一个大庄家都是这样做的,他们看中一个股票,便会集中资金自买自卖,如此反复数十次甚至上百次,便可以将一只股票抬高数十甚至数百倍的价格,最终猛然脱手,牟取暴利。

而虚报注册资本就更不用说了,几乎每一家大公司注册时的资金都是煞费苦心筹集的,完成注册后便会立即将注册资金大部分甚至全部抽调出来。这是最小的操作,更大的操作则是采取将虚增的资本公积金转为实收资本的手法,使用虚假验资报告,欺骗公司登记主管部门,取得公司登记,把公司的注册资本翻个数倍。因为如今做生意都讲资质,谁的注册资金越雄厚,谁就越有资格操作更大的项目,尤其是操作房地产或公路桥梁建设等等大型项目的公司,十家公司起码会有八家公司是这么做的。这在富商巨贾中是公开的秘密。至于晓峰今天撞上了枪口,只能说他运气不佳或者后台不硬,或者说他是受他人牵连。

秦宇帮许可将行李提上轿车,将她送回父母身边,许可的母亲得知黄晓峰出了事,叹息道:"可儿,你千挑万选,结果选了这么一个男朋友,让人操不尽的心。唉,要是你跟小宇两个恋爱该多好啊。"

许可本来就六神无主心情不好,被母亲这么一说,更是情绪糟糕,她看了秦宇一眼,埋怨母亲道:"妈,人家秦宇不是有女朋友嘛,我又不能做第三者,就是我想做第三者,也要秦宇愿意才行啊。"

许世雄不悦地瞪了老伴和女儿一眼:"你看你们母女俩都唠叨些啥呢?事情不出也出了,静观其变吧。"

秦宇安慰许可:"晓峰犯的并不是什么大罪,这两项罪名目前在我国量刑都是非常轻的。不过会处以较高的罚金。我估计晓峰最终也就是判个两三年有期徒刑,弄得好还可以缓刑。不过法庭审理期间是个比较缓慢的过程,起码要等六个月才有结果。"

许可懵了:"那我还不要疯啊?经过这样一折腾,晓峰的事业还不垮掉啊?他的酒店现在正在开建呢,这一停要等到何年何月?不成烂尾楼了吗?"

秦宇说:"你别无选择,只有等待晓峰接受法律的裁决。这段期间你得有个平静的心态,不要太给自己压力。否则你真的会很痛苦。"

秦宇安慰了许可一阵子,然后对许世雄说:"许伯伯,我记得我搬家时您跟我下棋输给了我,欠下我一个承诺,你说以后我可以找您帮忙办一件事,只要不是违背法律和原则的事情,您都可以帮忙。现在我就求您帮忙,您跟有关方面的人打个招呼,让他们尽快处理晓峰的事情。"

许世雄断然拒绝:"小宇,你自己找我办事我一定帮,但这事我不能办,这是违背原则的事情。只要我开口,下面的人就会对晓峰徇私舞弊。"

老伴不依了:"老头子,晓峰怎么说也是你未来的女婿啊,你打个招呼暗示一下下面的人帮帮他有什么不可啊?难道你要看着我们可儿痛苦落难吗?"

许世雄正色道:"妇人之见。黄晓峰该怎么判就怎么判。我绝不会帮他。我不能拿国法来循私情。"

秦宇知道自己无法说服许世雄,感慨道:"许伯伯,您太高尚了。"

许世雄苦笑:"我不及你啊,你能拿这么大一个承诺来做人情帮别人。听说你现在跟燕涛闹翻了,离开了绿城集团,有没有想过要从政啊,这事你找我,我倒是可以给你安排一个重要职位。你是超级人才,我倒是不怕别人说我独断专行重用你啊。"

秦宇摇头说:"我还是决定从商,我已经发电子信函和美国杜邦财团联系,提供了一个在兰宁投资的创业计划给他们审定,希望他们能够注入一笔巨额外资。如果这个计划通过,我在 A 省商界便能大展拳脚,大干一番事业。"

许世雄高兴地说:"这个好啊。如果有一笔外资进来,那我得代表政府谢谢你啊。现在 A 省的发展前景非常不错。就拿兰宁来说吧,虽然这里不是经济最发达的改革开放的最前沿城市,但随着兰宁市政府对外开放的进一步扩大,依然有来自美国、德国、泰国、日本、新加坡、台湾、香港等近三十多个国家和地区的投资商到兰宁投资发展,外资投向范围涉及制造业、房地产业、建筑业、服务业等多个领域。"

秦宇点头:"是啊,我在投资计划中对此着重有阐述。兰宁是中国南方一座地理位置优越的中心之城,位于北回归线以南。在国家实施西部大开发和建立中国—东盟自由贸易区之际,具有承东启西,连南接北的区位优势,是中国经济快速发展的新区域和外商投资的新热点。兰宁是一座非常有特色的绿色城市,一座干净清爽如小家碧玉般的城市,一座令人一经接触便生眷恋,并且终生难以忘怀的城市。这座城市不大,但却独具魅力。"

许世雄哈哈大笑:"你小子啊,口才好,文才也好,真有你的,我看这事能成。对了,能不能透露一下,你这个创业计划需要引进的资金是多少?"

秦宇说:"十五亿美元。"

饶是许世雄见过大世面,也被秦宇吃了一惊:"小宇啊,你的胃口真大啊。到时你若真能把外资拉来,我一定请你喝酒!"

秦宇笑道:"许伯伯,您今天请成吗?"

许世雄一怔："今天请？"

秦宇微笑着说："是啊。因为昨天我已经得到肯定答复，杜邦财团主席已经批准了我的创业投资计划。他还打电话叫我尽快去美国跟他见面呢。"

许可和她母亲听说秦宇已经拉到了美国大财团的投资，心里也非常高兴，一扫黄晓峰事件带来的不快，连声恭喜秦宇。而许世雄更爽朗地哈哈大笑，对秦宇说："好，就今天请你喝酒。不过你别嫌你许伯伯家中没好酒没好菜。"

秦宇说："岂敢。许伯伯就是给我喝老白干，我也高兴。"

许可和母亲进厨房忙碌开来，秦宇照例陪许世雄下起了围棋，这局棋下到饭菜端上桌时，以秦宇胜许世雄两目收场。许世雄感叹道："后生可畏啊。我终究还是老了，扳不回风光了。不过，输在你这个天才手里，我觉得一点也不冤啊。"

随即许世雄略带遗憾地望着秦宇："小宇啊，你说我要是有你这么个儿子该多好啊？唉，要是你是我的女婿也不错啊。遗憾啊，我两头都占不到。人人都说我做人没有私心。其实我还是有私心的，我一直希望可儿能跟你结成连理啊。"

秦宇知道许世雄一直很看重自己，也明白他迁居南苑小区时许世雄带着女儿不请自到给他捧场的用意。但终究他不敢滥用这份情，不敢亵渎许可对他的感情。这除了他从小就把许可当姐姐外，更因为他清楚地知道他欠下的感情债太多，无法给予许可一辈子的呵护和幸福，所以他不敢越雷池半步。

秦宇在许世雄家中吃过晚饭后，开车来到叔叔秦天明家中。秦韵一见秦宇驾到，扑上来就抱住他："哥，你这个坏蛋好久没来看我和爸妈了！亏我爸还把你当亲儿子看待。我看你良心也是大大的坏啊。没准今天是有事找我爸帮忙才来的吧？"

秦宇一脸的羞红，看得秦天明直摇头，秦韵的妈妈也觉得自己的宝贝女儿有点花痴，都二十多岁的人了，跟自己堂哥还搂搂抱抱的。不过他们不知道秦宇脸红的原因还有另外一个因素，那就是被秦韵说中了，他今天来的确是有事情求叔叔帮忙。

当秦韵听到秦宇红着脸对秦天明说"叔，我们进书房谈吧，我有事请你帮忙"时，更是发飙地追进书房，大喊大叫："秦宇，你这个大坏蛋！真是坏透了，如果不是有事找我爸帮忙，你是不是永远不来看我们啊？"

秦天明训斥道："韵儿，你还有没有规矩啊？别闹了，出去，我跟你哥要谈事情。"

秦韵嘟着嘴不满地走出了书房，秦宇将黄晓峰的事情告诉了秦天明，请他酌情相助。秦天明不解地说："小宇，这事许世雄怎么不出面，只要他出面打个招呼,这根本就不是什么大不了的事情。我的官位比他小得多,说出的话哪有他有分量?"

秦宇笑道:"你不是副市长吗?晓峰的案子正在兰宁管辖内,许世雄不便出面,由你出面更好。你跟有关方面打个招呼,请他们尽快将这案子了结就行了。该怎么办就怎么办,只要不拖就行。因为这案子久拖不决的话,黄晓峰的公司就会彻底垮掉。"

秦天明说:"好吧,我就跟有关方面打个招呼吧。顺便也跟他们透露一下,这黄晓峰是许世雄的未来女婿。"

或许是秦天明打的招呼起了作用,一个月后,第一中级人民法院便对被告人黄晓峰操纵证券交易价格、虚报注册资本一案作出一审判决。对晓峰实业公司以操纵证券交易价格罪判处罚金人民币六百万元;以虚报注册资本罪判处罚金人民币一百万元,决定执行罚金人民币七百万元。对被告人黄晓峰以操纵证券交易价格罪判处有期徒刑两年;以虚报注册资本罪判处有期徒刑一年,决定执行有期徒刑三年,缓刑三年。

经法庭调查和法庭辩论,查明:兰宁晓峰实业公司总经理、法人代表黄晓峰于1999年4月至2004年8月间,指使他人通过融资方式,集中巨额资金,连续买卖或者不转移股票所有权地自买自卖深圳XX生物科技股份有限公司的流通股,持股量最高时占这一股票流通股的90%,导致这一股票价格上涨近400%的异常波动,从中获取非法利益。黄晓峰还于2002年9月至2003年9月间,采用将虚增的3亿余元资本公积金转为实收资本的手法,使用虚假验资报告,欺骗公司登记主管部门,取得公司登记,把兰宁晓峰实业有限公司的注册资本从人民币8000万元增至3.8亿元,虚报注册资本人民币3亿元。

黄晓峰没有提出上诉,委托律师办理好交付罚金事宜。交付罚金之后,晓峰名下的财产便自然解冻了。许可撕掉了别墅的封条,光明正大地搬回了别墅。

黄晓峰知道秦宇帮了自己大忙,为了答谢秦宇,他在别墅备下家宴,请来秦宇和秦天明,当然也请来了未来的岳父许世雄,一伙人聚在一起高高兴兴地吃了顿饭。

席间,黄晓峰真诚地向在座各位一一敬酒,对他们对自己在押待审期间的关心牵挂和帮助表示真心的感谢。许世雄劝导黄晓峰说:"晓峰,以后给我正正经经地做生意,赚钱多少无所谓,可儿跟着你,并不求大富大贵,开心幸福是最重要的,你们也并不缺钱,基本的物质生活保障是有的。别再让可儿担惊受怕了。"

黄晓峰连连点头:"我记住了。我再也不会让可儿担心了。以前的污点已经抹清了,以后我会光明正大地赚钱。"

许世雄又说:"晓峰,能力有大小,你别跟别人攀比,我们也没要求你跟秦宇一样出色。秦宇能从国外拉来15亿美元的投资,你能行吗?所以不要比,我只要求你今后赚的每一分钱都干干净净问心无愧就行。这点希望你一定要做到,别为了赚钱而不择手段。"

黄晓峰郑重地说:"请您放心,我一定做到今后赚的每一分钱都干干净净问心无愧!我也一定会让可儿过上幸福快乐的生活!"

✦ 4 ✦

黄晓峰案尘埃落定后,秦宇办理了去美国的出境手续,带上一份亲自制订的创业融资计划,登上了飞往美国的航班。

经过一系列的人生变故,秦宇忽然醒悟自己的人生太过荒唐,更意识到人是无法在快乐中成长的,快乐使人肤浅,温柔酥胸和轻盈红袖容易让人消磨意志,他得认认真真干一番事业了。

燕涛对秦宇的打击太大,想起他那番"无论你多么有才,你在我眼里也是一文不值,如果不是看在你叔叔跟我是同盟的份上,我随时可以像捏死蚂蚁一样把你捏死!"的狂言,秦宇在清醒地认识到自己的劣势的同时,也激发起无穷的斗志!

的确,人在世上立足,靠的是实力!目前,秦宇还没有让人仰视的地位和雄厚的财势,所以他决定要好好干一番事业,他不能让别人轻贱了自己,花花公子也好,奶油小生也罢,都是毫无意义的。起码人生的意义不在此!要想让人敬重叹服,就得拿出傲视群雄的男儿本色!

抵达美国之后,秦宇直接去找了以前在美国跟他最投缘的赛车手 Michael,Michael 是美国地下赛车王子,但屡屡败于秦宇,故而对这个变态的天才相当敬重。Michael 的父亲便是杜邦财团的董事会主席尼古拉斯先生,秦宇的那份创业融资计划信函便是通过 Michael 转交给他父亲的。

秦宇抵达当天,Michael 替他安排了酒店住宿,然后硬拉着他去飙车,结果 Michael 再一次毫无悬念地输了,而且输得比上次还惨。秦宇整整比他快了3分30秒抵达终点。

晚上,Michael 做东道主,邀上一帮曾同在哈佛大学念书的好友为秦宇接

第十九章:恩怨难了——

风,当晚,秦宇好好休息了一晚。次日,尼古拉斯先生推掉了一个重要会议,腾出了一个上午的时间和秦宇促膝交谈,最后,两人签署了合作协议,尼古拉斯任命秦宇担任美国杜邦财团中方主席,负责杜邦财团在中国的一切商业投资和项目开发。杜邦财团为杜邦中方集团注入十五亿美金。秦宇除享有三百万美元的年薪外,还拥有杜邦财团中方集团30%的股权。

协议签好后,尼古拉斯先生握着秦宇的手说:"秦宇先生,你是个让我惊讶的中国人!你的创业投资计划很完美,不愧是哈佛大学工商管理和经济学双博士。更重要的是你具备无与伦比的演讲才能,你的英语口语比 Michael 还流利。你没来美国之前 Michael 就告诉我你是个举世无双的全能型天才,说你总是能创造奇迹,他还说杜邦财团跟你合作,一定能创造奇迹。"

秦宇用流利的英语跟尼古拉斯交谈:"Michael 是我的大学同学,也是我最好的朋友,我的赛车技术就是他教我的,不过我很快就超越了他。"

尼古拉斯兴奋地说:"Michael 也是这么说的,他说你是个可爱的怪物,钢琴、拳术、赛车,无所不能!Michael 是我最宠爱的小儿子,也是我四个孩子中最有出息的孩子,但他说他跟你比起来,差了十万八千里。所以我对你产生了浓厚的兴趣,期待跟你见面交流。今天你凭你的实力完全把我说服了!我相信我们的合作一定会非常愉快!"

秦宇在美国逗留了一周,他先去看望了已退休的原哈佛大学校长劳伦斯·萨默斯。劳伦斯·萨默斯年轻时曾在麻省理工学院就读,后来成为哈佛大学的一名研究生,28 岁那年,萨默斯成为了哈佛历史上最年轻的教授。他是美国著名的经济学家,在经济、公共财政、劳工经济、金融经济及宏观经济等各方面作出重要贡献,曾在 1999 年 7 月担任美国第 71 任财政部部长,2001 年 7 月他离开财政部担任哈佛大学第 27 任校长。

劳伦斯·萨默斯思维敏锐,极富创意,直言无忌,他就任哈佛第 27 任校长之后立即进行一系列大刀阔斧的改革:更新本科课程内容,改革高分过多的评分制度,增加贫困学生入学率,建立教授问责制,重要人事任命权集中于校长……这些改革措施难免会触动哈佛古老的传统,招致一些人不满。2005 年 1 月 14 日在一次学术会议上提出"先天性别差异可能是导致女性在科学领域内建树甚少的原因"的看法后,旋即在会场内外引起争议,并被扣上一顶'歧视女性'的帽子。为平息风波,萨默斯多次道歉,但收效甚微,不得不于 2006 年 6 月 30 日正式辞去校长职务离开了哈佛,由前大学校长德里克·博克担任临时校长。2007 年 2 月 11 日,著名历史学家德鲁·吉尔平·福斯特当选为第 28 任哈佛校长,成为历史上首位哈佛女校长。

秦宇一直跟劳伦斯·萨默斯这美国老头儿挺投缘,他特别敬重他。他跟劳伦斯·萨默斯见面时正是这老头儿情绪低落的时候，虽然他不愁大好前途，但哈佛大学校长的辞职风波多少令他有些郁闷。秦宇有些同情这才华横溢的老头儿，他想：如果劳伦斯·萨默斯不是在美国而是在其他国家提出"先天性别差异可能是导致女性在科学领域内建树甚少的原因"的看法，那根本就算不得什么，自然也就不会引起那么大的舆论风波并造成他被迫辞职的结局。

　　秦宇陪老校长一边喝着红酒，一边下起了国际象棋。老校长问明了秦宇此行的来意之后评价道："中国是世界东方最神圣的国家，崛起迅速，前途无量，以后在世界上的地位会越来越高。杜邦财团选择在中国投资，选择跟你这个天才合作是明智之举。你组建杜邦中方集团需要大量人才，我给你推荐几个国际化人才吧。"

　　秦宇笑道："谢谢萨默斯恩师。这也是我今天来拜访您的重要目的。"

　　萨默斯随后打了几个电话。于是，秦宇回国时，便不再是孤身一人，他带回来三男两女五个美国佬，他们是经济学各个领域的精英，有擅长基金证券投资操盘的，有擅长房地产操作的，有擅长酒店服务业经营的，有擅长影视娱乐操作的。他们将是杜邦中方集团的创业元勋，是秦宇的左膀右臂，将跟秦宇一起在 A 省打出一片江山。

　　人员到位之后，美国杜邦财团的十五亿美金的投资便一次性到位。

　　杜邦中方集团挂牌成立当天，许世雄在几位省政府领导及兰宁市主要领导的陪同下出席了挂牌仪式，并代表政府发言，高度赞扬海归学子秦宇为地方经济建设作出了重大贡献，拉来了十五亿美元的外资。并承诺省政府将为杜邦中方集团提供若干优惠政策。

　　杜邦中方集团成立之后，集团主席秦宇又在全国范围内重金招聘了一帮精英，为集团增添新鲜血液，然后迅速兼并了 A 省几家经营不善的大公司，其中赫然包括易天扬的鼎盛房地产开发公司。易天扬因为牵连一起行贿事件被检察院批捕，公司群龙无首，加上开发了一个不成功的项目，倒闭便在朝夕之间。

　　杜邦中方集团在 A 省刮起了一股超级旋风，很快在 A 省的房地产、酒店服务、影视娱乐、动漫游戏、公路桥梁、旅游开发、采矿冶金等等重大行业上占据了一席之地，其来势之凶猛，成效之显著，让业界人士无不瞠目结舌。

　　这其中深受震撼的当数 A 省首富燕涛，秦宇收购鼎盛房地产开发公司之后，借壳上市，打出了建造精品楼盘、高档人文小区的口号，跟他在房地产界分庭抗礼，还在兰宁主城区内购买了一块黄金宝地，准备建造一家五星级酒店，跟他抢夺酒店服务业的蛋糕，同时成立了一家特色旅游开发公司，谁都知道绿都兰宁的旅游资源十分丰富，这里山、河、湖、溪与绿树鲜花交相辉映，南亚热带自然风光与现代园林城市的风貌融为一体，以兰宁为中心的桂南旅游区是A省三大旅游区之一，清冽恒温的灵水、神秘的花山壁画、雄伟的德天瀑布、宁静的杨美古镇与壮族人娓娓动听的山歌构成了兰宁古朴的山水人情画卷。秦宇一上来便染指A省境内所有的旅游开发区，野心大得比蛇吞象还让人吃惊。这还不算，最让燕涛坐不住的是秦宇收购了兰丹一家濒临倒闭的兰丹矿业公司和一家锡锌冶炼厂，成立了杜邦矿业集团，大张旗鼓地跟他对着干了起来。而燕涛在与秦宇的较量中节节败退，力不从心。

自从秦宇跟燕涛闹翻后便给绿城集团带来了灭顶之灾。秦宇利用手中掌握的核心机密在背后狠狠地捅刀子，残酷地报复燕涛，令绿城集团又是罚款又是赔官司，花费了大量的人力和财力，元气大伤。虽然事态平息了下去，但绿城集团就此委靡不振，经济指数日益下降，无论燕涛和手下干将怎么厉精图治，都无法起死回生。

这天，燕涛召开集团高层会议商讨与杜邦中方集团的对策，但手下那帮所谓的精英竟无一人献计献策。燕涛气怒交加，在集团会议室对数十位集团高层及各分公司经理大发雷霆，这怎能不让他这个董事长气恼。

燕涛拍着桌子冲一帮手下连珠炮似的怒吼："都说三个臭皮匠抵得上一个诸葛亮，难道你们这么一大帮人还抵不了一个秦宇吗？"

"那忘恩负义的王八蛋从美国拉来十五亿美金跟我作对，他从绿城集团挖走十几个精英人才，他正在一天一天一口一口地蚕食绿城集团，你们拿不出一点对策，没有本事跟他对抗，难道连本职工作也做不好？一点业绩也拿不出来吗？"

"你们看看你们自己的业绩单，利润狂跌！甚至有的公司和部门是负债在运转！现在就兰丹的兰丹矿业公司还能带来不小的利润，绿城集团旗下的酒店服务业，影视娱乐业，房地产业全他妈的在倒退，而且一退千里！照这样下去，绿城集团迟早有一天会破产，迟早有一天会被杜邦中方集团兼并！"

众手下噤若寒蝉，低垂着头，没有一个敢说话。燕涛发了一通脾气后，见于事无补，便气恼地挥了挥手："散会！"

相对于燕涛的焦头烂额苦恼不堪，秦宇却是英姿飒爽意气风发。这天，秦宇召集杜邦中方集团第一次高层员工大会,发表了一次震撼人心的演讲。

站在主席台上的秦宇望着台下黑压压一百多人的会场,五位从美国跟来的集团元老分坐在他左右,而台下当中有不少是清华北大复旦的高材生,甚至还有一些国际名牌大学的留学生,这些社会精英的平均年龄只有二十八岁。秦宇戏称:"林语堂先生曾经说过演讲就如同女人的裙子,越短越好。本人深有同感!"

秦宇用淡泊随意的浅笑代替玩世不恭的轻佻,正襟危坐的演讲太乏味他是不屑的,果然这个开头引得哄堂大笑。

女职员更是无限期待秦宇这位年轻英俊的集团总裁接下来的表现,算得上是白领阶层的她们大多是小资,毕业踏入社会没有太久,对于爱情还有自己的期待,像秦宇确实是很适合女人幻想的对象,不俗的家世背景、出类拔萃的才华、英俊出众的外貌。可惜他结婚了,不过结婚了也无所谓啊。现在的女孩子只需要爱情,不在乎婚姻。

"首先我想问一下,有没有人同时精通中国象棋和国际象棋?"

台下鸦雀无声,仿佛一群沉默的羔羊。同时精通中国和国际象棋本来就难度不小,更何况实力略逊的站出来怕被别人唾骂自不量力厚颜无耻,实力强悍的又怕被人扣上自负狂傲不懂谦虚的帽子。而且这个所谓的"精通"界限太过模糊,下面的人心中没底,本着老老实实做人的员工自然不肯第一个站出来。

"那有谁比较了解中国象棋,麻烦他为我讲解一下,如果在座各位没有一个人能体会博大精深的中国象棋,那么我想我今天就没有继续讲下去的理由!"秦宇淡淡的话语带着令员工们震撼的威严,语调虽不重,但是所有人依然感到莫名的压迫感。

"我是七段,浸淫中国象棋已经将近二十年,在我看来源远流长的中国象棋等级鲜明不可逾越,将帅和兵卒是不可能逆转的;制度严密无法越轨,即使是身为首脑的将帅也无法走出自己特定的格局。尤其值得一提的是中国象棋规则中的'炮',是中国人聪明智慧的体现,它的跳跃性思维,充分调动脑力,出奇制胜,真正做到了事半功倍。"一位中年男子站起来正视台上的年轻总裁,没有丝毫的怯场。

"你叫林诚,今年39岁,原为鼎盛房地产公司销售总监,杜邦集团兼并鼎盛房地产公司之后,你担任了杜邦集团房地产公司副总经理,对吧?"秦宇微笑着说。

"对。总裁,不过我感到好奇,我跟总裁还没有见过面呢。总裁何以对我如此清楚?"林诚惊诧地问。

秦宇淡然一笑："现在是个资讯非常发达的时代。我虽然与在座各位大多数人没有见过面，但在座各位每一个人的姓名、学历、特长等基本情况我可以如数家珍，因为我的电脑里贮存了各位的履历表。以本人超常的记忆力，就算记住一万人的履历也不是什么难事，若不信，在座各位可以测试一下。就当是调节一下会场气氛，如何？"

于是便有几位漂亮女职员纷纷站了出来，秦宇一一点着她们说出她们的名字，年龄，毕业于什么学校，学的是什么专业，甚至恋爱婚姻状态也一清二楚，令她们大跌眼镜。接下来又有几位男职员站出来，想考量一下自己在总裁心目中的位置，毕竟能被总裁记住是件荣耀的事情，反之便有些遗憾了。秦宇再一次让他们心服口服。

秦宇准确无误地先后说出了二十多名员工的履历，然后点头示意最后一个站起来的男生坐下，继续说："好了，这个即兴节目至此为止吧。接下来继续刚才的话题。有谁能告诉我国际象棋的特点内涵？"

有了刚才的即兴节目，会场的气氛变得非常轻松活跃，一位身穿粉红色香奈尔套装的女职员自信地站起来，踊跃发言："由于中西方对于战场对峙的观念的差异，中国象棋的棋子分布在交叉点上，通过线与对方交锋；国际象棋则是直接的对峙，没有界河这些限制。这体现了中国人的运筹帷幄和游刃有余的作战风格，以及西方古战场上满盘皆兵的作战风格。中国象棋中只有男性角色，没有任何女性角色；而国际象棋中出现了女性角色'后'，并且贡献巨大，这是在男性公民占绝对优势的中国不可能出现的。"

秦宇挥手让她坐下，淡淡道："任何文化背景下，企业组织方法和商业竞争规则与在棋类运动中的规则往往是相通的，可以看做是这种文化在不同领域的映射。中国象棋的出彩在于'炮'的跳跃式前进，像这样的演绎型思维方式的产物，是西方人所擅长的归纳型思维方式所难以产生的。这就是所谓的创新！不创新再强大的企业再辉煌的公司也会在激烈的竞争中被淘汰，我们未来的核心价值观就是两个字——创新！一个基本的事实是，三星一年在研发上的投入比中国所有消费类电子企业投入的研发经费还高！这是他们在全球市场不断攻城略地的强大保证，所以说一个企业没有创新，就没有生命力！没有生命力就必然会消亡！"

一个看上去刚刚毕业的青年鼓起勇气站起身道："缺乏技术和资本的积累，是木桶原理中制约国内企业发展的那块最短的木板，但是我们可以用灵敏的市场反应能力来弥补这个短板。"

秦宇说："但是整体来说，中国象棋没有公平的发展平台，兵永远是兵将永远是将，这样就比如你们不管付出多少，只要你一开始是个无名的卒子，再大的才华能力都是没有意义的,试想你们若永远无法企及更高的职位你们还会有动力吗?"

所有人笑着诚实地摇摇头。

秦宇说:"而且中国的将帅只能在九宫之内,象则无法越过河界,而国际象棋的象没有界河的制约,王也可以在全盘自由移动,我们面临的是国际化的竞争,我们必须遵循国际化的规则,而为与国际巨头竞争,我们要减少对'将'和'象'的制约,给予'卒'更多的奖励! 在这里,我想问一下各位,还漏了什么?"

还是那位身穿粉红色香奈尔套装的女职员站起来发表言论:"中国象棋中的马会别自己的马腿,产生内耗,没有强大凝聚力的企业是没有强大创造力和攻击力的,关键我们要转变思维方式,实现由'零和博弈'到'积极博弈'的升华,我们应努力营造鼓励创新、各尽其才的企业文化氛围,杜绝'别马腿'这种内耗对企业良性发展的干扰。而且中国象棋中缺乏女性的局限性不容忽视,希望总裁能够重视女性细致、耐心、更具韧性和协调能力的性格优势,提倡'统合综效'的行动方式,我想在未来的杜邦中方集团女性将逐渐收复失地,占据更加重要的位置!"

秦宇微笑道:"周倩大美女,我相信会如你所愿的! 俗话说男女搭配干活不累,如果集团能够吸纳更多像你这样的优秀女性,我相信我们的男同胞会更有积极性和事业心!"

台下发自内心地响起一阵掌声和笑声。那位被秦宇准确叫出名字并且冠以"大美女"和"优秀女性"的周倩更是脸上泛起了幸福的红晕。

秦宇身体微向前倾,接着带着不容置疑的语气大声道:"各位! 杜邦中方集团拥有雄厚的资本,强大的营销体系,锐意的创新精神,最丰富的人才梯队,具有自己的品牌和核心技术,请你们给我一个不成为兰宁第一、全省第一,甚至中国第一的理由!"

角落里一个平凡不起眼的员工怯生生道:"秦总裁,中国象棋还有一个致命的缺陷,那就是将帅死亡的话将会满盘皆输,再没有翻身的机会。这样的企业是否有可能在成为第一后继续前进?"

所有人都是低头思索,随后望着那个台上已经赢得万千尊重万千爱慕的集团领袖,这个问题实在是太尖锐了,简直就是直接针对秦宇而设定的假设,现在手握大权的秦宇极为类似中国象棋的那个"将",一旦他出现绝对的策略错误或者方向误导,那么所有人的努力都会付诸流水。这是一个秦宇不得不回答并且不得不妥善回答的问题! 若没有完美的答案,秦宇刚才所有的精心构划都将变得滑稽可笑。

"未来的岁月中,我会把杜邦中方集团升级为没有独裁者的强大组织! 就是说即使我不存在,这架庞大的机器依然会健康有序地运转!绝不会出现总裁一倒整个集团便土崩瓦解的可悲局面!"

所有人大愕,这意味着什么?!这意味着这家伙不仅拥有雄才大略非凡魅力而且更拥有极大的野心!这意味着在座各位将会有极大的发展空间!

秦宇又说:"制度才是企业真正的标准,古代政体之所以忌讳群龙无首就是因为过度强调人治,我们要成为一个既独立又联系的整体,这矛盾吗?不矛盾!这就是所谓的灵活机制,未来我们必然会遭遇各种打击、困境和坎坷,但是灵活带来的强大生命力会让我们继续前进!"

这番话带来经久不息的掌声,这样的领袖这样的魄力才是这群心高气傲的年轻人所深深折服的,这比那些空洞的华丽言辞更加震撼人心!

"这不是我偷懒的借口,一个事必躬亲的领导未必就是个合格的领导,三国演义中天纵之才的诸葛亮依然壮志未酬病死五丈原,而并无雄才大略的刘邦却一举问鼎中原,在那场逐鹿之争中胜出,为什么?因为他善于韩信所不能拥有的'将将之道',不是说21世纪最重要的就是人才嘛,在座各位哪一个不是精英人才?我拥有这么多人才不利用却要自己累死累活起早摸黑,这不是找罪受吗?所以,我会给大家更多的发展空间和施展个人才能抱负的机会!只要你给集团创造了巨大效益作出了重大贡献,集团不但会给你奖励和升职,甚至还可以给你股份。如果在座各位中有谁的能力强过我,可以将杜邦中方集团带到一个更辉煌的层次,那么请站出来,我心甘情愿让出总裁之位,真心诚意地做你的辅佐之臣!"

台下数百精英都是开怀大笑,这么年轻而有个性的总裁他们还是头一次见到,既然大家都是年轻人没有该死的代沟,那么交流起来就很轻松愉快了。

秦宇等到所有人笑声停止,缓慢而有力地说:"大家同心协力,给我十年时间,我保证这里的所有人都是千万富翁!这是本人对大家的第一个承诺!也是最基本的一个承诺!只要我们精诚团结,我保证二十年内,杜邦中方集团会成为中国最牛甚至世界最牛的企业!这是我给大家的第二个承诺!也是集团的终极目标!"

台下掌声雷动,经久不息!

7

燕菲儿怀孕了,自从发觉自己怀孕后,她便没有再去绿城集团上班,她听从了婆婆谢芳的吩咐,不去操心秦宇和她父亲的争斗,也不去劳碌奔波,安心在家养胎,做一个相夫教子的幸福女人。

赋闲在家的燕菲儿从此有了大段大段的时间,她买来一大堆的养胎育儿书籍,孜孜不倦地学习,有疑难之处便向婆婆谢芳讨教。除了学习育儿知识外,燕菲儿每天都要花费一些时间跟玲姐学习烹饪,她天天缠着玲姐教她做一些美味可口的饭菜,她觉得女人要拴住男人的心,首先得拴住男人的胃。

谢芳对燕菲儿这儿媳妇是越来越满意,这丫头出身豪门,从小受到良好的家教,知书达理,而且拥有高深学历,冰雪聪明,人又长得漂亮,更重要的是这丫头身上没有什么那类富家子女惯有的盛气凌人的骄狂之气,她是那么的温柔乖巧,孝顺老人,疼爱老公。谢芳给燕菲儿这个儿媳妇打心里给了满分。

燕菲儿每周都会抽空回一趟家,陪伴日渐孤独的父亲,陪他说说话,陪他一起在宽大的餐桌前吃顿饭,当然,她也不忘亲自下厨为父亲做几道拿手菜。燕涛看在眼里,感慨万端,他不得不佩服他的对手秦宇是个让人羡慕的男人,也只有他这样有魅力的男子才可以令他这个原本不食人间烟火的女儿发生这样翻天覆地的变化。

燕菲儿每次回家都会选择恰当的时机劝解父亲放弃跟秦宇的恩怨。偶尔她还会在父亲面前撒撒娇,劝燕涛别跟秦宇一般见识,说秦宇年轻不懂事,看在她的情面上让着他得了。

看到燕菲儿还像小时候一样摇着他的手臂撒娇,燕涛的心情温暖如春,他抚摸着女儿的秀发,佯装生气说:"我知道你这丫头现在变得这么乖是有原因的,你啊心里始终是向着秦宇这小子的,古话说得不假,女生外相啊。你劝我让着他,你干嘛不劝劝他别那么盛气凌人啊?"

燕菲儿说:"爸,您错了,在我心里,您和阿宇是我生命中最重要的两个男人,我不希望看到我两个最亲的人斗得伤痕累累。"

燕涛叹息道:"菲儿,你知道你老爸这辈子从来没有向谁服过输,也从来没有人能够打败你老爸,不过秦宇这小子的确是人中之龙啊,他让我感觉自己已经老了,年青时的雄心和锐气已经消磨得差不多了。唉,菲儿,现在他哪里需要我让着他啊,现在其实是我需要他让着我啊。他雄心勃勃,正在一步步蚕食我打下的江山!"

燕菲儿眼中泪光盈盈:"爸爸,您已经有了这么大份家业,何苦再跟年轻人一样争强好胜呢?好好在家安享晚年多好啊?"

燕涛哀叹道:"安享晚年?我一个人孤零零的,安享什么晚年啊?"

燕菲儿说:"您不是还有无双弟弟吗?爸爸,虽然您非常疼爱我,但我一直知道您是希望有一个儿子来继承您的家业和事业的。现在您如愿了,您是老来得子啊,天下最幸福的事情莫过于此了。"

燕涛心中苦不堪言,他又怎么能告诉燕菲儿无双并非他的血脉,而是她老公秦宇的孽种。

这天,燕菲儿又从玲姐手中学会了几样拿手小炒,她亲自下厨,煲了一个汤,炒了两荤三素,端到桌上。看到公公婆婆玲姐尤其是秦宇吃得那么香甜,燕菲儿心里美美的,幸福极了。

是啊,一千个女人眼中有一千种幸福,对于燕菲儿来说相夫教子就是一种莫大的幸福,也许这种传统的想法让许多现代女性嗤之以鼻,但是燕菲儿却难能可贵地保留着这种传统的想法。事实上,那些追求标新立异和喧嚣繁华的女人其实恰恰彰显出她们内心的空洞和苍白。

秦宇见并没有动几下筷子的燕菲儿一脸笑容地看着自己吃饭,笑道:"菲儿,你得多吃点,你现在是两个人吃饭。你吃得多吃得好肚子里的宝宝才会有营养。"

燕菲儿温顺地说:"老公,我知道了。我喝了好多汤,我已经吃饱了。我们的宝宝不会缺乏营养的。"

秦宇又说:"还有,你肚子一天天大起来了,不要再下厨房了,有油烟的,对胎儿不利。做饭不是有玲姐吗?"

燕菲儿说:"没事的,我们厨房设备那么好,不会有什么油烟的。再说了我只不过是偶尔下下厨房,通常是玲姐在做饭。没事的,老公。我问过医生了,医生还叫我多运动运动呢,适当的运动对胎儿有利。"

秦宇不满地说:"你这丫头,运动也不一定非要你下厨房啊,你可以去逛逛街,散散步,到花园里呼吸呼吸新鲜空气啊,多好。"

燕菲儿一脸的深情微笑:"老公,你就让我学点本事吧,其实我并不想做那种衣来伸手饭来张口的阔太太,我只想做个普通女人,相夫教子,最好能够像婆婆一样能做一手拿手好菜,可以一生守候在自己心爱的男人身边,天天做好可口的饭菜,等待他归来。这种小日子其实比任何一种奢侈的生活都要幸福快乐!也是我最向往的。"

听了燕菲儿这番话,秦宇心中有了一种莫名的感动。

正在吃饭的秦天元、谢芳和玲姐也是一脸的温馨,的确,返璞归真的燕菲儿越来越让人疼爱了。

第二十章:尾声

凌晨5点10分,燕涛正在被窝里做着香甜的美梦,忽然放在床头的手机响了。燕涛最讨厌一大早有人打扰他睡觉,正要发作,一看是兰丹矿业公司经理杨仁义打来的,心中猛然涌起一股不良的预感,杨仁义这么早打电话吵醒他,肯定是有非常紧急的事情,而矿上最紧急的事情便只有矿难了。

果然,还没待燕涛发问,杨仁义惊慌失措的声音从手机扬声器里传来:"燕董,不好啦,出大事了!"

燕涛从杨仁义惊慌失措的语气中便敏感地判断出一定是矿上出了非常非常非常大的事故,一般的小事故凭杨仁义的手段直接处理绰绰有余,根本不必也不敢来惊扰他。

燕涛从床上坐起来,强作镇静:"别慌,天不会塌下来。说,到底出啥事了?"

杨仁义带着哭腔说:"燕董,就是天塌下来了! 东坡矿8号矿窿发生重大透水事故,井下加夜班的矿工全死光了!"

燕董颤抖着问:"死……死了多少人?"

杨仁义说:"181人,全部葬身井底。"

燕涛大惊失色,死亡超过二十人便是重大矿难了,死亡超过一百人的话,那可真是捅破了天啊。这一刻,燕涛有了一种末日来临的感觉。

8号矿窿! 燕涛面如死灰,心脏忽然一阵绞痛,当初秦宇直言东坡矿8号矿窿存在坍塌和透水双重隐患,必须停止开采。是他钱迷心窍,否决了秦宇的停采封矿决定。燕涛痛恨不已,但现在后悔莫及了。

燕涛当即穿衣起床,打电话叫醒保镖,驱车直奔兰丹,对矿业公司经理杨仁义和护矿队长张灿下达若干封锁矿难消息、隐瞒事故真相的命令:"一,护矿队全体出动,立即封锁出事矿井和矿上各路出口,不准任何闲杂人等靠近;二,销毁事故当月所有交接班记录,隐瞒死亡人数;三,安抚人心,破财消灾。尽快将抚恤金送到家属手中,要注意恩威兼施;四,绝对不能将死亡人数向家属透露。有人问起死了多少人,就说死了几个人,小事故;五,炸封8号事故矿窿,将无法打捞的死难者遗体全部封在地底。"

杨仁义和张灿遵命行事,抽调出十多个护矿队员来到居住在矿区附近的遇难矿工家中,将他们的亲人遇难的消息告诉了他们,给每户发放了8万元至10万元不等的抚恤金。并威胁说这次矿难是矿工违规操作引起的,叫家属们不要宣扬出去,否则不但得不到分文抚恤金,还要受到惩罚。家属们知道护矿队的厉害,都在承诺书上签了字,领取了抚恤金。

燕涛整整在兰丹待了十二天,见在重金和重压下,事态没有扩散,至今没有死难者家属闹事,没有矿工到处乱说话,也没有新闻媒体嗅到任何蛛丝马迹找上门来。燕涛觉得矿上的善后工作做得差不多了,保密工作也差不多到位了,便决定返回兰宁。

然而纸终究包不住火,十天之后,东坡矿8号矿窿发生重大透水事故,一百多名矿工葬身1700多米的地底的消息不知被谁在网上披露,A省一家大报立即派出新闻调查小组赶赴兰丹,经过两天的调查,新闻调查小组及时将图文传回到报社。第二天报社发表了头条新闻《惊天黑幕,谁在隐瞒矿难真相》并加上小标题——181条生命深埋漆黑矿井。这篇新闻在A省掀起轩然大波,引起了省委、省政府领导的高度重视,省委书记批示:立即彻查,严办涉案人员!

燕涛和参与事故瞒报的杨仁义惶惶不可终日。

紧接着,全国各地媒体包括中央媒体记者蜂拥而来,这起重大矿难在全国造成前所未有的恶劣影响,随后,A省派出一个阵容强大(由副省长许世雄和一位省委副书记亲自带队)的调查组进驻兰丹,调查组对兰丹县委县政府几位主要领导下达了双规命令。

随后,调查组来到东坡矿事故现场,立即传讯了兰丹矿业公司经理杨仁义和张灿等8人。突破口被一一打开,最终这起燕涛自以为凭借自己财势和关系网可以瞒报的重大矿难和一起杀人灭口案彻底浮出水面。

随后,一辆警车开进了听风阁,给燕涛戴上了手铐,将他从别墅中带走。

与此同时,全国各地以兰丹矿难为戒,拉开了整顿矿业开采的序幕……

2

　　燕涛入狱服刑之后,绿城集团群龙无首,加上原本的摇钱树——兰丹矿业公司被查封,燕涛的商业帝国就此坍塌,集团及下属各分支机构数万名职工面临失业的困境。就在此时,秦宇适时地站了出来,经过两个多月的谈判,最终杜邦中方集团以10亿元人民币的价格收购了绿城集团这个烂摊子,接管了绿城集团包括兰丹矿业公司在内的所有企业。

　　不知出于什么原因,秦宇保留了"绿城"这个企业名称。

3

　　绿城集团被杜邦中方集团兼并后,夏飞燕离开了绿城天娱公司,去北京发展。秦宇再三挽留,夏飞燕去意已决,她说:"阿宇,我不想活在阴影里,我要开始一种新的生活。我想去香港闯荡,看自己凭本事能否打出一片新的天地。我要走出以前的耻辱,我还想在今后的人生道路上找到一个真正爱我的男人!"

　　秦宇亲自开车送夏飞燕到了吴圩机场,夏飞燕在临上飞机时紧紧抱住他狠狠地亲了他一下,伤怀地说:"阿宇哥,就让这最后一吻了断我们之间的恩怨吧!"

　　秦宇站在机场候机大厅,望着登机通道夏飞燕那步伐坚决的窈窕背影渐渐远去,突然有点空落落的患得患失的感觉。他清楚此一别,今生他们便不再是情侣,如果可能的话他们以后可以做很好的朋友,甚至是兄妹。

第二十章：尾声

4

许可的信息工程公司发展迅速,业务越做越大,已经向广西周边的省份扩展,成为广西势头最劲的商界女强人。

黄晓峰经历一起官司之后变得稳重谨慎多了,听从了未来岳父许世雄的劝告,安分守己正正经经地经商,倒也将公司打理得红红火火。

在事业有成的同时,他们开始谈婚论嫁了。

5

方斌失去右腿后,段蔷回到了他身边,因为当初段蔷离开方斌时没有拿床头抽屉里的那10万元钱,方斌觉得段蔷并不是一个不可救药的女人,如今自己成了残废,她也没有嫌弃自己,并在住院期间一直细心地照顾自己,说明她对自己还是有真感情的,于是方斌接受了她。

方斌出院后,段蔷便辞去了绿城集团的工作,跟方斌一起经营梦想酒吧。

秦宇常常会抽空去酒吧看望方斌,渐渐地他也认可了段蔷。他觉得段蔷变得可爱可敬了,她正向一个完美的女人进化。

在一个温暖的冬日,方斌和段蔷举行了简单的婚礼,秦宇前去祝贺,看着段蔷推着方斌行进在阳光里,看到坐在轮椅上的方斌脸上洋溢着喜悦和幸福,他将鲜花献给他:"祝贺你因祸得福,抱得美人归!"

6

赵璇和王强的婚姻犹如一潭死水,没有激情没有浪漫。本以为她给他生了个儿子后王强会善待她,没想到这个比她大十几二十岁的丧偶男人心胸狭窄到了极点,始终放不下赵璇将宝贵的贞操献给了秦宇这个心结,经常对她辱骂甚至大打出手。

终于有一天,赵璇在王强辱骂她时忍无可忍地抓起一个啤酒瓶狠狠地砸在王强的脑袋上,砸得他头破血流。赵璇流着泪水对王强怒骂道:"王强,你这个畜生!我是跟了秦宇,我是心甘情愿把贞操给了他。但那是在我没有嫁给你之前,你管得着吗?你他妈的还娶过老婆有了孩子呢!我嫌弃过你吗?嫁给你之后我又没有做对不起你的事情。你凭什么这样糟蹋我侮辱我?而且结婚后我没有用你一分钱,我花的每一分都是我自己赚的。我白白地让你糟蹋我的身子,还要挨你打挨你骂?你说你他妈的还是人吗?!"

一向高高在上的王强被赵璇这一瓶子给砸懵了,他万万没想到一向柔弱的赵璇居然敢反抗他,他捂着流血的脑袋,无言以对。赵璇接着骂道:"我告诉你,我就是爱秦宇,他是我这辈子唯一用心爱过的男人,他不但英俊潇洒温文尔雅风流倜傥多才多艺,而且浪漫温柔懂得怜惜女人关心女人,他从来不会欺负女人,他给我留下的全是美好的回忆。而你呢?根本就是个畜生!你一个其貌不扬的老男人,我毫无怨言地嫁给了你,给你生了孩子,你不但不疼爱我,还想骂就骂想打就打,我真不知道你是无知呢还是霸道!如果说你是无知,那你也无知得太可悲了吧?如果说你是霸道,那你也霸道得太没人性了吧?从今天起我要结束这种耻辱的生活,我要跟你离婚。你滚吧!从今以后不许再踏进酒楼半步,你休想在这大吃大喝之后再大发淫威!滚!"

见赵璇动真格了,王强扑通一声跪在了赵璇面前:"老婆,不要跟我离婚,我错了,我再也不敢欺负你了。"

赵璇冷笑道:"滚吧,我看不起你这种男人。连我婚前的感情生活都能让你不平衡,你今天跪了我,接下来会更加心态不平衡,会更变本加厉地欺负我。我对你的容忍已经到了忍无可忍的地步,我对这桩痛苦的婚姻已不抱任何幻想了。你的行为太让人恶心了。滚吧!我会请律师跟你打离婚官司的。"

王强从地上爬起来,换了副嘴脸,对赵璇破口大骂:"你这个贱女人,臭婊子!离就离,但我不会给你分文财产!孩子我也不会要,你自己带吧,我也不会给你分文抚养费。"

赵璇嗤之以鼻:"我什么时候享受过你的财产?你还真是高看了自己啊!至于孩子嘛,你想要我也不会给你。我凭自己本事养得活他。既然你同意离婚,那我们就直接去民政局办离婚手续吧。"

这就样,赵璇成了个离异的少妇,带着一岁多的儿子,经营着侗乡民俗酒楼,成为兰宁城中一道独特的风景。

离婚后的赵璇美丽而成熟,清雅而妩媚,陆续有一些男人向她表白爱慕之情,但赵璇已经立誓终身不嫁。

★ 7 ★

秦宇带着已有六个月身孕的燕菲儿和两岁多的燕无双到监狱看望正在服刑的燕涛。秦宇手里抱着燕无双,燕无双见到燕涛居然主动伸出双臂叫着"爸爸"意欲扑到他怀中。这声"爸爸"让燕涛这位昔日枭雄禁不住热泪盈眶。

燕菲儿陪着掉眼泪:"爸,你好好接受改造,争取早日出来,我会好好扶养弟弟的,等你出来共享天伦之乐。爸,我还要告诉你一个好消息,我怀孕了,你要做外公了。"

"好,好啊!"燕涛连着说了两声好之后,吩咐燕菲儿抱着燕无双先离开,他有几句话要单独跟秦宇谈。燕菲儿抱着燕无双离开之后,燕涛真诚地对秦宇说:"谢谢你接管了绿城集团这个烂摊子。谢谢你保留了'绿城'这个名字,并收留了原班人马。秦宇,我不得不佩服你,你是个有魅力有度量的男人!"

秦宇笑道:"我说过,即便你是我的仇人,在大是大非面前,我还是会站出来说公道话做公道事的。我总不能让那么一大帮人失业吧?那将给政府和社会带来多大的就业压力?再说了,我有能力让绿城集团旗下的所有企业起死回生!"

燕涛感叹道:"如果当初听你的,兰丹矿业公司又岂会发生这起重大矿难,我又岂会落到如今身陷囹圄的可悲下场?"

秦宇恨恨地说:"这是你今生造的最大罪孽!181条人命,加上被张灿谋害的周强,182条人命啊!这些本来可以杜绝的,可你刚愎自用,不听忠言,眼里只有财富,没有道义!我说过以你那种纵容的态度,那些在你眼里财源滚滚的矿厂,还有那个对你忠心耿耿的张灿,最终会给你带来万劫不复的厄运!"

"悔之晚矣啊!我现在才体会到你所说的'法律可违,道义不可违'的真正含义啊。"燕涛对秦宇感慨道,"佛说'人生如无边苦海',因为站到了巅峰,所以看世界一切如苦海。佛看到了人生如苦海,他想超脱想到达彼岸,但是他也死了。这苦海是那么的大,无边无际,如宇宙一样,根本没有彼岸,也没有船。纵然有无边的权势,富可敌国的金钱,也只不过是比平常人多挣扎一点时间,最终还是要沉沦下去,万劫不复。现在我已经想通了想透了,人生还是平凡些好啊!"

秦宇冷笑："我可不像你这么认为，做人需要一种积极向上的态度！每个人最终都会死，我们能因为最终要死就消极一生，不去努力拼搏，不去开拓创造吗？那这个世界还成什么世界？那做人的意义何在？"

燕涛苦笑："秦宇，我已经完了，我什么都没有了！我的宝贝女儿菲儿成了你的女人，成了我们斗争的牺牲品！我曾经无比疼爱的儿子无双也是你的种，我只不过为人作嫁衣！我最终一败涂地，而且身陷牢狱，你说我还有什么希望啊？"

秦宇冷喝道："你还有希望！我没有告诉任何人无双是我的孩子，包括菲儿和方斌。你好好改造，我和菲儿会把无双抚养成人，等你出来。无双永远姓燕，尽管我内心沉痛，但我向你承诺这辈子我不会告诉他我是他的亲生父亲。现在这世上就我和你知道这个真相了，就让这个秘密永远烂在我们彼此的心里吧！"

燕涛哈哈大笑，笑得满脸泪水："无双是我的儿子？无双是我的儿子！我燕涛后继有人了！"

秦宇接着说："绿城集团的财产菲儿分文不要，全部留给无双。你那为人作嫁衣的担心是多余的，我从来没有想过要霸占你的财产！因为我从一开始就有信心，十年之内我的成就可以超越你，现在还没有用到十年！"

秦宇最后说："燕涛，其实我是一个平常的人，有着与常人一样的情感，我原本只想和我的初恋情人夏飞燕一道过平静的生活。但是，当她在你的诱惑下抛弃了往日的感情与我形同路人的时候，我改变了做一个平常人的想法，后来我好不容易爱上了方芸，你又乘人之危霸占了她。我下决心要复仇！于是我开始游戏人生，玩弄女性，把自己也变成了一个纵情纵欲的坏男人！我跟你一样也有罪孽，也有心魔！以前我跟夏飞燕私通是为了报复你，我跟菲儿好也是为了报复你！但我跟方芸好，却是真心的，我是真心爱这个贞烈的女子。现在她死了，菲儿又有了我的孩子，我也该收心养性了。今后我不会再游戏人生了，也不会再跟别的女人逢场作戏。你放心吧！我与菲儿相处，是她的真情感动了我，也改变了我的人生，使我找到了久违的爱情，使我无处安放的青春找到了自己的归宿。我会好好爱菲儿，不离不弃，以弥补我以前对她的亏欠！"

言罢，秦宇转身离去。

燕涛在他身后跪下了高傲的身躯。

第二十章：尾声

345